Die Jäger
des Nordens

Manel Cass. Larroh

Die Jäger des Nordens

Roman

Besuchen sie Manel Cass. Larroh im Internet:
www.mclarroh.com

Die Jäger des Nordens
1. Auflage 2021
© 2021 Manel Cass. Larroh

Herstellung und Verlag: BoD - Books on Demand, Norderstedt
Alle Rechte vorbehalten. Das Werk darf – auch teilweise -- nur mit Genehmigung der Autorin wiedergegeben werden.
www.mclarroh.com/inhaltswarnungen

Bibliografische Information der Deutschen Nationalbibliothek: Die Deutsche Nationalbibliothek verzeichnet diese Publikation in der Deutschen Nationalbibliografie; detaillierte bibliografische Daten sind im Internet über dnb.dnb.de abrufbar.

Gesamtgestaltung Cover, Satz, Layout: San Schaller
Coverfoto: Meg Jerrard auf Pixabay
Feder-Illustration im Innenteil: Gordon Johnson auf Pixabay
Lektorat: Lisa Reim-Benke
Korrektorat: Lara Andrea Habegger

Kontakt: M. Larroh c/o San Schaller
Loren Allee 7, CH - 8610 Uster
oder: mclarroh@gmail.com

ISBN: 978-3-754-34827-7

drehte er Sams Hand und betrachtete den Handrücken, wo dünne Narbenstränge aus den Fingerzwischenräumen wie ein Stern zusammenliefen und sich dann in einem zwei Finger breiten, weißen Streifen um das Handgelenk und den Unterarm schlängelten. Ohne Worte gab er Sam zu verstehen, auch die andere Hand auf den Tisch zu legen. Dort löste er die dreckigen Bandagen und betrachtete die gleichen Narben an der anderen Hand.

»Wenn wir schon dabei sind, lass mich auch den Rest sehen. Wie verhalten sie sich?«

»Sie ziehen manchmal«, sagte Sam und schälte sich aus seinem nassen Hemd. »Hängt womöglich mit dem Wetter zusammen.«

Der Heiler nahm ihm das nasse Kleidungsstück ab und legte es weg. Dann betrachtete er seinen Oberkörper. Die zwei Finger dicken Narbenstreifen schlängelten sich um Sams Arme, kreuzten sich unterhalb des Schlüsselbeins, liefen über die Schultern und kamen auf Brusthöhe wieder auf die Vorderseite, wo sie sich spiralförmig um den Oberkörper nach unten wanden.

»Wo ziehen sie?«, wollte der Heiler wissen und gab ihm mit einem Wink zu verstehen, aufzustehen und sich umzudrehen, damit er den Rücken begutachten konnte. Die Streifen, die über die Schulter führten, kreuzten sich zwischen den Schulterblättern und verliefen unter den Achseln wieder nach vorne.

»Vor allem um die Knie herum.« Sam wandte sich wieder dem Heiler zu. Dabei öffnete er den Gurt und zog die Hose runter. Die Narben schlängelten sich an beiden Beinen nach unten.

»Hier, nehme ich an?« Der Heiler berührte die Kniekehle.

Sam zuckte zusammen, doch weniger wegen der Schmerzen und mehr wegen der kalten Hände des Heilers.

»Ich werde das Gewebe etwas geschmeidiger machen«, sagte der alte Mann und legte eine Hand auf, ohne die Haut zu berühren.

Sam spürte, wie sich die Stelle aufwärmte und die Spannung in der Haut nachließ. Dennoch ballte er angespannt die Hände zu Fäusten und biss die Zähne zusammen. Er hasste es, wenn der Heiler seine Narben behandelte. Obwohl er sich der Notwendigkeit dessen bewusst war, fühlte er sich dabei immer wieder wie ein kleiner Junge.

Dass sein ganzer Körper mit Narben übersät war, war ihm größtenteils egal. Natürlich hatte er Tage, an denen er sich vorkam wie ein entstelltes Monster und sie sich wegwünschte, doch er hatte schon vor langer Zeit gelernt, sie als seine Begleiter anzuerkennen. Ihn störte viel mehr, dass er noch immer nicht fähig war, das zu kontrollieren, was sie verursacht hatte. Dies gab ihm noch mehr das Gefühl ein Versager zu sein, als es Kato oder Calen bereits taten.

»Wie ich sehe, hast du sonst keine neuen Verletzungen«, bemerkte der Heiler, ohne seine Behandlung zu unterbrechen. »Heißt das, du hast es allmählich unter Kontrolle?«

»Nein«, antwortete er betrübt. »Ich halte mich bloß so gut es geht von den Menschen fern. Es gibt zu viele Wilde, die ich nicht kontrollieren kann. Und wenn ich einen schlechten Tag habe, reicht meine Konzentration nicht aus und meine Haut platzt. Ich habe herausgefunden, dass ich die Narben als Kanal benutzen kann. Ich brauche aber noch mehr Übung.«

»Mit wem hast du geübt?«, fragte der Heiler und erhob sich wieder.

»Mit Nahn«, antwortete er leise und auch ein bisschen schuldbewusst.

Der Heiler reichte ihm eine trockene Decke. »Hier. Zieh deine Hose aus. Du musst dich aufwärmen.«

Sam setzte sich zurück auf die Bank, zog die Stiefel aus und streifte seine nasse Hose ab. Die Narben endeten auf den Füßen wie auf den Händen. Die weiße Linie teilte sich in einzelne kleine auf und lief wie die Zacken eines Sternes in die Zehenzwischenräume. Leicht zitternd hüllte sich Sam in die warme Decke ein und zog sie bis unter das Kinn.

»Weiß dein Bruder, was du mit ihm machst?« Da die Paste nun ausgehärtet war, verband er Sams verwundeten Arm mit der sauberen Bandage.

»Nein, ich tu es nur, wenn er schläft.«

»Vielleicht wäre es nicht schlecht, jemanden über deinen Zustand aufzuklären.«

Sam fuhr hoch. »Nein! Das geht nicht. Das wisst Ihr. Ihr habt es meiner Mutter versprochen. Es reicht, dass Nahn es weiß.«

»Sam«, sagte der Heiler traurig. »Du wirst bald zwanzig. Die Stammesvermählungen stehen an.«

Sam ließ den Kopf hängen und krallte sich mit der freien Hand noch mehr an der Decke fest. »Bitte, erinnert mich nicht daran.«

»Hier.« Der Heiler tauchte ein weiteres Tuch ins lauwarme Wasser. »Wasch dir dein Gesicht.«

Sam wusch sich das Blut ab und drückte das Tuch eine Weile auf die offenen Lippen. Der Heiler füllte die Wunden dann mit derselben braunen Paste.

Von draußen war das Krähen eines Raben zu hören, und Sam schaute aus dem Fenster. Der Vogel landete auf dem Holzzaun, der den Kräutergarten einhegte, schüttelte die Flügel und blickte zum Haus.

Traurig senkte Sam den Kopf. Es war tatsächlich nicht mehr lange hin bis zu den Stammeszeremonien. Und schon bald würde er als Wintermondkind vermählt werden. Als ob Pahann nicht schon Gefängnis genug gewesen wäre, würde sein Schicksal mit dem Bund einer Ehe definitiv besiegelt sein. Er würde ein Leben in Ketten führen. Bevor er in die Abwärtsspirale seiner Gedanken fiel, strich er sich die Haare zurück und richtete sich wieder auf.

»Einfach nicht daran denken«, sagte er zu sich selbst. »Ich werde einen Weg finden.«

»Was meinst du?«

»Freiheit«, antwortete er. »Ich werde sie finden. Und ich werde mich von dieser dummen Tradition lösen. Es kann nicht sein, dass ich, nur weil ich ein Wintermondkind bin, noch am Leben bin. Das ergibt keinen Sinn.«

»Du suchst Freiheit?«, fragte der Heiler überrascht.

»Eines Tages werde ich frei sein.« Sam zeigte mit dem Finger aus dem Fenster. »Wie dieser Rabe dort.« Als wäre plötzlich alle Energie wieder aus ihm gewichen, ließ er den Arm erschöpft sinken. »Wenn dieser Körper doch nur stärker wäre«, fügte er leise hinzu und vergrub das Gesicht in beiden Händen.

»Weißt du, Sam«, sagte der Heiler einfühlsam, »es gibt einen Weg. Du kannst zu einem Raben werden, wenn du willst.«

Sam schaute hoch und runzelte die Stirn. »Ihr sprecht in Rätseln. Was ich suche, ist keine Heilung, sondern Freiheit.«

»Wie hochmütig, mir das abzusprechen, wo ich doch fähig bin, deine Wunden in kürzester Zeit zu heilen.«

Sam stand wieder auf, sammelte seine nassen Kleider zusammen und kehrte auf noch immer schwachen Beinen zurück in die Küche, wo er sie auf den warmen Kachelofen zum Trocknen legte.

»Du denkst, ich verhöhne dich«, sagte der Heiler und folgte ihm mit der Wasserschale und den dreckigen Tüchern.

»Ganz genau.«

»Ich weiß nicht, welche Anstrengungen du bisher unternommen hast auf deiner Suche nach Freiheit, aber ich behaupte, dass du noch keinen Schritt weitergekommen bist. Deine Zeit läuft an dem Tag ab, an dem die Stammesvermählungen stattfinden. Und glaub mir, wenn ich dir sage: Ich bin der Einzige, der dir helfen kann.«

Sam stand vor dem Ofen und betrachtete seine ausgelegten Kleidungsstücke. »Und wenn ich zwar noch Hoffnung habe, mir jedoch jegliches Vertrauen in die Menschen abhandengekommen ist?«

»Es sind nicht die Menschen, in die du dein Vertrauen setzen musst. Es sind die Götter.«

»Ach, alter Mann«, sagte er erschöpft. »Wir glauben hier nicht an Götter, das solltet Ihr doch mittlerweile wissen. Diese Geschichten sind für uns nichts weiter als alte Sagen.«

»Komm mit.«

Sam folgte ihm aus der Küche raus in den Korridor und die Treppe hoch. Je weiter sie sich vom Ofen entfernten, umso kälter wurde es, und Sam zog die Decke noch fester um sich. Erinnerungen kamen auf, wie er als Kind für mehrere Wochen hier in einem Zimmer gelegen und darauf gewartet hatte, dass seine Wunden heilten.

Im oberen Stock führte der Heiler ihn in ein Zimmer, in dem Regale voller Bücher standen. Bis zur Decke waren sie gefüllt mit Folianten. Ehrfürchtig zog Sam die vom Geruch des Leders geschwängerte Luft ein. Dieser Raum war ihm bisher verborgen geblieben. Nur zögerlich trat er über den knirschenden Boden in die Mitte des Raumes. Der Teppich unter den Füßen fühlte sich warm und weich an. Durch das Fenster schien das silberne Licht des bewölkten Nachmittags und auf dem Fenstersims erschien erneut der Rabe.

»Der Vogel scheint ganz schön neugierig zu sein«, bemerkte Sam.

»Das ist nicht irgendein Vogel«, meinte der Heiler und trat vor das Bücherregal. »Das ist Kro.«

Der Rabe krähte, wippte mit dem Kopf und breitete die Flügel aus, sodass die silbernen Federspitzen seiner Handschwingen zu sehen waren.

»Ein nerviger Kerl.«

»Er wächst einem schnell ans Herz«, versicherte der Heiler und zog einen Folianten aus dem Regal. »Hemon, der Bastardsohn des Gottvaters Aradan, der Wächter über die Abtrünnigen und Herrscher über die Gefangenen, hielt sich zwei Raben. Ihre Namen waren Kro und Hak. Der Gedanke und die Erinnerung.«

»Ihr habt Euren Raben nach den Haustieren eines längst verstorbenen Gottes benannt?«

»Kro hat es nicht so mit Erinnerungen«, sagte der Heiler und blätterte durch die Seiten.

Sam trat näher und warf einen Blick über die Schulter des alten Mannes. Die Seitenränder waren mit schwarzen Ornamenten verziert, auf der linken Seite war eine Zeichnung mit zwei schwarzen Vögeln abgebildet und der Rest war mit schwarzer Tinte in einer ihm unbekannten Sprache in kleiner, geschwungener Schrift geschrieben.

»Hemons erste Gefangene waren die beiden Raben. Er hat sie zu seinen Söldnern gemacht, die ihm bei der Unterwerfung der Welt helfen mussten. So legte er die Freiheit in Ketten. Nicht einmal Aradan oder die Gottmutter Hea hatten die Macht, sich aus diesem Gefängnis zu befreien. Götter sterben dadurch, dass sie vergessen werden, und so wurde Hemons Name aus den meisten Büchern getilgt. Doch die Menschen hatten vergessen, was Freiheit wirklich bedeutete. Auch wenn Hemon und all die anderen Götter schon längst in Vergessenheit geraten waren, haben die Ketten, die sich um die Freiheit gelegt hatten, noch nicht einmal Rost angesetzt.«

»Und was hat das mit mir zu tun?«

Der Heiler tippte mit dem Finger auf eine Textstelle. »Willst du Freiheit, dann sind diese Vögel der Schlüssel dazu.«

»Und was muss ich dafür tun?«

»Hier steht, du fängst einen Vogel, vorzugsweise einen Raben, brichst ihm die Flügel, zerschmetterst seinen Schnabel mit einem Stein und verspeist sein Herz.«

»Das ist doch Unsinn«, murrte Sam genervt und warf einen Blick zum Fenster.

Kro war verschwunden.

»Woher willst du das wissen, wenn du es noch nicht versucht hast?«, fragte der Heiler.

Sam betrachtete argwöhnisch das Buch und fragte sich, ob er tatsächlich so verzweifelt war, dass er sich zum Narren machen würde. Die Hitze war ihm in den Kopf gestiegen und sein ganzer Arm schmerzte. »Ich sollte gehen«, sagte er schließlich und verließ das Zimmer mit hängendem Kopf.

Die Kleidung auf dem Kachelofen war noch nicht ganz trocken, dennoch setzte er sich auf die Bank und schlüpfte in seine Hose.

»Du weißt, dass ich dich nie zum Narren gehalten habe«, sagte der Heiler neben ihm. »Dein Misstrauen ist verständlich. Das ist in Ordnung und auch gut so. Aber du hast in deinem kurzen Leben schon zu viel durchmachen müssen, als dass es mir egal wäre, was mit dir geschieht.«

Sam stand mit gesenktem Kopf und geballten Fäusten da. »Habt Ihr mir noch trockene Bandagen?«, fragte er leise.

»Natürlich.« Der Heiler holte aus dem angrenzenden Zimmer ein paar Leinenbänder.

Ohne verbundene Hände fühlte sich Sam nackt und noch angreifbarer als sonst. Er band einen langen Stoffstreifen ums Handgelenk, sodass zwei gleich lange Bänder herunterhingen.

Das eine wickelte er um den Unterarm, das andere um die Hand. Am Arm, wo er die Verletzung hatte, gab dies dem Verband zusätzlichen Halt.

»Willst du nicht noch etwas essen?«, fragte der Heiler besorgt. »Du hast leichtes Fieber. Du könntest dich oben etwas hinlegen.«

»Nein, danke«, antwortete er, zog sein feuchtes Hemd an und schlüpfte in die Stiefel. Erst dann schaute er hoch zum Heiler, der die ganze Zeit neben ihm gestanden hatte. »Ich gehe nach Hause und lege mich hin.«

»Du weißt, du kannst jederzeit kommen, wenn du etwas brauchst.«

Sam nickte, zog den Mantel an und trat hinaus in die Kälte.

4

Die Wolken hatten den Nachmittag so sehr verdunkelt, dass in manchen Gassen bereits die Laternen entzündet worden waren. Sam aß den letzten Bissen einer heißen Pechwurzel und schaute an eine Hauswand gelehnt zu, wie die letzten Händler ihre Stände vom Marktplatz schoben. Nur noch ein leichter Nieselregen ging nieder, doch der Schauer von vorhin war so stark gewesen, dass der halbe Marktplatz unter Wasser stand. Auf der Treppe des Zeremonienhauses zündete ein Leuchtwart alle Laternen an, die beidseitig entlang der Treppe hinauf zum Eingang führten. Der Gedanke, selbst bald diese Stufen hochsteigen zu müssen und den Paha seine Braut zu präsentieren, sandte Sam einen kalten Schauer über den Rücken. Als ein Pferdewagen an ihm vorbeifuhr, wandte er sich ab und zog die Kapuze tiefer ins Gesicht. Es war besser, nicht erkannt zu werden. Auf diese Weise hatte er immerhin seinen Frieden. Er fühlte sich leicht benommen und matt, und obwohl er nun etwas gegessen hatte, war ihm schwindlig. Vielleicht hätte er das Angebot des Heilers annehmen und sich doch in einem der Zimmer hinlegen sollen. Wie Schleim krochen Fieber und Erschöpfung durch seine Adern und machten seine Glieder schwer wie Baumklötze.

Plötzlich schallte das Klappern von Hufen auf den Pflastersteinen über den Markt. Das Kampftraining der Jäger war zu Ende und die Männer kehrten in die Stadt zurück. Sofort wandte sich Sam ab und verschwand unauffällig in eine Seitengasse. Um nach Hause zu gelangen, musste er das Metallviertel durchqueren, was um diese Uhrzeit große Gefahr barg, einem der Jungs zu begegnen. Zwar kehrten sie nach dem Training in den Schenken des Wechselviertels ein, das auf der anderen Seite des Marktplatzes lag, doch auf ihrem Weg dorthin machte manch einer den Umweg durch das Metallviertel, um seine Waffe einem Schmied zum Schleifen zu bringen. Egal, welche Route Sam einschlug, das Schicksal ließ ihn immer wieder Calen und Torjn in die Arme laufen.

Mit gesenktem Kopf schlich er an den Schmieden vorbei und huschte in immer engere Gassen, die für Pferde nicht zugänglich waren. Bevor er um eine Ecke bog, horchte er nach Stimmen, die ihm möglicherweise bekannt vorkamen. Dann überquerte er die Gasse wie ein Dieb in der Nacht und zog nahe entlang der Häuserwand weiter.

Gerade als er das Metallviertel hinter sich gelassen hatte und nur noch drei Querstraßen von seinem Zuhause entfernt war, wurde er plötzlich gepackt, zwischen zwei Häuser gezogen und mit dem Rücken an die Wand gepresst. Bevor er etwas sagen konnte, riss ihm die Person die Kapuze runter und küsste ihn.

Es war Arua, die ihre Hand auf seine Brust drückte und mit der anderen das Handgelenk seines verletzten Armes festhielt. Sam spürte, wie auch die letzten Kräfte, die er noch hatte, langsam aus seinen Lippen gesogen wurden. Bevor er glaubte einzuknicken, weil ihm scheinbar auch das letzte bisschen Blut in die Beine strömte, riss er sich von Arua los und stieß sie an die nur zwei Schritt entfernte gegenüberliegende Wand.

»Hör auf!«, fuhr er sie an, drückte sich den schmerzenden Unterarm an den Körper und wischte sich mit der bandagierten Hand den Mund ab.

Wie ein beleidigtes Kind kniff Arua die Augen zusammen, schürzte die Lippen und schaute ihn kalt an. Er kannte diesen Blick und wusste, dass er sich vor ihr in Acht nehmen musste. Arua etwas zu verwehren, konnte verhängnisvoll sein.

»Was soll das?«, fragte er genervt, um sie von ihrer Wut abzulenken. »Warum überfällst du mich?«

Arua trat wieder einen Schritt näher und neigte den Kopf leicht zur Seite. Die florale Tätowierung, die wie ein Balken unter ihren Augen lag und auch über die Nase führte, betonte ihre moosgrünen Augen im dumpfen Licht noch mehr. Trotz ihrer weichen Gesichtszüge schaute sie ihn grimmig an. »Du weißt, ich brauch die Tiere nur zu rufen und sie kommen«, antwortete sie in ihrem selbstgerechten Ton und warf den feucht glänzenden Zopf zurück.

»Ich bin also nichts weiter als ein Tier für dich?«, sagte Sam unbeeindruckt, wohlwissend, welche Abgründe sich hinter Aruas Lächeln verbargen.

Arua brach plötzlich in schrilles Gelächter aus, als wäre alles nur ein Witz gewesen. »Bin ich das gewesen?« Sie berührte seine aufgeschnittenen Lippen.

Sam wich zurück und schlug ihre Hand weg. »Hättest du wohl gern.« Trotz Aruas stürmischem Temperament gehörte sie nicht zu den Wilden, die er nicht kontrollieren konnte. Doch er hasste es trotzdem, wenn sie ihn berührte.

Langsam wich das Lachen wieder aus ihrem Gesicht und sie verschränkte die Arme vor der Brust. Ihr stechender Blick wanderte zu seinen linken Arm, den er auf den anderen gebettet hatte. »Und was ist das?«

»Geht dich nichts an.«

»Und ob mich das was angeht! Schließlich werden wir bald verheiratet sein! Also zeig her!« Schroff packte sie seine Hand und schob den blutdurchtränkten Ärmel zurück, bis sie den Übergang von der Bandage auf den Verband sah, durch den ein bisschen Blut gedrungen war. »Du bist *so* schwach«, zischte sie. »Das ist eine Schande. Und so was nennt sich Sume.«

»Du weißt, dass ich kein Sume bin!«, fuhr er sie an und zog den Arm zurück.

»Jaja …«, meinte sie gleichgültig und winkte ab. »Dein Vater ist Sume, also ist es nur eine Frage der Zeit, bis der Trieb auch bei dir ausbricht. Die Tätowierung wirst du so oder so noch vor der Hochzeit erhalten. Ich werde dafür sorgen, dass du ebenfalls einen Balken unter den Augen bekommst. Das hebt deine hellblauen Augen hervor und lenkt von der Narbe ab, die du da an den Lippen haben wirst.«

Sams Blick verdüsterte sich. Seit er Aruas wahres Ich kennengelernt hatte, konnte er ihre Anwesenheit nicht mehr ertragen. Die Bilder der gehäuteten Eichhörnchen, Wieseln und Dachse, die kopfüber an Schnüren aufgehängt waren, die unzähligen Tierschädel und Fangzähne, die in den Nischen neben kleinen Kerzen standen, oder der Geruch der Pelze, die auf dem Boden ihrer Höhle vor sich hinmoderten, hatte er seit jenem Tag, als er ihre Erinnerungen gesehen hatte, nicht mehr aus dem Kopf bekommen. *Diese Frau ist verrückt und führt alle an der Nase herum.* Er zog seine Kapuze wieder hoch und wollte gehen, da stellte sie sich ihm in den Weg.

»Du willst mich hier einfach stehen lassen?«, fragte sie verwundert. »Zeig deiner zukünftigen Braut gegenüber gefälligst etwas mehr Leidenschaft!«

»Leidenschaft?« Sam runzelte die Stirn.

»Wir könnten zu mir nach Hause gehen und etwas Spaß haben«, meinte sie wieder mit einer Leichtigkeit, deren Ernsthaftigkeit ihm einen kalten Schauer über den Rücken jagte. »Schließlich willst du mich doch in meiner Hochzeitsnacht nicht enttäuschen.«

»Ich werde alles geben, um dich zu enttäuschen«, sagte er, ohne mit der Wimper zu zucken. »Und jetzt lass mich durch.«

Arua lachte wieder, doch dieses Mal war es ein überhebliches Lachen. »Du bist so ein Schlappschwanz! Wenn du wüsstest, was ich mit dir vorhabe. Dann wärst du schon längst über alle Berge!«

Sam schluckte, während er versuchte, ihrem irren Blick standzuhalten. Alle anderen konnte sie zum Narren halten, doch er kannte ihr wahres Wesen und wusste, wozu sie fähig war. Es war ihm selbst ein Rätsel, weshalb er noch nicht über alle Berge geflohen war; schließlich hätte ihn in Pahann niemand davon abgehalten. Vielleicht war sein Bleiben der Beweis dafür, dass er unbewusst ahnte, einen zu schwachen Körper für eine solch beschwerliche Reise zu haben. Verärgert schob er Arua beiseite und ging zurück auf die Straße.

»Du kannst nicht nach Hause«, sagte sie hinter ihm.

»Warum?«, brummte er.

»Sumengespräche. Unsere Väter verhandeln gerade über das Vermählungsgeschenk – schließlich bin ich ja nicht *irgendwer*.« Als Sam sich wieder zu ihr umdrehte, stemmte sie die Hände in die Hüfte und nahm eine laszive Haltung ein. »Bist du sicher, dass du nicht etwas üben willst?«

Warum heute?, dachte er wehleidig. Warum jetzt, wo er sich doch nur nach seinem Bett sehnte?

»Ich könnte dich verarzten. Dann wird die Narbe nicht ganz so auffällig.«

»Warum kannst du nicht …?«

»Nicht was?«, fuhr sie wütend hoch. »Bin ich dir etwa nicht gut genug? Oder hast du das Gefühl, du wärst etwas Besseres?«

Genervt rollte Sam mit den Augen und ließ sie stehen.

»Du solltest froh sein, wenn dein Trieb endlich ausbricht!«, rief Arua ihm hinterher. »Das gibt deinem Leben vielleicht endlich einen Sinn!«

Er musste unbedingt eine Lösung finden, denn Arua konnte er für kein Geschenk der Welt zur Frau nehmen. Er hatte den Großen Rat angefleht, ihm eine andere Braut zu geben, doch damit hatte er sich nur noch mehr zum Gespött gemacht. Jeder wusste, dass in Pahann die Wintermondkinder nach ihren Ursprungsstämmen zugeordnet wurden. Und obwohl seine Mutter eine Tanha war, war es die Herkunft seines Vaters, die ihn zu einem Sumen machte – und diese Herkunft stand bei der Zuteilung über allem, selbst wenn der Sumentrieb bei ihm nicht ausgebrochen war. Auch wenn kein Sume vorher wusste, was für ein Trieb es sein würde, wollte er sich gar nicht vorstellen, was das mit ihm machen könnte. Und so stolz die Sumen auf ihre Triebe waren, so froh war er, nach seiner Mutter zu kommen und keinen zu haben.

Sam zog die Kapuze tiefer ins Gesicht und verschwand in der nächsten Seitengasse. So schnell wie möglich wollte er von Arua weg. Da er nicht nach Hause konnte, ging er weiter durch das Viertel, bis er den Stadtrand erreichte. Die wenigen leeren Kin, die er bei sich hatte, sollten für einen Becher Wein bei Bon reichen. Dann könnte er sich dort in eine Ecke zurückziehen und sich ausruhen.

Bons Schenke war das drittletzte Haus in der Straße, die hinaus in die Wälder führte. Bevor er das Lokal betrat, warf er einen Blick den Weg runter, da er meinte, etwas gehört zu haben. Plötzlich flog der Rabe mit den weißen Federspitzen an den Handschwingen krähend über ihm hinweg aus der Stadt hinaus.

»Kro?«, fragte Sam leise und blickte ihm hinterher, bis er hinter den Hausdächern verschwand.

Sam ging die Straße runter, bis er freie Sicht auf das Feld hatte. Aus der Distanz hatte er Kro aus den Augen verloren, doch auf dem Acker waren unzählige Raben, die in der gelockerten Erde nach Würmern pickten.

Du fängst einen Vogel, vorzugsweise einen Raben, brichst ihm die Flügel, zerschmetterst seinen Schnabel mit einem Stein und verspeist sein Herz. Er hörte die Stimme des Heilers klar in seinem Kopf. *Du kannst zu einem Raben werden, wenn du willst.*

5

Mit verschränkten Armen und dem Kopf an die Holzwand gelehnt saß Sam in der dunkelsten Ecke von Bons Schenke und döste vor sich hin. Ein Feuer knisterte leise im Kamin, und die Wärme hatte den Raum zu einer behaglichen Stube gemacht. Er mochte Bons Schenke, da die jungen Jäger sie als zu heruntergekommen betrachteten und darum mieden. Dies machte sie für ihn zu einer geeigneten Zuflucht. Bon ließ ihn gewähren, solange er etwas trank. Ganze Nachmittage, Abende und Nächte hatte er schon vor einem einzigen Becher Wein gesessen. Er hatte versucht zu schlafen, doch die Worte des Heilers hatten sich in seinem Kopf festgesetzt und waren zu einer fixen Idee geworden, die er nicht mehr loswurde.

Einen Raben zu fangen, ist einfach, dachte er. *Schließlich sind wir ein Volk von Jägern. Das wären gewiss Katos Worte.* Die Jagd lag einem Paha im Blut. Und Sam war mit Pfeil und Bogen aufgewachsen. Doch einen Raben lebendig zu fangen, würde ihn vor eine neue Herausforderung stellen – schließlich hatte er noch nie den Anspruch gehabt, dass die Beute am Leben blieb. Mit Pfeil und Bogen war die Chance zu groß, dass er den Vogel tödlich verletzte. Um ihn also lebendig zu fangen, musste er eine andere Technik anwenden.

Plötzlich spürte er eine Hand auf seinem Oberarm.

»Samy?«

Es war Nahn, sein jüngerer Bruder. Er war der Einzige, der wusste, dass er sich hin und wieder bei Bon herumtrieb. Wobei es weniger ein Herumtreiben und mehr ein Sich-Verstecken war.

Nahn hatte die gleichen weizenbraunen Haare wie Sam, nur waren seine nicht gelockt. Er trug sie ein bisschen kürzer, was dazu führte, dass sie ihm in alle Richtungen standen. Er hatte gütige grüne Augen, die er von ihrer Mutter geerbt hatte, und wenn er lachte, bildeten sich Grübchen in seinen Wangen. Nahns

Sumentätowierung war ein Balken aus geschwungenen Pflanzen, die vom linken Kiefer über das Kinn bis zum rechten Kiefer reichten und sich dort den Hals hinunterwanden.

Nahn winkte Bon zu, er solle ihm ebenfalls einen Becher Wein bringen. Dann zog er seinen Schal herunter und setzte sich neben Sam auf die Bank, von wo aus er die Schenke überblicken konnte.

»Was tust du hier?«, fragte Sam und rappelte sich auf.

»Was ist mit deinem Arm passiert?«

»Woher …«

»Ich kann Eiter riechen. Du solltest die Wunde spätestens morgen auswaschen.«

»Richtig.«

Sam vergaß manchmal, dass Nahns Geruchsinn ausgeprägter war als der eines jeden Tieres. Allerdings musste er sich in unmittelbarer Nähe der Geruchsquelle befinden. Alles, was sich außerhalb eines Radius von drei bis fünf Schritten von ihm befand, entzog sich seinem Trieb. Der war ausgebrochen, als Nahn fünfzehn war. Zwei Wochen lang war ihm schlecht gewesen und andauernd hatte er sich übergeben müssen, bis er sich an diesen Trieb gewöhnt hatte. Wegen seiner außergewöhnlichen Fähigkeit, Gifte zu erkennen, hatte der Rat ihn einem Trudner zugeteilt, der sich auf die Herstellung von Giften und Gegengiften spezialisiert hatte.

Bon stellte ihm einen Becher Wein hin und trottete wieder davon. Nahn trank einen Schluck, dann verschränkte er die Arme vor der Brust und lehnte sich zufrieden zurück.

»Wer war es?«

»Calen«, antwortete Sam. »Ich wurde vom Training freigestellt.«

»Das hat dich bestimmt gefreut.«

»Ja, aber es hat sich trotzdem angefühlt wie eine Niederlage«, murmelte er und nahm einen Schluck von seinem Wein.

»Ich habe morgen mein Training«, sagte Nahn. »Kato meinte, ich sollte mich auf den Schwertkampf konzentrieren. Ich denke, das ist gut. Mit Pfeil und Bogen komme ich einfach nicht klar.«

»Deine Augen«, sagte Sam. »Du hast schon immer viel mehr auf deinen Geruchsinn vertraut als auf deine Augen.«

»Ja, ich sehe wohl einfach nicht so gut.« Nahn lachte verschmitzt. »Mama sagte, mein Vater wäre fast blind gewesen.«

Sam huschte ebenfalls ein Lächeln übers Gesicht – ein trauriges. Es war bereits neun Jahre her, dass ihre Mutter gestorben war. Ihm fiel es sogar schwer, an sie zu denken, doch Nahn redete über sie, als wäre sie noch immer am Leben. Er wusste manchmal nicht, ob er seinen zwei Jahre jüngeren Bruder deswegen beneidete oder hasste. Doch schlussendlich liebte er Nahn über alles. Er war der Einzige, der sein Geheimnis kannte und es bereits seit all den Jahren für sich behalten hatte.

»Na gut«, meinte Nahn und legte sich seinen Schal wieder um. »Ich bin nur kurz hergekommen, um nach dem Rechten zu sehen. Nehme nicht an, dass du vorhast, mit nach Hause zu kommen. Hier«, sagte er, schob ihm seinen noch fast vollen Becher Wein zu und legte zwei leere Kin auf den Tisch, »kannst den Rest haben. Ich gehe schlafen.«

Manchmal verhielt sich Nahn mehr wie ein großer anstatt wie ein kleiner Bruder. Doch das störte ihn nicht. Die Erinnerungen, die er mit Nahn teilte, waren die besten, die er hatte.

Nahn winkte ihm noch einmal zu, zog die Kapuze hoch und verließ Bons Schenke. Sam verschränkte die Arme und lehnte sich wieder an die Wand.

Nun gut, dachte er und kehrte mit seinen Gedanken zurück zu den Vögeln. *Eine andere Technik.* Er brauchte etwas, mit dem er den Vogel bewusstlos schlagen konnte, ohne ihn zu sehr zu verletzen. Etwas, das ihn davon abhielt, davonzufliegen, bevor er ihn sich schnappen konnte. Er hatte da bereits eine Idee.

6

»Sam!«, sagte eine Stimme. Es war Bon, der die Kerze von seinem Tisch ausblies und auf das Tablett in seiner Hand stellte. »Wir schließen«, sagte der breitschultrige Wirt und kehrte zum Tresen zurück.

Sam richtete sich auf und rieb sich die Augen wach. Die Schmerzen in seinem linken Arm hatten nachgelassen, dennoch spürte er, wie er noch immer leichtes Fieber hatte. Mit langsamer Bewegung griff er nach dem Becher und trank den letzten Schluck Wein. Immerhin war seine Kleidung wieder trocken, als er die dunkle Schenke verließ und auf die Straße trat.

Während über ihm noch der wolkenlose, dunkelblaue Nachthimmel lag, leuchtete im Osten der Horizont bereits in einem zarten Orange. Überrascht raufte er sich die Haare, rieb sich das Gesicht wach und zog die Kapuze hoch. Er fühlte sich wieder besser als am Tag davor. Gestärkter und kräftiger, wenn auch ein bisschen hungrig. Er warf einen Blick die Straße entlang, die raus in die Wälder führte, dann machte er sich in die entgegengesetzte Richtung auf den Weg nach Hause. Pahann erwachte gerade und es waren noch kaum Menschen auf den Straßen.

Auch daheim war noch alles dunkel. Er betrat das Haus, das in einer schwarz-weißen Riegelhausreihe lag, und machte lautlos die Tür hinter sich zu. Auf leisen Sohlen trat er durch den Korridor und stieg die Treppe hoch zu seinem Zimmer. So vorsichtig er sich auch bewegte, die Holzdielen unter seinen Stiefeln knirschten dennoch. Der Geruch von kaltem Rauch lag in der Luft. Im oberen Stock angekommen, blieb er stehen und lauschte. Aus dem Zimmer seines Vaters hörte er ein gleichmäßiges Schnarchen. Das war gut. Dann folgte er dem Korridor in sein Zimmer, das er seit seiner Kindheit mit Nahn teilte. Es war groß mit zwei Fenstern. Als sie älter geworden waren, hatten sie einen

Vorhang gezogen, um sich gegenseitig Privatsphäre zu schaffen, doch dieser stand meistens offen.

Sam kniete vor seiner Kiste neben dem Bett nieder. Er nahm die Bücher, die sich darauf gestapelt hatten, und legte sie aufs Bett. Es waren ledergebundene Bücher, die er bereits vor langer Zeit von seiner Mutter bekommen hatte. Nach ihrem Tod hatten sie jahrelang nur im Schrank gelegen, doch je näher die Vermählungszeremonie rückte, umso verbissener hatte er die Seiten nach Lösungen durchkämmt. Die Bücher hatten ihm zwar Wissen über lang vergangene Jagdtechniken vermittelt, doch am Ende kam er zum Schluss, dass es keine Möglichkeit gab, sich aus einer Tradition rauszuwinden, die auf der Basis von Gemeinschaft und Frieden aufbaute.

Leise öffnete er die Holzkiste. Seine Augen brauchten einen Moment, bis sie sich an das schwache Licht gewöhnt hatten. Er wühlte in seiner Sammlung von Bandagen, die er über die Jahre angelegt hatte, und fand schließlich seine alte Steinschleuder, mit der er als Kind Zielübungen gemacht hatte. Damit sollte es möglich sein, einen ausgewachsenen Raben unversehrt einzufangen. Er steckte die Zwille in die Manteltasche und suchte weiter. Ganz unten fand er einen ledernen Beutel. Darin war ein kleines Saxmesser mit Verzierungen auf der Klinge und einem Horngriff mit eingravierten Tiermotiven. Er würde die handlange Klinge bei Gelegenheit schleifen müssen, doch sie steckte in einem ledernen Beinholster, das ihm nützlicher schien als der Langsax, der vor allem für das Abnicken von Wild geeignet war. Er legte das Beinholster an und stellte sicher, dass das Messer feststeckte.

Vorsichtig klappte er den Deckel der Truhe wieder zu und legte die Bücher zurück. Bevor er das Zimmer verließ, warf er einen Blick auf Nahn. Er schien tief und fest zu schlafen. Die Pflanzenranken auf Kinn und Hals wirkten im Dämmerlicht nahezu echt. Er lag auf der Seite und hatte die Decke bis zur Schulter gezogen.

Übe, sagte eine Stimme in Sams Kopf. *Du musst lernen, es zu beherrschen.*

Sam trat neben Nahns Bett und kauerte vor ihm nieder. Wenn Nahn schlief, war er weniger auf seinen Geruchsinn konzentriert; dies machte es Sam möglich, seine Seherkräfte an ihm auszuprobieren. Zudem kannte er niemanden besser als Nahn, was das Risiko, zerrissen zu werden, stark minimierte. Er löste die Bandagen an beiden Händen, sodass die langen Stoffbänder an seinen Handgelenken hingen. Dann legte er sanft die rechte Hand auf Nahns Stirn. Sein Kopf war warm und erinnerte Sam daran, dass die Menschen keine kalten, seelenlosen Gestalten waren, die ihm meist nur voller Hass und Abscheu begegneten. Es erinnerte ihn auch daran, dass er sich nach Körperwärme sehnte und dieses Bedürfnis bereits vor langer Zeit in den Tiefen seiner Erinnerungen ertränkt hatte.

Ein Kribbeln durchfuhr seine Hand und zog den Arm hoch. Wie eine warme Welle breitete es sich in seinem Körper aus, und vor seinem inneren Auge erschien ein blendendes Licht. Er stützte sich mit der linken Hand am Boden ab und konzentrierte sich auf seine Atmung. Die Narben an den Händen leuchteten rot und er konnte an seinem ganzen Körper spüren, wie die Energie von Nahns Erinnerungen durch seine Narbenstränge floss. Sam schloss die Augen und schaute ins helle Licht.

Es war die Wintersonne über Pahann, die ihr gleißendes Licht über das Kräuterviertel ergoss. Der neunjährige Nahn rannte durch die verwinkelten Gassen und stieß mehrere Leute zur Seite.

»Aus dem Weg!«, rief er laut. »Aus dem Weg!«

Dicht gefolgt von seinem Vater, der den blutenden Sam auf den Armen hielt, bahnten sie sich ihren Weg Richtung Stadtrand.

»Wie weit noch?«, rief der Vater hinter ihm.

»Nicht mehr weit! Da vorne! Das letzte Haus auf der linken Seite!«

»Geh voraus!«

Nahn eilte an den Menschen vorbei und riss das hölzerne Gartentor auf. Dann rannte er zum Eingang und polterte an die Tür.

»Heiler!«, rief er außer Atem. »Heiler!«

Die Tür ging auf und vor ihm erschien der alte Mann. »Was?«, fragte er überrascht. Als er jedoch sah, wie der Vater mit Sam in den Armen durch den Garten stapfte, veränderte sich sein Gesicht. »Hier entlang«, sagte er und ging in den Behandlungsraum, der an die Küche grenzte. Er rückte die Stühle um den Tisch herum weg und schob all die Tassen, Lampen, Tinkturen und Notizen zur Seite.

Der Vater legte Sam hin und trat einen Schritt zurück. Schrecken zeichnete sich in seinem Gesicht ab. Seine Kleidung war voll von Sams Blut und er war nahe daran, in Tränen auszubrechen.

»Verfluchte Ahnengeister! Ich habe alles versucht, doch es wurde immer schlimmer!«

Nahn blieb neben Sam stehen, der bewusstlos auf dem Tisch lag, und legte die Hand auf seinen Kopf. Die einzige Stelle, an der sein Bruder nicht blutete.

Der Heiler holte eine Schere und schnitt Sam aus seiner Kleidung heraus, sodass er nur noch in Unterwäsche vor ihm lag. Er sah aus, als hätte ihn jemand filetieren wollen. Am ganzen Körper hatte er lange Wunden, die aussahen, als wäre seine Haut durch Peitschenhiebe zerrissen worden. Der alte Mann starrte auf Sam und war einen Moment selbst zu entsetzt, um zu handeln.

»Wird mein Bruder wieder gesund?«, fragte Nahn ängstlich.

Dies holte den Heiler zurück. Er rannte in die Küche und kam mit einem Eimer Wasser und ein paar Tüchern zurück zum Tisch. Der Vater stand mittlerweile so weit von Sam entfernt, dass der Heiler sich gar nicht traute, ihn um Hilfe zu bitten. Schnell wischte der alte Mann das Blut weg und legte seine Hände über die Wunden, ohne sie zu berühren.

Mit offenem Mund schaute Nahn zu, wie sich die Verletzungen langsam weiß färbten, so als würde sich eine dünne Hautschicht über das offene Fleisch legen und die Blutung stoppen. Nach und nach arbeitete der Heiler sich über Sams Oberkörper und die Beine runter. Dann drehte er Sam vorsichtig auf den Bauch und tat dasselbe mit den Verletzungen auf dem Rücken. Nahn wich nicht von Sams Seite, während der Vater nervös im Raum auf und ab ging.

»Er wird es schaffen«, sagte der Heiler und holte aus einer Schublade mehrere Bandagen. »Er hat viel Blut verloren und es wird wohl eine Weile dauern, bis er wieder bei Kräften ist. Ich behalte ihn noch ein paar Tage hier, um sicherzugehen, dass die Wunden nicht wieder aufreißen.« Dann bandagierte er Sams kompletten Körper.

»Das war der schlimmste Tag in meinem Leben«, sagte Nahn plötzlich.

Erschrocken zog Sam die Hand zurück und fiel auf den Hintern. Die Erinnerung versickerte in seinem Geiste und die rot leuchtenden Narbenstränge an seinem Körper nahmen wieder die ursprüngliche weiße Farbe an. Sein Herz raste wie wild.

»Bei allen Geistern«, rief Sam entsetzt. »Du bist wach?«

Nahn setzte sich auf und rieb sich das Gesicht. »Was tust du da?«

»Ich hab …« Sam schaute seinen Bruder mit aufgerissenen Augen an. Verdammt! »Ich hab … deine Erinnerungen …«

»Das habe ich bemerkt, aber wieso?«

»Ich … ich muss üben«, antwortete er und legte sich die Hand auf die Brust. Der Schreck ließ nach und sein Herzschlag beruhigte sich allmählich wieder. »Du hast gesehen, welche Erinnerungen ich …«

»Ja«, sagte Nahn. »Das war damals, als du fast gestorben bist.«

Sam strich sich fassungslos durch die Haare. »Es tut mir leid. Ich wollte nicht, dass du das …«

»Und deine Narben haben geleuchtet wie das Morgenrot.«

»Ich kann es kontrollieren«, sagte er und wickelte die herunterhängenden Bandagen wieder um seine Hände. »Ich habe eine Möglichkeit gefunden, dass es mich nicht mehr zerreißt.«

»Das ist gut.« Nahn lächelte.

»Bist du nicht wütend, dass ich dich dafür missbraucht habe?«

»Nein. Ich bin nur froh, dass es geklappt hat. Das bedeutet dir sicher viel. Das wird dein Leben verändern.«

»Schön wärs«, sagte er und knöpfte die Bandagen fest. »Ich bin noch immer ein verfluchtes Wintermondkind.«

»Du solltest zu einem Freudenmädchen gehen und die ganze Nacht lang mit deinen Händen über ihren Körper streichen. Schließlich hast du einiges nachzuholen, was das betrifft.«

»Nahn!«, sagte Sam verlegen.

Nahn zuckte bloß mit den Schultern. »Ist doch wahr. Seitdem ich dich kenne, bist du bei jeder Berührung zusammengezuckt. Ich weiß, dass dir die Bandagen geholfen haben, aber du solltest dich endlich an den nächsten Schritt wagen. Schließlich hast du doch gerade bewiesen, dass es möglich ist. Deine Angst vor diesen Wilden ist einfach zu groß.«

»Ich habe dir eindeutig zu viel erzählt.« Sam rappelte sich auf. »Schlaf noch etwas.«

»Wo gehst du hin?«

»Ich muss etwas ausprobieren.«

»Die Freudenhäuser öffnen erst am Mittag.« Nahn zwinkerte ihm zu.

Sam schüttelte den Kopf, lächelte und verließ das Zimmer.

7

Leise schlich Sam durch das Unterholz und hielt Ausschau nach den Rabennestern in den Baumwipfeln. Einzelne Vögel flogen bereits umher und brachten Würmer für ihre Jungen. Sam zog die Zwille heraus, suchte nach ein paar Steinen und kniete sich auf ein Bein. Der Vogel durfte nicht zu weit von ihm entfernt sein, sonst würde er sich von dem Schlag erholen und davonfliegen, bevor er ihn schnappen konnte.

Etwa zehn Schritte von ihm entfernt ließ sich ein Rabe auf einem Ast nieder und begann mit der Gefiederpflege. Sam saß reglos da und beobachtete ihn eine Weile. Er könne selbst ein Rabe sein, hatte der Heiler gesagt. *Was auch immer das bedeutet*, dachte er und zog die Schleuder straff. *Wenn es mich meiner Freiheit näher bringt, bin ich gewillt, alles zu tun.* Die Schnittverletzung in seinem linken Unterarm machte sich bemerkbar und es fiel ihm schwer, den Zug lange zu halten. Also zielte er auf den Raben und schoss. Der Vogel fiel wie ein Sack Mehl auf den von Blättern bedeckten Waldboden und blieb reglos liegen. Sam rannte hin, packte ihn an den Beinen und hielt ihn hoch. Es war ein ausgewachsener Rabe mit tiefschwarz glänzenden Federn. Kurz darauf kam der Vogel wieder zu sich. Er schrie, krächzte und schlug wild mit den Flügeln um sich. Sam spürte, wie sich der Rabe allmählich aus seinem Griff wand, war jedoch wie erstarrt.

Auch ich kann ein Rabe sein. Dafür muss ich diesen Vogel töten. Also reiß dich zusammen und bring es hinter dich!

Mit Schwung schlug er den Vogel zu Boden und kniete sich hin. Dann drehte er das Tier auf den Rücken und drückte es an beiden Flügeln in den feuchten Waldboden. Die Schreie des Raben wurden lauter und schmerzten in Sams Ohren. Indem er das Gewicht langsam nach vorne verlagerte, übte er immer mehr Druck auf die beiden Flügel aus. Und dann spürte er das

Knacken in seiner rechten Hand. Es fühlte sich an, als hätte er einen Ast zerbrochen, der nicht dicker war als die eigenen Finger. Das leise Geräusch ging im Geschrei unter. Er verlagerte sein Gewicht etwas nach links, bis auch der andere Flügel brach.

Was nun, dachte er, während er, ohne die Flügel loszulassen, auf das Tier hinunterblickte. *Was nun? Es gibt kein Zurück, oder?* Mit zitternder Hand zog er den größten Stein aus der Manteltasche, den er für seine Schleuder eingesammelt hatte.

Hör auf zu schreien! Hör auf zu schreien!

Mit einem Schlag zertrümmerte er den Schnabel. Der Schädelknochen brach und das entsetzliche Geschrei verstummte. Sam zitterte mittlerweile am ganzen Körper und verzog das Gesicht beim Anblick des toten Raben. Das Geschrei zuvor hatte so viel von seiner Konzentration abverlangt, dass die Stille nun noch unheimlicher war.

Nicht aufhören, sagte er zu sich selbst, zog das Messer aus dem Holster und platzierte die Spitze neben dem Brustbein des Vogels. Doch eine unsichtbare Kraft machte es ihm plötzlich unmöglich, mit dem Messer zuzustoßen. Schließlich war dies das erste Mal, dass er sich auf so kaltblütige Weise an einem Lebewesen verging. Er hätte es selbst nicht für möglich gehalten, überhaupt dazu fähig zu sein. Allerdings war die Unfähigkeit, in diesem entscheidenden Moment das Messer zuzustoßen, wohl sein Gewissen, das ihm weismachen wollte, selbst jetzt noch die Wahl zu haben, aufzuhören.

Er könnte das Tier dem Schlachter bringen, und der würde ihn auslachen, da sich die Paha nicht viel aus Vögeln machten. Doch die Verzweiflung, die er seit Jahren mit sich herumschleppte und die wie ein dunkler Schatten über ihm hing, war zu groß, und wenn er jetzt einen Rückzieher machte, würde er sich von der Freiheit, die er sich sehnlichst wünschte, noch weiter entfernen – selbst wenn dieses ganze Rabending bloß Humbug war und der Heiler ihn zum Narren gehalten hatte.

Auf keinen Fall kann ich Arua heiraten. Ich habe nichts zu verlieren.

Mit zunehmendem Druck presste er das Messer in den Raben. Vorsichtig schnitt er die Brust auf und holte das Herz heraus. Es hatte etwa die Größe und das Gewicht einer Walnuss und leuchtete blutrot. Zögerlich nahm er es in den Mund und biss zu. Es war warm und zäh und quietschte zwischen den Zähnen. Das Blut vermischte sich mit seinem Speichel zu einer klebrigen Masse. Voller Ekel würgte er es hinunter.

Glücklicherweise setzte die Wirkung unmittelbar darauf ein und hielt ihn davon ab, alles gleich wieder zu erbrechen. Sein Herz raste und eine heiße Welle schoss durch seinen Körper. Als ob das Blut in seinen Adern kochte, drückte sich der Schweiß aus allen Poren und Sam spürte, wie das Fieber aus ihm wich. Etwas Magisches schoss durch seine Glieder und machte es ihm unmöglich, weiterhin still am Boden zu knien. Es war Energie, die durch ihn hindurchströmte und jede seiner Zellen ausfüllte. Die lähmende Schwäche wich wie Dampf aus ihm und die Mattheit verschwand. Getrieben von dieser Energie sprang er hoch und rannte los.

Sein Körper war federleicht und es war, als ob er für die Sprünge und Überschläge keinerlei Kraft benötigte. Zudem waren seine Sinne geschärfter denn je. Er roch den süßen Duft der Erde, die Tannen, die Fichten, die Föhren, das Harz und die Wurzeln, hörte Häher, Specht und Waldkauz, in der Ferne den trillernden Gesang eines Zaunkönigs, über den Baumwipfeln den durchdringenden Ruf eines Habichts und Mäuse, Käfer und Ameisen unter der Erde rascheln. Direkt über ihm vernahm er ein lautes Krähen. Es war Kro, der seine Freude daran zu haben schien, ihm bei seiner Jagd durch den Wald zu folgen, obwohl sein lautes Keckern eher wütend klang.

Sam rannte immer weiter, hinein in den tiefsten Wald, wo kein Jäger mit seinem Pferd ihm begegnen würde. Den ganzen Tag lang, pausenlos. War dies die Kraft, die er brauchte, um aus seinem Leben auszubrechen? Als Wintermondkind war er an Pahann gekettet, und sein schwacher Körper machte ihm das Leben zusätzlich schwer. Nun hatte er das Gefühl, vor Leichtigkeit abzuheben. Nicht einmal während seiner guten Tage sprudelte die Energie dermaßen in ihm über. Noch nie hatte er sich so stark und unbezwingbar gefühlt. Weder Hunger noch Durst konnten ihn stoppen, noch sonst irgendwelche menschlichen Bedürfnisse. Obwohl sein Geist noch immer an seinen Körper gebunden war, fühlte er sich frei, ja euphorisch. Ob dies die Freiheit war, die er sich so verzweifelt ersehnt hatte? Ob dies tatsächlich die Lösung für all seine Probleme war? Welchen Preis würde er dafür bezahlen? Schließlich kannte er die Tricks der Trudner, die im Kräuterviertel ihre Pülverchen für alle möglichen Gebrechen verkauften. Viele von ihnen betrieben Rauschhöhlen in den Kellern ihrer Häuser, wo so mancher Jäger hineingegangen war und nicht wieder herauskam. Doch Sam war sich sicher, dass kein Pulver einen solchen Rausch bewirken konnte. Und schließlich flogen die Vögel frei herum. Er konnte sich so viele Vogelherzen einverleiben, wie er wollte. Kein Trudner würde kommen und dafür Geld verlangen, denn die Vögel gehörten niemandem.

Die Energie, die durch seine Adern jagte, trieb ihn immer weiter und weiter. Den ganzen Tag, bis hin zum Abend, als die Sonne hinter den Bäumen niedersank und die Nacht hereinbrach. Erst mit dem Aufsteigen des Mondes spürte er, wie der Rausch nachließ. Sein Körper fühlte sich teigig an und als ob sich seine Adern mit Blei füllten, wurden seine Glieder schwer wie Baumstämme. Die überschäumende Energie wich aus ihm, er brach zusammen und blieb an Ort und Stelle liegen.

8

Schneeflocken fielen auf sein Gesicht und schmolzen dahin. Zurück blieb das Gefühl von brennenden Nadelstichen auf der Wange. Mitten im Unterholz kam er wieder zu sich, lag auf dem Bauch zwischen nassen, braunen Blättern und spürte den weichen Waldboden unter sich pulsieren. Schwerfällig drehte Sam sich zur Seite, zog die Beine an und rappelte sich auf. Noch etwas benommen saß er da und schaute sich um. Sein Kopf dröhnte, als hätte er die ganze Nacht hindurch gesoffen, und in seinem Mund lag der faulige Nachgeschmack von Aas. Ekel stieg in ihm hoch, in seinem Magen legte sich etwas quer und er erbrach. Sein Bauch verkrampfte sich und er würgte so lange roten Schleim, bis er nur noch Galle spuckte. Erschöpft fiel er auf den Rücken und blickte hoch zu den Baumwipfeln. Dem Stand der Sonne nach war Vormittag. Doch sein Blick war irgendwie unscharf und alles wirkte verschwommen. Er spitzte die Ohren und versuchte auszumachen, ob Jäger in der Nähe waren, doch auch sein Gehör war gedämpft. Er biss die Zähne zusammen und strich sich durch die nassen Haare. Sehnlichst wünschte er sich die Fähigkeiten zurück, die das Vogelherz ihm verliehen hatte.

Mühsam rappelte er sich auf und versuchte, sich an den Bäumen und der Sonne zu orientieren; schließlich war er den ganzen Tag völlig berauscht und ziellos durch die Wälder gerannt. Die Euphorie war weg und er wieder der alte wie zuvor.

Vielleicht reicht ein Herz nicht.

Der Himmel war zu bewölkt, um auszumachen, wo er war, also schritt er voran, bis er zu einem Feld kam. Tatsächlich sah er weit entfernt im Norden das Kastaneika Gebirge. Er ging weiter Richtung Osten, bis er an einen Fluss gelangte, wo er sich den Mund spülte und gierig trank.

Auch wenn er von kleinen Schneeflocken geweckt worden war, es hatte nicht gereicht, die Landschaft weiß zu färben. Sam folgte dem Flusslauf gen Süden, bis er zur Holzbrücke kam, an der er sich orientieren konnte. Er war tatsächlich fast bis zum Sumpfgebiet gerannt. Da er jedoch auf festem Boden gelegen hatte, vermutete er, trotzdem im Kreis gerannt zu sein. Offenbar hatte er während des Rausches die Kontrolle nicht völlig verloren. Und auch wenn ihn die Krämpfe und das Erbrechen Besseres hätten lehren sollen, so konnte er es kaum erwarten, erneut einen Vogel zu fangen und dessen Herz zu essen. Doch zuerst musste er den Heiler aufsuchen. Neben dem Verband, den er wechseln wollte, musste er ihn zur Rede stellen und herausfinden, was es mit diesem Zauber auf sich hatte.

Er wählte den Rückweg so, dass er an ein paar Nussbäumen vorbeikam. Die Nüsse waren reif und er schlang sie gierig hinunter. Zudem nahm er einen kleinen Umweg, um den Jagdgründen der Paha auszuweichen. So erreichte er Pahann erst am späten Nachmittag. Als er nur noch ein paar Straßen von seinem Zuhause entfernt war, überlegte er, ob es notwendig war, frische Kleidung anzuziehen, doch um diese Uhrzeit war die Möglichkeit groß, seinem Vater zu begegnen. Also ging er direkt durch das Metallviertel, überquerte die Hauptstraße und verschwand in den engen Gassen des Kräuterviertels. Dieses Mal erreichte er die Hütte des Heilers von der nördlichen Seite her. Der Garten stand bereits im Schatten und die Sonne verschwand gerade hinter den Hausdächern. Er hatte den Garten noch nicht betreten und stand noch immer hinter dem Zaun, der ihm bis zum Kinn reichte, da schlug plötzlich die Tür des Hauses auf und ein junger Mann kam heraus.

»Du kennst die Regeln!«, hörte er den Heiler von drinnen rufen.

Aufgebracht riss der junge Mann das Gartentor auf und verschwand in der südlichen Gasse. In dem Moment erinnerte sich Sam, dass er dem Mann bereits begegnet war. Dass er, als er das letzte Mal auf den Heiler gewartet hatte, mit einem Sack voll Nüssen aufgetaucht war. Er, der mit seinen schmalen Augen aussah wie einer aus dem hohen Norden, der ihn mit grimmiger Miene angeschaut hatte und dann, ohne ein Wort zu sagen, verschwunden war.

Wie konnte ich ihn bloß vergessen? Schließlich hatte er den Heiler fragen wollen, wer er war. Die Gerüchte, dass der Heiler seine Krankenbesuche manchmal in Begleitung eines jungen Mannes machte, schienen sich plötzlich zu bewahrheiten. Und war der Heiler nicht auch in Begleitung von jemandem gewesen, als er am Sterbebett seiner Mutter gesessen hatte?

Anstatt an die Tür zu klopfen, zog Sam seine Kapuze hoch und folgte dem Mann. Er hatte etwas an sich, das ihn wie ein Magnet anzog. Dabei konnte er sich nicht erklären, was es war. In seinem Auftreten war etwas Geheimnisvolles, das ihn faszinierte. Vielleicht war es sein Gesicht. Und so folgte er ihm unauffällig durch das Kräuterviertel vorbei an den Trudnergeschäften und den Buchantiquariaten. Mitten im Kräuterviertel bog der ganz in Schwarz Gekleidete unverhofft in eine kleine Gasse Richtung Süden. Sam wahrte Abstand und folgte ihm bis zur Hauptstraße, die von Osten her Richtung Marktplatz führte.

Aufdringlich hielten ihm die Händler Stoffe, Stiefel oder Pelze unter die Nase, um ihn zum Kauf zu bewegen, und er fragte sich, wie der Mann es schaffte, ohne angesprochen zu werden, seinen Weg über die Hauptstraße fortzusetzen. Es war, als wäre er unsichtbar. Vielleicht war etwas dran an den Gerüchten, dass der Heiler von einem Geist begleitet wurde. Und dieser Geist verschwand geradewegs ins Blumenviertel, das südlich der Hauptstraße lag. Während im Sommer diese Straße mit unzähligen Blumen geschmückt war, zierten im Herbst vor allem Zweige und Disteln die Hauseingänge. In den Läden wurden Saatgut, Feuerholz und Pferdeutensilien dargeboten und auch viele Gemüsehändler betrieben dort ihren Handel.

Der junge Mann blieb aber nicht lange auf der Ladenstraße, und allmählich ahnte Sam, wo er hinwollte. Tatsächlich bog er schon nach wenigen Häusern rechts in eine Seitengasse, die ihn auf eine Parallelstraße brachte. Das Blumenviertel war auch noch für einen anderen Geschäftszweig bekannt, so war die Parallelstraße mit zahlreichen Schenken und Bordellen gesäumt. Aus Sicht der jungen Jäger verkehrten nur der Abschaum und das Gaunerpack in den Schenken des heruntergekommenen Blumenviertels. Dennoch hatten es die Damen in den Freudenhäusern geschafft, ihren Ruf auszubauen und bei ihrer Kundschaft gar wählerisch zu sein.

Sam war bisher nur einmal in dieser Straße gewesen, nämlich als er ein paar Jahre zuvor Botengänge für den Großen Rat gemacht hatte. Es war im Sommer gewesen und der Empfangssaal des Hauses, in das er eine Nachricht bringen musste, war mit unzähligen Rosen geschmückt gewesen. Lampions hingen von der Decke und die Damen hatten ihm laszive Blicke zugeworfen. Er hatte sich ausgemalt, wie es sein würde, eine Nacht dort zu verbringen. Da er jedoch gerade genug Lohn zusammenbrachte, um sein Leben in Pahann zu finanzieren, würden die Dienste einer hübschen Frau für ihn stets ein Traum bleiben.

Sam war an einer Häuserecke stehen geblieben und schaute zu, wie der junge Mann eine Treppe hochstieg und an der Tür zu einem Bordell den Türklopfer betätigte. Eine Frau mit einem künstlichen Blumenschmuck im Haar und einem bestickten Morgenmantel öffnete und bat ihn mit einem verschmitzten Lächeln herein. Dabei berührte sie zärtlich seine Schulter. Als sie ihn hereinbat, drehte er den Kopf in Sams Richtung und warf ihm einen stechenden Blick zu.

Sam erstarrte. Er hatte nicht damit gerechnet, dass er bemerkt worden war. Eingeschüchtert wich er zurück und wandte verlegen den Blick ab. Er mochte ein passabler Jäger im Wald sein, doch beim Verfolgen von Menschen fehlte ihm zweifellos die Übung. Und jemandem bis an die Schwelle eines Bordells zu folgen, war an Kühnheit wohl nicht zu überbieten. Nur zögerlich blickte er wieder hoch.

Ein Leuchtwart entzündete die Laternen entlang der Straße und auch die Hauseingänge waren mit unzähligen Lampions geschmückt. Sam stockte. Er fühlte sich, als wäre er gerade aus einem Schlaf erwacht. Er fand sich im Blumenviertel wieder, in der Freudengasse, und hatte keine Ahnung, wie er dort gelandet war. Misstrauisch ließ er den Blick über die Straße schweifen, fand jedoch keinen aufschlussreichen Hinweis, wie er sich hierher verlaufen haben konnte. Vielleicht waren Erinnerungslücken

Nebenwirkungen der Vogelherzen? War er nicht auf dem Weg zum Heiler gewesen?

9

Sam stand vor verriegelter Tür und blickte die Fassade hoch in den oberen Stock. *Vorhin war der Heiler doch noch da gewesen*, dachte er. *Wo ist er nur hin?* Sam drehte sich um und blickte über den Garten hinaus aufs weite Feld. Es war schon fast dunkel. Eine dünne Nebelschwade hing über dem Acker und ein Schwarm Raben flog hinaus in die Wälder. Es wäre eine Herausforderung, in der Dunkelheit einen Raben zu jagen, doch sein gutes Gehör hatte ihm einen Ruf als Bogenschützen eingebracht – immerhin etwas, das er sich in Pahann nennen konnte.

Doch bevor er in die Wälder zurückkehrte, wollte er bei Nahn vorbeischauen. Er machte sich bestimmt bereits Sorgen, da er die ganze Nacht weg gewesen war.

Sam zog die Kapuze seines Mantels hoch und verließ den Vorgarten. Dann tauchte er ein in die mit Fackeln beleuchteten Straßen des Kräuterviertels. Es herrschte ein reges Treiben. Menschen drängten sich in den engen Gassen aneinander vorbei. Buchhändler entzündeten Kerzen und Öllampen in ihren Schaufenstern. Trudner boten Kräutertees an, um die Kundschaft in ihre Läden zu locken. Bäcker öffneten ihre Luken und verkauften das Abendbrot. Der weiche Duft der Backwaren mischte sich mit dem Räucherwerk der Trudner und schwängerte die Luft in den Gassen. Lieferboten schoben kleine Holzkarren durch die Straßen, auf denen die Ausbeute der Jäger lag, die von den Schlachtermeistern auf die verschiedenen Viertel verteilt wurde.

Sam schlich unauffällig an den Hauswänden entlang und versuchte, möglichst niemandem in die Quere zu kommen. Beim Kesselflicker bog er nach rechts, wo er in eine noch kleinere Gasse gelangte. Die Häuser standen gerade mal eineinhalb Schritte voneinander entfernt und tagsüber gelangte kaum Sonnenlicht hinein. Es gab drei Geschäfte, und das mittlere war der Trudnerladen, in dem Nahn seit zwei Jahren arbeitete.

Eine kleine Glocke erklang, als Sam die Tür öffnete und wieder hinter sich zumachte. Der alte Trudnermeister, ein Sume mit einer Tätowierung von drei sich zu Kreisen windenden Schlangen auf der Stirn, stand an der Theke, hinter ihm ragte ein riesiger Apothekerschrank bis zur Decke und vor ihm stand eine Waage, auf der er Kräuter abwog und in kleine Säcke verpackte. Der alte Sume nickte ihm zur Begrüßung zu, dann rief er nach Nahn. In einen schwarzen Kittel gekleidet trat er hinter einem Vorhang hervor, der den hinteren Teil abtrennte.

»Sam!«, rief er und kam hinter der Theke hervor. »Wo warst du denn? Ich habe mir Sorgen gemacht.« Ein paar Schritte vor ihm geriet er ins Stocken und rümpfte die Nase. »Du verfaulst.«

»Wie bitte?«

Nahns Blick wanderte zu seinem Arm, den er seit seinem letzten Besuch beim Heiler trotz Nahns Aufforderung noch nicht gewaschen hat. Durch den Rausch des Vogelherzens hatte er überhaupt keine Schmerzen mehr empfunden und dadurch die Wunde völlig vergessen.

»Komm«, sagte Nahn und zog ihn am Arm ins Hinterzimmer. »Setz dich hier hin.« Dabei wies er zu dem Tisch in der Mitte des Raumes.

Sam setzte sich auf einen der Stühle und schaute sich um. An allen Wänden standen große, hölzerne Apothekerschränke mit kleinen Schubladen. Der Geruch von unzähligen Kräutern lag wie ein dicker Nebel gefangen im Raum, und Sam fragte sich, wie Nahn das bloß aushielt. Auf dem Tisch standen Waagschalen, Mörser, Gläser, Notizen und Stifte. Papiersäcke voller Kräuter und Pflanzen lagen in der Mitte aufeinandergestapelt und waren mit unterschiedlichen Namen beschriftet. Nahn tauchte ein Tuch in ein Wasserbecken, und aus einer Schublade holte er eine Salbe heraus.

»Mach den Arm frei«, sagte er und setzte sich neben ihn.

Sam zog den Mantel aus und krempelte den Ärmel zurück. Dann löste er die Bandage, die er an der linken Hand trug, bis das lange Band an seinem Handgelenk hing. Nahn löste vorsichtig den Verband. Der Heiler hatte zwar eine Gaze dazwischen gelegt, doch der Verband klebte dennoch an ein paar wenigen Stellen. Um die Wunde nicht aufzureißen, nässte Nahn sie zuerst mit lauwarmem Wasser. Es war nicht das erste Mal, dass Nahn seine Wundversorgung übernahm. Schon als er acht Jahre alt und ihre Mutter bereits zu krank gewesen war, hatte sich sein kleiner Bruder um seine Wunden gekümmert.

Der alte Trudner trat ins Hinterzimmer, um zwei der Säcke zu holen, die auf dem Tisch lagen. Als er Sams entblößten Arm sah, zogen, statt der Wunden, die weißen Narben seine Aufmerksamkeit auf sich. Als ob Nahn bemerkt hätte, dass es ihm unangenehm war, angestarrt zu werden, legte er das lauwarme, nasse Tuch auf die Wunde, sodass der größte Teil seines Armes darunter verborgen war. Der alte Sume ließ den Blick über den Tisch schweifen und räusperte sich verlegen.

»Ich habe noch Gazen, wenn du willst«, sagte der alte Mann mit müden Augen.

»Ich konnte keine finden«, sagte Nahn.

Der Mann öffnete eine Schublade und reichte Nahn ein paar frische Gazen. Dann kehrte er mit den beiden Säcken in den Laden zurück. Sam atmete erleichtert auf, als er hinter dem dicken Vorhang verschwunden war. Leise hörte er die Türklingel, was bedeutete, dass der Trudner Kundschaft bekommen hatte und so schnell nicht zurück ins Hinterzimmer kommen würde.

Der alte Sume war ihm noch nie geheuer gewesen, und es wunderte ihn, dass Nahn einen so guten Draht zu dem alten Mann hatte aufbauen können. Aber Nahn war sowieso einer der umgänglichsten Menschen, die er kannte – und er kannte viele. Jeden, den er jemals in seinem Leben berührt hatte, kannte er in gewisser Weise. Keiner war so wie Nahn. Vielleicht lag es an seinem aufrichtigen Lächeln.

»Er ist nett«, sagte Nahn auf seine unausgesprochene Bemerkung.

Sam gab darauf bloß ein tiefes Grummeln von sich.

»Warum bist du hergekommen?«, fragte Nahn, als er das Tuch nochmal ins lauwarme Wasser tauchte und die Wunde damit reinigte. »So wie ich dich einschätze wohl kaum, um verarztet zu werden.«

»Ich … ich werde wohl für ein paar Tage weg sein. Ich will nicht, dass du dir Sorgen um mich machst.«

»Darum bist du hergekommen?« Nahn trocknete die Wunde vorsichtig mit einem frischen Tuch.

»Ja, ich kenn dich doch.« Sam lachte und überspielte so seine Sorge über die eigentliche Absicht – nämlich auf Vogeljagd zu gehen. »Du sorgst dich um alles und jeden.«

Nahn erwiderte das Lächeln nicht. »Ist dein Sumentrieb ausgebrochen?«, fragte er stattdessen ernst und trug eine dicke Schicht von der Salbe auf.

»Was? Nein! Zum Glück nicht! Den Geistern sei Dank.«

Nahn kniff die Augen zusammen. »Deine Abneigung gegenüber den Sumen trifft mich.«

»Du weißt genau, dass das nicht gegen dich gerichtet ist«, beschwichtigte er sofort. »Aber ich bin nun mal kein Sume. Dafür kann ich nichts. Wenn ich einer wäre, wäre der Treib bereits vor Jahren ausgebrochen.«

»Du lebst unter uns Sumen. Ein Sechstel aller Paha gehört dem Sumenstamm an. Es wäre wirklich langsam an der Zeit, deine Angst vor ihnen abzulegen.«

»Du verstehst das nicht.« Sam versuchte sich aus dem Gespräch herauszuwinden. »Ich habe keine Angst vor den Sumen«, behauptete er, ohne mit der Wimper zu zucken.

Sam war ein wirklich guter Lügner geworden. Seine Konstitution hatte ihn in den letzten Jahren dazu gezwungen, sich das Lügenhandwerk anzueignen. An schlechten Tagen schaffte er es, den anderen Jägern weiszumachen, dass ihm das Glück bei der Jagd nicht hold gewesen war, nur um seiner Schwäche keine Blöße zu geben und der Häme zu entgehen. Und als er angefangen hatte, die Bandagen zu tragen, hatte er sich zahlreiche Notlügen zurechtgelegt, die sein eigenartiges Verhalten erklärten. *Es ist kalt. Hab mich geschnitten. Besserer Halt beim Klettern.* Doch Nahn kannte ihn einfach zu gut.

»Ich versteh schon«, sagte er und legte eine dicke Schicht Gazen auf die Salbe. »Du hast ein Mädchen kennengelernt.«

»Das ist Quatsch, und das weißt du.«

»Dann sag mir, wo du hingehst. Schließlich bist du ein Wintermondkind und darfst das Territorium um Pahann gar nicht verlassen.«

»Ich gehe nur ein paar Tage raus in die Wälder. Bitte, erzähl niemandem davon. Ich … ich will meine Tage in Freiheit noch etwas genießen.«

In Freiheit. Die Freiheit, die ihm noch blieb, bevor er Arua zur Frau nehmen musste. Die Zeit, die ihm noch blieb, die Freiheit zu finden, die ihn von seinen Pflichten als Wintermondkind entbinden würde.

Nahn nickte. »Na gut. Ich werd niemandem etwas verraten.«

»Danke, kleiner Bruder. Und hör auf, dir Sorgen zu machen.«

»Daran bist *du* schuld. Du hast mich darauf trainiert, mich immer zu sorgen.«

»Tut mir leid.« Sam setzte ein verschmitztes Lächeln auf.

»Nimm deinen Bogen mit«, sagte Nahn und legte ihm einen frischen Verband an. »Ich kenne dich doch. Du verkriechst dich wahrscheinlich in irgendeiner Höhle. Aber du musst auch essen. Vergiss das nicht. Hast du noch Curha?«

Das war das Kraut, das die Tiere lähmte. Die Trudner bereiteten die Pflanze zu einer Paste zu, und die Jäger tauchten ihre Pfeilspitzen hinein. Über das Blut verbreitete sich das Gift im Körper der Tiere und lähmte deren Muskeln. Der Vorteil war, dass nur der Bereich unmittelbar um den Pfeil herum herausgeschnitten werden musste. Der Rest des Tieres war noch immer genießbar.

Sam schüttelte den Kopf. »Nicht viel.«

»Ich hol dir welches.«

»Ich hab kein Geld.«

»Ist schon gut.« Nahn verschwand durch den Vorhang im Laden.

Sam lehnte sich im Stuhl zurück und betrachtete seinen frisch verbundenen Arm auf dem Tisch. *Pfeil und Bogen*, dachte er und fing an, die Bandage wieder um seine Hand zu wickeln. Er war ein guter Schütze. Wenn er mehr Tage hätte, an denen es ihm gut ginge, wäre er viel öfter draußen in den Wäldern, um zu jagen. Sein Zustand zwang ihn, mit dem Minimum an Kin auszukommen, das ihm die erlegten Tiere einbrachten. Niemals hätte er sich selbst als Jäger bezeichnet, denn das war er nicht. Doch was war er dann?

Manchmal ertappte er sich dabei, wie er die Paha bei ihren täglichen Arbeiten beobachtete. Wie die Händler auf dem Marktplatz lauthals ihre Waren anboten, wie die Jäger stolz auf ihren Pferden durch die Stadt ritten und die erlegte Beute beim Schlachtermeister ablieferten. Oder die Buchantiquare, die sich der Geschichte Pahanns verschrieben hatten.

Als er als Junge viel Zeit beim Heiler verbracht hatte, fragte er sich, ob er eines Tages selbst Heiler werden würde. Doch nach dem Vorfall hatte er plötzlich genug von Krankheiten. Bei allen Geistern! Er hatte das Gefühl, selbst eine Krankheit zu sein, die besiegt werden musste. Und das Schlimmste war, dass es keine Heilung gab. Warum sollte er sich also der Heilung verschreiben, wenn er selbst ein hoffnungsloser Fall war?

Manchmal beneidete er die Sumen. Sobald der Trieb in ihnen ausbrach, wussten sie, wo ihr Platz war, wo sie in der Gesellschaft hingehörten. Sie fanden einen Sinn in ihrem Dasein und in dem, was sie waren und taten.

Nahns Spezialität war das Gift. Es war ganz natürlich, dass er seinen Platz bei einem Trudner einnahm und sein Wissen in diesem Gebiet weiter ausbaute. Nahns Name als Giftmischer würde weit über Pahann hinaus bekannt sein und aus ganz Kolani würden die Menschen anreisen, um bei ihm Heilmittel zu kaufen.

Nahn hatte eine Fähigkeit, die sich auf äußerliche Dinge bezog. Es gab aber auch innere Triebe. Torjn zum Beispiel beneidete Sam seit dem Tag, an dem sein Trieb ausgebrochen war. Torjn hatte die Fähigkeit, seine Verletzungen wieder zu heilen, egal ob es eine kleine Schürf- oder eine riesige Schnittwunde war. Als würde die Zeit dann rückwärts laufen, schloss sich die Wunde in der umgekehrten Weise, in der sie entstanden war. Da sich Torjns Fähigkeit nicht auf andere Menschen übertragen ließ, konnte er sich selbst nicht Heiler nennen. Er fand seinen Platz bei den Jägern und war vor allem im Winter, wenn es schwer war, Wild zu finden, eine große Hilfe. Anders als Calen, der sich im Kampf gegen einen Bären eine schlimme Wunde zugezogen hatte und fast erblindet wäre, war es für Torjn kein Problem, in eine Bärenhöhle einzudringen und das Tier herauszulocken, wo es erlegt werden konnte und einer Menge Menschen das Überleben sicherte.

»Hier«, sagte Nahn und hielt ihm einen kleinen Lederbeutel hin. »Das sollte wieder für ein paar Wochen reichen. Und vergiss nicht, bei dieser Mischung musst du die ganze Pfeilspitze eintunken.«

»Danke«, sagte Sam und befestigte den Beutel am Gürtel.

Nahn nickte und klopfte ihm auf die Schulter. »Bleib nicht zu lange weg.«

Sam stand auf, schlüpfte in seinen Mantel und setzte ein Lächeln auf. »Wir sehen uns bald wieder.«

Gemeinsam gingen sie zurück in den Laden. Nahn begleitete ihn bis zur Tür. Sam verabschiedete sich und verschwand in die dunklen Gassen.

10
152 Jahre zuvor

Yarik flog mit dem Wind. Er war der Wind. Über hundert Jahre lang hatte er gebraucht, um die Fähigkeit zu erlangen, seinen Körper zu Luft werden zu lassen. Danach benötigte er nochmal fünfzig Jahre, um aus eigener Kraft am Himmel zu reisen. Lange hatte er sich an Windböen heften müssen, um überhaupt vorwärtszukommen. Erst benötigte er die Winde als Anschub, doch dann hatte er gelernt, wie er die Kraft aus sich selbst ziehen konnte. Mittlerweile hatte er die Macht, zu einem Orkan zu werden.

Er wusste, seine Fähigkeiten als Magier waren noch lange nicht erschöpft. Und solange er am Leben war, würde er seine Ziele immer höherstecken. Obwohl er Geschwindigkeit liebte, war es etwas anderes, dem er nacheiferte. Die Ausdehnung um die Welt. Luft war überall. Wenn er es schaffte, sich so sehr auszudünnen, dass er sich wie ein Mantel um die komplette Welt legen konnte, würde er fähig sein, sich an irgendeinem beliebigen Ort wieder zu materialisieren. In kleinen Schritten gedacht, würde das bedeuten, dass er sich in den Bergen in Makom in Luft verwandeln konnte, sich ausdehnte und sich im nächsten Moment auf der Orose Insel in der Mitte des Binnenmeeres wieder materialisierte. Eine Strecke, für die er als starke Windböe mindestens eine Stunde brauchte, könnte er in so kurzer Zeit zurücklegen, wie er für drei einfache Schritte aus dem Haus benötigte.

Natürlich wollte er sich nicht beklagen. Schließlich liebte er es, herumzufliegen. Es war eine Freiheit, die ihm niemand nehmen konnte – nicht einmal seine drei Geschwister.

Obwohl er zu Luft geworden war, hatte er noch immer die Fähigkeit, seine Umgebung wahrzunehmen. Vor ihm erschien ein Eiland in der Form einer gekrümmten Erdnuss. Eine Hälfte von dichtem Urwald bewachsen, die andere mit Gras bedeckt. Am Waldrand stand ein kleines Haus aus Stein. Auf der Ostseite gab es ein Rebfeld, das lediglich aus fünf Reihen bestand, und auf der Südwestseite lag eine kleine Anlegestelle. Die beiden Dschunken, eine mit braunen, die andere mit roten Segeln, deuteten darauf hin, dass Vinna und Datekoh bereits eingetroffen waren.

Yarik verlangsamte sein Tempo und landete auf der Wiese zwischen Feuerstelle und Haus. Seine beiden Geschwister standen im Schatten der dicht überwucherten Pergola und erwarteten ihn.

»Hallo, ihr zwei«, sagte Yarik.

»Du bist zu spät«, bemerkte Vinna monoton und mit versteinerter Miene.

Yarik lächelte. »Ja, ich freue mich auch, euch zu sehen.«

»Es ist respektlos, dass du uns warten lässt«, sagte sie und warf ihr feuerrotes Haar zurück. »Wir sind jeden Monat einen ganzen Tag unterwegs, nur um an diese Treffen zu kommen. Da erwarte ich mehr von dir.«

»Wie es scheint«, sagte Yarik und blickte sich um, »bin ich nicht der Letzte.«

Vinna schnaubte und verschränkte die Arme vor der Brust.

»Ich habe Wein mitgebracht«, sagte Datekoh und zeigte auf zwei Kisten, die im Schatten unter der Pergola standen. »Aber sie sind auf dem Weg hierher zu warm geworden. Bleibt uns also nichts anderes übrig, als auf Mai zu warten.«

Datekoh lüftete sein Schnürhemd und wedelte sich Luft zu. Obwohl ihm der Schweiß von der Stirn rann, standen seine braunen Haare in alle Richtungen zu Berg. Yarik hob die Hand mit der Handfläche nach oben und blies den beiden frische Luft zu.

»Danke.« Datekoh wischte sich mit dem Ärmel über sein kantiges Gesicht. Durch die Bartstoppeln wirkte er ungepflegt, doch das lag nur daran, dass er einen Tag lang auf der Dschunke gesessen hatte, um auf die Orose Insel zu gelangen.

Von weit her erhob sich ein Rauschen.

»Da ist sie ja endlich«, sagte Vinna und tippte ungeduldig mit den Fingern auf ihren Armen. »Und fast wärst *du* der Letzte gewesen.«

Mai kam mit einer unglaublichen Geschwindigkeit auf einer Welle angeritten. Sie hatte die Arme zur Seite ausgestreckt, um das Gleichgewicht zu halten, und jauchzte vor Freude. Das Wasser gehorchte ihrem Willen und brachte sie in einer schwungvollen Welle um die Anlegestelle herum. Dann hob sie sich an und schwappte über das Ufer. Mai schlitterte auf einer dünnen Wasserschicht über den Rasen. Kurz vor ihren Geschwistern schlug sie mit den Armen ein Rad und kam zum Stillstand. Der Halt war so abrupt, dass das Wasser herumspritzte. Yarik machte so was nichts aus. Die Tropfen, die Vinnas weißes Kleid und ihre Arme trafen, verdunsteten wegen des Feuers, das in ihren Adern loderte, sofort wieder. Das meiste Wasser landete auf Datekoh und spritzte ihm direkt ins Gesicht. Mit geschlossenen Augen blieb er stehen. Dann schaute er Mai mit einem gefassten Blick an.

»Das hast du absichtlich gemacht.«

»Ach, komm schon, Bruder!« Mai lachte. »Sag mir nicht, dass es schlimmer geworden ist.«

»Was soll schlimmer geworden sein?«, fragte Yarik.

Datekoh wischte sich mit dem Ärmel das Gesicht trocken. »Nichts ist schlimmer geworden.«

»Gibs doch einfach zu«, neckte Mai. »Du hasst das Salz.« Die Magierin ließ das Wasser abfließen, sodass sie mit ihren nackten Füßen wieder auf trockenem Rasen standen. Dann breitete sie die Arme aus. »Schön, euch alle wiederzusehen.« Im Kontrast zu ihrer fast schwarzen Haut, den gekrausten, schwarzen Haaren und dem schwarzen Kleid mit den gelben Stickereien, leuchteten ihre Zähne und das Weiß in ihren Augen wie Diamanten.

»Ich hasse das Salz nicht«, sagte Datekoh, »aber ich wasche mich lieber im Süßwasser.«

»Das muss ja für dich jedes Mal eine Tortur sein, herzukommen«, sagte Mai und spielte darauf an, dass es auf der Insel nur eine einzige kleine Quelle gab.

»Das ist ja nichts Neues«, meinte Yarik belustigt.

»Können wir endlich auf die wichtigen Dinge zu sprechen kommen?«, fragte Vinna.

»Ja«, sagte Datekoh und zeigte auf die Kisten im Schatten. »Könntest du den Wein kühlen, Mai?«

»Oh! Du hast Wein mitgebracht? Wie aufmerksam von dir.«

Vinna rollte mit den Augen und setzte sich genervt auf eine Bank unter der Pergola. Datekoh stellte ein paar Flaschen auf den steinernen Tisch und Mai legte um jede ihre Hände. Als Wassermagierin hatte sie die Fähigkeit, das Wasser in jede mögliche Form zu bringen. Sie konnte es verdunsten, aber auch zu Eis werden lassen. So war es für sie kein Problem, den Wein ein paar Grad runterzukühlen. Datekoh schenkte bereits vier Becher ein, als Yarik sich neben Vinna setzte und sie anlächelte.

»Warum bist du denn so griesgrämig, Schwester?«, fragte er und nahm dankbar einen Becher entgegen.

»Ich mag mich nicht daran erinnern, dass der Sinn unserer Treffen darin besteht, uns jedes Mal zu betrinken.«

»Der Wein dient nur dazu, die Hitze in dir etwas abzukühlen«, sagte Datekoh verschmitzt.

»Wir haben Pflichten!«

»Das aus deinem Mund zu hören …«, sinnierte Mai. »Wenn wir diesen Pflichten nachgehen würden, wären wir bereits jetzt schon wieder auf dem Weg zurück nach Hause. Wie gehts dem Feuerstamm?«, sagte Mai in einer aufgesetzten Stimme, die wohl Yarik nachäffen sollte. Dann wechselte sie zu einer Imitation von Vinna. »Gut, sieht so aus, als wär ein Elev geboren. Und wie läufts im Windstamm? … Leider tut sich noch immer nichts … Im Wasserstamm leider auch nicht … Ja, na gut, dann bis zum nächsten Vollmond.«

Datekoh und Yarik lachten, doch Vinna schnaubte verächtlich.

»Das ist doch nicht …«

»Sema ist schwanger«, warf Yarik ein.

Alle Gesichter waren sofort auf ihn gerichtet.

»Sicher?«, fragte Datekoh.

»Auch wenn Sema schwanger ist«, sagte Vinna sachlich, »das bedeutet noch nicht, dass sie den nächsten Eleven gebiert.«

»Sema ist eine Nachfahrin meiner Mutter«, sagte Yarik. »Und Garak, ihr Mann, ein Großneffe meines Meisters.«

»Hat er die arme Sema vergewaltigt?«, fragte Vinna zynisch.

»Nein, es ist ein Kind der Liebe. Genau so, wie es der Kodex vorgibt.«

»Das ist doch toll!«, rief Mai und hob den Becher. »Dann haben wir unsere Arbeit ja doch erfüllt.«

»Wir haben überhaupt nichts getan«, knurrte Vinna, hob aber trotzdem ihren Becher und stieß an.

»Freut es dich denn nicht, uns hier zu treffen?«, fragte Datekoh und trank einen Schluck Wein. »Immerhin sind wir doch Familie.«

»Ich fahre zu jedem Vollmond hier raus auf die Insel und habe das Gefühl, überhaupt nichts damit zu bezwecken. Wir tun gar nichts! Sitzen nur hier rum, trinken Wein und unterhalten uns über … keine Ahnung! Seht ihr, mir bleiben nicht einmal unsere Gespräche in Erinnerung.«

Yarik lachte. »Jetzt tust du uns Unrecht.«

»Nein«, widersprach Vinna. »Wir sind bloß unbedeutende Elementmagier. Für die Leute im Feuerstamm gerade mal gut genug, um dafür zu sorgen, dass die Feuer nicht erlischen – nur weil sie zu träge sind, sie selbst zu entzünden. Und dann beten sie zu Aradan und Hea, den einzigen Göttern, die sie noch nicht vergessen haben, und reden sich ein, von ihnen Antworten zu bekommen.«

»Bist du etwa neidisch auf die Götter?«, fragte Mai.

»Neidisch? Nein. Die Götter tun doch überhaupt nichts!«

»Und du? Tust du mehr als bloß Feuer zu geben?«, fragte Yarik.

Vinna bedachte ihn mit einem strengen Blick. »Nicht jeder von uns ist mit Heilkräften gesegnet wie du.«

»Die Leier schon wieder«, sagte Datekoh leise.

Vinna wandte sich ihm zu. »Das ist wichtig! Seht ihr nicht, was da draußen vor sich geht? Die Menschen tun doch, was sie wollen. Sie brauchen jemanden, der sie führt.«

»Es ist nicht unser Problem, wenn du deinen Feuerstamm nicht im Griff hast«, sagte Mai und drehte den Becher zwischen ihren Händen. »Die Menschen vom Wasserstamm sind zufrieden und es gibt nichts, was sich daran ändern sollte.«

»Es sind doch nicht die Leute vom Feuerstamm«, sagte Vinna energisch. »Es sind die Geschichten, die sie erzählen, wenn sie Handel mit den Menschen im Norden treiben. Die Zeremonien für die Gottheiten werden zu gedankenlosen Handlungen. Ihre Opfergaben werden weniger und der Respekt und die Ehrfurcht vor den Göttern schwindet.«

»Das ist doch nur ein Zeichen dafür, dass es ihnen gut geht«, sagte Datekoh. »Sorglosigkeit ist ein hohes Gut. Das ist doch, was zählt.«

»Zu gut vielleicht«, wandte Vinna ein. »Diese Menschen haben zu viel Zeit, um zu jagen. Sie jagen nicht mehr, um ihren Hunger zu stillen, sondern aus Spaß. In nur fünf Tagen wurden drei Tierkadaver gefunden. Gehäutet. Sie nehmen nur die Pelze mit und lassen das Fleisch verrotten.«

»Sie werden schon wieder zur Vernunft kommen«, sagte Mai zuversichtlich. »Die Zeiten ändern sich. Die Menschen haben plötzlich mehr Zeit für sich selbst.«

»… und wissen überhaupt nichts damit anzufangen. Sie brauchen jemanden, der ihnen sagt, wie sie die Zeit nutzen sollen. Wenn schon Fortschritt, dann richtig. Kann doch nicht sein, dass sich die Zeiten ändern und die Menschen dabei immer mehr zu Wilden werden. Man sollte meinen, Fortschritt mache die Menschen zivilisierter.«

Datekoh lachte. »Es überrascht mich, dass du dir so tiefe Gedanken zu den Menschen machst. Da bin ich ja glatt geneigt, dich als ehrenwert zu bezeichnen. Aber mal ehrlich. Das Problem sind doch nicht die Menschen, sondern die Magier selbst.«

»Hat es etwa einen neuen Niederfall gegeben?«, fragte Mai erschrocken.

»Ja«, bestätigte Datekoh.

»Nein, Koh«, unterbrach ihn Yarik. »So klar ist das noch nicht.«

»Ich weiß aus sicherer Quelle, dass Porta aus dem Krater tot ist.«

»Porta? Die Erdmagierin?«, fragte Vinna.

»Meine Schwester im Geiste«, sagte Datekoh leise und legte die Hand aufs Herz.

»Das tut mir leid, Koh, aber so läuft das nun mal.«

»*So läuft das nun mal?*«, fuhr er empört hoch. »Nein! So sollte das nicht laufen!«

»Was willst du dagegen unternehmen?«, fragte Vinna. »Du kannst den Kodex nun mal nicht ändern.«

»Und damit gibst du dich zufrieden? Das ist bereits der dritte Elementmagier innerhalb von zwei Monaten! Man könnte meinen, die Materiemagier wären im Krieg!«

»Das sind sie ja vielleicht auch«, gab Vinna energisch zurück. »Was solls? Das ist nun mal das Los eines jeden Elementmagiers. Können wir uns wieder auf das Wesentliche konzentrieren?«

»Das *Wesentliche*?«, fragte Datekoh. »Das *ist* das Wesentliche, Vinna! Die Lage wird immer ernster. Wir müssen etwas unternehmen.«

»Was denn?«, wollte Mai wissen.

Datekoh atmete tief durch und lehnte sich zurück. Plötzlich wirkte er erschöpft. »Ich weiß doch auch nicht. Einsicht in die Liste bekommen? Versuchen durchzusetzen, dass die Reihenfolge nach Alter festgesetzt wird? Porta war gerade mal 392 Jahre alt. Wenn es wenigstens jemanden wie Naaren getroffen hätte, der 630 ist. Ich mein, der ist so nahe an der Auflösung dran, da wäre dies ja beinahe schon ein Segen für ihn.«

»Die Auflösung ist ein Segen«, stellte Mai richtig. »Ihm das jetzt noch zu nehmen, wäre grausam.«

»Aber Koh hat recht«, sagte Yarik. »Es kann nicht sein, dass wir weiterhin bloß zusehen und nichts tun. Ich werde versuchen, herauszufinden, was bei den Materiemagiern los ist. Wir sollten nichts Unüberlegtes tun. Vielleicht sind sie für ein Gespräch bereit.«

»Pah, das ist doch vergebenes«, sagte Vinna. »Die interessiert das doch nicht. Warum sollte sich nach 500 Jahren plötzlich etwas ändern? Ich beschwere mich ja auch schon die ganze Zeit über die Menschen, aber keiner hört auf mich.«

»Vielleicht solltest du es einmal mit etwas mehr Mitgefühl versuchen«, schlug Mai vor. »Das bewirkt meist mehr als sich bloß immer zu beklagen. Du würdest überrascht sein, wie viel Gutes in den Menschen steckt.«

Vinna rollte mit den Augen und schob Datekoh den leeren Becher hin, damit er ihn wieder auffüllte.

11

Mit grimmiger Miene ging Kato durch das Atrium Richtung Ausgang. Obwohl der Große Rat ihn respektierte und sein Einfluss über die letzten Jahre gewachsen war, kam es selten vor, dass das Treffen ihm keine schlechte Laune bereitete. Als ein eisiger Wind durch die Arkade zog, knöpfte er seinen Mantel zu und zog den Wolfspelz enger um den Hals. Die Besprechung hatte den ganzen Morgen gedauert. Er hasste es, so lange Zeit in einem fensterlosen Raum eingesperrt zu sein. Womöglich war dies der Grund für seine schlechte Laune. Als er am Morgen das Gebäude betrat, hatte die Sonne noch geschienen. Nun waren Wolken aufgezogen und der Mittag lag in einem dumpfen Licht unter grauem Himmel.

Bei der Treppe wartete bereits Calen auf ihn und nickte ihm respektvoll zu. Seine blonden, langen Haare hatte er auf der linken Seite mit kleinen Zöpfen nach hinten geflochten, dass die Narbe, die er sich vor ein paar Jahren im Kampf gegen einen Bären zugezogen hatte, gut sichtbar war. Er trug sie mit Stolz – schließlich hatte ihn dieser Kampf fast das Augenlicht gekostet.

»Wo ist Sam?«, fragte Kato mit monotoner Stimme.

Calen schaute ihn überrascht an. »Sam?«

»Ich habe ihn seit dem letzten Training nicht mehr gesehen«, sagte Kato und stieg die Treppe hinunter. »Das ist bereits sieben Tage her. Der Rat hat bestimmt, dass er seine Tätowierung noch vor den Vermählungszeremonien bekommen soll.« Calen war auf dem Mittelpodest stehen geblieben, also drehte sich Kato zu ihm um. »Ich weiß, dass ihr keine Freunde seid, aber schließlich seid ihr gleich alt. Da wirst du wohl eher wissen, wo er sich rumtreibt.«

»Aber er ist doch gar kein Sume.«

»Er trägt den Trieb in sich. Es ist nur eine Frage der Zeit, bis er ausbricht.«

»Aber woher weißt du das? Er könnte ja auch nach seiner Mutter kommen.«

Kato schaute Calen mit funkelnden Augen an. Er konnte es nicht ausstehen, wenn jemand glaubte, etwas besser zu wissen als er. »All die Narben an seinem Körper sind der Beweis dafür, dass da etwas in ihm schlummert. Und ganz sicher kommt diese Kraft nicht von der Seite seiner Mutter, die eine Tanha war.«

»Ich dachte, du hältst Sam für einen Schwächling. Hast du ihn nicht deshalb von dem Kampftraining ausgeschlossen? Nun hört es sich so an, als wäre er auf irgendeine Weise wichtig.«

Kato neigte den Kopf leicht zur Seite und strafte Calen mit einem verständnislosen Blick. »Er ist ein Schwächling. Aber jemanden, der so viele Narben am Körper trägt und noch immer aufrecht geht, sollte man nicht unterschätzen. Merk dir das.«

Calen nickte und folgte ihm weiter die Treppe runter zu den Pferden, die an einem Holzgeländer angebunden waren. »Hast du Nahn gefragt?«

»Der behauptet, sein Bruder wäre in einem Freudenhaus?«, fuhr Kato aufgebracht herum. »Nahn war schon immer ein schlechter Lügner.«

»Ich kann ihn mir vorknöpfen, wenn du willst.«

»Nein, er ist loyal. Aus dem bekommst du nichts raus.«

»Torjn meinte, er hätte Sam in den westlichen Wäldern herumrennen sehen. Vielleicht jagt er?«

»Er jagt?«, fragte Kato überrascht und stieg auf sein Pferd. »Was soll er denn jagen? Er ist der Letzte auf der Liste des Schlachtermeisters. Seit sieben Tagen hat er nichts beigetragen.«

»Vielleicht jagt er für sich selbst?«, sagte Calen und stieg ebenfalls auf sein Pferd.

»Er weiß, dass das nicht im Sinne der Gemeinschaft von Pahann ist. Er kann hier nicht einfach machen, was er will. Verflucht! Er ist schließlich ein Wintermondkind und hat gewisse Vorbildfunktionen zu erfüllen. Er soll die, die er erfüllen kann, gefälligst ernst nehmen.«

Gemeinsam ritten sie auf der Hauptstraße an den Händlern vorbei Richtung Westen. Am Waldrand kreuzten sie Jäger, die mit erbeutetem Wild auf dem Weg zurück nach Pahann waren. Mit dabei war Torjn, der die anderen vorausreiten ließ und bei Kato und Calen anhielt.

»Du hast Sam gesehen?«, fragte Kato.

Torjns Blick wanderte überrascht zu Calen. »Das ist bereits drei Tage her«, antwortete er und strich sich seine schwarze Haartolle zurück.

»Wo?«

»Ich habe ihn nur von Weitem gesehen – zumindest glaube ich, dass es Sam war. Draußen, bei den Handalfelsen. Er rannte Richtung Sumpfgebiet.«

»Was führt der Kerl im Schilde?«, fragte Kato genervt und ritt weiter. Hinter sich hörte er, wie Calen sich von Torjn verabschiedete und ihm folgte.

Am späten Nachmittag erreichten sie die Handalfelsen. Umgeben von Wald ragten sie wie eine silberne Insel über die Baumwipfel hinaus. Kato band sein Pferd an einem Ast fest und kletterte den Felsen hoch bis zum Gipfel, von wo aus er freie Sicht in alle Himmelsrichtungen hatte und die Wälder wie ein dunkelgrünes Meer zu seinen Füßen lagen. Obwohl der Himmel wolkenverhangen war, war die Luft rein. Das Kastaneika Gebirge im Norden und die silberne Felswand von Nomm im Süden waren klar zu sehen. Im Osten stiegen Rauchsäulen über Pahanns schwarzen Dächern auf und die Dachspitze des Zeremonienhauses war zu sehen. Richtung Westen erstreckte sich eine dunkelgrüne Walddecke bis zum Horizont. Kato atmete die frische Luft ein und blickte nach Nordwesten zu den Sumpfgebieten.

Was treibst du hier draußen?

Nach einer Weile stieg er wieder runter zu Calen, der noch immer auf seinem Pferd saß und auf ihn gewartet hatte.

»Lass dein Pferd hier. Wir teilen uns auf. Du siehst dir die Gegend um das Sumpfgebiet herum an. Ich suche hier in den Wäldern nach einer Fährte.«

Es war keine Gegend, in der die Jäger oft jagten, denn das Wild hielt sich eher südlich von den Handalfelsen auf. Auch gab es hier keine Nussbäume oder Beeren. Und der Boden war zu feucht, als dass Dachse oder Füchse dort ihre Baue angelegt hätten. Sollte sich Sam also in dieser Gegend herumtreiben, so würde er gewiss Spuren hinterlassen, die nicht zu übersehen waren. Abgeknickte Zweige oder Fußspuren im weichen Boden. Während es die letzten paar Nächte oft geregnet hatte, waren die Tage kalt und trocken gewesen, was die Abdrücke im Boden hätte konservieren müssen.

Langsam ging Kato durch das Unterholz, suchte sich mögliche Pfade, betrachtete die Baumstämme und die Gebüsche. Tatsächlich waren am Boden keinerlei Spuren von Pfoten zu sehen. Die einzigen Tiere, die sich in dieser Gegend aufhielten, waren Vögel. Aus allen Richtungen hörte er deren Gezwitscher und Gesang. Da sich die Jäger von Pahann nicht viel aus Vögeln machten, waren sie nie wirklich zu deren Beute geworden und hatten hier ihr Paradies gefunden. Vor allem in den Sommermonaten waren die Baumkronen dicht bewachsen und boten Schatten und Schutz für ihre Nester.

Nostalgie kam auf, als er sich erinnerte, wie er damals als junger Sume seine Vogelphase gehabt hatte, wie er sie gejagt und deren Blut getrunken hatte. Er war damals nicht besonders wählerisch gewesen und es war ihm egal, ob seine Beute eine Eule oder bloß ein kleiner Spatz war. Obwohl er den Stammesältesten erklärt hatte, dass sein Sehsinn dadurch schärfer würde und dies zur Entwicklung seines Sumentriebs notwendig sei, ging es ihm nur darum, das Blut zu trinken. Es ging ihm immer nur um das Blut. Nicht die Geschichten, die er erzählte, bargen das Geheimnis, weshalb er kaum alterte, sondern das Blut. Das war es, was ihm als 97-Jährigen ermöglichte, im Körper eines 45-Jährigen zu leben. Und solange niemand ihn daran hinderte oder seinen Trieb unterdrückte, würde er genau so weitermachen wie bisher.

Überrascht blieb er stehen. Da war er, der Geruch, der ihn antrieb. Blut. Sofort schärfte er seine Sinne und schaute sich wachsam um. Ein paar Schritte weiter entdeckte er auf einer Wurzelknolle einen kleinen roten Tropfen. Seine Augenbrauen zuckten und er schaute genauer hin. Die Art, wie der Tropfen auf der Baumwurzel lag, verriet ihm, in welche Richtung er gehen musste. Tatsächlich fand er fünf Schritte weiter den nächsten Blutstropfen am Boden. Der Geruch wurde stärker, immer mehr Blut säumte den Weg und führte ihn zu einer mächtigen Buche. Langsam ging er um den Stamm herum und blieb verwundert stehen. Zwischen zwei Wurzeln lag ein Vogelkadaver. Es war ein Rabe, der kaum mehr als solcher zu erkennen war. Mit gebrochenen Flügeln und zertrümmertem Schnabel lag er aufgeschlitzt auf dem Rücken. Käfer und Ameisen hatten sich ihm bereits angenommen und der faulige Gestank von Aas überdeckte den so süßen Duft des Blutes.

Angeekelt verdeckte Kato sich mit dem Arm das Gesicht und kniff die Augen zusammen. *Was hat das zu bedeuten?* Niemand, den er kannte, würde sich so respektlos seiner Beute gegenüber verhalten – ein wild gewordener Sume vielleicht oder ein verrückter Khame. Sonst würde er keinem anderen Stamm in Pahann so was zutrauen.

12

Kopfüber hechtete Sam zwischen morschen Baumstämmen durch, rollte auf dem feuchten Waldboden ab und hetzte weiter durch das Unterholz. Als das Gelände steil zu einer Mulde abfiel, stieß er sich am Stamm einer Buche ab, zog sich hoch und balancierte mit ausgestreckten Armen über die Äste hinweg. Mit einer Vorwärtsdrehung sprang er runter und rollte über den moosbewachsenen Boden. Gejagt von den ersten Sonnenstrahlen, rannte er weiter durch den nebligen Wald.

Mit einem seitlichen Überschlag sprang er über Buschwerk und schlitterte über nasse Baumstämme zum Fluss. Außer Atem blieb er am Ufer im trockenen Steinbett stehen und stützte sich auf den Knien ab. Das Blut pochte in seinem Schädel und seine bandagierten Hände kribbelten. Über ihm flog Kro, der immer dann auftauchte, wenn er wie von Sinnen durch den Wald jagte. Er erkannte ihn an den weißen Federspitzen der Handschwingen und am tiefen Klang seiner rauen Stimme. Seit Sam mit der Vogeljagd begonnen hatte, machte sich Kro über ihn lustig. Schließlich war er der einzige Rabe, der durch die Verbindung zum Heiler sozusagen tabu war. Zudem hatte Sam versucht, ihn mit der Schleuder zu treffen, ja selbst einen Pfeil hatte er nach ihm geschossen, doch tatsächlich war er der einzige Vogel, der ihm entkommen war; also ließ er ihn fortan gewähren.

Doch dieses Mal war Sam weniger auf der Jagd als auf der Flucht. Drei Jäger waren ihm dicht auf den Fersen. Für den Raben schien dies alles nur ein Spiel zu sein, so flog er direkt über ihm und krähte, als wollte er die Aufmerksamkeit seiner Verfolger auf ihn lenken.

Sam hatte bereits das Weite gesucht, als er Calen und Torjn hatte kommen sehen. Als sie ihm auch noch zuriefen, dass der Rat ihn sehen wolle, ahnte er Böses.

Sobald Sam das Geräusch von Pferdehufen hörte, rannte er weiter, sprang von Stein zu Stein und überquerte den Fluss. Auf der anderen Seite tauchte er wieder ein ins Unterholz. Die Blätter rauschten bei seinem Tempo auf und trockene Zweige zerkratzten sein Gesicht. Hinter ihm donnerten die Pferde durch das Flussbett. Sam zog sich an einem Ast hoch, verschwand in die Baumwipfel und balancierte über die Äste hinweg von Baum zu Baum. Er glaubte, entkommen zu sein, als er plötzlich Stimmen hörte.

»Er muss hier entlang gerannt sein!«

Mit angehaltenem Atem stand er auf einem Ast und schaute zu, wie Calen und Torjn unter ihm vorbeiritten. Er zog den Bogen aus dem Bogenköcher, der zusammen mit den Pfeilen an seinem Ledergürtel hing, zog einen Pfeil heraus und spannte ihn.

Ich könnte sie hier und jetzt töten. Hier und jetzt . Alles beenden.

Die dumpfen Schläge der Pferdehufen wurden leiser. Er atmete stockend. Seine Hand zitterte und er senkte den Bogen.

Nein, ich bin ein Jäger und kein Mörder.

Er steckte Pfeil und Bogen zurück in den Köcher und strich sich mit dem bandagierten Handrücken den Schweiß von der Stirn. Plötzlich hörte er das laute Krähen des Raben, der auf einem Ast weiter oben saß und nervös mit dem Kopf wippte. Sein Krähen war so laut und unkontrolliert, dass es die Aufmerksamkeit der Jäger auf sich zog, so als ob er ihn ausliefern wollte.

»Sei still!«, zischte er.

Als das Geräusch der Pferdehufen zurückkehrte, balancierte er über die Äste hinweg in die entgegengesetzte Richtung, sprang runter und hetzte weiter durch das Unterholz. Der Rabe folgte ihm weiterhin laut krähend.

Er war ihm keineswegs ans Herz gewachsen, wie der Heiler ihm versichert hatte. Im Gegenteil. Kro war noch viel nerviger als zuvor. Er erschwerte ihm die Jagd, indem er seine Beute vorher verscheuchte, und nun flog er wie ein Signalhorn über ihm und hörte nicht auf zu keckern, als wollte er alle Jäger Pahanns auf ihn hetzen, während er versuchte, zu entkommen. Kros

Schreie veränderten die Tonlage und immer wieder zog er nach rechts weg, als wollte er ihm den Weg weisen. Doch Sam rannte weiter und sprang mit einem Überschlag über mehrere Büsche auf eine kleine Lichtung. Bevor seine Füße den Boden berührten, sah er, dass er in eine Falle getappt war.

Kato stand bereit und schlug ihm mit voller Kraft den Arm an den Hals, sodass er noch in der Luft in Rückenlage geriet und wie ein Brett auf dem Boden aufschlug. Keuchend öffnete er die Augen, da beugte sich Kato auch schon über ihn. Hinter ihm saßen Calen und Torjn auf ihren Pferden und grinsten hämisch.

Seine Hand wanderte zum Messer im Beinholster, doch Kato packte beide Handgelenke und drückte sie über seinem Kopf zu Boden.

»Du denkst, du könntest hier machen, was du willst«, zischte der grauhaarige Sume über ihm. »Hältst du mich etwa zum Narren?«

Als Sam versuchte, sich zur Seite zu drehen, drückte Kato das Knie auf seinen Bauch.

»Was führst du im Schilde?«, fragte er und quetschte dabei seine Handgelenke.

»Was meinst du?«, fragte Sam und keuchte.

»Du weißt genau, was ich meine«, fauchte Kato und schlug ihm ins Gesicht. »Spiel gefälligst nicht den Ahnungslosen!«

Sam spürte, wie die Energie des Vogelherzens noch immer in ihm pulsierte, doch er war den halben Nachmittag auf der Flucht gewesen, was der Wirkung mehr Abbruch getan hatte, als ihm lieb war.

Da ließ Kato plötzlich seine Handgelenke los, packte ihn mit beiden Händen am Hals und würgte ihn. Sam verfiel von einem Moment auf den anderen in Panik. Er wand sich wie ein Fisch unter Katos Griff, schlug mit allen Gliedern um sich und japste. Seit Jahren war er dabei, sich einzureden, dass Kato kein Wilder war und seine Berührungen somit kontrollierbar; schließlich war er fast der Hauptgrund für die vielen Narben an seinem Körper. Doch seit jenem verheerenden Erlebnis in seiner Kindheit war es in all seinen Zellen gespeichert: Kato bedeutete Gefahr für sein

Leben. Die Furcht vor dem Ältesten der Sumen machte es ihm unmöglich, sich zu konzentrieren, seine Berührungen zu kanalisieren, abzuleiten und sich so vor den anrollenden Erinnerungen zu schützen. Stattdessen schwanden seine Kräfte immer mehr, bis er fast reglos dalag und seine Hände in den feuchten Waldboden krallte. Die Haut an seinem Hals brannte unter Katos Griff, und obwohl Sam spürte, wie sie kurz davor war zu zerreißen, verdrehte er langsam die Augen und war dabei, das Bewusstsein zu verlieren. Plötzlich ließ Kato von ihm ab. Sam keuchte, hustete und griff sich an den Hals, um sicherzugehen, dass Kato ihn tatsächlich rechtzeitig losgelassen hatte.

»Stell meine Geduld nicht auf die Probe!«

»Ich habe nichts getan«, antwortete Sam mit rauer Stimme und reckte den Hals, um besser atmen zu können.

»Du hast nichts getan?«, wiederholte Kato ungläubig und fuhr sogleich wieder hoch. »Lüg mich nicht an! Ich habe die Vogelkadaver gesehen! Überall lagen sie um das Sumpfgebiet herum verteilt! Das ist nicht das, was ein ehrenwerter Jäger tut! Und das weißt du!« Kato packte ihn am Kragen, zog ihn hoch und schlug ihn mit dem Rücken gegen einen Baumstamm. »Also, was hat es mit den Vögeln auf sich?«, fragte er und packte seine linke Hand.

Sam krallte sich an der Borke hinter ihm fest, um die Wucht, die Katos Berührung an seinen Fingern auf ihn hatte, abzuleiten. Sein Körper zitterte, doch dieses Mal versuchte er, sich zu konzentrieren.

»Ich brech dir jeden einzelnen«, zischte Kato und übte Druck auf seinen Ringfinger aus.

Sam schüttelte den Kopf. »Nein. Ich habe nichts Verbotenes getan.«

»Du hast die Vögel aber auch nicht gegessen! Und der Schlachter sagt, dass du seit drei Wochen keine Beute mehr beigesteuert hast.«

Kato bog seinen Finger nach hinten, bis es knackte. Sam schrie, seine Knie gaben nach und er verlor den Stand. Doch Kato packte ihn wieder am Kragen und zog ihn hoch.

»Nicht die Finger«, flehte er und hielt mit der anderen Hand das Handgelenk. »Bitte nicht die Finger.«

Kato kniff die Augen zusammen, schüttelte den Kopf und schnalzte verächtlich mit der Zunge. »Wirklich eine Schande«, sagte er leise.

Einen kurzen Moment glaubte Sam, dass es nun vorbei war, denn Kato war ihm gegenüber noch nie wirklich handgreiflich geworden. Doch da schlug er ihm mit voller Kraft die Faust ins Gesicht, dass er zur Seite fiel und einen Moment reglos liegen blieb. Er war noch gar nicht richtig bei Bewusstsein, als Kato ihn wieder hochzog und ihm erneut einen Hieb verpasste.

»Was hat es mit den Vögeln auf sich?«

Sam konnte es ihm nicht sagen, doch als er plötzlich eine Klinge am Hals spürte, wurde ihm klar, dass ihm keine andere Wahl blieb. So armselig sein Leben auch war, die Vogelherzen hatten ihm seinen Lebenswillen zurückgegeben. Er wollte den Rausch nicht mehr missen, wollte das Gefühl, stark und unbesiegbar zu sein, für immer in sich spüren. Das würde er aber nicht können, wenn er hier wie ein Hammel ausbluten würde.

»Die Herzen«, sagte er, als er bereits den Schnitt an seinem Hals spürte. »Die Vogelherzen.«

»Was?« Kato ließ von ihm ab.

Sam sackte auf den Boden und drückte sofort mit der bandagierten Hand die Wunde am Hals ab. »Sie verleihen mir Kraft.«

»Hm?«, knurrte Kato irritiert. »Was redest du da?«

»Zuerst die Flügel brechen«, sagte er mit zitternder Stimme, »dann den Schnabel zertrümmern und dann das Herz essen. Es ist besser als jedes Trudnerkraut.« Erschöpft lehnte er den Kopf an den Stamm und schluckte schwer. Dann rappelte er sich langsam wieder auf die Füße. »Es gibt mir das Gefühl, fliegen zu können.«

»Lügst du mich an?« Kato boxte ihm in den Bauch.

Sam klappte nach vorne und fiel auf alle viere. Der Schlag hatte ihn so tief in der Magengrube erwischt, dass er würgte und vor Katos Füßen erbrach.

»Das ist ja ekelhaft!«, rief Calen, und Torjn lachte laut auf.

Sam fiel bloß ein Stein vom Herzen, als er sah, wie Kato einen Schritt zurücktrat, was bedeutete, dass er mit ihm fertig war.

»War das etwa ein Vogelherz?«, fragte er und betrachtete das blutige Erbrochene.

»Der ist vollkommen durchgedreht«, meinte Calen.

»Du isst rohe Vogelherzen?«, fragte Kato ernst. »Wie bist du darauf gekommen?«

Sam ließ den Kopf hängen und war noch immer ganz außer Atem. Dass es der Heiler war, konnte er unmöglich preisgeben, also bog er die Wahrheit zurecht. »Aus einem Buch.«

»Aus einem Buch«, wiederholte Kato zähneknirschend. »Soso, und das wolltest du einfach so für dich behalten? Wir sind hier eine verdammte Gemeinschaft! Verschiedene Stämme vereint zu Pahas! Solche Unternehmen werden im Großen Rat mit den Clanältesten besprochen! Dafür ist der verfluchte Rat da!«

Sam zuckte zusammen und spürte, wie ihm Blut aus der Nase tropfte. Da packte ihn Kato an den Haaren, riss seinen Kopf hoch und schaute ihn an.

»Die Stammesvermählungen finden bald statt. Du wirst dich gefälligst zusammenreißen. Zudem wurde entschieden, dass du vorher noch deine Tätowierung bekommst. Schließlich bist du ein Sume – wenn auch keiner, auf den die Sumen stolz sein können. Aber verhalte dich wenigstens nicht wie ein verdammter Schwächling!«

Dann ließ er ihn los, gab einen genervten Ton von sich und kehrte zu seinem Pferd zurück. Als Sam zur Seite kippte und reglos liegen blieb, ritten sie davon. Erst als sich sein Puls wieder normalisiert hatte, setzte er sich auf, biss die Zähne zusammen und richtete seinen Finger. Dann löste er die Bandage und band sie so um die Hand, dass sie den Finger stabilisierte. Noch immer hatte er ein flaues Gefühl im Magen und sein Gesicht brannte von den Schlägen. Auf wackligen Beinen ging er zurück zum Fluss.

Im Steinbett ließ er sich nieder und tauchte die Hände ins kalte Wasser. Er reinigte sein Gesicht vom Blut und spülte den fauligen Nachgeschmack des Erbrochenen aus dem Mund. Während er die Bandagen noch stärker um seinen gebrochenen Finger band, vernahm er aus einem Baumwipfel vom anderen Ufer her das Krähen des Raben.

»Du hättest mich auch warnen können«, sagte er genervt, wohlwissend, dass er selbst derjenige gewesen war, der sein auffälliges Verhalten, kurz bevor er in Katos Falle getappt war, ignoriert hatte.

Sam betrachtete seinen nun bloßen Arm, die mittlerweile verheilte Schnittwunde, die Calen ihm im letzten Training zugefügt hatte, und den Narbenstreifen, der sich vom Handrücken aus um seinen Arm schlängelte. Er musste nicht nur jede mögliche Beleidigung der anderen Jäger über sich ergehen lassen; obwohl ihm die Narben meistens egal waren, gab es Momente, in denen sie ihm seine Schwäche unmittelbar vor Augen führten. Wie die Narben, die sich in Spiralen um seinen Körper wanden, fiel er in einen Strudel, der ihn langsam nach unten zog. Um ihn herum wurde es immer dunkler, die Selbstzweifel blitzten in Form von verzerrten Fratzen auf und eine innere Stimme sagte ihm, dass es das Beste wäre, wenn er seinem Leben einfach ein Ende setzen würde.

Sofort zog er den Ärmel runter, tauchte die Hände ins Wasser und wusch sich das Gesicht. Dabei spürte er die mittlerweile verheilte Schnittwunde an den Lippen. Wie der Heiler – und leider auch Arua – vorausgesagt hatte, war eine Narbe zurückgeblieben, die sich senkrecht auf der linken Seite über die Ober- und Unterlippe zog.

Er trank noch ein paar Schlucke Wasser, dann stand er auf und schaute sich um. Auf keinen Fall konnte er zurück nach Pahann. Wer weiß, was Kato dem Großen Rat erzählen würde? Sie würden ihn wahrscheinlich zu Rechenschaft ziehen – und danach dazu zwingen, seine Tätowierung machen zu lassen, obwohl er gar kein richtiger Sume war. Beides Dinge, auf die er verzichten konnte.

13

Da Sam nun sein Geheimnis, oder zumindest eins von seinen Geheimnissen, verraten hatte, hielt er es für die beste Lösung, Pahann möglichst fernzubleiben. Zudem gaben ihm die Wälder alles, was er brauchte: Vogelherzen. Er war auf der Südseite des Sumpfgebietes weiter Richtung Westen vorgedrungen, bis er zu einer Felslandschaft gelangt war, in der es mehrere verlassene Höhlen gab. Sein Bedarf an Vogelherzen war rapide angestiegen, so tötete er an manchen Tagen bis zu fünf Vögel. Sobald der Rausch vorbei war und sein Körper eine Ruhepause einforderte, kroch er in eine der Höhlen und schlief wie ein Bär im Winterschlaf einen ganzen Tag lang durch.

Sein Körper veränderte sich. Das pausenlose Rumrennen hatte seine Ausdauer gesteigert und das akrobatische Rumspringen auf den Bäumen stärkte seine Muskeln. Zudem hatte sich sein Magen allmählich an die rohen Vogelherzen gewöhnt und verdaute diese viel schneller. Der faule Nachgeschmack in seinem Mund war verschwunden und er musste auch nicht mehr nach jedem Rausch erbrechen.

Da sein gebrochener Finger mittlerweile verheilt war, rechnete er, dass bereits dreißig Tage seit jenem Vorfall vergangen sein mussten. Nahn war bestimmt bereits krank vor Sorge. Das Wetter hatte umgeschlagen und der Winter hatte Einzug gehalten. Die Landschaft war von einer dicken Schneeschicht bedeckt und der eisige Wind aus Norden brannte ihm auf der Haut. Durch seinen wilden Lebensstil war seine Kleidung in große Mitleidenschaft gezogen worden, sodass eine Rückkehr nach Pahann unausweichlich geworden war. Wenn er den Winter überleben wollte, brauchte er dringend einen Pelzmantel. Zudem benötigte er neue Stiefel, eine Hose, ein Hemd und frische Bandagen. Was er an den Händen trug, waren blutdurchtränkte, dreckige Stofffetzen, die ihn nicht einmal mehr wärmten. Und auch wenn er sich in der Wildnis nicht vor fremden Berührungen zu schützen brauchte, fühlte er sich ohne die Bandagen nackt und schwach.

Doch eine Rückkehr nach Pahann wollte wohl durchdacht sein. Er konnte nicht einfach durch die Wälder streifen, wo die Jäger unterwegs waren, durch Pahann spazieren, sich zu Hause neu einkleiden und dann wieder in seine Höhle zurückkehren. Die Tageszeit für ein solches Unternehmen war entscheidend. So musste er seine Ankunft in Pahann auf die frühen Morgenstunden legen, um den Jägern nicht in die Arme zu laufen. Und dann würde er sich in Geduld üben müssen, sich den ganzen Tag in seinem Haus verstecken und erst in der folgenden Nacht wieder abhauen können. Was würde Nahn wohl denken, wenn er wüsste, was er hier tat?

Dem Sonnenstand nach war bereits später Nachmittag. Also machte er sich auf die Vogeljagd und stärkte sich an drei Herzen. Der Himmel war klar und der Mond schien hell, als er am Sumpfgebiet vorbei durch den Wald zurück Richtung Pahann rannte. Seine Sicht war scharf wie die eines Falken und sein Gehör konnte Geräusche aus weiter Ferne voneinander unterscheiden. Um möglichst wenig Spuren am Boden zu hinterlassen, nahm er wenn möglich den Weg über die Äste. Auf halber Strecke zwischen den Handalfelsen und Pahann vernahm er plötzlich das Geräusch von Pferdehufen. Es würde mindestens noch eine Stunde dauern, bis die Sonne aufging, doch tatsächlich waren um diese Uhrzeit bereits Jäger im Wald unterwegs – und die Geräusche kamen direkt auf ihn zu.

Sam kauerte auf einem Ast so nahe er konnte an dem Stamm nieder und hielt die Luft an. Tatsächlich waren es drei Reiter, die im Galopp unter ihm Richtung Westen ritten. Sobald sie vorbei waren, spitzte er die Ohren, um noch weitere Jäger auszumachen. Alles war still, also setzte er seinen Weg fort. Doch er blieb wachsam und fragte sich, was die drei Reiter zu bedeuten hatten.

Kurz vor Sonnenaufgang erreichte er Pahann. Um möglichst schnell zu seinem Haus zu gelangen, hatte er sich von Anfang an von der Hauptstraße ferngehalten und war von Nordwesten her durch den Wald gekommen. Bevor er jedoch den Weg über das freie Feld antrat, um so an Bons Schenke vorbeizukommen, hielt er sich erst im Gebüsch versteckt und hielt Ausschau nach möglichen Paha. In weiter Ferne sah er, wie eine Gruppe Reiter die Stadt über die Hauptstraße Richtung Westen verließ und in die Wälder ritt. Die Dämmerung hatte gerade erst eingesetzt und er konnte sie nur als schwarze Schemen erkennen, doch es war ein ungewöhnliches Bild, um diese Uhrzeit so viele Jäger zu sehen.

In gebückter Haltung rannte er über das Feld in die Gasse. Als er an Bons Schenke vorbeikam, geriet er jedoch ins Stocken und blieb überrascht stehen.

Bei allen Geistern!

Das Lokal stand offen, der Raum war leer geräumt und vereinzelt lagen zertrümmerte Stühle am Boden. Ohne viel Zeit zu verlieren, zog Sam die Kapuze hoch und ging weiter seines Weges. Es kam vor, dass die jungen Jäger wilde Zechgelage feierten, aber dass eine Schenke dabei kaputt gemacht wurde, hatte er noch nie erlebt. Oder war hier womöglich etwas anderes passiert?

Sam nahm den Weg über die Gartenmauer und schlich durch den Hintereingang ins Haus. Es war dunkel und die Glut lag kalt im Kamin. Er ging auf leisen Sohlen durch den Korridor, bemüht, möglichst kein Geräusch zu verursachen. Oben angekommen war kein Schnarchen zu hören. *Ist er etwa gar nicht da?* Leise ging er in die andere Richtung und öffnete die Tür zu seinem Zimmer. Das Dämmerlicht ließ eigentlich nur Schemen erkennen, doch die Wirkung der Vogelherzen verlieh ihm die Fähigkeit, klar zu sehen. Alles lag noch dort, wo er es zurückgelassen hatte. Das Bett an der rechten Wand war unordentlich, die Decke zu einem Haufen zusammengeknüllt und in die Ecke gedrückt. Die Bücher stapelten sich auf der Kiste unter dem Fenster. Überrascht sah er, dass Nahns Bett leer war. Hatte er während seiner Abwesenheit womöglich ein Mädchen kennengelernt?

Sam löste den breiten Ledergurt und legte den Bogenköcher auf sein Bett. Dann öffnete er die Schnallen des ledernen Brustschutzes und legte ihn daneben. Ungelenk wand er sich aus seinem feuchten, dreckigen Hemd, zog die Stiefel aus und entkleidete sich vollends. Er hatte sich zwar immer wieder gewaschen, doch als die Kleidung auf einem Haufen lag und der Gestank aus ihr hochstieg, rümpfte er die Nase. Als er auch noch die Bandagen darauf fallen ließ, spürte er einen Hauch von Erleichterung.

Aus dem Holzschrank zog er eine frische Hose und ein Hemd. Bevor er es zuknöpfte, kniete er vor der großen Holzkiste nieder, schob die Bücher aufs Bett und hob den Deckel an. Aus seiner Sammlung von Bandagen zog er zwei lange, schwarze Stoffbänder heraus. Er knüpfte sich ein Band um jedes Handgelenk, sodass zwei gleich lange Streifen bis zu seinen Knien herunterhingen, und wickelte dann den einen um die Hand und den anderen um den Arm. Schließlich holte er den dicken Bärenpelzmantel aus dem Schrank und legte ihn neben sich. Als er auf dem Bett saß und ein paar frische Stiefel zuschnürte, hörte er plötzlich ein Geräusch.

Sofort hielt er inne und horchte auf. Es kam vom Korridor. Ob er zu laut gewesen war? Hatte er den Vater geweckt? Schnell band er die Stiefel zu, legte sich das Beinholster an, steckte die Zwille in die Gesäßtasche und schnallte sich den Bogenköcher um. Dann legte er sich den Brustschutz an und schlüpfte in den Bärenpelz. Es war ein bauschiges Fell, das ihm bis zu den Oberschenkeln reichte. Wenn er es offen trug, kamen ihm Pfeil und Bogen nicht in die Quere und nachts würde es ihn warm halten. Leise ging er zur Tür, die einen kleinen Spalt offen stand. Im düsteren Korridor war nichts zu erkennen.

Lautlos verließ er sein Zimmer und stieg die Treppe runter. Auch wenn sein Plan vorgesehen hatte, einen Tag lang auszuharren, wollte er wieder zur Hintertür raus und möglichst schnell in die Wälder zurück; die vielen Jäger um diese Uhrzeit bereiteten ihm Sorgen. Als er unten bei der Treppe angekommen war und links in den Korridor bog, spürte er plötzlich eine Hand auf seiner Schulter. Ohne zu zögern zog er das Messer, packte den fremden Arm und schlug den Mann mit dem Rücken gegen die Wand. Dabei drückte er die Klinge an seinen Hals. Erst da erkannte er das vertraute Gesicht seines kleinen Bruders, der ihn mit seinen grün leuchtenden Augen anschaute.

Nahns sonst so geordnete Haare waren leicht verstrubbelt, als wäre er gerade aus dem Bett gestiegen. Doch er war komplett angezogen und trug seinen Wolfspelz. Nahn traute sich kaum zu schlucken, als er die Klinge an seiner Kehle spürte.

»Samy? Du bist es. Bin ich froh! Ich dachte, du wärst ein Eindringling.«

Sam nahm das Messer runter und steckte es zurück ins Holster. »Nahn, du hast mich erschreckt«, sagte er und trat einen Schritt zurück. »Was machst du hier?«

»Was ich hier mache?« Nahn runzelte die Stirn. »Ich wohne hier. Die Frage ist wohl eher, wo du dich die ganze Zeit rumgetrieben hast. Alle suchen dich.«

Sie suchen mich?

Sam bemerkte, dass Nahn auf seinem Rücken Pfeil und Bogen trug. »Gehst du etwa auf die Jagd?« In dem Moment hörte er eine Gruppe Reiter vor dem Haus vorbeigaloppieren und suchte Schutz in der dunklen Nische unter der Treppe. »Was ist hier los?«

»Das weißt du nicht?« Nahn eilte in die Küche und suchte nach einem Messer. »Ganz Pahann ist in Aufruhr. Der Große Rat hat zur Vogeljagd aufgerufen.«

Sam starrte Nahn an. *Was hatte das zu bedeuten?* Etwa, dass alle Paha nun auf die Jagd nach Vogelherzen gingen? »Was? Ich versteh nicht.«

»Du brichst einem Vogel die Flügel, zertrümmerst seinen Schnabel und isst sein Herz. Das gibt dir übermenschliche Kräfte.« Nahn steckte das Messer in den Gürtel, knöpfte den Pelz zu und eilte an ihm vorbei zur Kommode. Er zog eine Schublade heraus, zog einen Fingerhandschuh an und suchte nach dem zweiten. »Seit einem Monat haben die Paha nichts anderes mehr im Kopf. Du solltest nicht mehr unbewaffnet raus. Es gibt Paha, die deswegen völlig durchgedreht sind. Es gab auch bereits Tote.« Er streifte sich den zweiten Fingerhandschuh über und schob die Schublade wieder zu. »Aber ich sag dir, Samy, dieses Gefühl, das ist es wert. Komm!«

Seit einem Monat? War ich so weit draußen, dass ich das nicht bemerkt habe? Das ist nicht gut, dachte er und spürte, wie alles

Blut aus seinem Kopf in die Beine stürzte. Seine Hände zitterten und er stützte sich an der Wand ab. »Du hast es ausprobiert?«

»Ja!« Nahns Augen leuchteten. »Es war … ekstatisch.«

»Aber … und jetzt gehst du etwa auch?«

»Ich treff mich gleich mit Yuko. Wir jagen heute noch gemeinsam. Aber ich denke, es wird nicht mehr lange dauern, dann wird sich das Jagdverhalten der Paha drastisch ändern. Jetzt komm schon!«

»Warum das?«

»Hast du die Netzfallen auf den Feldern nicht gesehen? Die sind seit Tagen leer. Immer weniger Vögel verheddern sich darin. Die Jagd in der Gruppe funktioniert vielleicht noch drei Tage, dann ist man besser auf sich allein gestellt.«

»Du redest, als ob es nichts anderes mehr gäbe, das die Paha tun. Was ist mit deiner Arbeit beim Trudner?«

»Ach, der … der kommt auch eine Weile ohne mich zurecht.« Nahn zog seinen dunkelgrünen Schal enger um den Hals. »Wir haben dieser Tage kaum Kundschaft. Du solltest es ebenfalls ausprobieren, Samy. Dann wirst du verstehen.«

Sam verstand nur zu gut. Doch er verstand auch, dass er mit der Preisgabe seines Geheimnisses einen großen Fehler gemacht hatte. »Aber wie … Wieso? Wieso tun sie das?«

»Es heißt, wer dreihundertdreiunddreißig Vogelherzen esse, könne sich in einen Vogel verwandeln, wann immer er wolle. Wäre das nicht toll?«

»Wer sagt das?« Sam fuhr erschrocken hoch und schaute Nahn mit großen Augen an. Er spürte, wie sein Herz immer schneller schlug.

»Ich weiß nicht«, antwortete Nahn unbekümmert und griff nach der Türfalle. »Alle sagen das.«

Sam packte Nahn an den Schultern und schlug ihn wieder gegen die Wand. »Du musst damit aufhören! Bitte, versprich mir, dass du damit aufhörst.«

Nahn runzelte die Stirn und schaute ihn irritiert an. »Warum? Ist doch nichts dabei.«

»Versprich es mir! Versprich mir, dass du damit aufhörst!«

»Das kann ich nicht.« Nahn machte sich von seinem Griff los. »Du solltest dir mal ansehen, was auf dem Marktplatz los ist. Glaub mir, es ist zu spät, um jetzt noch aufzuhören.«

»Dem Marktplatz?«, fragte Sam vorsichtig. Er war sich nicht sicher, ob er wirklich wissen wollte, was dort vor sich ging.

»Komm mit! Das siehst du dir besser selber an.«

Sam wollte nicht unter Menschen gehen; das gehörte nicht zu seinem Plan. Doch es hatte auch nicht zu seinem Plan gehört, gleich zurück in die Wälder zu rennen. Und schon gar nicht, dass Nahn ebenfalls auf die Vogeljagd ging. Obwohl er es selbst auch tat, spürte er tief in sich drin, dass es für seinen kleinen Bruder nicht gut war. Das Leuchten in seinen Augen war unnatürlich und falsch. Das war nicht mehr der Nahn, den er kannte.

Alles ist völlig durcheinandergeraten, dachte er, während er reglos im Korridor stand. *Was soll ich tun?* In dem Moment öffnete Nahn die Eingangstür und gab ihm mit einem Wink zu verstehen, ihm zu folgen.

Die Morgensonne strahlte bereits am wolkenlosen Himmel, ließ die weißen Fassaden leuchten und die schwarzen Ziegel wie Obsidian glänzen. Eine dünne Schneeschicht knirschte unter seinen Stiefeln und ein kalter Wind zog von Norden her durch die Gassen. Nahn hielt sich von der Hauptstraße fern und führte ihn über einen Umweg durch enge Gassen um das Metallviertel herum Richtung Marktplatz. Sam zog seine Kapuze über den Kopf und den schwarzen Schal bis unter die Augen, weniger der Kälte wegen, sondern mehr aus Angst, von irgendjemandem erkannt zu werden.

»Bitte, Nahn«, sagte er leise hinter ihm. »Sag niemandem, dass du mich gesehen hast.«

»Ist gut«, antwortete Nahn unbekümmert, ohne zurückzuschauen.

Es war schon immer Verlass auf Nahn gewesen. Und obwohl sich alle immer gegen Sam gestellt und ihn seiner Schwäche wegen ausgelacht oder gehänselt hatten, war er für Nahn immer der große Bruder gewesen, zu dem er aufgeschaut hatte. Wie er das verdient hatte, war ihm ein Rätsel. Nahn musste irgendetwas in ihm sehen, das andere nicht sehen konnten – nicht einmal er selbst.

Durch eine verlassene Gasse gelangten sie an die hohe Mauer, die die Rückwand des Großen Rates bildete, und folgten ihr bis zum Marktplatz. Tatsächlich war es außergewöhnlich, dass zu so früher Stunde bereits so viele Menschen auf den Beinen waren. Normalerweise wäre dies die Zeit, in der die Händler ihre Waren heranfuhren und ihre Marktstände aufstellten. Doch nun herrschte bereits große Betriebsamkeit. Die Händler boten erlegtes Wild an und Frauen präsentierten Wurzeln und Gemüse an ihren Ständen. Doch irgendetwas lag in der Luft. Es herrschte eine größere Aufregung und Nervosität als sonst. Als ob die Leute es besonders eilig hätten, ihre Geschäfte möglichst schnell abzuwickeln. Aus sicherer Distanz, direkt neben einer Schenke, betrachtete Sam das geschäftige Treiben mit großem Argwohn.

»Ist vielleicht der letzte Markt, den es in dieser Form gibt«, sagte Nahn neben ihm. »Siehst du? Es sind nicht mehr viele Händler, die die Stände betreiben. Und fast nur Frauen, die einkaufen. Die Männer sind auf der Jagd.«

»Das heißt nicht, dass du das auch tun musst.«

»Es gibt hier doch sonst nichts zu tun«, antwortete Nahn mit einem Lächeln im Gesicht. »Schau, sie richten bereits das Zeremonienhaus für die Stammesvermählungen her«, sagte er und zeigte rüber auf die Treppe, die mit Pflanzentöpfen gesäumt war. Auf jedem zweiten Tritt stand ein goldener Kandelaber und das bereits offene Tor war mit farbigen Stoffblumen geschmückt.

Das Geräusch von Pferdehufen näherte sich von hinten und Sam schreckte zusammen. Tatsächlich kamen die Reiter neben ihnen zum Stillstand und er wagte nur einen kurzen Blick hoch.

»Nahn«, sagte Yuko und gab ihm die Zügel eines Pferdes, das er neben sich hergeführt hatte. »Wir treffen Rike bei Amon.«

»Bestens«, antwortete Nahn und setzte sich aufs Pferd. Dann zog er es herum und wandte sich nochmal Sam zu. »Das Leben hier hat sich verändert, während du weg warst. Sei vorsichtig, großer Bruder.«

Sam nickte bloß und blickte Nahn hinterher, wie er neben Yuko davonritt. Eine Weile blieb er an seinem Platz stehen und betrachtete das Geschehen. *Das ist alles meine Schuld.* Dennoch fiel es ihm schwer, Mitgefühl zu empfinden. So viele Menschen hier hatten ihm das Leben schwer gemacht. Sie hatten ihm den Glauben an sich selbst genommen und ihm eingebläut, dass er viel zu schwach war, um ein wahrer Paha zu sein. Dank der Vogelherzen war er dabei, wieder Mut zu fassen. Aber dass Nahn diesen Weg eingeschlagen hatte ... *Wär ich doch bloß hier gewesen, um dich davon abzuhalten, auf die Jagd zu gehen. Ich hoffe, die Geister beschützen dich, kleiner Bruder.*

Da entdeckte er plötzlich Kato, der die Treppe des Großen Rates herunterstieg und zu Calen und Torjn ging, die bereits auf ihren Pferden saßen und auf ihn gewartet hatten. Mit ernster Miene unterhielten sie sich eine Weile, dann stieg Kato ebenfalls auf und gemeinsam ritten sie im Galopp aus der Stadt hinaus.

Sam war erstarrt, aber auch ein bisschen erleichtert, da er nun wusste, dass Kato die Stadt verlassen hatte. Er ließ seinen Blick über den Platz schweifen und betrachtete die Frauen. Die Erschöpfung war ihnen in die Gesichter geschrieben. Bei einem Gemüsestand entdeckte er einen Mann, der seine Frau am Arm packte und zu Boden riss. Ängstlich schützte sie den Kopf vor seinen Schlägen. Niemand half ihr. Alle waren viel zu gestresst und zu müde. Das war nicht das Pahann, das er kannte.

An der linken Häuserreihe, die direkt an den Platz grenzte, entdeckte er ein Gesicht, das ihm bekannt vorkam. Die dunklen Haare und die schmalen Augen, der ausdruckslose Blick und der schwarze Mantel. Es war der junge Mann, den er beim Heiler gesehen hatte. Und ... dem er ins Blumenviertel gefolgt war.

Moment, ich war im Blumenviertel?

Sam zog die Brauen zusammen und bemerkte plötzlich die Löcher in seinen Erinnerungen, was bei seinen Fähigkeiten als Seher sehr ungewöhnlich war. Er war dem Mann ins Blumenviertel gefolgt und hatte danach völlig vergessen, wie er dort hingelangt war. Mit ausdrucksloser Miene und verschränkten Armen lehnte der junge Mann an der Fassade eines Hauses und betrachtete gelangweilt das Geschehen auf dem Platz.

Dieser Mistkerl!

Sam konnte nicht aufhören, ihn anzustarren. Wer, wenn nicht er, war für seine Erinnerungslücken verantwortlich? Und aus welchem Grund? Er kannte ja nicht einmal seinen Namen. In dem Moment drehte der Mann den Kopf. Vielleicht lag es an seinem Blick, dachte Sam und drehte rechtzeitig den Kopf. Vielleicht waren es seine Augen. Doch er hatte keine Tätowierung, also war es wohl kein Sumentrieb. Er musste irgendwelche anderen Fähigkeiten haben.

Doch Sam konnte es nicht lassen und schaute wieder hin. Er war auf unerklärliche Weise von ihm angezogen. In dem Moment hatte sich der junge Mann vom Platz abgewandt und sich auf den Weg durch die Gasse gemacht. Dieses Mal sollte er ihm nicht entkommen! Doch als Sam in die Straße bog, war der Mann bereits verschwunden. Sam blieb stehen und blickte sich irritiert um. Aber zumindest hatte er noch all seine Erinnerungen, dachte er und machte sich auf den Weg zurück nach Hause.

14

Der Körper, den Yarik für diesen kleinen Ausflug benutzte, war der eines jungen Pahas, der zum Stamm der Tanha gehörte. Gemeinsam mit seiner Mutter verkaufte er Winterrüben und Pechwurzeln. Seit die Vogeljagd begonnen hatte, war der Vater unabkömmlich geworden, und da das Kampftraining ebenfalls ausfiel, stand der junge Mann unter dem grünen Schirm und pries lauthals sein Gemüse an, während seine Mutter die Kunden bediente.

Die Menschen merkten nicht, wenn Yarik Besitz von ihnen nahm. Er kam mit einem Windhauch und ließ sich von ihnen einatmen. Manchmal blieb er Zuschauer, und manchmal ergriff er Besitz vom Geist seines Wirtes und drängte ihn in eine Art Schlaf. Auf diese Weise bekamen sie überhaupt nicht mit, was mit ihnen geschah. Natürlich setzte dies voraus, dass Yarik mit seinem Verhalten nicht auffiel.

»Danke, Kimo«, sagte die Mutter neben ihm, »ich bin wirklich froh, dass du mir hilfst.«

Kimo trat auf die Vorderseite ihres Standes, wo er eine bessere Sicht über den Platz und die Menschen hatte, die sich in aller Früh auf dem Markt befanden. Eine Frau trat an ihn heran und bat ihn, ihr fünf Pechwurzeln und drei Winterrüben abzuwiegen. Kimo nahm das Blech, legte das Gemüse hinein und reichte es seiner Mutter, die es auf die Waage legte.

Es war nicht das erste Mal, dass Yarik sich auf diese Weise unter die Leute mischte. Schließlich wollte er wissen, was sich in Pahann abspielte. Er ließ seinen Blick über den Platz schweifen und entdeckte am Fuße der Treppe zum Rathaus Kato und seine zwei Lakaien. Zu dritt ritten sie aus der Stadt hinaus und gingen – wie wahrscheinlich manch anderer auch – auf die Vogeljagd.

Angelehnt an einer Häuserwand mit verschränkten Armen und gewohnt ausdrucksloser Miene stand Marasco. Der junge Mann starrte ihn mit kaltem Blick an. Selbst wenn Yarik sich in einem anderen Körper befand, konnte Marasco ihn manchmal erkennen. Bis jetzt hatte dies nie ein Problem dargestellt, doch Yarik wusste, irgendwann würde dies womöglich böse enden.

Weiter hinten entdeckte er Sam. Er hatte zwar die Kapuze tief ins Gesicht gezogen und hüllte sich in ein buschiges Bärenfell, doch er erkannte ihn sofort. Der Junge war kräftiger geworden. Offenbar war die Schnittwunde am Arm gut verheilt. Zudem machte es Sams Körpergröße fast unmöglich, unbeachtet zu bleiben. Er kam nach seinem Vater, der ebenfalls groß war.

In seiner wahren Form, seinem richtigen, eigenen Körper, war Yarik auch groß, aber er hatte nicht den Körperbau wie Sam. Und auch nicht den von Marasco, der zwar etwas kleiner als all die Paha war, aber durchtrainierte Muskeln hatte. Sam war gerade auf dem besten Weg, Marasco Konkurrenz zu machen.

Gerade als Yarik den Blick wieder auf Marasco richtete, zog der die Kapuze hoch und verschwand in einer Straße. Sam folgte ihm.

Lass es, Junge, dachte Yarik. *Dem kommst du nicht hinterher.*

Yarik, oder Kimo, wandte sich wieder dem Stand zu, wo sich zwei weitere Frauen anstellten. Er bediente sie und kassierte das Geld ein. Lächelte höflich und erklärte den Frauen, dass sie mit ihrem Stand morgen wieder hier sein würden.

Er beobachtete, wie ein paar Stände weiter auf der gegenüberliegenden Seite der Marktgasse ein kleiner Junge die Hand nach einem Brötchen ausstreckte. Kurz bevor er es sich klauben konnte, gab ihm der Verkäufer von hinten eine Ohrfeige, packte ihn am Handgelenk und zog ihn herum.

»Du willst stehlen?«, knurrte der Händler. »Was meinst du, passiert hier mit Dieben?«

Der Junge zerrte an seinem Arm und wollte fliehen, doch der Mann hielt ihn fest umgriffen.

»Wir hacken die Hand ab!«, fuhr er den Jungen an und hielt ein Langmesser hoch, das er fürs Abnicken von Wild benötigte.

Sofort verließ Kimo seinen Stand und ging dazwischen. Mit der einen Hand schob er den Bäcker zur Seite, mit der anderen zog er das Kind hinter sich, um es vor dem Mann zu schützen.

»Niemand hackt hier irgendetwas ab!«, fuhr er den Bäcker an, der eine Sumentätowierung auf der Stirn trug. Es waren drei ineinander verschachtelte Quadrate, bei dem das mittlere reich verziert war.
»Er ist ein Dieb!«
»Er hat nichts gestohlen.«
»Weil ich ihn früh genug geschnappt habe!«
»Der Junge hat Hunger!«, fuhr Kimo den Mann an und zog das Kind zu seinem Stand zurück.
Offenbar war das eine Verzweiflungstat, dachte Yarik. Wäre der Junge es gewohnt, auf der Straße zu leben, wäre er entweder nicht geschnappt worden oder er wäre Kimo bestimmt nicht zu seinem Stand gefolgt. Doch der Junge wirkte müde, verängstigt und schlotterte am ganzen Körper. Kimo nahm eine Holzkiste, in der sie die Winterrüben auf den Markt transportiert hatten, und setzte den Jungen drauf. Er war gerade mal sechs oder sieben Jahre alt. Dann legte er eine Decke um ihn und nahm eine auf dem Feuer gebackene Pechwurzel, packte sie in ein Tuch und reichte sie dem Jungen.
»Hier«, sagte er und kniete sich vor dem Jungen nieder. »Aber Vorsicht, die ist noch heiß.«
Das war dem Jungen egal. Er stopfte sich die Pechwurzel nach und nach in den Mund und schlang sie fast ohne zu kauen runter.
»Gib ihm noch eine«, sagte Kimos Mutter. »Das arme Kind.«
Kimo gab dem Jungen noch eine zweite Wurzel, die der Junge langsamer aß.
»Wo sind denn deine Eltern?«
Der Junge zuckte mit den Schultern und nahm einen Bissen von der Pechwurzel.
»Weißt du nicht, wo deine Mama ist?«
»Ich bin mir nicht sicher. Ich glaube, sie und Papa sind auf der Jagd.«
»Seit wann denn?«
»Ich weiß nicht genau. Ich habe sie seit vorgestern nicht mehr gesehen.«
So weit ist es schon gekommen. Wo soll das bloß hinführen?

Doch Yarik wusste, wo das alles hinführen sollte. Schließlich war er derjenige, der alles in Gang gesetzt hatte. Aber dass alles im Chaos endete, war gewiss nicht seine Absicht gewesen.

Plötzlich drang Lärm heran. In der Nähe des Rathauses war es zu einem Aufruhr gekommen. Kimo trat vor den Stand und versuchte zu erkennen, was dort vor sich ging.

Eine Gruppe von Jägern ritt durch die enge Marktgasse bis zu einem Stand ganz in der Nähe. Ein Mann stieg vom Pferd und zog ein Bündel herunter. Ein wirklich großes Bündel. Der Stand von dem dortigen Händler war bereits leergekauft, und so legte der Jäger das große Bündel auf den Tisch. Das Tuch löste sich und ein Arm fiel zur Seite. Die Frau vom Stand nebenan stieß einen entsetzten Schrei aus und wich zurück.

»Es kommt noch einer rein«, sagte der Jäger und wies den Händler an, Platz zu machen.

Die Luft über dem Marktplatz schien elektrisch geladen. Es war wohl nur noch eine Frage der Zeit, bis das normale Leben in Pahann der Vergangenheit angehörte. Was würde bloß aus den Leuten werden, die nicht auf die Vogeljagd gingen? Diejenigen, die wie Kimo und seine Mutter bloß versuchten, ein anständiges Leben zu führen?

Bevor Yarik Kimos Körper mit einem Atemzug verließ, gab er dem jungen Mann die Erinnerung an das zurück, was er gerade getan hatte – er würde sich vielleicht über sein Handeln wundern, aber er hatte ja etwas Gutes getan. Zudem setzte er Kimo die Idee in den Kopf, dass sich die Paha, die nicht auf die Vogeljagd gingen, zusammentun sollten. Sie mussten sich gegenseitig unterstützen und Vorräte anlegen, denn nur so konnten sie sich und andere Leute vor dem schützen, was in den nächsten Wochen auf sie zukommen würde. Denn wenn alles nach Plan verlief, würde hier das Essen bald rar werden und das Chaos ausbrechen.

Yarik flog mit dem Wind über den Marktplatz und ließ sich eine Weile in Wirbeln treiben. Er war der Wind selbst. War Geist und Seele, ohne Körper. Er zog über das Kräuterviertel, das zu dieser frühen Stunde noch in Stille lag, bis ans äußerste Ende der

Stadt zum Haus des Heilers. Durch ein offenes Fenster im oberen Stock begab er sich ins Schlafzimmer, wo der Heiler reglos auf dem Bett lag, als würde er schlafen.

Eigentlich war der Heiler tot. Der alte Mann war an einer Lungenkrankheit gestorben. Wenn Sam wüsste, dass es dieselbe Krankheit war, die auch seine Mutter getötet hatte ... das würde er ihm nie verzeihen. Doch die Krankheit schritt so schnell voran, dass es in den meisten Fällen zu spät für seine Heilkräfte war und er nichts mehr für die Patienten tun konnte.

Der alte Mann, den er bereits seit fast zwanzig Jahren beherbergte, war ein Glückstreffer. Es war nämlich nicht leicht, den Moment abzupassen, bei dem Geist und Seele den sterbenden Körper verließen. Der Zeitpunkt musste genau stimmen, sonst hätte er den Prozess des Verfalls nicht aufhalten können und der Leichnam wäre verwest. Stimmte der Zeitpunkt aber, hatte er einen Körper gewonnen, der problemlos funktionierte. Erst wenn er ihn für den Verfall freigab, war sein wahres Ende gekommen. Bis dahin war er seine Hülle.

Langsam öffnete der Heiler die Augen und blickte zur Holzdecke.

Es hat begonnen.

15
152 Jahre zuvor

Yarik hatte vergessen, wie nervenaufreibend eine Geburt war. Semas Schreie ließen jeden seiner Muskeln erzittern und er hätte sich am liebsten in Luft aufgelöst. Doch als Magier war es seine Pflicht, bei der Geburt des nächsten Eleven anwesend zu sein.

Zum Glück nicht bei jeder Geburt, dachte er, als er an der Wand stand und verstohlen die Hebammen dabei beobachtete, wie sie Sema mit feuchten Tüchern den Schweiß vom Gesicht tupften, ihr die Hand hielten und ermunternde Worte zusprachen. Er selbst versuchte bloß, nicht im Weg zu stehen.

Die letzte Geburt, bei der er hatte dabei sein müssen – er empfand es weder als Ehre noch als Glück –, lag bereits über achtzig Jahre zurück. Leider hatte das Kind die erste Woche nicht überlebt, da es mit einem kranken Herzen zur Welt gekommen war.

Yarik hatte zwar Heilerkräfte, aber etwas, das bereits kaputt war, konnte auch er nicht flicken. Genauso verhielt es sich mit Krankheiten, die bereits zu fortgeschritten oder zu aggressiv waren.

Sema schrie erneut. Yarik hatte das Gefühl, dass die Schreie an ihn gerichtet waren, dem einzigen Mann im Raum. *Wer hatte eigentlich bestimmt, dass der Magier bei der Geburt des nächsten Eleven anwesend sein musste? War es der Kodex?*

Er ließ die Schreie über sich ergehen, wusste, dass es unangebracht wäre, sich die Ohren zuzuhalten, und versuchte angesichts dessen, was ihm gerade geboten wurde, einen möglichst neutralen Gesichtsausdruck aufzusetzen – was ihm leider nicht immer gelang.

Ich bin zu spät. Die Sonne war kurz davor, hinter den Berggipfeln in Makom unterzugehen. *Viel zu spät. Die anderen sind wahrscheinlich bereits wieder zu ihren Stämmen zurückgekehrt.*

Da erklang plötzlich das leise Schreien eines Babys. Die Hebammen huschten im Zimmer herum. Sema weinte. Yarik versuchte zu erkennen, was er gerade verpasst hatte. Eine ältere Hebamme legte Sema ein hellblaues Bündel in die Arme. Sie flüsterten und Sema schluchzte leise. Kurz darauf gab sie das Baby der Hebamme zurück. Die Frau trat vor Yarik und hielt es ihm hin.

»Bitte segnet dieses Kind mit der Zeit«, sagte sie.

Yarik hatte die letzten Tage die Bücher gewälzt, um sich in Erinnerung zu rufen, was er tun musste. Ängstlich nahm er das Bündel entgegen. Im Knäuel lag ein kleines Baby mit verdrücktem, rötlichen Gesicht. Yarik kniff die Augen zusammen, dann schaute er zur Hebamme.

»Es ist ein Mädchen, Magier«, sagte sie und neigte ehrerbietig den Kopf.

So hilflos. Und so klein. Er verspürte plötzlich die Angst, das Neugeborene fallen zu lassen. Vorsichtig zog er die Decke beiseite. Ohne das Baby zu berühren, strich er über dessen Körper. Er spürte ein starkes Pulsieren, was bedeutete, dass dieses Kind tatsächlich eine angehende Magierin war. Yarik beugte sich hinunter und verströmte seinen Hauch über dem Kind. Mit seiner Handbewegung sorgte er dafür, dass er sich wie ein Kokon um das Baby hüllte.

Die Segnung von Zeit bewirkte, dass die angehende Magierin in einem geschützten Körper lebte und nicht durch den vorzeitigen Tod, der normale Menschen ereilte, nach nur allzu kurzer Zeit wieder aus dem Leben gerissen wurde. Bis zu ihrem siebten Lebensjahr würde sich ihr Körper wie der eines normalen Menschen entwickeln und wachsen, doch dann würde die Verzögerung eintreten. Yarik hatte mit seinen hundertsechzig Jahren das Aussehen eines achtzehnjährigen Jungen. Sein Magiervater war vor ein paar Jahren schon in die Auflösung gegangen, wie auch Vinnas und Mais. Datekohs Vater war durch den Kodex gefallen, was wohl erklärte, warum sein Bruder so versessen darauf war, dagegen vorzugehen.

»Wie ist der Name dieses Kindes?«, fragte er die Mutter.

»Oona«, sagte sie mit einem zufriedenen Lächeln.

»Oona, die Zeit soll dein Begleiter sein, die Luft dein Element und Wasser, Erde und Feuer deine Geschwister.« Yarik trat ans Bett und gab der Mutter die kleine Oona zurück. »Sie wird eine wundervolle Magierin werden. Da bin ich mir sicher. Sorg dich gut um die Kleine, Sema.«

»Das werde ich.« Sema nahm das Baby zurück an ihre Brust.

Kurz darauf befand sich Yarik im frühabendlichen roten Himmel und flog auf die Orose Insel. Vielleicht waren seine Geschwister ja noch da und es war noch etwas Wein übrig, um auf die Ankunft des neuen Windeleven anzustoßen.

Bereits von Weitem sah er das Feuer und freute sich schon, die Neuigkeit zu verkünden. Er landete weit genug entfernt, um die Glut nicht aufzustäuben. Vinna und Mai saßen auf dem Boden am Feuer. Zwischen ihnen stand eine Flasche Wein.

»Hallo, ihr Lieben!«, sagte er, als er ans Feuer trat.

»Du bist zu spät«, sagte Vinna. Der Wein hatte allerdings dafür gesorgt, dass es ihr egal war. Mai kicherte.

»Wir haben eine neue Windmagierin!«, verkündete er voller Freude. »Vor einer Stunde auf die Welt gekommen.«

»Wie heißt sie?«, fragte Mai.

»Oona.« Yarik konnte sich nicht erklären, warum er plötzlich Stolz empfand.

»Oona«, sagte Mai und ließ den Namen langsam auf der schweren Zunge zergehen.

»Es kann nicht genug Magierinnen geben«, sagte Vinna langsam. »Denn auf euch Männer ist einfach kein Verlass.«

Yarik schaute sich um. »Wo ist Koh?«

»Nicht hier. Zum Glück war immerhin noch eine Flasche übrig.«

»Das sieht ihm nicht ähnlich«, sagte Yarik. »Ich seh mich mal um, bevor es dunkel ist.«

Er flog Richtung Osten über das Meer. Tatsächlich brauchte er gar nicht lange zu suchen. Bereits in Sichtweite von der Insel aus sah er die Dschunke mit den braunen Segeln. Yarik kehrte zurück zur Anlegestelle. Kurz darauf legte die Dschunke an.

»Du bist spät dran, Bruder!«, sagte Yarik, als er das Tau entgegennahm und das Boot am Poller befestigte.

Vinna und Mai kamen ebenfalls runter zum Steg, um Datekoh zu begrüßen. Der Wein hatte die beiden so zufrieden gemacht, dass sie keinen einzigen stachligen Kommentar von sich gaben. Während er das zweite Tau befestigte, stieg Datekoh vom Boot.

»Tut mir leid.« Er reichte Mai eine Kiste mit Weinflaschen.

»Was ist das denn?«, fragte Vinna erschrocken und zog Datekohs Umhang zur Seite. »Du blutest!«

Erst da wich eine Anspannung aus Datekoh, die ihn kraftlos werden ließ. Er knickte leicht ein. »Es … ist nicht so schlimm«, sagte er und stützte sich auf einen Poller.

Vinna zog sein Hemd hoch und entblößte eine blutige Schnittwunde an Datekohs Seite auf der Höhe des Bauchnabels.

»Nicht so schlimm!«, fuhr sie ihn erschrocken an. »Yarik!«

Yarik eilte herbei und begutachtete die Wunde genauer. »Was ist passiert?«, fragte er und stützte seinen Bruder auf dem Weg zurück ans Feuer.

»Es hat bloß einen kleinen Streit gegeben.«

Während Mai eine Schale mit Süßwasser holte, setzten sie sich ans Feuer. Yarik legte Datekoh die Hand über die Wunde, ohne sie zu berühren, und heilte sie von innen heraus.

»Einen kleinen Streit?«, fragte Vinna. »Und dabei gehen sie mit Messern auf dich los?«

Datekoh verzog das Gesicht. »Zwischen dem Erdstamm und den Sumen«, sagte er. Dann ließ er Mai das Blut von seinem Bauch abwischen.

»Worum ging es denn?«, wollte Yarik wissen.

»Ach, um nichts.«

»Sieh es doch endlich ein, Koh«, sagte Vinna. »Die Menschen sind ein Haufen Wilder und die Sumen die schlimmsten von allen. Das kannst du doch nicht einfach so ignorieren. Das nächste Mal stechen sie dir ins Herz. Du bist nicht unsterblich, hast du das vergessen?«

»Die Sumen sind nicht das Problem«, sagte Datekoh. »Sie haben unglaubliche Kräfte und die Macht, Dinge zu verändern. Ich beneide sie um ihre Fähigkeiten.«

»Das werde ich mir nicht anhören«, sagte Vinna und stand auf. »Jemand sollte diese Wilden endlich unter Kontrolle bringen.«

Auch wenn es noch früh am Abend war, so hatten Vinna und Mai bereits genug getrunken und sie legten sich in der Hütte hin. Yarik und Datekoh spazierten über die Insel und begutachteten die wenigen Rebstöcke, die bald Trauben tragen würden. Datekoh untersuchte im Schein des Vollmondes den Boden. Dann gingen sie weiter am Ufer entlang.

»Der Kodex wird uns alle auslöschen«, sagte Datekoh nachdenklich. »Wir werden nicht überleben können.«

»Machst du dir darüber nicht ein bisschen zu viele Sorgen? Ich versteh schon, dass Wamintur einen schrecklichen Tod ereilt hatte und dich das nachhaltig geprägt hat. Aber du verbeißt dich doch da in etwas, das sich nicht ändern lässt.«

»Der Kodex ist darauf ausgelegt, die Magier der Elemente zu vernichten«, sagte Datekoh. »Und dabei wurde die Rechnung so gemacht, dass sie niemandem auffällt. Niemand kommt auch nur auf die Idee, dass es sich hierbei um eine Säuberungsaktion handeln könnte.«

»Niemand, außer natürlich dir, Koh. Das ist doch bloß ein Hirngespinst.«

»Ach ja? Auf jeden Magier der Elemente gibt es fünfzig Magier der Materie. Und jedes Mal, wenn ein Materiemagier stirbt, trifft es auch einen von uns. Was soll das bitte mit Balance zu tun haben?«

»Die Rechnung beweist lediglich, dass die Materiemagier und die Elementmagier nicht gleichgestellt sind, wie immer behauptet wird.«

Doch er wusste, dass die Zahlen stimmten. Es war das Ungleichgewicht, das die Balance aufrechterhielt. Dafür gab es nur sehr wenig Magier der Materie, die so lange lebten wie sie – sofern sie es bis zur Auflösung schafften.

»Solange es den Kodex gibt, gibt es keine Freiheit«, sagte Datekoh. »Wir sollten endlich anfangen, für unsere Freiheit zu kämpfen.«

16

Sam war vorsichtiger geworden. Seit er aus Pahann in die Wälder zurückgekehrt war, pirschte er sich durch das Unterholz, als wäre der Boden mit unzähligen Bärenfallen ausgelegt, die vom Schnee verborgen waren. Die Vogeljagd war noch immer vorrangig, doch nun musste er umso mehr auf der Hut sein. Schon zweimal hatte ihm ein anderer Jäger ein Vogelherz streitig machen wollen. Seitdem ging Sam kein Risiko mehr ein und schlich meist mit Bogen und angelegtem Pfeil durch das Unterholz. Noch lieber nahm er zwar den Weg über die Äste, doch seitdem die Blicke der Jäger auf der Suche nach Vögeln nach oben gerichtet waren, war dies leider auch nicht mehr die sicherste Route.

Seit jenem Tag auf dem Marktplatz war er nicht mehr in die Stadt zurückgekehrt. Zu wissen, dass Kato ihn suchte, war bereits Grund genug, sich in den tiefsten Wäldern zu verstecken. Es hätte ihn nicht gewundert, wenn Arua zu Kato gegangen wäre und ihre Wünsche betreffend der Tätowierung geäußert hätte. Der Tag der Vermählungszeremonie rückte näher. Wenn er daran dachte, wurden seine Hände schweißnass und er bekam Herzrasen.

Vielleicht sollte ich einfach hier in den Wäldern bleiben, dachte er, denn er war sich sicher, selbst wenn ganz Pahann der Vogeljagd verfallen war, diese Zeremonie würde stattfinden.

Als er noch ein Kind war, fegte in einem Jahr ein Schneesturm über die Nordstadt. Selbst die stärksten Winde und die eisigen Temperaturen hatten die Paha nicht davon abgehalten, die Wintermondkinder zu vermählen.

Plötzlich hörte er ein Rascheln. Mitten in seiner Bewegung erstarrte er und horchte. Es kam von rechts. Vom Boden. Vielleicht ein Eichhörnchen. Oder eine Maus. Oder … es könnte auch ein Vogel sein.

Sam pirschte sich an und schob mit leicht gespanntem Bogen einen Zweig mit vertrockneten Blättern beiseite. In einem Blätterhaufen saß eine Elster, die nach Wurmlingen pickte. Leise schob er Pfeil und Bogen zurück in den Köcher und zog die Zwille hervor. Aus seinem Hosensack holte er einen kleinen Stein. Dann kauerte er sich nieder, damit er unter dem Ast hindurchsehen konnte, und zielte auf den Vogel.

Plötzlich hörte er Stimmen. Auch der Vogel schreckte hoch und flog hinauf in die Baumwipfel. Sams Herz machte einen Sprung und er steckte eilig die Zwille wieder weg.

Diese verfluchten Paha, dachte er und zog den Bogen wieder aus dem Köcher. *Dass es nur so weit kommen konnte. War das kalkuliert? Wenn ja, was war Katos Absicht? Was hatte er davon, wenn die Paha auf die Vogeljagd gingen?*

Sam zog leise einen Pfeil aus dem Köcher und lauschte. Er hatte schon immer ein gutes Gehör gehabt, doch seit er sich hauptsächlich von Vogelherzen ernährte, konnte er Geräusche wahrnehmen, die ihm vorher verborgen geblieben waren. Manchmal dachte er, er bilde es sich bloß ein, doch dann folgte er einem leisen Rascheln, einem holzigen Schaben oder einem kleinen Surren und fand tatsächlich irgendein Tier. Am meisten erstaunt war er, als er aus etwa hundert Schritt Entfernung das Knabbern eines Holzkäfers hörte.

Aus Versehen trat er auf einen knorrigen Ast, worauf er rund um sich herum nervöse Geräusche vernahm. Es war wie das wilde Aufflackern einer Flamme, wenn ein Fenster geöffnet wurde, und es war überall. Sofort legte er den Pfeil an und spannte den Bogen. Doch … wohin? Wohin sollte er zielen? Und vor allem, worauf?

Wie Schatten huschten die Geräusche um ihn, manche von ihm weg, andere erstarrten und wieder andere pirschten sich an ihn heran.

Was nun?

Sam regte sich nicht.

Die beste Chance, die er hatte, war über die Äste zu entkommen. Schließlich hatten die Jäger das Geräusch auf dem

Boden vernommen und würden nun nicht in den Bäumen suchen. *Oder?*

Leise steckte er den Bogen zurück in den Köcher und kletterte auf den nächsten Baum. Dort lehnte er sich an den dicken Stamm und schaute runter. Ein Paha mit gezogener Machete schlich vorbei und verschwand wieder im Unterholz.

Das kann so nicht weitergehen, dachte Sam und legte die Hand auf sein laut pochendes Herz. *Ich sollte zurück. Zurück zur Höhle im Sumpfgebiet.* Schließlich hatte er dort sein eigenes Reich. Kein anderer Paha hatte sich bisher dorthin verlaufen. Dies war hauptsächlich wegen der Pferde. Der sumpfige Gürtel war einfach zu groß, um ihn mit den Vierbeinern zu durchqueren, nur um zu sehen, was dahinter lag.

Entschlossen lief Sam über den Ast und sprang auf den nächsten Baum. Von dort aus ging er weiter, bis er aus den fremden Jagdgründen raus war, und ließ sich in der Nähe einer Lichtung hinuntergleiten. Dann rannte er los. Durch den düsteren Fichtenwald und dann über einen Trampelpfad weiter ins Unterholz.

Er war nicht mehr weit von den Handalfelsen entfernt, als er plötzlich wieder ein Geräusch vernahm und unverhofft zum Stillstand kam. Sofort zog er seinen Bogen und legte einen Pfeil an. Dem Geräusch nach hatte sein Gegner, der hinter dichtem Blattwerk verborgen war, ihn ebenfalls bemerkt und seine Bewegungen zu einem fast lautlosen Gleiten verlangsamt. In dem Moment flog eine Taube gurrend durch das nackte Astwerk neben ihm.

Dieser Vogel gehört mir. Sam war sich durchaus bewusst, dass sein Gegenüber den Vogel auf die gleiche Weise für sich selbst beanspruchte. *Er oder ich*, dachte er und tauchte die Pfeilspitze nochmal in die Curha-Paste, die an dem kleinen Beutel an seinem Gürtel hing. Dann spannte er den Bogen und schloss die Augen. Er lauschte. Suchte nach einem leisen Laut, der ihm die Richtung wies, einem flachen Atemstoß, dem Geräusch, das ein Messer macht, wenn es aus der Scheide gezogen wurde, oder dem kaum hörbaren Knirschen der gespannten Sehne am Bogen.

Er oder ich.

In dem Moment sah Sam, wie ein Pfeil durch das Blattwerk auf ihn zuschoss. Erschrocken ließ er seinen Pfeil los und sprang in letzter Sekunde zur Seite. Er landete auf der Schulter und bemerkte ein Brennen an seiner Wange. Offenbar war er doch nicht schnell genug gewesen und der Pfeil hatte ihn gerade noch gestreift. Doch der Schnitt war nicht tief und es blutete kaum.

Auf der anderen Seite des Blattwerks hörte er ein Keuchen und das Geräusch, das ein Mensch machte, der zuerst auf die Knie und dann zu Boden fiel. Sam suchte sich einen Weg durch die Blätterwand auf die andere Seite. Dort sah er …

Nahn.

Sein kleiner Bruder lag mit dem Pfeil in der Brust auf dem Boden und zitterte.

Nein!, schrie es in Sams Kopf, doch er brachte keinen Laut über die Lippen. Stattdessen fiel er neben ihm auf die Knie und der Bogen entglitt seinen Fingern. Er wusste gar nicht wohin mit seinen Händen, doch dann legte er eine auf Nahns Stirn und nahm mit der anderen seine Hand. Fassungslos und mit offenem Mund schaute er zu, wie sein Bruder versuchte, gegen das Gift anzukämpfen, das sich von der Pfeilspitze aus in seinem Körper verteilte.

»Verflucht sind die Ahnen«, flüsterte Sam fassungslos und fing an zu weinen. »Nein!«

Nahns Sumentrieb erlaubte es ihm zwar, jedes Gift zu neutralisieren, aber nicht, wenn ihm dabei ein Pfeil im Herz steckte.

Warum konnte es nicht das Bein sein?

Sams Körper war wie betäubt. Eine dunkle Leere breitete sich in ihm aus. Gerade eben hatten sie doch noch miteinander im selben Zimmer geschlafen. Nahn hatte es zugelassen, dass er seine eigenartigen Seherkräfte an ihm übte, nicht ahnend, dass Sam die Erinnerungen wie seine eigenen in sich abspeicherte. Nahn hatte ihm doch gerade erst den Verband gewechselt! Sein Leben lang war er der Einzige, der immer für ihn da gewesen war. Und nun saß Sam da und konnte absolut nichts für ihn tun.

Nahn schaute ihn mit Tränen in den Augen an und drückte seine Hand fester. Das Zittern ließ nach und sein Herz war kurz davor, aufzuhören zu schlagen. Eine Träne rollte über Nahns Wange.

»D…danke, dass du hier bei mir bist«, flüsterte er.

Sam schob den Arm unter Nahns Kopf und zog ihn an seine Brust. »Es tut mir so leid«, flüsterte er. »Ich bin so nutzlos. Bitte, vergib mir.«

»Du kannst es besser machen, wenn du willst. Du bist ein guter Mensch.«

Sam drückte Nahn an sich und strich ihm zärtlich über den Kopf. »Bitte, verlass mich nicht.«

Er spürte, wie Nahn aufhörte zu atmen und wie das Zucken aus seinem Körper verschwand. Sam war unfähig, seinen kleinen Bruder loslassen.

Die Trauer saugte ihm alle Energie aus, er fühlte sich matt und benommen, sodass er sich neben Nahn legte und ihn weiterhin im Arm hielt. Er hielt ihn fest, bis es dunkel wurde, es anfing zu schneien und die letzte Wärme aus Nahns Körper gewichen war.

17

Asche fiel vom Himmel, mischte sich mit den Schneeflocken und setzte sich auf den Toten nieder. Der Geruch von verbranntem Holz lag in der Luft. Die Arme auf dem Rücken verschränkt, ging Kato langsam an den Holzgerüsten vorbei und ließ den Blick über die aufgebahrten Leichen schweifen. Paha jeden Alters lagen da, doppelt so viele Männer wie Frauen. Niemand, den er kannte, dennoch verspürte er pure Verachtung.

So schwach. Wie kann sich so jemand nur Jäger nennen?

Doch es war gut, dass die Schwachen starben. Sie würden nur Ballast sein und die Paha aufhalten. Kato stockte und ging zwei Schritte zurück. Die Leiche eines Mannes hatte seine Aufmerksamkeit erregt. Er kniff die Augen zusammen und betrachtete das Gesicht genauer.

Den kenn ich doch, dachte er und neigte den Kopf etwas zur Seite.

Tatsächlich war er ein Mitglied des Großen Rates gewesen. Der Älteste der Tanha. Sein Name war Munto. Kato hatte ihn immer für einen zuverlässigen und verantwortungsbewussten Mann gehalten. Er war jedoch bereits über siebzig Jahre alt, umso weniger überraschte es ihn, dass er die Jagd nicht überlebt hatte, und ging weiter.

Bei den meisten, die auf dem Platz aufgebahrt waren, handelte es sich um Tanha oder Vahmen. Sie galten in den vereinten Stämmen von Pahann als die sanftmütigsten. Obschon sie ebenfalls Jäger waren, handelten sie mit größerer Vorsicht. Sie waren stark in der Gruppe, was zu Beginn der Vogeljagd noch von Vorteil gewesen war. Doch sobald sich der Vogelbestand dezimierte und die Erfolge größer waren, wenn die Jäger allein loszogen, gerieten sie ins Hintertreffen.

Kato blieb erneut stehen und betrachtete das Mädchen, das vor ihm aufgebahrt dalag. Erneut neigte er den Kopf und schaute sie genauer an. Sie gehörte zum Stamm der Panh. Genauer gesagt, war sie deren Wintermondkind. Obwohl auch er nicht besonders viel von der alten Tradition hielt, drehte er sich um und fuhr Calen wütend an. »Was macht die hier?«

Calen zuckte erschrocken zusammen und warf einen Blick an Kato vorbei auf die Leiche. Als er erkannte, wer dort lag, zog er die Brauen zusammen und öffnete überrascht den Mund. »Das ist Lina. Ich wusste nicht, dass sie auch …«

»Das geht so nicht mehr weiter«, sagte Karo und drehte sich schnaubend um. »Der Neid wird uns alle noch umbringen.«

Insgeheim war er froh, dass die Zeit endlich gekommen war. Endlich konnte er das tun, worauf er all die Jahre gewartet hatte. Doch er durfte nicht überstürzt handeln. Jeder Schritt musste wohl durchdacht sein. Als Erstes ging es darum, den richtigen Moment zu erwischen und die Paha für sich zu gewinnen. Doch allem voran musste er sich selbst zügeln, denn das bevorstehende Ende von Pahann weckte in ihm eine helle Vorfreude.

»Es wird immer schwieriger, Vögel zu finden«, berichtete Calen mit ruhiger Stimme. »Innerhalb von zwei Monaten scheinen alle Vögel in den Wäldern rund um Pahann ausgerottet.«

»Nein!«, schrie es plötzlich ein paar Leichen weiter vorne.

Es war Arua, die sich über ein Holzgerüst geworfen hatte und bitterlich weinte. »Nein!«, schrie sie verzweifelt und krallte sich am Toten fest. »Nicht du!« Zwei Paha, die für Ordnung auf dem Platz sorgten, zogen sie weg, worauf sie wie wild um sich schlug. »Lasst mich los!«, schrie sie und schlug einem Mann die Handseite in die Kehle, worauf er keuchend zusammenbrach.

Calen kam dem anderen sofort zu Hilfe und hielt Arua fest. Ihre Knie gaben nach und sie brach weinend zusammen. Kato trat vor das Holzgerüst und betrachtete den Toten. Sein Blick verdüsterte sich, als er Prohno erkannte. Er war Aruas Vater und neben ihm der zweite Sume im Großen Rat. Viele Jahre schon verband sie eine enge Freundschaft und umso größer war die Freude vor zwanzig Jahren, als ihre beiden Kinder die Erstgeborenen des Wintermondes waren und somit als Wintermondkinder ihre Familien vereinen würden. Dass Prohno auf einem dieser Holzgerüste lag, die noch an jenem Abend entzündet werden sollten, war gewiss kein Unfall. Sein Oberkörper war von mehreren Pfeilen durchlöchert und sein Gesicht blutig geschlagen. Dieser Sume war nicht nur wie ein Wildschwein gejagt, sondern auch so hingerichtet worden. Schließlich war Prohno einer der besten Jäger, den er kannte. Es war eine Schande, jemanden wie ihn verloren zu haben. Mit knirschenden Zähnen unterdrückte Kato knurrend seine Wut.

Da hörte er von Weitem jemanden seinen Namen rufen. Es war Torjn, der auf seinem Pferd zum Platz geritten kam und vor ihm anhielt. »Kato! Schlechte Nachricht! Sie haben Nahn gefunden.«

»Was zum Henker«, fuhr Kato hoch.

»Sie bringen ihn gerade rein.« Torjn zeigte auf die andere Seite des Platzes über die fünfzig Holzgerüste mit den aufgebahrten Toten hinweg. »Ganz hinten.«

Kato stampfte über den Platz an den Gerüsten vorbei. Während Calen ihm folgte, ritt Torjn um den Platz herum zum Holzgerüst, wo zwei Männer einen Mann aufbahrten. Langsam trat Kato zu ihm und betrachtete den Toten. Es war tatsächlich Nahn und in seiner Brust steckte ein Pfeil. Calen trat näher und berührte die Pfeilfedern. Als hätte er sich an ihnen verbrannt, zog er ruckartig die Hand zurück.

»Was?«, fragte Kato grimmig.

»Die Federn«, sagte Calen.

»Was ist mit ihnen?«

»Es gibt nicht viele Jäger, die ihre Federn so kurz schneiden. Soviel ich weiß, ist Sam einer davon.«

Katos Miene verdüsterte sich und er ballte die Hände zu Fäusten. Irgendwie hatte er es geahnt. Sam war noch am Leben. So schwach er auch war, er wusste, dieser Junge sollte nicht unterschätzt werden. Umso wichtiger wurde es, dass er endlich seine Tätowierung bekam. Nur so konnte er ihn an den Sumenstamm binden. Dass ein Trieb so lange auf sich warten ließ, zwanzig Jahre lang nicht ausbrach, kam ihm immer mehr vor wie ein böses Omen, dem er mehr Beachtung schenken sollte, als er bisher getan hatte. Schließlich galt bei den Sumen: Je länger es dauerte, bis ein Trieb ausbrach, umso stärker würde er sein. Er musste Sam an sich binden, um, wenn es notwendig war, seine Kräfte rechtzeitig in sich aufzunehmen. Jemand wie Sam, der alles tat, um sich von den Sumen loszusagen, hätte einen starken Trieb nicht verdient.

»Jetzt reicht es!«, platzte es wütend aus Kato heraus. »Ab sofort wird jeder, der sich gegen den Großen Rat stellt, hingerichtet.«

Erschrocken wichen Calen und Torjn zurück. »Bereits acht Älteste sind tot«, wagte Torjn einzuwenden. »Der Große Rat besteht nur noch aus vier Mitgliedern.«

»Dann bringt die anderen drei her! Ab jetzt weht ein neuer Wind in Pahann. Wir werden härter durchgreifen. Schließlich sind wir vereinte Paha! Und holt mir gefälligst Sam her! Er ist irgendwo da draußen, ich weiß es. Entweder kommt er her, lässt seine Tätowierung machen und schließt sich uns an, oder er wird hingerichtet.«

Calen und Torjn nickten und gingen davon, während Kato nochmal einen Blick auf Nahn warf. *Erst achtzehn Jahre alt*, dachte er und zückte sein Messer. *Wer weiß, wie lange er bereits da draußen gelegen hatte?* Er schnitt Nahn unter dem Ohr in den Hals. Das Blut war leider schon längst erstarrt. *Was für eine Verschwendung.* Kato steckte das Messer zurück ins Holster. Zu gern hätte er Nahns Trieb in sich aufgenommen. Die Fähigkeit, Gifte aufzuspüren und zu extrahieren, hätte ihm gefallen, doch viel mehr hatte ihn sein Geschmack interessiert, den er im Blut hinterlassen hätte. Wäre er süßlich oder eher sauer gewesen? Oder vielleicht bitter, wie so manches Gift selbst? Unauffällig tippte er auf die Einschusswunde und leckte den Finger ab. Leider war jeglicher Geschmack des Triebes bereits aus dem Blut entwichen. Zärtlich strich er Nahn ein letztes Mal über die Stirn. Dann verließ er den Marktplatz und machte sich auf den Weg zum Großen Rat.

18

Am Tag, an dem die Vermählungszeremonie stattfinden sollten, kroch Sam aus seiner Höhle und blickte hoch in den wolkenverhangenen Himmel. Es war windstill und die Landschaft lag noch immer unter einer dicken Schneedecke. Er reckte und streckte sich und atmete tief durch. Er mochte die Stille, doch er musste auch zugeben, dass sie ihm immer unheimlicher wurde. Es war nicht die Stille, die entstand, wenn Schnee lag. Es war eine Art Totenstille, die sich über das ganze Land um Pahann herum gelegt hatte. Die Vögel waren rar geworden und er musste immer größere Strecken zurücklegen, um noch welche zu finden. Für ihn, der zu Fuß unterwegs war, kein einfaches Unterfangen.

Sam stand auf dem Felsen und ließ den Blick über die weite Landschaft schweifen. Er musste zurück nach Pahann, dies konnte er nicht noch länger hinauszögern. Er benötigte dringend neue Bandagen für seine Hände, die durch seinen rauen Lebenswandel unzählige Wunden aufwiesen. Zudem fühlte er sich dreckig und konnte den eigenen Gestank nicht mehr ertragen. Er stellte sicher, dass das Messer im Beinholster und die Schleuder in der Gesäßtasche steckte, und machte sich auf den Weg Richtung Pahann. Pfeil und Bogen hatte er seit Nahns Tod niedergelegt. Er ertrug es nicht mehr, mit der Waffe unterwegs zu sein, mit der er seinen kleinen Bruder getötet hatte. Die Trauer saß zu tief und die Erinnerungen, die er an ihn hatte, fühlten sich an wie Nadelstiche unter der Haut.

Obwohl es bereits einen Tag her war, als er das letzte Vogelherz gegessen hatte, glaubte er zu spüren, wie sein Körper die Energie mittlerweile anders speicherte als zu Beginn seiner Vogeljagd, als seine geschärften Sinne mit der nachlassenden Wirkung der Vogelherzen ebenfalls schwächer geworden waren. Ohne ein Vogelherz gegessen zu haben, war es ihm nun möglich, Geräusche in weiter Ferne zu hören und kleine Insekten zu sehen, die er zuvor nie wahrgenommen hatte. Sein Körper war stärker geworden. Er fühlte sich, auch wenn er kein Vogelherz gegessen hatte, energiegeladener als zuvor, als er sich ständig matt und schwach gefühlt hatte.

Sobald er die Handalfelsen erreicht hatte, legte er an Tempo zu. Es war besser, sich schnell voran zu bewegen, als vorsichtige Schritte zu machen, in der ständigen Angst, von anderen Jägern gehört zu werden. Und da die Paha meist auf Pferden unterwegs waren, konnte er das Donnern der Hufe bereits von Weitem hören und dementsprechend ausweichen.

Tatsächlich waren sehr viele Jäger unterwegs und immer wieder hielt er an und versteckte sich im Unterholz. Seit die Jäger ihre Blicke in die Baumkronen richteten, war der Boden zum sichereren Ort geworden, um sich zu verstecken. Dennoch benutzte er, um möglichst schnell voranzukommen, den Weg über die Äste. Als er erneut das Geräusch von Pferdehufen hörte, kauerte er auf einem Ast und wartete, bis sie vorüber waren. Da traf ihn plötzlich etwas am Kopf. Es muss ein Stein aus einer Schleuder gewesen sein, denn sein Kopf schlug zurück, er fiel vom Ast und schlug wie ein Sack Mehl auf dem Boden auf.

Benommen öffnete er die Augen und schaute zu den Ästen. Sein Blick war verschwommen. Über ihm erschienen zwei Männer. Allmählich wurde das Bild schärfer und er erkannte Calen und Torjn. Beide hatten ein fieses Grinsen im Gesicht.

»Haben wir dich«, meinte Calen und packte ihn am Hals.

»Lass mich los!«, schrie Sam und versuchte, sich aus seinem Griff zu winden.

Da packte Torjn seine Handgelenke und fesselte sie ihm auf den Rücken. Sam saß noch immer auf dem Boden, also trat er mit den Beinen um sich.

Calen lachte vergnügt. »Wehr dich, so viel du willst.«

»Was wollt ihr von mir?«

»Wir stellen dich vor die Wahl«, sagte Calen und ging zu seinem Pferd.

Torjn schnappte sich derweil Sams Knöchel und hielt seine Beine hoch, sodass er wegen der gefesselten Arme völlig hilflos war. Calen kehrte mit einer Axt zurück, die er auf die Schulter gelegt hatte. Als würde er gleich ein Holzscheit zerhacken, stellte er sich breitbeinig neben Sam auf und holte aus.

»Nein!«, schrie Sam und wand sich vergeblich in Torjns Griff.

Die Axt sauste knapp an seinem rechten Bein vorbei, und Calen lachte laut. »Ach ja, du solltest natürlich noch wissen, zwischen was du dich entscheiden musst.« Er hievte die Axt zurück auf seine Schulter und setzte einen ernsten Blick auf. »Kato hat uns die Erlaubnis gegeben, alles mit dir zu machen, was wir wollen, solltest du dich weigern.«

Sam erschauderte und starrte Calen an. Dann schweifte sein Blick an ihm vorbei zu den kahlen Ästen, weil er glaubte, etwas gesehen zu haben. Kro käme ihm nun wirklich gelegen. Er könnte ihm helfen, die beiden abzulenken. Doch da war nichts.

»Was starrst du in den Himmel!«, fuhr Calen ihn an und gab ihm eine Ohrfeige. »Sieh mich gefälligst an, wenn ich mit dir rede!«

Erschrocken schaute er wieder zu Calen. Der baute sich über ihm auf und atmete tief ein.

»Also gut«, fuhr der Khame fort, »du hast die Wahl. Du kannst mit uns zurück nach Pahann kommen, wo du deine Tätowierung erhältst, wobei ich gestehen muss, dass ich euer Sumending nie verstehen werde, aber du würdest dort von allen mit offenen Armen empfangen und willkommen geheißen. Du könntest deinen Platz unter den Paha einnehmen, wie es für dich vorbestimmt war, und ein gutes Leben als Jäger führen. Oder: Du stirbst.«

Mit aufgerissenen Augen schaute Sam Calen an.

»Sieh es endlich ein, Sam«, sagte er mit lieblicher Stimme, kniete neben ihm nieder und legte den Kopf ein bisschen schräg. »Du bist schwach. Ich meine, die Sache mit den Vogelherzen war eine gute Idee, aber wie du siehst, nützt sie jedem mehr als dir selbst. Klar, ich muss zugeben, du bist schneller geworden und flinker, springst vielleicht auch höher als zuvor, doch sieh es ein, seitdem du uns dein Geheimnis verraten hast, haben wir dich alle abgehängt. Du kannst nicht mithalten. Konntest du noch nie. Du bist und bleibst der kleine Junge mit den dreckigen Bandagen.«

»Ist nicht so, dass ich es euch erzählen wollte!«, berichtigte Sam. »Kato hat es aus mir rausgeprügelt!«

»Da bist du selber schuld«, antwortete Torjn, der noch immer seine Füße festhielt. »Du warst es, der all diese Kadaver hat rumliegen lassen und nichts mehr für die Gemeinschaft beigetragen hat. Und sieh an, wohin es dich gebracht hat! Du solltest das bisschen Würde, das dir vom Großen Rat noch gewährt wird, nehmen und das Beste daraus machen.«

»Ach, komm schon!« Calen lachte und boxte Torjn auf den Oberarm. »Sieh ihn dir doch an! *Würde?* Er kann nicht einmal reiten! Er ist ja jetzt schon nur ein halber Jäger! Ich sollte dich hier auf der Stelle töten. Das wäre das Beste für uns alle, denn hätte Kato die Macht gehabt, die Tradition zu brechen, wärst du schon längst tot.«

»Das Einzige, das sich für dich gelohnt hat, war wohl, dass die Stammesvermählungen dem ganzen Chaos zum Opfer gefallen sind.«

Die ganze Zeit über hatte Sam versucht, seine Handgelenke aus dem Seil zu winden, doch seine Finger waren durchgefroren und steif.

»Aber ich habe die Wahl«, sagte er mit bebender Stimme.

»Ich sagte doch bereits, ich habe die Erlaubnis, alles zu machen, was ich will«, sagte Calen, in dessen Augen die Blutlust auflodere. »Ich werde dir beide Beine abhacken und zusehen, wie du langsam verblutest. Und dann werde ich dein Herz essen.«

Sam schluckte trocken und alles Blut wich aus seinem Kopf. Immer schneller versuchte er, den Knoten zu lösen. Als er die Gewissheit hatte, dass er sich selbst befreien konnte, fing er wieder an, einen klaren Gedanken zu fassen, doch sein Körper zitterte noch immer und sein Herz raste. »Ihr habt dafür gesorgt, dass die Wälder tot sind!«, knurrte er. »Es gibt keine Vögel mehr!«

»Einen Grund mehr für dich zu sterben, oder?« Torjn lachte.

Calen holte aus und schwang die Axt mit voller Wucht auf ihn nieder. Im letzten Moment gab Sam Torjn einen Tritt in den Bauch und drehte sich zur Seite weg. Die Axt streifte ihn knapp unter der rechten Rippe und riss ihm ein Loch ins Bärenfell. Wie ein Blitz schnitt sich die Klinge durch seine Haut. Sam war jedoch nur damit beschäftigt, möglichst schnell abzuhauen. So löste er die Hände aus den Fesseln, sprang hoch und rannte ins Unterholz. Bei der erstbesten Gelegenheit stieß er sich an einem Baumstamm ab und zog sich an einem Ast hoch. Er konnte hören, wie Calen und Torjn ihm auf den Fersen waren und ihm im Galopp folgten. Außer Atem beugte er sich nach vorne, krümmte sich vor Schmerzen und suchte verzweifelt nach einem Ausweg. Sie würden ihn den ganzen Tag jagen; bis sie ihn hatten. Er brauchte ein Versteck, in dem sie ihn nicht finden würden und in dem er die Wunde versorgen konnte, doch dafür brauchte er eine Ablenkung.

Da hörte er plötzlich das Krähen des Raben. Gerade als er dachte, dass dies sein Ende war, flog Kro an ihm vorbei. Laut krähend glitt er über Calen und Torjn hinweg Richtung Fluss.

»Ich dachte, die Raben wären schon längst ausgerottet«, sagte Torjn überrascht.

»Den hol ich mir!«, rief Calen und galoppierte davon.

»Was ist mit Sam?«

»Der verblutet doch sowieso früher oder später.«

»Warte!«, rief Torjn und schloss sich Calen an.

Ohne zu zögern, sprang Sam runter und rannte Richtung Norden. Seine Muskeln zogen sich zusammen und die Erschöpfung kroch wie zäher Schleim durch seine Glieder. Er wurde langsamer und keuchte schwer, stützte sich an einem Baumstamm ab und zog das Bärenfell zurück. Seine ganze rechte Seite war voller Blut. Die Wunde war größer, als er zuerst gedacht hatte. Calen hatte ihn ganz schön erwischt. Also kniete Sam nieder, legte den Pelz ab und zog das Hemd aus. Dieses wickelte er zu einer Rolle zusammen und band es sich wie einen Druckverband um den Bauch. Dann zog er den Pelz wieder an und schaute sich um. *Das war knapp*, dachte er. Dennoch, jetzt musste er erst recht zurück nach Pahann.

19

Der runde Saal des Großen Rates leuchtete im dumpfen Licht der Fackeln, die in regelmäßigen Abständen an der Wand hingen. Kato blickte hoch und betrachtete die Sparren und Holzlatten. Mit übergeschlagenem Bein lehnte er in seinem Sessel und genoss die Stille, die in Pahann nur noch selten zu finden war. Es war kalt im runden Saal, weshalb er seinen silbernen Wolfspelz anbehalten hatte.

Plötzlich schlug die Tür auf. Ohne den Kopf zu drehen, blickte Kato rüber zum Eingang. Ein Mann in einem braunen Ledermantel und einer Pelzkappe hastete herein.

»Tut mir leid für die Verspätung«, sagte Lanten, geriet jedoch angesichts des leeren Saals ins Stocken. »Wo sind die anderen?«, fragte er, setzte sich auf einen Sessel, der drei Plätze zu Katos Rechten stand, und nahm die Mütze ab.

Kato hob den Kopf und neigte ihn zur Seite, sodass es knackte. »Wie lief die Jagd, Lanten?«, fragte er und lächelte höflich.

Der schmalgesichtige Mann warf ihm einen misstrauischen Blick zu und legte ebenfalls ein Bein über das andere. »Du weißt, wie die Jagd läuft«, antwortete er gereizt.

»Ja.« Kato legte den Kopf zurück auf die Lehne. »Ist nicht mehr einfach. Aber wie ich gehört habe, wissen sich die Khamen gegen die Sumen und Panh durchzusetzen.«

»Sprich nicht so, als wäre es ein Wettbewerb.«

Kato grinste. Von allen im Großen Rat war es Lanten, den er am liebsten neckte. Er war Vertreter der Khamen und machte selbst nie ein Geheimnis daraus, dass er die Sumen, allen voran Kato, am meisten verabscheute.

Erneut ging die Tür auf und zwei weitere Männer betraten den Saal. Sugi, ein Mann von schmaler Statur, der sich wie die meisten Tanha einen buschigen Bärenpelz um die Schulter gelegt hatte, um mächtiger zu wirken, setzte sich auf einen Sessel, der im Kreis Kato gegenüber stand. Regis, der bärtige Vertreter der Panh, eingepackt in ein dunkelbraunes Lederwams, setzte sich auf einen Stuhl links von Kato.

»Sind wir etwa die Einzigen, die noch übrig geblieben sind?«, fragte Sugi überrascht, als er in die Runde blickte.

Jeder der sechs verbündeten Stämme in Pahann stellte jeweils zwei Vertreter im Großen Rat. Tatsächlich waren nur noch vier von ihnen da.

»Mein Beileid, Sugi«, meinte Kato, der noch immer den Kopf zurückgelehnt und den Blick hoch zum Dach gerichtet hatte. »Habe von deiner Frau gehört.«

»Das ist ja wohl nicht der richtige Ort dafür«, spuckte ihn der bärtige Regis von der Seite an.

»Nein?« Kato blickte wieder in die Runde. »Seht ihr nicht, was hier passiert? Die Paha schlitzen sich gegenseitig die Kehlen auf.« Dabei zeigte er mit der Hand Richtung Marktplatz.

»Was können wir noch tun?«, fragte Lanten, dessen strohblondes Haar vom Tragen der Mütze noch ganz zerzaust war. »Die sicheren Häuser sind voll von Frauen mit ihren Kleinkindern. Wir geraten allmählich an die Grenzen mit der Verpflegung. Uns fehlt frisches Fleisch, das die Jäger nicht mehr liefern.«

»Der Handel ist zum Erliegen gekommen«, sagte Sugi und strich sich über die grauen Bartstoppeln. »Die Vogeljagd hat auch die Siedlungen rund um Pahann erfasst. Es ist schon lange kein Händler mehr in die Stadt gekommen.«

»Die Paha halten die Toten zurück«, sagte Regis besorgt. »Anstatt dass sie ihren Angehörigen die letzte Ehre des Feuers erweisen und sie auf den Marktplatz zur Verbrennung bringen, stapeln sie die Leichen in ihren Gärten, um die Geier anzulocken und an deren Herzen zu gelangen. Ein Panh hat gar sein eigenes Kind als Köder benutzt, nachdem er dieses tot im Haus gefunden hatte. Entweder verhungern oder erfrieren sie.«

Kato ließ den Blick über die kleine Runde schweifen und konnte sich ein Lächeln nicht mehr verkneifen.

»Was soll daran witzig sein?«, fragte Sugi. »Ist dir nicht klar, in welcher Situation sich Pahann befindet? Wir stecken mitten im Winter und unsere Ressourcen sind bereits erschöpft. Halb Pahann brennt!«

»Tut mir leid.« Kato lachte und strich sich über das Gesicht. »Ich weiß, die Lage ist schrecklich. Aber das Ganze ist doch auch absurd. Schließlich sind wir Jäger.«

»Was meinst du damit?«, wollte Regis wissen.

»Wir sollten einen Schlussstrich ziehen und Pahann verlassen.« Kato richtete sich direkt an Sugi. »Nur so bringen sich diese Verrückten nicht alle noch gegenseitig um. Denn, sind wir doch ehrlich, die Vahmen, die Riften und die Panh sind im Großen Rat bereits nicht mehr vertreten und wir wissen doch alle, dass es die Tanha als nächstes treffen wird.«

»Wie kannst du es wagen!«, fuhr Sugi hoch. »Du denkst, dass die Sumen über allem stehen, aber ihr seid bloß Rohlinge, denen es sehr oft an Gerechtigkeit mangelt!«

Kato lächelte zufrieden und schenkte Sugis Gezeter keine Beachtung.

»Auch wenn ich es ungern zugebe«, warf Regis mit düsterem Blick ein, »aber uns bleibt wohl keine andere Wahl, als den Norden zu verlassen. Die Vogeljagd hat tatsächlich das Schlimmste in den Paha hervorgebracht.«

»Das sehe ich anders«, wandte Kato ein. »Immerhin hat sie die Spreu vom Weizen getrennt. Diejenigen, die noch da draußen sind und jagen, das sind die wahren Paha. Sie sind stark, flink und klug – wahre Krieger.«

»Du warst schon immer sehr radikal eingestellt, wenn es um die verschiedenen Stämme ging«, bemerkte Lanten angewidert. »Warum sagst du nicht klar heraus, was du beabsichtigst? Schließlich sitzen wir hier im Großen Rat und müssen gemeinsam entscheiden, wie es mit Pahann weitergehen soll.«

»Auch das sehe ich anders«, sagte Kato und lächelte wieder. »Ich bin siebenundneunzig Jahre alt, was mich zum ältesten Ratsmitglied macht. Und ich habe bereits entschieden, dass wir Pahann noch heute Nacht verlassen werden.«

»Wie kommst du darauf, dass wir dem zustimmen?«, fragte Lanten überrascht.

»Ihr könnt euch mir anschließen. Aber von nun an gibt es keine Ratsentscheidungen mehr. Das heißt, ihr könnt entweder mir folgen oder …«

»Oder was?«

Kato erhob sich aus seinem Sessel und grinste übers ganze Gesicht. »Seid ihr bereit, mir zu folgen?«

»Was soll der Unsinn?«, fuhr Sugi auf. »Was glaubst du eigentlich, wer du bist?«

Kato zog sein Messer, drehte es in der Hand und warf es geradeaus Richtung Sugi. Dem blieb es mitten im Hals stecken. Sugi knickte ein und fiel zurück auf den Sessel. Mit aufgerissenen Augen starrte er Kato an, der auf ihn zuschritt und ihn zufrieden anschaute.

»Ich bin der neue Anführer«, sagte er und griff nach dem Messer in Sugis Hals. »Und ich bin der Meinung, dass du nur ein Klotz am Bein bist, wenn wir Richtung Süden ziehen.« Dann zog er das Messer aus Sugis Hals, kehrte zurück zu seinem Platz und drehte sich wieder dem Kreis zu. Lanten und Regis saßen entsetzt auf ihren Plätzen und schauten zu, wie Sugi ächzende und gurgelnde Geräusche von sich gab, sich das Blut über seine Brust ergoss, bis sein Kopf nach vorne kippte und er reglos dasaß. »Ich sagte doch, dass es die Tanha als nächstes treffen wird«, meinte Kato gelassen und wischte die blutverschmierte Klinge an seinem Ärmel ab.

»Du bist übergeschnappt!«, platzte es aus Lanten heraus. »Was willst du damit bezwecken?«

»Nur die Starken überleben«, antwortete Kato in aller Selbstverständlichkeit.

»Was hast du vor?«, fragte Regis misstrauisch. »Ich kenn dich doch. Du hast ein größeres Ziel vor Augen.«

»Eins nach dem anderen. Zuerst müssen wir die Armee vereinen, um sie dann auf ihre wahre Bestimmung vorzubereiten.«

»Wir?«, fragte Regis.

»Ich wusste, dass ich auf dich zählen kann.« Kato lächelte und trat aus dem Kreis heraus. »Schließlich bist du ein Panh. Und du, Lanten?«, fragte er und nahm eine Fackel von der Wand. »Wir können uns zwar nicht besonders leiden, aber du bist ein guter Jäger.«

»Habe ich eine Wahl?«, sagte Lanten zähneknirschend und stand auf. »Mich interessiert eigentlich nur, wo das alles hinführt.«

»Das freut mich.« Kato ließ die Fackel zu Boden fallen. »Erweisen wir Sugi doch die letzte Ehre des Feuers und bewahren ihn vor dem ewigen Eis.«

Der Holzboden fing Feuer und im Nu fraßen sich die Flammen über die Wände hoch ins Dach. Kato verließ gefolgt von Regis und Lanten den Saal, der bereits nach kurzer Zeit in Flammen stand, und ging durch das Atrium hinaus zur Treppe, die runter auf den Marktplatz führte.

Überall stiegen Feuer in den schwarzen Nachthimmel. Neben den Aschebergen auf dem Marktplatz hatten sich Männer und Frauen zusammengefunden, bewaffnet mit Macheten, Schwertern und Messern, Jäger aus Pahann, die im Schein unzähliger Feuer und Fackeln die Entscheidung des Rates erwarteten. Dampf stieg aus der Menge empor.

Kato stieg die Treppe runter bis zum Sockel, der fünf Tritte über dem Boden lag. Es war eine Plattform, die sich wie eine Bühne über dem Platz erhob. Torjn und Calen warteten neben zwei großen Feuerschalen. Kato schritt an ihnen vorbei, nickte ihnen zu und trat ein paar Schritte vor, um sich den Paha zu zeigen. Ein sanfter Wind zog über den Platz, wehte seinen Pelzumhang zur Seite und seine langen, silbergrauen Haare züngelten wie Flammen im Wind.

»Jäger!«, rief er laut, sodass ihn alle hören konnten. »Pahann hat das Beste in uns hervorgebracht, was wir haben und was wir sind. Die leeren Wälder sagen uns nun, dass es Zeit ist aufzubrechen und von unserer Heimat Abschied zu nehmen. Wir sind Jäger! Die besten in ganz Kolani! Löst euch von dem gegenseitigen Hass und Neid. Nur gemeinsam sind wir stark. Lasst uns vereint den Vögeln nach Süden folgen und das tun, was uns im Blut liegt! Die Freiheit für jeden, der sich mir anschließt! Und den Tod für jeden, der er wagt, sich uns zu widersetzen.«

Jubelnd stießen die Paha ihre Waffen in die Höhe und schlugen die Klingen gegeneinander. Wie ein Rudel Wölfe heulten sie laut auf.

»Macht euch bereit!«, rief Kato. »Verliert keine Zeit! Die Freiheit erwartet uns!«

Regis und Lanten betrachteten fassungslos die Meute auf dem Platz. Kato blickte an ihnen vorbei zu Calen und Torjn. Die beiden hatten es tatsächlich geschafft, so kurzfristig die Paha auf dem Platz zusammenzubringen. Doch ein Hühnchen hatte er mit ihnen noch zu rupfen.

20

Im Körper eines blutverschmierten und stinkenden Pahas, der zum Stamm der Kham gehörte, stand Yarik mitten in der Menge von rauen Männern und Frauen, die Katos Worte frenetisch feierten. Die Gesichter waren von Blut und Asche verschmiert und flackerten unter dem Licht der zahlreichen Fackeln auf wie Nachtgeister. Der Rausch der Vogelherzen hing wie ein zäher Nebel zwischen ihnen und vermischte sich mit dem Gestank von verbrannten Leichen. Am Abend zuvor hatte die große Feuerbestattung stattgefunden. Seit dem Tag, an dem der erste Tote hereingebracht worden war, wurden jeden dritten Tag die Leichen verbrannt. So viele wie gestern waren es noch nie gewesen.

Unheimlich, dachte Yarik. *Und da stehen sie nun, auf der Asche ihrer Freunde und Familien, und haben das Gefühl, einen Preis gewonnen zu haben. Tut mir leid, aber das war notwendig. Ich danke dir, Sam.*

Es waren nicht die Freudenschreie oder die Kriegsrufe, die den Paha das Gefühl von Gemeinsamkeit gaben. Es war das Heulen. Von allen Seiten stieg das Wolfsgeheul über dem Platz hoch, chaotisch und doch als Teil des Ganzen. Die Paha, die nahe am Rathaus standen, heulten mit den Paha in der Mitte. Und diejenigen, die sich am südlichen Rand des Platzes zur Masse drängten, heulten mit den Paha, die in der Nähe des Ahnentempels standen.

»Komm, Motigar«, sagte ein Sume mit einer Flammentätowierung im Gesicht und zog ihn am Ärmel mit. »Wir holen unsere Pferde.«

Yarik folgte dem Sumen, der Otogis hieß, durch die Menge, die sich langsam auflöste. Am Rand der Menschenmasse standen bereits viele Paha mit ihren Pferden abreisebereit. Die aschegeschwängerte Luft wehte über den Platz und kratzte in Motigars Hals. Sie kamen an einer großen Pferdetränke vorbei und bogen in eine dunkle Seitengasse.

»Was ist mit Liana?«, ließ Yarik Motigar fragen. »Wollte sie nicht auch die Rede hören?«

Yariks eigentliches Ziel war es gewesen, herauszufinden, wie der allgemeine Konsens gegenüber Katos Feldzug war, doch nun schien ihm, dass die Masse eine ziemlich eindeutige Meinung gegenüber ihrem selbsterkorenen Anführer hatte. Yarik hatte Motigars Körper nur noch nicht verlassen, weil er wissen wollte, ob die Meinung der Masse auch dem Einzelnen entsprach. Doch da musste er behutsam vorgehen.

»Liana?«, meinte der Sume und grinste Motigar an. »Die hat das Ganze bereits gestern vorausgesehen. Es war, als hätte sie gewusst, was geschehen würde.«

»Ihr Sumentrieb?«

»Quatsch. Ihr Trieb ist es, Eis herzustellen. Ist nicht besonders nützlich im Winter. Aber was die großen Dinge angeht, da hat die Frau manchmal einen sechsten Sinn, könnte man meinen.«

Sie kamen zu einer großen Scheune, deren Tor bereits offen stand. Die Stadtviertel waren in Kreise unterteilt, zu welchem jeweils eine große Stallung gehörte. Dort stellten die Paha ihre Pferde ein, wo sie vom jeweiligen Stallmeister gefüttert und gepflegt wurden. Es herrschte reger Betrieb und die ersten Paha führten ihre Pferde bereits aus den Boxen raus auf die Straße.

»Was ist mit Kuinn?«, fragte Otogis. »Ich habe sie schon lange nicht mehr gesehen.«

»Kuinn ist gestern auf dem Platz verbrannt worden. Ein Pfeil hat sie bei der Jagd erwischt.«

»Oh, das tut mir leid. Geht es dir gut?«

Yarik fragte sich plötzlich, ob er womöglich den falschen Körper ausgewählt hatte, also zog er sich weit in Motigars Geist zurück und überließ ihm wieder die Kontrolle.

»Mir geht es blendend«, sagte Motigar. »Ich kann es kaum erwarten, endlich loszuziehen. Dieses Kribbeln macht mich schon fast wahnsinnig.«

Da hab ich mir wohl unnötig Sorgen gemacht, dachte Yarik und brachte Motigar dazu, Otogis zu fragen: »Was ist mit dir? Freust du dich auch?«

»Ich …« Otogis zögerte, doch sie hatten ihre Pferdeboxen noch immer nicht erreicht und ihm blieb keine andere Wahl, als zu antworten. »Ich respektiere Kato. Versteh mich nicht falsch. Er ist ein Sume. Ich verstehe auch, dass wir hier in Pahann fertig sind. Diese Stadt ist tot. Und wenn wir dieses Chaos nicht hinter uns lassen, töten wir uns weiterhin gegenseitig, bis am Ende womöglich nur noch einer steht – würde mich nicht wundern, wenn das Kato selbst wäre. Aber irgendwie habe ich das Gefühl, er hat uns nicht alles gesagt. Kato hat das Zeug zum Anführer, das bleibt unbestritten. Bei allen verfluchten Ahnengeistern, es ist Jahrzehnte her, dass er Pahann befreit hat. Es gibt absolut keinen Grund, ihm nicht zu folgen. Doch er hat ein Geheimnis, und ich hoffe nur, dass es sich irgendwann nicht gegen uns wendet.«

»Vielleicht sein Sumentrieb. Ich weiß nicht, was er damit machen kann.«

»Soviel ich weiß, Blut«, antwortete Otogis, als sie endlich die Pferdebox erreicht hatten.

Das Tor stand bereits offen und Liana hatte schon beide Pferde gesattelt.

»Li«, sagte Otogis, »weißt du, was Katos Sumentrieb ist?«

»Blut, meine ich«, antwortete die zierliche Sumin mit einem Schneekristall auf dem Kinn.

»Und was kann er damit machen?«, fragte Motigar.

»Ich weiß nicht recht.« Otogis kratzte sich an der Wange. »Da gibt es viele Gerüchte darüber, aber wirklich wissen tut das niemand.«

Yarik wusste, dass Katos Sumentrieb das Blut war. Er kannte diesen Trieb besser als jeder andere. Ihn überraschte es nur, dass die Sumen selbst nicht wirklich wussten, wozu ihr Anführer fähig war.

»Ich hol dann mal mein Pferd«, sagte Motigar. »Wir treffen uns draußen wieder.«

Als Motigar ausatmete, verschwand Yarik aus seinem Körper und zog mit dem Wind hinaus aus den Stallungen und über die Dächer von Pahann. Er ließ sich Richtung Kräuterviertel treiben. Sein Ziel war allerdings nicht sein Zuhause – das Haus des Heilers – sondern ein unscheinbares Buchantiquariat, das in einer dunklen Gasse lag. Kein Jäger verirrte sich dorthin, denn keiner, der den Vogelherzen verfallen war, interessierte sich noch für Bücher – wobei die meisten dies auch vorher schon nicht getan hatten.

Yarik drang durch einen offenen Spalt ins Innere des zweistöckigen Riegelhauses ein und fand im oberen Stock in einem düsteren Zimmer den Körper des alten Heilers. Er saß auf einem Bett, lehnte mit dem Rücken an der Wand und sah aus, als würde er ein Nickerchen halten. Yarik nahm wieder Besitz von seinem Körper und öffnete die Augen.

Der Buchhändler, der hier gelebt hatte, war noch jung gewesen und hatte sich mit ein paar Jägerfreunden ebenfalls auf die Jagd begeben. Beim vorletzten Feuer wurde er auf dem Marktplatz den Ahnen übergeben. Nachdem sich das Chaos in Pahann immer mehr ausgebreitet hatte und bereits drei Mal in sein Haus eingebrochen worden war, fühlte sich Yarik dort nicht mehr sicher. Nicht, dass er Angst gehabt hätte, schließlich hätte er sich als Magier schon zu verteidigen gewusst. Doch die Überfälle fanden statt, als er nicht in seinem Körper war. Das Risiko, dass eine Horde wild gewordener Paha im Rausch der Vogelherzen seinen Körper auf den Marktplatz brachte und dem Feuer übergab, war ihm zu groß gewesen. Natürlich, da war noch Marasco, aber auf den Jungen war momentan kein Verlass. Sein Gedächtnis ließ nach und seine Verfassung wurde immer schlechter. Es hätte Yarik nicht gewundert, wenn Marasco selbst ihn auf den Scheiterhaufen geworfen hätte. Zum Glück würde es nicht mehr allzu lange dauern und das Zeitfenster würde sich öffnen. Nur noch ein paar Tage.

Auf jeden Fall hatte Yarik die Gelegenheit am Schopf gepackt und das leer stehende Haus des Buchhändlers übernommen. Er stieg die Treppe runter ins Erdgeschoss und von dort aus weiter in den Keller. Dort klopfte er im abgemachten Rhythmus an die Tür. Mit einem leisen Knirschen öffnete sie sich und vor ihm erschien Kimo.

»Wie siehts aus?«, fragte Yarik und trat ein.

Der Keller war ein riesiger, leerer Raum, der über die Fläche von drei darüber liegenden Riegelhäusern reichte. Der Boden bestand aus gestampfter Erde. Entlang der Wände waren Holzkisten aufgestellt worden, auf denen sich vor allem Frauen und Kinder in Decken gehüllt aneinanderreihten. Ein paar Öllampen sorgten für dumpfes Licht und auf mehreren kleinen Feuerstellen wurde Suppe gekocht. Ein leises Wimmern lag im Raum, sonst herrschte bedrückende Stille.

»Die Kinder frieren«, sagte Kimo und führte ihn an den Feuern vorbei zu ein paar Kisten, die in der Ecke standen. Dort saßen vier weitere junge Männer und tranken Tee aus Suppenschalen.

Yarik und Kimo setzten sich zu den Männern, und einer reichte ihm eine Schale. »Wie sieht es da draußen aus?«

»Kato hat eine Rede gehalten«, sagte Yarik und blies in den heißen Tee. »Ihr müsst nicht mehr lange ausharren. Sie werden Pahann bald verlassen.«

»Was sollen wir dann tun?«, fragte Kimo und ließ seinen besorgten Blick durch den Raum schweifen.

»Ihr werdet die Stadt wieder aufbauen«, sagte Yarik zuversichtlich. »Ich habe keine Zweifel, dass ihr dabei gute Arbeit leisten werdet.«

»Wir sind gerade mal fünfzehn Männer«, meinte Kimo. »Hier sitzen dreiundvierzig Frauen und fünfundfünfzig Kinder. Ich will gar nicht daran denken, was uns bevorsteht.«

Ein anderer junger Mann in der Runde seufzte. »Wir haben das hier überlebt. Dann werden wir auch das Danach überleben.«

Zwei weitere Männer nickten.

»Ihr habt hier gute Arbeit geleistet«, sagte Yarik. »Und ich bin sicher, es gibt noch andere wie euch. Gute Menschen.«

Hinter Yarik machte sich eine Frau bemerkbar. »Äm ... entschuldigt mich, Heiler, aber ...«

»Ja, meine Liebe?« Yarik schaute sie mit seinem gutmütigen Lächeln an.

»Da ist ein Mädchen. Es hat große Schmerzen. Ob Ihr es Euch wohl kurz ansehen könntet?«

»Aber natürlich.«

»Es gibt noch andere Kinder, die krank sind«, sagte Kimo neben ihm. »Sie haben Fieber.«

»Ich werde sie mir alle ansehen.« Yarik erhob sich von seinem Platz. Dann trank er den Tee in einem Zug aus und machte sich an die Arbeit.

21

Den Pelz über den Sattel gelegt stand Kato neben seinem Pferd und legte sich den schwarzen Lederharnisch an. Dann zog er die ledernen Unterarmschoner am Handgelenk fest und rückte den Gürtel mit dem Schwert zurecht. Im Harnisch eingelassen waren zwei Messer, die er kurz herauszog, um sie zu begutachten. Ruckartig schob er sie zurück in die Scheide. Dann legte er sich den Pelz wieder über die Schulter und band ihn fest. Sein Rappe wirkte nervös, als würde er merken, dass ein langer Ritt bevorstand, also besänftigte er den Hengst und klopfte ihm wohlwollend auf den Hals. Dann ging er an den Pferden vorbei, die nebeneinander am Futtertrog standen. Zwischen einem Fuchs und einer cremefarbenen Stute standen Calen und Torjn und drehten sich zu ihm um. Er blieb einen Moment vor ihnen stehen und schaute sie mit zusammengekniffenen Augen an, doch sie konnten seine Gedanken nicht lesen – oder stellten sich absichtlich dumm.

»Wo ist Sam?«, wollte er wissen.

»Der ist tot«, antwortete Calen gleichgültig.

»Ich will ihn sehen.«

Calen runzelte die Stirn und blickte kurz zu Torjn. »Er ist nicht hier. Irgendwo im Wald.«

»Dann lebt er.«

»Nein, ich habe ihm die Axt in den Bauch geschlagen. Der ist garantiert ausgeblutet. So eine Verletzung überlebt keiner.«

»Du hast die Verletzungen nicht gesehen, die der Junge überlebt hat!«, fuhr Kato auf. »Ich habe dir ausdrücklich befohlen, ihn herzubringen! Und du lässt ihn laufen!« Wütend gab er Calen eine Ohrfeige.

»Er hat wirklich sehr stark geblutet«, sagte Torjn zu Calens Verteidigung. »Es war ein Wunder, dass er sich überhaupt noch aus dem Staub machen konnte.«

»Er ist euch entwischt!«, rief Kato und warf die Arme in die Luft. »Das wird ja immer besser!«

Hinter Kato ertönte ein schrilles Lachen und er drehte sich um. Es war Arua, die bereits auf ihrem Pferd saß und Calen höhnisch auslachte. »Wie peinlich! Das wäre *mir* nicht passiert.«

Calen kniff genervt die Augen zusammen. »Vor dir ist er am weitesten davongerannt! Also spiel dich nicht auf!«

»Ich sag nur«, erklärte Arua mit einem hämischen Grinsen, »einem Sumen wäre so was nicht passiert.«

Calen wollte auf Arua losgehen, doch Torjn hielt ihn zurück. »Steig auf dein Pferd.«

Kato ließ die drei stehen und kehrte zu seinem Rappen zurück. Dort wartete bereits Lanten auf seinem Pferd.

»Die Paha sind bereit«, sagte er. »Ist lange her, dass in Pahann so viel Ordnung geherrscht hat. Ich habe dich wohl unterschätzt.«

Kato schwang sich in den Sattel und zog das Pferd herum. Neben Lanten ritt er am abgebrannten Rathaus und dem Zeremonienhaus vorbei. Calen, Torjn und Arua waren bereits dicht hinter ihm, als er seinen Blick über den Platz schweifen ließ.

Er wusste, dass es in Pahann viele Pferde gab, doch dass tatsächlich jeder Paha, der sich ihm anschloss, auf einem Pferd unterwegs war, hätte er nicht erwartet. Aber das war gut, denn so würden sie viel schneller vorwärtskommen und konnten ihre Kräfte besser einteilen. Rund um den Platz herum brannten die Häuser lichterloh und der Himmel wirkte noch schwärzer als sonst. Asche stob durch die Luft und in den rußverschmierten Gesichtern der Paha glänzte die Erwartung.

Nicht mehr lange und die Sonne würde aufgehen. Es war gut, dass sie bereits so früh unterwegs waren, so würden sie es vielleicht noch vor Einbruch der Dunkelheit durch die Enge in die Schlucht von Nomm schaffen. Den Paha war aufgetragen worden, sich mit Fackeln auszurüsten, denn sobald sie in der Schlucht waren, gab es keine Möglichkeit mehr zu rasten.

Endlich ist es soweit, dachte Kato voller Freude.

Als er Sam das Geheimnis entlockt hatte, wusste er, dass dies seine Möglichkeit war, auf die er bereits seit Jahren gewartet hatte. Noch am selben Tag hatte er Borgos eine Nachricht zukommen lassen, alle Sumenstämme in den Bergen zu mobilisieren und bereit zu sein, wenn der Tag des Aufbruchs gekommen war. Und sobald er wusste, an welchem Tag dies sein sollte, sandte er einen weiteren Boten aus. Dies war die Nacht des Aufbruchs. Der Aufbruch in den Kampf, auf den er zweiundachtzig Jahre lang gewartet hatte. Er konnte seine Rache kaum erwarten und grinste unter dem hochgezogenen Schal wie ein kleines Kind.

»Na dann«, rief er und stieß die Hand in die Höhe. »Vorwärts!«

22
152 Jahre zuvor

»Was du unter Herrschaft verstehst, hat nichts mit Ehre zu tun!«, fuhr Yarik Vinna an. »Du willst doch bloß Macht ausüben und die Menschen unterdrücken!«

»Herrschaft hat nicht zwangsläufig etwas mit Unterdrückung zu tun. Ich spreche von Führung! Jemand muss diesen Wilden die Hand reichen und ihnen den Weg weisen. Der Überfluss führt die Menschen in den Neid und in die Habgier und dann in Maßlosigkeit!«

»Der Glaube wird sie wieder auf den richtigen Weg bringen«, sagte Yarik. »Dafür sind die Götter da.«

»Pah!«, spuckte Vinna aus. »Die Götter sind doch schon längst tot. Und die, die sich halten konnten, liegen im Sterben. Die Menschen sind dabei zu vergessen, dass sie überhaupt existieren. Und bald schon wird niemand mehr da sein, der ihnen zeigt, was es bedeutet, Mensch zu sein.«

»Und du denkst, du wärst dazu geeignet?«, gab Yarik energisch zurück. »Du bist eine Magierin. Und dazu noch nicht einmal …«

»Nicht einmal was?«, fuhr sie empört hoch und verschränkte die Arme vor der Brust.

»Du bist weniger mitfühlend, als du vorgibst zu ein, Schwester. Das sollte keine Beleidigung sein. Es ist lediglich eine Tatsache. Wundere dich also nicht, wenn dir niemand abkauft, dass du mit deinen Absichten den Menschen etwas Gutes tun willst.«

»Ich mache mir wenigstens Gedanken über die Zukunft! Anders als *du* habe ich immerhin eine Überzeugung! Dir scheint ja alles egal zu sein!«

»So ist die Luft nun mal«, gab er unbeeindruckt von sich.

»Hört auf, ihr zwei«, sagte Datekoh und stellte eine Schale voller Trauben auf den Tisch. »Ihr hört euch an wie ein altes Ehepaar.«

Mai brachte eine Schüssel mit Fladenbrot und eine Karaffe Wasser und setzte sich auf die Bank neben Vinna. »Warum könnt ihr es nicht gut sein lassen? Götter oder Herrscher, ist doch egal. Schlussendlich muss jeder seinen eigenen Weg finden.«

Vinna drehte den Kopf und schaute sie überrascht an. »Seit wann hast du denn eine Meinung dazu?«

»Zieh mich da nicht mit rein«, sagte Mai sofort und nahm sich ein paar Trauben.

»*Du* hast dich doch soeben eingemischt.«

Datekoh schenkte Wein ein und setzte sich auf die freie Bank. Seine Haare waren länger geworden und fielen ihm schon fast über die Augen. »Ein alleiniger Herrscher würde die Probleme nicht ändern«, sagte er und nahm seinen Becher.

»Ach«, sagte Vinna und zog die Stirn kraus. »Und eine Gruppe schon?«

»Ich weiß, worauf du hinaus willst. Lass es.«

»Der Kodex wurde von elf Elektoren geschrieben, die alle gemeint haben, das Richtige zu tun. Und sieh an, wohin es uns gebracht hat!«

»Auch wenn ich gegen den Kodex bin«, sagte Datekoh, »es ist noch immer besser, wenn elf gemeinsam entscheiden, als wenn nur ein einziger Mann allein herrscht.«

Wütend stand Vinna vom Tisch auf. »Dieser verfluchte Kodex! Er ist geschrieben! Dagegen kann man nichts machen! Aber wenn es darum geht, die Menschen auf den rechten Weg zu bringen, dann kann man was tun!«

Schnaubend ging sie um den Tisch herum zur Feuerstelle. Eine Weile stand sie da und schmollte. Dann stieß sie plötzlich so viel Energie ins Feuer, dass es eine Stichflamme gab, die so hoch wie ein zweistöckiges Haus war. Vinna drehte sich zu ihnen um. Der Mond war hinter ein paar Wolken verborgen und das Feuer hinter ihr brannte so hell, dass nur ihre schwarze Silhouette zu sehen war. Als ob ihre Haare selbst zu Feuer geworden wären, züngelten sie wie Flammen auf. Selbst ihr langes, dunkelgrünes Kleid wallte unter der lodernden Hitze hinter ihr und gab den Anschein, als würde sie schweben.

»Ihr gebt euch einfach mit allem zufrieden! Ihr, die ihr so hoch von den Menschen redet und sie wie eure Kinder behandelt, seid euch offenbar zu gut dafür, etwas gegen ihre Verirrungen zu unternehmen. Koh traut sich nicht einmal, etwas gegen die Sumen zu tun, die sich im Land des Erdstammes ausgebreitet haben. Die Götter sterben und da ist niemand, der irgendetwas tun wird. Vorher werden wir alle noch von diesem verfluchten Kodex geholt!«

»Es ist nicht unsere Aufgabe, einzuschreiten«, sagte Datekoh ruhig.

»Was ist dann unsere Aufgabe?« In Vinnas Stimme schwang leichte Verzweiflung. »Was ist der Sinn von uns Magiern, wenn wir mit unserer bloßen Existenz schon alles erfüllen, was das Universum von uns erwartet? Hier ein bisschen Babys segnen und da ein bisschen hoffen, dass sie die ersten paar Jahre überleben, damit unsere Linie gesichert ist. Wasser, Erde, Feuer und Luft existieren auch ohne uns weiter!«

»Aber nicht dort, wo unsere Stämme sind«, wandte Yarik ein. »Ohne die Magier geht der Stamm zugrunde. Jahrhundertalte Traditionen würden verloren gehen. Dort, wo Portas Erdstamm war, herrscht seit Monaten Dürre. Die Menschen ihres Stammes waren gezwungen, in die umliegenden Städte zu ziehen. Und dort wurden sie nicht gerade mit offenen Armen empfangen.«

»Seht ihr!« Vinna trat zurück an den Tisch. »Ein Grund mehr, den Menschen einen Herrscher zu geben, der ihnen sagt, wie sie mit den Flüchtlingen umzugehen haben. Denn wenn das, was Koh sagt, wahr ist, wird es noch viel mehr tote Magier geben.«

»Ich weiß nicht«, sagte Mai und drehte eine kleine Traube zwischen ihren Fingern. »Das ist, als wolltest du die Zukunft verändern. Und das ist gemäß Kodex verboten.«

»Nein. Ich rede davon, die Gegenwart besser zu machen. Das ist ja wohl ein Unterschied.«

»Da bin ich mir nicht so sicher«, sagte Mai mit singender Stimme.

»Der Kodex bestimmt zwar unser Los mit dem Tod«, gab Vinna zu bedenken, »aber er verbietet mir nicht, das zu tun, was mir am Herzen liegt.«

»Du hast das doch überhaupt nicht zu Ende gedacht, Vin«, meinte Datekoh ruhig. »Ich rate dir, bevor du irgendetwas unternimmst, solltest du dir ein paar Fragen stellen. Wie zum Beispiel: Was ist es, was du wirklich damit beabsichtigst? Oder: Welche Ideologie willst du verbreiten? Was tust du, wenn die Menschen dir nicht zuhören wollen? Was bist du bereit zu tun?«

Vinna schaute Datekoh eine Weile an. »Danke, Koh, für deine Hilfe«, sagte sie sachlich, wobei sie ihren aufsteigenden Ärger unterdrückte. »Dann will ich auch dir einen Rat geben. Krieg das mit den Sumen ins Reine, oder es entgleitet dir und ist irgendwann zu spät. Dieses Volk hat mehr Macht, als ihm zusteht.«

»Ich beneide die Sumen«, sagte Datekoh mit einem sanften Lächeln im Gesicht. »Niemand hat so eine Freiheit wie sie. Nicht einmal wir.«

»Freiheit ist Ansichtssache«, sagte Vinna.

23

Keuchend drückte Sam den Arm in die Seite und schleppte sich durch Pahanns verlassene Gassen. Der Schweiß tropfte von seiner Stirn und dennoch waren seine Glieder steif und sein Körper kalt. Seine Füße waren schwer vom Matsch, der an seinen Stiefeln klebte. Alles um ihn herum drehte sich und er wusste, dass er bei dem vielen Blut, das er verloren hatte, nicht mehr lange zu leben hätte. Dennoch kämpfte er sich weiter in die Stadt hinein, ohne zu wissen, worauf er hoffte. Es war ungewöhnlich ruhig gewesen im Wald, als er sich aus seinem Versteck herausgewagt und auf den Weg zurück nach Pahann gemacht hatte. Keinem einzigen Jäger war er begegnet. Insgeheim hatte er gar gehofft, einen Paha anzutreffen; entweder wäre er dann von seinem Leid erlöst worden oder er hätte Hilfe erhalten – wobei ihm Letzteres doch eher unwahrscheinlich erschien.

Pahann war leer. Der Geruch von abgestandenem Rauch lag wie ein unsichtbarer Nebel in den Gassen. Die Geräusche der ausgebrannten, zusammenbrechenden Dachstöcke rollten donnergleich über die Stadt. Die feine Asche mischte sich mit den leichten Schneeflocken, die schwerelos durch die Luft tanzten. Eine unheimliche Stille hatte sich in der Nordstadt ausgebreitet. Der Schnee auf den Straßen war blutdurchtränkt, die Leichen mit einer gefrorenen Schneeschicht bedeckt und der beißende Gestank widerlich. Die Werkstätten und Schmieden waren geplündert, die Lebensmittelläden leer.

Sam schwindelte, als er auf dem menschenleeren Marktplatz stand und in den blauen Himmel blickte. Es war lange her, dass er in der Sonne gestanden hatte. Die Feuer waren erloschen und der Wind hatte die schwarzen Rauchwolken nach Osten weitergetragen. Die Hufabdrücke im Schnee waren das Einzige, was die Paha zurückgelassen hatten. Er war allein in einer Geisterstadt. Er war zwar die Einsamkeit gewohnt, hatte sie immer gesucht, doch so kalt hatte sie sich bisher noch nie angefühlt. Der Schnee knirschte unter seinen Stiefeln, als er sich umdrehte und die Hauptstraße hinunter Richtung Süden blickte. Der Ahnentempel zu seiner Linken war komplett niedergebrannt und dahinter ragten ruinenhaft die rußschwarzen Wände der Schule aus den Trümmern.

Der Schmerz in seiner Seite wurde schlimmer und er betrachtete die Hand, die er sich bereits die ganze Nacht auf die Wunde gedrückt hatte. Sie war blutgetränkt und glänzte im Sonnenlicht. Er konnte förmlich spüren, wie blass er war. Er war selbst nur noch ein Geist und fast am Ende seiner Kräfte.

Plötzlich vernahm er ein leises Zwitschern. Sofort blickte er auf und schaute sich wachsam um. Tatsächlich flatterte ein kleiner Spatz am ehemaligen Ratsgebäude vorbei ins östliche Kräuterviertel. Die Erfahrung hatte ihn gelehrt, dass seine Wunden durch die Wirkung eines Vogelherzens schneller heilten. Wenn er diesen Spatz finge, würden seine Chancen zu überleben steigen.

Sam mobilisierte seine letzten Kräfte und jagte dem kleinen Vogel hinterher – dem wahrscheinlich letzten Spatzen, den es im Norden noch gab. Er folgte ihm durch die engen Gassen ins Kräuterviertel und sprang über die toten Paha hinweg, als wären sie bloß Steine, die im Weg lagen. Je tiefer er ins Viertel vordrang, umso unbeschadeter waren die Häuser. Obwohl die meisten Läden in den Erdgeschossen geplündert und zerstört waren, waren die oberen Stockwerke meist noch intakt und von den Flammen verschont geblieben.

Er hatte schon fast das Ende des Viertels erreicht und konnte auch bereits das weite Feld sehen, das im Osten an Pahann grenzte, als sich der Spatz auf einem Fass in einer kleinen Seitengasse niederließ. Sam zog die Steinschleuder hervor und pirschte sich auf leisen Sohlen näher. Als er einen kleinen Stein einlegte und die Zwille spannte, bemerkte er, wie schwach er war und wie seine Hände zitterten. Er hielt den Atem an und schoss den Spatz nieder. Sofort ging er hin und packte ihn, bevor er sich erholt hatte und wieder davonflog.

Ein kurzer Handgriff und die Flügel waren gebrochen, der Schnabel zertrümmert und das kleine Herz aus dem Körper geschnitten. Gerade als er es essen wollte, knirschte hinter ihm eine Tür. Erschrocken drehte er sich um. Er starrte hoch zum baumelnden Schild eines Buchantiquariats. Aus der Tür trat der Heiler und auf seiner Schulter saß der Rabe mit den silbernen Federspitzen. Der Vogel legte den Kopf zur Seite und krähte.

Von allen Kräften verlassen, fiel Sam mit dem Rücken zur Wand. Der Sturm war schon immer da gewesen, doch nun brachen die Wellen über ihn herein und ihm wurde umso klarer, was er getan hatte. Er wollte sich seiner Schuld bekennen, sich entschuldigen, doch die Worte blieben ihm im Hals stecken. Seine Beine knickten ein und er fiel auf die Knie. Er erwartete kein Mitleid. Er war bereit, jede Bestrafung hinzunehmen, denn es war seine Schwäche gewesen, die Pahann von innen heraus zerstört hatte. All seinen Mut musste er zusammennehmen, um in das von Falten zerfurchte Gesicht des Heilers zu schauen. Umso größer war seine Überraschung, als dieser ihn angrinste.

»Iss es«, sagte der alte Mann und wies dabei auf das Vogelherz in seiner Hand. »Dann wird der Zauber wirken.«

Sam starrte auf das erbsengroße Spatzenherz in seiner Hand. Tränen sammelten sich in seinen Augen und er war erstarrt vor Scham.

»Mach schon!«, sagte der Heiler ungeduldig und der Rabe krähte, als wäre er anderer Meinung.

Ohne zu zögern, warf Sam das Herz in den Mund und schluckte es runter. Doch er hätte noch so viele Herzen essen können, das Gefühl, an allem schuld zu sein, war niederschmetternd. »Bitte«, flehte er. »Tötet mich. Ich habe die Freiheit nicht verdient.«

»Warum bist du noch hier?«, fragte der alte Mann. »Alle haben Pahann verlassen und sind losgezogen, um zu brandschatzen. Warum du nicht?«

»Was, wenn sie nicht finden, wonach sie suchen?«, antwortete er mit bebender Stimme.

»Du hast recht. Der Zauber war für dich bestimmt und wirkt nur bei dir. Bei den Paha führt der Rausch zu nichts. Er raubt ihnen nur langsam die Seele.«

Ein stechender Schmerz stieß plötzlich durch Sams Bauch und breitete sich in seinem ganzen Körper aus, als ob jeder Vogel, den er jemals getötet hatte, an seinen Eingeweiden zerrte und versuchen würde, ihn von innen heraus in Stücke zu reißen. Seine Glieder verkrampften sich, die Finger erstarrten zu Krallen. Sam fiel auf alle viere und röchelte.

»Es ist so weit«, sagte der Heiler und schaute ihn zufrieden an.

»Dieses Massaker war sinnlos!«, keuchte Sam und krümmte sich vor Schmerzen. »Davor waren wir Menschen. Jetzt sind wir gar nichts mehr. Wenn das die Freiheit sein soll, dann will ich sie nicht!«

»Junge«, sagte der Alte und beugte sich zu ihm runter, »wehr dich nicht dagegen. Dafür ist es zu spät. Du kriegst hier gerade, was du dir gewünscht hast.«

»Was soll das sein?«, presste Sam hervor und drückte sich mit dem Rücken gegen die Wand. »Ein Spiel? Ich habe bereits genug angerichtet.« Die Schmerzen stiegen aus seiner Bauchgegend den Rücken hoch bis in die Schultern. Von einer unsichtbaren Kraft wurde er hochgezogen und verlor den Boden unter den Füßen. Das Blut pulsierte wild in seinen Adern und zog in alle Richtungen, bis er mit ausgestreckten Armen in der Luft hing. Sein Atem blieb stehen und blitzartig schoss eine Hitze durch ihn hindurch, die jede Zelle seines Körpers erschütterte. Kein Ton brachte er über die Lippen, kniff bloß die Augen zusammen und verzog das Gesicht. Dann löste sich der Schmerz in wohliger Wärme auf und ein sanftes Kribbeln strahlte von seinem Rücken aus in Arme und Beine. Sein Hemd, seine Hose, die Bandagen an den Händen, das Bärenfell, auch die Stiefel und selbst das Messer an seinem Bein, alles löste sich in Luft auf und ein schwarzes Federkleid hüllte ihn ein. Sam verlor jegliche Verbindung zu seinem Körper und schrumpfte auf die Größe eines Raben. Wie wild schlug er mit den Flügeln, flatterte vor dem alten Mann auf und ab und krähte.

»Das Land ist in Gefahr«, sagte der Heiler und schenkte ihm ein warmes Lächeln. »Die Paha werden es zerstören. Flieg mit Kro nach Süden und warne die Menschen. Und, Sam«, sagte er, als Kro bereits die Flügel ausbreitete und davonflog, »kümmere dich um Kro. Der Junge hat fast keine Erinnerungen mehr und braucht deine Hilfe.« Dann wies er Sam den Weg und gab ihm mit einem Kopfnicken zu verstehen, dass er sich beeilen sollte, wenn er Kro nicht verlieren wollte.

Sam war hin- und hergerissen. *Der Junge? Ist Kro etwa ebenfalls ein Mensch?* Sollte er landen und den Heiler fragen, was er genau meinte? Doch Kro flog bereits hoch über den Dächern und machte nicht den Anschein, als würde er auf ihn warten.

Noch immer spürte Sam die Wunde in der Bauchgegend, doch sie war verheilt und er fühlte sich wieder stark und energiegeladen. Als wäre es das einfachste der Welt, trugen ihn seine Flügel in die Höhe und er folgte Kro über die Dächer von Pahann.

24

Als hätte eine Krankheit gewütet, war das Herz der einst so prächtigen Nordstadt zu einem schwarzen Loch verkommen. Übrig geblieben waren Ruinen, schwarz, vom Ruß bedeckt, der sich wie Flechten eines Pilzes über die Steine gelegt hatte, als lägen sie bereits Jahrhunderte da. Die eingestürzten Dachstöcke gaben den Blick auf das ausgeschlachtete Innere der Gebäude frei. Das einst so prachtvoll mit Schnitzereien verzierte Zeremonienhaus lag in Schutt und Asche.

Trotz des nassen Schnees, der in der frühen Morgenstunde noch gefallen war, waren nicht alle Feuer gelöscht. Während aus den Wohnvierteln nur noch vereinzelt kalter, stinkender Qualm in den Himmel stieg, brannte das Innere des Ahnentempels wie ein ewiges Feuer, das das Ende der hundertjährigen Geschichte Pahanns endgültig in Rauch aufsteigen ließ. Vom Entsetzen und Grauen, das sich in jener Nacht in den Gassen abgespielt hatte, war ein trostloses Bild von einer Stadt übrig geblieben, die zum Erliegen gekommen war. Begleitet von der Hoffnung, sich eines Tages von seiner Schuld reinzuwaschen, folgte Sam dem Raben über die Stadt hinweg Richtung Süden.

Sobald der Gestank von verkohltem Pergament und verbranntem Holz verflogen war, wurde die Landschaft versöhnlich. Sam fühlte sich leichter, und der Wind trug seine Niedergeschlagenheit davon. Es war, als ob seine Armschwingen vom giftigen Dunst, der sich in den letzten Monaten in Pahann ausgebreitet hatte, gereinigt würden. Jeder Flügelschlag wurde von einem tiefen Rauschen begleitet, das ihn ganz auf sich selbst konzentrieren ließ.

Sobald er die Kontrolle über seine Schwanzfedern erlangt hatte, wusste er, dass er in seinem neuen Körper angekommen war. Übermütig flog er rauf und runter. Zog nach links, dann nach rechts, jauchzte vor Glück und Freude und stieß dabei ein lautes

Krächzen aus. *Das ist also die Freiheit*, dachte er. Ihre Leichtigkeit war überwältigend.

Doch seine Freude wurde alsbald getrübt vom Anblick, der sich unter ihm darbot. Sie überquerten schneebedeckte Felder und zerstörte Dörfer, aus deren Asche kalter Rauch emporstieg. Auf den Straßen lagen Leichen, und Sam fragte sich, warum die Paha, wenn sie doch hinter den Vögeln her waren, Menschen töteten.

Kro sauste derweil in angsteinflößendem Tempo, ohne auch nur eine einzige Schleife zu ziehen, davon. Der Abstand zu ihm wurde immer größer und Sam fürchtete, ihn aus den Augen zu verlieren.

»Warte!«, rief er und stieß ein nervöses Krächzen aus.

Indem er den Kopf nach vorne neigte und die Krallen einzog, gelang es ihm endlich, an Geschwindigkeit zuzulegen – zumindest schaffte er es, die Distanz zu halten. Da schoss Kro wie ein Pfeil hinunter, tauchte zwischen den schneebedeckten Wipfeln in den Wald ein und brauste davon. Mittlerweile war Sam davon überzeugt, dass er ihn herausforderte und auf irgendeine Art testete. Ihm blieb keine andere Wahl, als ihm zu folgen. Schnee schlug ihm ins Gesicht, er streifte Zweige, riss trockene Blätter mit und fürchtete, einen Ast zu rammen. Kros halsbrecherische Jagd durch den Wald endete so abrupt, wie sie begonnen hatte. Er stach in die Höhe und flog über die Baumwipfel hinaus.

Vor ihnen erhoben sich die senkrechten Felswände von Nomm, die das südliche Ende des Pahann-Territoriums markierten. Silbern ragten sie in den blauen Himmel, unbezwingbar in ihrer Höhe. Bei klarem Wetter waren die Wände vom Dach des Ahnentempels aus zu sehen gewesen. Für Sam das Ende des Erreichbaren, eine Grenze, die ihm gezeigt hatte, wie weit er gehen durfte. Anders als die Kastaneika im Norden, die das Tor zur Vantschurai markierte – den Ort, den die Vorfahren der Paha versuchten zu vergessen – waren die Wände von Nomm das Tor zum Süden. Doch nur wenige Händler nahmen den beschwerlichen Weg durch die Schlucht auf sich, um in Pahann Handel zu treiben. Sam hätte nie im Traum gedacht, diese Grenze jemals zu überschreiten, denn als Wintermondkind war es ihm sowieso untersagt gewesen, das Territorium zu verlassen.

Kro flog der Wand entlang zum Eingang der Schlucht, wo ein schmaler, steiniger Weg einem kleinen Fluss Richtung Süden folgte. Die Sonne schien kaum länger als eine Stunde ins Tal, was dazu führte, dass die Temperaturen eisig und die Steine im Fluss von einer dünnen Eisschicht bedeckt waren. Im Boden waren die Spuren der Paha sichtbar, die mit ihren Pferden nur schwerlich vorangekommen waren. Als die Dunkelheit hereinbrach und das Dämmerlicht im Tal verdrängte, leuchteten in der Ferne die ersten Fackeln auf.

Um die Paha unbemerkt zu überholen, flogen sie die Felswand hoch und über die Klippen hinweg. Der Vollmond leuchtete am sternenklaren Himmel und vor ihnen lag ein weites, schneebedecktes Plateau. Je weiter sie nach Süden kamen, umso felsiger wurde die Landschaft. Eisige Winde stoben vom Tal herauf und drängten Sam immer wieder zur Seite.

Dankbar nahm er zur Kenntnis, dass Kro das Tempo seinen Fähigkeiten angepasst hatte und die Distanz zwischen ihnen nicht mehr ganz so groß war.

Sobald der Schnee von der Ebene verschwunden und der Fels vereinzelt mit Moos bewachsen war, flog Kro runter. Noch im Flug verwandelte er sich in einen jungen Mann und landete sanft auf einem kahlen Felsvorsprung. Mit voller Konzentration folgte Sam seinem Beispiel, war jedoch so sehr von seinem Anblick abgelenkt, dass er bei seiner ersten Landung und Rückverwandlung auf ein paar Kieseln landete, die ihn so aus dem Gleichgewicht brachten, dass er beinahe die Klippe hinunterstürzte. Im letzten Moment erlangte er die Balance wieder und wich vom Abgrund zurück. Fassungslos stand er vor Kro und starrte ihn mit großen Augen an.

Es war derselbe junge Mann mit den schmalen Augen, dem er in Pahann bereits begegnet war. Noch immer ganz in Schwarz gekleidet mit dem Kapuzenmantel, einem faustgroßen Beil am Gürtel und dem weißen Leinenschal um den Hals erschien sein

Gesicht im Mondlicht noch blasser als das letzte Mal. Er war etwas kleiner als er und von schmaler Statur.

»Du!«, platzte Sam heraus. »Ich erinnere mich an dich! Du hast etwas mit mir gemacht! Mit meinen Erinnerungen!«

Vor seinem inneren Auge tauchten plötzlich Bilder von der Zeit auf, als seine Mutter krank geworden war. Erfolglos hatte der Heiler damals versucht, ihr Lungenleiden zu kurieren. Fast jeden zweiten Tag war er für einen Besuch bei ihnen zuhause gewesen – manchmal in Begleitung eines jungen dunkelhaarigen Mannes, der sich wie ein Schatten stets im Hintergrund aufgehalten hatte. Es war der Mann, an dessen Gesicht sich niemand richtig erinnern konnte, weshalb ihm gar magische Fähigkeiten nachgesagt worden waren.

»Immer wieder!«, fuhr Sam empört auf, als ihm klar wurde, dass er ihm offenbar bereits vor zehn Jahren das erste Mal begegnet war. »Hast du mich etwa die ganze Zeit beobachtet?« Doch obwohl Kro der freche Rabe war, der ihm die Jagd erschwert hatte, spürte Sam auch eine gewisse Erleichterung, ein vertrautes Gesicht vor sich zu sehen.

Kro jedoch schaute ihn mit eisiger Miene an. Seine unteren Augenlider zuckten und er ballte die Hände zu Fäusten. »Du Blödmann!«, fuhr er ihn plötzlich an und schubste ihn um.

Unsanft fiel Sam zu Boden und stieß sich den Rücken an einem scharfen Felsvorsprung. Doch er wurde von Schuldgefühlen überrollt, die allen Schmerz betäubten. »Bitte … Kro«, sagte er beschämt.

»Nenn mich nicht so! Das ist nicht mein Name!«, schrie er und hielt die Faust hoch. »Ich sollte dich windelweich prügeln!«

»Bitte … Ich wollte doch nur …«

»Behalt deine Ausreden für dich!«

Langsam rappelte Sam sich wieder auf und klopfte den Schnee von seinem Pelz. Als er hochschaute, schlug Kro ihm die Faust ins Gesicht und er fiel wieder hin. Es war ein harter Schlag und Sam war sofort klar, dass er ihn nicht unterschätzen durfte.

»Hör auf! Was ist los mit dir?« Sein Kopf dröhnte, als er wieder auf den Füßen stand und sich das Blut von den Lippen wischte.

»Ich wünschte, ich könnte alles rückgängig machen. Bitte, Kro. Es tut mir leid.«

»Das ist nicht mein Name!«, schrie er mit funkelnden Augen.

»Ist ja nicht auszuhalten, wie schwach du bist! Ich hätte dich töten sollen, als ich noch die Möglichkeit hatte!«

Sam war so überwältigt von Kros Präsenz, dass ihm der Atem stockte, und als ob eine kalte Welle durch seine Adern floss, schien sein Blut für einen Moment zu gefrieren. Das Gefühl von Hoffnungslosigkeit und Verzweiflung zog wie eine Welle durch ihn hindurch.

Dieses Gefühl ...

Mit einem misstrauischen Blick starrte er Kro an. Da war ein Band zwischen ihnen, das konnte Sam spüren, und es gab ihm die Fähigkeit, Kro immer und überall zu finden. Als hätte er sich ihm eingeprägt, spürte er auch die unermessliche Wut, die seine wahren Gefühle überdeckte und in den Hintergrund drängte.

»Hast du das auch gespürt?«, fragte Sam mit bebender Stimme.

Kro kniff die Augen zusammen und schaute ihn mit einem stechenden Blick an. Sam legte sich die Hand auf die Brust und atmete tief durch. Die Kälte war aus seinem Körper verschwunden, die Einsamkeit, die er all die Jahre mit sich herumgetragen hatte, weg. Obwohl er fühlen konnte, dass Kro ihn nur für eine Bürde hielt, fühlte er sich auf unerklärliche Weise mit seinem neuen Gefährten verbunden. Sam hob die Hand und bevor er sie nach ihm ausstreckte, zog er sie zurück. Das Band zu Kro war einseitig, denn der rollte genervt mit den Augen, schnalzte verächtlich mit der Zunge und wandte sich von ihm ab.

Sam bemerkte plötzlich, dass er noch immer sein Hemd zusammengerollt um den Bauch trug. Tatsächlich war die Wunde, die Calen ihm mit der Axt zugefügt und die ihn fast das Leben gekostet hatte, verheilt und zurückgeblieben war nur eine feine Narbe. Angeekelt betrachtete er seine blutverschmierten Hände. Im feuchten Moos nässte er sie und wischte sie an den Hosen sauber. Dann zog er den Pelzmantel aus und klemmte ihn zwischen die Knie, während er das einseitig blutdurchtränkte Hemd wieder anzog. Als er den Bärenpelz wieder zuknöpfte, trat er neben Kro an die Klippe und blickte hinunter in die Schlucht, wo er in der Ferne jede Menge Fackeln entdeckte. Sie waren hoch über der Gabelung der Schlucht gelandet, wo ein Weg Richtung Süden nach Kessus und ein anderer Richtung Osten in die Berge zu den Sumenvölkern führte. Diese lebten für gewöhnlich verstreut in kleinen Stämmen, doch nun hatten sie sich zu mindestens 3.000 Mann auf ihren Pferden versammelt, und es sah aus, als erwarteten sie die anrückenden Paha. Zusammen würden sie zu einer Armee anwachsen.

»Was hat das alles zu bedeuten?«, fragte er mit bebender Stimme. »Was haben die vor?«

»Ich gehe nicht davon aus, dass sie die Paha töten werden«, antwortete Kro mit tiefer, weicher Stimme. »Viel eher werden sie nach Kessus ziehen und die Stadt wie eine Lawine überrollen.«

»Das sind zu viele! Wir müssen die Menschen warnen.«

»Komm. Wir müssen weiter.«

»Wie ist dein Name?«

Kro stockte und blickte vor sich ins Leere, als fiele es ihm schwer, sich daran zu erinnern. »Marasco«, antwortete er dann beiläufig, trat über die Klippe, als stiege er eine Treppe hoch, und flog als Rabe davon.

Sam zuckte mit den Brauen und schaute ihm hinterher. *Hat er gerade seinen Namen vergessen? Und warum kommt er mir so bekannt vor?* Als er über die Klippen trat und sich in einen Raben verwandelte, versuchte er sich vergeblich daran zu erinnern, wo er ihn schon einmal gehört hatte.

25

Mit den Pferden waren sie nur schwerlich vorangekommen. Der Pfad durch die Schlucht von Nomm war steinig und gefährlich. Immer wieder verloren die Tiere ihren Halt, sodass ein paar Paha gar abstiegen und ihre Pferde führten. Kato ritt neben dem bärtigen Regis, während Lanten mit einem jungen Khamen vorausritt und den sichersten Weg suchte. Hinter Kato ritten Calen und Torjn, dicht gefolgt von Arua, die auf ihrem Pferd saß, mit einem Messer spielte und dabei ein Lied summte. Plötzlich lachte sie laut auf.

»Was?«, fragte Torjn, der schräg vor ihr ritt.

»Ich kann noch immer nicht glauben, dass ihr ihn habt entkommen lassen«, spottete sie. »Wie ist das abgelaufen? Habt ihr vergessen, ihn festzubinden? Denn, mal ehrlich, dass er euch überwältigt haben könnte, steht ja wohl außer Frage.«

»Krieg dich wieder ein«, sagte Torjn.

»Nein! Mir ist langweilig! Ich finde das sehr amüsant! Wie gern ich das doch mitangesehen hätte. Oder hat er euch so sehr erschreckt, dass ihr davongerannt seid?«

»Ich schlag dir gleich eine runter«, knurrte Calen zähneknirschend.

»Das hättest du vielleicht bei ihm tun sollen«, platzte es aus Arua heraus. »Dann wäre er dir nicht entwischt.«

»Du warst überhaupt nicht da! Also halt deinen verfluchten Äser! Du hast keine Ahnung, was genau geschehen ist.«

»Nein, aber eins weiß ich gewiss. Mir wäre er nicht entwischt. Ich hätte ihn nach Pahann gebracht, damit alle sehen, wer Sam getötet hat. Auf diesen Ruhm hätte ich nicht verzichtet. So was kann schließlich deinen Ruf ruinieren.«

»Du hast eine viel zu hohe Meinung von dir«, sagte Calen. »Dein Trieb mag uns manchen Winter erleichtert haben, aber diese Zeiten sind vorbei. Also sei endlich still.«

»Weißt du«, sagte Arua und ritt neben Calen, »ich kann die Tiere nicht nur anlocken. Ich kann genauso dafür sorgen, dass sie fernbleiben. Vielleicht mache ich das und sorge dafür, dass die Vögel weit von dir wegfliegen, wenn sie dich riechen.« Arua kniff die Augen zusammen und fing sogleich wieder an, laut zu lachen. »Oh, warte! Das ist ja passiert! Sam ist dir entwischt!«

»Na warte …«, knurrte Calen und zog sein Messer.

»Hört endlich auf!«, ging Kato dazwischen. »Das ist ja nicht auszuhalten! Ihr beide habt Mist gebaut! Du hast ihn entwischen lassen und du …« Kato schaute Arua einen Moment an. »Keine Ahnung, was du gemacht hast, aber allmählich beginne ich zu verstehen, warum er dich nicht wollte.«

Arua lachte wieder laut.

»Die spinnt«, sagte Calen genervt und ritt voraus.

Kato schüttelte ebenfalls den Kopf und war sich sicher, dass mit Arua etwas nicht stimmte. Doch so wie er Prohno gekannt hatte, glaubte er nicht, dass er sie verzogen hatte. Es war etwas in Arua selbst, das immer mehr den Weg an die Oberfläche zu finden schien, und manchmal glaubte er, es in ihren Augen zu sehen. Er hatte sie bei der Jagd beobachtet. Ihr Sumentrieb, die Tiere herbeizurufen, war für die Jäger ein großes Geschenk gewesen und vor allem in den Wintermonaten, wenn die Beute rar war, galt Arua als große Hilfe. Sie genoss es, wie eine Prinzessin behandelt zu werden, und machte auch keinen Hehl daraus. Doch seit Kato sie selbst bei der Jagd beobachten konnte, hatte er das Gefühl, dass da noch etwas anderes in ihr schlummerte. Etwas, das sie all die Jahre vor der Gemeinschaft verheimlicht hatte. Die Jagd nach Vögeln hatte in manchem Jäger eine neue Seite hervorgebracht, doch bei Arua wirkte es so, als dürfte sie endlich das tun, was sie schon immer am liebsten getan hätte. Und auch wenn er es nicht laut ansprechen würde, so stimmte er Calen zu: Arua hatte irgendwo eine Schraube locker.

»Da vorne ist jemand!«, rief Lanten.

»Das ist unsere Verstärkung«, sagte Kato ruhig und ritt, gefolgt von Regis, der eine Fackel trug, an Calen vorbei.

»Verstärkung?«, fragte Lanten überrascht. »Wofür?«

Sie hatten die Mitte der Schlucht erreicht, wo der Weg Richtung Osten in die Berge zu den Sumenvölkern führte. In der Gabelung gab es eine kleine Anhöhe. Darauf standen drei Reiter, zwei trugen eine Fackel. Kato konnte seine Freude nicht unterdrücken und ritt immer schneller durch das flache Flussbett, sodass Regis mit der Fackel zurückfiel. Vor den drei Männern zog Kato sein Pferd herum, das neben dem des Anführers zu stehen kam.

»Borgos«, sagte er erfreut und hob den Arm. »Schön, dich zu sehen!«

»Ganz meinerseits«, erwiderte der langhaarige Sume mit einem breiten Grinsen im Gesicht. »Lange her, Cousin!«

Beide schlugen sanft die Unterarme gegeneinander und verharrten einen Moment in dieser Haltung.

»Du siehst gut aus«, meinte Kato, als sie beide wieder die Arme senkten.

»Offenbar nicht so gut wie du«, bemerkte Borgos, der bald fünfzig war, und zog sein Pferd herum. Die Fackel leuchtete ihm nun ins Gesicht und seine Sumentätowierung wurde sichtbar. Auf der Stirn trug er mehrere ineinander verschlungene Kreise und auf dem Kinn zwei mit Ornamenten verzierte Zacken, die für die Fangzähne eines Raubtieres standen. Sein Sumentrieb erlaubte es ihm, alle harten Mineralien zu verarbeiten, die es in den Bergen gab. Borgos hatte sich daraufhin auf die Produktion von Waffen spezialisiert, was dazu führte, dass die meisten Bergsumen mit Stichwaffen ausgerüstet waren, die härter als Stahl und Eisen waren. Viele Männer trugen Dolche aus Platin, stahlverstärktem Granit oder Obsidian in ihren Holstern, die von Borgos unzerstörbar gemacht worden waren. Er selbst war mit einem Schwert aus Wolfram und zwei Dolchen ausgerüstet; der eine bestand aus Diamant und der andere aus bläulich glänzendem Osmium.

Kato ließ den Blick über die Schlucht schweifen, die von unzähligen Fackeln erleuchtet war und eine riesige Sumenarmee auf Pferden hervorbrachte. »Du warst fleißig«, bemerkte er und drückte Borgos' Schulter. »Sie werden es nicht bereuen. Endlich ist die Zeit gekommen.«

Hinter Kato näherte sich Regis mit der Fackel und nickte Borgos und seinen Männern höflich zu, während er sein Pferd herumzog. »Kato«, sagte der Ratsälteste der Panh grimmig, »es ist langsam an der Zeit, dass du uns aufklärst.«

»Das ist kein Sume«, bemerkte Borgos auf seine trockene Art. »Was hast du da für eine Armee?«

»Das sind Paha«, erklärte Kato. »Du weißt doch, dass wir in Pahann die Stämme vereint haben.«

»Aber die haben doch gar keinen Grund –«

»Zu kämpfen?« Kato grinste. »Glaub mir, die haben ihre Gründe. Nicht mehr lange und Aryon wird untergehen.«

»Ist das etwa ein persönlicher Feldzug?«, fragte Regis überrascht. »Wo führst du uns hin? Willst du etwa bis nach Aryon und dort dem Königshaus den Krieg erklären?«

»Es sollte eine Überraschung werden«, antwortete Kato und spielte den Unschuldigen. »Ich verstehe schon, dass ihr alle vergessen habt, was der König Kolani und euren Vorfahren angetan hat – und vor allem, was er den Sumen angetan hat. Doch nun ist Schluss damit. Zudem reisen wir sowieso Richtung Süden. Kolani endet irgendwann. Warum sollten wir also nicht bis nach Aryon übersetzen?«

»Niemand hat von einem Krieg gesprochen!«, fuhr Regis auf. »Das kann ich nicht zulassen!«

Kato blickte an Regis vorbei. Lanten und Calen waren nicht mehr weit entfernt und hinter ihnen näherte sich auch bereits das Fackelmeer der Paha.

»Tut mir leid, Regis.« Kato zog sein Schwert und schlitzte dem Ratsmitglied die Kehle auf. »Aber die Reise endet hier für dich.«

Regis gab gurgelnde Geräusche von sich, das Blut floss wie ein frischer Bergquell aus seinem Hals und schließlich fiel der Panh vom Pferd.

»Na gut«, sagte Borgos, »ich gehe mal davon aus, dass du die Paha im Griff hast. Das sieht nach einer stattlichen Truppe aus, die da anrückt.«

»Das sind Paha«, sagte Kato nochmal. »Die besten Jäger in Kolani. Gemeinsam mit den Bergsumen werden wir zu einer

Armee von Nordmännern werden, die niemand aufhalten kann. Hoffen wir, dass Aryon mit einer anständigen Armee auffährt. Wäre doch eine Schande, wenn sie all die Jahre bloß auf der faulen Haut gelegen hätten.«

Lanten und Calen näherten sich und hinter ihnen rückten die Paha nach.

»Das ging ja schnell«, bemerkte Calen, als er Regis am Boden erblickte. »Hat er dir deinen Platz streitig machen wollen?«

In Lantens Gesicht vermischten sich Schrecken und Argwohn. Aber der Ratsvertreter der Khamen wusste, wann es besser war, den Mund zu halten.

Kato lächelte und ohne auf Calens Bemerkung einzugehen, wandte er sich an die Paha.

»Das hier ist Borgos!«, sagte er mit kräftiger Stimme. »Er ist der Anführer der Bergsumen! Sie werden sich uns anschließen. Gemeinsam werden wir zu einer Armee, die noch größere Ziele verfolgen kann, als zuvor angenommen. Gemeinsam ziehen wir durch Kolani, um dann nach Aryon überzusetzen und uns für die Gräueltaten zu rächen, die unseren Vorfahren angetan worden sind!«

Aus beiden Schluchten ertönten die kriegerischen Rufe der Nordmänner, gefolgt von einem lauten Heulen, das wie ein Echo durch die Schlucht hallte. Kato zog sein Pferd herum und ritt gemeinsam mit Borgos weiter Richtung Süden.

Solange die Meute bei Laune ist, läuft alles gut.

26

Der Morgenhimmel glänzte golden im Dämmerlicht. Der gefrorene Schnee knirschte unter Sams Stiefeln, als er zwischen den plätschernden Bächen landete. Vertrocknete Birkenblüten lagen im Schnee und es roch nach Schalenwild. Eingekreist von silbernen Stämmen, die wie Palisaden in den Himmel ragten und deren Augen in alle Richtungen blickten, atmete er die kalte Waldluft ein.

»Wir rasten hier und warten, bis die Sonne über den Baumkronen steht«, sagte Marasco hinter ihm.

»Was?« Sam drehte sich überrascht zu ihm um. »Wir können nicht warten! Ich dachte, wir sollten die Menschen warnen. Kessus ist doch bestimmt nicht mehr weit?«

»Da ist niemand«, antwortete Marasco gelangweilt und setzte seine Kapuze auf. »Die Leute sind draußen auf der Jagd. Sie kehren erst gegen Mittag zurück in die Stadt. Also genieß den Frieden, solange er anhält.«

Es war lange her, dass er Luft geatmet hatte, die nicht voller Blut, Rauch oder Hass war. Er schloss die Augen und atmete tief durch. Als er sich wieder Marasco zuwandte, verschwand der geradewegs im Wald. Das Gefühl, von ihm allein zurückgelassen zu werden, beunruhigte ihn, sodass er ihm am liebsten wie ein Hund gefolgt wäre.

Das ist der Treffpunkt, rief er sich in Erinnerung und versuchte, tief durchzuatmen. Doch wo sollte er hin? Was sollte er tun?

Da drang plötzlich ein Geräusch an seine Ohren, das er nur zu gut kannte. Es war das Klopfen eines Spechtes. Der lange Flug hatte es Sam fast vergessen lassen, doch mit diesem einzigen Geräusch schalteten all seine Sinne um. Als ob es in seinem Blut gespeichert war, machte er sich auf die Jagd nach dem Vogelherz.

Es war ein Buntspecht, der weit über dem Boden an einem Stamm saß. Ein ausgewachsener Vogel mit prächtigem, rotschwarzen Federkleid. Mit Schrecken stellte Sam fest, dass die Schleuder nicht mehr in seiner Hose steckte. Wahrscheinlich war sie ihm aus der Tasche gefallen, als Marasco ihn auf dem Felsen zu Boden geschlagen hatte. Gierig starrte Sam hoch zum Vogel und presste die Zähne zusammen. Wie ein Pfeil flog er hoch und packte den Specht mit den Krallen. Es überraschte ihn selbst, wie leicht es war, ihn zu fangen. Als er sich in einen Menschen zurückverwandelte und seine Rabenkrallen wieder zu seinen Füßen wurden, entwischte ihm der Vogel beinahe. In letzter Sekunde packte er den Specht und brach seine Flügel. Nach vielen hundert Malen war der Ablauf seinen Händen vertraut und er schluckte das Herz im Nu runter.

Für gewöhnlich setzte der Rausch sofort ein, doch dieses Mal, das erste Mal nach seiner Verwandlung zu einem Raben, war die Wirkung eine andere. Eine große Leere breitete sich in ihm aus und zwang ihn in die Knie. Als ob das Herz giftig gewesen wäre, war sein Körper für einen kurzen Moment wie gelähmt und Sam starrte reglos in den Wald hinaus.

Hier stimmt was nicht!, dachte er panisch. *Was geschieht hier?*

Mit dem Blick nach innen versank er in einem tiefen schwarzen Loch. In der Ferne sah er ein Licht, das immer heller schien, in allen Farben flackerte, sich um ihn legte und in Wärme einhüllte. Seine Lungen füllten sich mit Sauerstoff, der wie eine Welle durch ihn raste und seinen Körper mit Leben füllte. Das Blut in seinen Adern sprudelte plötzlich vor Energie und dennoch fiel er auf den Rücken und blickte hoch zu den kahlen Ästen. Sein Blick wurde unscharf und er schloss wieder die Augen. Ihm wurde heiß und er fasste sich an die Stirn. Doch seine Temperatur schien normal zu sein. Dann strich er sich über die Brust, doch trotz des stockenden Atems war da nichts, das ihn einzwängte. Langsam zog er die Beine an, fasste sich in den Schritt und reckte vor Erregung den Hals. Was ihn überkam, war mit keinem vorherigen Rausch vergleichbar. Als ob sein Herz das erste Mal in seinem Leben aufhörte zu rasen, fühlte er sich, als wäre er endlich dort angekommen, wo er hingehörte. Er breitete die Arme aus und ergab sich mit einem tiefen Seufzer dem

Zauber. Ihm war klar, der Rausch der Vogelherzen war alles, was sein Körper noch begehrte.

»He!«, hörte er von Weitem, während irgendetwas an sein Bein stieß.

Langsam öffnete er die Augen und blickte hoch. Es war Marasco, der mit dem Fuß an seinem Knie rüttelte, um ihn aus dem Rausch zu holen. Mit einem missbilligenden Blick schaute er auf ihn runter und schnalzte mit der Zunge. Tatsächlich hatte ihn der erste Rausch als Rabe umgehauen, und Sam hatte nicht bemerkt, wie die Zeit vergangen war. Zudem war er im nassen Schnee liegen geblieben und nun völlig durchnässt und durchgefroren.

»Tut mir leid«, sagte er, rappelte sich auf, klopfte den restlichen Schnee von seinem Bärenfell und folgte Marasco. »Ich ertrinke manchmal in Erinnerungen.«

»Es heißt schwelgen«, korrigierte Marasco, ohne zurückzublicken.

»Nein, ich schwelge nicht«, antwortete er. *Ob auch er einen solchen Rausch hat?*

Marasco blieb stehen und schaute ihn mit einem finsteren Blick an, zog dabei die Brauen zusammen und musterte ihn von oben bis unten. »Du stinkst.«

Sam blickte an sich herunter. Seine Kleider und das Bärenfell waren blutverschmiert von der Wunde, die Calen ihm zugefügt hatte. Seine Hose hatte Risse und strotzte vor Dreck. An seinen Händen trug er noch immer die blutdurchtränkten Bandagen, die feucht und klebrig waren. Auch in seinem Gesicht glaubte er zu spüren, wie sich Blut und Dreck mit der in Pahann herumstiebenden Asche vermischt hatten und an ihm klebten.

»Du solltest dich in Kessus waschen«, sagte Marasco und ging weiter.

Sam suchte in seinen Taschen, ob er noch irgendwo eine Münze hatte, und fand tatsächlich welche. »Reichen drei leere Kin?«

»Hm«, grummelte Marasco vor sich hin.

»Wie werden wir vorgehen?«, fragte Sam und steckte die Münzen zurück in den Hosensack.

»Du wirst das Reden übernehmen.«

»Ich? Nein! Warum ich?«
»Ich kann nicht mit Menschen.«
»Ich genauso wenig. Hast du nicht mitgekriegt, wer ich bin? Die Menschen halten nichts von mir – zumindest nicht die Paha. Wie soll das im restlichen Kolani anders sein? Ich weiß ja nicht einmal, was ich zu ihnen sagen soll. Und überhaupt, sieh mich mal an!«

»Das spielt keine Rolle«, meinte Marasco gleichgültig. »Sie haben sowieso keine Chance.«

»Wie kannst du das sagen?«

»Komm schon, Sam.« Marasco drehte sich wieder zu ihm um. »Du hast die brennenden Dörfer auch gesehen. Da war niemand, der die Toten von den Straßen gekratzt hat. Die Überlebenden haben sich den Paha angeschlossen.«

»Was tun wir dann hier?«, fuhr er ihn an. »Ich dachte, unsere Aufgabe ist es, die Menschen zu warnen!« Sam geriet ins Stocken. Das war es zumindest, was der Heiler ihnen beiden aufgetragen hatte. Doch sobald Marasco weg gewesen war, hatte er ihn beauftragt, sich um Marasco zu kümmern.

»Du glaubst doch nicht, dass du das selbst zu verantworten hast?«

»Alle sind tot! Und falls du es noch nicht bemerkt hast: Ich bin schuld! Dieser Aufgabe gerecht zu werden, ist ja wohl das Mindeste, was ich tun kann!«

»Aufgabe?«, wiederholte Marasco zähneknirschend und kniff die Augen zusammen. »Du bist in eine Falle getappt!«, platzte es plötzlich aus ihm heraus. »Sieh es ein, Sam! Und hör auf, das, was der Meister sagt, für Kin zu nehmen! Verstanden?«

»Meister?«, wiederholte Sam und runzelte die Stirn. »Er ist nicht mein Meister.«

»Ach ja? Und warum bist du dann hier?«

Verwirrt schaute er Marasco an.

»Du bist hier, weil er dich wollte. Er hatte es auf *dich* abgesehen und *du* bist in seine Falle getappt. So einfach ist das.«

»Und du? Du hättest mich aufhalten können! Warum hast du das nicht getan?«

Marascos Gesichtsausdruck änderte sich abrupt. Zwischen seinen Brauen bildete sich eine Zornesfalte und mit stechendem Blick schaute er ihn an. Dann entspannten sich seine Gesichtszüge und seine Miene wurde ausdruckslos. »Hab ich wohl vergessen.«

Sam runzelte die Stirn. *Was? Meint er das ernst? Hat er etwa wirklich keine Erinnerung mehr? Wie soll ich ihm dann helfen?*

Marasco drehte sich bloß um und flog davon.

Er würde einem schnell ans Herz wachsen, hatte der Heiler damals gesagt, doch Sam konnte ihn nicht ausstehen. Hätte ihm jemand gesagt, dass er eines Tages alles geben würde, um Marasco zu retten, hätte er ihn ausgelacht. Doch als junger Rabe war er froh darum, jemand Erfahrenen an seiner Seite zu haben – zumindest machte Marasco auf ihn diesen Eindruck. *Vielleicht hat sich der Heiler ja geirrt. Und selbst wenn er es ernst meinte, wie soll ich mich um jemanden kümmern, der keine Erinnerungen hat? Schließlich weiß doch der Heiler um meine Fähigkeiten. Und diese vermögen es nicht, jemandem die Erinnerungen zurückzugeben.*

Zudem war es ihm schleierhaft, wie er die Menschen in Kessus dazu bringen sollte, ihm zuzuhören. Denn obwohl die Welt um ihn herum immer größer wurde, hatte er – trotz seiner neu erworbenen Kräfte, sich in einen Raben zu verwandeln – das Gefühl, noch immer derselbe verängstigte Junge zu sein, der seine ganze Kindheit hindurch von anderen verprügelt worden war. Er, der Junge mit den dreckigen Bandagen, wie Calen ihn immer genannt hatte, war früh darauf trainiert worden, sich kleinzumachen und still zu sein. Der einzige Grund, weshalb er überhaupt noch am Leben war, war die Tatsache, dass er ein Wintermondkind war. Einzig die verfluchte Tradition beschützte ihn vor dem Tod. Und obwohl er das, was er hinter seinen dreckigen Bandagen versteckte, allmählich gelernt hatte zu kontrollieren, war sein Argwohn gegenüber den Menschen über die Jahre hinweg immer größer geworden. Jahrelang war er von den anderen Kindern gehänselt und geschlagen worden. Und jede ihrer Berührungen hatte ihm deren Vergangenheit gezeigt. Die

Bilder dämpften seinen eigenen Schmerz und er wunderte sich, warum ihm trotz aller Menschenscheu das Mitgefühl für andere noch nicht abhandengekommen war. Die Paha selbst hatten ihn gelehrt, dass er schwach war und seine einzige Aufgabe darin bestand, Teil der hundertjährigen Tradition zu sein. Das Mitleid, das er für sie empfand, schmerzte ihn mehr als seine Einsamkeit, die er im Wald gefunden hatte. Sobald er in die Gesichter jener blickte, deren Vergangenheit er in sich gespeichert hatte, sprudelten die Erinnerungen hoch. Die harten Fassaden bröckelten und er sah ihre Verletzlichkeit und tiefsten Geheimnisse.

Sein einziges Ziel war es, sich von der Vergangenheit zu lösen. Er wollte in die Zukunft blicken. Doch nun schaute er Marasco hinterher, wie er durch die Äste hoch über die Baumwipfel flog, und fragte sich, welche Vergangenheit Marasco hinter seiner steinernen Miene verbarg.

27

Als Sam Marasco dem Fluss entlang und über die hohe Stadtmauer gefolgt war, war er noch guter Dinge gewesen, seine Aufgabe zu erfüllen. Die Sicht von oben hatte ihn so sehr beeindruckt, dass er eine zusätzliche Schleife zog. Der Fluss führte mitten durch die Stadt. Am Nord- und Südufer ragten jeweils zwei runde Türme in den Himmel. Die Ost- und Westtürme standen mitten im Wasser und dienten als Anlegestellen. Viele Fischer kehrten gerade mit ihren Booten zurück und luden ihre vollen Netze auf die bereitstehenden Pferdewagen. Als die Sonne hinter den Wolken hervorschien, glitzerte das Wasser wie ein Meer aus Diamanten. Einem Spinnennetz gleich spannten sich die Kanäle durch die Straßen, mit dem Marktplatz als Zentrum. Anders als in Pahann waren die Dächer hier mit roten Ziegeln eingedeckt und die Riegelbauten in verschiedenen Farben gestrichen. Und während in Pahann nur das Blumenviertel mit Pflanzen geschmückt war, schien ganz Kessus mit Wacholderbäumen bepflanzt.

Sam tauchte ein in die verwinkelten Gassen und folgte Marasco in eine Scheune. Während Sam als Mensch auf dem Boden landete, blieb Marasco als Rabe auf einem Querbalken sitzen und schaute ihn unverblümt an.

»Du lässt mich das wirklich allein machen?«, sagte Sam vorwurfsvoll, doch Marasco krähte nur und wippte mit dem Kopf, als würde er sich über ihn lustig machen.

Ängstlich, aber vom Ehrgeiz getrieben, verließ Sam die Scheune und machte sich auf den Weg zum Marktplatz. Die Stadt von oben zu erkunden, hatte ihm Mut gegeben, denn auf den ersten Blick schien sie sich von Pahann kaum zu unterscheiden. Die Erinnerungen der Paha hatten ihn gelehrt, dass die Menschen einfach ein friedliches Leben leben wollten. Und auch wenn der Heiler ihnen diese vielleicht aussichtslose Aufgabe aufgetragen hatte, war es einen Versuch wert, die Leute in Kessus zu warnen. Aber wie sollte er das tun?

Als er die kleine Gasse verließ und in eine größere abbog, blieb er abrupt stehen. Das Blut schien ihm in den Adern zu gefrieren und sein Körper versteifte sich. Obwohl er sie von der Luft aus gesehen hatte, hatte er nicht mit so vielen Menschen gerechnet. Sein Atem stockte, als er sich verunsichert der Wand entlang bewegte. Jedes Mal, wenn ihm jemand in der engen Gasse entgegenkam, blieb er stehen, drehte sich zur Wand und senkte den Kopf.

Ich kann das nicht.

Erst als er ein Krähen vernahm und Marasco auf einem Fenstersims im ersten Stock des gegenüberliegenden Hauses sah, gab ihm das Mut und er setzte seinen Weg fort.

Du bist nicht mehr der schwache Paha. Also reiß dich zusammen.

Die Gasse führte auf die Hauptstraße, wo noch mehr Menschen waren und wo die Läden in den Erdgeschossen offen standen. Mit einem auffällig scharfen Akzent riefen die Händler ihre Waren aus.

Sein Herz raste und der Schweiß schoss ihm aus allen Poren. Er spürte Marascos Anwesenheit und blickte hoch in den Himmel. Der Schatten des Raben streifte ihn und zeigte ihm den Weg. Dennoch schaffte er es nicht, erhobenen Hauptes durch die Straßen zu gehen. Die Macht der Gewohnheit ließ ihn wie ein Dieb mit hochgezogener Kapuze Marasco folgen. Erst als er spürte, wie sich Marasco auf einem Dach niedergelassen hatte, blickte er wieder auf. Er stand am Rande des Marktplatzes und betrachtete eingeschüchtert das Geschehen.

Mit Fuhrkarren brachten die Menschen Tische und Bänke auf den Platz und stellten sie in mehreren Reihen auf. Neben dem Brunnen errichteten ein paar Handwerker eine kleine Bühne und gleich daneben, wo der Wirt seine Weinfässer stapelte, entstand ein langer, hölzerner Tresen. Kinder rannten mit Tannenzweigen über den Platz, die sie von ein paar Frauen bekommen hatten, die Gestecke herbrachten. Kerzen wurden auf den Tischen platziert und Brote auf langen Brettern und Schalen voller Nüsse wurden herangetragen. Plötzlich wurde Sam von der Seite angerempelt. Es war ein kleiner Junge, der sich mit einem breiten Grinsen im Gesicht entschuldigte und weiterrannte. Sam wurde schwindlig ob dem geschäftigen Treiben.

So viele ahnungslose Menschen, dachte er und spürte, wie seine Hände zitterten. Immer nervöser sprang sein Blick umher; von den Wirten zu den Handwerkern, dann zu den Musikern und den Kindern und den Bäckerinnen, den Blumenmädchen und den Kutschern und den vielen Pferden. Bevor ihm das Herz aus der Brust sprang, flüchtete er in die nächste Seitengasse, fiel mit dem Rücken an die Wand und presste die Hände auf die Augen.

Tief durchatmen. Langsam. Ein und aus.

Doch durch sein von den Rabenkräften geschärftes Gehör drängte sich ihm jedes noch so kleine Geräusch auf. Wie ein Haufen Krabbeltiere krochen sie an ihm hoch, bis zur Kehle, sodass er das Gefühl hatte, gleich in ihnen zu ertrinken. Die Bandagen an den Händen waren durchgeschwitzt und sein Atem stockte. Wegrennen, das war alles, woran er dachte, doch sein Körper war erstarrt. Da bemerkte er, dass Marasco den Marktplatz verlassen hatte und irgendwo in den südlichen Vierteln verschwunden war.

Er hat mich allein gelassen, dachte Sam erschrocken. Doch was ihn noch viel mehr beunruhigte, war das, was Marasco zuvor gesagt hatte. Warum sollten diese Menschen keine Chance haben? Allmählich schöpfte er wieder Mut, sein Puls beruhigte sich und er trat aus der Seitengasse raus.

»Verzeihung«, sagte plötzlich eine Stimme neben ihm.

Es war eine junge Frau, die ein lila Kleid und darüber einen dicken Wollmantel trug. In der Hand hielt sie ein Holztablett, mit dem sie wohl mehrere Schalen Nüsse gleichzeitig auf den Platz getragen hatte. Sam hatte ihr unverhofft den Weg abgeschnitten, sodass sie fast zusammengestoßen wären. Trotz seines heruntergekommenen Äußeren lächelte sie ihn freundlich an.

»Kann ich dir helfen?«, fragte sie mit dem gleichen scharfen Akzent, den er bei den Händlern gehört hatte. »Du siehst verloren aus.«

Sam brauchte einen Moment, um sich zu sammeln. »Was geht hier vor?«, fragte er mit kratziger Stimme und räusperte sich. Dabei steckte er unauffällig die blutverschmierten Hände in die Taschen.

»Das sind die Vorbereitungen zum Winterfest. Der letzte eisige Vollmond ist vorüber. Heute Nacht verabschieden wir den Winter. Du bist wohl nicht von hier, was?«

Eine braune Locke fiel ihr ins Gesicht, die sie mit ihrer weißen Hand sanft hinter das Ohr schob. Ihre Züge erinnerten ihn an ein Mädchen aus Pahann. Nur wenige Tage, nachdem Kato ihn grün und blau geschlagen hatte, um das Geheimnis der Vogelherzen aus ihm rauszukriegen, hatte er das Mädchen am Fluss gefunden. Während seine Blutergüsse heilten, hatte es die Misshandlungen nicht überlebt. Nackt war ihr geschändeter Körper im Flussbett entsorgt worden. Sein Schreck saß so tief, dass er nicht einmal fähig gewesen war, ihr die Ehre des Feuers zu erweisen.

»Nein«, sagte er, als wollte er seine Feigheit wiedergutmachen und packte die Frau an den Schultern. »Ihr müsst euch rüsten! Ihr werdet angegriffen.«

Misstrauisch machte sie sich von ihm los. »Woher kommst du?«, fragte sie mit strengerer Miene als zuvor. Ihr Blick gab ihm zu verstehen, dass sie nun auch das Blut und den Dreck an ihm wahrgenommen hatte.

Sam nahm seinen ganzen Mut zusammen, ging an den Holzbänken vorbei in die Mitte des Platzes und stieg auf einen Tisch. »Menschen von Kessus!«, rief er laut und spürte, wie eine heiße Welle durch ihn schoss. »Ihr seid in Gefahr! Eine Armee blutrünstiger Paha ist auf dem Weg hierher!«

Die Leute schauten zu ihm hoch, doch die meisten belächelten ihn nur. »Ein Geschichtenerzähler direkt aus dem Dreck«, meinte ein Mann lachend. Andere kicherten beiläufig und setzten die Vorbereitungen für das Winterfest fort.

»Schickt einen Reiter los, wenn ihr mir nicht glaubt! Ihr seid alle in Gefahr!«

»Und was bitte sollten die Paha von uns wollen?«, fragte ein Mann belustigt, der mit einem Hammer ausgerüstet an der Errichtung der Bühne arbeitete. »In Kessus gibt es ja wohl nichts zu holen. Kessus ist ein bescheidenes Städtchen.«

»Eure Freiheit!«, rief Sam. »Sie wollen eure Freiheit.«

Die Leute brachen in Gelächter aus. »Runter mit dir, Junge!«, rief ein Mann, der die Tische aufstellte. »Dir ist wohl der Wein zu Kopf gestiegen.«

Unbekümmert fuhren die Menschen mit ihrer Arbeit fort. Manche schüttelten den Kopf und lachten vergnügt, als wäre er ein Gaukler gewesen, der ihnen die Arbeit kurz versüßt hätte. Reglos stand Sam noch immer auf dem Tisch und konnte gar nicht glauben, dass die Leute nur ihr Fest im Kopf hatten. Waren denn seine Aufmachung, die verstrubbelten Haare und das blutverschmierte Bärenfell nicht Beweis genug, dass etwas Schlimmes im Anzug war? Jemand stieß aus Versehen gegen den Tisch, sodass er beinahe das Gleichgewicht verlor. Also stieg er wieder runter und ließ den Kopf hängen.

»Mein Vater ist der Herr hier«, sagte die junge Frau von vorhin. »Ich führe dich zu ihm.«

Sam konnte ihr Misstrauen förmlich spüren, als er ihr durch die Gassen folgte, doch in ihrem Gang lag auch etwas erfrischend Naives. Keinen Moment nahm er den Blick von ihr. Er hätte nur die vielen Menschen gesehen, die sich an den Händlern vorbeidrängten und sich auf das Winterfest vorbereiteten. Anstelle des Menschenauflaufs richtete er seine ganze Konzentration auf sie, betrachtete ihre braunen Locken, wie sie auf ihrem Rücken mit jedem Schritt auf und ab wippten, ihren lila Rock und ihre ledernen Stiefel, deren Absätze sie größer machten, als sie tatsächlich war.

»Hier wohne ich«, sagte die junge Frau schließlich und blieb stehen.

Er fand sich in einer Seitengasse vor einem großen Kontor wieder. Im Erdgeschoss befanden sich hinter einer Backsteinmauer Stallungen, Getreidespeicher und Lagerräume und im oberen Stock, wo der Riegelbau anfing, die Wohnräume. Es gab drei Satteldächer nebeneinander, wobei das mittlere das größte war. Die junge Frau führte ihn zum Eingang in der Mitte, der auf beiden Seiten mit runden Bleiverglasungen versehen war. Sobald sie die Tür öffnete, wehte ihm der Duft von Suppe und gegartem Fleisch entgegen. Die Geräusche aus der Küche, die am anderen Ende des Korridors lag, drangen durch das ganze Haus. Während sie die Treppe hinaufstiegen, nahm er erstaunt zur Kenntnis, dass ihm der Appetit auf richtige Nahrung tatsächlich abhandengekommen war. Die Treppe knarrte unter seinen Füßen und sobald sie im oberen Stock angekommen waren, verdrängte der süßliche Duft von Arvenholz den Geruch aus der Küche. Am Ende des Korridors klopfte das Mädchen an eine Tür und trat ein. Es war das Arbeitszimmer des Hausherrn, der mit einer Schreibfeder in der Hand am Tisch saß. Hinter ihm und auf der gegenüberliegenden Wand waren Regale mit Büchern. Ein frischer Wind wehte durch ein offenes Fenster und daneben stand ein Käfig mit einer prächtigen weißen Taube.

»Violeta«, brummte der Mann, ohne aufzublicken. »Ich sagte doch, du sollst mich während der Arbeit nicht stören.«

»Aber, Vater«, sagte sie und führte Sam zum Tisch. »Dieser Mann hat Euch etwas zu berichten.«

Der Hausherr legte die Feder weg, faltete das Papier und trat zum Käfig. Er steckte den Brief in eine kleine Rolle, welche die Taube am linken Lauf trug, und sandte sie durch das offene Fenster hinaus.

»Ich bin Erec«, sagte er schließlich und trat vor Sam. »Was führt Euch nach Kessus, Fremder?«

Obwohl Sam einen Moment gierig der Taube hinterherschaute, war ihm Erecs Blick nicht entgangen, der ihn mit gerunzelter Stirn von Kopf bis Fuß musterte.

»Die Paha«, antwortete er. »Sie sind auf dem Kriegspfad und kommen hierher. Ihr müsst die Stadt verlassen und euch so schnell wie möglich in Sicherheit bringen.«

Mit strenger Miene schaute ihn Erec an. »Kolani ist ein friedliches Land. Es ist Jahrzehnte her, dass der Terror gewütet hat. Einziges Überbleibsel ist die Mauer, die Ihr da draußen seht.«

»Der Terror ist zurück«, erwiderte Sam, wobei er sich alle Mühe gab, seine Stimme so stark wie möglich klingen zu lassen.

»Und Ihr solltet euch verstecken. Es erstaunt mich, dass Ihr nicht schon längst davon wisst.« Beim Betrachten der vielen Bücher im Regal hinter dem Arbeitstisch kam es ihm unbeabsichtigt über die Lippen. »Der Frieden scheint Euch bequem gemacht zu haben.«

Erecs freundlicher Gesichtsausdruck verschwand von einem Moment auf den anderen. »Große Worte von jemandem, der ein blutverschmiertes Bärenfell trägt und nach Aas stinkt. Welchen Grund habe ich, jemandem zu glauben, der es wagt, herzukommen und mich zu beleidigen?«

»Ihr wertet mein Äußeres. Dann frag ich mich, weshalb das Blut auf meinem Pelz Euch nicht überzeugt?«, sagte er mit einem sanften Lächeln im Gesicht. »Auch ich fühle mich in meiner Kleidung nicht wohl. Doch das ändert nichts an der Tatsache, dass die Paha auf dem Weg hierher sind. Schickt zumindest einen Reiter, wenn Ihr mir nicht glaubt. Doch mit jeder Minute, die Ihr verstreichen lasst, solltet Ihr Eure Waffe näher bei Euch tragen.«

»Das werde ich«, sagte Erec und legte die Hand auf den Dolch in seinem Hüftholster. »Ohne Gewissheit lasse ich jedoch nicht zu, dass das Winterfest in Gefahr ist. Solange Ihr Euch ruhig verhaltet, Fremder, ist Eure Anwesenheit in Kessus geduldet. Und nun raus hier!«, fuhr er ihn an und zeigte ihm verärgert die Tür.

Sam erkannte sich selbst nicht mehr, als er zurück auf die Straße trat und die Tür des Kontors hinter ihm zugeschlagen wurde. Vielleicht war es die Kraft der Rabenherzen, die es ihm ermöglicht hatte, solche Worte an einen Fremden zu richten. Doch irgendwie hatte er ein gutes Gefühl. Er hatte etwas bewirken können und war nun guter Hoffnung.

Langsam kehrte er zurück auf die Hauptstraße und betrachtete die Menschen. Oder hatten seine Bemühungen vielleicht doch nicht gereicht? Hatte Erec ihn mit diesen Versprechen nur vertröstet, um ihn abzuwimmeln?

Nein! Hör auf! Sam klatschte sich mit beiden Händen auf die Wangen. *Du bist nicht mehr der schwache Paha.*

Erschöpft lehnte er sich an eine Hauswand und atmete tief durch. Da spürte er plötzlich eine Hand an seinem Ärmel. Sofort zog er das Messer aus dem Beinholster und packte den fremden Arm. In einer Umdrehung drückte er einen Mann mit der Brust gegen die Wand und hielt ihm die Klinge an die Kehle.

»Es tut mir leid!«, rief der Mann verängstigt. »Ich wollte dich nicht erschrecken!«

»Was willst du?«, zischte Sam neben seinem Ohr.

»Ich bin Gerber und verkaufe Felle! Es ist lange her, dass ich ein derartiges Bärenfell zu Gesicht bekommen habe.«

Langsam ließ er den Mann los, dem trotz eleganter Kleidung tatsächlich der Gestank der Gerberei anhaftete.

»Wie viel willst du für den Mantel?«, fragte der Mann geradeaus. »Fünf Kin?«

Sam wusste nicht, welchen Wert das Fell hatte, doch er wusste, was es ihn kosten würde, sich neu einzukleiden. Tatsächlich kam er sich neben Marasco mit dem zerzausten Pelz und den blutdurchtränkten Kleidern vor wie ein Wilder. Und dass er in seiner Aufgabe, die Menschen zu retten, einen unseriösen Eindruck machte, hatte das Gespräch mit Erec bewiesen. Flink drehte er das Messer in seiner Hand und steckte es zurück ins Beinholster.

»Du willst mich wohl über den Tisch ziehen. Und ich stehe dann ohne Mantel da?«

»Zehn Kin?«

Sam war es sich gewohnt, den Preis runter zu handeln, aber nicht hoch. Um sich keine Blöße zu geben, verschränkte er die Arme und neigte den Kopf beleidigt zur Seite. »Du weißt selbst, dass das nicht reicht.«

»Der Pelz ist überall blutverschmiert«, wehrte sich der Gerber. »Ich muss ihn zuerst waschen, bevor ich ihn verkaufen kann.« Als der Mann aufgeregt die Hände in die Luft warf, wurde die Sicht auf einen prall gefüllten Geldbeutel an seinem Gürtel frei.

»Dreißig Kin«, sagte Sam bestimmt.

Die Brauen des Gerbers sprangen in die Höhe und er trat einen Schritt zurück. »Redest du etwa von vollen Kin?«

»Bestimmt nicht von leeren.«

»Du willst mich wohl ruinieren!«

Ohne mit der Wimper zu zucken, schaute er den Gerber an. Der kniff die Augen zusammen, als wollte er mit einem prüfenden Blick herausfinden, ob es ihm Ernst war. Schließlich zückte er den Geldbeutel und zählte dreißig volle Münzen. Die leeren mit den unterschiedlichen Löchern in der Mitte warf er zurück in den Beutel. Sam zog den Mantel aus und verteilte die Münzen in seinen Hosentaschen.

»Ein gut gemeinter Rat«, sagte er, als er den Pelz überreichte. »Verlass die Stadt, wenn du kannst.«

Der Gerber bemerkte an seinem Blick, dass es ihm ernst war, und runzelte die Stirn. »Aber heute ist das Winterfest.«

»Glaub mir. Sei besser kein Narr.«

Es war bereits Nachmittag und ein kühler Wind zog durch die Straßen. Schnell rannte Sam auf die andere Straßenseite und betrat das Geschäft, auf dessen Schild über dem Eingang eine Nähmaschine abgebildet war. Als er die Tür öffnete, erklang eine Glocke und ein älterer Mann trat hinter einem Vorhang hervor. In der Ecke stand eine Schneiderbüste und überall hingen Kleider und Mäntel. In der Mitte stand ein Tisch, auf dem gestrickte Schals in verschiedenen Farben lagen.

»Wie kann ich Euch behilflich sein?«, fragte der Schneider steif, aber in aller Höflichkeit.

Sam blickte an sich herunter und betrachtete das zerlöcherte, blutdurchtränkte Hemd und die abgetragene Hose. Einzig seine Stiefel, die zwar voller getrocknetem Schlamm waren, waren noch in gutem Zustand. »Ich habe Geld«, sagte er, als wollte er sein Auftreten entschuldigen. »Kleidet mich neu ein.«

Der Schneider führte ihn auf die rechte Seite, wo eine große Auswahl von Mänteln hing. Sam entschied sich für einen schwarzen Gehrock mit Kapuze, ein schwarzes Hemd mit Weste und eine schwarze Hose. Während der Schneider seine Maße nahm, um die letzten Anpassungen vorzunehmen, und Sam reglos dastand, fragte er, ob er sich irgendwo waschen könne. Der hagere Mann rief seine Frau, die ihn in ein Zimmer führte, in dem ein Feuer im Kamin brannte. Ein Zimmer weiter war ein Baderaum. Das Wasser war kalt, doch das war ihm egal. Die Frau hatte ihm mehrere Decken bereitgelegt, in die er sich danach hüllen konnte. Und so saß er schließlich am Feuer, rubbelte die nassen Haare trocken und wartete, bis der Schneider ihm seine neue Kleidung brachte.

Nachdem er zwanzig Kin hingelegt hatte, bemerkte er, dass er noch ein paar neue Bandagen benötigte. Der Schneider gab ihm ein paar übrig gebliebene schwarze Stoffstücke, die er sich um die Hände band. Dann legte er das Beinholster um, stellte sicher, dass das Messer richtig saß, und kehrte zurück auf die Straße.

Ein paar Häuser weiter kam er zu einem Schmied, bei dem er für einen leeren Kin sein Messer wetzen ließ. Erst dann konzentrierte er sich auf Marasco, um herauszufinden, wo er sich aufhielt.

Marasco war wie ein Magnet, dem er folgen und dessen Gefühlsregungen er wahrnehmen konnte. Er musste bei Gelegenheit Marasco fragen, ob er tatsächlich nichts spürte. Dass ihn die Verbindung zu einer Schenke führte, verwunderte ihn nicht, denn die Stimmung schien ihm überaus entspannt. Über dem Eingang hing ein goldenes Schild mit der Aufschrift *Zum vollen Topf* und dem Gelächter nach hatte dort das Winterfest bereits zur Mittagszeit begonnen. Die Leute lagen sich gegenseitig in den Armen und lachten. Sie klatschten, tanzten und sangen zur Musik eines Klavierspielers und eines Geigers. Als die Tür hinter ihm zufiel, wurde er sogleich von zwei Mädchen in engen Miedern zum Tanz mitgerissen.

Auf der anderen Seite der Tanzfläche machte er sich von ihnen los und schaute sich um. Der Raum war durch einen offenen Durchgang zweigeteilt. Während der vordere Teil von zahlreichen Kerzen und Fackeln beleuchtet war und die Leute ausgelassen feierten, brannte im hinteren Raum ein Feuer im Kamin und auf den Tischen standen kleine Öllampen. Manch einer hatte es sich dort mit einem Mädchen gemütlich gemacht. Irritiert schaute Sam sich um und fragte sich, ob er fehlgeleitet worden war.

Da entdeckte er Marasco an der hinteren Wand. Er saß in der dunkelsten Ecke mit einem Mädchen auf dem Schoß. Das Feuer im Kamin lag so weit von ihm entfernt, dass es nur spärlich bis ganz hinten reichte. Zärtlich strich das Mädchen mit den Fingern über Marascos Hals. Er glitt mit der Hand über ihren Arm, zog sie näher an sich heran und küsste sie.

Wütend ging Sam hin und trat gegen das Stuhlbein. »Ich hätt's wissen müssen. Du hältst mich bloß zum Narren!«

Völlig unbeeindruckt schaute Marasco hoch. In seinem Gesicht breitete sich langsam ein schelmisches Lächeln aus und er zwinkerte ihm zu. »Nimm dir eine und genieße den Tag«, flüsterte er. Das Mädchen hauchte ihm etwas ins Ohr und küsste seinen Hals, worauf er erregt den Kopf zur Seite legte.

»Bist du etwa betrunken?«, fragte Sam irritiert, als er den leeren Becher auf dem Tisch bemerkte.

Mit gierigem Blick schaute Marasco wieder hoch. »Du siehst gut aus in deinem neuen Mantel«, sagte er mit schwerer Zunge. »Du kannst hier drin jede haben, die du willst.« Dann ließ er sich vom Mädchen an der Hand in ein Hinterzimmer führen.

Genervt schaute Sam ihm hinterher, da flüsterte ihm plötzlich eine Frauenstimme ins Ohr. »Weißt du, dein Freund hat recht. Du kannst hier jede haben, die du willst.«

Einzig an ihrer Stimme wurde ihm augenblicklich klar, dass sich ihm eine neue Welt eröffnet hatte, und dieser Gedanke allein zauberte ihm ein Grinsen ins Gesicht. In Pahann war er nur das Wintermondkind gewesen, das dazu bestimmt war, Arua zu heiraten. Und da er der Schwächling mit den dreckigen Bandagen gewesen war, hatten alle anderen Mädchen einen großen Bogen um ihn gemacht. Die Erfahrungen, die er vorzuweisen hatte, konnte er an einer Hand abzählen, und das machte ihn plötzlich nervös.

Eine Frau stellte sich vor ihn und schaute ihm tief in die Augen. Ihre blonden Haare waren zu einem dicken Zopf geflochten und sie schaute ihn mit einem neckischen Lächeln an.

»Ich mag deine blauen Augen. Sie haben die Farbe des Himmels«, flüsterte sie. »Gefalle ich dir auch?«

Kein Wort brachte er über die Lippen, als er wie verzaubert in ihren grünen Augen versank, also nickte er. Er hatte sich Freiheit gewünscht. Vielleicht war sie das. Was sprach gegen ein bisschen Spaß? Schließlich war dies etwas, das ihm lange Zeit verwehrt geblieben war. Selbst Nahn hätte ihn dazu ermuntert.

Die Frau nahm ihn an der Hand und führte ihn durch dieselbe Tür, durch die auch Marasco verschwunden war. Er folgte ihr durch den dunklen Gang eine Treppe hoch, wo sie die Tür zu einem kleinen Zimmer öffnete. Blumige Vorhänge hingen vor den Fenstern und das Bett war mit weißen Laken bezogen. Es gab eine Wasserschale mit einem Spiegel darüber und auf einem kleinen Tisch brannten ein paar Öllampen. Doch es war der Käfig mit der Taube, der seine Sinne ganz durcheinanderbrachte. Als ob sein Blut kochte, wurde ihm heiß und das Wasser lief ihm im Mund zusammen. Er war sich sicher, das Vogelherz würde seine Nerven beruhigen. Zudem würde die Wirkung des Rausches seine Sinneswahrnehmung steigern und dieses Gefühl wollte er sich nicht entgehen lassen.

Das Mädchen strich ihm über die Wange und fragte besorgt, ob es ihm gut gehe. Er stotterte, dass kein Wein da sei, also ging sie zurück in die Schenke, um welchen zu holen. Sobald die Tür hinter ihr ins Schloss fiel, machte er sich über den Vogel her. Das tote Tier versteckte er unter dem Bett und die blutverschmierten Hände wusch er in der Wasserschale. Als der Rausch einsetzte, fiel er aufs Bett und schaute an die hölzerne Decke. Die Energie raste durch jede Zelle seines Körpers, er seufzte und schloss die Augen. Irgendwann spürte er, wie das Mädchen sein Hemd aufknöpfte und mit den Händen über seine Brust strich. Er bebte ob ihrer Berührungen und ein Schauer durchfuhr seinen Körper. Als sie ihn küsste, gab es für ihn kein Halten mehr. Er packte sie und drehte sie auf den Rücken. Der Rausch gab ihm das Selbstvertrauen, das er sich seit jeher gewünscht hatte. Er gab ihm gar das Gefühl, zu allem fähig zu sein, ja selbst Kessus retten zu können.

28

Kurz vor Mitternacht schlug die Zimmertür auf. Sam schreckte hoch. Die Frau schrie und zog das Laken über die Brust. Marasco trat ein und blieb in der Mitte des Zimmers stehen.

»Es ist so weit«, sagte er trocken. »Die Leute suchen dich.«

»Was ist passiert?«, fragte er und schlüpfte sofort in seine Kleider.

»Der Reiter ist zurück«, antwortete er und schaute sich gelangweilt um. »Du hast ihnen das Fest versaut.«

»Was ist hier los?«, fragte das Mädchen ängstlich.

»Du ziehst dir besser etwas an«, sagte Sam und kontrollierte, ob das Messer im Beinholster saß. Während er Marasco durch den dunklen Korridor folgte, zog er sich den Mantel an. »Und was tun wir?«

»Wir?«, fragte Marasco erstaunt und trat die Tür zum Hinterhof auf. »Du. Du gehst auf den Platz und sprichst zu ihnen.«

Sam stutzte. War es nicht ihrer beider Aufgabe gewesen, die Menschen zu warnen?

»Und was tust du?«, fragte Sam genervt.

Marasco lächelte. »Ich gebe dir Rückendeckung.«

»Das wird mir wohl kaum –« In dem Moment verwandelte sich Marasco in einen Raben und setzte sich auf seine Schulter. Sam spürte die Krallen und war froh um den dicken Mantel, dennoch schaute er Marasco argwöhnisch an. Der Rabe krähte und wippte mit dem Kopf, als wollte er ihm sagen, dass er endlich los und keine Zeit mehr vertrödeln solle.

Sam eilte aus dem Hinterhof raus auf die Straße. Dort breitete Marasco seine Flügel aus und flog voraus. Sam rannte ihm hinterher bis zum Marktplatz, wo sich unzählige Leute versammelt hatten. Auf den Tischen leuchteten Öllampen und in Metallschalen brannten Feuer. Er blieb am Rand stehen, und Marasco setzte sich zurück auf seine Schulter. Auf der Bühne entdeckte er Erec.

Mit ausgestreckten Händen versuchte er, die aufgebrachte Bevölkerung zu besänftigen.

»Wir wissen nicht, was sie wollen«, sagte er mit starker Stimme. »Sie könnten auch bloß auf der Durchreise sein.«

»Aber der Nordmann hat gesagt, wir sollen fliehen!«, rief ein Mann aus der Menge. »Er sagte, wir sind in Gefahr!«

Eine Frau erhob ihre Stimme. »Das habe ich auch gehört! Er war heute Nachmittag hier auf dem Platz!«

»Wir werden mit den Nordmännern reden«, entgegnete Erec standhaft. »Nur so werden wir herausfinden, was sie beabsichtigen.«

»Das gefällt mir nicht«, rief eine Frau und kämpfte sich aus der Menge. »Ich gehe! Das scheint mir sicherer!« Mehrere Menschen, vor allem Frauen, taten es ihr gleich. »Dieses Risiko bin ich nicht bereit, einzugehen!«

Der Platz geriet in Aufruhr und immer mehr Leute zogen sich zurück. Sam stand vor einer Schenke, unsicher, wie er sich verhalten sollte.

»Da ist er!«, rief plötzlich ein Mann und zeigte mit dem Finger auf ihn. »Das ist der Nordmann! Er trug ein hässliches Fell, doch das ist er!«

Alle Blicke waren plötzlich auf ihn gerichtet, und es wurde still – vielleicht wegen dem Raben auf seiner Schulter.

»Kommt zu mir, Fremder!«, rief Erec und winkte ihn zu sich auf die Bühne.

Sam erstarrte. Er sah keinen Weg an den Leuten vorbei und wich gar einen Schritt zurück. Marasco krähte auf seiner Schulter und tappte von einer Kralle auf die andere. »Ich versteh schon«, sagte er leise, »aber ich kann da nicht hoch. Das sind zu viele Leute.« Sam sah sich in der Masse untergehen wie in einem Sumpf.

Marasco krähte nochmal und die Leute schauten Sam voller Ehrfurcht an. Schließlich fasste er sich ein Herz und trat der Menge einen Schritt entgegen. Wie von fremder Kraft gesteuert, teilte sie sich und die Menschen machten ihm den Weg frei zur Bühne.

»Was sollen wir tun?«, fragte ein Händler, als er an ihm vorbeiging.

»Was wollen die Paha von uns?«, fragte ein anderer.

Sam zuckte jedes Mal zusammen, wenn ihn jemand von der Seite ansprach, und eilte immer schneller über den Platz bis zur Bühne. Erec holte ihn zu sich hoch und nickte ihm wohlwollend zu. Seine neue Kleidung und der Rabe auf seiner Schulter machten offenbar Eindruck.

»Nun?«, fragte Erec. »Was sollen wir tun? Ihr habt uns bereits gesagt, wir sollen fliehen, aber ist es nicht bereits zu spät? Vielleicht können wir ja mit den Paha verhandeln.«

»Die kleinen Dörfern südlich von Pahann sind ausgebrannt und auf den Straßen lagen Tote. Ich denke nicht, dass …«

»Es ist zu spät!«, rief ein Mann aus der Menge. »Sie sind nicht mehr weit von der Mauer entfernt!«

Die Menschen auf dem Platz wurden unruhig. Frauen schnappten ihre Kinder und verließen aufgebracht die Menge, während Männer ihre Waffen in die Höhe stießen und vor der Verteidigung der Stadt nicht zurückschreckten. Mehrere Gefolgsmänner kamen über die Hauptstraße auf den Platz. Ein Reiter in Uniform ritt an den Menschen vorbei und wandte sich an Erec.

»Die Krieger stehen kampfbereit vor dem Nordtor und erwarten weitere Befehle.«

»Bringt mir mein Pferd!«, befahl Erec und verließ über eine Seitentreppe die Bühne.

»Wartet!«, rief Sam verdattert und nahm eine Fackel, um auf sich aufmerksam zu machen. »Ihr versteht nicht! Das ist keine normale Armee. Kato führt irgendwas im Schilde. Und das ist bestimmt nichts Gutes!«

»Ich danke Euch, Nordmann!«, rief ihm Erec zu, als er auf sein Pferd stieg. »Doch es ist zu spät. Uns bleibt keine andere Möglichkeit, als mit den Nordmännern das Gespräch zu suchen.« Dann ritt er mit seinen Untergebenen vom Platz.

Die Männer folgten ihm die Straße runter, während die Frauen mit ihren Kindern zurück in ihre Häuser rannten, wo sie sich in Sicherheit wähnten. In nur kurzer Zeit war der Platz fast menschenleer. Ein paar Alte saßen noch immer an ihren Tischen und ein paar Betrunkene vergnügten sich weiterhin an den Tresen und aßen Spanferkel.

Sam stand fassungslos auf der Bühne und fragte sich, was gerade geschehen war. Als er jegliche Aufmerksamkeit verloren hatte, hüpfte Marasco von seiner Schulter und verwandelte sich.

»Das sollten wir uns nicht entgehen lassen«, sagte er aufgeregt. »Komm mit!«

Marasco flog bereits davon, als Sam noch völlig konsterniert auf der Bühne stand. Er brauchte einen Moment, um sich wieder zu fangen. Welchen Sinn hatte es, diese Menschen zu warnen, wenn sie ihm doch nicht zuhörten? Eigentlich war das auch nichts Neues, dachte er. Schließlich hatte er von Anfang an gesagt, dass die Menschen nichts auf ihn geben würden. Wie sollte also jemand wie er eine ganze Stadt dazu bringen, ihm zu glauben? Dennoch war er enttäuscht, denn anders als Marasco hatte er immerhin versucht, zu den Menschen durchzudringen.

Obwohl er Marasco nicht mehr sehen konnte, gab ihm die Verbindung zu ihm den Weg vor. Er flog über den Platz entlang der Hauptstraße Richtung Nordturm. Marasco stand bereits auf dem Wehrgang und lehnte an der Brüstung, als er neben ihm landete.

»Deine Landungen werden von Mal zu Mal geschmeidiger«, bemerkte er mit einem Lächeln.

Sam schüttelte verständnislos den Kopf und trat neben ihn an die Zinnen. Draußen auf dem Feld stand die überlegene Armee der Nordmänner den wenigen Kriegern von Kessus gegenüber. Ein Rudel tollwütiger Wölfe gegen ein paar gutgläubige Schoßhündchen, die brav in Reih und Glied standen und auf Befehle warteten.

Sams Sicht war seit seiner Verwandlung zum Raben so scharf, dass er sehen konnte, wie mitten auf dem Feld zwischen zwei Fackeln Kato und Erec auf ihren Pferden saßen und sich miteinander unterhielten. Erec war von zwei Gefolgsmännern begleitet worden und hinter Kato standen Calen und Lanten. Da Erec Sam den Rücken zuwandte, konnte er sein Gesicht nicht sehen, doch anhand seiner Armbewegungen verstand er, dass er Kato den Vorschlag machte, über die Ostseite an Kessus vorbeizuziehen. Kato lachte und kriegte sich kaum mehr ein, wischte sich sogar die Tränen aus den Augen.

Vielleicht hatte er Kato falsch eingeschätzt. Der Heiler hatte ihnen zwar aufgetragen, die Menschen in Kolani vor den Paha zu warnen, da diese das Land zerstören würden. Doch soweit er wusste, waren die Paha auf Vogeljagd. Doch dann erinnerte er sich an die zerstörten Dörfer, über die sie geflogen waren, und die Toten, die auf den Straßen gelegen hatten, und rief sich ins Gedächtnis, dass er Kato zu gut kannte, um so leichtfertig Hoffnung zu hegen. In dem Moment zog Kato sein Schwert und schlug Erec den Kopf ab. Sam zuckte erschrocken zusammen.

»Verdammt! Was soll das?«, fuhr er auf.

»Der hat den Menschen gerade den Krieg erklärt«, bemerkte Marasco mit monotoner Stimme. »Wie voraussehbar«, fügte er gelangweilt hinzu.

Hinter Kato setzte sich die ganze Armee der Paha und Sumen in Bewegung und ritt mit voller Geschwindigkeit und lautem Geschrei auf Kessus zu. Die Gefolgsmänner außerhalb der Stadtmauer brüllten Befehle. Nach anfänglichem Zögern setzten sich ihre Männer in Bewegung und jagten den Angreifern entgegen. Unweit der Mauer schlugen sie aufeinander.

Sam sah den Rausch der Vogelherzen in den verzerrten Gesichtern der Paha, die sich wie eine Walze durch die formierten Kessu auf die Stadtmauer zu bewegte und verstümmelte Körper zurückließ. Fassungslos krallte er sich an der Brüstung fest und betrachtete das Gemetzel. *Das ist falsch*, dachte er. *So was hätte nicht passieren dürfen. Welchen Sinn hat es, eine Stadt anzugreifen? Was war der Zweck, Unschuldige niederzumetzeln?*

Ein paar Paha kletterten über die Mauer in die Stadt und öffneten das Nordtor von innen. Wie Ratten schwärmten die Jäger in Kessus aus, verschwanden in den Gassen und töteten die Menschen.

»Wir müssen was tun!«, rief Sam entsetzt, obschon ihn die Angst quälte, von irgendjemandem erkannt zu werden.

Marasco stand ruhig an der Brüstung und blickte runter auf den Platz hinter dem Tor. Sein ausdrucksloser Blick wich einem Grinsen, das sich immer mehr in seinem Gesicht festsetzte.

»Warte!«, rief Sam entsetzt und riss ihn am Arm herum. »Dir gefällt das hier?«

Marasco zog den Arm zurück und stieß ihn von sich. Das Lächeln verschwand aus seinem Gesicht. »Komm. Es gibt für uns hier nichts mehr zu tun.« Dann stieg er auf die Brüstung und flog davon.

O Nahn, zum Glück bleibt dir zumindest all das hier erspart.

29

Den ganzen Flug über fragte sich Sam, was es mit seinem neuen Gefährten auf sich hatte. Marascos unberechenbares Verhalten irritierte ihn zutiefst. Da Sam ihn aber noch nicht lange kannte, hatte er großen Respekt davor, wie Marasco auf seine Kritik reagieren würde. Der erste gemeinsame Flug aus Pahann raus, der zu einer wilden Jagd durch den Wald geworden war, Marascos emotionaler Ausbruch über der Schlucht von Nomm, wo er ihm die Faust ins Gesicht geschlagen hatte, oder seine freudige Stimmung, als er in Kessus zusah, wie die Menschen abgeschlachtet wurden, waren für ihn Beweis genug, dass Marasco nicht viel davon hielt, sein Temperament zu zügeln. Sams größte Angst war, dass er ihn als Strafe allein zurücklassen könnte. Schließlich war Marasco alles, was er noch hatte. Doch in Anbetracht dessen, was Sam sich in Pahann alles hatte zuschulden kommen lassen, schien sich Marasco seit dem Streit über der Schlucht von Nomm überhaupt nicht darum zu scheren, was geschehen war – was wiederum für ihn sprach.

Aber all die Menschen! Violetta! Erec! Bei den Ahnengeistern! Ich habe versagt!

Kurz vor Morgengrauen landeten sie in einem Fichtenwald. Der Mond strahlte tief hinter den Baumwipfeln hervor und die Stämme ragten wie schwarze Pfähle in die Höhe. Das Moos war vom Tau bedeckt. In aufrechter Haltung stand Marasco vor ihm und schaute ihn mit eisiger Miene an. Er wusste genau, dass Sam etwas loswerden wollte, und beobachtete ihn wie ein Tier auf der Lauer. Dabei schaffte er es tatsächlich, dass Sam sich immer kleiner fühlte und all seinen Mut zusammennehmen musste, um überhaupt ein Wort über die Lippen zu bringen.

»Du bist kein Mensch mehr«, sagte Sam mit bebender Stimme.

»Ach ja? Und du behauptest, noch einer zu sein?«

»Zumindest kümmert es mich, was dort mit diesen Menschen geschieht!«

Marascos Gleichgültigkeit widerte ihn so an, dass er völlig die Fassung verlor. Mit der Absicht, ihm an die Gurgel zu gehen und ihm Vernunft einzuprügeln, ging er auf ihn los. Doch Marasco packte bloß seinen Arm, drehte ihn über die Schulter und ließ ihn wie ein Brett auf den Rücken fallen. Die Luft wurde ihm aus den Lungen gestoßen und er blieb reglos liegen. Da presste Marasco plötzlich das Knie auf seine Brust, zog das Beil aus dem Gürtel, drehte es schwungvoll in der Hand und drückte es ihm an den Hals. Der Ausdruck in seinem Gesicht war noch immer der gleiche und er wirkte gelangweilter denn je.

»Nimm das Beil runter«, sagte Sam eingeschüchtert.

Doch Marasco war wie eingefroren und rührte sich nicht von der Stelle; als wäre er bloß eine menschliche Hülle, ohne irgendwelche Gefühle oder Emotionen.

Und was ist mit deinen Erinnerungen?

Sam löste die Bandage und drückte seine rechte Hand gegen Marascos Stirn, so als wollte er ihn von sich wegstoßen. Dabei machte er sich auf einen Schwall von Erinnerungen gefasst und konzentrierte sich, diese, sollte Marasco zu den Wilden gehören, über seine Narben in die andere Hand abzuleiten, mit der er sich in den Waldboden krallte. Das, was er in so vielen dunklen Nächten an seinem Bruder Nahn geübt hatte, sollte nun das erste Mal bewusst zur Anwendung kommen. Damals, als Kato ihn im Wald verprügelt hatte, war er viel zu durcheinander gewesen, als dass er dies als Versuch gezählt hätte. Es war auch das erste Mal, dass Sam aus eigenem Anstoß heraus seine Seherkräfte einsetzte. Schließlich waren es diese Fähigkeiten, die Erinnerungen der Menschen zu sehen, die ihm all die Narben am Körper beschert hatten. Seine Mutter hatte ihn von klein auf gelehrt, seine Seherfähigkeiten von der Welt geheim zu halten. Dies hatte ihm gewisse Vorteile gebracht, doch die Verletzungen an seinem Körper machten ihn zu einem Sonderling. Und nachdem er sich entschieden hatte, die Bandagen nicht mehr abzulegen, verloren die Leute auch noch das letzte Verständnis, das sie für ihn gehabt hatten.

Egal ob eine sanfte Berührung oder harte Schläge, für gewöhnlich sprudelten die Erinnerungen wie Quellwasser durch ihn hindurch und er sah Ausschnitte aus dem Leben der Person, die er berührte. Doch bei Marasco war es bloß ein sanftes Kribbeln, das durch seinen Arm in seinen Geist strömte. Nur langsam wich die Dunkelheit. Aus einem dichten Nebel trat ein Mädchen hervor. Sie hatte dunkles Haar, helle Haut und dunkelbraune, schmale Augen. Sie war etwa im gleichen Alter wie Marasco.

»Du weißt, du musst das nicht tun«, sagte sie und legte die Arme um ihn.

Da steckte Marasco plötzlich das Beil weg und stand auf. Er zeigte keinerlei Anzeichen von Reue, stand bloß da und schaute ihn gleichgültig an – offenbar hatte er gar nicht mitbekommen, was Sam getan hatte. Sam lag bestürzt am Boden und konnte nicht glauben, dass dieses Mädchen tatsächlich Marascos einzige Erinnerung war.

»Weißt du«, stotterte er, als er sich aufrappelte und die Bandage zuknöpfte, »wenn da noch irgendwelche Gefühle in dir sind, darfst du sie ruhig zeigen. Ich habe nichts dagegen. Doch was sollte das in Kessus?«

»Wir hätten nichts für diese Menschen tun können.«

»Und was war dann der Zweck von all dem?«, fuhr Sam ihn verärgert an.

Marasco richtete seinen Mantel und wandte sich von ihm ab.

»Du schuldest mir ein paar Antworten!«, rief Sam wütend.

»Ich schulde dir gar nichts.«

»Es hat dir gefallen, zuzusehen, wie diese Menschen abgeschlachtet wurden!«

Marasco drehte sich um und schaute ihn verständnislos an. »Wir haben Krieg, Sam.«

»Ach ja? Und auf welcher Seite stehen wir?«

»Wir lassen doch nur die Puppen tanzen«, antwortete Marasco müde. Dann trat er näher und flüsterte ihm ins Ohr: »Gib zu, auch du hast dich amüsiert.«

Angewidert stieß Sam ihn von sich. »Weißt du eigentlich, wie krank das ist?«

Marasco lächelte bloß, und es war Sam unmöglich zu deuten, was in ihm vorging.

»Na gut«, sagte Sam, »wie geht es weiter? Was ist der Plan? Denn offensichtlich haben es die Paha nicht nur auf die Vögel abgesehen.«

Von einem Moment auf den anderen verschwand das Lächeln aus Marascos Gesicht und er kniff die Augen zusammen. »Der Plan?«, wiederholte er zähneknirschend. Seine Augen funkelten und er ballte die Hände zu Fäusten. »Der Plan?«, schrie er.

Überrascht wich Sam zurück. Marasco wandte sich von ihm ab und stieß einen rohen Schrei in den Wald hinaus.

»Ist ja gut!«, sagte Sam. »Hör endlich auf, die ganze Zeit wütend zu sein.«

Als wären alle Kräfte aufgebraucht, sank Marasco auf die Knie und ließ den Kopf hängen. »Verstehst du es denn nicht?«, fragte er mit schwacher Stimme. »Er hat uns zu seinen Sklaven gemacht, Sam. Wir sind gefangen in der Zeit. Wir schlafen nicht. Wir essen nicht. Wir werden nicht älter. Die Zeit steht für uns still.«

Tatsächlich hatte Sam neben seiner Appetitlosigkeit gar nicht bemerkt, dass er seit seiner Verwandlung keine Minute geschlafen hatte und sich trotz all der Aufregung und der langen Flüge durch die Nacht ziemlich entspannt fühlte. Sein Körper regenerierte sich offenbar blitzschnell, was sich auch an der Verletzung zeigte, die Calen ihm zugefügt hatte. Sam stutzte. *Bedeutet das, ich bin unsterblich?*

»Ich habe gesehen, wie meine Schwester starb«, sagte Marasco leise. »Doch ich habe vergessen wie, Sam. Und ich weiß nicht einmal, wie lange es her ist. Ich hätte alles gegeben, um an ihrer Stelle zu sein. Ich bin müde, Sam!« Dann drehte er den Kopf zur Seite, als wollte er alle bösen Erinnerungen abschütteln, doch Sam wusste, da waren keine. »Ich erwarte nicht, dass du das verstehst.« Marasco stand auf und verschwand geradeaus in den Wald.

Verzweiflung war das Letzte, was Sam von ihm erwartet hatte. Zudem war es das erste Mal, dass Marascos Gefühlsausbruch echt wirkte. Überrascht und sprachlos schaute Sam ihm hinterher, bis er sich verwandelte und davonflog.

Wie verzweifelt bist du gewesen, dass du mit den Vogelherzen angefangen hast? Dieser verfluchte Heiler! Das war eine List. Aber was hat er vor? Ich soll mich um Marasco kümmern? Aber wie, wenn er keine Erinnerungen hat?

Allein stand Sam da und horchte nach den Geräuschen des erwachenden Waldes. Dann flog er hoch in die Baumwipfel und machte sich auf die Jagd nach den Vögeln.

Als er gegen Mittag zur Lichtung zurückkehrte, wartete Marasco bereits auf ihn. Ruhig stand er da und lächelte – so als hätte die Unterhaltung von vorhin nie stattgefunden.

»Wir gehen zu Fuß. Suur ist nicht mehr weit.«

»Und was sollen wir dort?«, fragte Sam bissig. »Etwa die Leute warnen?« *Vielleicht war das bloß ein Vorwand des Heilers. Aber wofür?*

»Sie haben zumindest mehr Zeit, um sich auf den Tod vorzubereiten.«

Auf diese Diskussion wollte Sam sich gar nicht einlassen, also folgte er Marasco einfach durch den Wald. Dabei fiel ihm erneut seine Statur auf. Das Leben in Pahann war hart und erforderte eine Menge körperliche Anstrengung. Neben der Jagd gehörte viel handwerkliche Arbeit zum Alltag. Die meisten Männer in Pahann waren breitschultrig, groß und muskulös. Fünf Jahre länger in Pahann und Sam wäre selbst zu einem von ihnen geworden – vorausgesetzt er hätte noch so lange gelebt und seine Schwäche irgendwie überwinden können. Im Vergleich zu den Paha wirkte Marasco äußerlich fast schwach – obwohl er ihn bei der ersten Begegnung klar hatte spüren lassen, dass er das nicht war. Doch er hatte nicht den Körperbau eines Pahas.

»Woher kommst du?«, fragte er, als er Marasco durch den Wald folgte.

»Wonach sieht es denn aus?«

»Aus dem Kastaneika Gebirge?«

»Nein.«

Sam blieb überrascht stehen. »Aus der Vantschurai?«

Pahann war ein Schmelztiegel verschiedener Stämme, die hundert Jahre zuvor aus der Vantruschai geflohen waren. Die unterschiedlichen Geschichten, die erzählt wurden, vermischten sich zu sagenumwobenen Legenden, die den Kindern vor dem Schlafengehen erzählt wurden. Auch sein Vater hatte ihm solche Geschichten erzählt, an die er sich jedoch kaum erinnern konnte. Er wusste nur, dass im hohen Norden schlimme Plünderungen stattgefunden hatten, die die Menschen über die Kastaneika trieben. Dies führte zum Zusammenschluss der Stämme in Pahann und alles, was jenseits des Kastaneika Gebirges lag, wurde zu einem Geheimnis.

»Du bist ein Vantschure? Woher genau? Was gibt es da oben in der Eiswüste?«

»Nichts.«

»Nichts?«

Marasco blieb stehen und blickte zu Boden. »Auch deine Erinnerungen werden verblassen.«

Das konnte Sam sich nur schwer vorstellen, schließlich fühlte er sich durch seine Seherkräfte wie ein konstant überfülltes Gefäß voller Erinnerungen. Es musste einen anderen Grund für Marascos Zustand geben. Warum hatte der Heiler ihn überhaupt ausgesucht? Er wusste doch über seine Seherfähigkeiten Bescheid. Wie also sollte er Marasco helfen können? Das Verhalten seines neuen Gefährten irritierte ihn zutiefst, doch tief in seinem Inneren spürte er dieses Band zu ihm und ein warmes Gefühl. So sehr es Sam zurück nach Pahann zog, um den Heiler zu finden und zur Rede zu stellen, irgendetwas in ihm fühlte sich Marasco verpflichtet. War es, weil sie beide die Fähigkeit hatten, sich in Raben zu verwandeln?

»Was können wir tun?«

»Nichts«, antwortete Marasco und ging weiter.

»Wir sollten den Heiler zur Verantwortung ziehen. Wenn er für den Zauber verantwortlich ist, kann er ihn bestimmt auch wieder rückgängig machen.«

»Rache ist geduldig.«

Ist es ihm etwa egal?

»Ich weigere mich aber, fünfzig Jahre oder mehr darauf zu warten.«

Marasco blieb erneut stehen und blickte über seine Schulter zurück. »Tust du das für dich oder für mich? Sag Bescheid, wenn du eine Lösung gefunden hast.«

Schließlich gelangten sie an eine Straße. Marasco blieb fünf Schritte davor zwischen ein paar Sträuchern stehen.

»Ist er ein Gott?«

»Kannst du nicht endlich aufhören zu reden?«

»Wenn ja«, fuhr Sam unbekümmert fort, »was hat er vor? Warum tut er das?«

Doch Marasco wollte nichts mehr hören und flog davon. Sam trat hinaus auf die Straße und erblickte vor sich die Stadtmauer von Suur. Um sich nicht am Tor erklären zu müssen, verwandelte auch er sich und flog über die Dächer Richtung Zentrum.

Teil 2

Zerstörung

30

Mit zurückgekrempelten Ärmeln kauerte Kato am Flussufer und tauchte die Hände ins kalte Nass. Der Strom stand still und über dem Wasser hing goldig schimmernder Nebel. Am Horizont brannte das Feuer der Sonne und versprach einen wolkenlosen Tag. Kato wusch sich den Ruß und das Blut aus dem Gesicht und blickte den Fluss hinunter Richtung Westen. Kessus brannte und schwarzer Rauch stieg in den Himmel. Nach und nach verließen die Nordmänner die Stadt und versammelten sich am Flussufer. Manche reinigten und wetzten ihre Messer, andere ruhten und tankten Kraft für die Weiterreise.

Kato rieb die Arme und warf einen Blick zu seiner Linken. Nur ein paar Schritte entfernt kauerte Lanten und schöpfte sich Wasser. Dann rieb er sich das Gesicht und drehte den Kopf zu Kato. Zufrieden widmete sich Kato wieder der Morgenwäsche und lächelte.

»Ich mag dich, Lanten«, sagte er, ohne aufzuschauen. »Hätte nicht gedacht, dass du so wild kämpfst. An dir ist ein Sume verloren gegangen.«

Lanten schnaubte verächtlich und strich mit den nassen Händen die strohblonden Locken zurück. »Eigentlich ist es mir egal, doch manchmal frag ich mich schon, wer dir eingetrichtert hat, dass die Sumen die einzig wahren Krieger sind.«

»Nein«, sagte Kato und blickte nostalgisch über den Fluss ans andere Ufer. »Ich bin mir dessen sehr bewusst, dass die Sumen nicht die einzigen sind. Das wurde mir bereits als Kind vor Augen geführt, als unser Stamm überfallen wurde. Irgendein Mann aus Aryon, der sich König nannte, kam in unsere Siedlung und verlangte, dass wir vor ihm niederknien. Aber kein Sume unterwirft sich einem Mann, der nicht einmal Kolane ist. Doch der Mann war wild und böse und mit einer riesigen Armee ausgerüstet, die unsere Siedlung in nur einer Nacht zerstört hat.

Sie haben die Frauen geschändet, die Männer getötet und die Kinder mitgenommen. Wir waren nur eine Handvoll, die durch den Urwald entkommen konnten. Ich war gerade mal fünfzehn Jahre alt.«

»Und nun willst du dich an Aryon rächen? Dieser Mann ist doch schon längst tot.«

»Sein Urenkel herrscht zurzeit über Aryon, und er ist dabei, die Brücken wieder aufzubauen. Der Junge widersetzt sich gerade allen ungeschriebenen Gesetzen, die zwischen Aryon und Kolani herrschen. Das wird bestimmt interessant werden.«

»Du kennst also den König?«

»Ich bin ihm noch nie begegnet, aber ich werde ihn mir vorknöpfen und in Stücke reißen.«

Den Blick starr aufs andere Ufer gerichtet, saß Kato reglos da, versunken in den Erinnerungen an seine Kindheit im südlichen Urwald. Während sich ein Teil der Überlebenden in den Bergen niedergelassen hatten, war er mit einer Gruppe nach Pahann gegangen. Die Sumen waren die Einzigen, die nicht aus dem hohen Norden stammten und dennoch in die Vereinigung der Stämme aufgenommen worden waren.

»Ich hätte nicht gedacht, dass der Angriff auf Kessus so ausarten würde«, bemerkte Lanten nachdenklich. »Wir sind zu einem Haufen Wilder geworden.«

»Das waren wir doch schon immer. Doch wäre dieser Erec nicht so stur gewesen, hätte die Nacht anders verlaufen können.«

»Du bist nicht jemand, der den Leuten lange Bedenkzeit gibt, weißt du.«

»Er hätte bloß einwilligen müssen«, meinte Kato. »Schließlich haben die Aryten auch in Kessus ihre Spuren hinterlassen. Was meinst du, weshalb es hier eine Stadtmauer gibt und in Pahann nicht?«

»Um sich vor Angriffen zu schützen?«

»Aryon hat Kessus und alle weiteren Städte im Süden besetzt. Sie haben die Bevölkerung unterdrückt und sie ausbluten lassen. Der damalige König war zwar kein Kolane, aber er wusste, welche Reichtümer es im Norden zu holen gab. Die Städte wurden zu wahren Schatzkammern ausgebaut und die Handelsroute führte über Suur nach Onka, weiter über den Krater und direkt durch den Urwald bis nach Aryon.«

»Und warum hatte Pahann keine Stadtmauer?«

»Dafür habe ich gesorgt«, antwortete Kato zufrieden. »Ich habe den König und die Magier aus dem Norden vertrieben, bevor sie sich in Pahann einnisten konnten.« Er drehte den Kopf Richtung Kessus. »Die Stadt ist ausgebrannt und nur noch die Mauern halten sie zusammen. Dabei wäre es doch so einfach gewesen, Rückgrat zu zeigen und sich uns anzuschließen. Nun ist Erec schuld am Tod so vieler unschuldiger Menschen.«

»Du kannst dir dein Mitgefühl sparen«, bemerkte Lanten und stand auf. »Das kauf ich dir nicht ab.«

Kato schaute Lanten mit einem breiten Grinsen an. »Du bist zu ehrlich. Das wird dich eines Tages den Kopf kosten. Da bin ich mir sicher.«

»Es können nicht alle so sein wie du, Kato. Auch wenn die Paha die Grenzen des Anstandes schon längst überschritten haben und sich wie Tiere von ihren Instinkten leiten lassen, sind sie dennoch unschuldiger als du.«

»Das mag sein. Nur gut, dass ich kein Gewissen habe, das mir im Weg steht.«

Lanten verließ das Flussufer und Kato schöpfte sich nochmal Wasser, benetzte sich das Gesicht und strich sich durch die Haare. Dann stand auch er auf und streckte sich. Es war ein wunderbarer Morgen. Die beste Zeit, um zu jagen. Als er sich umdrehte, stand plötzlich Borgos vor ihm und schaute ihn mit seinen kastanienbraunen Augen grimmig an.

»Gerade mal fünfzehn Männer konnten wir letzte Nacht rekrutieren«, sagte er vorwurfsvoll. »Du hast Kessus überhaupt keine Chance gegeben.«

Kato kratzte sich am Kinn und setzte ein verlegenes Lächeln auf. »Da hab ich mich wohl hinreißen lassen.«

»Dann zügle dich gefälligst!«

»Aber es hat doch Spaß gemacht. Wir mussten alle mal etwas Dampf ablassen. Die letzten Wochen in Pahann waren so … deprimierend. Es war einfach noch nicht der Zeitpunkt, um zusätzliche Truppen auszuheben.«

»Dann mach es in Suur gefälligst anders!«, fuhr Borgos ihn an und ließ ihn stehen.

Kato blickte ihm hinterher und das Grinsen verschwand aus seinem Gesicht. Er war gerade mal drei Schritte gegangen, als Calen neben ihm auftauchte.

»Die Männer aus Kessus berichten, dass ein Mann mit einem Raben unsere Ankunft angekündigt hatte«, sagte er mit gesenktem Kopf und verschwörerisch leiser Stimme. »Er hatte sie gar dazu aufgefordert, die Stadt zu verlassen und sich in Sicherheit zu bringen.«

Kato blieb überrascht stehen und schaute Calen streng an »Ein Mann? Mit einem Raben?«

»Sie wissen nicht, wer er war. Niemand kannte ihn. Er sei aus dem Norden gekommen.«

»Ein Rabe?«, murmelte Kato nachdenklich und trat neben sein Pferd. »Wie hat der Mann ausgesehen?«

»Keiner hat ihn gesehen«, antwortete Calen und zuckte mit den Schultern. »Ganz Kessus war im Ausnahmezustand, da sie eine Art Winterfest gefeiert haben. Und die Männer, die sich uns angeschlossen haben, waren an jenem Abend nicht auf dem Platz, sondern in der Kampfarena. Erst als wir anrückten, hörten sie von anderen Leuten, was auf dem Platz los war.«

Kato setzte sich auf sein Pferd und schaute Calen nachdenklich an.

»Was denkst du?«, fragte Calen.

»Wir sollten die Augen offen halten und in Suur die Leute nach diesem Fremden aushorchen. Ich will wissen, was seine Absicht ist. Schließlich sind wir hier auf einer Mission. Und ich kann es nicht leiden, wenn mir jemand in die Quere kommt.«

Kato nickte Calen zu und gab ihm somit die Erlaubnis, zu gehen, da er selbst vor der Weiterreise noch ein paar Vögel jagen wollte, doch Calen blieb reglos neben seinem Pferd stehen und schaute ihn an.

»Sonst noch was?«

»Bitte gib mir die Erlaubnis, Arua zu töten. Ich kann die Frau nicht mehr ertragen.«

Kato lachte laut. »Wie das?«

»Sie hat den halben Wald nordöstlich von Kessus zu ihrem Territorium erklärt. Sie kontrolliert die Vögel und macht es dem Rest der Truppe fast unmöglich, etwas zu erbeuten.«

Katos Blick verdüsterte sich. Es hätte ihn amüsiert, wenn nur Calen unter ihr gelitten hätte, doch da er selbst auf dem Weg in den Wald war, um zu jagen und ebenfalls zu den Leidtragenden gehörte, machte ihn das rasend. »Wo ist sie?«

Calen stieg auf sein Pferd und im Galopp ritten sie an den Paha und den Sumen vorbei in den Wald.

31

Der Zwischenhalt in Kessus dauerte nur kurz. Wenn es nach Kato gegangen wäre, hätten sie überhaupt keine Pause eingelegt, doch nicht alle Paha waren so ausdauernd wie er. Und dann waren da noch die Pferde. Natürlich hätte ohne sie die Reise noch viel länger gedauert, dennoch ging es ihm nicht schnell genug voran. Vor allem der nächtliche Ritt durch den Wald kam ihm vor, als dauerte er ewig. Er wusste, dass es zwischen Kessus und Suur fast nur Wald gab, doch der Weg war schmal und die Bäume standen so dicht, dass nicht einmal das Licht des Mondes durchschien. Viele Paha entzündeten ihre Fackeln, und diejenigen, die kein Feuer trugen, schliefen auf ihren Pferden. Nach ein paar Stunden Schlaf wechselten sie sich ab. Wie eine zähe Masse bewegte sich der Lichtteppich durch den Wald. Das einzige Geräusch, das zu hören war, waren die Hufe auf dem Boden und ab und zu ein Schnauben. Als dann endlich der Tag zurückkehrte und die ersten dumpfen Sonnenstrahlen durch die Bäume schienen, erwachte auch der Wald wieder zum Leben. Vereinzelt gingen die Jäger auf Vogeljagd und schlossen dann wieder zur Gruppe auf, die weiter Richtung Suur schritt. Auch Kato gönnte sich ein blutiges Frühstück. Sie waren nur noch eine Stunde von Suur entfernt, als er Lanten zu sich rief.

»Wie sieht es in den hinteren Reihen aus?«

»Gut«, meinte der Khame irritiert. »Dein Sumenfreund hat die Nachhut im Griff.«

»Schön«, sagte er zufrieden. Auch wenn ihn Borgos mit seinem besserwisserischen Gehabe oft nervte, so war eben Verlass auf ihn. »Und was ist mit dem, was vor uns liegt?«

»Suur? Ist eine ähnliche Stadt wie Kessus. Mit Stadtmauer, Riegelhäusern und einem großen Marktplatz im Zentrum. Nichts Aufregendes. Hm … nun ja … sie haben diesen Nachtmarkt.«

»Nachtmarkt?«

»Ja, die Leute sind tagsüber draußen und kehren erst am späten Nachmittag zurück in die Stadt. Darum halten sie einen Nachtmarkt. Der beginnt bei Einbruch der Dunkelheit und dauert bis Mitternacht. Wenn ich mich recht erinnere, ist die Stadt wie eine Sonne aufgebaut. In der Mitte auf dem Platz haben sie sogar mit den Pflastersteinen eine Sonne gezeichnet.«

»Woher weißt du das?«, fragte Arua, die hinter Kato ritt.

»So wie sich viele Sumen im Gebirge von Nomm niedergelassen haben, taten es viele Khamen hier in Suur. Die Khamen sind noch immer Jäger. Das Meer liegt in der Nähe.«

»Willst du behaupten, dass Fischer ebenfalls Jäger sind?«, fragte Kato.

Arua hinter ihm lachte laut auf, während Calen, der neben ihr ritt, verärgert die Zähne zusammenbiss und das Gesicht verzog. Er war ebenso Khame. Und obwohl er die meiste Zeit mit den Sumen rumhing, war er den Khamen gegenüber loyal und fühlte sich seinem Stamm nicht ohne Stolz verbunden.

»Natürlich sind sie auch Jäger«, fuhr Lanten fort. »Sie tragen genauso Beute nach Hause.«

Kato lachte. »Nein, Lanten. Sie tragen ihren Fang nach Hause. Nicht ihre Beute. Das ist ein Unterschied.«

»Tote Tiere, die gegessen werden. Wo soll da der Unterschied sein?«

»Das ist wie bei meinem Sumentrieb«, sagte Arua. »Entweder ich pirsche mich lautlos durch den Wald und erschieße mit Pfeil und Bogen ein Reh, oder ich setze meinen Trieb ein und lass die Tiere zu mir kommen. Ich brauche ihnen dann nur noch die Kehle durchzuschneiden. Aber mit Jagd hat das nichts mehr zu tun.«

»Was soll das bitte für ein Vergleich sein?«, fragte Lanten empört und blickte über die Schulter zu Arua.

»Mein Sumentrieb ist wie das Netz eines Fischers. Man wirft es aus und die Tiere verheddern sich darin. Da können sie nicht einmal etwas dafür. Aber bei einer Jagd, da sind sie sich bewusst, dass sie die Beute sind. Es ist wie ein Spiel. Katze gegen Maus. Mensch gegen Tier. Jäger gegen Beute. Ganz einfach.«

Lanten rollte mit den Augen und blickte wieder geradeaus. »Wie dem auch sei. In Suur gibt es viele Khamen. Vielleicht solltest du dich dieses Mal etwas zügeln.«

»Was meinst du?«

»Hack dem Stadtherrn nicht gleich den Kopf ab«, meldete sich plötzlich Borgos hinter Kato zu Wort. »Du musst ihn überzeugen, dass sie sich uns anschließen. Das ist es doch, was der Khame hier sagen will, oder?«

Natürlich war es das, was Kato wollte. Er wollte seine Armee aufstocken. Aber mit Fischern?

»Du musst dich mit ihm unterhalten«, sagte auch Lanten. »Du musst sie überzeugen. Ihnen deine Absichten erklären.«

Kato knurrte. »Ich soll sie überzeugen? Was soll der Scheiß? Ich bin Krieger, kein verfluchter Politiker.«

»Ich dachte, du wärst im Großen Rat von Pahann gewesen?«, sagte Borgos beiläufig.

»Wo ist Panomir?« Kato schaute über die Schulter, als wäre der Sume gleich irgendwo hinter Arua oder Calen.

»Panomir ist tot«, erklärte Lanten. »Der wurde bereits mit der zweiten Gruppe dem Feuer übergeben.«

»Was für eine Schande«, sagte Kato leise. Panomir hatte mit seinem Sumentrieb die Fähigkeit, die Menschen von seiner Meinung zu überzeugen. Dies gelang ihm jedoch nur, wenn er selbst an das glaubte, wofür er die Menschen für sich gewinnen wollte. Er konnte ihnen keine Lügen aufbinden. Wenn er die Menschen einmal überzeugt hatte, waren sie nicht mehr von der Sache abzubringen. Panomir wäre in dieser Sache sehr nützlich gewesen.

Je mehr sie sich Suur näherten, umso ruhiger wurde es im Wald. Und dies hatte nichts damit zu tun, dass bereits wieder Abend war und die Sonne kurz davor war, hinter dem Horizont zu versinken. Es war ungewöhnlich ruhig im Wald.

»Was geht hier vor?«, fragte Borgos misstrauisch.

»Die Vögel«, sagte Arua. »Sie sind weg.«

»Was?«, fuhr Kato herum. »Was meinst du mit weg?«

Arua zuckte mit den Schultern. »Weg eben. In diesem Waldabschnitt gibt es keinen einzigen Vogel.«

»Bist du dir sicher?«, fragte Calen.

»Wofür hältst du mich eigentlich?«, fragte Arua gereizt und deutete mit dem Finger auf die Sumentätowierung in ihrem Gesicht; dem floralen Balken, der unter ihren Augen lag.

»Keine Vögel«, murmelte Kato nachdenklich. »Was hat das zu bedeuten?«

Borgos rief zwei seiner Männer und schickte sie voraus. »Seht euch mal um. Vielleicht gibt es einen Hinterhalt.«

Lanten kicherte. »Hinterhalt?«

»Was? Man kann schließlich nie wissen.«

»Und wenn dem so wäre«, fragte Lanten, »wie sollen die beiden Jungs das dann überleben?«

»Das sind Sumen«, erklärte Borgos. »Der eine hat einen Trieb, mit dem er in der Dunkelheit sehen kann, und der andere riecht einen Menschen schon aus zweihundert Schritt Entfernung. Würde mich wundern, wenn die beiden in eine Falle tappten.«

Lanten nickte anerkennend.

Es dauerte nicht lange und die beiden Sumen kehrten im Galopp zurück.

»Kein Hinterhalt«, sagte der junge Mann mit der schwarz tätowierten Nase. »Aber eine Überraschung.«

Mittlerweile hatten viele Paha wieder Fackeln angezündet. Als sie endlich den Waldrand erreichten und hinter einem weiten Feld die hell beleuchtete Stadtmauer von Suur erblickten, bot sich ihnen ein … unerwartetes Bild. Auf halbem Weg zum Stadttor war ein Zaun errichtet worden, der in beide Richtungen weit entlang der Mauer führte. Er war mit Fackeln beleuchtet und das Geräusch von unzähligen Vögeln stieg aus ihm empor.

»Was bei den verfluchten Ahnen soll das denn sein?«, fragte Kato.

Keiner gab ihm Antwort. Nicht einmal Arua, der es in solchen Situationen für gewöhnlich schwerfiel, auf ihrem Maul zu sitzen. Alle starrten mit offenen Mündern auf den Zaun.

»Sieht so aus«, bemerkte Kato schließlich, »als ob die Fischer heute tatsächlich gejagt hätten.«

»Haha«, machte Lanten mit monotoner Stimme.

Vom Stadttor aus kamen vier Reiter zum Zaun geritten. Zwischen zwei Fackeln auf Zaunhöhe blieben sie stehen.

»Borgos«, sagte Kato. »Du bleibst hier. Ihr drei kommt mit.«

»Verbocks nicht«, sagte Borgos.

Kato ritt in Begleitung von Arua, Calen und Lanten auf die Lichterkette zu. Das Vogelgezwitscher wurde immer lauter, doch es war weniger ein Singen als viel mehr ein Kreischen. Je näher sie kamen, umso klarer konnte er sehen, was diese Leute hier aufgestellt hatten. Es war ein Zaun aus unzähligen Holzkäfigen. Jeder mit mindestens einem Vogel darin. Kato erkannte Raben, Tauben, Eulen, Hühner und auch Gänse. Offenbar war einfach alles, was zwei Beine und zwei Flügel hatte, in die Käfige gepackt worden.

»Woher haben die so viele Käfige?«, fragte Calen hinter ihm.

»Das sind keine Käfige«, sagte Lanten. »Das sind Reusen. Damit fängt man Fische.«

Sie gelangten zum Zaun, wo der Stadtherr, ein stattlicher Mann mit weißem Schnurrbart und gepflegtem Äußeren, sowie drei Wächter sie empfingen.

»Willkommen«, sagte der Mann und breitete die Arme aus.

»Sieht so aus«, sagte Kato, »als dass uns unser Ruf vorausgeeilt ist.«

»Wir haben gehört, was in Kessus geschehen ist. Nennt es unsere Flucht nach vorn. Wir offerieren Euch das, was Ihr begehrt und bitten Euch im Gegenzug, unsere Stadt zu verschonen.«

Kato runzelte die Stirn und ließ den Blick über die Käfige schweifen. »*Was wir begehren.* Nun, das ist nicht alles, was wir begehren«, sagte er und wandte sich wieder dem Stadtherrn zu. »Schließt euch uns an.«

»Euch anschließen?«, fragte der Mann irritiert. »Wofür?«

»Wollt ihr denn keine Rache an Aryon üben, für das, was das Königshaus euren Vorfahren angetan hat?«

»Ich verstehe nicht ganz. Dieser Krieg liegt über achtzig Jahre zurück.«

Kato kniff die Augen zusammen. Seine Laune ging gerade langsam den Bach runter. Er knirschte mit den Zähnen und gab sich alle Mühe, nicht loszubrüllen. »Ihr habt ihn zumindest nicht vergessen«, bemerkte er stattdessen.

»Wir hegen keine Rachegefühle. Wir leben zufrieden und unabhängig. Es gibt nichts, das wir daran ändern müssten.«

Die Höflichkeit des Mannes wirkte auf Kato wie eine Beleidigung, sodass ihm fast schlecht wurde. Ihm fehlten die Worte und er schaute den schnauzbärtigen mit einem kalten Blick an. »Ihr solltet es in Erwägung ziehen«, sagte er und winkte, womit er Arua, Calen und Lanten zu verstehen gab, ihm wieder zu folgen. Gemeinsam kehrten sie zum Waldrand zurück, wo mittlerweile auch die letzten Paha und Sumen aufgeschlossen hatten. Als er über die Schulter zurückblickte, sah er, wie der Stadtherr und seine Wächter ebenfalls zum Tor zurückkehrten.

»Das ist ja richtig gut gelaufen«, bemerkte Lanten trocken.

»Was ist mit unserem Geschenk?«, fragte Arua. »Die Vögel sind doch für uns gedacht, oder?«

»Ich dachte, wir sind die Jäger«, sagte Calen gereizt. »Ich will kein Fischer sein.«

»Und?«, fragte Borgos erwartungsvoll. »Wie ist es gelaufen?«

»Wir werden in der nächsten Stadt anfangen zu rekrutieren«, sagte Kato. Es fiel ihm schwer, seine Wut im Zaum zu halten. »Denen zeigen wir, dass wir keine Fischer sind. Verflucht! Wir sind Paha!« Er zog seine Machete und stieß die Klinge in die Höhe. »Krallt euch die Vögel, und dann stürmen wir die Stadt!«

Lautes Geschrei erhob sich über der Armee der Paha, Waffen wurden gegeneinandergeschlagen und an verschiedenen Stellen erhob sich Wolfsgeheul aus der Menge. Die Krieger legten ihre Fackeln nieder und stürmten Richtung Vogelzaun.

32
151 Jahre zuvor

Yarik stand auf dem Steg der Orose Insel und schaute zu, wie Vinna und Mai die Taue der Dschunke lösten.

»Ich muss zurück«, sagte Vinna. In ihrer Stimme schwangen Schuldgefühle mit. »Falls er noch auftaucht, richte ihm meine Grüße aus.«

»Du brauchst dich nicht zu entschuldigen«, sagte Yarik. »Ich bin sicher, er hatte seine Gründe, weshalb er nicht kommen konnte.«

»Aber warum hat er dann keine Nachricht geschickt?«, fragte Mai besorgt. »Das wäre doch leicht gewesen.«

»Ich werde hinfliegen und nach ihm sehen.«

»Tu das«, sagte Vinna und stieg auf die Dschunke mit den roten Segeln. »Wir sehen uns nächsten Monat wieder. Kannst du mir Anschub geben, Mai?«

»Natürlich«, antwortete die Wassermagierin.

Mai hob beide Arme und ließ das Wasser am Heck der Dschunke ansteigen. Dann schob sie die Welle in Fahrtrichtung und trug das Boot von der Anlegestelle fort hinaus aufs Binnenmeer.

»Willst du mitkommen?«, fragte Yarik.

»Ich kann nicht. Ich muss zurück. Es hat drei neue Quellenbrüche geben. Die Wasserbauer brauchen meine Hilfe. Allein bist du sowieso viel schneller unterwegs.«

Mai verabschiedete sich von ihm und sprang auf eine Welle. Das Wasser spritzte, als sie mit ausladenden Armbewegungen von Welle zu Welle ritt. Es hatte etwas Dynamisches an sich, und wenn die Tropfen in der Sonne wie Kristalle aufblitzten, neigte er dazu, ein bisschen neidisch zu werden. Manchmal wünschte er sich, so spritzig zu sein wie Mai, so künstlerisch und rein. Doch dann rief er sich wieder seine Unabhängigkeit in Erinnerung. Vielleicht war er, der Windmagier, tatsächlich derjenige, der am meisten Freiheit genoss, und vielleicht fiel es ihm auch darum so schwer nachzuvollziehen, wovon Datekoh sprach, wenn er behauptete, es gebe keine Freiheit.

Yarik verwandelte sich in Luft und zog Richtung Osten. Je weiter er sich von den westlichen Bergen und Makom entfernte, umso größer wurde das Gefühl dafür, wo seine Heimat lag. Sie pulsierte in seinem Innern wie ein Magnet und war das Zentrum seiner Welt. Falls irgendetwas passieren sollte, er auf irgendeine Weise irgendwo auf der Welt gefangen genommen würde, hätte er immer die Möglichkeit, eine Windnachricht zurück nach Makom zu schicken, entweder dem Ratsältesten oder dem Eleven.

Die Strecke ans Ostufer des Binnenmeeres war etwas weiter als von der Orose Insel zu sich nach Hause, und es war schon später Vormittag, als er die Küste erreichte. Das Wasser leuchtete türkisblau, der Sandstrand erstreckte sich in einem breiten, fast weißen Streifen endlos in beide Richtungen, und dahinter erhoben sich die riesigen Bäume des saftig grünen Urwalds. Thato, das Dorf des Erdstammes, lag auf einer riesigen Landfläche, die vom Urwald umzingelt und etwa eine Stunde zu Fuß von der Küste entfernt war. Mehrere große und kleine Flussstränge teilten das Land. Auf den unterschiedlich großen Inseln wurde Reis angepflanzt, und auf den entlegeneren Flächen, die auf einer leichten Anhöhe lagen, verschiedene Getreidesorten.

Wie auch der Windstamm lebten die Menschen hier in großen, runden, zweigeschossigen Gebäuden. Im Innenhof gab es Handwerkerbetriebe. Die Zimmer und Wohnungen waren Richtung Hof ausgerichtet und über eine Galerie zugänglich. Die Häuser waren auf die drei Hauptinseln verteilt, die mit breiten Holzbrücken miteinander verbunden waren. Da das Wasser bei den kleinen Flussläufen teilweise nur knöcheltief war, wateten die Menschen einfach hindurch. Die drei Hauptinseln aber waren von stärkeren Strömen umgeben. Auf der größten Insel lag der Marktplatz, wo die Menschen Reis, Mehl, Brot und Backwaren anboten. Es gab einen großen Bereich, wo Nutzvieh und Hühner direkt geschlachtet wurden. Die Obst- und Gemüsehändler schützten ihre Waren mit farbigen Segeln, die sie über ihren Ständen aufgezogen hatten.

Yarik flog weiter den Fluss hoch zu einer kleineren Insel, wo der Hof des Magiers lag. Wie in Makom war auch dies hier ein kleineres Rundhaus, das Datekoh und seine zwei Helfer bewohnten. Yarik landete im Innenhof und schaute sich um. Die Räume im Erdgeschoss dienten alle als Lagerräume oder Werkstätten, während im Obergeschoss die Wohnräume lagen. Dies war in allen kleineren Rundhäusern in Thato der Fall, falls der Fluss mal über die Ufer treten sollte. Aus einem Raum, dessen Holztür offen stand, vernahm Yarik ein metallisches Klopfen. Also ging er nachsehen.

Es war die Küche und eine junge Frau war dabei, Kräuter zu hacken. Sie trug wie die meisten Frauen in Thato eine luftige Hose und einen ärmellosen, geschlitzten Rock, der ihr bis zu den Knien reichte. Die meisten Stoffe, die Yarik in Thato aufgefallen waren, waren in Erdtönen. Die Köchin trug Hellblau. Ihre langen, braunen Haare hatte sie auf ihrem Rücken zu einem Zopf geflochten.

»Entschuldige«, sagte Yarik vorsichtig, denn die Frau hatte ihn offenbar nicht bemerkt und war sehr konzentriert mit dem Messer zugange.

»Ja?«, fragte sie und schaute auf.

»Ich suche den Magier. Wo finde ich ihn?«

Die Frau legte das Messer weg, wischte sich die Hände an einem Tuch ab und trat Yarik entgegen. »Er ist nicht hier. Er ist bei den Verhandlungen.«

»Verhandlungen? Was für Verhandlungen?«

Die Frau kniff misstrauisch die Augen zusammen.

»Ich bin Yarik, der Windmagier«, sagte er, um ihren Argwohn zu dämpfen. »Wir haben ihn gestern auf der Orose Insel vermisst.«

»Ach so.« Ihr Blick wurde weicher. »Der Streit mit den Sumen um das Ackerland im Osten ist eskaliert. Datekoh ist seit drei Tagen dort und versucht zu schlichten.«

»Wo ist das?«

»Es gibt eine Anhöhe weiter im Osten. Direkt dahinter liegt eine große Fläche. Etwa zwei Stunden zu Fuß von hier entfernt.«

»Danke!«, rief er ihr zu, verwandelte sich sogleich in den Wind und zog davon.

Die Anhöhe war bereits von Weitem zu sehen, da die hohen Bäume des Urwaldes sich noch viel weiter in den Himmel erhoben, als sie es sonst schon taten. Gleich dahinter, wie die Köchin beschrieben hatte, breitete sich eine weite Fläche Nutzland aus. Nur etwa die Hälfte war beackert und auf einem kleinen Stück grasten Schafe und Kühe. Es gab drei Holzhütten am Waldrand, wo sich ein paar Menschen versammelt hatten. Yarik glaubte, Datekoh zu erkennen.

Je näher er flog, umso klarer konnte er sehen, was dort vor sich ging. Tatsächlich befanden sich die etwa zwanzig Männer in einem Handgemenge und Datekoh war mittendrin. Yarik baute seine Energie auf und ließ einen Windstoß auf die Gruppe los, sodass die meisten den Stand verloren und umfielen. Datekoh war davon nicht betroffen und wenig überrascht, als Yarik neben ihm landete.

»Bruder«, sagte der Erdmagier erfreut, was so gar nicht zu der gerade gesehenen Auseinandersetzung passte.

Die Männer rappelten sich wieder auf die Beine, und Yarik erkannte, dass die Hälfte von ihnen Sumen waren. Anders als die Männer vom Erdstamm, die alle Stoffkleidung trugen, steckten die Sumen lediglich in ledernen Kniehosen und trugen ihre Waffen in Schulterholstern. Ihre Oberkörper und ihre Gesichter waren mit zahlreichen Tätowierungen geschmückt.

»Was geht hier vor?«, wollte Yarik wissen.

»Die Thato bebauen unser Land!«, fuhr ein Sume auf, der seine Haare in einem Irokesenschnitt trug und Federn hineingeflochten hatte. »Sie vertreiben damit unser Vieh.«

»Das ist so nicht ganz richtig«, sagte Datekoh gelassen. »Der Erdstamm bebaut dieses Land bereits seit Menschengedenken. Dieser Fleck Erde hat schon immer zu Thato gehört. Aber es macht uns nichts aus, wenn Ihr Euer Vieh hier weiden lasst.«

»Seid nicht so herablassend! Ihr wisst genau, dass das nicht wahr ist! Diese Männer da«, dabei zeigte der Sume auf zwei Bauern, die hinter Datekoh standen, »sie haben ihr Ackerland einfach vergrößert! Sie nehmen uns nach und nach das Weideland weg. Glaubt nicht, wir würden das nicht bemerken! Ihr zettelt hier einen Krieg an!«

Yarik nahm Datekoh beiseite, sodass die Männer sie nicht belauschen konnten. »Koh, was läuft hier? Hast du etwa darum das Treffen auf der Orose Insel verpasst?«

»Oh, tut mir leid«, sagte Datekoh und strich sich verschmitzt durch die Haare. »Ich hab wohl die Zeit vergessen. Ich versuche seit gestern zu schlichten, aber diese Männer sind alle so stur.«

»Zieh doch einfach eine Wand hoch. Das wäre eine leichte Sache für dich.«

»Hab ich bereits vorgeschlagen, doch dann entfachte der Streit darüber, wie hoch die Mauer sein soll und wer wie lange Sonne hat.«

»Wie hoch wollen sie denn die Mauer?«, fragte Yarik überrascht. »Reicht ja, wenn sie bis zur Hüfte geht.«

Datekoh verzog das Gesicht und schüttelte den Kopf. »Offenbar nicht.«

Der Streit zwischen den Bauern und den Sumen hinter ihnen war wieder entfacht und die Männer zogen gar ihre Waffen. Bevor sie aufeinander losgehen konnten, stampfte Datekoh auf und zwischen den Männern schlug die Erde hoch, als würde der Boden einem Vulkanausbruch gleich Steine und Dreck von sich spucken. Die Männer wichen zurück, doch zwei Sumen reagierten instinktiv mit ihren Sumentrieben. Während ein Mann fast gleichzeitig das Gras vor sich hochzog und wie ein Netz die ihm entgegenschießenden Steine abwehrte, kreuzte der Mann mit dem Irokesenschnitt die Unterarme vor sich. Alle Steine blieben einen Moment in der Luft hängen. Dann schlug der Sume die Hände mit kraftvollen Bewegungen von sich und die Steine wurden zu spitzen Geschossen, die in alle Richtungen flogen.

Yarik gelang es gerade noch rechtzeitig, seinen Körper luftdurchlässig zu machen, sodass keins der Projektile ihn traf, doch alle anderen, die in der Schusslinie waren, wurden getroffen. Auch Datekoh, der eine Wunde an der Schulter davontrug und zu Boden fiel.

»Koh!«, rief Yarik erschrocken und kniete neben ihm nieder. Datekoh drehte sich auf den Rücken und verzog vor Schmerzen das Gesicht. Dabei drückte er sich die Hand an die Schulter.

»Lass mich sehen«, sagte Yarik und zog Datekohs Hand weg. Es blutete, also löste er die Schnürung an Datekohs Brust und zog das Hemd zur Seite. Es war ein glatter Durchschuss. Drei Bauern aus Thato waren ebenfalls getroffen worden. Während sich die anderen Männer vom Erdstamm um sie kümmerten, standen die Sumen erschrocken da.

»Das wird schon wieder«, sagte Yarik und wandte sich wieder Datekoh zu.

Doch der machte alles andere als einen zuversichtlichen Eindruck. Der Schmerz drückte ihm die Tränen in die Augen und er ächzte.

»Etwas stimmt hier nicht«, presste er hervor, drehte sich auf die Seite und krümmte sich.

»Was meinst du?«, fragte Yarik verwirrt. Dann drehte er sich dem Sumen zu. »Was hat es mit diesen Geschossen auf sich? Sind sie etwa vergiftet? Ich kann nicht heilen, wenn ich die Ursache nicht kenne.«

»Nein«, antwortete der Mann mit dem Irokesenschnitt. »Kein Gift. Gar nichts! Nur spitze Geschosse.«

Da packte Datekoh plötzlich sein Handgelenk. »Das ist ein Niederfall.«

»Was? Du stirbst doch nicht wegen einem Durchschuss«, sagte er und legte Datekoh die Hand auf. Doch so sehr er sich auch bemühte, es war ihm nicht möglich, die Schusswunde zu heilen. Stattdessen verlor Datekoh immer mehr Blut. »Was soll das? Ich kann sie nicht heilen!«

»Hör mir zu«, sagte Datekoh inständig. »Das ist der Kodex. Ich weiß, dass es einen Weg gibt. Du musst ihn finden.«

»Aber … das kann doch nicht …«, stammelte Yarik fassungslos. Wie wahrscheinlich war es, dass Datekoh eine Wunde davontrug und ihn eine Sekunde später der Kodex ereilte? Der Niederfall ging meistens einher mit kurzen, heftigen Schmerzen, worauf das Wasser aus dem Körper wich und der Magier innert eines Tages starb. Aber das hier war anders. War es wegen der Verletzung? Das Blut sickerte wie ein Bergquell aus Datekoh heraus. »Das ist nicht gut«, sagte Yarik und drückte panisch die Hand auf Datekohs Schulter.

Datekoh stöhnte vor Schmerzen auf, seine Lippen wurden trocken und rissig und seine Haut immer blasser. »Wir können das noch immer gemeinsam tun«, sagte er, während er sich an Yariks Handgelenk festklammerte. »Bitte, Bruder. Das muss nicht das Ende sein.«

Nur langsam begriff Yarik, dass sein Bruder tatsächlich starb. »Aber, du kannst doch nicht ... Was sollen wir denn ... Was meinst du?«

Datekohs Blick entfernte sich immer weiter von ihm. Sein Körper gab die letzten Zuckungen von sich. Dann machte der Erdmagier die Augen zu.

Bei den Stürmen! Ist das wirklich gerade passiert?

Es war so schnell gegangen. Viel zu schnell. Das konnte unmöglich ein Niederfall gewesen sein. Oder? Warum war es ihm nicht möglich gewesen, die Wunde zu heilen? Der breitschultrige, starke Erdmagier, den kein Beben niederzwingen konnte, lag nun blass und ausgetrocknet vor ihm.

Ich muss etwas tun, dachte Yarik. *Ich muss es aufhalten.*

33

Fassungslos war Yarik mit dem Wind am Morgen durch die Gassen Suurs geflogen. Die Paha hatten keinen Stein auf dem anderen gelassen. Ganze Häuserreihen brannten, Dachstühle waren eingestürzt und die Straßen mit Blut und Leichen übersät.

Eine junge Bäckerin lag auf der Ladefläche eines Wagens. Sie hatte für mehrere Paha herhalten müssen, die von den Vogelherzen wild geworden waren und sich wie Tiere über die jungen Frauen hergemacht hatten. Ihre Kleidung war nicht ganz so zerrissen wie die von anderen, doch was die Paha mit ihr getan hatten, war zu viel für sie gewesen. Yarik passte den richtigen Moment ab, in dem Geist und Seele sie verließen, und schlüpfte in die Hülle ihres Körpers.

Diese Wut, dachte er, als er durch Suur ging.

Auf dem Platz hatten sich ein paar Überlebende zusammengefunden. Frauen und weinende Kinder hatten sich um den Brunnen versammelt. Manche trugen Essen herbei und verteilten es untereinander. Männer waren auf der Suche nach Überlebenden, die sie auf Holzkarren luden und zum Platz fuhren.

Yarik kam an einem Trudnergeschäft vorbei, das die Nacht ziemlich unbeschadet überstanden hatte. Die Tür war abgeriegelt und niemand öffnete, nachdem er mehrmals mit der Faust dagegen gepoltert hatte. Also löste er einen lockeren Pflasterstein aus der Straße und warf ihn gegen das Schaufenster. Ein lautes Klirren hallte durch die Straße, doch niemand schien davon Notiz zu nehmen.

Yarik – die junge Bäckerin – schlug mit einem Holzstück die restlichen Glassplitter aus dem Fensterrahmen und stieg durch die Öffnung in den Laden ein. Im Lager fand er ein paar Stoffsäcke, die er mit Bandagen und Wundsalben füllte. Er holte das Schmerzmoos aus den Schubladen und packte es in einen Stoffbeutel. Die Schubladen mit den Tumbkernen und den Kohlenüssen leerte er direkt in einen anderen Beutel. Das Gatenpulver war bereits in einem eigenen Sack verpackt. Schließlich holte er noch ein paar Holzlöffel und die Härtepaste. Dann verließ er den Laden mit fünf Stoffsäcken und kehrte zum Platz zurück.

Im Schatten der großen Birken, die um den Brunnen standen und wo sie die Verwundeten hinbrachten, kniete er neben einem Mann nieder, der eine klaffende Wunde am Oberschenkel hatte. Es dauerte nicht lange, bis andere Frauen ihre Hilfe anboten und sich ebenfalls um die Verwundeten kümmerten.

Bei den schlimmen Fällen benutzte er seine magischen Kräfte, um den Heilungsprozess bis zu einem gewissen Grad zu beschleunigen. Doch er ließ die Wunden nicht komplett verheilen, da er keine Aufmerksamkeit erregen wollte. Zudem wurden immer mehr Verletzte auf den Platz gebracht. Hätte er bei jedem die Wunden geheilt, hätte er selbst bereits nach fünf Patienten keine Energie mehr gehabt. Frische Haut wachsen zu lassen, wie es damals bei Sam nötig gewesen war, war nicht leicht.

»Du solltest etwas essen, Kind«, sagte eine ältere Dame zu ihm – der jungen Bäckerin.

»Ist schon gut«, sagte er und lächelte. »Später vielleicht.«

Solange er fremde Körper benutzte, die an der Schwelle des Todes gestanden hatten, benötigte er eigentlich keine Nahrung. War er aber in seinem eigenen Körper, musste er essen. Dieser lag jedoch sicher verborgen in einer tiefen Höhle, wo niemand ihn finden konnte. Solange er sich mit Geist und Seele außerhalb seines Körpers aufhielt, lag der in einer Art Winterstarre. Er war wie ein Eisklotz, der nur mit seiner Rückkehr wieder erweckt werden konnte.

Die ältere Frau setzte sich auf den Rand des Brunnens und ließ ihren Blick über den Platz schweifen. »Wie konnte es bloß so weit kommen? Wir haben doch alles getan, was wir konnten, um diese Wilden zufriedenzustellen.«

»Was meint Ihr?« Yarik schaute kurz zu der Frau hoch. Dann tauchte er einen Löffel in die Wundsalbe und trug sie auf einer Bauchwunde auf, die er gerade gereinigt hatte.

»Na, dieser Geschichtenerzähler. Hast du das etwa nicht mitbekommen, Kind? Er hat uns vor den Paha gewarnt und uns gesagt, was wir tun sollen.«

Sam. Aber das mit den Vogelkäfigen hört sich eher nach Marasco an, dachte er. *Vielleicht habe ich zu viel von den beiden erwartet.*

»Es hat sich so vielversprechend angehört«, sagte die Frau. »Wir haben wirklich geglaubt, dass wir damit unsere Stadt retten können. Doch am Ende hat der Mann uns nur Hoffnung gegeben.«

Marasco. Er, der selbst keine Hoffnung hat. Glaubt er etwa, auf diese Weise etwas zu bewirken? Oder macht er sich nur einen Spaß daraus? Das sähe ihm ähnlich.

»Und sieh uns jetzt an«, fuhr die Frau den Tränen nahe fort. »Fast nichts ist uns geblieben.«

Yarik half dem Mann, sich aufzusetzen und legte ihm einen Verband um den Bauch. Die alte Frau reichte ihm einen Becher mit Wasser. Yarik verrieb über dem Becher etwas Schmerzmoos zwischen den Fingern und gab es dem Mann zu trinken. Dann fischte er ein paar Tumbkerne und Kohlenüsse aus dem Sack.

»Hier«, sagte er, »die werden helfen.«

Der Mann bedankte sich und lehnte sich am Brunnen an. Yarik ging ein paar Schritte weiter und kam zu einem weinenden Kind mit einem gebrochenen Arm. Die alte Dame reichte ihm wieder einen Becher Wasser, in das Yarik etwas Schmerzmoos bröselte. Das sollte dem Kind schnell die Schmerzen nehmen. Dazu gab er ihm auch noch einen Tumbkern, der es ruhig stellte.

Das kann so nicht weitergehen, dachte Yarik. *Ich muss irgendeinen Weg finden, wie ich die beiden unterstützen kann. Ansonsten werden die nächsten Städte ebenfalls so zerstört werden.* Yarik schaute in den Himmel. Weit oben flog ein Bussard seine Kreise. *Den haben sie wohl übersehen.* Yarik wandte sich wieder dem Kind zu. *Noch zwei Tage, dann ist das Fenster offen und ich kann Marasco helfen. Sam sollte sich allmählich beeilen und seine Kräfte in den Griff bekommen. Es wird ihn wahrscheinlich nicht freuen, wenn er erfährt, dass er Vinna töten soll.*

34

Als sich im Osten die Dämmerung ankündigte, ließ Sams Rausch allmählich nach und die Erinnerungen an die Geschehnisse des vorangegangenen Abends in Suur kehrten zurück. Und als er sich ein paar Schritte neben Marasco in der Nähe des Waldes unweit von Onka verwandelte, traf es ihn wie ein Schlag.

Nachdem Marasco die Bewohner Suurs dazu gebracht hatte, die Vögel in Käfigen zu sammeln, hatte das Ganze eine Eigendynamik entwickelt, der er nichts mehr entgegensetzen konnte. Den ganzen Tag hatte er sich auf dem Turm beim Eingangstor versteckt, bis Marasco am Abend zu ihm gekommen war und ihm ein paar Vogelherzen gebracht hatte. Als die Paha die Stadt angriffen, war er bereits so berauscht, dass er sich tatsächlich über das Gemetzel amüsiert hatte und gar nicht genug davon kriegen konnte, wie die Paha und die Sumen die Menschen abschlachteten. Beim Gedanken, so zu werden wie Marasco – gewissenlos, gefühlskalt und leer –, gefror ihm das Blut in den Adern und er war angewidert ob sich selbst. Als Marasco sich zu ihm umdrehte, stürzte sich Sam völlig außer sich auf ihn, riss ihn zu Boden und zog sein Messer.

»Was für ein Spiel ist das?«, schrie er und drückte Marasco die Klinge an den Hals.

Marasco schaute ihn unbeeindruckt an. Irgendwann öffnete er den Mund, als ob er bereit wäre, etwas zu sagen, doch er dachte noch darüber nach, was genau.

»Die Wahrheit!«, schrie Sam.

Marascos Blick schweifte an ihm vorbei, als hätte er darauf keine Antwort. Er machte ihn so wütend, dass er ihn schüttelte und zu Boden drückte.

»Du kannst mich nicht töten«, sagte Marasco gelangweilt. »Ich hätte dich sonst schon längst darum gebeten.«

Sam schaute ihn fassungslos an. Dann verließen ihn seine Kräfte und er fiel zur Seite. »Allmählich verstehe ich, wie du so geworden bist«, schluchzte er und steckte das Messer weg.

»Ach ja, dann erklär es mir«, antwortete Marasco leise und setzte sich auf, »denn ich habe es vergessen.« Als wäre er erschöpft, rieb er sich das Gesicht und strich die Haare zurück. »Es ist kein Spiel. Du kannst nicht einfach von vorne beginnen, wenn du verloren hast.«

»Wovon sprichst du?«

»Wenn du alles vergessen hast und deine Vergangenheit nicht mehr existiert, stirbst du.«

»Wer sagt das?«

»Keine Ahnung. Sollte wohl als Strafe gedacht sein. Ich kann es kaum erwarten.«

»Deine Schwester?«, fragte Sam.

»Ich würde sie sofort hergeben«, flüsterte Marasco und ließ beschämt den Kopf hängen. Im nächsten Moment packte Marasco ihn plötzlich am Kragen. »Ich habe nicht all meine Menschlichkeit verloren! Das musst du mir glauben!«

Bestürzt schaute Sam ihn an und fragte sich, wie Marasco Menschlichkeit definierte. Schließlich waren die Gefühlsregungen, die sich während der Massaker auf seinem Gesicht gezeigt hatten, ein Spiegel seiner Gefühlskälte. Dass er sich plötzlich verletzlich und verzweifelt gab, kam für Sam so unerwartet, dass er ungläubig die Stirn krauste und ihn mit hochgezogenen Brauen anschaute.

»Ich glaube dir«, sagte er halbherzig und nickte, in der Hoffnung, Marasco möge sich wieder beruhigen und nicht sehen, wie sehr ihn sein emotionaler Ausbruch erschreckte.

Zögerlich ließ Marasco von ihm ab, stand auf und glättete sich seinen Mantel. Dann atmete er tief durch, zog die Schultern zurück und verschwand ohne ein weiteres Wort im Wald. Sam schaute ihm eine Weile hinterher und strich sich verblüfft die Haare zurück.

Mehr und mehr beunruhigte ihn das Konzept ihres Daseins. Konnte es tatsächlich sein, dass es nur die Erinnerungen waren, die sie am Leben hielten? Und was für eine Strafe sollte dann der Tod sein, wenn man alles vergessen hatte? Aus seiner Sicht, aus der Sicht eines Sehers, der fähig war, Erinnerungen zu sehen, stellte für ihn das Vergessen die absolute Freiheit dar. Eine Freiheit, die er nur in seinen Träumen erlangen konnte, denn all die Erinnerungen, die er in sich gespeichert hatte, die ihn immer wieder einholten und ihn selbst als Rabe, der keinen Schlaf mehr benötigte, überfielen und in die Tiefe rissen, würden niemals verschwinden.

»Was du siehst, sind Geheimnisse«, hatte seine Mutter ihn gelehrt. »Du darfst sie niemals jemandem erzählen. Das könnte dich in noch größere Gefahr bringen als die Wirkung der Erinnerungen selbst. Vertrau mir. Eines Tages werden sie dir keine Schmerzen mehr zufügen.«

Zu wissen, dass Calen von seinem Vater verprügelt worden war, oder dass Torjn sich zu Hause liebevoll um seine kleine Schwester kümmerte, machte es ihm trotz der Schläge, die er von den beiden bezogen hatte, schwer, nur das Schlechte in ihnen zu sehen.

Auch wenn er mittlerweile gelernt hatte, den Erinnerungsstrom anderer zu kontrollieren, begegnete er immer wieder Menschen – Wilden –, die er nicht kontrollieren konnte. Bereits die kleinste Berührung ihrer Haut öffnete den Kanal zu ihrer Vergangenheit.

Wie sehr er sich immer gewünscht hatte, vergessen zu können. Einzig die Bandagen halfen ihm, weitere Erinnerungen der Menschen von sich fernzuhalten. Das Vergessen würde für ihn stets ein Traum bleiben – da konnte Marasco noch so lange behaupten, dass auch seine Erinnerungen verblassen würden.

Wie es wohl dazu gekommen ist, dass er sich an nichts mehr erinnert? Wie alt er wohl sein mag? Er sieht zwar aus wie fünfundzwanzig, aber ist das sein wahres Alter?

Sam wurde schwindlig, also verwandelte er sich und flog in den Wald, um zu jagen. Dabei fiel ihm auf, dass sie den Winter hinter sich gelassen hatten und das Wetter milder geworden war. Der Boden war trocken und die Bäume trugen die ersten Knospen.

Er jagte zwei Stare und legte sich berauscht unter eine Eiche, blickte hoch in die Baumwipfel und atmete die frische Luft ein.

Wie Marasco ihm vor Kessus empfohlen hatte, genoss er den Frieden, solange er anhielt, fühlte sich für eine kurze Zeit wie im Paradies, wo niemand war, der ihn hinauswerfen konnte. Den Paha stets einen Schritt voraus zu sein, stimmte ihn zuversichtlich, die Menschen am Ende doch noch retten zu können. Vielleicht musste er sich nur eine neue Strategie ausdenken, um die Leute zu überzeugen.

Vielleicht war ich bisher nicht hartnäckig genug, dachte er. Schließlich hatte er in Kessus die Aufmerksamkeit einer Menge Leute gehabt. Musste er sich vielleicht vor ihnen in einen Raben verwandeln, um ihnen zu zeigen, dass ... was? Dass Magie so mächtig war, dass er sich in einen Raben verwandeln konnte? Ein Rabe war noch lange kein böses Omen, das die zerstörerische Kraft von Katos Armee angekündigt hätte.

Und was sollte das in Suur? Hatte sich Marasco etwa einen Spaß daraus gemacht, den Leuten Hoffnung zu geben? Der Heiler hatte sie zwar beauftragt, die Menschen zu warnen, aber auf diese Weise? So wie Marasco das getan hatte, kam das eher Spott gleich. Doch eins musste man ihm zugestehen, immerhin hatten sie auf ihn gehört. Nicht so wie die Menschen in Kessus, die Sam zwar zugehört, seine Worte aber ignoriert hatten.

Warum sind sie nicht gegangen? Brauchen diese Leute etwa jemanden, der es ihnen befiehlt? Oder sie manipuliert?

Sam verschränkte die Arme hinter dem Kopf und blickte in die grünen Baumwipfel. Für einen Moment schaffte er es, all seine Gedanken beiseitezuschieben und tief einzuatmen. Er konnte spüren, wie sich die frische Luft in seinem Körper verteilte. Sie besänftigte auch seine Erinnerungen, die andauernd in ihm schäumten, wie kochendes Wasser in einem Topf, das kurz davor war, überzulaufen.

Erinnerungen, dachte er und machte nachdenklich die Augen zu. *Was hat es wohl mit Marascos fehlenden Erinnerungen auf sich? Da hat der Heiler mir keinen einfachen Gefährten zur Seite gestellt. Doch immerhin kann ich ihm nicht vorwerfen, nicht ge-*

warnt worden zu sein. Was hatte der Heiler genau gemeint, als er sagte, ich solle mich um ihn kümmern? Dass er nicht vergisst, die Menschen zu warnen? Oder dass er nicht vergisst, Richtung Süden zu fliegen? Was ist das Ziel?

Bisher hatte Sam den Eindruck gehabt, dass er derjenige war, der Marasco gefolgt war. Bei den Ahnen! Er war sogar dabei, sein Verhalten anzunehmen. Nicht nur in Kessus, als er sich mit einem Mädchen vergnügt hatte. Auch in Suur hatte es sich wieder ergeben. Hinzu kam, dass er sich zusätzlich auch noch betrunken hatte. *Die Mischung aus Vogelherzen, Wein und Mädchen ... hach ...* Sam seufzte. *Und das bis in alle Ewigkeit.* Vielleicht hatte Marasco doch keinen so schlechten Einfluss auf ihn. Anders als er war Marasco selbstbewusst und stark. Er konnte jedes Mädchen haben, das er wollte.

Die nächste Stadt ist Onka. Vielleicht sollte ich mich dieses Mal auf die Rettung der Menschen konzentrieren. Danach kommt nur noch Numes, die Stadt im Krater. Und dann ... die Orose ... dort würden sie wohl kaum hineinfliegen.

Sobald die Sonne über ihm stand, rappelte er sich auf und kehrte zurück zum Waldrand, wo sie in der Früh gelandet waren. Marasco stand bereits da und schaute mit distanziertem Blick hinaus aufs Feld. Sam stutzte. Seine Kleidung war dreckig, die Haare zerzaust und er wirkte blasser als sonst. Im Gesicht und an den Händen hatte er blutige Kratzer.

»Was ist passiert?«, fragte Sam besorgt und streckte automatisch die Hand aus, um Krümel von getrockneten Blättern von Marascos Mantel zu klopfen.

Bevor er ihm jedoch zu nahe kam, drehte sich Marasco um und flog davon.

35

Auf der Nordseite der silbernen Berge ragten zwei Türme in den Himmel. Sie waren der Eingang in das verwinkelte Labyrinth der Felsenstadt Onka. Die Mittagssonne leuchtete im wolkenlosen Blau und der graue Granit glänzte wie Perlmutt. Die Straßen schlängelten sich an verschiedenen Hängen empor und talabwärts, hinauf auf Felskämme und spiralförmig auf einzelne Bergspitzen. Die Fassaden waren verziert mit gemeißelten Blumenreliefs und Blattornamenten. Von den dunklen Ziegeldächern blickten kleine Kriegsfiguren hinunter und neben jedem Hauseingang stand ein aus Stein gehauenes Tier. Mannshohe Pflanzentöpfe gefüllt mit hochgewachsenen Birken und Linden säumten die Hauptverkehrswege.

Die Männer trugen Pluderhosen, Schnürhemden und Jacketts, die ihnen bis zur Mitte der Oberschenkel reichten. Die Frauen knöchellange, luftige Kleider. Die Stoffe leuchteten in Gelb und Rot, die im starken Kontrast zu dem grauen Fels standen, der in der Architektur Onkas vorherrschend war.

Esel trugen Lasten oder zogen kleine Wagen. Auf jeder Fläche, auf der es Rasen oder Weideland gab, wurden Hühner oder Schafe gehalten. Im Zentrum ragte ein runder Turm in die Höhe, der Teil des Badehauses war. Direkt daneben, angrenzend an den großen Platz, stand ein langes, dreistöckiges Rathaus, dessen Fassaden mit gelben Ornamenten bemalt waren. Eine breite Treppe führte zum Eingang hoch, der von zwei Männern bewacht wurde.

Die Raben flogen eine Schleife um den Platz und tauchten ein in die schattigen Gassen. Die meisten Häuser waren zweistöckig und dicht aneinandergebaut. Die Seitengassen waren gerade breit genug, damit zwei Esel aneinander vorbei konnten. Sobald sie eine Straße gefunden hatten, die menschenleer war, flogen sie hinunter und verwandelten sich.

Sam zog seine Kapuze runter und drehte sich zu Marasco um. Der machte noch immer den gleichen verstörten Eindruck wie zuvor und taumelte kurz nach seiner Verwandlung einen Schritt zur Seite.

»Bei den Geistern, du solltest vielleicht einen Heiler …«

»Nein«, unterbrach ihn Marasco und wischte sich mit der Handoberfläche das Blut aus der Stirn. »Es geht mir gut.«

Ungläubig verzog Sam das Gesicht, da erblickte er hinter ihm ein Schild. Sie waren direkt vor einem Buchantiquariat gelandet.

»Das ist vielleicht ein Zeichen«, sagte er und ging zum Eingang. »Komm, wir sehen uns um. Vielleicht finden wir ein Buch mit Zaubersprüchen, das uns hilft.«

Marasco hatte überhaupt nicht zugehört; war mehr damit beschäftigt, aufrecht zu stehen und seinen Zustand mit Gleichgültigkeit zu überspielen.

»Schon klar«, meinte Sam verständnisvoll, wohlwissend, dass er ihn später womöglich in irgendeiner Schenke finden würde. »Geh schon mal vor. Ich komme nach.«

Marasco krempelte den Mantelkragen hoch und ging wortlos, ohne ihn nochmal anzusehen, die Straße runter. Als er in der nächsten Seitengasse verschwand, schaute Sam besorgt hinterher. Doch selbst er wusste, dass er keine Antwort bekommen hätte, hätte er Marasco nochmal nach seinem Befinden gefragt. Sobald er die zwei Tritte zum Buchantiquariat hochgestiegen war, verdrängte die Hoffnung, etwas zu finden, die Sorge um seinen neuen Gefährten, und er öffnete die Tür.

Eine Glocke erklang und der Geruch von Pergament und altem Leder schlug ihm entgegen. Sofort fühlte er sich zurückversetzt in den Ahnentempel von Pahann, den Ort, an dem die Bücher gesammelt worden waren, die von den geflüchteten Stämmen hatten gerettet werden können. Sie beinhalteten Sagen und Geschichten über die Helden des Nordens. Seit er ein kleiner Junge war, war dies der Ort, an dem er die meiste Zeit verbracht hatte. Damals hatte er seine Seherkräfte noch nicht kontrollieren können und darum versucht, sich möglichst von den Menschen fernzuhalten.

»Kann ich Euch helfen, werter Herr?«, fragte eine Stimme.
Sam schaute zwischen den Regalen durch und erblickte in einer dunklen Ecke an einem Tisch eine alte Frau. An ihrem Bein lehnte ein Gehstock und in der Hand hielt sie eine Tasse, aus der Dampf stieg.
»Bemüht Euch nicht«, antwortete er. »Ich sehe mich nur um.«
Am Ende des Ganges fand er eine Sammlung ledergebundener Bücher, die älter aussahen als der Rest der Bestände. Ohne sie zu berühren, fuhr er mit der Hand über die Buchrücken und versuchte zu spüren, welches das Richtige sein könnte. Dabei entschied er sich für ein kleines Büchlein aus braunem Leder und verblichener Aufschrift, das gerade einmal so groß war wie seine Hand. Als er es aufschlug und sah, dass es in einer ihm unbekannten Sprache geschrieben war, konnte er seine Enttäuschung nicht verbergen und seufzte.
»Ihr habt Euch das älteste Werk in meinem Laden ausgesucht und wundert Euch, dass Ihr es nicht lesen könnt?«, meinte die alte Frau belustigt.
»Was ist das für eine Sprache?«, wollte er wissen und trat in den Gang, um die Frau zu sehen.
»Das ist eine Sprache, die vor langer Zeit hoch oben im Norden gesprochen wurde.«
»Pahann?«
»Nein.«
»In der Vantschurai?«
»Mag sein. Das ist Altvantschurisch.«
Obwohl viele Stämme Pahanns aus der Vantschurai geflohen waren, sprach niemand mehr die alte Sprache. Und auch die Bücher, die Sam in der Bibliothek gefunden hatte, waren alle auf Kolanisch verfasst. Es schien fast so, als ob die Geflohenen nicht nur ihre Erinnerungen in der Eiswüste hatten zurücklassen wollen, sondern auch ihre Sprache.
»Was ist in der Vantschurai? Ist es wirklich nur eine Eiswüste?«
»Dort ist nichts«, antwortete die Frau müde und drehte den Kopf wieder zum Fenster.

Marasco stammt aus der Vantschurai.
Energisch klappte Sam das Buch zu. »Was kostet es?«
Doch die knorrige Frau reagierte nicht.
»Was ist der Preis?«
»Ihr seid bereit für etwas zu bezahlen, das Ihr nicht versteht?«, fragte sie und schaute ihn mit zusammengekniffenen Augen an.
Sie hat recht, dachte er und senkte den Kopf. »Wäre nicht das erste Mal«, antwortete er leise; schließlich hatte er sich auf die Vogeljagd begeben, ohne zu wissen, welchen Preis er dafür bezahlen würde.
Die alte Frau stützte sich auf ihren Gehstock und trat hinter den Tresen. »Was ist es Euch wert?«, fragte sie und zog einen klimpernden Lederbeutel hervor.
Sam steckte die Hände in den Hosensack und bemerkte plötzlich, dass er keinen einzigen Kin mehr besaß. Die Münzen, die er nach dem Kauf seiner neuen Kleider noch übrig gehabt hatte, hatte er noch am selben Tag dem Mädchen gegeben, und in den Wirtshäusern war es Brauch, seine Rechnungen bei der Abreise zu begleichen. Die Umstände hatten das für sie selbst erledigt.
»Ich habe kein Geld«, sagte er überrascht.
»Wie wollt Ihr dann bezahlen?«
»Ich besorge welches«, antwortete er sofort. *Vielleicht hat Marasco welches.* »Was ist es Euch wert? Sagt mir den Preis.«
Die alte Frau grinste nur und humpelte zurück auf ihren Platz am Fenster.
Traurig betrachtete Sam das Buch in seinen Händen. »Wisst Ihr, was da drin steht?«
»Nein«, murrte sie gleichgültig.
Zu gern hätte er das Buch Marasco gezeigt. Wenn dies tatsächlich Altvantschurisch war, bestand die Chance, dass er es verstand – vorausgesetzt er hatte lesen gelernt. Vielleicht konnten ihnen die nach Zaubersprüchen angeordneten Zeilen von Nutzen sein.
Enttäuscht drehte Sam das Buch in den Händen und bedauerte, dass er es nicht haben konnte; und Marasco in den Laden zu schleppen, würde wohl ein Ding der Unmöglichkeit sein. Als er

das Büchlein auf die Ablage legen wollte, wedelte die Frau mit der Hand.

»Eurem Gesichtsausdruck nach muss es Euch sehr viel wert sein. Nehmt es. Es gehört Euch.«

Sam zog die Brauen zusammen und schaute sie misstrauisch an. In Pahann gab es nichts umsonst, umso mehr überraschte es ihn, als sie ihm mit unmissverständlicher Geste die Tür zeigte. Sofort packte er das Buch in seine Manteltasche und rannte mit dem Gefühl aus dem Laden, etwas gestohlen zu haben. Als ihm klar wurde, dass die Frau ihm, einem völlig Fremden, etwas geschenkt hatte, kam er ins Stocken und blieb mitten auf der Straße stehen. Mit der Hand auf der Brust, auf der Innentasche, wo er das Buch reingesteckt hatte, drehte er sich um und warf einen letzten Blick zum Antiquariat. Obwohl sich der wahre Wert des Buches erst noch zeigen sollte, neigte er dankbar den Kopf.

Den ganzen Tag streifte er durch die Gassen Onkas. Er beobachtete eine Gruppe von Schülern, die Jungen in weißen Hemden und gelben Hosen und die Mädchen mit gelben Faltröcken, die mit Säcken voller Bücher aus einer Schule kamen. Auf dem großen Platz beobachtete er eine Ansammlung von Frauen, die um den Brunnen saßen, ausgelassen miteinander plauderten und ihren Kindern beim Ballspielen zuschauten. Und er bestaunte Onkas Architektur, die riesigen, massiven Gebäude aus Stein, die Tiere bei den Eingängen, die, egal ob Adler, Igel oder Pferd, alle die Größe eines ausgewachsenen Menschen hatten.

O kleiner Bruder, dachte er. Wie schade, dass ich das nicht mit dir teilen kann. Es hätte dir hier bestimmt gefallen, Nahn.

Am späten Nachmittag bog er in eine Gasse ein, in der es mehrere Schenken gab. Es überraschte ihn nicht besonders, dass ihn Marascos Präsenz hierhergeführt hatte. Ungewöhnlich viele Menschen schienen sich in jener Gasse zusammengefunden zu haben. Mit ihren Bechern standen sie mitten auf der Straße und feierten ausgelassen. Sam bahnte sich einen Weg an ihnen vorbei zum Eingang des Lokals, in dem er Marasco wahrnahm. Eine Tür schlug ihm entgegen und drei betrunkene Männer torkelten heraus.

36

Eines muss man ihm lassen, dachte Yarik. *Der Junge weiß, wie er auf seine Kosten kommt.*

Yarik hatte sich im Körper eines Wirtes eingenistet, um das Treiben in der Schenke zu beobachten. Dieses Mal wollte er nur zusehen und hatte deshalb nicht Besitz von ihm ergriffen.

An einem runden Tisch mit der Wand im Rücken, direkt neben dem Ausschank, saß Marasco. Auf seinem Schoß saß ein blondes Mädchen und hinter ihm stand eine Brünette, die ihm den Nacken massierte. Leider stand Yarik – der Wirt – zu weit weg, als dass er hätte aufschnappen können, was er den Mädchen ins Ohr flüsterte. Die Blondine kicherte und strahlte ihn an. Dem Blick nach zu urteilen, riss sie ihm in ihrer Fantasie bereits die Kleider vom Leib. Die Braunhaarige lächelte über eine seiner Bemerkungen und fühlte sich sichtlich geschmeichelt.

Hm, dachte Yarik, *vielleicht muss ich ihn mal fragen, wie er das macht.*

Der Wirt stellte ein Tablett bereit, das von einer Kellnerin mit hellrotem, wallenden Haar abgeholt wurde. Sie hatte ein rundliches Gesicht und trug das volle Tablett mit Bierkrügen und Weinflaschen mit einer Hand durch den Raum, während sie sich mit der anderen den Weg freidrückte. Es war Nachmittag, die Sonne schien noch immer strahlend hell in den Gassen und dennoch war der Laden zum Bersten voll.

Zwischen den Tischen tanzten ein paar Leute und stampften und klatschten zur Musik eines Geigers, der in der Ecke auf einer kleinen Bühne spielte. Die Leute riefen sich zu, johlten und lachten laut. Auf den Tischen standen wie üblich die Schalen mit Obst, welches die Freudenmädchen mit Hingabe an ihre Kunden verfütterten.

»He, Wim«, sagte ein Mann mit kurzem Bart zum Wirt. »Gib mir ein Großes.«

»Hallo, Zel! Natürlich«, sagte der Wirt und griff nach einem leeren Bierkrug.

Zel setzte sich auf den letzten freien Platz am Tresen. »Das war ja wohl nicht anders zu erwarten, was?«

»Was meinst du?«, fragte der Wirt, als er dem Mann den vollen Bierkrug hinstellte.

»Hast du es noch nicht gehört? Wir werden angegriffen.«

»Was?«, stieß der Wirt überrascht aus.

»Was denkst du, weshalb dein Laden um diese Zeit so voll ist?«

Der Wirt ließ seinen Blick durch das Lokal schweifen und rieb sich die Stirn. Das Fest war kurz davor auszuarten. Vielleicht sollte er ein paar Männer aufbieten, die für Recht und Ordnung sorgten.

»Da kommen irgendwelche Nordmänner. Vielleicht solltest du zusehen, dass du noch rechtzeitig einkassierst«, meinte Zel und prostete ihm zu.

Die feiern, als gäbe es kein Morgen?, dachte Yarik. Typisch Kolane. Vielleicht sollte ich einschreiten. Denn so wie es scheint, halten es meine Raben nicht für nötig.

Die rothaarige Kellnerin hatte ihr Tablett schon fast abgearbeitet, als sie eine Weinflasche an Marascos Tisch brachte. Sie blieb vor Marasco stehen, stemmte eine Hand in die Hüfte und nahm eine laszive Haltung ein. Dann strich sie sich durch die Haare und lächelte über etwas, das Marasco gesagt hatte. Auf irgendeine Weise hatte er wohl die Aufmerksamkeit der Rothaarigen gewonnen, denn sie machte keine Anstalten, den Tisch wieder zu verlassen.

Yarik schüttelte innerlich den Kopf. *Wie macht er das nur? Drei Mädchen? Und keine wirkt gelangweilt oder eifersüchtig auf eine andere. Gut, dass sich morgen endlich das Fenster öffnet. Ich kann nur hoffen, dass das Marasco wieder auf den richtigen Weg bringt. Er hat zu viel vergessen, als dass er eine ernsthafte Hilfe wäre. Aber dass er meinen Befehl einfach so ignoriert. Ich werde ihn in den Rat schleusen, dann kann er sich nützlich machen.*

Yarik – der Wirt – räumte ein paar leere Bierkrüge vom Tresen und wischte ihn mit einem Tuch trocken. Zwischen den vielen

Leuten tauchte plötzlich Sam auf. *Und hier kommt der zweite Rabe*, dachte Yarik und schmunzelte innerlich. *Aber sieh an! Er hat sich gemacht.* Die schwarze Kleidung und der Mantel standen ihm gut. Marascos Einfluss war also nicht nur schlecht.

37

Eingeschüchtert blieb Sam im Eingang stehen und betrachtete die vielen Menschen, die sich in der Schenke aneinanderdrängten. Es herrschte mehr als bloß ausgelassene Stimmung. Musik und lautes Gelächter erfüllten den Raum. Die Leute tanzten, hingen sich in den Armen, leerten sich gegenseitig den Wein in die Kehle oder fütterten sich mit Obst. Überall war nackte Haut zu sehen, und die Mädchen waren nur noch mit dem Nötigsten bekleidet. Diese Leute feierten so überschwänglich und laut, als ob es kein Morgen gäbe, und Sam war sich plötzlich nicht mehr sicher, ob es eine gute Idee war, Marasco zu suchen. Dennoch zwängte er sich an den Leuten vorbei.

Er entdeckte Marasco neben dem Tresen an einem runden Tisch. Auf seinem Schoß saß eine Blondine, deren Brüste fast aus dem Mieder platzten, als sie sich zu ihm beugte und ihn auf die Wange küsste. Hinter ihm stand eine Brünette, die ihm die obersten Hemdknöpfe öffnete und ihre Hand auf seine Brust schob. Und neben ihm füllte eine Rothaarige seinen Becher mit Wein auf. Er selbst hatte den Kopf zurückgelegt, die Augen geschlossen und genoss es in vollen Zügen. Als Sam an den Tisch trat, waren es die Mädchen, die ihn zuerst bemerkten. Die Rothaarige lächelte und zwinkerte ihm zu. Da kippte Marasco den Kopf nach vorne und öffnete die Augen.

»Mein Bruder!«, rief er und erhob den Becher. »Gebt ihm einen Stuhl!«

Bruder?

Die Kratzer in Marascos Gesicht und an den Händen waren verschwunden und seine Kleidung war wieder sauber. Er machte keinen verstörten Eindruck mehr, wie es am Mittag noch der Fall gewesen war, dafür hatte er schon reichlich getrunken. Sam hielt Ausschau nach einer Sitzgelegenheit, doch der Laden war zum Bersten voll.

»Du!«, sagte Marasco zum Mann, der auf dem Stuhl neben ihm saß. »Mach Platz!«

Ohne zu zögern stand der Mann auf und verließ den Tisch. Sam runzelte die Stirn und schaute zu, wie sich der Mann durch die Menge quetschte und verschwand. Als Sam sich hinsetzte, hatte er unweigerlich das Gefühl, dem Mann den Platz gestohlen zu haben. Da stellte ihm die Rothaarige einen Becher hin und schenkte ein.

»Was wird hier gefeiert?«, fragte er irritiert.

»Sie wissen es«, antwortete Marasco mit einem breiten Grinsen. »Eine Taube ist heut früh eingetroffen. Und während das gemeine Volk die Zeche prellt, diskutiert der Stadtherr mit einer sogenannten Seherin und seinem General darüber, was sie tun sollen.«

»Und was tun wir?«

»Wir?«, fragte Marasco, der bloß den Kopf zurücklegte und die Augen schloss. »Ich weiß, was ich tun werde.« Die Brünette beugte sich nach vorne und küsste ihn.

Abzuhauen wäre vielleicht doch besser gewesen, dachte Sam, trank den Becher in einem Zug aus und ließ sich nachschenken. Doch auch er blieb nicht lange allein und hatte schon bald die Gesellschaft einer hübschen Blondine, die sich auf seinen Schoß setzte und zärtlich über seine Wange strich. Nach dem dritten Becher Wein konnte Sam die Hände nicht mehr von ihr lassen und ignorierte das Geschehen um sich herum komplett. Irgendwann spürte er eine Hand auf seiner Schulter. Es war Marasco, der ihm plötzlich ungewöhnlich nahe war.

»Komm«, flüsterte er mit einem schelmischen Lächeln.

Hinter ihm standen die drei Mädchen und warfen ihm verführerische Blicke zu. Das war es, was Sam befürchtet hatte, als er die Schenke betrat. Die Freizügigkeit der Menschen in Kolani war kein Geheimnis, doch Marascos Maßlosigkeit kannte keine Grenzen. Und das wurde ihm in dem Moment bestätigt. Marasco strich über Sams Schulter und legte die Hand auf seinen Hals. Es begann mit einem Kribbeln, das sich langsam in seinem Körper ausbreitete. Und plötzlich, einem Wasserfall gleich, der ihn in die Tiefe riss, jagte eine Ladung purer Energie durch ihn hindurch. Erregt keuchte er auf und legte den Kopf zurück. Mit jedem Atemzug wurde das Gefühl noch intensiver. Bevor es den Höhepunkt erreichte, zog Marasco die Hand zurück. Erschrocken zuckte Sam zusammen und riss die Augen auf. Marasco zwinkerte ihm zu, und bevor Sam etwas sagen konnte, verschwand er mit den drei Mädchen in der Menge.

Was immer es auch war, das er mit ihm gemacht hatte, es fühlte sich großartig an; und das machte Sam Angst. Die Energie, die Marasco durch ihn hindurchgejagt hatte, war gewaltig und Sams Hände zitterten, als er nach dem Becher griff. Die Berührungen des Mädchens auf seinem Schoß hatten an Intensität verloren und es dauerte eine Weile, bis sich in seinem Körper wieder die Normalität einstellte, die er gewohnt war.

Ich muss unbedingt herausfinden, was er für Fähigkeiten hat. Doch zu dem Zeitpunkt wusste Marasco noch gar nicht, dass er ein Seher war. Wie lange er das wohl noch vor ihm geheim halten konnte?

In der Schenke wurde es plötzlich ruhig und Sam schaute gespannt hoch.

»Wir werden kämpfen!«, rief ein Mann.

Die Leute jubelten, mehr Wein wurde ausgeschenkt und das Fest ging weiter. Wie dumm von euch, dachte Sam und lachte. Das Mädchen spielte mit seinem Kragen und strich ihm die Haare zurück. Dabei stellte er sich vor, wie er mit ihr in ein Zimmer ging und ihren Rock aufschnürte, sie aufs Bett legte und ihre Brüste küsste. Und plötzlich erschien Marasco vor ihm, berührte seinen Hals und lächelte schelmisch.

Erschrocken riss Sam die Augen auf. Der Kopf tat ihm weh, und er fragte sich ernsthaft, was Marasco mit ihm gemacht hatte. Da legte die Frau die Hände auf seine Wangen und schaute ihm tief in die Augen.

»Lass uns gehen«, flüsterte sie und stand auf.

An der Hand ließ er sich von ihr durch die Schenke zur Hintertür hinausführen und folgte ihr in ein Zimmer im oberen Stock. Das Haus war direkt in den Fels hineingebaut und die dunklen

Korridore waren am Boden mit Öllampen beleuchtet. Im Zimmer hingen rote Gobelins an den Wänden, ein Feuer brannte im Kamin und der Boden war mit Lammfellen ausgelegt. Das Mädchen führte ihn zum Bett und setzte sich auf ihn.

38

Die Sonne stand noch im Osten, als Sam am Morgen über die Stadt flog und zuschaute, wie die Männer sich für den bevorstehenden Kampf rüsteten. Tatkräftig wetzten sie die Messer und ölten ihre Lederrüstungen. Ob sie nach jener durchzechten Nacht ihre Angst im Alkohol ertränkt oder so ihren Kampfeswillen gestärkt hatten? Sie hatten ja keine Vorstellung davon, was sie erwartete!

Vom Turm aus blickte Sam auf das Nebelmeer und überlegte sich, wie Onka dem Angriff der Paha standhalten könnte. Gewisse Viertel waren eng zusammengepfercht, die Gassen verwinkelt und dunkel. Die vielen Hügel und Felsen machten die Stadt noch wilder und manche Winkel waren zu Pferd kaum zu erreichen.

Er flog zum Rathaus am Hauptplatz, wo er Marascos Präsenz wahrnahm, und setzte sich auf das Sims eines offenen Fensters. Im Zimmer saßen der Stadtherr und zwei seiner Berater an einem Tisch. Davor standen der General in einer blauen Livree und eine junge Frau in einem gelbroten Kleid, wie es die meisten Frauen in Onka trugen. Ihr langes, braunes Haar lag glatt gekämmt auf ihren Schultern und ihre Haut war weiß wie die Handalfelsen. Sam verliebte sich auf den ersten Blick in ihre großen, dunkelbraunen Rehaugen.

»Nur Feiglinge ergeben sich!«, fuhr der General sie an.

»Nicht ergeben, Sato. Er sagt, wir sollen fliehen.«

»Für dich, Hexe, immer noch General Sato!«

»Herr, Ser Kovu«, sagte die Frau, trat näher an den Tisch und wandte sich dem Stadtherrn in der Mitte zu. »Vielleicht hat er recht. Die Männer sind unerfahren. Nur wenige wissen mit Waffen umzugehen. Und nur eine Handvoll kennt sich mit den Wurfmaschinen aus.«

»Und was ist Eure Meinung, Asso?«, fragte der Stadtherr. »Hattet Ihr eine Vision?«

»Nein«, antwortete sie und ging einen weiteren Schritt auf ihn zu. »Aber, Herr. Ich traf ihn auf der Straße. Er erzählte mir, dass er aus Suur fliehen konnte. Er ist hier. Bitte, hört ihn an.«

Marascos Präsenz wurde immer klarer und plötzlich trat er zur Tür herein.

»Was tust du denn?«, wollte Sam rufen und krähte laut auf.

»Das ist Sam«, sagte Asso und führte Marasco näher zum Tisch.

Darauf, dass er es gewagt hatte, seinen Namen zu benutzen, krähte Sam erneut und hatte für einen Moment die Aufmerksamkeit aller Anwesenden. Marascos Augen funkelten und hinter seinem versteinerten Blick glaubte er, ein fieses Lächeln zu sehen.

»Ihr wart in Suur?«, fragte Ser Kovu steif.

Marasco stand in der Mitte des Raums und nahm sich die Zeit, jede anwesende Person genau anzusehen. Als sein Blick eine Weile auf Asso ruhte, konnte Sam seine versauten Gedanken förmlich spüren, und krähte.

»Hat Euch jemand die Zunge rausgeschnitten?«, brummte der General gereizt.

»Ihr glaubt, Ihr würdet mit einem Kampf Eure Ehre retten«, sagte Marasco und warf dem General einen strengen Blick zu. »Doch ein Kampf gegen die Paha kennt keine Ehre.«

Ist das sein Ernst? Hab ich ihn falsch eingeschätzt?

Sam krähte aufgeregt und flatterte mit den Flügeln. Da zückte der General sein Schwert und trat ihm entgegen.

»Du blödes Vieh! Verschwinde von hier!«

»Haltet Euch zurück!«, sagte Marasco ruhig. »Das ist Kro. Er gibt mir Rückendeckung.«

Erleichtert flog Sam auf Marascos Schulter und wartete gespannt, wie es weiterging.

»Bei allem Respekt«, schnaubte der General. »Lasst Soldaten Soldaten sein und kümmert Euch um das, was auch immer Eure Aufgabe ist. Wir haben eine stattliche Armee und noch mehr Männer sind aus dem Umland zusammengekommen. Ich habe Wichtigeres zu tun, als hier rumzustehen und mir Geschichten anzuhören. Ich habe ein Heer zu führen.«

»Ihr versteht nicht«, sagte Marasco, kniff die Augen zusammen und nahm den General ins Visier. »Ich war in Suur. Ich war in Kessus. Und ich war in Pahann. All diese Städte wurden dem Erdboden gleichgemacht.« Dann wandte er sich wieder allen Anwesenden zu und fuhr fort. »Da sind nur noch Berge von Leichen und Rauch, der aus den Trümmern steigt. Die Paha sind gründlich und sie sind auf dem Weg hierher. Onka wird in einem Gewitter untergehen. Was Ihr ein Heer nennt, ist in den Augen der Paha bloß ein kleiner, lächerlicher Haufen. Und da sind keine Götter, die Euch helfen werden.«

Einen Moment herrschte betretenes Schweigen.

»Dann sei es so!«, rief der General mürrisch in die Runde. »Dann kämpfen wir eben auf gottloser Erde um unser Überleben. Doch wir kämpfen!«

Der Stadtherr schaute zur Hexe. »Und Ihr? Asso? Was sagt Ihr dazu?«

»Die Visionen bleiben aus. Ich sehe nichts. Es ist, als wäre ich von Dunkelheit umgeben. Meine Hellsicht ruht.«

»Dann ist es beschlossen. Wir werden unsere Stadt verteidigen.«

Verständnislos schaute Marasco Asso an. Dann verließ er ohne ein weiteres Wort zu sagen den Raum und stieg die Treppe runter zum Ausgang. Asso folgte ihm und rief ihm hinterher. Doch Marasco ging einfach weiter.

»Sam!«, rief Asso erneut, als sie das Gebäude bereits verlassen hatten und auf dem großen Treppenpodest standen, von dem aus man einen Überblick über den ganzen Platz hatte. »Wartet!«, sagte sie noch energischer und griff nach Marascos Arm.

»Warum habt Ihr mich herbestellt?«, fragte Marasco gereizt und zog den Arm zurück.

»Verzeiht mir«, antwortete Asso traurig. »Eure Geschichte hat mich beeindruckt. Ich dachte, es wäre wichtig, dass auch Ser Kovu sie hört. Doch Sato hat vermutlich recht. Wir müssen die Stadt beschützen.«

»Es ist doch nicht die Stadt, die Ihr beschützen müsst!«, fuhr Marasco sie an. »Es sind die Männer, Frauen und Kinder!«

Mit großen Augen schaute Asso ihn an.

»Flieht, solange ihr noch könnt«, sagte er, ließ sie auf dem Podest stehen und stieg die Treppe runter.

Diese Worte aus Marascos Mund zu hören, war auch für Sam unglaublich, sodass er aufgeregt mit den Flügeln flatterte und krähte. Vielleicht war er ja doch nicht so kaltherzig, wie er sich nach außen gab.

»Und du, verzieh dich!«, fuhr Marasco ihn genervt an und scheuchte ihn von seiner Schulter.

39

Während Sam über Onka flog und sich vom Wind tragen ließ, rief er sich das in Erinnerung, was in Suur geschehen war. Marasco hatte sich einen Witz daraus gemacht, so zu tun, als wollte er die Menschen retten. Sam kannte ihn noch nicht gut genug, als dass er ihm die Sorge um Onka tatsächlich abkaufte. Die Gleichgültigkeit und die Arroganz, mit der er den Menschen begegnete, konnten nicht einfach über Nacht verschwunden sein. Dennoch musste er sich eingestehen, dass nichts in Marascos Verhalten darauf hinwies, dass er die Menschen in eine Falle locken wollte.

Trotzdem sollte ich wachsam sein und eingreifen, falls etwas aus dem Ruder läuft.

Es war Sam ein Rätsel, wo dieses Verantwortungsgefühl Marasco gegenüber herkam; als steckte da tief in ihm drin die Überzeugung, dass Marasco eigentlich ein netter Kerl war. Ein ähnliches Gefühl hatte er Nahn gegenüber. War Marasco etwa so was wie sein großer Bruder geworden, zu dem er aufschaute und dem er alles verzieh?

Erschrocken schüttelte Sam die brüderlichen Gefühle ab. *Das liegt bestimmt an dieser Verbindung, die ich zu ihm habe. Unmöglich, dass der Kerl ein Herz hat.*

Kurz nach Sonnenuntergang kehrte Sam in die Schenke zurück, in der am Vorabend das große Fest gefeiert worden war. Nun war niemand mehr da. Die Tische standen leer. Das Fest war vorbei. Nicht einmal die Mädchen waren geblieben. An einem großen, runden Tisch im hinteren Teil der Schenke entdeckte er Marasco. Vor ihm standen ein Krug und ein Becher Wein. Mit beiden Armen stützte er sich auf dem Tisch ab und rieb sich das Gesicht.

»Wolltest du sie wirklich retten?«

Marasco nahm die Hände runter und schaute vor sich ins Leere. Vergebens wartete Sam auf eine Antwort.

»In Ordnung«, sagte er, zog das Buch aus seiner Manteltasche, legte es neben den Becher und setzte sich zu ihm. »Ich habe hier etwas und wäre froh, wenn du es dir anschauen könntest.«

Marasco schaute nur kurz darauf, dann schweifte sein Blick weiter.

»Kannst du das lesen?«, fragte Sam und öffnete das Buch in der Mitte. Marasco nahm bloß den Becher und trank ihn aus. Als er die Hand nach dem Krug ausstreckte, hielt er einen Moment inne. Ihm schwindelte und er hatte Mühe, die Distanz einzuschätzen. Also nahm Sam den Krug und schenkte nach. Bevor Marasco jedoch den Becher an sich nehmen konnte, stellte Sam ihn neben den Krug, der außerhalb seiner Reichweite stand.

»Kannst du das lesen?«

Ausdruckslos schaute Marasco ihn an, dann schweifte sein Blick zum Becher.

»Hier«, sagte Sam und tippte auf die aufgeschlagene Seite.

Ohne den Kopf zu drehen, schaute Marasco darauf. Dann presste er die Augen zusammen und strich sich wieder über das Gesicht.

»Du kannst lesen, oder? Was steht da?«

Marasco legte den Kopf zurück und schaute zur Decke.

»Marasco!«, rief er hartnäckig.

»Ich weiß es nicht«, murmelte Marasco.

»Kannst du lesen?«

»Natürlich!«

»Also! Hier!«

»Ich erkenne die Sprache, aber ich verstehe nicht, was da geschrieben steht.«

»Wie kannst du so was vergessen? Sieh es dir genauer an!«

Da stand Marasco abrupt auf und schob verärgert den Stuhl von sich. »Ich brauche es mir nicht länger anzusehen! Du hoffst auf Zaubersprüche. Das könnte irgendwas sein. Ich weiß es nicht!«, sagte er mit Nachdruck.

»In Ordnung«, antwortete Sam und schenkte nach.

Als er den Krug zurück auf den Tisch stellte, beugte sich Marasco nach vorne und nahm den Becher.

»Hol dir selbst einen Becher«, murmelte er, setzte sich wieder hin und trank.

Sam ließ seinen Blick durch die leere Schenke schweifen. »Wo sind all die Mädchen hin?«

»Heulen wahrscheinlich in den Schößen ihrer Mütter, weil ihre verdammten Väter Idioten sind und in den Kampf ziehen.«

»Und was tun wir?«

Marasco schaute ihn eine Weile an. Offenbar brachte er ihn auf andere Gedanken, denn allmählich breitete sich ein verschmitztes Lächeln in seinem Gesicht aus. Unweigerlich erinnerte sich Sam an den Abend zuvor, als Marasco ihm die Hand aufgelegt hatte, und er fragte sich, was er diesmal im Sinn hatte.

»Diese Energie.« Sam suchte nach den richtigen Worten, da schlug plötzlich die Tür auf und ein Mann stürmte herein.

»Es ist so weit! Die Paha sind hier!«

Sofort packte Sam das Buch ein und folgte Marasco hinaus. Das Wetter hatte umgeschlagen und ein starker Wind wehte vom Tal herauf. Sam flog in den silbergrauen Himmel und blickte runter in die Gassen, wo viele Menschen bereits mit ihren bepackten Eseln oder kleinen Schubkarren Richtung Westtor strömten. Doch der Menschenstrom staute sich in den engen Gassen und an immer mehr Stellen brach das Chaos aus.

Als Sam den Turm erreichte, stand Marasco bereits auf dem Wehrgang und schaute mit entspannter Miene auf die Ebene hinunter. Der Nebel hatte sich gelichtet und erste Tropfen fielen vom Himmel.

Onka hatte eine beachtliche Streitmacht aufgestellt, doch aus der Ferne sah es aus, als ob sich die Hälfte von ihr weigerte, gegen die Paha zu kämpfen. Mit seinem geschärften Blick erkannte Sam rote Bänder an den Armen der Männer.

»Was hat das zu bedeuten?«

»Sieht so aus, als ob sie sich den Nordmännern anschließen wollten.«

Tatsächlich ließen die Paha diejenigen mit den roten Bändern in Ruhe und fielen wie ein Pack wild gewordener Wölfe über die unterlegene Streitmacht Onkas her. Mit Hilfe der rot bandagierten Kämpfer gelang es ihnen ohne Probleme, in die Stadt einzudringen. Wie Ameisen schwärmten sie aus und trieben die Bewohner Onkas aus ihren Häusern.

Lautes Geschrei drang zum Wehrgang hoch, als im rechten Turm eine Tür aufschlug und Asso erschien. Offenbar hatte sie Marasco erkannt, worauf sie den Turm hochgestürmt war. Außer Atem hielt sie sich an der Tür fest und keuchte. Doch sie gönnte sich keine Ruhepause und rannte auf Marasco zu.

»Wie konntet Ihr!«, rief sie außer sich.

Sam setzte sich auf Marascos Schulter und wippte aufgeregt mit dem Kopf.

»Ihr habt es gewusst! Wir werden hier alle sterben!«

»Ganz recht.« Marasco lächelte. »Ihr werdet alle sterben.«

»Freut Euch das etwa?«, fragte Asso entsetzt.

»Im heutigen Rat hattet Ihr eine Stimme. Ihr hättet sie gebrauchen können. Doch stattdessen habt Ihr auf Eure Hellsicht vertraut.«

»Ich habe nur Schwarz gesehen!«

»Das war der Tod!«, rief Marasco mit einem fiesen Grinsen im Gesicht und breitete theatralisch die Arme aus.

»Doch ... wie hätte ich?«

»Was ist mit Eurem Herzen?« Marasco beugte sich zu ihr. »Es hätte Euch bei der Entscheidung helfen können.«

Erschrocken wich Asso zurück und legte sich schützend die Hand auf die Brust.

»Ihr habt es gar nicht verdient«, fuhr Marasco fort und näherte sich ihr mit langsamen Schritten. »Jemand sollte es Euch rausschneiden.«

»Ich habe zwei Raben gesehen«, sagte Asso mit bebender Stimme.

Marasco beugte sich zu ihr runter und flüsterte ihr ins Ohr. »Und Ihr seid ihnen nicht gefolgt.«

Wütend stieß Asso ihn von sich. Sam flog hoch, ließ die beiden jedoch nicht aus den Augen. Marasco ließ sich immer weiter von ihr zurückdrängen, lachte laut und ließ sich schließlich über die Brüstung fallen. Während des Falls verwandelte er sich und flog davon. Der Schrecken stand Asso ins Gesicht geschrieben und sie schaute Marasco mit verzerrtem Blick hinterher.

Sam wurde plötzlich klar, dass sie sterben würde und er hatte nichts getan, um Onka auf irgendeine Weise zu helfen. Er war einfach nur da gewesen und hatte zugesehen. Zugesehen, wie Marasco seinen Spaß hatte und seine Spielchen mit den Menschen dieser Stadt gespielt hatte. Er hatte sogar ihn an der Nase herumgeführt, als er ihn glauben machte, ihm läge etwas an Onka.

Wie konnte ich nur so dumm sein? Der Kerl ist noch kaltherziger, als ich gedacht habe. Bruder hin oder her. Das kann so nicht weitergehen.

40

Als wäre das Innere der Stadt nach außen gestülpt worden, präsentierte sich Onka im Morgengrauen wie eine Schlachtbank. Blutlachen bedeckten die Straßen, ein metallischer Geruch lag in der Luft und Totenstille herrschte im Felsenlabyrinth. Kato war betört von der Stadt, die er sich des nachts wie ein Festessen einverleibt hatte. Als hätte er Blumen in allen Farben, Formen und Geschmäckern gegessen, konnte er spüren, wie deren weicher Duft aus seinen Poren entwich und ihn mit menschlicher Energie einnebelte.

Seine Glieder fühlten sich weich und gesättigt an, als er auf dem Hauptplatz stand und zuschaute, wie das rotgefärbte Quellwasser durch den Brunnen in verschiedene Richtungen geleitet wurde und in den Gassen verschwand.

Er war nicht überrascht gewesen, dass ihnen aus Onka ein größerer Widerstand entgegenschlug, doch er hatte nicht erwartet, dass sie so weit unten in der Ebene ihren ersten Zusammenprall erleben würden. Nachdem in Suur die Informationen über den Nordmann, der die Menschen vor der anrückenden Armee warnte, rar waren und die wenigen Männer, die sich Kato angeschlossen hatten, lediglich von einem Geschichtenerzähler auf dem Nachtmarkt erzählt hatten, setzte Kato auf eine neue Vorgehensweise. Doch die meisten Paha waren von dem Kampf in der Ebene so aufgekratzt, dass sie, sobald sie bis zu Onkas Stadttor vorgedrungen waren, völlig außer Kontrolle gerieten und wie die Verrückten anfingen, die Menschen zu massakrieren. Es waren die Bergsumen, die Ordnung ins Chaos gebracht hatten, und so konnte die Bevölkerung zuerst ausgehorcht werden.

Kato legte den Kopf in den Nacken und schaute in den Himmel. Weit über den höchsten Gipfeln, die sich um Onka herum erhoben, flog eine Formation von Gänsen Richtung Norden. Der Anblick hätte ihn versöhnlich stimmen sollen, doch der Jähzorn loderte in ihm wie eine Flamme, die Funken schlug.

»Mir scheint«, sagte Borgos neben ihm, »dass sich hier etwas verselbständigt hat.«

»Das brauchst du mir nicht zu sagen«, entgegnete Kato zähneknirschend. »Die Paha haben einfach keine Selbstkontrolle.«

Borgos lachte. »Und du schon?«

Wenn der wüsste, dachte Kato, ohne auf Borgos' Bemerkung einzugehen. »Das ist erst der Anfang. Sobald es ernst wird, brauchen wir Krieger, die ihre Gegner wie eine Walze niedermachen. Es ist gut, dass die Bergsumen die Kontrolle haben. Doch es ist auch gut, ein paar verrückt gewordene Nordmänner zu haben, die von ihren Trieben geleitet werden.«

»Es scheint, als wäre unser Ruf uns auch dieses Mal vorausgeeilt. Sonst hätten sie uns wohl kaum bereits unten in der Ebene erwartet«, bemerkte Borgos.

Kato lachte und legte die Hand auf Borgos Schulter. »Ich bin wirklich froh, dass ich dich an meiner Seite habe. Unsere Vorfahren wären stolz auf uns. Wir haben heute Nacht wieder bewiesen, dass wir wahre Krieger sind.«

»Bild dir nicht zu viel darauf ein«, bemerkte Borgos zynisch. »Wir wissen ja nicht, wo uns das hinführen wird.«

»Jeder Tod auf dem Schlachtfeld ist ein guter Tod. Wir haben zwar noch nicht gesiegt, aber egal, was passiert, wir werden triumphieren, denn sollte mich der Tod ereilen, werde ich stolz vor die Ahnen treten und vor ihnen niederknien. Wir alle werden für unsere Kraft und Ausdauer gelobt werden.«

Der Schatten von ein paar vorbeiziehenden Wolken schob sich langsam über den Hauptplatz und ein lauer Wind wehte durch die Stadt. Pahanns Winter war in weiter Ferne und das Land um Onka war dabei, seine Knospen für den Frühling zu öffnen. Die Paha tränkten ihre Pferde und brachten sie zur Fütterung auf die zahlreichen Grünflächen, die sich überall in Onka auf den Anhöhen befanden.

»Kato!«

Es war Calen, der in Begleitung von Torjn und einem Mann, der eine rote Schleife um den Oberarm trug, eine Straße herunterkam.

»Ah«, sagte Kato und setzte ein Lächeln auf. »Ein Neuzugang.«

»Hör dir an, was der Mann zu sagen hat.«

Kato ließ seinen Blick über den Mann schweifen und zog die Brauen zusammen. Er sah nicht aus wie ein Krieger. Er trug zwar ein Schwert und ein ledernes Wams, doch es sah mehr wie eine Verkleidung als eine Rüstung aus. Seine Haltung war gebückt und er machte einen eingeschüchterten Eindruck. Seine Haare waren glattgekämmt und seine Hände verrieten, dass er kein Handwerker war. Kato legte den Kopf schief und setzte eine ernste Miene auf.

»Weißt du, wie man mit einem Schwert umgeht?«, fragte er in höhnischem Ton. »Du siehst nämlich aus wie ein Schreiberling. Was hat dich dazu gebracht, eine rote Schleife umzubinden? Willst du uns verspotten?«

Der Mann versuchte, Haltung zu wahren, und richtete sich auf. »Es gibt verschiedene Arten zu kämpfen«, sagte er mit zitternder Stimme.

Kato lachte laut. »Lass mich raten! Du bist eher der Ruhige und glaubst, mit Worten etwas zu verändern.«

»Ich gehöre zum Beraterstab des Stadtherrn. Der Distrikt, dem ich unterstehe, ist unten in den Gruben, wo die Menschen jeden Tag im Steinbruch schuften müssen, um dem Teil von Onka, der in der Sonne steht, Baumaterialien zu liefern. Ich mag nur ein Gesandter vom unteren Distrikt sein, doch ich zähle mich stolz zu einer Rebellenbewegung, die schon seit Jahren versucht, die Zustände in Onka zu ändern.«

Kato stieß gelangweilt Luft aus und rollte mit den Augen. »Komm auf den Punkt!«

»Wir erhielten Nachricht aus Kessus, dass eine Armee von Nordmännern auf dem Weg nach Süden sei, um Rache an Aryon zu üben.«

»Nachricht?«, fragte Kato irritiert. »Wie das?«

»Eine Taube, Herr.«

Katos Blick verdüsterte sich. Es war nicht die Nachricht an sich, die ihn missmutig stimmte, sondern die Tatsache, dass es für die Paha gar nicht mehr möglich war, Nachrichten mit Tauben zu versenden. Deren Herzen waren einfach zu wertvoll geworden.

»Es wurde entschieden, dass eine Armee unten in der Ebene aufgestellt würde, um die anrückenden Nordmänner aufzuhalten, denn schließlich waren die oberen Distrikte nicht bereit, wegen einer Jahrzehnte alten offenen Rechnung die Stadt herzugeben. Für die Menschen im Steinbruch war dies jedoch der Moment, auf den sie so lange gewartet hatten. Alles war besser, als weiterhin im Schatten einer blühenden Stadt die Drecksarbeit zu verrichten.«

»Unsere Armee ist um achthundert Männer gewachsen«, bemerkte Calen stolz.

Kato nickte zufrieden.

»Gestern Vormittag drohte die Stimmung im Rat plötzlich zu kippen«, fuhr der Berater fort. »Unsere Seherin Asso verlangte nach einer Anhörung und war über die Entscheidung, dass wir kämpfen, plötzlich nicht mehr so erfreut. Sie stellte einen Mann vor, den sie kennengelernt hatte. Einen Fremden, der uns aufforderte, die Stadt zu verlassen und uns in Sicherheit zu bringen.«

»Ein Nordmann?«

»Ich glaube schon. Er nannte sich Sam.«

Kato runzelte die Stirn und schaute den Mann überrascht an. »Sam? Helle Locken und bandagierte Hände?«

»Nein. Schwarze Haare, schmale Augen. Und er hatte einen Raben auf der Schulter.«

»Und du bist sicher, dass er sich Sam nannte?«

»Ganz sicher. Ich war im Rat zugegen, als er zur Tür hereinkam. Asso stellte ihn als Sam vor.«

Kato kniff die Augen zusammen und grummelte. »Was geht hier vor?«

»Vielleicht ein Betrüger?«, fragte Calen.

»Nein«, sagte Kato und wandte sich nachdenklich ab. »Das kann nur Sam gewesen sein. Verflucht! Ich hab gewusst, dass so was passieren wird! Der Kerl ist uns voraus! Und wir wissen nicht, wozu er fähig ist!«

»Wozu soll er denn fähig sein?«, fragte Calen verwundert. »Das ist Sam. Dann ist er uns eben voraus. Was macht das für einen Unterschied? Ist ja nicht so, dass das einen großen Einfluss auf unsere Sache hätte. Achthundert Onka haben sich uns angeschlossen. Das war eine gute Nacht.«

Kato drehte sich wieder zu Calen um und schaute ihn mit einem stechenden Blick an. »Erinnere dich daran, wenn du ihm eines Tages gegenüberstehst und deinen letzten Atemzug machst. Ich habe dir immer gesagt, jemanden, der so viele Narben an seinem Körper trägt, sollte man nicht unterschätzen.«

»Er trug keine Narben«, wandte der Mann ein.

»Natürlich nicht!«, platzte es aus Kato heraus. »Das war auch nicht Sam!«

Calen runzelte die Stirn und verstand gar nichts mehr. »Aber du sagtest doch eben noch ...«

»Idioten!«

»Lass gut sein«, sagte Borgos neben ihm. »Dann hat er eben Hilfe von jemandem. Wenn sie nur zu zweit sind, gibt es nicht viel, das sie ausrichten können.«

Kato nickte versöhnlich. Auf der gegenüberliegenden Seite des Brunnens entdeckte er Arua. Taumelnd kam sie aus einer Gasse auf den Hauptplatz, stützte sich an der Häuserwand ab und schaute sich um. Ihr Kinn und ihre Brust waren blutverschmiert und sie wirkte abgekämpft und blass.

»Was ist denn mit der passiert?«, fragte Kato.

Sobald Arua Calen erblickte, zog sie ihre Machete und rannte schreiend auf ihn zu. Torjn versuchte, sie aufzuhalten, doch sie wich rechtzeitig aus, sprang hoch und riss Calen zu Boden. Dabei schrie sie weiterhin wie ein wildes Tier. Bevor sie Calen die Machete ins Gesicht schlagen konnte, packte Kato ihren Arm und zog sie von Calen runter.

»Bist du vollkommen übergeschnappt?« Er gab ihr einen Stoß, sodass sie auf den Hintern fiel. »Spar dir deine Wut für den Feind! Aber du wirst gewiss nicht auf die eigenen Leute losgehen.«

Arua knurrte, spuckte Blut und schlug ihre Machete wütend auf die Pflastersteine.

»Geh dich waschen!«, befahl Kato und wies sie vom Platz. Borgos winkte einen Sumen herbei, der sich ihrer annahm. Calen rappelte sich wieder auf, lächelte und strich sich die Haare zurück.

»Ich werde solche Scherereien nicht dulden«, sagte Kato streng. »Also reisst euch gefälligst zusammen!«

Das Lächeln verschwand aus Calens Gesicht und er nickte demütig.

»Wie sieht es mit Verletzten aus?«, fragte Kato, nachdem auf dem Platz wieder Ruhe eingekehrt war.

»Die gibt es auf beiden Seiten«, berichtete Torjn. »Von einfachen Schürf- bis zu tiefen Schnittwunden und abgetrennten Gliedmaßen. Viele der Paha, die noch immer im Rausch sind, bemerken ihre Verletzungen gar nicht.«

»Tötet sie. Die Schwachen sind nur Ballast. Und beeilt euch. Ich will so schnell wie möglich weiterziehen.«

Torjn nickte und ging davon. Kato ballte die Hände zu Fäusten und blickte wieder ins rot gefärbte Wasser des Brunnens. Nur die Starken überleben, das wusste jeder Krieger am besten. Und seine Armee sollte die stärkste überhaupt sein, wenn sie sich Aryon vorknöpften.

41

Sobald die Raben die silbernen Felsen hinter sich gelassen hatten, war der Wind wärmer geworden. Die ganze Nacht flogen sie über Ödland, trockene Wiesen, auf denen Felsbrocken verteilt waren, die wie große Schildkröten aussahen. Wieder waren sie den Wolken davongeflogen und nur noch ein dünner Schleier hing vor dem Mond. Sie folgten einem Fluss hinunter ins Tal.

Sam war so wütend, dass er Marasco mit aller Kraft überholte und hinunterflog. Je länger er mit ihm zusammen war, umso weniger wusste er, wie er mit ihm umgehen sollte. Es war, als fehlte ihm jeder Sinn für Gut und Böse. Aufgewühlt landete Sam im trockenen Flussbett auf den Bollensteinen. Sobald Marasco vor ihm gelandet war, packte er ihn am Kragen.

»Es reicht!«, schrie Sam. »Ich habe genug! Wie kannst du nur so böse sein?«

»Ich bin nicht böse!«

»Und was sollte das mit dem Mädchen? Mit der Seherin?«

»Wäre sie eine gewesen, hätte sie richtig gehandelt!«, fuhr Marasco ihn an und stieß ihn von sich. »Ich habe ihr lediglich eine Lektion erteilt. Merkst du denn nicht, dass ich nichts anderes tue, als meine Rolle zu spielen? Es wäre so viel einfacher, wenn die Menschen nicht die ganze Zeit um alles kämpfen würden. Wir verlieren hier, Sam! Und das jeden Tag! Ohne Ende! Die große Freiheit! Blödsinn!«

Das Mondlicht tauchte Marascos Gesicht in kühles Blau, doch in seinen dunklen Augen loderte ein Feuer.

»Warum?«

Marascos untere Augenlider zuckten. »Was meinst du?«

»Warum gibst du dich mit dieser Rolle zufrieden? Warum gehorchst du dem Meister, wenn dir die Menschen doch so egal sind?«

Marascos Miene wurde zu Stein. »Was soll ich denn sonst tun? Ich weiß ja nicht einmal, wer ich wirklich bin! Was ich hier mit dir tue, ist das Einzige, das irgendwie einen Sinn ergibt.«

Sam starrte ihn an. *Oder ist er vielleicht doch nicht so stark, wie ich geglaubt habe?* Aufgebracht raufte er sich die Haare. *Nein! Das gibt ihm nicht das Recht, mit Menschenleben zu spielen!* Doch plötzlich hielt er inne. *Was hab ich denn getan? Gar nichts. Ich hab bloß zugesehen. Aber dennoch ...*

»Ich dachte, ich könnte etwas bezwecken«, sagte Sam.

»Bemüh dich nicht.« Marasco setzte sich auf einen Stein und strich sich die Haare zurück.

»Warum? Soll es das etwa gewesen sein?«, rief Sam und wandte sich zum Nachthimmel. »Ist das alles, was wir kriegen?«

»Du bist nicht wütend«, meinte Marasco mit monotoner Stimme. »Du hast Angst.«

»Und du?«, platzte es aus ihm heraus. »Hast du etwa keine Angst?«

Marasco strich sich den Mantel glatt und ignorierte die Frage.

»Ich habe genug von deiner Arroganz!«, rief Sam und riss ihn wieder am Kragen hoch. Doch Marasco machte bloß die Augen zu, legte den Kopf zurück und lächelte. »Warum kannst du nicht einmal so sein, wie du wirklich bist? Oder hast du das etwa auch vergessen? Ich soll mich um dich kümmern, hat der Heiler gesagt!«

Langsam drehte Marasco den Kopf und schaute Sam an. Sein starrer Blick irritierte ihn so sehr, dass er ihn losließ und zurückwich.

»Wir müssen weiter«, sagte Marasco ruhig und wandte sich von ihm ab.

Doch so leicht sollte er dieses Mal nicht davonkommen, dachte Sam und packte ihn an der Schulter. Bevor er es kommen sah, drehte Marasco sich um und schlug ihm die Faust ins Gesicht. Ohne Marasco loszulassen, riss er ihn mit zu Boden, sodass sie beide im knöcheltiefen Wasser landeten.

»Du bist ein Monster!«, rief Sam und schlug zurück.

»Und du ein naives Kind!«, erwiderte Marasco wütend, wobei er ihn von sich stieß und ins Wasser drückte. »Ich hätte dich töten sollen, als noch Zeit dazu war!«

Sam riss sich von ihm los und schlug zurück. »Lieber tot, als so kaputt wie du!«

Marasco fiel zurück ins Wasser. Sofort beugte sich Sam über ihn, drückte das Knie auf Marascos Brust und den Arm auf seine Kehle.

»Ach ja! Dann töte mich!«, flehte Marasco plötzlich. Seine Stimme überschlug sich gar. »Bitte! Töte mich endlich!« Sein Kampfgeist war erloschen, seine Augen glänzten.

Irritiert ließ Sam von ihm ab und ging von ihm runter.

Marasco atmete schwer und strich sich über das Gesicht. »Alles Mögliche hab ich versucht!«, rief er wütend und verzweifelt zugleich. »Herzen von verwesten Vögeln! Gift! Selbst die Klinge! Immer wieder fliege ich hinauf in den Himmel. So weit, bis die Luft zu dünn wird, um zu atmen, und so kalt, dass ich die Flügel nicht mehr bewegen kann. Dann verwandle ich mich und lass mich fallen. Die kurze Zeit zwischen dem Aufprall und dem Moment, in dem ich wieder zu mir komme, ist das Beste, was ich vom Tod kriegen kann!« Dann ließ er sich erschöpft ins Wasser fallen und schaute hoch zu den Sternen.

»Ich möchte nicht so werden«, sagte Sam traurig. »Nein. Ich möchte nicht so werden wie du.«

»Dann viel Glück dabei.«

»Hast du die Wahrheit gesagt?«, fragte er und zog das Buch aus seiner Manteltasche. Es war ein bisschen nass geworden, hatte aber keinen größeren Schaden davongetragen. »Verstehst du wirklich nicht, was hier drin steht?«

Marasco setzte sich wieder auf und schüttelte verbittert den Kopf. Doch Sam weigerte sich zu glauben, dass es wertlos war. Also steckte er es wieder ein und schaute zu Marasco. Sobald dieser bemerkte, dass Sam ihn beobachtete, stand er auf, richtete seinen Mantel und flog davon.

Mit einem schweren Gefühl in der Brust folgte Sam ihm über die Hochebene. Trotz der Verbindung zu ihm, die mit jedem Tag stärker wurde, war es ihm nicht möglich, auszumachen, was dieses Gefühl in ihm auslöste. Marasco wusste sehr wohl, dass etwas mit ihm nicht in Ordnung war. Und die Erfahrungen, die Sam im Laufe seines Lebens gesammelt hatte, die Erinnerungen, die er von unzähligen Menschen gesehen hatte, hatten ihn gelehrt, dass jeder mehr Erinnerungen hatte als Marasco. Aber was sollte er tun? Was auch immer der Heiler gemeint hatte, er hatte nicht die Fähigkeit, Erinnerungen zurückzugeben. Und selbst wenn, wie sollte er etwas zurückgeben, das er zuvor nie gesehen hatte?

42

Na gut, dachte Yarik, als er mit dem Wind Richtung Numes zog. *Heute ist der Tag. Das Fenster öffnet sich. Meine einzige Chance.*

Innerlich fühlte er sich zerrissen. Mitanzusehen, wie Sam und Marasco auf keinen gemeinsamen Zweig kamen, tat weh. *Dabei hätten die beiden so viel Potential. Was ist so schwer daran, gemeinsam aufzutreten und die Menschen zu warnen? Wenn sie nicht einmal das schaffen, wie sollen sie dann Vinna töten? Ist Sams Selbstvertrauen tatsächlich so beschädigt, dass es ihm selbst neben Marasco schwerfällt, es aufzubauen?*

Oder habe ich zu viel verlangt? Schließlich kennen sich die beiden gerade mal ein paar Tage. Vielleicht erinnert sich Marasco schon gar nicht mehr an ihre erste Begegnung. Und während Sam mit aller Mühe versucht, das Beste aus der Situation zu machen, taumelt Marasco von einer Stadt in die nächste und weiß überhaupt nicht, weshalb er mit Sam unterwegs ist. Zum Glück hat Sam dieses Band zu ihm. Es würde mich nicht wundern, wenn Marasco einfach ohne ihn weiterziehen würde, weil er Sam vergessen hat.

Auf keinen Fall darf ich es heute vermasseln. Ich muss eine Hülle finden, die meinem Vorhaben gewachsen ist. Eine starke Hülle. Ein Anführer, dem die Leute zuhören und der die Macht hat, ihnen ins Gewissen zu reden. Jemanden, zu dem die Leute aufschauen.

Asso, die Hexe in Onka, hätte eine solche Person sein können, wäre sie nur nicht so sehr vom General eingeschüchtert gewesen. Hätte sie sich doch bloß etwas mehr durchgesetzt, dann ...

Yarik schüttelte den Gedanken ab; er führte zu nichts. Da erst bemerkte er, dass er bereits hoch über dem Krater von Numes war. In seinem Innern lag eine saftig grüne Landschaft. Im Norden ein dichter Wald, im Osten ein großer See mit ein paar Booten und im Süden die Stadt Numes.

Die Sonne stand erst eine Handbreite über dem östlichen Horizont und in den Straßen erwachte das Leben. Anders als Onka, wo alles aus grauem Stein bestanden hatte, waren hier ganze Riegelhausreihen rot, blau oder gelb gestrichen. Südlich des Marktplatzes, auf dem die Händler gerade ihre Stände aufstellten und die Waren auslegten, standen die Häuser enger als im Rest der Stadt. Yarik zog durch die düsteren Gassen und bemerkte den Duft von Heilkräutern und Räucherwaren. Dann zog er als leichte Brise über den Marktplatz, wo der Obsthändler seine Äpfel stapelte und der Gemüsebauer die Salate aneinanderreihte. Hutmacher, Messerwetzer und Beutelschneider richteten sich an ihren Ständen ein. Fallensteller brachten ihre Beute in kleinen Käfigen herbei; Wiesel, Kaninchen und Marder für das Abendessen. Der Geruch von warmem Haferschleim und Honig lag in der Luft.

Die Stände waren so angelegt, dass sich zwischen ihnen eine Gasse bildete, die direkt zum Rathaus führte. Es war ein prächtiger Riegelbau, der an ein Kontor erinnerte. Die Fenster standen offen und Yarik zog hinein in den Besprechungssaal, wo fünf Männer an einem runden Tisch saßen und über ein Schriftstück diskutierten, das in ihrer Mitte lag. Yarik nutzte die erst beste Gelegenheit und nistete sich in einem von ihnen ein.

»Die Nachricht ist eindeutig«, sagte ein untersetzter Mann mit Glatze. »Wir müssen davon ausgehen, dass Onka angegriffen wurde.«

»Aber das ist alles, was wir wissen«, sagte ein Mann mit dichtem Schnauzer. Er hob das Schriftstück mit den knochendünnen Fingern hoch und wedelte damit herum. »Diese Nachricht ist alles, was wir von ihm noch haben. Wir sollten uns auf etwas gefasst machen.«

Ganz genau, dachte Yarik. *Endlich mal ein Hoffnungsschimmer.*

»Wenn der Stadtherr nicht vor Mittag zurück ist, sollten wir davon ausgehen, dass er es nicht mehr aus Onka rausgeschafft hat«, meinte der jüngste Mann in der Runde. »Vielleicht sollten wir Vorkehrungen treffen.«

»Wie denn?«, fragte der untersetzte Herr. »Die Menschen werden uns wohl kaum anhören.«

»Wir müssen *sie* überzeugen«, sagte der junge Mann. »Sie ist die Einzige, der die Masse zuhört.«

Sie, dachte Yarik. *Das ist perfekt. Wenn eine Frau im Spiel ist, ist es einfacher, Marasco den Zauber aufzubinden.*

»Das wird ihr nicht gefallen«, sagte der hagere Mann und wandte sich an die beiden am Tisch, die bis jetzt stumm geblieben waren. »Bringt sie her, egal wie sehr sie sich dagegen wehren mag. Wir müssen sie irgendwie überzeugen.«

Ich kann sie überzeugen, dachte Yarik und wechselte seine Hülle zu einem der beiden Männer, die das Zimmer verließen.

Sie überquerten den Marktplatz und gingen in den Teil der Stadt, der nach Kräutern und Räucherwaren roch. Viele Trudner hatten dort ihre Geschäfte eingerichtet. Die beiden Männer unterhielten sich über das Kartenspiel von letzter Nacht und darüber, mit welchen Argumenten sie *sie* überzeugen konnten, mit ihnen mitzugehen. Yarik war unbesorgt. Sobald er sich in ihr eingenistet hatte, würde er ihr eine Vision von Onka zeigen.

Schließlich gelangten sie zu einem Haus an einem kleinen Platz, auf dem ein runder Brunnen stand. Bevor die beiden Männer die Treppe hoch zum Eingang gestiegen waren, zog Yarik durch das Schlüsselloch ins Innere des Hauses. Im Raum zu seiner Rechten lag eine Küche, wo eine braunhaarige Frau dabei war, Kräuter zu hacken. Yarik nutzte ihren nächsten Atemzug und nistete sich in ihr ein. Im nächsten Moment setzte er die Bilder frei, die er in Onka aufgeschnappt hatte. Zudem zeigte er ihr Asso, wie sie entsetzt auf dem Wehrgang stand und zusah, wie die beiden Raben davonflogen.

Als die von ihm gesandte Vision zu Ende war, bemerkte er, wie die Frau wie gelähmt dastand, das Messer in der einen Hand, die Kräuter in der anderen. Im Fenster vor ihr spiegelte sich ihr Gesicht, da sie den einen Fensterladen zugezogen hatte. Ihre großen Augen starrten in ein Ebenbild von Asso, der Hexe aus Onka.

Plötzlich klopfte es an der Tür und sie ließ erschrocken das Messer fallen.

Ohne zu zögern, schnappte sie sich ihren Umhang, öffnete die Tür und ging an den beiden Männern vorbei. »Es gibt zu tun«, sagte sie zu den beiden, die gar nicht dazu kamen, ihre Argumente vorzubringen. »Wir müssen die Leute warnen.«

Das ist gut, dachte Yarik. *Nun weiß sie, dass es zwei Raben sind. Sie wird sie ankündigen. Vielleicht ist das ein Ansporn für die beiden, sich zu erkennen zu geben. Jetzt muss ich nur noch dafür sorgen, dass meine Jungs auf sie aufmerksam werden – und vor allem Marasco.*

43

Trotz verbesserter Flugtechnik fiel es Sam schwer, bei Marascos Tempo mitzuhalten. Vor allem über den Kranz zum Krater von Numes wäre er froh gewesen, ihn in seiner Nähe zu haben. Wie geschliffene Messer ragten die scharfkantigen Felsen in den Himmel. Die turbulenten Winde kamen von allen Seiten und drängten ihn immer wieder nahe an die Felskanten.

Erst im Morgengrauen erreichten sie den Krater und vor ihnen breitete sich eine dichte, grün bewachsene, von Nebelschwaden bedeckte Ebene aus. Bäume ragten wie Inseln aus der mystisch rauen Landschaft. Im Osten trieb der Wind eine Nebelwand über einen See und im Westen verdichteten sich die Bäume zu einem Wald, der bis zum Horizont auslief.

Marasco drehte sich plötzlich wie in einem Wasserstrudel und wechselte in den Sturzflug. Mit Wucht landete er als Mensch mitten auf der gelockerten, braunen Erde eines Feldes, federte den Aufschlag ab, indem er in die Knie ging und sich am Boden abstützte. Der Grund für diese Landung zeigte sich, als im selben Moment ein Schwarm Raben schreiend in den silbernen Himmel stieg. Sam landete ein paar Schritte neben Marasco, der den Kopf zum Himmel richtete und gleich wieder hochflog.

Seit Pahann hatte Sam keine Raben mehr gesehen. Es waren mindestens vierzig Vögel, die sich auf einer nahe liegenden Eiche niederließen und nervös krähten. Über der Baumkrone drehte Marasco meditative Schleifen, wechselte zwischen Kreisen und Achten und wartete, bis der Schwarm sich wieder beruhigt hatte. Plötzlich schoss er wie ein Pfeil runter zum Baum und rammte seinen Schnabel mit voller Wucht in den Hals eines Vogels. Als er sich verwandelte und sicher auf dem Boden landete, fiel ihm das verletzte Tier in die Hände, er zog sein Beil und machte sich ans eigentliche Werk.

Der Anblick der Vögel hatte auch Sams Jagdinstinkt geweckt, doch er stand völlig erstarrt auf dem Feld und betrachtete den allein stehenden Baum und wie Marasco davor kniete und das Herz seiner Beute heraushackte. Gemeinsam mit ihm zu jagen, machte Sam nervös. Er konnte spüren, wie seine Hände schwitzten und die Bandagen feucht wurden.

Was, wenn ich mich lächerlich mache? Er wird mich verspotten.
Doch es war sein Nichtstun, das Marasco argwöhnisch werden ließ. Mit zusammengekniffenen Augen warf er Sam einen Blick zu und fragte dabei stumm, warum er ihn anstarrte. Ohne zu antworten, flog Sam hoch über die Baumkrone und suchte sich einen Vogel.

Seit er selbst zu einem Raben geworden und dabei auch noch seine Zwille verloren gegangen war, hatte er noch keine neue Jagdtechnik entwickeln können. Er fing seine Beute meist mit den Krallen. Dies barg jedoch die Gefahr, dass die Vögel ihm entwischten, sobald er sich zurück in einen Menschen verwandelte. Inspiriert von Marascos Technik, versuchte er es ihm gleichzutun. Er kreiste über dem Baum und suchte sich einen Raben aus. Dann schoss er wie ein Pfeil los. Bevor er jedoch den Schnabel in das Tier rammen konnte, flog der Vogel davon. Der zurückwippende Ast erschreckte Sam so sehr, dass er aus Reflex nach ihm griff, sich verwandelte und dabei in die Tiefe stürzte. Mit voller Wucht schlug er am Boden auf, stieß sich den Kopf an einer knorrigen Wurzel und blieb für einen Moment bewusstlos liegen. Als er wieder zu sich kam, stand Marasco über ihm.

»Du warst nicht schnell genug«, sagte er ernst, streckte die Hand aus und half ihm hoch.

»Nicht schnell genug?«, fragte er irritiert und klopfte sich den Dreck vom Mantel. »Ich flog so schnell ich konnte.«

»Tempo ist nicht alles. Du musst endlich anfangen, deinen Geist einzusetzen.«

»Mir ist nicht entgangen, dass du das kannst. Doch wie soll ich das tun?«

Marasco trat näher und schaute ihm tief in die Augen. Seine Pupillen weiteten sich, und Sam hatte das Gefühl, Marasco würde einen Blick in seine Seele werfen. Aus Angst, er könnte seine Fähigkeiten als Seher erkennen – was natürlich Unsinn war –, wandte er sich ab.

»Was tust du da?«, fragte er verlegen.

»Du willst es nicht wirklich.«

»Doch! Natürlich wollte ich den Vogel.«

Wie sehr muss ich denn etwas wollen, damit es genug ist?, fragte er sich und schaute hoch zu den Raben, die sich wieder in den Ästen niedergelassen hatten.

»Er sah dich kommen und flog davon«, bemerkte Marasco trocken. »Es reicht nicht, etwas zu wollen. Du musst alle andern glauben machen, dass sie es ebenfalls wollen. Und so sehr es auch mit dir zu tun hat, so sehr musst du von dir ablenken.«

Das erinnerte Sam an den Mann in Onka, der ihm seinen Platz überlassen hatte, nur weil Marasco es so wollte. Zudem hatte Marasco ihn in Pahann mehr als einmal an der Nase herumgeführt. Auf magische Weise hatte er vergessen, Marasco getroffen zu haben. »Tust du das auch bei mir?«, fragte er. »Manipulierst du mich auch?«

»Hat bis jetzt nicht funktioniert«, antwortete Marasco gelangweilt. »Los! Versuch es nochmal!«

Er hat versucht, mich zu kontrollieren!, dachte er überrascht und runzelte die Stirn. *Aber wohl kaum über Berührungen. In Pahann hat er mich ja nie berührt. Aber was hatte es dann mit dem Energieaustausch in Onka auf sich? Ich sollte mich in Acht nehmen.*

Sam flog erneut hoch und suchte nach einem Raben. Wie er einen Vogel glauben machen sollte, nicht wegzufliegen, war ihm schleierhaft. Seine ganze Konzentration richtete er auf den Raben, in der Hoffnung, ihn durch seine Willenskraft am Wegfliegen zu hindern. Sein Versuch misslang, und er stürzte erneut in die Tiefe.

Marasco lachte. »Vielleicht solltest du mit etwas Einfacherem beginnen. Einem Hund oder so.«

»Nicht witzig«, sagte Sam genervt und rappelte sich wieder auf.

»Möglicherweise hast du andere Fähigkeiten, von denen du noch nichts weißt.«

So wie du?

»Ich brauche dein geheucheltes Mitgefühl nicht«, erwiderte Sam gereizt und war froh, sich nicht mit noch mehr Fähigkeiten herumschlagen zu müssen.

Stattdessen jagte er zwei Raben auf seine Art, indem er sich zwei Vögel aussuchte, die kleiner waren als er und die er sich mit den Krallen schnappte. Danach kehrte er zurück zur Eiche.

Marasco lehnte am Stamm und blickte mit distanziertem Blick hoch zu den Ästen. Als Sam sich neben ihn setzte, war er so in Gedanken versunken, dass er ihn gar nicht wahrnahm. Also zog Sam das Buch aus seiner Manteltasche und blätterte eine Weile darin herum. Aufmerksam betrachtete er jede Seite und obwohl er die Schrift nicht lesen konnte, stellte er fest, dass die Buchstaben am Ende der Zeilen in Reimform angeordnet waren. Zudem war das Buch in verschiedene Kapitel unterteilt und gewisse Zeichen wiederholten sich so, dass er sie als Zahlen interpretierte.

Ein sanfter Schlag auf den Oberarm holte ihn zurück. Mit ausdrucksloser Miene stand Marasco vor ihm und strich seine nassen Haare zurück. Erst da bemerkte Sam, dass auch seine Haare und Kleider noch immer nass waren von ihrem Streit im Bachbett. Der Rausch der Vogelherzen hatte ihn vollständig in das Buch eintauchen lassen, und als er sich nun umschaute, waren die Nebelschwaden über den Feldern verschwunden und die Sonne stand über dem Krater.

Zu Fuß passierten sie das Stadttor von Numes. Die Stadt hatte keine Mauer, sondern war von einer Palisade umgeben, die zwei Stockwerke hoch war und stadtseits auf mittlerer Höhe einen Holzsteg hatte. Neben dem Tor stand ein dreistöckiger Turm, der von zwei Wächtern besetzt war, die mit Speeren und Adleraugen schauten, wer in die Stadt hinein und wer hinaus ging.

»Ich habe noch nie auf diesem Weg eine fremde Stadt betreten«, sagte Sam ehrfürchtig.

»Willst du sagen, du hast Pahann vorher nie verlassen?«, fragte Marasco ungläubig.

»Das durfte ich nicht als Wintermondkind.«

»Was sollte das überhaupt bedeuten? Wintermondkind. Was ist so besonders an denen?«

Sam schaute Marasco überrascht an. Es war bisher nicht oft vorgekommen, dass sie normale Gespräche miteinander geführt hatten. Und dann hatten sie zuvor sogar zusammen gejagt. *Vielleicht hatte ich ein völlig falsches Bild von dem Mann, dachte er. Vielleicht ist er normaler, als ich gedacht hatte. Oder er vergisst allmählich die nahe Vergangenheit, was dazu führt, dass ihn überhaupt nichts mehr wirklich erregt.*

»Es ist bereits hundert Jahre her, dass die Stämme über die Kastaneika nach Pahann geflohen sind«, erzählte Sam, nachdem er Marascos erwartungsvollen Blick bemerkt hatte. »Damals war Pahann bloß eine überschaubare Siedlung. Im Ahnentempel gab es Zeichnungen und aufwendig gestaltete Lederstickereien, die eine Ansammlung von zehn Hofgebäuden darstellten. Innerhalb von fünf Jahren war aus der kleinen Siedlung eine Stadt geworden. So viele Stämme sind nach Pahann geflüchtet; ich glaube, in der Vantschurai herrschte Krieg. Es gab fünf Hauptstämme. Ein paar Jahre später kamen noch die Sumen hinzu, dann waren es sechs. Die Stämme haben ein Bündnis geschlossen und sich zu den Paha vereint. Jedes Jahr in der Nacht des ersten Wintermondes wird dieses Bündnis in Form von sechs Vermählungen gefeiert. Jeder Stamm vereint einen Jungen und ein Mädchen als Symbol für den immer währenden Frieden und eine gemeinsame Zukunft unter den Stämmen in Pahann. Ich wurde einen Tag nach dem Wintermond geboren und gehörte den Sumen an, also würde das nächste Baby, das als Mädchen zur Welt kam und zum Stamm der Sumen gehörte, meine zukünftige Braut werden. Arua kam drei Tage nach mir zur Welt.«

»Warum habt ihr euch nicht durchmischt? Wäre doch bedeutungsvoller gewesen.«

»Die Durchmischung fand sowieso statt. Es gab kein Gesetz, das Ehen zwischen verschiedenen Stämmen verboten hätte. Durch die Vereinigung der Stämme zu den Paha war dies sogar der Sinn der Sache. Die Tradition der Wintermondkinder basierte auf dem Gedanken, nicht zu vergessen, wo man herkam. Da es in allen Stämmen aber noch genug Reinblüter gab, wurde die Tradition weitergeführt.«

»Du wusstest also von Geburt an, dass du sie heiraten wirst?«

»Ja. Aber als Kind vergeht die Zeit anders. Mein zwanzigster Geburtstag lag in weiter Ferne und ich machte mir darüber keine Gedanken. Eigentlich machte ich mir über sehr wenig Gedanken. Schließlich hatte ich andere Probleme. Davon abgesehen hatte ich in Pahann alles, was ich brauchte.«

»Wenn du meinst«, murmelte Marasco beiläufig.

»Pahann hatte viel zu bieten«, erklärte Sam und blieb beleidigt stehen.

Marasco drehte sich um und schaute ihn verständnislos an. »Sagt der, der wie ein Besessener der Freiheit nachgejagt hat.«

»Du verstehst das nicht«, sagte er und ging eingeschnappt an ihm vorbei.

Es war bereits nach Mittag und auf den Straßen herrschte geschäftiges Treiben. Die Muster der Riegelbauten zogen sich wie große Spinnennetze über die Fassaden ganzer Häuserreihen und nach jeder Abzweigung wechselten die Farben der Verputze. Es roch nach süßen Kartoffeln, gebackenen Karotten und Kräutern. An einer Kreuzung stand ein Mann auf der Ladefläche eines Fuhrwagens und läutete eine Glocke. Immer mehr Leute legten ihre Arbeit nieder und machten sich auf den Weg ins Zentrum. An jeder weiteren Kreuzung schlugen Männer Glocken. Sam und Marasco folgten dem Strom auf den Marktplatz, wo eine Versammlung stattfand, und bahnten sich einen Weg durch die Menge. Auf einem Podest stand eine junge Frau in einem schwarzen Umhang, die die Aufmerksamkeit aller Bewohner Numes' auf sich gezogen hatte.

»Ganz Onka wurde zerstört«, rief sie mit heller Stimme. »Und das nur, weil meine Schwester eine falsche Entscheidung getroffen hat. Die Männer, Frauen und Kinder starben einen qualvollen Tod und nur wenige konnten ihr Leben retten. Numes soll nicht das gleiche Schicksal ereilen!«

»Sie sieht genauso aus wie die Hexe in Onka«, sagte Sam verblüfft.

Marasco nickte, ohne den Blick von der Bühne abzuwenden.
»Bereitet euch auf die Reise vor. Packt ein, was ihr zum Überleben braucht. Beeilt euch! Schon bald werden die Paha die silbernen Berge überqueren und den Krater erreichen.«
»Wir sind des Todes!«, rief jemand.
»Ich habe gehört, der König von Aryon kommt in den Norden!«, rief ein Mann. »Er kommt nach Kolani und wird uns retten!«
»Der König?«, rief es aus anderen Ecken. »Der König kommt nach Kolani?«
»Ich habe gehört, er baut die Brücken wieder auf«, rief ein anderer Mann.
»Nein! Bitte!«, rief die Frau und versuchte, der ansteigenden Aufregung auf dem Platz Einhalt zu gebieten. »Kein König wird kommen! Meine Schwester sandte mir eine Vision von zwei Raben. Unheilsboten! Uns bleibt nicht mehr viel Zeit!«
»Sieht so aus, als wäre sie doch eine Art Hexe gewesen«, bemerkte Sam.
Da kehrte Marasco um und bahnte sich einen Weg aus der Menge raus.
»Wo gehst du hin?«, fragte Sam und folgte ihm. »Die Menschen hier warten auf uns. Wir haben hier die Möglichkeit, etwas zu bewirken. Wir müssen uns ihnen zu erkennen geben.« In einer Seitengasse packte er Marascos Arm und riss ihn herum. »Was ist los?«
»Was los ist?«, antwortete Marasco verärgert und zog den Arm zurück. »Sam! Die Götter sind tot! Und hier hat ein Mädchen eine Vision, schon suchen sie sich neue Götzen! Diese Menschen brauchen uns nicht, um sich in Sicherheit zu bringen!«
»Was ist mit diesem König, von dem die Leute geredet haben?«
»Leor?«, fragte Marasco abschätzig. »Pah! Dieser Hund kommt bestimmt nicht her, um Kolani zu retten!«
»Was ist mit diesen Brücken, von denen der Mann geredet hat?«
»Der König von Aryon schert sich einen Dreck um diese Menschen! Er ist nur an Macht interessiert. Selbst wenn er die Brü-

cken wieder aufbaut, bedeutet das nichts Gutes für Kolani.« Marasco schüttelte den Kopf und verschwand in der nächsten Gasse.

Sam schaute ihm hinterher. *Woher kennt Marasco den König? Schließlich fehlen ihm doch jegliche Erinnerunge. Oder war dies einfach Wissen?* Wissen war etwas, das er nicht sehen konnte, wenn er bei jemandem die Hand auflegte. Es war etwas, das einfach da war. Genauso wie Marasco offenbar wusste, dass er aus der Vantschurai stammte – wobei dies bei seinem Äußeren fast selbsterklärend war. Eine Erinnerung setzte sich zwar aus Wissen zusammen, doch zu wissen, dass der Regen nass war und die Sonnenstrahlen wärmend, war etwas, das tief in einem Menschen verankert war. Jemand, der noch nie Schnee gesehen hatte, konnte zwar wissen, dass er kalt war, doch er hatte trotzdem noch keine eigenen Erfahrungen damit gemacht.

Sam kehrte zurück auf den Platz, wo die Hexe die Leute nach Hause schickte, um mit den Vorbereitungen zu beginnen. Ohne Widersprüche oder Fragen leisteten sie ihrer Aufforderung Folge. Gegen den Strom zwängte sich Sam an den Leuten vorbei Richtung Podest und war sofort zur Stelle, als die Frau ihren Umhang raffte und die Treppe hinunterstieg. Sam hielt ihr die Hand als Stütze hin, doch sie weigerte sich, seine Hilfe anzunehmen.

»Wie kann ich Euch dienen?«, fragte sie und schaute ihn misstrauisch an.

Ihr braunes Haar glänzte in der Mittagssonne. Es war ein wenig mehr gewellt als das ihrer Schwester Asso in Onka. Doch sie hatte dieselben kindlichen großen Augen und vollen Lippen.

»Nein.« Sam lächelte. »Ich bin hier, um Euch meine Hilfe anzubieten.«

Ihr Blick wanderte von seinem Kopf runter über die Brust, die Beine und wieder hoch. »Wie wollt Ihr mir helfen?«, fragte sie und hob eine Augenbraue.

»Ich bin der, auf den Ihr wartet.«

Sie schaute an ihm vorbei, als würde sie nach jemandem Ausschau halten. »Ihr seid allein.«

»Ich reise mit meinem Gefährten.«

»Ihr seid ein Mensch.«

»Wie sollte ich Euch sonst warnen?«, antwortete er mit einem Lächeln.

Sie kniff die Augen zusammen und schaute ihn streng an. Und ohne etwas zu sagen, ging sie an ihm vorbei.

»Wartet!«, rief er und folgte ihr. »Ich war in Onka. Ich habe Eure Schwester Asso gesehen. Wie ist Euer Name?«

»Meine Schwester sandte mir zwei Raben, keinen blonden Jüngling mit Schurkenvisage, der mir den Hof machen will.«

Sam schmunzelte. Die Narbe, die über seine Lippen lief, vermittelte wohl so manchem einen falschen Eindruck. Vielleicht sollte er froh darum sein, denn lieber war er ein Schurke als ein Schwächling. »Ihr seid genauso borniert wie Eure Schwester«, gab er zurück.

Ohne ihre Reaktion abzuwarten, verwandelte er sich und flog hinaus in den wolkenverhangenen Himmel. Ein Unwetter braute sich zusammen und während er im Wind segelte, verärgert über das Misstrauen der Menschen und deren Ignoranz, kehrte in den Gassen von Numes Ruhe ein. Die Leute waren zu Hause und bereiteten sich auf die Reise vor.

44

Das Lokal war leer. Keine Musik. Kein Gesang. Keine ausgelassene Stimmung. Einzig an der Bar standen zwei junge Burschen, je einen Becher in der Hand und ein gepacktes Bündel zu ihren Füßen. Am Ende des Tresens saß Marasco und trank Wein. Als Sam sich neben ihn setzte, stellte der Wirt auch ihm einen Becher hin und schenkte ein.

»Und?«, fragte Marasco. »Hast du dich ihr zu erkennen gegeben?«

»Sie erwartete zwei Raben«, antwortete er und trank. »Meine hellen Haare haben ihr gar nicht gefallen. Sie hielt mich für einen Schurken.«

»Das lag wohl eher an der Narbe an deinen Lippen als an deinen Engelslocken«, meinte Marasco beiläufig und verkniff sich ein Lächeln. Zwischen seinen Händen drehte er den Becher. »Das ist es, was sie gesehen hat«, fuhr er nachdenklich fort. Dann schaute er zum Wirt. »Und Ihr? Habt Ihr Eure Sachen gepackt?«

Der untersetzte Mann nickte nur beiläufig.

»Ein Sturm zieht auf«, sagte Sam und schenkte sich nach.

Die beiden Jungs lachten plötzlich laut auf und bestellten mehr Wein. Sam strich sich die vom Wind zerzausten Haare zurück und trank. Er hatte ja sonst nichts zu tun, dachte er trübselig. Da bemerkte er, wie Marasco ihn von der Seite anschaute. Es fiel ihm schwer zu urteilen, ob er betrunken war oder nicht. Als Marasco die Hand hob und ihn berühren wollte, wich er automatisch zurück.

»Was tust du da?«, fragte er verunsichert. »Bleib mir vom Leib!« Obwohl das, was Marasco mit ihm in Onka gemacht hatte, einen Rausch in ihm ausgelöst hatte, war es etwas, das er nicht verstehen konnte – und das ängstigte ihn.

»Schscht …«, flüsterte Marasco und strich ihm sanft mit den Fingerknöcheln über die Wange.

Ein Kribbeln durchfuhr ihn wie ein kühler Puls, der Blitze in seinen Körper aussandte. Ein kalter Schauer lief ihm über den Rücken und plötzlich wurde ihm ganz heiß. Seine Glieder wurden warm und fühlten sich weich an.

»Was tust du da?«, fragte er mit bebender Stimme, unfähig, Marasco von sich zu stoßen.

Ohne zu antworten, legte Marasco die Hand in seinen Nacken, die Stirn an seine und atmete tief durch. Der Puls wurde stärker und Sam spürte pure Energie durch seine Adern jagen. Energie, die von Marasco kam. Sie sprudelte durch ihn hindurch wie silbernes Wasser. Erregt atmete Sam auf und schloss die Augen. Ihre beider Körper vibrierten und erzeugten eine Art Resonanz. Ihr Puls vereinte sich und ging gleichmäßig. Gemeinsam atmeten sie ein und aus. In Sam regte sich eine Kraft, die er zuvor nicht gekannt hatte und nicht einmal Vogelherzen hatten freisetzen können. Als Marasco seine Bandage an der rechten Hand lösen wollte, zog Sam ruckartig beide Hände zurück und unterbrach die Verbindung. Er war selbst erschrocken darüber, wie automatisch sich sein Körper bewegte, wenn er Gefahr witterte.

»Nein«, sagte er. »Warum tust du das?«

Marascos Brauen zucken zusammen und er schaute ihn irritiert an. »Ich weiß nicht«, antwortete er zögerlich. »Es … es fühlte sich richtig an.« Marasco konnte sich sein Verhalten offenbar selbst nicht erklären und drehte sich zurück zum Schanktisch. Einen Moment saß er ruhig da, starrte jedoch auf den Tresen, als suchte er dort eine Erklärung. Dann trank er seinen Becher in einem Zug aus und gab dem Wirt mit einem Wink zu verstehen, dass er nachschenken sollte.

Sams Körper bebte ob dem Energieschub, den Marasco ihm versetzt hatte, und er verzehrte sich nach mehr. Fassungslos darüber, dass Marasco etwas besaß, das er haben wollte, ballte er die Hände zu Fäusten und versuchte, der Erregung Herr zu werden. Und während Marasco seinen Becher austrank, schaffte er es nicht, den Blick von ihm loszureißen.

Plötzlich stand Marasco auf. »Ich gehe jagen«, sagte er, ohne ihn anzusehen, und verließ die Schenke.

Obwohl **Sam** zuvor mehrere Vögel gejagt hatte, verlangte sein Körper nach diesem Energieschub noch mehr, sodass auch er seinen Becher austrank und ebenfalls auf die Jagd ging.

Dunkle Wolken hatten sich an den spitzen Felsen am anderen Ende des Kraters gesammelt und ein starker Wind wehte von Norden über die Ebene. Nicht mehr lange und es würde anfangen zu regnen. Sam ließ sich von den Winden hoch über Numes tragen. Schwalben segelten über der Stadt und über dem westlichen Viertel entdeckte er Marasco.

Die Verbindung, die er zu ihm hatte, war klarer denn je. Sam hatte bereits bemerkt, dass das Band zu ihm von Tag zu Tag stärker wurde, doch die Energie, die Marasco durch seine Adern gejagt hatte, pulsierte noch immer stark und machte ihn für jegliche Empfindungen empfänglicher. Er brauchte nicht einmal Marascos Jagdstil anzusehen, er spürte auch so, dass er aufgebracht und durcheinander war wegen dem, was zuvor in der Schenke geschehen war. Dies war Grund genug, um ihm eine Weile aus dem Weg zu gehen.

45

Dass Sooa sich so stur verhalten würde, damit hatte Yarik nicht gerechnet. Es war ihm nicht einmal möglich gewesen, rechtzeitig einzuschreiten, als Sam vor ihr gestanden und ihr seine Hilfe angeboten hatte. Doch als er sich schließlich in einen Raben verwandelt und ihr auf diese Weise bewiesen hatte, dass er ihr nicht den Hof machen wollte, war es bereits zu spät und er war weg gewesen. Erst als Sooa durch die engen Gassen nach Hause ging, konnte er ihr Einsicht geben, dass sie womöglich zu harsch mit Sam gewesen war.

Nervös ging Sooa in ihrem Schlafzimmer vor dem Bett auf und ab und fragte sich, was sie tun konnte. Ihre Sachen waren gepackt. Vielleicht würden sich die beiden Raben ja doch noch auf den Platz vor den Leuten zeigen.

Aus dem Augenwinkel konnte Yarik einen Schatten ausmachen. Draußen. Am Himmel. Er gab Sooa einen Stupser, sodass sie sich dem Fenster zuwandte. Nun sah auch sie den Raben. Es war Marasco. Yarik kannte ihn lange genug, um ihn an seinem Flugstil zu erkennen. Er zog gleichmäßige Schleifen, was bedeutete, dass er nachdenklich war. Ob dies ein gutes oder ein schlechtes Zeichen war, hatte er bisher nicht ausmachen können. Marasco flog auf den First des gegenüberliegenden Hauses und blickte zu Sooa. Durch seine Rabenkräfte hatte er einen geschärften Sehsinn, sodass er Sooa von weit her erkennen konnte.

Das ist der Moment. Dieser eine und kein anderer.

Ohne die Kontrolle zu übernehmen, ließ er Sooa das Fenster öffnen. Dafür brauchte er ihr bloß den Gedanken zu geben.

Tatsächlich flog Marasco zum Fenster herein und verwandelte sich. Etwa fünf Schritte von ihr entfernt blieb er stehen.

»Du bist der zweite Rabe«, sagte sie ehrfürchtig. »Ich …« Ihre Stimme versagte und sie räusperte sich. »Ich habe heute Nachmittag deinen Freund kennengelernt, aber …«

Marasco neigte misstrauisch den Kopf etwas zur Seite. Ihm war wohl selbst nicht ganz wohl bei dem, was er gerade tat. »Du brauchst uns nicht, um die Leute in Sicherheit zu bringen«, sagte er mit seiner tiefen, weichen Stimme. »Die ersten verlassen bereits die Stadt.«

»Ist meine Schwester tot?«

»Ich weiß es nicht.«

»Und ... wo sollen wir hin?«

»Die Paha ziehen von Norden nach Süden«, antwortete er. Die Art, wie er sich im Zimmer umschaute, machte deutlich, dass ihm nicht geheuer war. Zudem stand Sooa vor dem offenen Fenster und versperrte ihm den Weg. Als er einen Schritt auf sie zu machte, trat sie zurück, doch es reichte noch immer nicht, um hinauszuspringen. »Ich muss gehen«, sagte er und wartete, dass sie beiseite trat.

»Warte! Ich ...«

Dies ist meine Chance. Yarik drängte Sooas Seele und Geist in den Hintergrund und übernahm die Kontrolle über ihren Körper. Dann streckte er die Hand nach Marasco aus und berührte seine Stirn. Dazu sprach er den Zauber, den er bereits vor fast hundert Jahren perfektioniert hatte. Er hatte gewusst, dieser Tag würde kommen. Zehn Tage, in denen Marasco seine Erinnerungen zurück hatte, um das zu tun, was getan werden musste.

46

Als die letzten roten Strahlen hinter dem Krater verschwunden waren, flog Sam zum Marktplatz. Viele Menschen waren dabei, die Stadt zu verlassen, doch auf dem Platz hatte sich eine Menge versammelt, die, wie Sam aufschnappen konnte, auf die Hexe wartete. Doch sie war nirgends zu sehen. Sam bemerkte die Ungeduld, die sich unter den Menschen ausbreitete, also flog er immer größere Kreise und suchte die Straßen ab. Unweit vom Zentrum entfernt, bemerkte er Marascos Präsenz. Anders, als wenn er sich in den Schenken aufgehalten hatte und dank des Weins von einer Leichtigkeit getragen worden war, schien er nun von einem bleiernen Gefühl niedergeschlagen.

Sam gelangte in den älteren Teil der Stadt, wo die Gassen noch enger waren und die Riegelbauten mehr Verwitterung zeigten als die Häuser im Zentrum. Auf einer Außentreppe im ersten Stock entdeckte er einen kleinen Jungen, der energisch gegen eine Tür polterte.

»Sooa! Sooa!«, rief er. »Wir sind bereit! Sooa! Wo seid Ihr?«

Marascos Präsenz war klarer denn je, also flog er hoch zum Fenster im oberen Stock. Tatsächlich sah er, wie Marasco mit dem Rücken zum Fenster auf einem Bett kniete und sich über eine Frau beugte. Sam fing nervös an zu krähen, doch der Wind trug seine Rufe davon. Die Verbindung, die er zu Marasco hatte, beunruhigte ihn, also drehte er eine Schleife und flog so schnell er konnte auf das Fenster zu. Kurz davor verwandelte er sich und ließ sich durch die Scheibe ins Zimmer fallen. Erschrocken drehte sich Marasco um.

»Was ist?«, fragte Sam, stand auf und schüttelte die Scherben vom Mantel. »Die Leute warten auf sie.«

Marasco setzte sich auf den Bettrand, stützte die Arme auf den Knien ab und verdeckte mit beiden Händen das Gesicht. Die

Hexe lag zugedeckt unter ihrem schwarzen Umhang auf dem Bett und schlief.

»Aufwachen!«, rief Sam und schüttelte sie. »Numes braucht Euch!« Doch sie rührte sich nicht. Als er Marasco sah, wurde ihm allmählich klar, dass etwas passiert war.

»Was hast du mit ihr gemacht?«, fragte er, obwohl er sich nicht sicher war, ob er die Antwort hören wollte.

Marasco strich sich über das Gesicht und blickte hoch. »Ich wollte es nicht«, flüsterte er mit bebender Stimme.

»Was wolltest du nicht?«, fragte er misstrauisch und schaute wieder zur Frau. Vorsichtig zog er den schwarzen Umhang von ihrem Gesicht. Auf den ersten Blick wirkte alles normal, die Frau lag mit geschlossenen Augen und leicht geöffnetem Mund da. Doch dann sah er Würgemale an ihrem Hals und bemerkte, dass sie gar nicht mehr atmete. Ruckartig wich er zurück und schaute Marasco entsetzt an.

»Du … du hast sie getötet?«, stotterte er und wusste selbst nicht, ob es bloß eine Bemerkung war oder ob er genug Entsetzen in seine Stimme gelegt hatte, um es Marasco vorzuwerfen.

»Ich wollte es nicht«, fuhr Marasco auf. »Glaub mir! Es ist einfach passiert!«

Erst war Sam sprachlos und es verschlug ihm gar den Atem. Doch dann platzte es aus ihm heraus. »Wie kann so was einfach passieren? Was ist nur los mit dir?«

»Er war es.« Marascos Blick verdüsterte sich. »Er war hier. Er ist schuld an all dem hier! Er hat den Tod verdient! Aber er konnte entwischen!«

»Was redest du da?«, fuhr er Marasco an und riss ihn am Kragen hoch. »Hast du den Verstand verloren? Wir können helfen. Jetzt reiß dich zusammen!«

Marasco stieß ihn von sich. »Ich muss ihn finden!« Im nächsten Moment taumelte er und stützte sich an der Wand ab.

»Du kommst jetzt mit!«, befahl Sam und packte ihn wieder am Kragen. »Und wehe, du haust ab! Wir werden diese Menschen retten!«

Er drängte Marasco zum Fenster und stieß ihn über die Brüstung. Auf direktem Weg flog er dann zum Marktplatz, wo noch immer ein paar Leute auf die Hexe warteten. Krähend flog er über dem Platz eine Schleife, um die Aufmerksamkeit der Menschen auf sich zu lenken und war froh darüber, dass Marasco ihm gefolgt war. Als Mensch landete Sam auf der Bühne und Marasco setzte sich auf seine Schulter.

»Menschen von Numes!«, rief er laut. »Hört mich an!«

»Sie sind hier!«, ertönte es aus der Menge heraus. »Die Götter sind hier!« – »Wir sind gerettet!« – »Die Götter sind uns wohl gesonnen!«

Von einem Moment auf den anderen blieben Sam die Worte im Hals stecken und sein Herz fing an zu rasen. *Götter?* Die Blicke waren wie Messer auf ihn gerichtet und er erstarrte. Als er Marascos spitze Krallen in der Schulter spürte, atmete er tief durch und trat einen Schritt vor.

»Die Hexe wird nicht kommen«, rief er so laut es seine Stimme zuließ und streckte den Arm aus. »Die Paha sind bis jetzt nicht von ihrem Weg nach Süden abgekommen. Macht euch auf nach Osten, Richtung Küste. Dort solltet ihr sicher sein. Los!«

»Führt uns!«, rief eine Stimme und andere stimmten mit ein. »Ja! Führt uns! Wir folgen Euch!«

Die Bewunderung und das blinde Vertrauen dieser Leute irritierten ihn. In seinem Hals spürte er einen dicken Kloß und sein Atem stockte. Ihm wurde schwindlig und er taumelte zurück. Da hüpfte Marasco von seiner Schulter und verwandelte sich. Auf dem Platz herrschte plötzlich Totenstille.

»Reicht es denn nicht, euch die Richtung zu weisen?«, rief er wütend. »Ihr Narren!«

Alles Blut stürzte Sam in die Beine und er schaute Marasco entgeistert an. *Er ist übergeschnappt!* Sofort legte er die Hand auf Marascos Schulter und stellte sich vor ihn.

»Osten!«, wiederholte er. »Na los! Geht schon!«

Schwerfällig setzten sich die Karren endlich in Bewegung, und die Leute machten sich langsam und verängstigt auf den Weg aus der Stadt hinaus.

»Du solltest nicht so hart zu ihnen sein«, sagte er, als er sich wieder Marasco zuwandte.

»Sie sind wie Vieh!«, platzte es aus ihm heraus.

»Sie haben Angst.«

»Mitgefühl hilft da auch nicht weiter!« Als wäre er selbst überrascht darüber, dass er das laut ausgesprochen hatte, zuckten Marascos Brauen zusammen und er hielt einen Moment inne. Dann biss er plötzlich die Zähne zusammen, drückte die Hand an die Stirn, als hätte er Kopfschmerzen, und wandte sich ab.

»Und du?«, fragte Sam vorsichtig. »Wovor hast du Angst?«

Marasco strich sich die Haare zurück und schaute ihn fahrig an. Den Ausdruck in seinem Gesicht hatte Sam zuvor noch nie gesehen, und bevor er fragen konnte, was los war, flog Marasco davon.

47

Eine verlassene Stadt wie Numes war etwas, das die Paha zu überfordern schien. Sie standen auf dem Platz und wagten es nicht einmal, von ihren Pferden zu steigen.

»Als in der Vantschurai die Plünderungen losgingen und die Stämme die beschwerliche Reise über die Kastaneika auf sich genommen hatten«, erzählte Lanten, »kursierten Geschichten über Siedlungen, die von Geistern bewohnt waren.«

»Pah«, entgegnete Kato abschätzig und stieg von seinem Pferd. »Das sind doch nur Geschichten von verängstigten Khamen. Selbst wenn es Orte geben sollte, die von Geistern beherrscht sind, so ist das hier bloß eine verlassene Stadt. Hier wurde weder geplündert noch wurden die Menschen verjagt oder getötet.«

»Das wissen wir nicht mit Sicherheit. Es sah nach einem Gewitter aus, und nun stehen wir hier und es ist windstill und ruhig.«

»Ich sag dir, was hier passiert ist«, sagte Kato ungewöhnlich erfreut. »Dieser kleine Mistkerl ist uns zuvorgekommen.«

»Sam?«

»Sam oder wer auch immer mit ihm unter einer Decke steckt.«

»Wir sollten uns dennoch umsehen«, meinte Borgos, stieg von seinem Pferd und gab mit einem Wink den Sumen zu verstehen, in die Stadt auszuschwärmen.

Kato band sein Pferd an einem Holzgeländer fest und streckte sich. Auf der anderen Seite des Platzes entdeckte er Arua, die sich an ein paar Paha vorbeischlich und in einer dunklen Gasse verschwand. Misstrauisch schaute sich Kato um. Tatsächlich schien niemand sie bemerkt zu haben und er fragte sich, ob sie das mit ihrem Sumentrieb schaffte. Wenn sie fähig war, Tiere herbeizurufen, dann konnte sie vielleicht auch die Aufmerksamkeit von sich lenken. Doch ihr eigenartiges Verhalten hatte ihn bereits in Onka alarmiert.

Nachdem er den Befehl gegeben hatte, die Verwundeten zu töten, hatte er einen Spaziergang gemacht, um sich die Beine zu vertreten. Er war auf einen der Hügel gegangen, der sich mitten in Onka erhob und von dem aus ein kleiner Bach hinunter zum Platz floss. Während das Wasser im Brunnen rot gefärbt war, glänzte das Quellwasser frisch und klar. Bevor er den Hügel erreicht hatte, bemerkte er neben einem Wiesenstück einen Hof, der in Flammen stand. Ein paar Paha saßen nahe am Feuer und wärmten sich. Da entdeckte er weiter hinten Arua, die langsam ihre Machete im Feuer schwenkte. Die Klinge war an der Spitze bereits so sehr erhitzt worden, dass sie rot leuchtete. Aruas Gesicht war noch immer blutverschmiert. Über ihr Kinn und den Hals runter sah es aus, als hätte sich ein ganzer Schwall von Blut ergossen, der sich mittlerweile dunkel verfärbt hatte und getrocknet war. In Aruas Augen sah er lodernden Zorn und eine Entschlossenheit, die er bei manchem Paha vermisste.

Arua betrachtete die erhitzte Klinge und schwenkte sie nochmal kurz im Feuer. Dann trat sie zum Seitenhaus des Hofes und rammte ihre Machete auf Kopfhöhe in den Stein. Arua trat seitlich daneben und kontrollierte, ob ihre Waffe auch fest genug steckte. Dann raffte sie die Haare zurück und spuckte nochmal aus. Ohne lange zu fackeln, öffnete sie den Mund und presste ihre Zunge, die an der Spitze blutig war, direkt ans feuerrote Metall.

Der Schmerz war Kato schon vom Zusehen durch die Glieder geschossen, und er staunte über Aruas Standfestigkeit. Natürlich hatte sie geschrien und sich Verbrennungen an den Mundwinkeln zugezogen. Doch nachdem ihr jemand – wahrscheinlich Calen – die Zunge abgeschnitten hatte, tat sie, was getan werden musste. Schließlich hatte er selbst unlängst den Befehl erteilt, die Verletzten zu töten, da sie die Truppe aufhielten. Arua krümmte sich vor Schmerzen, als sich ihr drei Paha näherten. Er konnte zwar nicht hören, was sie zu ihr sagten, aber wie sie sich in den Schritt fassten, machten ihre Absichten deutlich. Arua zog ihre Machete aus der Wand und massakrierte die drei Paha ohne zu zögern.

Wären doch bloß alle so wie Arua, hatte er gedacht und sich dafür entschieden, sie nicht zu töten. Schließlich zeigte sie mehr Kampfgeist als manch anderer. Und auch wenn sie irre war, hatte sie einen gewissen Unterhaltungswert, der ihn amüsierte. Es würde sich also zeigen, ob Calen gegen sie bestehen konnte.

Nun folgte er Arua in die dunklen Gassen von Numes. Er brauchte sie nicht zu sehen, um ihr folgen zu können. Arua hatte sich ihr Blut nur behelfsmäßig vom Hals gewaschen. Für seine Nase war es ein Leichtes, ihr zu folgen. Als er in immer verwinkeltere Gassen kam, in denen der Duft von Kräutern in der Luft lag, bemerkte er jedoch noch einen anderen Geruch, der sich unterschwellig ausgebreitet hatte. Es war der Duft von Blut, der durch die Poren eines toten Menschen entfloh. Er ließ Arua, die wahrscheinlich auf der Suche nach einem desinfizierenden Pulver für ihre Zunge war, allein weiterziehen und folgte dem Duft des Todes. Dabei gelangte er zu einem alten Riegelhaus. Im oberen Stock entdeckte er ein kaputtes Fenster, doch auf der Straße lagen keine Scheiben. Es war zweifellos der Ort, von dem der Duft ausging. Obwohl er wusste, dass da oben eine Leiche lag, wollte er sie mit eigenen Augen sehen. Eine menschenleere Stadt und eine frische Leiche; vielleicht fand er in diesem Zimmer einen Hinweis darauf, was die Menschen von hier vertrieben hatte. Er ging um das Haus herum, trat die Eingangstür ein und stieg die Treppe hoch in den oberen Stock.

Es war stockdunkel und er versuchte mit allen Sinnen, seine Umgebung wahrzunehmen. Durch das offene Fenster schien das Mondlicht herein, sodass er zumindest die Schemen erfassen konnte. Direkt neben der Tür stand eine Kommode, auf der er eine Öllampe fand und anzündete. Das Zimmer erstrahlte im goldenen Licht.

Auf dem Bett lag eine junge Frau, sauber in ihren schwarzen Umhang gehüllt, die Hände auf dem Bauch und die Augen geschlossen. Kato trat neben das Bett und hielt die Lampe hoch. Er zog die Kapuze zur Seite und entdeckte an ihrem Hals Würgemale. Dann bemerkte er die Scherben am Boden vor dem Fenster und fragte sich, ob ihr Mörder etwa aus dem Fenster hinaus geflüchtet war? Doch warum lagen die Scherben im Innern des Zimmers? Dann hätten sie doch draußen auf der Straße liegen müssen. Und schließlich waren sie im zweiten Stock. Wer hätte da von außen einsteigen können?

Das Zimmer stand fast leer und es war ihm nicht möglich auszumachen, welcher Aufgabe die Frau nachgegangen war. Es gab weder Bücher noch sonstige Notizen, die ihm einen Hinweis hätten geben können. Doch wenn sie erwürgt worden war, dann hatte der Täter es auf irgendeine Weise bereut, denn sonst hätte sie nicht wohlgebettet dagelegen. Jemand hatte ihre Augen geschlossen.

War das Sam? Was geht hier vor?

Kato trat ans Fenster und blickte auf die Gasse, wo ein paar Paha herumschlichen. Sie waren auf der Suche nach Waffen und Kleidung. Kato warf einen letzten Blick auf die tote Frau, dann verließ er schlecht gelaunt das Haus – nicht zu wissen, was los war, verdarb ihm immer die Laune.

Ausgerüstet mit Fackeln ließen die Nordmänner den Krater hinter sich und ritten in der Dunkelheit durch die engen Felsschluchten weiter Richtung Süden. Kato saß grummelnd auf seinem Pferd, während eine Gruppe von Sumen vorausritt und den besten Weg suchte, um die Armee durchzuschleusen.

Kato hatte keine Zeit zu verlieren und wollte Sam – sofern es tatsächlich Sam war, der ihnen ihre Beute abtrünnig gemacht hatte – so schnell wie möglich einholen. Der Weg durch die Felsformationen auf der Nordseite des Kraters war bereits beschwerlich gewesen. Dass es sich im Süden jedoch genau so verhalten würde, hatte er nicht erwartet und war nun froh, dass sie nicht länger in Numes geblieben waren. Auch wenn sie wahrscheinlich die halbe Nacht brauchten, um den Kranz zu durchqueren, so hätten sie dennoch wertvolle Zeit wettgemacht.

Obwohl es die einzige Erklärung war, fiel es ihm schwer zu glauben, dass tatsächlich Sam hinter all dem steckte. Schließlich hatte er ihn in Pahann in den letzten Tagen kaum mehr zu Gesicht bekommen. Doch er musste sich eingestehen, dass sich der Junge verändert hatte. Vielleicht war Sam einer von denen, die erst in einer Notlage ihr volles Potential ausschöpften. Doch was hatte er davon, wenn er ihnen vorauseilte und die Menschen in Sicherheit brachte? Kato kam nicht umhin zu glauben, dass Sam dies alles nur tat, um ihm eins auszuwischen.

»Du solltest dich entspannen«, sagte Borgos neben ihm.

Erst da bemerkte er, wie angespannt er die Zügel in den Händen hielt und die Fingernägel in die eigene Haut presste, dass es fast blutete. Er schnaubte genervt und lockerte die Zügel.

»Wir können nicht mehr tun, als unserem Weg folgen«, sagte Borgos. »Es bringt also nichts, wenn du dich ärgerst.«

»Ich hasse es, nicht zu wissen, wer die anderen Mitspieler sind.«

»Du sagtest, es wäre Sam.«

»Ja, aber was ist, wenn er es *nicht* ist?«

»Hör auf!«, zischte Borgos. »Alle können dich hören. Ein verunsicherter Anführer ist das Letzte, das sie brauchen.«

Erst da bemerkte Kato die müde Stille, die über der Armee lag, während sie langsam durch die Schluchten ritten. Schräg hinter ihm ritt Calen, der bedächtig seine zwei Messer wetzte, während sein Pferd einfach der Gruppe folgte. Kato drehte den Kopf und schaute über die andere Schulter, wo er Arua entdeckte. Ihre Haut glänzte vom Schweiß und sie machte einen schwachen und benommenen Eindruck. Mit letzten Kräften hielt sie sich noch aufrecht. Kato blickte wieder auf die andere Seite zu Calen und gab ihm mit einem Wink zu verstehen, zu ihm aufzuschließen. Ohne die Messer wegzustecken, gab Calen seinem Pferd die Sporen und ritt neben ihn.

»Was gibts?«

»Warst du das?«, fragte Kato und deutete mit einem kurzen Kopfnicken auf Arua.

Calen hielt einen Moment inne, kniff die Augen zusammen und schaute ihn misstrauisch an. Als wären die beiden Messer Beweismaterial, steckte er sie zurück ins Schulterholster und setzte sich aufrecht hin. Kato hob die Augenbrauen und wartete auf eine Antwort.

»Ja«, antwortete Calen ohne schlechtes Gewissen. »Das war ich.«

»Was ist passiert?«

»Diese Verrückte hätte mir fast den Schwanz abgeschnitten, als wir es miteinander getrieben haben.«

Kato lachte laut auf. »Und du hast es dennoch für gesund erachtet, dich ihr zu nähern.«

»Sie weiß wirklich, wie sie einen um den Finger wickeln kann.«

»Und du bist darauf reingefallen? War das der Grund, weshalb du ihr die Zunge rausgeschnitten hast?«

»Sie hat sich über meine Beute hergemacht«, antwortete Calen so sachlich, wie er nur konnte. »Ich habe sie zu lange ungeschoren davonkommen lassen. Nur weil sie Sumin ist, heißt das nicht, dass sie etwas Besseres ist.«

»Du solltest dich vor ihr in Acht nehmen. Sie hat einen großen Stolz. Von einem Khamen wie dir wird sie sich nicht aufhalten lassen.«

»Ich bin bereit«, sagte Calen, zog seine Messer wieder aus dem Holster und fuhr mit dem Wetzen der Klingen fort.

Kato lächelte amüsiert und lehnte sich zurück. Der kühle Wind, der durch die Schlucht zog, wirbelte seine Haare auf und er knöpfte seinen Mantel zu.

»Schlimmer als ein kleines Kind«, bemerkte Borgos neben ihm und richtete den grimmigen Blick geradeaus. »Das Leid anderer beschert dir gute Laune.«

»Glaub mir, mein Freund«, sagte Kato ernst, »wenn ich meine gute Laune verliere, wird mir niemand mehr folgen, denn diesen Ansprüchen wird niemand mehr gerecht werden können.« Dabei wickelte er die Zügel um die Hände und krallte sich wieder daran fest. Konzentriert richtete er den Blick geradeaus und hörte das Klacken der Hufe auf dem Fels hinter sich. Die Fackeln hüllte die Armee in eine Blase aus Licht, die von absoluter Dunkelheit umgeben war. Kato konnte es kaum erwarten, aus der Schlucht rauszukommen.

48
151 Jahre zuvor

Ein stürmischer Wind wehte von Osten über das Binnenmeer herein. Dunkle Wolken verdunkelten den Tag und weit draußen ging eine Regenwand nieder. Yarik und seine Schwestern standen auf der Wiese und betrachteten das Holzgerüst, auf dem Datekoh lag; sein toter Körper war in ein weißes Laken gehüllt.

»Diese verfluchten Sumen«, knurrte Vinna. »Man sollte den Urwald ausräuchern.«

»Ich bin mir gar nicht mehr so sicher, ob es die Schuld des Sumen war«, murmelte Yarik.

»Ich bin sicher, dass diese Geschosse vergiftet waren.«

»Der Sume sagte nein. Und die Bauern haben es auch überlebt.«

»Natürlich sagt er nein.« Vinna fuhr herum. »Wer will schon für den Tod eines Magiers die Verantwortung übernehmen! Wenn es so ist, wie du sagtest, ist Koh viel zu schnell gestorben. Nicht mal der Niederfall rafft einen so schnell dahin.«

Yarik schüttelte den Kopf, doch ihm fiel nichts ein, was er dazu hätte sagen können. Seit jenem Tag war irgendwie alles verschwommen und er fühlte sich konstant belämmert. Nach der zweitägigen Totenfeier in Thato hatte er am vierten Tag die Dschunke bestiegen und Datekoh auf die Orose Insel gebracht. Seine Schwestern hatten bereits das Holzgerüst vorbereitet und ihn tränenüberströmt empfangen. Vinna hatte sich derweil wieder gefangen, doch Mai war noch immer fassungslos.

»Könnt ihr bitte aufhören«, sagte die Wassermagierin leise, schniefte und wischte sich eine Träne von der Wange. »Hier liegt unser toter Bruder! Wir sollten doch fähig sein, ihn ohne Rachepläne und Schuldzuweisungen zu verabschieden.«

»Also gut«, sagte Vinna. »Noch irgendwelche letzten Worte?«

»Vielleicht eher ein Versprechen«, sagte Mai und trat näher an das Holzgerüst. »Wir werden ein Auge auf den Erdstamm haben.

Sei unbesorgt. Ich bin sicher, der nächste Erdmagier wird bald geboren werden.« Sie streckte die Hand aus und legte sie auf Datekohs Arm.

Yarik fühlte sich noch immer benommen. Datekohs Tod würde eine Menge verändern, doch was genau, war noch nicht absehbar.

»Ich beginne dann mal«, sagte die Feuermagierin und trat näher ans Gerüst. Sie breitete die Arme aus, mit den Handflächen nach oben, und ließ Blumen aus Feuer daraus hochsteigen. Die Pflanzen wurden immer größer und schlangen sich um das Holzgerüst.

Als ob der Wind aus Osten sie daran hindern wollte, wehte er immer stärker über die Insel. Donner rollte durch den bläulich anthrazitfarbenen Himmel und das Binnenmeer schlugen immer höhere Wellen.

Ohne eine Miene zu verziehen, stand Yarik da und hielt heimlich den Wind fest. Er formte die Finger zuerst fächerartig, dann schloss er die Hand. Als würde er einen Ast festhalten, hielt er die rechte Hand so, dass man wie durch eine Rohröffnung hätte blicken können. Ohne sich etwas anmerken zu lassen, stand er in aufrechter Haltung da, die Arme hingen herunter und die Hände verschwanden in den Falten seines Umhangs. Die Feuerranken hatten Datekoh nun erreicht und hüllten ihn komplett ein. Mai schniefte neben ihm und hielt sich an seinem Arm fest.

»Ich werde ihn vermissen«, sagte sie. »Was wird mit dem Erdstamm geschehen?«

»Wir können nur hoffen, dass es ihnen nicht gleich ergehen wird wie Portas Stamm«, sagte Yarik. »Und dann sind da noch die Sumen. Ich weiß nicht, wie sich die Beziehung dort weiterentwickeln wird.«

»Wenn ein Magier stirbt, ist es, als ob dem Stamm das Herz rausgerissen wird«, sagte Vinna. »Wir wissen, was geschehen wird. Und ich gehe nicht davon aus, dass die Sumen sich einfach so zurückziehen werden.«

»Der Erdstamm ist auf den Handel mit den Sumen angewiesen«, sagte Yarik. »Wenn sie es vernünftig angehen, könnten sie es schaffen. Aber dennoch sollten wir, wie Mai sagt, ein Auge auf sie haben.«

»Wir sollten uns diese Sumen vorknöpfen«, knurrte Vinna, während hinter ihr das Gerüst nun vollständig in Flammen stand und eine schwarze Rauchwolke in den Himmel stieg. »Sie haben Datekoh getötet!«

»Du wirst nichts tun«, befahl Yarik. »Verstanden? Das wäre nur Öl ins Feuer gegossen.«

»Ich *bin* das verfluchte Feuer! Wenn ich wollte, könnte ich den kompletten Urwald niederbrennen! Nenn mir einen Grund, weshalb ich das *nicht* tun sollte!«

»Hört auf!«, fuhr Mai wieder dazwischen. »Hört endlich auf! Datekoh wollte Frieden und Freiheit für alle – egal ob Erdstamm oder Sume! Diesen Wunsch sollten wir respektieren.«

Vinna sah Mai mit zerknirschter Miene an. Dann atmete sie tief durch. »Gut, ich werde … seinen Wunsch, auch wenn er töricht ist, respektieren.« Dann zog sie ihre Kapuze hoch und nickte ihren beiden Geschwistern höflich zu. »Ich mache mich auf den Rückweg.«

Yarik nickte. Trotz der Düsternis war gerade mal Mittag. Wenn Vinna jetzt aufbrach, würde sie noch vor Sonnenuntergang zurück in Firak sein. Yarik und Mai blieben noch eine Weile und schauten zu, wie das Feuer brannte. Dann verabschiedete sich auch Mai und ließ ihn allein vor dem Totenfeuer zurück.

Er war froh, dass seine Schwestern die Insel verlassen hatten, bevor das Feuer erloschen war. Sobald er sicher war, dass auch Mai weg war, löste er ruckartig seine mittlerweile verkrampfte Hand. In dem Moment erstarben die Flammen um Datekoh herum. Yarik ließ den Körper seines toten Bruders in die Luft schweben. Er hatte ihn in einen luftleeren Kokon gehüllt, der sogar das weiße Laken, in das Datekoh eingehüllt war, vor den Flammen beschützt hatte. Mit der Handfläche nach oben ließ er seinen Bruder neben sich herschweben und führte ihn zu den Reben auf die Ostseite der Insel. Dort ließ er ihn sanft auf dem Boden nieder. Aus dem Haus holte er eine Schaufel. Als er zu Datekoh zurückkehrte, hörte er, wie hinter ihm das Holzgerüst unter den Flammen zusammenbrach und ein lautes, knarrendes Geräusch von sich gab. Zwischen den Rebreihen fing er an zu graben.

Wo bei Datekoh bloß ein Fingerschnippen gereicht hätte, brauchte er einen halben Tag, bis das Loch tief genug war, dass sich Wasser auf dem Grund sammelte. Der Boden auf der Orose Insel war zwar nicht besonders hart, aber er hatte ihm gezeigt, dass ein bisschen mehr Muskeln von Vorteil gewesen wären.

Es ist noch nicht vorbei, dachte er. Doch er brauchte Zeit, um seine Gedanken zu ordnen. Und dafür müsste er Kohs Körper erhalten, obwohl er noch nicht einmal wusste wofür genau. Datekohs letzte Worte waren nur noch verschwommen in seiner Erinnerung. Er wusste nicht, was sie bedeuteten oder was er damit anfangen sollte, doch er glaubte an seinen Bruder und war davon überzeugt, dass dies noch nicht das Ende war. Darum hatte er nicht zulassen können, dass sein Körper dem Feuer übergeben wurde.

Die Sonne hatte sich den ganzen Tag nicht gezeigt und die Wolken waren nur noch dichter geworden, so als hätten sie sich direkt über der Orose Insel gestaut. Doch der Tag neigte sich dem Ende zu und das Licht war bereits dämmrig, als Yarik aus dem Loch stieg und das Werk zu seinen Füßen betrachtete. *Datekohs Grab.* Obwohl die toten Magier üblicherweise dem Feuer übergeben wurden, empfand er keinerlei Schuldgefühle, mit dieser Tradition zu brechen. Da waren längst keine Götter mehr, die ihn rügen würden. Und zudem war sein Bruder ein Erdmagier. Wohin, wenn nicht in die Erde, sollte er sonst gehören?

Mit sanften Bewegungen hob Yarik den Körper seines toten Bruders mithilfe der Luft hoch und ließ ihn über dem Loch schweben. Dann senkte er ihn langsam hinab. Es war gerade noch genug hell, um zu sehen, wie das Laken ins Wasser getaucht wurde. Mit der einen Hand hielt er den Toten noch eine Handbreit über dem Wasser schwebend, während er mit der anderen eine wischende Bewegung machte. So als würde er eine Salbe auftragen, verteilte er mit kaum spürbaren Luftwirbeln das Wasser um Datekoh herum und schaffte eine Art Kokon. Auch wenn

Datekoh sich vor Salz auf seiner Haut ekelte, war dies hier die beste Möglichkeit, seinen Körper zu konservieren. Der Kokon war eine Mischung aus Luft, luftleeren Blasen und Salzwasser, der sich wie eine zweite Haut um Datekoh schmiegte. Wie ein Kissen nahm sie dem toten Körper das Gewicht, sodass er leicht in der Schwebe hing, während die Erde sich von allen Seiten an ihn schmiegte. Doch zu guter Letzt war es die Magie, die dafür sorgte, dass sein Körper nicht verwesen würde.

Die Erde zurück ins Loch zu schaffen, war zumindest einfacher als die Mühsal es auszuheben. Mit einem kontrollierten Windzug deckte er Datekoh mit der Erde zu. Es war schon fast dunkel und der Himmel leuchtete in einem gräulichen Blau, doch es war noch hell genug, um zu sehen, dass alle Erde zurück an ihrem Platz war. Die braune Stelle würde in wenigen Tagen schon wieder mit Rasen überdeckt sein und inmitten der Rebstöcke keinerlei Aufmerksamkeit erwecken. Ohnehin konnte sich Yarik nicht daran erinnern, wann seine Schwestern jemals zwischen den Reben gewandert waren.

Doch nun war sein Bruder da, wo er hingehörte. Da, wo sein Körper in Sicherheit war. Die Zeit war nun auf Yariks Seite, denn die würde er brauchen, um sich darüber klar zu werden, was er zu tun hatte.

49

In jener Nacht flog Sam allein. Er hatte die Dunkelheit und die Ruhe genossen und sich eingeredet, mit der Rettung von Numes Genugtuung gefunden zu haben. Schließlich war es ihnen gelungen, Tausende von Menschen zu retten – was Grund zur Freude hätte sein sollen. Doch der Tod des Mädchens verfolgte ihn wie ein dunkler Schatten. Er war so unnötig gewesen. Was, wenn sie einen Zauber gekannt hätte, der ihnen auf irgendeine Weise hätte helfen können – schließlich war sie fähig gewesen, eine Botschaft von ihrer Schwester aus Onka zu empfangen, was bedeutete, dass sie gewisse Fähigkeiten besaß.
Oder etwa nicht?
Natürlich musste er sich auch eingestehen, dass er eine zweite Chance gesehen hatte, sie besser kennenzulernen, da er ja in Onka nur Zuschauer gewesen war und Asso aus der Ferne angehimmelt hatte. Er war sich sicher, hinter ihrer strengen Fassade hatte sich ein nettes Mädchen versteckt, und wenn er die Möglichkeit bekommen hätte, hätte er all seinen Mut zusammengenommen, um einen zweiten Versuch mit der Zwillingsschwester zu wagen. Doch Marasco war ihm zuvorgekommen.
Die ganze Nacht hatte Sam versucht, nicht an ihn zu denken. Es hatte ihm gereicht, zu spüren, dass Marasco in der Nähe war und sie beide in dieselbe Richtung flogen. Bereits der Gedanke an ihn machte ihn rasend.
Vor seinem inneren Auge sah er, wie Marasco ihr Zimmer betrat. Wie er sie schroff aufs Bett warf und sich auf sie setzte. Seine Hände krallten sich um ihren Hals. Ihr Mund öffnete sich und die Zunge trat heraus. Ein Röcheln durchdrang die Dunkelheit. Mit aufgerissenen Augen starrte sie ihn an und klammerte sich mit den Händen an seinen Handgelenken fest. Er spürte ihre Hüften unter sich, ihre Schenkel und ihre Knie an seinem Rücken und wie sie schließlich aufhörte, ihn zu treten. Ihr Gesicht

erstarrte und ihr Griff um seine Handgelenke ließ nach. Auf Marascos Gesicht lag ein fieses Grinsen.

Als Sam am Morgen von unzähligen scharfen Sandkörnern getroffen wurde, war es plötzlich aus mit der Konzentration und der Fassung, die er bis dahin hatte bewahren können. Unter ihm breitete sich eine Karstlandschaft mit stumpf in den Himmel ragenden, teilweise mit Moos und Farn bewachsenen Felsen aus. Ein warmer Wind wehte von den Talsohlen hoch.

Sam drehte sich in einer Schraube, flog im Sturzflug runter und verwandelte sich. Er wusste, dass gerade seine Fantasie mit ihm durchgegangen war, und rieb sich aufgewühlt das Gesicht, als ob er gerade aus einem Albtraum erwacht wäre. *Hör auf,* sagte er zu sich selbst und versuchte, einen klaren Gedanken zu fassen. *Die Hexe lag sanft gebettet und sorgfältig zugedeckt auf ihrem Bett. Einzig Marasco weiß, was tatsächlich geschehen ist.* Doch in dem Moment wollte er ihn nur in Stücke reißen.

Zu Fuß ging er durch die enge Karstlandschaft und versuchte, seine Wut im Zaum zu halten. Marasco zu finden war einfach, da er sich nicht fortbewegte. Er fand ihn zwischen ein paar Felsen auf dem trockenen Boden liegen. Mit ausgestreckten Armen lag er auf dem Rücken, den Blick in den Himmel gerichtet. Sam räusperte sich, doch Marasco ließ sich Zeit, bis er sich auf den Ellbogen abstützte und ihn ansah.

Seine Kleidung war vom trockenen, sandigen Boden ganz staubig. Selbst der weiße Schal, den er am Gürtel befestigt hatte, war sandbraun, sein Haar zerzaust und an seinem Hals klaffte eine üble Schnittwunde. Das Blut lief ihm unter das Hemd auf die Brust und er setzte ein Lächeln auf, als wäre nichts gewesen.

»Bemüh dich nicht«, sagte Sam genervt.

Das Lächeln verschwand aus Marascos Gesicht und sein Blick wurde leer.

»Warum hast du das getan?«

Doch als wäre seine Frage keine Antwort wert, legte sich Marasco wieder hin und schaute in den Himmel.

»Gib mir einen Grund, es zu verstehen!«, fuhr Sam ihn an. »Was hast du gemeint, als du sagtest, dass er es war?«

Schließlich setzte sich Marasco auf, zog die Beine an die Brust und schlang die Arme darum. Er wirkte plötzlich wie ein kleiner Junge, dem klargeworden war, dass er einen schlimmen Fehler gemacht hatte. Dabei presste er die Hand an die Stirn und suchte nach den richtigen Worten.

»Ich bin hingegangen, um … Keine Ahnung«, sagte er mit schwacher Stimme. »Ich dachte, wenn ich ihr von dir erzähle, dann …«

»Hat sie dir nicht geglaubt?«

Marasco schüttelte den Kopf. »Etwas ist mit ihr geschehen. Als ob etwas in sie gefahren wäre. Etwas Böses.«

»Red doch keinen Unsinn.«

»Sie … sie hat zu mir gesprochen«, sagte Marasco und strich sich aufgewühlt durch die Haare. »In dieser Sprache … in deinem Buch.« Dabei zeigte er auf ihn, als hielte er das Buch in den Händen.

Erstaunt zog Sam es aus seiner Manteltasche und hielt es hoch. Seit es durch ihren Streit im Flussbett feucht geworden war, hatte sich der lederne Umschlag leicht aufgeplustert. Marasco schaute es an, als wäre es das Objekt des Bösen. Sein Blick erinnerte an die Frauen in Pahann, die auf dem Platz ihre toten Männer identifiziert hatten.

»Ich sagte, ich würde sie nicht verstehen«, fuhr Marasco fort. »Doch sie redete einfach weiter. Es hörte sich an, als würde sie einen bösen Zauber sprechen. Und sie drückte mir ihre Hand auf die Stirn. Es traf mich wie ein Schlag und ein Blitz jagte durch mich hindurch. Die Bilder in meinem …« Marasco stoppte und neigte den Kopf zur Seite. »Dieses Geschrei … Ich stieß sie von mir und … sie redete noch immer. Nur jetzt konnte ich sie verstehen. Die schlimmen Dinge, von denen sie sprach. Sam! Sie wusste Dinge über mich!«

Misstrauisch zog Sam die Brauen zusammen. Was er sagte, ergab absolut keinen Sinn, denn so weit er wusste, hatte Marasco nur eine einzige Erinnerung. Es kam ihm vor, als wollte er durch dieses wirre Verhalten von der Tatsache ablenken, die Hexe getötet zu haben.

»Und du konntest natürlich nicht damit umgehen«, sagte Sam verärgert.

»Nein, das war es nicht«, widersprach Marasco sofort und schüttelte voller Überzeugung den Kopf. »Sie sagte, wir sollen die Stadt sofort verlassen. *Eure Aufgabe ist es, die Leute zu warnen, nicht, sie zu retten*, sagte sie. Das war es … ja … das ist, was sie gesagt hat.«

Diese Worte riefen Sam in Erinnerung, was der Heiler zu ihnen gesagt hatte, nachdem er sich das erste Mal in einen Raben verwandelt hatte. Sie sollen nach Süden fliegen und die Menschen warnen. Ein kalter Schauer lief ihm über den Rücken. Das war es doch, was sie getan hatten, dachte er. Oder etwa nicht?

»Das ist eine Lüge!«, rief er empört. »Hör auf, Geschichten zu erzählen!«

»Nenn mich einen Lügner, doch das ist die Wahrheit«, sagte Marasco mit bebender Stimme. »Da ist nicht irgendetwas in sie gefahren. Er war es. Ihn wollte ich töten. Den Heiler. Doch ich war zu spät. Mit ihrem letzten Atemzug sagte sie, wir sollen Numes retten.« Als wäre ihm schwindlig, stützte er sich mit der Hand am Boden ab.

Sam setzte sich auf einen Stein und betrachtete das Buch in den Händen, drehte es und ließ die Seiten unter seinem Daumen durchblättern, dass er einen leichten Luftzug an der Hand spürte. Schließlich öffnete er es und hielt die erste Seite hoch. »Was bedeutet das?«

Marasco schaute hoch und verengte die Augen. »So was wie … Götterdämmerung«, antwortete er leise und rieb sich die Augen.

Sam blätterte in die Mitte des Buches und öffnete ein weiteres Kapitel. »Und das?«

»Die Weissagung … nein … die prophezeite Auferstehung.«

»Kennst du die Geschichte?«

Marasco schüttelte beschämt den Kopf. »Es sind keine Geschichten. Soviel ich weiß, sind das Prophezeiungen und Anleitungen für das Danach.«

Gedankenverloren blätterte Sam im Buch und warf immer wieder einen kurzen prüfenden Blick auf Marasco. Tatsächlich musste irgendetwas geschehen sein, das ihm seine Erinnerungen zurückgegeben hatte, denn als er ihn in Onka gefragt hatte, was in dem Buch geschrieben stand, war er nicht einmal fähig gewesen, den Text zu lesen.

Als hätte Marasco ein Geräusch gehört, stand er ruckartig auf. Doch da war nichts. Verwirrt klopfte er sich den Dreck von der Kleidung, strich sich die Haare zurück und atmete tief durch.

»Ist es das, was dir Angst macht?«, fragte Sam und hielt das Buch hoch.

Überrascht wich Marasco zurück. »Lächerlich«, antwortete er und ballte die Hände zu Fäusten.

»In Ordnung«, sagte Sam und stand ebenfalls auf. »Dann erklär es mir.«

Voller Misstrauen kniff Marasco die Augen zusammen und schaute sich um, als wollte er sichergehen, dass niemand sie belauschte. »Die Götter sind tot. Dieses Buch erzählt von der neuen Weltordnung danach. Mir machen nicht die Geschichten der toten Götter Angst. Da sind wir schon längst durch. Es ist die neue Ordnung, die entsteht. Und die scheint gottlos bis ins kleinste Detail. Das sollte auch dich beunruhigen. Es ist, als wären wir die Boten, Sam. Die Überbringer schlechter Nachrichten. Wir sind doch bloß da, um den Menschen Angst zu machen.«

»Auf welcher Seite stehst du eigentlich?«, fragte Sam erschrocken.

»Hör auf!«, gab Marasco aufgebracht zurück. »Hör auf, so zu denken! Gut oder Böse. Schwarz oder Weiß. Wir stehen auf keiner Seite! Es gibt nur uns!« Marasco stoppte abrupt, presste die Lider zusammen und fuhr sich erneut durchs Haar. Er taumelte und riss die Augen wieder auf, bevor er umkippte. »Die Plätze wurden uns zugewiesen. Wir sind nicht mehr als Mittel zum Zweck.«

»Die Paha glauben nicht an Götter. Niemand in Kolani tut das.«

»Das hat nichts mit eurem Glauben zu tun. Der Meister hat dir doch von den alten Göttern erzählt.«

»Hemon und Aradan, aber das sind doch bloß alte Sagen. Mehr nicht. Und wenn schon? Was soll das mit einer neuen Ordnung zu tun haben?«

»Es heißt, neue Götter werden sich erheben. Und bis dahin herrscht Dunkelheit. Und wie mir scheint, bringen die Paha sie gerade aus dem Norden herab.«

Sam rollte mit den Augen. »Du glaubst das Zeug?«

»Ich glaube nicht an Götter, aber es gab Menschen, die haben das getan«, antwortete Marasco und schüttelte den Kopf. »Dieses Buch beinhaltet Anleitungen, wie man Tote auferstehen lässt.«

»Also vielleicht auch Zaubersprüche, die uns wieder zu Menschen machen können.«

»Nein.«

»Woher weißt du das?«

Marasco zog die Brauen zusammen und suchte auf dem Boden nach Antworten. »Ich … ich weiß es einfach.« Verwirrt wischte er sich über die Augen und presste die Hand wieder an die Stirn.

Sam betrachtete das Buch in seiner Hand. *Also bloß irgendwelche Märchengeschichten.* Sein Blick wanderte zurück zu Marasco, der irgendwie ziemlich neben sich stand.

»Du erinnerst dich also wieder?«

»Nein … ich … ich weiß nicht … es sind nur ein paar …«

»Und du sagst, es war der Heiler? Das ergibt doch keinen Sinn.« Schließlich hatte doch der Heiler selbst ihm aufgetragen, sich um Marasco zu kümmern. Wenn er sich tatsächlich wieder erinnerte, hatte er seine Aufgabe doch erfüllt. Doch die Verbindung, die er zu Marasco hatte, fühlte sich seit Numes anders an. Wo sie zu Beginn noch wie ein leichtes Band gewesen war, fühlte sie sich immer mehr wie ein dicker Faden an. Und dieser wurde seit letzter Nacht immer straffer gezogen. Sam wandte sich wieder Marasco zu, der benommen dastand, die Wunde am Hals berührte und die blutigen Finger betrachtete. »Wo soll das hinführen?«, fragte Sam. »Die Paha können doch nicht ewig nach Süden ziehen. Oder meinst du, sie sind auf dem Weg nach Aryon?«

»Leben im südlichen Urwald nicht noch weitere Sumenstämme?« Marasco wischte sich das Blut am Mantel ab. »Wahrscheinlich erwarten sie Kato bereits.«

»Sollten wir nach Aryon fliegen?«

Auf wackligen Beinen taumelte Marasco los.

»Wo willst du hin?«

»Ich gehe nach Limm. Ich brauche ein Bad ... und ... ich brauche ... oh ... du weißt schon.«

»Warte!«, rief er und folgte ihm durch den Steinwald. »Wenn deine Geschichte wahr ist, müssen wir die Menschen erst recht warnen.« Sam stutze und fragte sich plötzlich, ob er Marascos Geschichten denn glauben konnte. Wenn tatsächlich der Meister in Numes im Körper der Hexe erschienen war, warum war Marasco dann so sehr davon überzeugt, dass er den Tod verdient hatte? »Was hat der Meister mit uns vor? Weißt du etwas, das ich nicht weiß?«

Marasco blieb stehen und schaute ihn müde an. »Ich weiß es nicht. Ich kann mich nicht erinnern.« Dann ließ er den Kopf hängen und ging weiter.

Eine Weile betrachtete Sam das Buch in seinen Händen, das er von der Frau in Onka geschenkt bekommen hatte. So verwirrt Marasco derzeit auch war, er schien sehr überzeugt davon, dass es für sie nutzlos war. *Ich sollte den Heiler finden und ihn zur Rede stellen. Aber zuerst werden wir Aryon retten.* Langsam ließ er es aus den Händen gleiten. Als es auf dem Boden aufschlug, stieb eine kleine Staubwolke hoch. Er ließ es liegen und folgte Marasco durch den Karstwald.

Der Himmel war stahlblau und keine einzige Wolke war zu sehen. Zwischen den Felsen staute sich allmählich die Wärme, und er öffnete seinen Mantel. Plötzlich erklang über ihnen der Schrei eines Adlers.

50

»Du Monster!«, schrie eine Stimme. »Tötest weiterhin das, was die Paha nach Süden treibt, und beruhigst dein Gewissen damit, indem du vorgibst, Menschen zu retten.«

Sam schreckte hoch und riss die Augen auf. Sein Herz raste und er war schweißgebadet. Nach dem ganzen Elend, das er in Pahann angerichtet hatte, fühlte er sich nun auch noch für den Tod der Hexe verantwortlich. Er hätte wachsamer sein und die Verbindung zu Marasco stärker im Auge behalten müssen, dann wäre er rechtzeitig dort gewesen und hätte sie retten können.

Das Sonnenlicht ließ alles um ihn herum in hellem Gelb erstrahlen, und er hatte das Gefühl, in einer goldenen Kugel zu sitzen. Noch ganz aufgewühlt wischte er sich den Schweiß aus dem Gesicht und atmete tief durch. Dann hielt er den Unterarm über die Augen, um sich vor der Sonne zu schützen.

Sie saßen auf dem Plateau des höchsten Karstfelsens, der die Höhe eines sechsstöckigen Hauses hatte. Stumpf ragten die Stummel um sie herum in den Himmel, teilweise mit Moos und Farn bewachsen. Die dünnen Schleierwolken ließen die Karstlandschaft wie hinter einem seidendünnen Vorhang samtweich glühen.

Er versuchte sich zu erinnern, was geschehen war. Nach ihrem Streit waren sie auf dem Weg durch den Karstwald auf zwei Steinadler aufmerksam geworden. Ohne zu zögern, waren sie ihnen zum Nest gefolgt, das in einem windgeschützten Rücksprung auf dem höchsten Fels lag, und hatten sich über die Vögel und deren Brut hergemacht. Babyvogelherzen gaben dem Rausch eine ganz besondere Note: reine Glückseligkeit – bis er von seinen Erinnerungen eingeholt worden war, hatte er völlig belämmert und mit ausgestreckten Armen dagelegen.

Aufgewühlt rieb Sam sich die Augen und blickte sich um. Mit angezogenen Beinen saß Marasco am Rand des Felsens und schaute über die Unterarme hinweg runter in den Steinwald. Sam rappelte sich auf und rieb sich das Gesicht.

»Ich bin ein Narr«, sagte er leise und trat hinter Marasco. »Eine ganze Adlerfamilie haben wir ausgelöscht. Ich habe keinen Moment gezögert. Wie kann ich mich da noch als Mensch bezeichnen?«

»Du bist kein Narr. Nur der Verlockung erlegen.«

»Hast du schon einmal versucht, mit der Jagd aufzuhören?«

»Wer wäre ich dann noch?«

»Ein freier Mensch vielleicht?«

Marasco schüttelte langsam den Kopf. »Ich habe schon lange aufgehört zu glauben, dass ich ein Mensch bin.«

»Was bist du dann? Hast du gar keine Hoffnung mehr?«

»Hast du nicht gesehen, was Hoffnung anrichtet? Ganze Städte hat sie in den Tod getrieben. Es lebt sich besser ohne sie.« Marasco sank mit dem Gesicht tiefer hinter seine Arme und flüsterte: »Wir sollten die Menschen nicht warnen. Lass uns einfach zusehen, was geschieht. Lass uns hier bleiben.«

Irritiert über Marascos Worte schaute Sam ihn an. »Diese Menschen könnten überleben. Sie könnten sich in Höhlen verstecken, bis die Paha vorübergezogen sind.«

»Der Krieg übersieht nichts«, sagte Marasco leise und verdeckte das Gesicht.

Marasco war völlig abwesend und die Wunde an seinem Hals blutete noch immer. Als er das letzte Mal mit Kratzern aufgetaucht war, waren diese innert kürzester Zeit verheilt. Was war dieses Mal anders?

»Komm«, sagte Sam. »Lass uns in die Stadt gehen, solange es noch hell ist, und uns wie Menschen verhalten. Wir brauchen das. Und du brauchst ein Bad.« Marasco rührte sich nicht, also ging er hin und legte die Hand auf seine Schulter. Äußerlich war es ihm nicht anzusehen, doch er zitterte am ganzen Körper. »Reiß dich zusammen. Ich kann dich hier nicht runtertragen. Wir müssen fliegen. Also komm.«

Marasco stand auf und strich sich die Haare zurück. »Lass uns gehen, Sam«, sagte er, als hätte er gar nicht gehört, was er gesagt hatte. Dann machte er einen Kopfsprung vom Felsen und flog davon.

Beunruhigt schaute Sam zu, wie Marasco über den Karstfelsen kreiste, als würde er auf ihn warten.

Irgendetwas stimmt nicht, dachte er. *Marasco hat noch nie auf mich gewartet.*

Bevor der Karstwald auslief, flogen sie runter, verwandelten sich zwischen den sandigen Steinformationen und gingen zu Fuß nach Limm. Kein Tor, kein Turm und keine Mauer markierte die Stadt. Es gab weder Straßen noch Kreuzungen zur Orientierung. Die Landschaft war übersät mit kegelförmigen Felsformationen, die wie unterschiedlich große Haufen über der flachen Ebene verteilt waren. Die Felsen waren ausgehöhlt und dienten den Menschen als Unterkünfte. Je dichter sie aneinander standen und zu immer größeren Formationen anwuchsen, umso mehr Menschen waren unterwegs. Von kleinen, zweirädrigen Karren aus verkauften Händler Felle, Brote oder Stoffe. Die Frauen trugen meist lange, weiße Kleider und die Männer einfache Leinenhosen, Hemden und Westen. Ihre Haut war auffällig blass und sie waren von eher kleiner Statur.

Sam suchte ein Gasthaus, doch es gab weder Straßenschilder, noch hingen Schilder über den Felseingängen. Limm war anders als alle bisherigen Städte, die sie besucht hatten, und er fühlte sich das erste Mal völlig fremd und fehl am Platz. Als ihm klar wurde, dass ihm die verstohlenen und feindseligen Blicke der Leute ein vertrautes Gefühl gaben, lief ihm ein kalter Schauer über den Rücken. Als er endlich seinen Mut zusammenbrachte und nach dem Weg fragen wollte, straften ihn die Leute mit bösen Blicken und ließen ihn stehen. Es war ein kleiner Junge, der ihn nicht ignorierte und ihm den Weg zeigte.

Selbst wenn Marasco schon einmal hier gewesen war, war er gerade überhaupt keine Hilfe. Völlig abwesend war er stehen geblieben und starrte ins Leere. *Vielleicht ist er noch im Rausch*, dachte Sam, als er ihn am Arm nahm und neben sich her schob.

Wären nicht zwei junge Burschen aus der Tür getorkelt, hätte er die Schenke nicht bemerkt. Es war ein Fels wie jeder andere.

Der Junge hatte sich bereits wieder davongemacht, als Sam zuerst Marascos Kragen hochkrempelte, um die blutende Wunde zu verdecken, bevor sie das Lokal betraten.

Der Fels war bis weit oben ausgehöhlt und in den unzähligen Vorsprüngen und Absätzen brannten kleine Öllampen. Der Boden war mit Dielen ausgelegt und acht runde Holztische standen im Raum. Die grimmigen Blicke der Gäste gaben ihm unmissverständlich zu verstehen, dass sie hier nicht willkommen waren. Mit Marasco am Arm trat er an den Tresen und fragte den Wirt nach einem Zimmer. Der Mann, dessen braune Locken tief in die Stirn fielen, stützte sich mit beiden Händen auf dem Tresen ab und schaute ihn mit großer Skepsis an. Er kräuselte die Lippen und warf einen prüfenden Blick an ihm vorbei zu seinen Gästen. Dann wandte er sich von ihm ab und öffnete ein Holzkästchen mit drei Punkten darauf.

»Hinten raus. Linke Seite. Dritte Tür«, brummte er mit einem weichen Akzent und legte ihm einen Schlüssel hin.

»Wo können wir uns waschen?«, fragte Sam in aller Höflichkeit.

»Im Zimmer natürlich. Ihr braucht nur die Schleuse zu öffnen.«

Durch den Hinterausgang gelangten sie in einen Hof, der von diversen Felsen umgeben war. Einzelne Kegel standen verteilt auf steinigem Terrain und zu seiner Linken, im weiterführenden Hauptfels der Schenke, waren fünf Holztüren. In der Mitte des Hofs war ein Brunnen mit einem Wasserrad. Das hochgeleitete Wasser wurde über hölzerne Kanäle zu den einzelnen Unterkünften geführt. Sam öffnete die Tür mit den drei Punkten und trat ein.

Das Zimmer war mit diversen Fackeln und Kerzen beleuchtet. Der oberste Punkt führte nicht in der Mitte, sondern auf der Seite über der Wanne hoch in ein Luftloch, wo auch der Wasserkanal hereinführte. Unter dem Sammelbecken brannte ein Feuer und gleich daneben war die Schleuse. Öffnete man sie, floss das Wasser über einen Kanal zuerst in ein Handwaschbecken und danach in eine aus Stein herausgeschlagene Wanne. Auf der anderen Seite stand ein Holztisch und an der Wand hing ein Spiegel.

Auf einer Erhöhung, die das Zimmer in der Mitte auf Kniehöhe teilte und komplett mit Reismatten ausgelegt war, lag neben dem Absatz ein Futon. Er setzte Marasco auf den Absatz und trat ans Becken. Während er die Wanne einlaufen ließ, reinigte er sein Gesicht und die Hände. Auch ihm hätte ein Bad gutgetan, doch Marasco machte einen besorgniserregenden Eindruck. Er starrte ins Leere und die Wunde an seinem Hals blutete noch immer.

»Ich habe dir ein Bad eingelassen«, sagte Sam und kauerte vor ihm nieder.

Marasco war komplett in eigenen Gedanken versunken. Sein Blick war nach innen gerichtet, während seine Augen wie wild von einem Punkt zum anderen sprangen.

»Komm schon.« Dabei streifte er ihm den Mantel ab, löste den Gürtel und zog ihm Hemd und Stiefel aus. »Was ist los? Nimmst du gerade eine Auszeit?«

Als er Marasco in die Wanne half, war er nicht wiederzuerkennen. Völlig abwesend lehnte er den Kopf zurück und schaute mit unruhigem Blick hoch an die Decke. Mit einem Lappen wusch er sein Gesicht und die Wunde. Aus einem der Kissen riss er ein Stück Stoff und band es Marasco um den Hals.

»Wirst du die Menschen warnen?«, fragte Marasco schließlich mit leiser Stimme, als Sam den blutdurchtränkten Lumpen im stehenden Wasser des Waschbeckens ausdrückte.

»Ich weiß nicht«, antwortete er und sank neben der Wanne zu Boden.

»Ungehorsam«, sagte Marasco leise und schloss wieder die Augen. »Bin gespannt, was er sich dazu einfallen lässt.«

Obwohl die Leute Fremden gegenüber argwöhnischer waren und ihnen nicht so viel Herzenswärme entgegenbrachten wie in anderen Städten, kehrte Sam zurück in die Schenke. Auf die bösen Blicke war er gefasst, doch als er das Lokal betrat, ignorierten ihn die Leute. Selbst der Wirt reagierte nur widerwillig, als er an den Schanktisch trat und Wein bestellte.

An einem Tisch entdeckte er ein etwa zwölf Jahre altes Mädchen. Sie war nicht zu übersehen, denn während er von allen ignoriert wurde, schaute sie ihn mit großen Augen an, als wäre er der erste Fremde, den sie jemals zu Gesicht bekam. Als er ihr zuzwinkerte, vertiefte sie sich verlegen im dicken Buch, das vor ihr lag. Zögerlich ging er zu ihr hin und fragte, ob er sich neben sie setzen durfte.

»Aber ja doch«, antwortete sie, ohne aufzusehen, und blätterte eine Seite weiter.

»Ich bin Sam. Ich reise mit meinem Freund.«

»Er hat geblutet«, sagte sie leise. »Geht es ihm wieder besser?«

»Ja«, antwortete er mit weicher Stimme. »Es ist nett von dir, dass du fragst. Wie mir scheint, habt ihr hier nicht oft mit Fremden zu tun.«

Das Mädchen hob leicht den Kopf und schaute ihn an. »Das wahre Limm ist unsichtbar.«

»Unsichtbar?« Sam runzelte die Stirn.

»Ja. Unsichtbar.«

»Sind das deine Hausaufgaben?«, fragte er und warf einen Blick ins Buch.

Da klappte sie es zu und nickte. »Tunnelbau.«

Obwohl ihn scheinbar keiner beachtete, war es in der Schenke unheimlich still geworden. Unauffällig beugte er sich näher zum Mädchen und sprach leiser.

»Unsichtbar. Wie meinst du das?«

Doch auch sie spürte die Spannung im Raum und machte allen Anwesenden einen Gefallen, indem sie die eine Frage stellte, die alle beantwortet haben wollten.

»Woher kommst du?«

»Aus dem Norden.«

»Und wie ist es da?«

»Kalt und dunkel.«

»Ich war noch nie an einem anderen Ort«, antwortete sie und lächelte.

»Es ist schön, ein freundliches Gesicht zu sehen.«

»Tami!«, rief der Wirt streng.

Ohne zu zögern, nahm das Mädchen ihr Buch und verließ den Tisch.

»Ich würde gern mehr erfahren«, sagte Sam.

»Ich kann nicht«, antwortete sie und verschwand in einem Zimmer hinter dem Tresen.

Mit grimmiger Miene stellte der Wirt eine Karaffe Wein und zwei Becher bereit. Dabei gab er Sam stumm zu verstehen, dass er ihn nicht länger in der Schenke haben wollte. Also kehrte er zurück in den Fels. Marasco lag noch immer reglos in der Wanne, den Kopf zurückgelehnt und die Augen geschlossen. Sam machte die Tür hinter sich zu und stellte den Wein auf den Tisch.

»Die Menschen hier glauben, unsichtbar zu sein«, sagte er belustigt. »Ich weiß nicht, ob es klug ist, gar nichts zu tun.«

»Etwas zu tun ist leicht«, murmelte Marasco und drehte den Kopf zur Seite. »Es ist schwieriger, nichts zu tun.«

Das Stück Stoff, das er um seinen Hals gebunden hatte, war komplett durchgeblutet. Hinzu kam, dass seine Hose ebenfalls ziemlich dreckig gewesen war und das Wasser in der Wanne sich somit zu einer dunklen, braunroten Sauce verfärbt hatte. Also ließ Sam das Wasser abfließen und öffnete die Schleuse für neues.

»Warum heilt die Wunde nicht?«, fragte er und hielt Marasco einen Becher Wein hin.

»Weiß nicht«, antwortete dieser gleichgültig.

»Wir sollten hier nicht zu lange bleiben«, meinte er und setzte sich auf den Absatz. »Die Leute scheinen Fremden gegenüber feindseliger eingestellt als in anderen Städten. Und Numes hat die Paha nicht aufgehalten.«

Marasco trank den Becher leer und stellte ihn auf den Boden. Der Wein gab ihm neue Kraft, so stand er plötzlich auf, streckte sich und trat aus der Wanne. Als ob er erst da bemerkte, dass er samt Hose im Wasser gesessen hatte, warf er ihm einen mürrischen Blick zu. Sam antwortete bloß mit einem Schulterzucken. Während er Wein trank, beobachtete er, wie Marasco sich ankleidete. Aus dem Laken riss er ein neues Stück Stoff und hielt es ihm hin, doch Marasco drückte ihm den durchgebluteten Fetzen in die Hand und wandte ihm den Rücken zu.

»Du solltest die Wunde abbinden.«

»Nicht nötig«, sagte er und drehte sich wieder um.

Die Verletzung an Marascos Hals war tatsächlich verschwunden, also band er den Stoff um seine Hand. Da ertönte aus der Ferne plötzlich ein tiefes Dröhnen.

»Ist das ein Warnhorn?«, fragte Sam überrascht.

»Lass uns fliegen«, meinte Marasco und verließ das Zimmer.

Unzählige Menschen rannten bereits erschrocken aus ihren Felsen durch den Hinterhof Richtung Schenke.

»Hier sind zu viele Leute!«, sagte Sam und packte Marasco am Arm.

»Ist doch egal. Die haben uns vorhin auch ignoriert.«

Marasco wollte gerade losfliegen, als jemand Sams Namen rief. Es war Tami, die aus dem ersten Fels rannte.

»Sam! Kommt mit!«, rief sie. »Wir müssen uns in Sicherheit bringen!«

Tami verlor keine Zeit, packte seine Hand und zog ihn hinter sich her. Völlig überrumpelt schaute er zurück und war froh, dass Marasco ihnen folgte – wenn auch widerwillig.

51

Hinter dem Karstwald stieg bereits Rauch in den Himmel, was bedeutete, dass die Paha den Krater überquert hatten. Es sollte also nicht mehr lange dauern, bis sie Limm erreichten. Viele Bewohner hatten sich auf einem Platz versammelt und ihre Blicke auf eine Felswand gerichtet. Große Anspannung lag in der Luft und auch Sam schaute immer wieder über seine Schulter, um sicherzugehen, dass Marasco nicht abhaute.

»Was tun wir hier?«, fragte er beunruhigt.

»Das ist der Eingang zum wahren Limm«, sagte Tami, die seine Hand seit der Flucht aus der Schenke nicht mehr losgelassen hatte. »Es befindet sich unter der Erde.«

Mit einem lauten Knarzen, das von einem Holzgerüst herrührte, bewegte sich die Felswand. Eine fünf Schritt breite und zehn Schritt hohe Fläche schob sich zuerst nach hinten und dann zur Seite. Vor ihnen öffnete sich ein riesiges Portal und Sam zog überrascht die Augenbrauen hoch.

Eifrig flüchteten die Menschen in den Untergrund, und auch Tami zog an seiner Hand, um sich dem Strom anzuschließen. Bevor sie den Fels betraten, drehte sich Sam um und suchte nach Marasco. Tatsächlich stand er völlig erstarrt etwa zehn Schritte vom Portal entfernt und betrachtete das große Loch in der Wand. Vereinzelt kamen die Menschen noch auf den Platz gerannt, um die Schließung des Portals nicht zu verpassen. Die meisten waren jedoch bereits hineingegangen und Marasco stand allein da.

»Was ist?«, fragte Sam und ging zu ihm. »Ein besseres Versteck gibt es nicht.«

»Unter der Erde«, sagte er eingeschüchtert. »Gräber befinden sich unter der Erde.«

»Stell dich nicht so an!«, sagte Sam und zog ihn am Arm neben sich her. »Oder willst du etwa hier draußen bleiben?«

Marasco legte eine Hand aufs Herz, atmete tief durch und betrat zögerlich den ausgehöhlten Fels. Auf einem Podest betätigten drei Männer gemeinsam eine Kurbel und das Portal schloss sich wieder. Fackeln wurden weitergereicht und eine Feuerschlange bahnte sich ihren Weg durch einen engen Gang in den Untergrund.

»Das ist Tami, die Tochter des Wirtes«, sagte Sam und nahm eine Fackel entgegen.

Marasco würdigte sie keines Blickes. Nervös schaute er sich um und suchte nach einem Ausweg. Obwohl sich Sam nur schwer vorstellen konnte, dass es überhaupt etwas gab, wovor Marasco sich fürchtete, machte er den Anschein, als würde ihn der Untergrund zutiefst beunruhigen.

»Kommt!«, sagte Tami und nahm ihn wieder an der Hand. »Ich führe euch runter.«

Sie folgten den anderen Fackeln und gelangten immer tiefer in die verworrenen Gänge der unterirdischen Stadt. Es roch nach kalter Erde. Die Stimmen der Menschen vermischten sich zu einem tiefen, konstanten Rauschen, das durch die Gänge hallte. Tami erzählte, dass Limm bereits seit Hunderten von Jahren existierte. Ihre Vorfahren hätten sich damals schon versteckt, wenn Gefahr drohte, und so sei ein ganzes Netz aus Höhlen und Gängen entstanden. Bei jeder Abbiegung waren Pfeile in den Tuffstein gemeißelt.

»Denkt daran«, sagte das Mädchen. »Die vollen Pfeile führen in die Stadt hinein, die leeren aus der Stadt heraus.«

»Das ist ein Gefängnis«, flüsterte Marasco.

»Wie lange bleibt ihr denn hier unten?«, fragte Sam und hoffte, dass die Antwort ihn beruhigen würde.

»Oh, das kommt ganz darauf an«, antwortete Tami und blieb stehen. »Das längste waren siebzehn Monate.«

Marasco erstarrte, legte eine Hand an die scheinbar zugeschnürte Kehle, als wäre er kurz davor zu ersticken, und suchte mit der anderen die Wand hinter sich, um sich zu stützen. Er wirkte plötzlich noch blasser als zuvor. »Das geht nicht«, sagte er mit stockendem Atem und trockener Kehle. »Ich muss hier raus.«

Tami lachte. »Keine Angst. Nicht einmal mein Vater hat das erlebt. Sobald diese Wilden weg sind, gehen wir zurück an die Oberfläche.«

Der Weg führte an einzelnen Höhlen vorbei, die mit Reismatten ausgelegt und mit Öllampen beleuchtet waren. »Das sind Privatunterkünfte«, erzählte Tami. »Insgesamt leben etwa dreitausend Menschen hier.« An einer Brüstung blieb sie stehen und zeigte hinunter in ein schwarzes Loch. »Das ist der Frischluftkanal. Er reicht zehn Stockwerke tief. Oben ist er durch die Felskonstellation gut versteckt und ein Gitter schützt die Vögel und andere wilde Tiere davor, sich nach hier unten zu verirren.«

Beeindruckt streckte Sam den Kopf raus in den Schacht. Der Zugwind wirbelte seine Haare auf und er jauchzte laut. Marasco stand derweil neben ihm und atmete angestrengt durch.

»Komm schon!« Sam lachte. »Ist es wirklich so schlimm?«

»Schlag mich nieder. Bitte«, antwortete er und öffnete die oberen Knöpfe seines Hemdes, um besser atmen zu können.

Da bemerkte Sam hinter ihm einen großen Spiegel. »Wofür ist der?«, fragte er erstaunt.

»Das sind Sonnenspiegel«, erklärte Tami und zeigte auf einen anderen an der Decke. »Damit bringen wir am Morgen für ein paar Stunden Licht herein. Die stehen hier überall. Kommt! Ich bringe euch in die Kaverne. Mein Vater hat dort ebenfalls eine Schenke. Nicht jeder verträgt den Untergrund so gut. Wein wird helfen und deinen Freund beruhigen.«

Sie stiegen zwei Stockwerke tiefer. Die Gänge wurden enger und Sam musste den Kopf einziehen, um nicht an den Felsvorsprüngen anzustoßen. Je tiefer sie kamen, umso geschäftiger wurde das Treiben. Die Bewohner zwängten sich aneinander vorbei und priesen ihre Waren an. Es bereitete Sam eine wahre Freude, dies miterleben zu dürfen, und er wunderte sich selbst darüber, dass ihm das Gewusel nichts ausmachte. Doch Marascos Nerven lagen blank. Er hatte Schwierigkeiten zu atmen, strich sich den kalten Schweiß von der Stirn und bei jeder Abbiegung suchte er nach den Pfeilen.

Schließlich gelangten sie in eine Kaverne, die mit unzähligen Lampions hell erleuchtet war. Noch höher hingen jede Menge Spiegelgebilde, die an dünnen Fäden zusammenhingen. Die Leute saßen an den Tischen, tranken Wein und unterhielten sich ausgiebig. Tami zeigte ihnen, wo sie sich hinsetzen sollten, und ging zu ihrem Vater, der sich bereits hinter dem Schanktisch eingerichtet hatte.

Am Tisch saßen drei Männer und zwei Frauen. Alle hatten sie weiße, fast durchscheinende Haut und machten einen eher kränklichen Eindruck. Doch die Stimmung war ausgelassen und sie lachten über die Witze des verschmitzten alten Mannes mit der hageren Statur und den knöchernen Fingern. In der Mitte des Tisches, neben Wein und Bechern, stand ein Brettspiel mit sechseckigen schwarz und weiß bemalten Steinen. Zwischen den Witzen und dem Gelächter machte hin und wieder jemand einen Zug, dann wurde weitergetrunken. Mit einem freundlichen Lächeln wurden sie am Tisch willkommen geheißen.

»Das sind mein Großvater, meine Tante, mein Onkel und Freunde der Familie«, erzählte Tami, als sie mit ihrem Vater an den Tisch zurückkehrte. Der Wirt brachte Wein und nickte Sam respektvoll zu.

»Ich bin beeindruckt«, sagte Sam und hob den Becher. »Wo sind wir hier bloß gelandet?«

»Hier unten herrscht Vertrauen«, antwortete Tamis Vater. »Ganz anders als an der Oberfläche. Es gibt nicht viele Fremde, die das wahre Limm je zu Gesicht bekommen haben. Ich bin Todo.«

»Ich hätte darauf verzichten können«, warf Marasco ein, trank den Becher in einem Zug leer und schenkte nach.

»Stellt euch vor, das wäre der dunkle Himmel über uns. Das macht es einfacher«, sagte Todo, während Tami sich auf den Stuhl neben ihren Großvater setzte.

Marasco schenkte sich zum dritten Mal nach, da schwenkten plötzlich die Lampions hin und her.

»Was ist das?«, fragte Sam überrascht.

»Die Lampions sind mit einem Außenwimpel verbunden«, erklärte Todo und zeigte dabei auf eine Schnur, die über den Köpfen der Menschen durch die Kaverne gezogen war. »So bekommen wir hier unten doch noch etwas von der Welt da draußen mit – zum Beispiel, wann wir die Auffangbecken bereitstellen müssen, um den Regen zu sammeln.«

»Das müssen diese Wilden sein«, meinte der Großvater.

»Das ist gut.« Marasco stellte den leeren Becher hin. »Dann können wir ja schon bald wieder raus.«

»Die Wächter werden kein Risiko eingehen, Junge. Vor Morgengrauen werden sie das Portal bestimmt nicht öffnen.«

»Nein«, sagte Marasco mit zitternder Stimme. »Sam, bitte, lass das nicht zu.«

»Was soll ich tun?«, fragte er. »Ist nicht meine Entscheidung.«

Marasco versuchte das Beste aus der Situation zu machen, und so dauerte es nicht lange, bis er Gesellschaft hatte. Allmählich fragte sich Sam, wie er das anstellte, denn in Onka hatte sich gezeigt, dass nicht alle Prostituierte waren. Die Kellnerin dort war so sehr von ihm angetan gewesen, dass sie ihm mit den beiden anderen Mädchen aufs Zimmer gefolgt war. Er brauchte die Mädchen nur anzusehen und schon kamen sie angeflogen. Und nun hatte er sich mit einer Brünetten an einen der hinteren Tische zurückgezogen. Während sie auf seinem Schoß saß, trank er Wein. Doch Sam wurde das Gefühl nicht los, dass etwas nicht stimmte. Immer wieder drückte oder massierte Marasco seine Stirn, presste die Augen zusammen und trank darauf den Becher leer. Das hielt ihn aber nicht davon ab, dennoch mit dem Mädchen in irgendeiner Höhle zu verschwinden. Die Stimmung in der Schenke war so ausgelassen, dass niemand davon Notiz nahm.

Derweil blieb Sam bei Tami und ihrer Familie am Stammtisch und hörte vergnügt deren Geschichten zu. Tatsächlich waren es überaus herzliche Menschen mit einem ausgeprägten Sinn für Humor. Selbst Todo, den er an der Oberfläche als grimmigen Wirt kennengelernt hatte, machte jedes Mal, wenn er an den Tisch trat und noch mehr Wein brachte, irgendeinen Witz. Als er Sam einmal auf die Schulter klopfte, verschwand auch der Schatten über ihm, der ihm das Gefühl gegeben hatte, ein ungebetener Eindringling zu sein. Und auch wenn die Menschen hier ihre Hilfe nicht benötigt hatten, gab es ihm dennoch ein gutes Gefühl. Was auch immer Kato vorhatte, Limm war nicht Teil davon – und das war gut so.

Plötzlich hörten sie laute Schreie. Sie kamen aus dem hinteren Teil der Schenke, wohin Marasco mit dem Mädchen verschwunden war. Und eben diese junge Frau kam herausgestürmt. Vor ihrer Brust hielt sie ihren Rock und als ob ein Monster hinter ihr her wäre, rannte sie schreiend aus der Schenke.

»Die Kleine hat sich wohl den falschen Beruf ausgesucht«, sagte der Großvater in seinem schelmischen Ton, worauf alle am Tisch kicherten.

Soweit Sam wusste, hatte sich Marasco den Mädchen gegenüber stets anständig verhalten. Seit Numes jedoch war er wie ausgewechselt. Beunruhigt entschuldigte Sam sich und ging nachsehen. Der Gang, aus dem das Mädchen herausgestürmt war, war entlang der Wand mit Kerzen beleuchtet. Es gab vier Zimmer, die alle mit einem samtenen Vorhang abgeschlossen waren. Marascos Präsenz zeigte ihm den Weg und er schob den Vorhang zur Seite. Das Zimmer war mit Reismatten ausgelegt, in der Mitte lag eine Matratze und auf einem Teebrett standen Wein, Becher und ein paar Kerzen. Mit angezogenen Beinen und die Ellbogen auf den Knien abgestützt, saß Marasco mit dem Rücken zur Wand, drückte sich die Hände an die Stirn und biss die Zähne zusammen, als hätte er schlimme Kopfschmerzen. Als er ihn bemerkte, schaute er ihn mit glänzenden Augen an.

»Was ist passiert?«, fragte Sam und kauerte vor ihm nieder. »Was hast du mit dem Mädchen gemacht?«

»Ich weiß es nicht«, antwortete Marasco und schüttelte verwirrt den Kopf. »Ich glaub, ich verliere den Verstand, Sam.«

Besorgt streckte er die Hand nach ihm aus. Bevor er ihn jedoch berührte, wich Marasco zur Seite, stand auf und lehnte sich an die Wand. Seine Augen sprangen wild umher, als würde er Geister vor sich sehen, und der Schweiß stand ihm auf der Stirn.

»Sam«, sagte er aufgewühlt. »Schlag mich nieder.«

»Was? Nein! Das kann ich nicht.«

»Dann finde jemanden, der es kann!«

Ihn in diesem Zustand zu sehen, ängstigte Sam und er wollte plötzlich den alten Marasco zurück. Also packte er ihn am Kragen und schüttelte ihn. »Jetzt reiß dich zusammen!«

»Ich halt das nicht mehr aus«, flüsterte Marasco und sank vor ihm auf die Knie. »Bitte.«

Sam erkannte plötzlich, dass es das erste Mal war, dass Marasco ihn um etwas bat. »Also gut. Aber nicht, dass du mir das später vorhältst.«

Marasco blickte nicht einmal hoch, als er ihn am Kragen hochzog und mit aller Kraft die Faust ins Gesicht schlug. Es überraschte ihn selbst, wie leicht ihm das gefallen war. Zudem konnte er spüren, dass ihn die Vogelherzen und die Zeit im Sumpf tatsächlich stärker gemacht hatten. Seine Muskeln strotzten förmlich vor Energie, die sich in seinen Zellen gespeichert hatte. Erstaunlicherweise sackte Marasco bewusstlos zusammen, obwohl er doch dieselben Kräfte besaß wie er.

Sam legte ihn vorsichtig auf dem Futon nieder. Er schob das Kissen unter seinen Kopf und schaute ihn eine Weile an. Marasco wirkte plötzlich so verletzlich und schwach, dass er sich fragte, ob er ihn vielleicht bisher falsch eingeschätzt hatte. Nachdenklich kehrte er zurück an den Tisch zu Tami und ihrer Familie. Der Abend neigte sich jedoch bald dem Ende zu und als alle sich in ihre Gelasse zurückgezogen hatten, kehrte er zurück zu Marasco. Es war ihm unheimlich, dass er immer noch bewusstlos war, doch solange das Portal geschlossen blieb, war es wohl besser so.

52

Als Yarik mit dem Wind über den Karstwald flog, lenkten ihn zwei Dinge von seinen Sorgen ab. Zum einen war es die Spur von Leichen, die die Paha hinter sich herzogen, und zum anderen ein Buch.
Hatte nicht Sam ein Buch bei sich, als er in Onka in die Schenke gekommen war? Es war klein und er hatte es in der Innentasche seines Mantels verstaut, als er die Schenke betreten hatte. Hatte er es etwa verloren?
Yarik flog runter und versuchte, das Buch mit einem heftigen Windstoß aufzuklappen – schließlich hatte er keinen Körper. Nur in seinem wahren Körper war er fähig, sich in Luft zu verwandeln und sich wieder zu materialisieren. Doch dieser lag bereits seit Jahren in Sicherheit. Und so war es ihm nur möglich, sich in seiner geistig und seelischen Form durch die Lüfte zu bewegen.
Ein kleiner Luftzug reichte nicht aus, um den Einband zu öffnen, also gab er mehr Schub. So viel, dass auch die Blätter mit flatternden Geräuschen umgeblättert wurden und das Buch offen liegen blieb.
Die Schrift kam ihm irgendwie bekannt vor. Es war eine aus dem hohen Norden. Und es war wirklich sehr lange her, dass er sie gelesen hatte. Doch warum lag das Buch hier? Hatte der Zauber gewirkt und Marasco tatsächlich seine Erinnerungen so weit zurück, dass er sich an das Altvantschurisch erinnerte? Hatte er Sam etwa sagen können, was in dem Buch stand und dass es nutzlos war? Schließlich war Sam ein Bücherwurm – schon immer gewesen. Auch wenn er die Schrift nicht lesen konnte und der alten Sprache der Vantschuren ebenfalls nicht mächtig war, hätte er das Buch behalten, wenn es ihm von Nutzen gewesen wäre.
Dann ist es also wertlos, dachte Yarik und wollte weiterziehen.
Doch zwei Wörter zogen seinen Blick an und erweckten seine Aufmerksamkeit.

… Auferstehung … und *… Freiheit …*

Ein Schwall von Erinnerungen durchfuhr seinen Geist und seine Seele wurde erschüttert. Die Luft um ihn herum bebte, und obwohl er selbst Luft war, hatte er das Gefühl, nicht mehr atmen zu können.

Ich brauche einen Körper. Sofort!

53

Ist das die Stadt?«, fragte Kato irritiert in Anbetracht der Felskegel, die sich im Licht des Mondes silbern und einsam um ihn herum aus dem trockenen Boden erhoben. Schwungvoll stieg er vom Pferd und schaute sich zähneknirschend um.

Lanten kam kopfschüttelnd aus einem Kegel raus. »Man glaubt es kaum, aber die Menschen leben hier tatsächlich in diesen Felshaufen.«

»Und wo sind sie?«, fragte Kato ungeduldig.

»Keine Ahnung«, antwortete der blonde Khame und zuckte mit den Schultern. »Sind vielleicht Richtung Westen ans Meer geflohen. Oder Richtung Osten?«

»Dieser Hund!«, fluchte Kato und ballte die Hand zur Faust. »Wenn ich den Kerl in die Finger kriege.«

Eine Gruppe von Reitern kam angeritten. Calen zog sein Pferd herum und hielt ein paar Schritte vor ihm. »Wir haben einen Späher losgeschickt, aber es gibt keine Spuren, die darauf hinweisen würden, dass die Bevölkerung nach Osten gezogen ist.«

»Und im Westen?«, fragte Kato und drehte sich zu Torjn um, der gerade mit seiner Gruppe zurückkehrte.

»Nichts«, antwortete er. »Keine Spuren.«

Katos Blick verfinsterte sich und er gab ein genervtes Brummen von sich. »Was zum Henker«, knurrte er, und plötzlich platzte es aus ihm heraus. »Was sollen wir dann hier? Gibt es hier irgendetwas zu holen? Soweit ich sehen kann, sind hier nur Steine! Und die Vögel haben wir auf unserem Weg durch den Karstwald alle vom Himmel geholt! Vor uns liegt die Wüste!« Wütend packte er einen Paha am Kragen und stieß ihn grob aus dem Weg.

»Reiß dich zusammen«, sagte Borgos und stieg ebenfalls vom Pferd.

»Er hält mich zum Narren!«

»Dich?«, fragte Borgos überrascht und stellt sich Kato in den Weg. »Du bist hier nicht allein, Cousin! Wir sitzen hier alle im selben Boot.«

»Ich hätte diesen Schwächling schon längst töten sollen!«, fluchte er weiter und ignorierte Borgos einfach. »Ich wusste es! Er war der Schwächste von allen, aber ich wusste schon immer, dass er irgendetwas in sich trug.« Er steigerte sich so in seine Wut hinein, dass er gar nicht mehr bemerkte, was um ihn herum geschah.

Da packte Borgos ihn plötzlich am Kragen und schlug ihm die Faust ins Gesicht. »Wir wissen nicht mit Sicherheit, dass es Sam ist«, zischte er.

Kato stand einen Moment reglos da, der Schlag hatte ihn tatsächlich aus der Spirale herausgeholt, in die er geraten war. Langsam drehte er den Kopf und schaute Borgos an, der noch immer mit einer Hand seinen Kragen festhielt und die andere zur Faust erhoben hatte.

»Brauchst du noch eine?«, fragte er mit grimmiger Miene.

Auf Katos Gesicht breitete sich ein Grinsen aus und er nickte Borgos dankbar zu. Der ließ von ihm ab, trat einen Schritt zurück und neigte den Kopf. Kato schob den Kiefer hin und her und ließ seinen Blick über die Armee schweifen. Unzählige Fackeln leuchteten zwischen den Felskegeln wie ein Schwarm Glühwürmchen. Die meisten Krieger saßen noch auf ihren Pferden und warteten auf Anweisungen. Auch Calen und Torjn waren bei seinem Wutausbruch nicht von der Stelle gewichen und starrten ihn bloß an. Lanten stand neben seinem Pferd und streichelte seinen Hals. Das Tier hatte am nächsten neben Kato gestanden, als er herumgeschrien hatte, und war ganz unruhig geworden.

Kato gab ein genervtes Grunzen von sich und warf die Arme in die Luft. »Macht was ihr wollt mit diesen Steinhaufen«, sagte er gleichgültig. »Sucht alles Essbare, Waffen oder was weiß ich. Wir bleiben hier nicht lange. Ist wohl das Beste, wenn wir so schnell wie möglich weiterziehen.«

Während sich der dichte Fackelteppich lockerte und die Lichter wie Krabbeltiere in alle Richtungen verschwanden, winkte Kato Calen und Torjn zu sich. Beide stiegen vom Pferd und traten vor.

»Ich will, dass ihr aufräumt. Es gibt ein paar, die ihre Wunden von der letzten Schlacht in Onka gut verdeckt haben. Sie wagen nicht einmal mehr vom Pferd zu steigen, damit niemand sie humpeln sieht.«

»Alles klar«, sagte Calen und machte sich mit Torjn davon.

54

Vorsichtig trat Arua die Tür auf und blickte in den pechschwarzen Raum. Ihr erster Schritt ließ die Dielen unter ihren Füßen knarzen. Direkt hinter dem Eingang blieb sie stehen und hielt die Fackel hoch. Der Raum war hoch und in den unzähligen kleinen Felsnischen standen Öllämpchen. Der Geruch von Suppe lag noch in der Luft, was es offensichtlich machte, dass die Menschen erst vor Kurzem die Stadt verlassen hatten – vielleicht sogar überstürzt.

Auch wenn sie der Duft an das Loch in ihrem Magen erinnerte, bereitete ihr die Zunge zu große Schmerzen, als dass sie auch nur auf die Idee gekommen wäre, etwas zu essen. Sie drehte sich um und entdeckte einen Tresen. *Der Steinhaufen ist tatsächlich eine Schenke*, dachte sie verwundert. Sie eilte hinter den Ausschank und suchte nach irgendetwas Brauchbarem. In einem unteren Regal fand sie Reinigungstücher und neben den aufeinandergestapelten Bechern bemerkte sie ein Becken, das mit Wasser gefüllt war. Im dumpfen Licht der Fackel konnte sie nicht erkennen, ob das Wasser sauber war, da es wie eine schwarze Brühe aussah, doch in ihrem Zustand machte das keinen Unterschied mehr. Sie legte die Fackel auf den Tresen und tauchte das Tuch ins kalte Wasser. Mit groben Bewegungen wischte sie sich das getrocknete Blut aus dem Gesicht. Immer wieder tauchte sie den Lappen ins Wasser, drückte ihn aus und reinigte sich auch die Brust, bis das klebrige Gefühl verschwunden war.

Im Regal an der Wand hinter sich fand sie kleine Holzgefäße. Sie griff nach einem, löste den Pfropfen und schnupperte daran. Es war irgendein starkes alkoholisches Getränk, das sie sich sofort in den Mund schüttete und damit kräftig durchspülte. Als sie ausspuckte, gab sie einen schmerzvollen Laut von sich, wiederholte die Prozedur aber dennoch. Ob sie jemals wieder fähig sein würde, zu sprechen? Doch wozu brauchte sie zu sprechen?

Mit ihrem Sumentrieb war sie fähig, Lebewesen herbeizurufen. Um Gesellschaft zu haben, brauchte sie ihre Zunge nicht. Viel wichtiger schien ihr, dass sie ihre Gliederschmerzen unter Kontrolle bekam. Das Pulver, das sie in Numes gefunden hatte, war zu schwach. Sie durfte nicht zulassen, dass ihr Körper schlappmachte. Als sie nach der Fackel griff, bemerkte sie, wie ihre Hand zitterte. Dieses Mal gab sie einen genervten Ton von sich und trat hinter dem Tresen hervor.

Durch die Eingangstür sah sie, wie die Paha und die Sumen wie schwarze Geister auf den Straßen herumschlichen. Sie ließ den Blick durch die Schenke schweifen und entdeckte zu ihrer Linken eine Tür, die in einen Hinterhof führte. Im fortlaufenden Felsen lagen ein paar Türen nebeneinander und in der Mitte des Hofes plätscherte Wasser. Sie trat näher und betrachtete das Wasserrad und die Holzkanäle, die über sie hinweg zu den Zimmern führten. Arua folgte einem und betrat ein Zimmer, dessen Tür offen stand. Wieder blieb sie im Eingang stehen und hielt die Fackel hoch.

Das Zimmer war in der Hälfte durch einen Absatz geteilt, auf dem eine Matratze lag. Zu ihrer Rechten stand ein Tisch, auf der anderen Seite ein Wasserbecken und daneben eine in den Stein gehauene Badewanne. Die Holzkanäle führten über dem Wasserbecken herein, wo es ein Sammelbecken gab. Darunter brannte eine kleine Flamme, die zusätzliches Licht ins Zimmer brachte. Gerade als Arua den Raum wieder verlassen wollte, bemerkte sie etwas auf dem Rand der Badewanne und ging hin, um es sich genauer anzusehen. Es waren blutgetränkte Stofffetzen. Arua zuckte mit den Brauen, hielt die Fackel höher und sah, dass das Wasser in der Wanne eine andere Farbe hatte als das in der Schenke.

Was ist hier passiert?

Sie betrachtete nochmal die Fetzen in ihrer Hand, da fiel ihr ein Stück aus den Fingern, sodass sie den Stoff nur noch an einem Ende hielt. Der Rest rollte auf. Da erkannte sie, was sie tatsächlich in Händen hielt.

Sam, knurrte sie innerlich.

Wo Kato noch im Ungewissen war, wusste sie dank der Bandagen mit Sicherheit, dass es Sam war, der ihnen voraus war und die Städte vor den Paha warnte. War er etwa verletzt? Die Farbe des Wassers im Becken ließ es vermuten. Und wo war er?

Arua verließ das Zimmer und blieb vor dem Brunnen stehen. Die Nacht war lau und ein paar Schleierwolken verdeckten die Sterne. Langsam atmete sie durch den Mund ein und streckte dabei ihre verwundete Zunge an den Rand des Mundes, um sie im Wind zu kühlen.

Die Ruhe wurde plötzlich durch ein Geräusch gestört, das sie aufhorchen ließ. Es hörte sich an wie jemandes letztes Röcheln vor dem Tod und kam von der Rückseite. Arua steckte die Fackel in eine freie Vorrichtung, die neben jedem Zimmereingang zu finden war, und ging den Fels entlang bis zum letzten Raum. Dort führte eine enge Gasse zwischen dem Zimmer und einem angrenzenden Felsen hinaus auf die Straße. Verborgen in der Dunkelheit der Gasse spähte sie hinaus und entdeckte Calen, der einem Paha die Kehle aufschlitzte.

Aus Aruas Hals drang ein hasserfülltes Knurren und sie krallte sich an dem Felsen fest, als wollte sie ihn mit ihren Nägeln zersplittern. Es war die breite Straße, auf der sie in die Stadt hineingeritten waren, doch da die meisten Paha und Sumen ausgeschwärmt waren, war sie so gut wie verlassen. Und Kato war weiter unten. Zwischen zwei Felskegeln kam Torjn mit einem anderen Krieger hervor. Der Mann war ein Khame, der sich in der Schlacht in Onka am Bein verletzt hatte und nun leicht hinkte. Torjn klopfte ihm auf die Schulter und verschwand wieder in der Dunkelheit. Ein paar wenige Fackeln hingen an den Felseingängen, sodass die Zugangsstraße wie ein kleiner Platz beleuchtet war.

»Was wolltest du denn so Wichtiges von mir?«, fragte der Khame und blieb ein paar Schritte vor Calen stehen. »Wir haben gerade ein paar Vorratslager und Waffen gefunden.«

Calen schwieg. Stattdessen zog er plötzlich seine Machete und griff den Khamen an. Der zog in letzter Sekunde seine Waffe und wehrte Calens Schlag ab. »Ich dachte mir doch, dass du es auf mich abgesehen hat«, sagte der Khame, stieß Calen von sich und ging in Stellung. »Du bist dabei, die Verletzten auszusortieren.«

Calen lachte leise. »Wir können es uns nicht leisten, von Krüppeln aufgehalten zu werden. Nur ein gesunder Paha ist ein starker Paha. Das weißt du doch.«

»Ich werde dir zeigen, wie stark ich bin.«

Während die beiden Männer aufeinander losgingen, entdeckte Arua einen Felsen, der nur ein Stockwerk hoch war und anders als die meisten ein abgeflachtes Dach hatte. Sie huschte über die Straße und kletterte daran hoch. Calen und der Khame waren nun direkt unter ihr. Lautlos zog sie ihre Machete und machte sich bereit für den Sprung. Niemals würde sie Calen ungeschoren davonkommen lassen, nachdem er sie in Onka verstümmelt hatte.

Der Kampf zwischen Calen und dem Khamen zog sich mehr in die Länge, als Calen wohl erwartet hatte, so gab er seiner Wut durch genervtes Stöhnen Ausdruck, wenn er seine Machete gegen das Schwert des Khamen schlug. Doch der Khame zeigte Erschöpfungszeichen, indem seine Bewegungen tatsächlich langsamer wurden und er durch sein verletztes Bein Schwierigkeiten hatte, sich frei zu bewegen. Er war mindestens zehn Jahre älter als Calen und hätte ihm unverletzt problemlos pariert. Doch Calen war zu flink für ihn, huschte wie der Wind an ihm vorbei und schlug ihm dabei die Machete in die Seite. Blut spritzte, dann krümmte sich der Khame und fiel ächzend auf die Knie. Calen drehte sich, griff seine Machete mit beiden Händen und schlug ihm den Kopf ab.

In dem Moment sprang Arua mit einem kämpferischen Schrei vom Fels herunter. Calen reagierte schnell genug und wich ihrer Klinge im letzten Moment aus, sodass sie zwei Schritte neben ihm am Boden landete und mit einem Knie aufsetzte, um den Schwung abzufedern. Sofort schwang sie ihre Machete auf der Höhe von Calens Knien. Erneut schaffte er es, ihr auszuweichen. Ohne ihm eine Verschnaufpause zu gönnen, sprang sie hoch und stieß ihm ihre Machete entgegen.

»Du willst jetzt also deine Rache«, bemerkte Calen wenig überrascht und sprang über den toten Khamen, bevor er über ihn stolperte, und brachte sich vor ihr in Stellung. »Das wird unser letzter Kampf sein, das versichere ich dir.«

Arua stieß ihm einen wütenden Schrei entgegen und spuckte auf den Boden.

»Dir die Zunge rauszuschneiden war wohl das Beste, was mir je eingefallen ist. Und obwohl ich weiß, dass das absoluter Blödsinn ist, kannst du mir nicht einmal widersprechen!«, rief Calen und lachte laut heraus.

Arua krallte sich am Griff ihrer Machete fest und starrte Calen voller Abscheu an, was ihm zu verstehen gab, dass sie ihn nur noch tot sehen wollte. Erneut gingen sie aufeinander los.

Seit sie Kinder waren, besuchten sie gemeinsam Katos Kampfunterricht. Ob Junge oder Mädchen war egal. Unzählige Kämpfe hatten sie bereits untereinander ausgefochten, stets unter Katos gebieterischem Blick als Ausbilder, der ihre Techniken verbesserte, wenn sie Fehler machten, und ihnen Tipps gab, wie sie ihre Körper im Kampf zum Vorteil nutzen konnten.

Arua war ein Leichtgewicht im Vergleich zu Calen, der groß und stämmig war und seinen Körper dennoch flink bewegen konnte. Trotz ihrer zwanzig Jahre hatte sie noch immer den Körper eines Jungen als den einer Frau. Im Kampf kam es ihr gelegen, dass sie kleine Brüste hatte, die ihre Bewegungen nicht einschränkten und sie auch kein zusätzliches unnötiges Gewicht herumtragen musste. Dieser Körper hatte sie jedoch auch dazu gezwungen, andere Wege zu finden, um die Männer auf sich aufmerksam zu machen, was sie schließlich mit der Kleidung erreicht hatte. Ihre eng anliegende Lederhose und das kurze Oberteil verliehen ihr neben dem aufreizenden Äußeren zudem die bestmögliche Bewegungsfreiheit. Egal wie groß und schwer ihr Gegner war, solange sie sich schneller und flinker bewegte, war sie jedem ebenbürtig – und das wusste auch Calen.

Mit unglaublicher Geschwindigkeit schwang sie ihre Machete, sodass es Calen schwerfiel, ihr zu folgen, und schnitt ihm so tief in den Oberarm, dass eine blutige Fleischwunde zurückblieb.

Sobald sie zum Stillstand kam, griff Calen an. Sie konnte gerade noch ausweichen, bevor sein Messer ihr ins Gesicht schlug. Sie sprang weg, stieß sich an einem Felsen ab und griff Calen von der Seite an. Die beiden Klingen schlugen gegeneinander und sie wirbelte um ihn herum. Calen ließ ihr keine Verschnaufpause und schwang seine Waffe direkt vor ihrem Gesicht, sodass sie zurückweichen musste und dabei fast über den enthaupteten Khamen stürzte. Sie stützte sich mit der freien Hand auf seiner Schulter ab und sprang über ihn hinweg. Gerade als sie die Hand zurückzog, drang Calens Machete mit geballter Kraft in die Schulter des Toten ein, sodass er die Klinge nur mit einem Ruck wieder herausziehen konnte. Arua nutzte den Moment und wirbelte um Calen herum. Bevor sie ihre Machete in seine Seite schlagen konnte, parierte er erneut. Im Augenwinkel sah sie plötzlich einen schwarzen Schatten und sie drehte irritiert den Kopf.

Torjn.

In dem Moment bekam sie einen Schlag gegen den Kopf, sodass sie eine halbe Umdrehung machte und zur Seite fiel. Es war ihr Körper, der zuerst die Kraft verlor, und dann ihr Verstand. Alles wurde schwarz und sie verlor das Bewusstsein, noch bevor sie auf dem Boden aufschlug.

55

Der Morgen kündigte sich tatsächlich durch die Lichtspiegelungen an, die dank der unzähligen Spiegel durch die Räume flackerten. Entspannt lehnte sich Sam an die Wand und betrachtete das magische Schauspiel.

»Ist das Portal offen?«, fragte Marasco leise.

Sam hatte gar nicht bemerkt, dass er wieder bei Bewusstsein war. »Bald«, sagte er ruhig.

Marasco rappelte sich auf und rieb sich das Gesicht. »Dann lass uns hochgehen. Ich bleib keine Minute länger in diesem Loch als nötig.«

Sam nickte und folgte ihm durch die Kaverne hinaus in die engen Gänge und hoch zum Ausgang. Marasco eilte dem Tor zu und konnte es kaum erwarten, aus der Höhle rauszukommen. Doch als sie oben ankamen, war das Portal noch immer geschlossen und die Wachen standen reglos auf ihren Plätzen.

»Kommt schon!«, rief Marasco. »Worauf wartet ihr? Öffnet das verfluchte Tor!«

Von Weitem ertönte ein Nebelhorn und die drei Männer machten sich an die Arbeit. Sie drehten die Kurbel, ein lautes Knarren erhob sich und während sich das Portal langsam öffnete, fragte sich Sam, ob es Zufall war oder Marascos Wille. Doch wenn es sein Wille gewesen wäre, warum hatte er ihn nicht schon früher durchgesetzt? Das weiße Sonnenlicht schien herein und blendete Sam. Er brauchte einen Moment, um die Felsen in der Umgebung zu erkennen.

»Himmel!«, sagte Marasco erleichtert, trat hinaus und fiel auf dem Platz auf die Knie. »Wie ich dich vermisst habe.«

Jetzt ist alles wieder gut, dachte Sam und lachte. Doch als er hinaustrat, war ihm sofort klar: Nichts war gut. Es herrschte Totenstille und etwas Böses lag in der Luft. Auch Marasco hatte es wahrgenommen und schaute sich wachsam um. Nach der ersten

Abzweigung bestätigte sich Sams Gefühl. Mindestens zwanzig tote Paha lagen zwischen den Felsen von Limm verteilt.

»Gehen die jetzt schon gegenseitig aufeinander los?«, fragte er erschrocken.

Marasco beugte sich über einen Toten und legte die Hand auf dessen Hals. »Der ist schon kalt.«

Unter einem toten Paha entdeckte Sam ein Mädchen. Ihre lederne Kleidung kam ihm bekannt vor. »Das ist Arua!«, rief er und rannte zu ihr. »Wir müssen sie befreien!«

Der Paha hatte das Gewicht von drei Männern, also schaute Sam hilfesuchend zu Marasco. Doch der griff sich ein Dualschwert vom Gürtel eines toten Pahas und legte sich die Schwertscheide um.

»Wozu?«, fragte er beiläufig.

Sam stemmte sich mit dem Fuß gegen den toten Paha und zog an Aruas Arm. Mit Mühe gelang es ihm, sie hervorzuziehen.

»Arua«, sagte er und hielt sie im Arm.

Ihr Gesicht war eingefallen, ihre Haut blass und ihr Körper ausgezehrt.

»Die ist doch tot«, meinte Marasco, zog die Schwerter aus der Scheide und nahm eines in jede Hand. »Und seit wann magst du sie? Du warst doch derjenige, der alles getan hat, um von ihr wegzukommen.«

»Hör auf! Trotz allem bin ich mit ihr aufgewachsen!«

»Sie ist eine verdammte Paha«, bemerkte Marasco beiläufig und übte kontrollierte Bewegungsabläufe mit den Schwertern. »Wenn sie noch nicht tot ist, solltest du es schnell erledigen.«

»Was ist nur los mit dir?«

Arua hustete und öffnete die Augen. Sam erstarrte, als er ihre einst so schönen Augen sah, die matt und milchig geworden waren. Als ihr bewusst wurde, wo sie war, stieß sie ihn schroff von sich, machte einen Satz zur Seite und schnappte sich ihre Machete, die ein paar Schritte entfernt lag.

»Ich bin es, Sam«, sagte er überrascht.

Arua kniff die Augen zusammen und spähte zu ihm hoch. Dann rannte sie schreiend auf ihn zu und schwang ihre Machete.

Im letzten Moment gab Marasco ihr einen Tritt und sie fiel zur Seite.

»Nimm es gefälligst mit jemandem auf, der dir gewachsen ist!«, sagte Marasco und ging in Angriffsstellung.

Arua knurrte und ließ Sam links liegen. Getrieben von blinder Wut griff sie an. Doch Marasco schien jede ihrer Bewegungen vorauszusehen. Er fing ihre Angriffe ab und nutzte die Kraft zu seinen Gunsten. Arua fiel an ihm vorbei, rappelte sich wieder auf und griff erneut an. Marasco duckte sich, kreuzte die Schwerter und schob Arua in einer halben Drehung beiseite. Seine Bewegungen waren geschmeidig, und während er Arua wie einen Hund herumscheuchte, sah es fast so aus, als würde er tanzen.

Schließlich schlug er ihr die Machete aus der Hand und gab ihr einen Tritt in den Bauch, sodass sie rückwärts zu Boden fiel. Mit zusammengelegten Klingen stand er über ihr und schaute sie böse an. Seine unteren Augenlider zuckten und er war bereit, ihr den tödlichen Stoß zu versetzen.

Starr vor Schreck und mit offenem Mund kniete Sam am Boden und staunte über Marascos Fähigkeiten. Sein Puls war beängstigend ruhig geblieben. Auch Arua schien von ihrem Gegner überrascht und knurrte wie ein Tier. Dann stieß sie einen Schrei aus und wollte fliehen. Doch Marasco gab ihr einen Tritt und drückte seinen Stiefel auf ihren Hals. Arua lag auf dem Rücken und krallte sich an seinem Bein fest. Immer fester drückte er den Fuß auf ihren Hals.

Endlich fing sich Sam wieder und rannte zu ihm. Erst als er die Hand auf Marascos Schulter legte, zuckten seine Brauen zusammen und er schien sich wieder gewahr zu werden, wo er war. Er schaute Sam an, als hätte er keine Ahnung gehabt, was gerade geschehen war. Dann legte er die Schwerter zusammen, schob sie zurück in die Scheide und trat gehorsam einen Schritt zurück.

Die Bewohner von Limm waren über dem Anblick, der sich ihnen bot, erschrocken. Eine Gruppe von Männern kümmerte sich um die Toten. Sie sammelten die Leichen auf mehreren Wagen und fuhren mit ihnen aus Limm hinaus Richtung Westen. Arua warfen sie gefesselt in einen ausgehöhlten Felsen, der nur von oben über einen Flaschenzug zugänglich war. Sie knurrte noch immer wie ein tollwütiger Hund und schnappte nach jedem, der ihr zu nahe kam.

»Wer ist das?«, fragte Tami, als sie neben Sam an der Brüstung stand, voller Unbehagen die Strickjacke enger um sich zog und mit ängstlichem Blick runterschaute.

Fassungslos schüttelte Sam den Kopf. *Meine Schuld*, dachte er. *Das ist meine Schuld.*

Die Sonne hatte bereits die westlichen Berge erreicht, als er in die Schenke zurückkehrte. Marascos Präsenz war klar spürbar, doch da saßen bloß der Großvater und die beiden Männer vom Vorabend an ihrem Stammtisch und tranken Wein.

»Setz dich zu uns, Junge!«, rief der Großvater.

Dankend lehnte Sam ab und ging hinaus in den Hof. Auf dem Fels der Schenke entdeckte er Marasco und flog zu ihm hoch. Ruhig saß er auf der kleinen, fast ebenen Fläche, die direkt über dem Ausschank lag, und schaute mit müdem Blick runter auf die Straße. Zu seinen Füßen lag das Dualschwert.

»Was hat dir die Paha erzählt?«, fragte er leise.

»Nichts«, antwortete Sam und setzte sich zu ihm. »Sie war völlig außer sich.« Nach einer kurzen Pause schaute er Marasco an. »Danke, dass du sie nicht getötet hast.«

»Ich hätte der Welt einen Gefallen getan«, sagte er und ließ den Kopf hängen.

»Nein, du hast das Richtige getan.«

»Was soll der Unsinn?«, fuhr Marasco plötzlich auf. »Ein Maul mehr zu stopfen, das es nicht verdient hat.«

»Warum sagst du das?«

Marasco gab ein genervtes Knurren von sich und schüttelte den Kopf. Erst da bemerkte Sam, dass er alles andere als ruhig war. Als er ihm nach dem Kampf gegen Arua die Hand auf die Schulter gelegt hatte, hatte Marasco ihn angeschaut, als hätte er nicht gewusst, was gerade geschehen war. Sein distanzierter Blick erinnerte ihn daran, wie er bereits zuvor auf dem Adlerfels oder bei ihrer Ankunft in Limm auf seltsame Weise den Anschein gemacht hatte, gar nicht anwesend zu sein.

»Lass uns von hier verschwinden«, sagte Marasco aufgewühlt und stand auf. »Diese Stadt macht mich krank.« Er ließ das Dualschwert liegen und flog los.

Seit Numes war klar, dass mit Marasco etwas nicht in Ordnung war. Und jedes Mal, wenn Sam ihn zur Rede stellte, blockte er ab. Das geht so nicht mehr, dachte er, verwandelte sich und folgte ihm über die Felskegel. Doch während er selbst immer weiter in die Höhe stieg, blieb Marasco dicht über den Kegelspitzen, so als fehlte ihm die Kraft, in die Höhe zu steigen. Unweit der Schenke geriet er plötzlich ins Trudeln und stürzte ab. Als Mensch schlug er auf dem Boden auf, schleuderte gegen einen Felsen und blieb reglos liegen. Sofort flog Sam hinunter, rannte zu ihm und drehte ihn auf den Rücken. Marasco glühte, sein Gesicht war kreideweiß und er hatte die Augen nur leicht geöffnet.

»Marasco!«, rief er und schüttelte ihn. »Steh auf! Was soll das?«

Mit fahriger Hand suchte Marasco nach seinem Arm und versuchte, sich daran festzuhalten. Doch sein Blick wanderte an ihm vorbei und er verdrehte die Augen.

Sam legte beide Hände um sein Gesicht und versuchte, ihn zurückzuholen. »Wach auf!«

Doch Marasco war kurz davor, das Bewusstsein zu verlieren. Also zog Sam ihn hoch, legte seinen Arm über die Schulter und führte ihn neben sich zurück zur Schenke. Mit hängendem Kopf hing Marasco an ihm, als hätte er zu viel getrunken.

In der Stadt war bereits Ruhe eingekehrt und auch als er mit Marasco um den Felsen des Wirtshauses herumging und direkt über den Hinterhof zum Zimmer zurückkehrte, schien ihre Abwesenheit niemand bemerkt zu haben. Vor dem Eingang zu ihrem Zimmer brannte die Fackel und als Sam eintrat, leuchtete der Raum im goldenen Schein unzähliger Ölkerzen. Jemand hatte es für die Nacht hergerichtet und dabei auch das dreckige Wasser aus der Wanne ablaufen lassen. Auf dem Tisch standen noch immer der Wein und die beiden Becher vom Vortag. Er brachte Marasco zum Absatz und half ihm, sich auf den Futon zu legen.

Marasco drehte sich auf die Schulter und krümmte sich vor Schmerzen. Er presste einen Arm an den Körper und einen Handballen an die Stirn. Schweißausbrüche und Schüttelfrost wechselten sich ab. Obwohl er die Zähne zusammenbiss, als wollte er das letzte bisschen Kontrolle über sich behalten, gab er stöhnende Laute von sich, die die letzten Zweifel, die Sam an seinem Zustand hatte, auslöschten. Fassungslos stand er da und wusste nicht, was er für seinen Gefährten tun konnte. Als Marasco sich herumwälzte und anfing, unverständliche Worte aneinanderzureihen, rannte er in die Schenke, um Hilfe zu holen.

»Dein Freund?«, fragte Todo, der Wirt, und lächelte. »Der Junge, der im Untergrund nicht klargekommen ist? Dem ging es doch gestern schon beschissen.«

»Gibt es jemanden hier, der ihm helfen kann?«

»Ich hole die Heilerin!«, rief Tami plötzlich hinter ihrem Vater.

»Du solltest schon längst im Bett sein, junge Dame«, sagte Todo überrascht.

Doch Tami hatte bereits ihren Umhang angezogen und war hinter dem Tresen hervorgekommen. »Ich hole sie. Sei unbesorgt«, rief sie und rannte durch die Schenke zur Tür hinaus.

Die Gäste verließen gleich hinter Tami das Lokal und die Hälfte der Öllampen war bereits ausgegangen. Todo räumte die letzten Becher und Flaschen von den Tischen und kehrte zum Tresen zurück.

»Was hat der Junge denn?«, fragte er.

»Ich weiß es nicht«, antwortete Sam und deutete auf die sauberen Putzlappen aus Leinen, die in einem unteren Regal lagen. »Kann ich einen davon haben?«

»Natürlich«, meinte Todo und gab ihm gleich zwei.

Zurück im Zimmer fand er Marasco neben dem Bett. Er kniete am Boden, stützte sich mit einer Hand auf dem Absatz ab und ächzte vor Anstrengung.

»Was tust du denn?«, fragte Sam und half ihm zurück auf den Futon. »Sogar zu schwach, um dich aus dem Staub zu machen«, murmelte er. Um es Marasco angenehmer zu machen, zog er seinen Mantel aus und öffnete seinen Gürtel. Als er das Beil weglegen wollte, drehte sich Marasco und versuchte, danach zu greifen.

»Nein, das brauche ich«, keuchte er. »Er bringt mich um.«

»Das ist Unsinn«, sagte Sam und legte es auf den Boden. »Wollte der Meister deinen Tod, hätte er dich schon längst getötet.«

Marasco presste die Augen zusammen und fiel stöhnend zurück auf den Rücken. »Er lässt mich leiden. Siehst du das nicht?«

»Beruhig dich«, sagte er und ging zum Waschbecken, das er mit frischem Wasser füllte.

»Nein! Das ist Zeitverschwendung«, murmelte Marasco gequält und versuchte erneut aufzustehen. Als er sich jedoch auf einem Arm aufstützte, fiel sein Kreislauf zusammen und er fiel zurück.

Sam tauchte den Lappen ins Wasser und kehrte zurück zum Bett, wo er sich auf den Absatz setzte. Marascos hatte tatsächlich das Bewusstsein verloren. Mit einem nassen Lappen kühlte er seine Stirn und hoffte, dass Tami bald mit der Heilerin kam. Was, wenn es ernster war, als er sich einredete? Hatte Marasco am Ende etwa recht? Spielte der Meister nur mit ihnen und wollte ihren Tod? *Hör auf! Das ist Unsinn! Aber ... was wenn er stirbt und ich nichts dagegen tun kann?* Die Verbindung zu Marasco war wieder stärker geworden, denn auch er hatte das Gefühl, keine Luft zu kriegen und dass sein Kopf jeden Moment unter dem Druck zerquetscht würde.

»Bitte, halt durch«, flüsterte Sam.

Da riss Marasco die Augen auf und schreckte hoch.

»Du hast Fieber«, sagte Sam.

»Das kann nicht sein.« Ängstlich krallte sich Marasco an seinem Arm fest. »Er ist bestimmt wütend auf mich. Ich wollte ihn töten. Und jetzt hat er dich! Er braucht mich nicht mehr.«

Sam starrte ihn eine Weile an. *Was redet er da?* Es dauerte einen Moment, bis ihm klar wurde, was ihn so irritierte. *Schuldgefühle? Wo kommen die denn plötzlich her?*

Selbst wenn Sam diese Verbindung zu ihm hatte, wusste er, dass er nicht annähernd nachfühlen konnte, was Marasco gerade durchmachte. Doch je schlechter es ihm ging, umso mieser fühlte auch er sich.

»Sam?«, hörte er plötzlich Tami. Noch bevor er bei der Tür war, ging sie auf und Tami führte eine Frau ins Zimmer. »Das ist Yun«, sagte sie und machte die Tür hinter sich zu.

56

Der Körper der alten Frau fühlte sich für Yarik an wie viel zu enge Kleidung. Ihre Beine waren so dünn wie die Handgelenke seines eigenen Körpers und der blaue Rock mit den weißen Stickereien an den Ärmeln war ungewöhnlich eng geschnitten. Auch wenn er nicht die Kontrolle übernommen hatte, war es doch eine Geduldsübung gewesen, von ihrer Unterkunft hierher zu gelangen.

Er hatte sich in ihrem Körper eingenistet, sobald sie die Tür geöffnet hatte. Und da Tami ihr nicht hatte sagen können, was Marasco fehlte, hatte er ihr aufgetragen, die Heilsteine einzupacken. Auf diese Weise hatte er die Möglichkeit, seine Kräfte einzusetzen, ohne dass die Heilerin es bemerkte.

Man muss nehmen, was man kriegen kann, dachte Yarik. Yun war definitiv nicht seine erste Wahl, aber ehrlich gesagt gab es niemanden außer ihm, der Marasco in diesem Moment hätte helfen können.

Und nun stand Yun vor Sam und schaute mit Leguanaugen zu dem blond gelockten Mann auf, der mehr als einen Kopf größer war als sie. Höflich nickte Sam ihr zu, trat zur Seite und gab den Blick auf Marasco frei. Zu sehen, wie sein Rabe sich auf dem Futon hin und her wälzte und stöhnende Geräusche von sich gab, tat Yarik in der Seele weh. Yun betrachtete ihn nüchtern und aus sicherer Distanz. Kein Wunder löste dies in Sam Misstrauen aus.

»Es geht ihm nicht gut«, sagte er.

Tami zog Yun an der Hand, worauf sie sich Marasco endlich näherte.

Wohl eine von denen, die nicht viel für Fremde übrighat. Ich werd wohl nachhelfen müssen.

Yarik gab ihr die Idee und Yun setzte sich auf den Absatz. Marasco drehte benommen den Kopf auf die andere Seite und sprach in unverständlichen Worten.

Altvantschurisch, dachte Yarik erleichtert. *Der Zauber wirkt. Nur dumm, dass er ihn so krank macht.*
Yun zuckte erschrocken zusammen und schaute Sam an. *Ahnt sie etwas?*
»Er redet im Fieber«, sagte Sam.
»Wo kommt Ihr her?«, fragte Yun mit einer leicht heiseren Stimme und legte die Hand auf Marascos Stirn.
»Aus dem Norden.«
»Und warum spricht Euer Freund in einer toten Sprache?«
»Ihr versteht ihn?«, fragte Sam überrascht.
Woher kennt die Frau Altvantschurisch? Yarik war ebenso erstaunt. *Vielleicht war sie ja doch kein Fehlgriff.*
Aber zu sehen, wie schlecht es Marasco ging, löste zu viel Mitgefühl in ihm aus, dass er sich nicht zurückhalten konnte und für einen kurzen Moment die Kontrolle übernahm. Er lächelte sanft und strich Marasco zärtlich die Haare aus der Stirn. Dabei entging ihm nicht, wie sich Sams Gesichtsmuskeln entspannten.
Marasco stöhnte und drehte den Kopf. Mit glasigen Augen schaute er Yun an. Es fiel ihm schwer, sie zu fokussieren, da sein Blick wie wild von einem Punkt zum anderen sprang und flackerte. Doch plötzlich fuhr er hoch, packte Yun am Hals, schlug sie mit dem Rücken gegen die Wand und würgte sie. Yun keuchte auf und versuchte zu schreien, doch Marasco würgte ihr die Luft ab und schaute sie hasserfüllt an.
»Hör auf!«, rief Sam erschrocken. »Sie ist hier, um zu helfen.«
»Er ist es«, sagte Marasco mit bebender Stimme. »Siehst du das nicht? Er ist hier, um uns zu töten.«
Soll ich was tun? Muss ich was tun? Yarik war hin- und hergerissen. *Nein. Sam hat mich nicht erkannt. Ich sorg besser dafür, dass die Frau nicht erstickt und hoffe darauf, dass Sam ihn wieder zur Vernunft bringt.*
Mit aufgerissenen Augen starrte Yun Marasco an und versuchte, sich mit ihren knochig dürren Fingern vergeblich aus seinem Griff zu befreien. Doch Marascos Hände waren zu Stein geworden.
»Du bist nicht bei Sinnen«, sagte Sam und versuchte, ihn von Yun wegzuziehen. »Lass sie los!«

Marasco starrte Yun an, sein Atem stockte und das Fieber trieb ihm den Schweiß auf die Stirn. Als wäre er von irgendwelchen Bildern geblendet, presste er die Augen zusammen. »Das kann nicht sein«, flüsterte er und fiel kraftlos in sich zusammen.

Sam half ihm, sich wieder hinzulegen, und kniete sich neben ihm auf die Reismatte. Yun keuchte auf und Yarik pumpte eine extra Portion Sauerstoff in ihre Lungen. Ihre Hände zitterten. Tami packte wimmernd ihren Arm. Yarik spürte Yuns Drang, davonzurennen, doch das war etwas, das er nicht zulassen konnte. Also übte er Druck auf ihre Beine aus, sodass Yun glaubte, vor Schreck keinen Schritt machen zu können, und hoffte darauf, dass sie selbst erkannte, wie sehr Marasco ihre Hilfe nötig hatte.

Der wälzte sich schweißgebadet hin und her, redete wirres Zeugs und krallte sich am Kissen fest. Sam kniete neben ihm und massierte sich die Stirn. Das Band zu Marasco war wohl stärker geworden und er konnte seine Schmerzen fühlen. Als er bemerkte, dass seine Bandagen schweißnass waren, stand er auf und trat ans Wasserbecken. Er zog die Stofffetzen runter und wusch sich die Hände.

»Tami, Liebes«, sagte Yun schließlich, »hol mir doch bitte eine Schale kaltes Wasser aus dem Brunnen.«

Tami eilte los und ließ die Tür hinter sich zufallen.

»Was seid Ihr?«, fragte Yun geradeheraus.

Sam drückte die nassen Bandagen aus und legte sie auf den Rand des Beckens. Dann drehte er sich um und schaute die Heilerin eine Weile an.

Weiß er keine Antwort? Marasco hat den Jungen wohl bereits gehörig durcheinandergebracht.

»Könnt Ihr ihm helfen?«, fragte Sam stattdessen und setzte sich zurück neben Marasco. Fast schon zärtlich strich er ihm über die Schulter und schaute ihn an. Marasco wälzte sich auf die Seite, drehte Sam den Rücken zu und krallte die Hände in den Futon.

Das ist nicht die Verbindung, die er zu ihm hat. Verflucht! Der Junge hat ihn lieb gewonnen. Yarik schmunzelte innerlich und schüttelte den Kopf. *Womit hast du das bloß verdient, du kleiner Teufel?*

»Euer Freund wird nicht sterben«, sagte Yun und setzte sich zurück auf den Absatz neben Marasco. »Obwohl ich mich frage, wie Ihr es ohne Nahrung so weit geschafft habt.« Sanft legte sie die Hand auf Marascos Stirn. »Ihr habt eine weite Reise hinter Euch. Hab ich recht?«
Die hat einen schärferen Sinn, als ich dachte.
Als Tami mit einer Schale kalten Wassers zurückkehrte, öffnete Yun ihren Lederbeutel und packte grüne Steine aus, die alle die Form und Größe halbierter Eier hatten. »Macht ihn bitte oben frei.«
Sam betrachtete seine nackten Hände und ballte sie zu Fäusten. Zögerlich öffnete er Marascos Weste und dann die Knöpfe seines Hemdes. Marasco war völlig durchgeschwitzt. Vorsichtig zog er ihn hoch und streifte ihm das Hemd ab. Erschöpft fiel Marasco zurück ins Kissen. Yarik entging nicht, wie Sam Marascos schlanken, aber muskulösen Oberkörper betrachtete.
Ja, auch ich frag mich, wie er zu solchen Muskeln gekommen ist, stimmte Yarik Sam in Gedanken zu.
Yun legte die Steine in die Wasserschale und rieb sie aneinander. Sie ließ sie eine Weile liegen, trocknete ihre Hände und drehte Marasco, der sich wieder auf die Schulter gedreht hatte, zurück auf den Rücken. »Haltet ihn so fest«, sagte sie und drückte dabei seine Schultern auf den Futon.
Sams Brauen zuckten zusammen. Als wartete er darauf, dass Yun ihm eine andere Anweisung gab, saß er reglos da. *Er trägt keine Bandagen.* Doch Yun wartete geduldig und gab ihm mit einem Nicken zu verstehen, es jetzt zu tun. Also beugte Sam sich vor und versuchte, ohne die Handflächen aufzulegen, Marasco auf den Rücken zu drehen. Doch Marasco war zu stark und zu wild. Und als Sam schließlich die ganzen Hände auflegte, schien sein Körper für einen Augenblick wie von einem Blitz geschlagen erstarrt.
Bevor Yun den Blick abwandte, um nach ihren Steinen zu sehen, übernahm Yarik die Kontrolle. Es wunderte ihn nicht, dass Marasco zu den Wilden gehörte – wahrscheinlich hatte sogar Sam selbst damit gerechnet. Es war das erste Mal, dass Yarik

Zeuge davon wurde, wie Sam sich nicht gegen den gewaltigen Schwall von Bildern, Gefühlen und Eindrücken wehren konnte. Während seine Hände auf Marascos Haut klebten, zitterte sein ganzer Körper. Mit aufgerissenen Augen starrte er vor sich ins Leere.

Ob er etwas erkennen kann?

Plötzlich riss Sam sich von Marasco los, doch die Kraft reichte aus, um ihn an die Wand zu schleudern. Benommen rappelte er sich auf und rieb sich den Kopf. Entsetzt schaute er Marasco an.

»Was ist passiert?«, fragte Yun.

»Ein ganzer Sturm und ich habe nichts gesehen«, murmelte Sam fassungslos.

»Ich versteh nicht.«

Marascos Körper zitterte und war vom Fieber schweißnass. Halb ohnmächtig lag er da und schien gar nicht bemerkt zu haben, was gerade geschehen war.

Sam griff nach dem Kissen, dessen Überzug bereits zerrissen war, und bandagierte sich mit ein paar neuen Stoffstreifen behelfsmäßig die Hände. Dann kniete er sich wieder neben Marasco, drehte ihn auf den Rücken und gab Yun mit einem Nicken zu verstehen, dass sie loslegen konnte.

Yun nahm zwei Steine aus dem Wasser und ließ sie abtropfen. In dem Moment, als sie die Steine auf Marascos Oberkörper legte, ließ Yarik seine Heilkräfte hineinströmen. Marasco verzog vor Schmerzen das Gesicht und riss den Kopf zur Seite. Seine Finger verkrampften sich und seine Muskeln zuckten unkontrolliert.

»Was könnte es sein, das ihm so zu schaffen macht?«, fragte Yun besorgt.

Sam schüttelte bloß den Kopf. Es sah aus, als wäre Marasco von Dämonen geplagt, doch Yarik wusste, dass es die Erinnerungen waren, die langsam zurückkehrten. Tröpfchenweise breiteten sie sich in Marascos Geist aus und drangen in sein Bewusstsein vor.

Yun wusch die Steine in der Schale und legte sie zurück auf Marascos Brust. Der ächzte, biss die Zähne zusammen und drehte den Kopf gequält in die andere Richtung.

»Was immer es ist, das er zur Stärkung benötigt«, sagte die Heilerin und reichte Sam einen nassen Lappen, »Ihr solltet es besorgen. Er wird es brauchen.«

»Was uns stärkt, gibt es hier nicht mehr«, antwortete Sam niedergeschlagen und strich mit dem Lappen über Marascos Stirn.

»Wenn Ihr Eure Reise fortsetzen wollt, müsst Ihr Euch etwas einfallen lassen. Das Fieber schwächt ihn sehr.«

»Und was bewirken dann die Steine?«

Yarik gab Yun die Antwort. »Sie besänftigen den Sturm in seinem Geist.«

Allmählich entfalteten die Steine ihre Wirkung und Marasco wurde ruhiger. Sam ließ ihn los und lehnte sich erschöpft an die Wand. Auch Yarik lehnte sich innerlich zurück. Das Schlimmste schien überstanden, dennoch füllte er die Steine immer wieder mit neuer heilender Magie. Schließlich blieb Marasco nicht alle Zeit der Welt. Blieb nur zu hoffen, dass er sich so rasch wie möglich an die wichtigen Dinge erinnerte. Denn die Zeit, in der er Rache üben konnte, war kurz.

Sieh also zu, dass du möglichst schnell wieder auf die Beine kommst. Ich hole mir jetzt meinen Körper und das Buch.

57
151 Jahre zuvor

Als Yarik über das Binnenmeer Richtung Orose Insel flog, waren sieben Monate vergangen, seit er das letzte Mal dort gewesen war. Sieben Monate seit Datekohs Tod. Und nichts hatte sich verändert. Das Wasser leuchtete noch immer im gleichen tiefen Blau, die Luft roch salzig und die Wellen kräuselten sich auf dieselbe Weise.

Das nennt man wohl Trauer, dachte er, als sich vor ihm die Insel hinter dem Dunst zu erkennen gab. Sein Leben war mit Datekohs Tod ins Wanken geraten. Die Freiheit schmeckte nur noch halb so süß und der Frieden, den er in den Lüften gefunden hatte, wurde von lauten Schreien gestört, die in seinem Hinterkopf hallten. Yarik sah sich gezwungen, etwas zu unternehmen, doch er wusste einfach nicht was. Was ihm fehlte, war ein Ziel.

Stundenlang hatte er über Datekohs letzte Worte sinniert. Es war ihm einfach nicht möglich, sich genau an sie zu erinnern, doch er war sich sicher, dass sein Bruder ihm nicht gesagt hatte, was er tun sollte. Er hatte lediglich gesagt, dass etwas getan werden musste. Doch was? Schließlich konnte Yarik nicht allein den Kodex neu schreiben. Und selbst wenn er den Kodex in die Finger bekommen sollte, wie sollte er eine noch ungeschriebene Todesliste, die vom Kodex selbst verfasst wurde, umschreiben – vorausgesetzt es gab so etwas wie eine Liste, schließlich hatte er den Kodex noch nie mit eigenen Augen gesehen. Aber soviel er wusste, basierte das System der Balance auf einem Zauber. Sobald ein Materiemagier starb, erschien sein Name im Kodex, gefolgt vom Namen des Elementmagiers, dessen Tod das Gleichgewicht aufrechterhielt.

Mittlerweile war er es leid, weiter darüber nachzudenken. Er brauchte eine Pause von seinen eigenen Gedanken. Oona wuchs prächtig heran, der Windstamm brauchte seinen Magier und es war Vollmond. Auch wenn er trauerte und mit dem Sinn seines Daseins haderte, so war er noch immer ein Magier, und die wenigen Aufgaben, die einem Magier zukamen, konnte er wohl noch erfüllen.

Rauch stieg von der Insel auf in den blauen Himmel, was bedeutete, dass Vinna bereits da war. Seine Schwestern hatten ihm Nachrichten in Form von Nebelschwaden und Rauchwolken geschickt, die er allesamt ignoriert hatte. Er wollte nichts hören, doch selbst wenn er sich im weit entfernten Wadashar versteckt hätte, hätten ihn die Nachrichten gefunden. Das taten sie immer, wenn sie von einem Elementmagier an einen anderen gerichtet waren.

In einem Wirbel zog er über die Rebstöcke hinweg, inmitten welcher Datekohs Grab lag, und verwandelte sich vor der Feuerstelle. Unter der Pergola saßen Vinna und Mai. Eine Schale mit Trauben und Brot stand auf dem Tisch und sie tranken eine Flasche Wein. Beide schauten ihn mit großer Überraschung an.

»Na wenn das nicht der Windmagier ist«, sagte Vinna.

»Der Windmagier lebt.«

Yarik ging um die Feuerstelle herum und trat an den Tisch. »Tut mir leid. Ja, ihr habt allen Grund, wütend zu sein. Aber man darf ja wohl noch trauern.«

Vinna runzelte die Stirn. »Und du trauerst lieber allein als mit uns?«

»Jeder auf seine Weise.«

»Wir waren hier!«, sagte Mai. »Jeden verfluchten Vollmond. Trauer ist in Ordnung. Aber sieben Monate lang?«

»Tut mir leid«, sagte er nochmal und setzte sich auf die freie Bank. »Ich hab den Kopf nicht frei bekommen.«

»Und jetzt ist wieder alles gut?«, fragte Vinna.

»Hm ... Was hab ich verpasst?«

»Mai hat herausgefunden, wer die Nachfahren von Datekohs Eltern sind«, erzählte Vinna.

»Das ist doch hervorragend«, meinte er und nahm sich ein paar Trauben. »So können wir sie im Auge behalten und auf Nachwuchs hoffen.«

»Ja«, sagte Mai, »nur, dass es momentan keinen weiblichen Nachfahren gibt.«

Yarik aß eine Traube und ließ den süßen Saft in seinem Mund zergehen. »Warst du in Thato?«

»Ich war eine Weile da und habe nach dem Rechten gesehen.«

»Und wie geht es den Menschen vom Erdstamm?«

»Im Moment halten sie sich gut, würde ich sagen. Aber die Sumen sind argwöhnisch.«

»Ich kanns noch immer nicht glauben, dass wir sie damit durchkommen lassen«, murrte Vinna und trank die letzten Schlucke ihres Weins aus.

Yarik griff sich ihren leeren Becher, schenkte sich ebenfalls etwas Wein ein und trank. Sofort merkte er den Unterschied. Der Wein, den sie bisher immer getrunken hatten, war süß und fruchtig gewesen und hatte einen leicht rauchigen Abgang gehabt. Dieser hier war trocken und herb. Yarik hätte sich nie als Weinkenner bezeichnet, aber dieser Wein hier war wässriger als derjenige, den Datekoh immer mitgebracht hatte.

»Was trinken wir hier?«, wollte er wissen und gab sich alle Mühe, das Gesicht nicht zu verziehen.

»Wein aus Waruno«, sagte Mai.

»Hab gar nicht gewusst, dass ihr vom Wasserstamm Wein anbaut«, sagte er und schob den Becher unliebsam zurück zu Vinna.

»Ich fühlte mich verpflichtet. Schließlich hat es sich schon irgendwie zu einer Tradition entwickelt, dass wir hier Wein trinken. Und in Firak bauen sie bekanntlich keinen Wein an.«

»Schlechtes Klima«, sagte Vinna und trank.

Yarik begnügte sich wieder mit ein paar Trauben. »Na gut, hat sich sonst noch etwas verändert?«

»Warte noch ein paar Wochen oder Monate«, sagte Vinna, »dann wird es bestimmt bald Neuigkeiten aus Thato geben.«

»Sei doch nicht so negativ. Vielleicht schaffen sie es ja.«

»*Vielleicht?*«, blaffte Vinna. »Da gewähre ich dem Erdstamm vorher noch Asyl in Firak.«

»Das würdest du tun? Das wäre sehr ehrenwert von dir.«

Vinna rollte mit den Augen und schnaubte verächtlich.

»Aber etwas scheint sich tatsächlich verändert zu haben«, sagte Mai zurückhaltend.

»Was meinst du?«

»Ich weiß nicht genau, wie ich es sagen soll. Vielleicht ist es dir auch schon aufgefallen.« Mai schaute zu Vinna. »Aber das Wasser ... Es ... es scheint sich zurückzuziehen.«

»Es zieht sich zurück?«, fragte Yarik und runzelte die Stirn.

»Ja, es ... Wir dachten am Anfang, es wären die Gezeiten, doch ... von Tag zu Tag nimmt der Höchststand ab. Mittlerweile können die Fischer nicht einmal mehr ihre Boote in der Bucht anlegen, und um etwas zu fangen, müssen sie immer weiter hinausfahren.«

»Das ist in Firak ähnlich«, sagte Vinna. »Die Fischer schieben es dort ebenfalls auf die Gezeiten. Vielleicht ist das ja nur ein vorübergehendes Phänomen.«

»Jetzt wo ihr es ansprecht ... Wenn ich es mir recht überlege ... Auch in Makom haben die Quellen in den letzten Wochen deutlich weniger Wasser gespuckt als gewöhnlich.«

»Ob das was mit Datekohs Tod zu tun hat?«, fragte Mai.

»Er gehörte dem Element Erde an und nicht dem Wasser«, sagte Vinna. »Das ist ja wohl eher dein Fachgebiet, Mai.«

»Es ist nur ...« Mai zögerte. »Es geschieht so unglaublich schnell. Das kann unmöglich mit rechten Dingen zugehen.«

»Eine Dürre vielleicht?«

»Es ist nicht heißer als sonst«, sagte Vinna. »Und müsste es für eine Dürre nicht zuerst einen Temperaturanstieg geben und *danach* trocknet das Wasser aus?«

»Wir sollten zumindest keine voreiligen Schlüsse ziehen«, meinte Yarik. »Wir sind hier im Zentrum eines riesigen Binnenmeeres. Von Austrocknen kann ja wohl noch kaum die Rede sein, oder?«

Einen Moment lang herrschte Schweigen.

»Immerhin haben wir einen Sündenbock«, sagte Vinna trocken und schenkte sich vom wässrigen Wein nach.

Yarik nahm Vinnas vollen Becher und trank einen Schluck. Dann verzog er das Gesicht. »Ich werde sehen, ob ich Wein von der anderen Seite des Gebirges auftreiben kann. Der hier ist einfach … furchtbar.«

»He!«, rief Mai über den Tisch hinweg. »Beleidige nicht meine Winzer!«

Vinna lächelte. »Er ist schon etwas wässrig. Aber was sollte man anderes von einem Wasserstamm erwarten?«

»Ich mag ihn«, sagte Mai und schenkte sich nach.

Yarik trank nochmal einen Schluck und schob den Becher zurück zu Vinna. Es war gut, dass er hergekommen war. Er hatte zwar einen Bruder verloren, doch noch immer hatte er zwei Schwestern. Warum nur war es ihm in den letzten sieben Monaten nicht in den Sinn gekommen, dass diese zwei ihm vielleicht hätten Trost spenden können? Er war wirklich froh, dass er zu diesem Vollmond hergekommen war.

Teil 3

Die Vergangenheit

58

Sam konnte nicht mehr länger untätig neben Marasco Wache halten, während die Heilerin die Steine in gleichmäßigen Abständen in der Schale wusch und Marasco wieder auf die Brust legte. Aus unerklärlichen Gründen fühlte Sam sich für Marascos Zustand verantwortlich. Ob es daran lag, dass er ihn auf irgendeine komische Art lieb gewonnen hatte? Als ihn der Gedanke streifte, die Reise allein fortsetzen zu müssen, hatte er es plötzlich mit der Angst zu tun bekommen. Auch wenn Marasco nicht viel dazu beigetragen hatte, die Menschen zu retten, so war doch er es gewesen, der ihre Reise gen Süden vorangetrieben hatte. Da lag eine beneidenswerte Stärke in ihm, von der Sam sich nur zu gern eine Scheibe abgeschnitten hätte. Die Leichtigkeit, mit der Marasco den Menschen begegnete, mochte zwar wegen seiner Arroganz, die er an den Tag legte, nicht besonders vorbildlich sein, dennoch wiesen seine Erfolge bei den Mädchen und die Fähigkeit, eine ganze Stadt zu mobilisieren, über Nacht auf Vogeljagd zu gehen, um die Vögel den Paha als Geschenk darzureichen, auf ein sehr gesundes Selbstvertrauen hin.

Er konnte nicht länger dabei zusehen, wie Marasco litt. Das, was ihm zuvor entgegengeschlagen war, all diese Eindrücke, Erinnerungen und Emotionen, fühlten sich an wie ein monströser Wintersturm. Es hatte sich angefühlt, als wäre sein Blut zu Eis kristallisiert. Es ging alles so schnell, dass er keine einzige Erinnerung hatte sehen können, und dennoch hatte er nun das Gefühl, sie in sich drin gespeichert zu haben.

War es das, was der Meister gemeint hatte, als er sagte, dass Marasco meine Hilfe brauchte?, dachte Sam, als er auf dem Dach der Schenke landete, um das Dualschwert zu holen, das Marasco dort hatte liegen lassen. *Warum sollte er jetzt noch meine Hilfe benötigen? So wie es aussieht, ist er ja gerade dabei, sich wieder zu erinnern.*

Erleichtert stellte Sam fest, dass das beengende Gefühl in seiner Brust und das Stechen in seinen Schläfen nachgelassen hatten, je weiter er sich von Marasco entfernte. Er legte sich das Dualschwert um und flog über die Felsen zu dem Kegel, in dem Arua gefangen gehalten wurde, landete im Schatten und stieg die Holztreppe hoch, die auf die Plattform führte. Sie war mit mehreren Fackeln beleuchtet und oben neben dem Flaschenzug saß ein Wächter und döste vor sich hin. Sobald der Mann Sams Schritte hörte, schreckte er auf.

Was würde Marasco tun? Er würde den armen Mann wahrscheinlich manipulieren. Aber er würde auch nicht nett fragen.

»Hol mir die Gefangene aus dem Loch«, befahl Sam und wunderte sich selbst über den harschen Ton, den er angeschlagen hatte.

Der Mann schoss von der Bank hoch, zog die Schultern zurück und schaute Sam irritiert an. »Aber, mein Herr, mir wurde aufgetragen … davon weiß ich nichts.«

»Keine Widerrede!« Sam schaute mit erhobenem Kinn auf den Mann hinab. »Ich breche heute Nacht nach Numes auf. Dort wird die Paha verhört werden, und ihr wird der Prozess gemacht.« Sam kniff die Augen zusammen und beugte sich leicht nach vorne. »Dafür gibts ja hier keinen Anlass.«

»Gewiss«, antwortete der Wächter, nickte ehrerbietig und schaute Sam mit großen Augen an.

Sam erkannte sich selbst nicht mehr, doch das autoritäre Auftreten zusammen mit seiner Körpergröße zeigte Wirkung. Der Wächter stieg auf einen quadratischen Holzboden, der an Ketten an einem Holzkreuz befestigt war, das wiederum an einer noch größeren Kette hing, die über einen Flaschenzug lief. Mit einem Nicken gab er ihm zu verstehen, die Kurbel zu drehen. Sam drehte das Holzrad und die Plattform bewegte sich langsam hinunter ins Loch. Als sie unten angekommen war, trat er ans Geländer und warf einen Blick hinunter. Im Loch brannten ein paar Fackeln und der sandige Grund sah aus wie der Boden einer Arena. Der Wächter verschwand jedoch aus seinem Sichtfeld, da sich Arua unterhalb des Holzpodestes befand. Knurren und das Rasseln von Ketten drangen zu Sam hoch, dann hörte er die Stimme des Wächters, die ihn anwies, die Plattform wieder hochzuziehen.

Aruas Arme waren auf dem Rücken gefesselt und in ihrem Mund steckte ein Knebel. Ihre Haare waren zerzaust und mit einem irren Blick starrte sie ihn an – er war sich nicht einmal sicher, ob sie ihn erkannte. Ihr Körper wand sich in den Fesseln und immer wieder drehte sie den Kopf und versuchte, sich aus dem Griff des Wächters zu winden.

»Sie hat nicht aufgehört rumzuschreien; hat geheult wie ein Tier. Da haben wir ihr das Maul gestopft. Hier«, sagte der Mann und schob ihm Arua hin. »Ihr solltet sie gut festhalten. Nicht, dass sie Euch noch davonrennt.«

Mit einer Fackel in der Hand führte Sam Arua hinaus in den Karstwald und fesselte sie in der Nähe des Adlerfelsens an einen Felsvorsprung. Obwohl sie sehr abgemagert war, wand sie sich mit allen Kräften und versuchte, sich aus den Fesseln zu befreien. Es war, als ob ihr ganzer Körper nach Freiheit schrie – oder zumindest nach dem, was die Paha für Freiheit hielten. Zu sehen, wie Arua sich seit der Vogeljagd äußerlich verändert hatte, mehr einem wilden Tier glich, das mit aufgerissenen Augen in die Dunkelheit starrte und noch näher am Wahnsinn war als zuvor, stimmte ihn traurig. Wäre er nicht so schwach gewesen und hätte sein Geheimnis ausgeplaudert, würde in Pahann noch immer alles in geregelten Bahnen verlaufen.

Sam schüttelte alle Gedanken ab. Er wunderte sich selbst darüber, wie er für Arua plötzlich Mitgefühl empfand, und fragte sich, wo das herkam. Er mochte zwar für den Untergang Pahanns verantwortlich sein, doch er wusste, Arua war ein noch viel größeres Monster. Als er die Bandage an seiner rechten Hand löste, durchfuhr Arua ein kurzes Zucken und ihr Blick veränderte sich. Offenbar begriff sie trotz ihres Irrsinns, dass es etwas zu bedeuten hatte, wenn er seine Bandagen abnahm. Doch das war eigentlich nicht allzu verwunderlich. Sie hatten in ihrer Kindheit so viel Zeit miteinander verbracht, dass Arua tatsächlich eine der Ersten war, die ihn auf die Bandagen angesprochen hatte, die er selbst im Sommer nicht mehr ablegen wollte. Immer wieder hatte sie ihn danach gefragt, und er hatte die Frage stets ignoriert. Es war auch Arua gewesen, die ihn darauf hingewiesen hatte, dass ihn alle für einen Verrückten hielten.

Doch es fiel ihm einfach zu schwer zu glauben, dass die Paha nur aus Spaß diese Massaker veranstalteten. Es war seine Aufgabe, seine Seherfähigkeiten einzusetzen, um Informationen zu gewinnen – hätte er es nicht getan, wäre er tatsächlich der Feigling gewesen, für den ihn ganz Pahann gehalten hatte. Vielleicht war dies die Gelegenheit, seine Kräfte für etwas Gutes einzusetzen. Zögerlich trat er näher und streckte die Hand nach Arua aus.

Noch bevor er sie auf ihre Stirn legte, blitzten vor seinem inneren Auge die Bilder auf, die sich ihm das letzte Mal gezeigt hatten, als er ihre Erinnerungen gesehen hatte. Bilder, die sich in sein Gedächtnis eingebrannt hatten und für die er als zehnjähriger Junge noch viel zu unschuldig gewesen war, um sie zu verkraften. Bilder, die ihm die Haut an den Händen aufgerissen hatten, weil er ihr damals aus dem Flussbett half, in das sie wegen eines morschen Astes gefallen war. Er hatte gesehen, wie Arua mit ihrem Sumentrieb Eichhörnchen und Kaninchen herbeilockte, die Tiere in eine geheime Höhle brachte und ihnen dort bei lebendigem Leib das Fell abzog. Sie fand Spaß und Genugtuung im Quälen von kleinen Tieren und schmückte die Höhle mit deren Fellen aus. Die Knochen bastelte sie zu neuen Gebilden zusammen, die von Decken hingen und bei der kleinsten hereinwehenden Brise klapperten. Der Gestank von Aas hatte sich in seine Erinnerung eingebrannt und jedes Mal, wenn er danach Arua gegenüberstand, kroch der eklige Geschmack seine Kehle hoch und er hätte sich am liebsten übergeben.

So reizend und harmlos sich Arua nach außen hin gegeben hatte, ihre Empathie war reines Theater. Ihr wahres Ich war schwarz wie die dunkelste Nacht. Das war der Tag, an dem ihm klargeworden war, dass er sie nicht zur Frau nehmen konnte. Und jedes Mal, wenn sie ihn lächelnd an ihre Hochzeit erinnerte, lief ihm ein kalter Schauer über den Rücken.

Obwohl er nicht kontrollieren konnte, welche Erinnerungen er sehen würde, so wusste er, dass er keine Erinnerung zweimal sehen würde. Zudem würde der Erinnerungsstrom dort ansetzen, wo er das letzte Mal aufgehört hatte, und nichts zeigen, das davor stattgefunden hatte. Da Arua ihm in den letzten Jahren immer wieder aufgelauert und sich einen Spaß daraus gemacht hatte, ihn in die Enge zu treiben, hatte er immer wieder ihre Erinnerungen gesehen. Die Chance, dass er Informationen zu den aktuellen Geschehnissen bekommen würde, war also groß.

Als er schließlich ihre Stirn berührte, riss sie die Augen auf und schrie. Ein leichtes Kribbeln breitete sich in seiner Handfläche aus und wanderte langsam seinen Arm hoch. Wie sanft plätscherndes Wasser breitete es sich in seinem Körper aus und vor seinen Augen hob sich der schwarze Vorhang.

59

In alle Richtungen schwärmten die Nordmänner aus und verschwanden in Onkas dumpf beleuchteten Gassen. Das schneidende Geräusch der Klingen und die Todesschreie der Menschen hallten heraus und das Wasser in den von den Hügeln herunterfließenden Bächen färbte sich dunkelrot. Schleierwolken hingen am Himmel und verbargen den Mond hinter einem seidenen Vorhang. Ein kühler Wind zog über die Stadt, und Arua hatte das Gefühl, dass sie schon lange nicht mehr solch klare Luft geatmet hatte. Doch es sollte nicht allzu lange dauern, bis auch die frische Bergluft über der steinernen Stadt mit so viel Ruß und Asche vermischt war, dass nur der Regen sie wieder reinwaschen konnte.

Unbeschwert spazierte Arua die Hauptstraße entlang bis zum großen Platz und betrachtete das von Fackeln hell erleuchtete, gelbe Ratsgebäude. Aus dem Turm nebenan stieg weißer Rauch.

Ein Badehaus, dachte sie und kräuselte nachdenklich die Lippen. Das letzte Mal hatte sie sich in Pahann gewaschen. Das war bereits sechs Tage her. Ihre Lederkleidung war voller Blut und so wie ihre Hände aussahen, war wohl auch ihr Gesicht voller Ruß.

Plötzlich wurde sie von der Seite angerempelt. Ein Mann aus Onka war auf der Flucht vor einem Paha gestolpert und kniete nun vor ihr. Ein kleiner Hoffnungsschimmer blitzte in seinen Augen auf, und er klammerte sich verzweifelt an Aruas Umhang fest.

»Bitte«, sagte er mit zitternder Stimme, während sich der Paha hinter ihm näherte. »Helft mir! Ich habe eine Frau und zwei Kinder.«

Was denkt der sich?

Einerseits fühlte sich Arua geschmeichelt, dass der Mann sie um Hilfe bat, wo er doch genau sah, dass sie einen Kopf kleiner war als der herannahende Paha.

Verzweiflung lässt so manchen irrational handeln.
Andererseits aber war nun auch ihr Blutdurst erwacht und ein fieses Grinsen breitete sich auf ihrem Gesicht aus. Schließlich war es in den letzten Tagen immer schwieriger geworden, Vogelherzen zu finden. Sie selbst hatte den Vorteil, dass sie die Tiere herbeilocken konnte, doch das funktionierte auch nur, wenn Tiere in der Gegend waren. Es wirkte so, als hätten sich die Vögel untereinander abgesprochen und wären Richtung Süden gezogen.
Vielleicht ist es an der Zeit, umzudenken.
Arua spielte die Verständnisvolle, legte gebieterisch die Hand auf den Kopf des Mannes und trat zwischen ihn und den herannahenden Paha. Die Blutspritzer in seinem Gesicht waren frisch und er hatte die Augen weit aufgerissen. Wie ein Tier gab er knurrende Laute von sich und war bereit, sich auf sie zu stürzen, um an seine Beute zu gelangen. Sobald er in Reichweite war, zog Arua ihre Machete und schlitzte dem Paha die Kehle auf. Das Blut spritzte stoßweise hervor und der Paha fiel auf die Knie, ließ seine Waffe fallen und drückte sich die Hände an den Hals. Bevor er tot zusammenbrach, wandte sie sich wieder dem Mann zu, der vor Schreck völlig erstarrt war. Hinter ihrem Rücken drehte sie die Machete in der Hand und setzte ein verkrampftes Lächeln auf.
Und nun zu dir. Wie kannst du es wagen, mich anzurempeln?
Plötzlich schoss ein Pfeil in den Kopf des Mannes und er kippte zur Seite. Wütend schrie Arua auf. Auf der anderen Seite des Platzes trat ein Paha aus dem Schatten und zog einen weiteren Pfeil aus dem Köcher.
»Wie kannst du es wagen!«, schrie sie und rannte mit erhobener Klinge auf den Paha zu.
Da der Mann Arua kannte, nahm er ihren Angriff nicht ernst – schließlich kämpften sie auf derselben Seite. Doch Arua zögerte nicht, rammte ihm die Machete mitten in die Brust und stieß ihn zu Boden.
»Niemand nimmt mir meine Beute weg!«, schrie sie und schnitt ihm zusätzlich die Kehle auf.

Seit in Pahann die Vogeljagd eröffnet worden war, fühlte sie sich endlich nicht mehr fehl am Platz. All die Jahre, in denen sie ihr wahres Ich unterdrücken musste, das nette Mädchen von nebenan spielte und diesen lodernden Zorn tief in sich weggesperrt hatte und nur in ihrem eigenen kleinen Versteck herausließ, waren nun vorbei. In ihrem ganzen Leben hatte sie sich noch nie so frei gefühlt. Und jeden Tag streifte sie eine weitere Schicht ab, die wie die Häute einer Zwiebel ihr wahres Selbst eingezwängt und weggesperrt hatte. Tief in ihr wusste sie, dass sie wahnsinnig war und weit davon entfernt, normal zu sein. Doch in Zeiten wie diesen nützte Normalität niemandem etwas. Sie machte die Leute nur schwach.

Als sie ihre Machete an der Kleidung des Mannes vom Blut reinigte, sah sie, wie ein Mädchen, vielleicht gerade mal fünfzehn Jahre alt, in einem hellen Schlafgewand aus einer Gasse rannte und in der nächsten wieder verschwand. Ihr dicht auf den Fersen: Calen und Torjn.

Die schnapp ich mir, dachte Arua und folgte ihnen in die düstere Gasse. *Wenn etwas Wirkung hat, dann junges Blut.*

Sie brauchte nur dem Schrei des Mädchens zu folgen. Unweit vom Platz entfernt, in einer Gasse, die von einer Straßenlampe beleuchtet wurde, blieb Arua stehen. Torjn kniete am Boden, seine Arme mit denen des Mädchens verschränkt, fixierte er es vor seiner Brust, während Calen ihr helles Gewand hochschob und dem Kind die Unterhose vom Leib riss. Das Mädchen schrie und trat wild um sich.

»Schrei, solange du willst«, sagte Calen, lockerte den Gurt an seiner Hose und packte die Fußgelenke des Mädchens. »Niemand wird dir helfen.«

Mit verschränkten Armen lehnte Arua an einer Wand und schaute eine Weile zu. Als Calen die Beine des Mädchens spreizte und zur Sache kommen wollte, stieß sie plötzlich ein schallendes Gelächter aus und trat aus der Dunkelheit ins Licht. Calen und Torjn hielten inne und schauten zu ihr hoch.

»Jetzt brauchst du sogar Hilfe von Torjn, um ihn hochzukriegen!«, spottete sie laut und krümmte sich vor Lachen. »Und ich hatte tatsächlich geglaubt, dass es an mir lag. Und dabei ist mir das Offensichtliche entgangen!«

Während Torjn weiterhin das Mädchen festhielt, stand Calen auf und knöpfte seine Hose wieder zu. »Du Verrückte wolltest mir den Schwanz abschneiden«, knurrte er wütend und gab Torjn ein Zeichen, das Mädchen gehen zu lassen und aufzustehen. Das Mädchen rannte sofort weg und verschwand in der Dunkelheit der Gassen. »Und nun verdirbst du mir auch noch dieses Vergnügen.«

Arua starrte Calen mit einem überheblichen Grinsen an. Dann warf sie sich die Haare zurück und meinte: »Als ob das Mädchen dafür nötig wäre.«

In dem Moment packte Calen ihren Hals und schlug sie mit dem Kopf gegen die Wand. Sie war zu überrascht, als dass sie noch rechtzeitig reagieren konnte. Für einen Moment wurde ihr schwarz vor Augen, doch dann spürte sie die kalte, zerklüftete Wand an ihrer Wange und war wieder bei sich. Als sie jedoch nach ihrer Waffe greifen wollte, packte sie Torjn an den Handgelenken und drückte sie ihr auf den Rücken.

»Was soll das?«, fragte Arua noch immer belustigt. »Ich weiß, dass ihr beide Schlappschwänze seid, das braucht ihr mir nicht erneut zu beweisen.«

»Allmählich verstehe ich, wie du tickst«, sagte Calen und zog ihren Kopf in seine Richtung. »Du magst mit deinem Sumentrieb in Pahann von Nutzen gewesen und zu recht wie eine Prinzessin behandelt worden sein, aber diese Zeiten sind vorbei. Und wie mir scheint, ist nun auch deine Fassade gefallen. Du bist verrückt!«

»Glaub, was du willst«, sagte Arua und spuckte Calen ins Gesicht. »Du bist mir gar nicht würdig!«

»Ich werde dir eine Lektion erteilen«, sagte Calen und zog ihren Kopf runter auf Hüfthöhe.

»Ich soll dir einen blasen!« Arua lachte laut auf. »Ich glaube, da fragst du lieber Torjn!«

In dem Moment schlug ihr Torjn die Füße weg und sie fiel auf die Knie.

»Das ist mir zu gefährlich«, sagte Calen und beugte sich zu ihr runter. »Nein, es wird Zeit, dass dich endlich jemand zum Schweigen bringt. Ich kann deine Stimme nicht mehr ertragen. Und wenn du nicht endlich lernst, wo dein Platz ist, werde ich dich töten, noch bevor wir Aryon erreicht haben.«

Arua zuckte mit den Brauen. In dem Moment, wo ihr klar wurde, dass Calen es ernst meinte, bekam sie einen Schlag auf den Kopf und wurde ohnmächtig.

Mit einem brennenden Schmerz und dem Geschmack von Blut im Mund kam sie wieder zu sich. Sie drehte sich zur Seite und spuckte Blut. Ihre Zunge fühlte sich an, als wäre sie auf Faustgröße angeschwollen und sie hörte nicht auf zu bluten. Langsam rappelte Arua sich auf und fiel mit dem Rücken gegen die Wand. Immer wieder füllte sich ihr Mund mit Blut und sie versuchte das fremde Ding auszuspucken, doch es gelang ihr nicht. Vorsichtig versuchte sie mit den Fingern zu ertasten, was sie im Mund hatte. Tatsächlich hatte ihr Calen einen Teil der Zunge abgeschnitten. Arua schrie panisch, wobei ihr das Blut in die Kehle floss und sie sich beinahe verschluckte. Angeekelt spuckte sie weiter aus und hustete. Ihr war schwindlig und wäre der Schmerz nicht gewesen, hätte sie die Mattheit noch viel besser gespürt. Das Blut lief ihr über das Kinn den Hals runter und der Schweiß drückte ihr aus allen Poren. *Und dieser Schmerz*, dachte sie, als sie den Kopf schwer atmend zurück an die Wand lehnte. *Dieser verdammte Schmerz.*

Plötzlich hörte sie ein leises Geräusch. Aus einer der dunklen Gassen trat das Mädchen mit dem hellen Gewand und schaute sie entsetzt an. Ihre Lippen zitterten und sie krallte sich mit beiden Händen an ihrem Kleid fest.

Was willst du, wollte sie fragen und richtete sich mühevoll auf. Ihre Zunge war lahm und der brennende Schmerz strahlte in den Kopf, den Hals und bis in die Brust aus.

Das Mädchen trat näher, blieb etwa drei Schritte vor ihr stehen und neigte in aller Dankbarkeit den Kopf.

Was für ein dummes Ding. Du warst meine Beute – von Beginn an.

Arua zog ihre Machete, machte einen Satz und riss das Mädchen zu Boden. Sie setzte sich auf das Kind und fixierte mit den Knien seine Arme. Arua lachte laut und das Blut quoll ihr noch immer aus dem Mund.

Ja, wenn ich frisches Blut habe, dann wird es mir bald wieder besser gehen.

Mit voller Kraft rammte sie dem Mädchen die Machete in die Brust, holte aus und stieß erneut zu. Dann drückte sie mit Hilfe der Machete den Brustkorb auf und schnitt das Herz heraus.

Junges Blut wird helfen.

60

Erschrocken riss sich Sam von Arua los und strauchelte zurück. Er hatte sich aus Versehen auf die Zunge gebissen und schmeckte das süße Blut in seinem Mund. Als hätte er sich an Aruas Stirn verbrannt, hielt er sich das Handgelenk fest. Seine Narben leuchteten hellrot. Hatte er es tatsächlich geschafft, die Energie abzuleiten, wie er es in so mancher Nacht an seinem Bruder geübt hatte? Ungläubig betrachtete er den Stern auf der Handoberfläche. Allmählich ließ das Leuchten nach und die Anspannung wich aus seinem Arm. Er spürte, wie die Energie der Erinnerungen durch seine Adern floss und ihn stärkte. Gleichzeitig war da aber auch dieses andere Gefühl, das er seit seiner Kindheit kannte. Es war etwas Starres, Hartes, das sich wie eine zweite Haut über ihn legte und völlig willkürlich von außen in ihn eindrang, ihm die Haut zerriss und ihn in eine Art Schockzustand versetzte. Sam verdeckte die Augen und atmete tief durch.

Ich habe es abgeleitet. Dies sind nur meine Erinnerungen. Nichts reißt mich auseinander, sagte er zu sich selbst und versuchte ruhig und gleichmäßig zu atmen.

An seinem rechten Handgelenk hing noch immer die offene Bandage, die fast bis zum Boden reichte. Er wickelte sie erst um die Hand, dann um den Unterarm. Er tat es langsam und bedächtig. Es war schon fast wie ein Ritual, das ihn zu sich selbst zurückbrachte und beruhigte. Erst dann wagte er den Blick zu heben.

Arua war ohnmächtig geworden und hing mit hängendem Kopf am Felsen. Aus ihrem Mund hing ein langer Faden Speichel, der langsam zu Boden zog.

Du Monster.

Unruhig wandte er sich von ihr ab, stemmte die Hände in die Hüften, drückte den Rücken durch und atmete tief ein. Sein Körper war noch ganz aufgekratzt von dem Energieschub der Erinnerungen und er ging ein paar Schritte im Kreis.

Es war das erste Mal, dass er sich so fühlte. Als er noch kein Rabe gewesen war, strömten die Erinnerungen viel unkontrollierter und wilder in ihn hinein. Ihm war bereits als Kind klar gewesen, dass sie Energie waren. Doch sein Körper war einfach nicht stark genug gewesen, sie auszuhalten – die Narben an seinem Körper waren der Beweis dafür. Doch nun strotzte er vor Stärke; und das lag nicht daran, dass er bereits einen Großteil von Aruas Erinnerungen in sich hatte. Die Lebensdauer des Menschen, dessen Erinnerungen er sah, spielte eine Rolle, das hatte er am eigenen Leib erfahren müssen, aber ob er nun Aruas zwanzig Jahre gestaffelt in sich aufnahm oder alles auf einmal, machte tatsächlich einen Unterschied.

Das muss an den Rabenkräften liegen, dachte er und betrachtete die bandagierten Hände. Sie verliehen ihm die notwendige Kraft, um die Wucht, die die Erinnerungen auf ihn ausübten, tatsächlich über seine Narben abzuleiten. Die Energie pulsierte in seinen Adern und er hatte gar das Gefühl, stark genug zu sein, um Calen in einem anständigen Kampf auf Augenhöhe gegenüberzutreten.

Zeit, das zu tun, wozu ich hergekommen bin.

Sam zog eines der Dualschwerter aus der Scheide, stellte sich breitbeinig hin und hielt es hoch. Trotz seiner neu gewonnenen Kräften unterschätzte er das Gewicht des Schwertes, sodass die Spitze leicht zitterte. Er hatte vergessen, welche Kraft man für die Handhabung solcher Waffen aufwenden musste und wunderte sich, wie Marasco mit beiden Schwertern gleichzeitig so leichtfüßig kämpfen konnte.

Sowieso waren seine Erfahrungen im Schwertkampf begrenzt. Obwohl er sich wie alle anderen Paha ab dem elften Lebensjahr dem Kampftraining widmen musste, hatte er nicht einmal die Hälfte davon absolviert, wie zum Beispiel Calen oder Torjn. Zu oft war sein Körper zu schwach gewesen, um am Training teilzunehmen. Und so war er mit jeder Woche weiter zurückgefallen, bis Kato ihn ausgeschlossen hatte. Als Jäger war seine gewählte Waffe der Bogen. Niemals hätte er gedacht, das zu tun, was er gerade vorhatte.

Mit beiden Händen umklammerte er den Schwertgriff und trat neben Arua. Dann holte er aus und schlug ihr mit aller Kraft die Klinge in den Nacken. Ihr Kopf fiel zu Boden und rollte zwei Schritte weiter, bis er mit dem Gesicht zur Seite liegen blieb. Mit durchgezogener Klinge stand Sam reglos da. Blut tropfte zu Boden, während der Rest der Welt stillstand. Selbst sein Herz hörte scheinbar auf zu schlagen und nur langsam kehrte er zurück, atmete und wandte den Blick von Arua ab.

Seine Hände zitterten, als er das Schwert zurück in die Scheide steckte, doch er fühlte sich nicht schlecht. Im Gegenteil. Der Akt des Tötens hatte seinem Körper gar noch mehr Energie gegeben. Das Blut raste durch seine Adern und pumpte ihn auf. Er atmete tief durch und betrachtete Aruas Kopf. Er fühlte sich erleichtert.

Das musste getan werden, sagte er zu sich selbst und sah auf seine Hände. Das Zittern verschwand und er war sich nun sicher, dass es bloß an der Anspannung und dem Gewicht des Schwertes gelegen hatte. *Was für ein Feigling ich doch war, es nicht bereits früher getan zu haben.*

Ein Gewicht fiel von seinen Schultern und er spürte, wie dies der erste Schritt war, sich von seiner Vergangenheit in Pahann zu lösen.

Das ist falsch! Was ist aus dem sanften Sam geworden, dachte er irritiert. *Mord kann doch nicht die Antwort sein?*

Er schob die Gedanken beiseite, steckte sich das Dualschwert auf den Rücken und zückte sein Messer. Er durchtrennte das Seil, mit dem er Arua am Felsen festgemacht hatte, und legte ihren toten Körper auf den Boden. Mit einem Knie auf der Erde setzte er sich neben sie, und wie Arua es beim Mädchen getan hatte, rammte auch er sein Messer mit voller Wucht in ihre Brust. Dann schnitt er den Brustkorb auf und brach die Rippen zur Seite. Ein bestialischer Gestank stieg aus dem toten Leib empor, sodass er sich, um den Würgereiz zu unterdrücken, mit dem Arm Nase und Mund verdeckte. Es war ein derber Gestank nach Aas. Als er mit der Fackel in die offen liegenden Eingeweide leuchtete, war jedoch nichts Ungewöhnliches zu erkennen. Er tauchte mit einer Hand ins warme Innere und griff nach dem Magen. Mit dem Messer trennte er ihn von der Speiseröhre und zog ihn heraus. Im Schein der Fackel hielt er ihn hoch und schnitt ihn vorsichtig auf. Warmes Blut und Magensäure flossen über seine Hand. Doch es hatte sich gelohnt. Tatsächlich fand er in Aruas Magen zwei fast unversehrte Vogelherzen. Sorgfältig packte er sie in ein Tuch. Eine Weile kniete er neben ihrem toten Körper und betrachtete den Kopf, der zwei Schritte weiter lag.

Mord ist nicht die Antwort.

Um zu beweisen, dass er nicht vergessen hatte, was es bedeutete, ein Mensch zu sein, schnitt er Aruas Herz heraus und packte es ebenfalls ins Bündel. Da er Aruas Körper nicht nach Limm zurückschleppen wollte, wollte er mindestens ihr Herz den Feuern übergeben, die, wie er gehört hatte, ab morgen heiß genug sein sollten, um die toten Paha zu verbrennen. Auch wenn Arua kein guter Mensch gewesen war, war dies kein Grund, sich selbst wie ein Verrückter zu verhalten. Vielleicht tat er es auch nur, um sein schlechtes Gewissen zu besänftigen.

Im Vertrauen darauf, dass sich die wilden Tiere ihren Überresten annehmen würden, ließ er den Rest ihres Körpers liegen. Mit dem blutigen Bündel in der einen Hand, der Fackel in der anderen und dem Dualschwert auf dem Rücken kehrte er zurück nach Limm.

Sobald er zu den Felskegeln kam, an denen Fackeln brannten, machte er seine aus und wählte einen anderen Weg. Bevor er den Hinterhof betrat, warf er einen Blick hinter der Felswand hervor, um sicherzugehen, dass ihn niemand sehen könnte. Dann huschte er an den anderen Zimmern vorbei.

Als er vor der Tür stand und im dumpfen Licht seine blutgetränkten, klebrigen Hände sah, hielt er einen Moment inne. Es war nicht die Tat an sich, die ihn irritierte, sondern die große Leere, die sich in ihm ausgebreitet und ihn ruhiggestellt hatte. Bis über die Ellbogen waren seine Arme in Blut getränkt und selbst im Gesicht spürte er getrocknete Blutspritzer. Mit dem Schwert auf dem Rücken und dem Bündel in der Hand stand er vor der Tür und bemerkte, dass ihn das, was er Arua angetan hatte, nicht im Geringsten beschäftigte.

Da ging plötzlich die Tür auf und Tami erschien vor ihm.
Hat sie mich gehört?
»Du bist verletzt!«, rief sie entsetzt.

Doch Sam ging an ihr vorbei, legte das Bündel auf den Tisch und lehnte das Schwert an die Wand. Tami kam mit einem nassen Lappen und wollte ihm damit das Gesicht reinigen. »Das ist nicht mein Blut«, sagte er und schob sie schroff beiseite.

Tami verzog das Gesicht, sichtlich erschrocken über sein ungewöhnliches Gebaren, und bevor sie in Tränen ausbrach, rannte sie aufgebracht aus dem Zimmer.

»Warte!«, rief er, doch sie schlug die Tür hinter sich zu und war weg.

Reglos stand er da und staunte über sein Verhalten. Diese Leere hatte ihm das Gefühl gegeben, stark und unverwundbar zu sein. War er etwa bereits einen Schritt näher so zu werden wie Marasco? Beschämt presste er die Lippen zusammen und ballte die Hände zu Fäusten. Als es dadurch das Blut aus den Bandagen presste, riss er sofort die Stofffetzen von sich und tauchte die Hände ins Waschbecken. Das Wasser verfärbte sich rot. Als er seine blutverschmierten Arme sah, schälte er sich aufgewühlt aus dem Mantel, krempelte die Hemdsärmel zurück und schrubbte wie wild die Unterarme sauber, bis er innehielt und sich mit stockendem Atem auf dem Beckenrand abstützte.

»Möchtet Ihr allein sein?«, fragte Yun mit weicher Stimme.

Benommen drehte er sich um. Sie saß neben Marasco auf dem Absatz und schaute ihn ruhig an.

»Wie geht es ihm?«, fragte er, um von sich selbst abzulenken, und strich sich mit den nassen Händen die Haare zurück.

»Euer Freund sollte schlafen. Das würde die Heilung beschleunigen. Doch stattdessen starrt er mich lieber an. Zudem weigert er sich, etwas zu trinken.«

Als Sam neben das Bett trat, schaute Marasco mit glänzenden Augen zu ihm hoch. Es war, als flehte er stumm dafür, dass die Tortur endlich aufhörte. Vom Fieber geschüttelt, drehte er den Kopf, presste die Augen zusammen und unterdrückte ein Stöhnen.

»Er hat viel durchgemacht«, sagte Yun und strich ihm mit einem kühlen Lappen den Schweiß von der Stirn. »Er ist vor langer Zeit vom rechten Weg abgekommen.«

»Für uns gibt es keinen rechten Weg«, sagte Sam und ging zurück zum Tisch. Dort holte er die Vogelherzen aus dem Bündel und tauchte sie kurz ins blutige Wasser.

»Ihr irrt Euch«, widersprach sie. »Und Euch wird es gleich ergehen, solltet Ihr nicht endlich zur Vernunft kommen.«

»Vernunft«, wiederholte er und betrachtete gedankenverloren die Vogelherzen in den Händen. »Dafür ist es wohl zu spät.«

Yun wusch gerade die Steine, als er auf die Reismatte stieg und neben Marasco niederkniete. Dessen Blick veränderte sich sofort, als er die Herzen roch. Vorsichtig hob Sam seinen Kopf und legte sie ihm einzeln in den Mund. Gierig schluckte er sie runter.

»Ihr seht aus, als hättet Ihr dafür eine Menge Blut vergossen«, bemerkte Yun leise.

»Ich bin nicht stolz darauf«, antwortete Sam und lehnte sich neben Marasco an die Wand. Marascos Körper entspannte sich und er schloss schwer atmend die Augen.

»Man muss nicht auf alles stolz sein, das man getan hat.«

»Doch ich habe Böses getan«, flüsterte er beschämt.

»Ihr scheint mir kein böser Mensch zu sein«, meinte Yun und legte die Steine erneut auf Marascos Brust. Der zuckte zusammen und nuschelte irgendwelche unverständliche Worte. Da antwortete Yun in derselben Sprache.

»Ihr versteht ihn also doch?«, bemerkte er beiläufig und stützte die Arme auf den Knien ab.

»Nicht alles«, antwortete sie lächelnd. »Er sagt immer wieder das Wort *Sagan*. Wisst Ihr, was das bedeutet?«

Sam schüttelte den Kopf.

»Was gedenkt Ihr nun zu tun?«, fragte Yun.

»Ich weiß es nicht«, antwortete er und schaute ratlos zur Decke. »Ich weiß ja nicht einmal, was wir hier verloren haben.«

»Ihr scheint mir ein kluger junger Mann zu sein«, sagte Yun und tauchte den Lappen in die Wasserschale. »Und Euer Freund hier ist ein Kämpfer.«

»Wenn er nicht gerade in einer unterirdischen Stadt eingesperrt ist«, seufzte Sam mit einem bitteren Lächeln im Gesicht.

»Nutzt Eure Wut. Mir scheint, Ihr habt reichlich davon.«

Sie hatte recht. Arua, Kato, die Paha, die Sumen, der Heiler. Die Liste wurde immer länger. Doch die größte Wut hatte er auf sich selbst. Sein egoistischer Wunsch nach Freiheit hatte unermessliches Leid und Elend über Kolani gebracht. Er selbst gehörte an einen Pfosten gefesselt und gefoltert. Stattdessen saß er, überholt von all den Jägern aus Pahann, in einem Felsen in Limm fest, blutverschmiert und völlig ratlos. Erstaunt bemerkte er, dass die einzige Person, auf die er nicht wütend war, neben ihm lag: Marasco – und der hatte ebenso seine Gründe, wütend zu sein. Sam rappelte sich auf und ging zum Tisch, wo der Wein vom Vortag stand, und schenkte sich gehörig ein.

»Ruht Euch aus«, meinte Yun und legte die Steine zurück in ihren Lederbeutel. »Ich werde morgen nochmal nach ihm sehen.« Dann erhob sie sich, nickte ihm höflich zu und verließ das Zimmer.

In einem Zug trank Sam den Becher leer und ließ den Blick durch das Zimmer schweifen. Vom Eingang bis zum Tisch erstreckte sich eine Blutspur und das Bündel mit Aruas Herz lag in einer dicken, klebrigen Blutlache. Obwohl er wie ein Verrückter die Hände geschrubbt hatte, war es dennoch nicht genug gewesen. Noch immer waren seine Arme blutverschmiert und das zurückgekrempelte Hemd klebte an seiner Haut. Den Mantel hatte er auf die Reismatte geworfen, auf der es wegen der blutdurchtränkten Ärmel ebenfalls Blutflecken gegeben hatte. Angeekelt zog er sein Hemd aus und warf es zusammen mit seinem Mantel und Marascos Kleidern in die Wanne. Das einzige Kleidungsstück, das keinen Tropfen abgekommen hatte, war seine Hose, die er an einem sauberen Ort deponierte. Dann öffnete er die Schleuse und fing an zu schrubben. Die nassen Kleider hängte er im Hof auf eine Leine. Er ließ neues Wasser ein und setzte sich selbst in die Wanne. Aruas Blut klebte sogar in seinen Haaren. Es war ihm ein Rätsel, wie Yun bei seinem Anblick hatte so ruhig bleiben können.

Schließlich schlüpfte er zurück in seine Hose und setzte sich neben Marasco auf die Reismatten. Der beobachtete jede seiner Bewegungen. Zwischendurch schloss er die Augen, krampfte oder zuckte zusammen, als würden Blitze durch ihn jagen.

»Ich habe gesehen, wie du gegen Arua gekämpft hast«, sagte Sam und schenkte noch mehr Wein nach. »Du hast mit ihr gespielt. Es hat dir Spaß gemacht, sie zappeln zu lassen.«

Scheinbar beschämt drehte Marasco ihm den Rücken zu und krallte sich am Kissen fest.

»Du bist ein Krieger. Hab ich recht? Und du erinnerst dich daran.«

Marasco schwieg.

»Ich bin mir sicher, wenn ich so kämpfen könnte wie du, hätten wir eine Chance gegen die Paha. Sie verrotten von innen heraus. Es ist so, wie der Heiler gesagt hat: Die Vogelherzen stehlen ihnen langsam die Seele. Zeig mir, wie man kämpft, und wir nehmen es mit ihnen auf. Und wenn das erledigt ist, suchen wir den Heiler. Ich werde ihm die Augen herausreißen. Nie wieder soll er einen Zauberspruch lesen.«

»Es dauert Jahre, bis du so kämpfen kannst«, murmelte Marasco. »Nichts für ungut.«

»Was ist es, woran du dich erinnerst?«

Doch Marasco blieb stumm. Vielleicht wusste er auch keine Antwort auf seine Frage. Stattdessen biss er die Zähne zusammen und presste wieder die Hand an die Stirn.

Sam trank einen Schluck Wein, lehnte den Kopf zurück und betrachtete an der rauen Decke das Flackern der Fackeln. »Als ich acht Jahre alt war, nahm mich mein Vater das erste Mal mit auf die Jagd«, fing er leise an zu erzählen. »Ich durfte meine Waffen selbst wählen und da ich ein gutes Gehör hatte, entschied ich mich für Pfeil und Bogen – das sollte mir einen zusätzlichen Vorteil verschaffen. Mein Vater lobte mich für meine Wahl. Er zeigte mir, wie man die Pfeilspitzen in Curha tränkte, um die

Tiere zu lähmen, und wie viel Fleisch um den Pfeil herum herausgeschnitten werden musste, damit der Verzehr sicher war. Pfeil und Bogen. Sie gaben mir etwas, das ich zuvor nicht gekannt hatte. Selbstvertrauen. Ich war wirklich gut und habe jedes verfluchte Ziel getroffen.

Nachdem in Pahann die große Vogeljagd eröffnet war, warnte mich Nahn vor den Jägern. Die Stimmung würde bald umschlagen, sagte er. Ich hatte mich bei den Höhlen im Sumpfgebiet eingerichtet und bekam nicht so viel davon mit. Doch manchmal, wenn ich mich vom Jagdfieber treiben ließ, landete ich in den Jagdgründen der Paha. Da fühlte man sich selbst schnell wie der Gejagte.«

Sam hielt eine Weile inne. Trauer und Scham stiegen in ihm hoch und er verzog das Gesicht ob den schmerzhaften Erinnerungen. »Ich habe meinen Bruder getötet. Meinen kleinen Bruder«, sagte er mit zitternder Stimme. Er fühlte, wie sich Tränen in seinen Augen sammelten und bemühte sich, sie zurückzuhalten. »Er war der einzige Mensch, der Gutes in mir gesehen hat. Er hat etwas in mir gesehen, das ehrenwert war. Dabei habe ich doch versagt. Mein Pfeil steckte in seiner Brust und er bedankte sich dafür, dass ich bei ihm war. Als wäre er glücklich darüber, dass ich ihn getötet hatte und nicht irgendjemand anderes. Ich tötete meinen kleinen Bruder für ein beschissenes Taubenherz.« Sam schniefte. »Wie soll ich mir das jemals verzeihen? Ich muss kämpfen. Ich muss es besser machen. Vielleicht finde ich so das, was er in mir gesehen hat. Vielleicht kriege ich so meine Ehre zurück.«

»Weißt du denn, was Ehre ist?«, fragte Marasco leise.

»Weißt du es?« Sam wischte sich über die feuchten Augen.

Doch Marasco rührte sich nicht.

»Wie hast du gelernt, so zu kämpfen?«, fragte er und kniete sich neben ihn.

Marasco drehte sich langsam auf den Rücken und schaute angestrengt zur Decke. »Wo ich aufwuchs, herrschte seit Jahren Krieg. Es war eine Art Stammesfehde, die zu Zeiten meines Großvaters entbrannte. Unser Stamm, die Sen, gegen die Lanko.

Ich weiß nicht mehr, worum es ging. Das wusste wahrscheinlich niemand mehr. Meine Mutter versuchte uns, mich und meine Zwillingsschwester, vor all dem Hass zu beschützen. Doch es ist ihr nicht gelungen. Als ich fünf Jahre alt war, wurde sie getötet. Mein Vater fand sie aufgeschlitzt im Flussbett liegen. Da hat er mir ein Messer in die Hand gedrückt und angefangen, mich zu unterrichten.«

Marascos Atem stockte und er legte den Arm über sein Gesicht. Als er wieder zur Decke schaute, sprangen seine Augen wie wild von einem Punkt zum nächsten. Es spielte keine Rolle, ob er sie offen hatte oder nicht. Die Bilder in seinem Kopf waren überall.

»Wie ging es weiter?«, fragte Sam.

Mit glänzenden Augen schaute ihn Marasco an, und für einen kurzen Moment flackerten Scham und Schrecken auf. Sam wusste, dass es Dinge gab, die Geheimnisse bleiben sollten. Doch er musste mehr über seinen Gefährten erfahren. Anders hätte er nicht mehr lange Verständnis für sein Handeln aufbringen können. Und dieses Mal war er bereit. Nachdem ihm die Situation mit Arua gezeigt hatte, dass er die Kraft hat, es zu kontrollieren, hatte er Mut gefasst.

Langsam streckte er die Hand aus und strich Marasco die Haare aus der Stirn. Der schaute ihn irritiert an, doch er war zu erschöpft, um sich dagegen zu wehren. Er glühte noch immer, als Sam die Hand auf seine Stirn legte.

Dieses Mal verspürte er weder ein sanftes Kribbeln noch ein Ziehen in der Hand. Es war wie ein Donner in weiter Ferne, der langsam näher rollte. Er konnte spüren, wie ihm eine Kraft entgegenkam, gegen die er mehr Energie aufbringen musste als gegen Arua. Der Donner vermischte sich mit einem lauten Heulen und dröhnte immer näher um ihn herum. Und wie eine Feuersbrunst packte es ihn. Seine Hand schien zu schmelzen, doch als wäre Marasco ein Magnet, konnte er sie nicht von ihm nehmen. Er legte die andere Hand auf Marascos Wange und drückte mit voller Kraft gegen den ihm entgegenschießenden Schwall. Als er sah, wie die Narben an seinen Armen rot leuchteten, packte ihn plötzlich die Angst, dass er dieser Kraft erliegen, ihm die Haut am ganzen Körper aufreißen und er innert kürzester Zeit verbluten würde.

Doch dann spürte er seine Rabenkräfte, die ihm die Fähigkeit verliehen, blitzschnell zu regenerieren, und wie diese Kraft in Energie umgewandelt wurde, die ihn immer stärker machte. Instinktiv schaffte er es, die Kraft der Erinnerungen zu bündeln und über die Narbenkanäle, die sich spiralförmig über beide Arme seinen Oberkörper hinunter und weiter die Beine hinabschlängelten, zu führen. Die Narben glühten wie die untergehende Sonne. Marasco riss die Augen auf und seine Pupillen weiteten sich. Sam wurde plötzlich in die Tiefe gerissen, in ein schwarzes Loch. Schwerelos hing er in der Luft, wusste nicht, wo oben und unten war, bis er von einem hellen Licht angezogen wurde.

61

Es war das Licht der tiefliegenden Wintersonne im Land der Sen, das die dünnen Wolken am blauen Himmel in zartes Rosa tauchte. Ein schneebedeckter Tannenwald erstreckte sich entlang eines breiten, steinigen Flussbettes Richtung Küste und schlängelte sich durch eine weiße Landschaft, vorbei an einer Rentierherde, die über einen Hügel nach Norden rannte. Ein eisiger Wind wehte vom Meer herein. Direkt neben der Flussmündung lag das Dorf der Sen.

Die kleinen Holzhütten und Rundzelte standen auf Stelzen ein halbes Geschoss über dem Boden. Treppen führten über Veranden hoch zu den Hütten. Jeder Hütte waren zwei oder drei Rundzelte zugehörig, die auf der Rückseite auf den Stegen platziert waren. Neben jeder Behausung gab es Gatter für die Pferde; große, kräftige Tiere mit starken Fesseln und vollen Mähnen.

Bei einer Hütte schlug die Tür auf und drei Jungen und ein Mädchen rannten raus auf die Straße. Sie trugen eng anliegende Felle und jeder Junge hatte ein Messer oder ein kurzes Schwert im Gürtel stecken. Lachend rannten sie Richtung Dorfkern, vorbei an Männern in schwarzen Mänteln und lederbandagierten Armen und Frauen in langen Pelzröcken. Auf dem Dorfplatz direkt neben der Schiffsanlegestelle wurde an Ständen Fisch verkauft und gegerbte Felle und Stockfisch wurden zum Trocknen aufgehängt. Auf dem Steg bereiteten die Fischer ihre Boote für den nächsten Morgen vor.

Marasco folgte den beiden Jungen vorbei am frischen Fisch, den Gerbern und den Waffenhändlern. Sie ließen den Steg hinter sich und rannten über den Platz, als er plötzlich einen Schlag auf den Kopf bekam und seitwärts in den matschigen Boden fiel.

Benommen wischte er sich den Dreck aus dem Gesicht und öffnete die Augen. Ein kalter Schauer lief ihm über den Rücken, als er vor sich die geschnürten Stiefel seines Vaters entdeckte.

Ängstlich blickte er zu ihm hoch. Seine Augen schauten verachtend auf ihn nieder und die langen, braunen Haare wehten wie Flammen im Wind.

»Was tust du hier?«, fragte er mit knirschenden Zähnen.

Marasco kniete im Dreck, senkte reuevoll den Kopf und krallte sich an seiner Hose fest. Da packte ihn der Vater am Kragen und zog ihn auf Augenhöhe hoch, sodass er den Boden unter den Füßen verlor.

»Seit drei Jahren sage ich es dir. Warum hörst du nicht auf mich?«

Marasco zitterte vor Angst und schaute zu seinen Freunden, die sich hinter einem Holzstoß versteckten. Da gab ihm der Vater eine Ohrfeige und er fiel wieder auf den Boden. Bevor er sich sammeln konnte, packte ihn der Vater im Nacken und schleifte ihn neben sich her.

»Sagan!«, rief er dabei wütend.

Ängstlich trat das Mädchen hinter dem Holzstoß hervor. Sie hatte die gleichen schmalen Augen wie Marasco und ihre schwarzen Haare waren zu einem Zopf geflochten.

»Geh nach Hause! Du kennst die Regeln!« Dabei schleifte er Marasco an den Hütten vorbei aus dem Zentrum hinaus Richtung Küste. »Ich sagte, hör auf, mit deiner Schwester oder diesen Taugenichtsen zu spielen! Warum hörst du nicht auf mich! Wie willst du so deine Schwester beschützen?«

Marasco war hilflos im Griff des Vaters. Am Ufer bekam er einen Stoß und fiel ins Steinbett. Er zitterte, als er zum Vater hochblickte.

»Du musst trainieren! Jede Minute nutzen, um besser zu werden. Es ist nur eine Frage der Zeit, bis sie über uns herfallen und uns hinter ihre Mauern sperren. Wer weiß, was diese Monster dann mit uns machen! Warum begreifst du das nicht?«

Als der Vater die Hand an den Schwertgriff legte, sprang Marasco sofort auf und zog seine Waffe. Es war ein kleineres, speziell für Kinder hergestelltes Schwert. Der Vater zögerte keinen Augenblick und schlug mit voller Kraft zu. Mit jedem Schlag, den Marasco abwehrte, wich er einen Schritt zurück.

»Du hast deine Schlagübungen vernachlässigt! Stell dich gerade hin! Nimm den Fuß zurück! Schultern runter! Deine Seite ist offen! Deck deine Seite!«

Gegen die geballte Kraft des Vaters kam Marasco nicht an. Seine Arme zitterten und auf den faustgroßen Bollensteinen fiel es ihm schwer, den Halt zu bewahren. Da schlug ihm der Vater das Schwert aus den Händen und verletzte ihn am Handgelenk. Marasco fiel zu Boden und kämpfte mit den Tränen.

»Du enttäuschst mich! Werde endlich ein Mann!«, schrie sein Vater und stampfte zurück ins Dorf.

Zitternd saß Marasco am Boden, wischte sich die Tränen aus dem Gesicht und drückte die verletzte Hand an die Brust. Dabei streifte ihn die Hoffnung, dass die Verletzung es ihm unmöglich machte, jemals wieder mit dem Schwert zu kämpfen. Er dachte darüber nach, noch weiter in der Wunde herumzustochern, nur um sicherzugehen, dass Nerven und Muskeln beschädigt waren. Als er seinen Namen hörte, verdrängte er die Gedanken sofort und wischte sich die Augen trocken. Es waren die beiden Jungs von vorhin, die auf ihn zu rannten.

»Ruu! Warte auf mich!«, rief der hintere Junge.

Doch Ruu rannte so schnell er konnte zu Marasco und half ihm hoch. »Geht es dir gut?«, fragte der hellhaarige Junge besorgt und las das Schwert vom Boden auf.

Mit geneigtem Kopf stand Marasco da. Der Dreck tropfte von seiner Wange und er zitterte vor Kälte. Ruu steckte ihm das Schwert in die Scheide an seinem Gürtel, dann ergriff er plötzlich Marascos Hand.

»Du blutest ja! Was ist passiert?«

Der andere Junge schloss keuchend zu ihnen auf, beugte sich nach vorn und stützte laut atmend die Hände auf den Knien ab. Dabei schaute er zu Marasco hoch. Als sich ihre Blicke trafen, schlug Marasco Ruus Hand weg und machte sich auf den Weg zurück ins Dorf.

»Warte!«, rief Ruu und folgte ihm. »Jomek! Hol die Wundsalbe deiner Mutter!«

»Lasst mich in Ruhe!«, sagte Marasco und ging weiter.

»Das muss versorgt werden! Stell dich nicht so an!«

»Geht weg!«, rief Marasco und rannte davon.

Er versteckte sich neben dem Pferdegatter unter der Veranda seiner Hütte, wo er sich an eine Stelze lehnte und den Pferden beim Fressen zuschaute. Es dauerte nicht lange, bis seine beiden Freunde kamen und sich wortlos neben ihn setzten. Nach einer Weile nahm Ruu einen ledernen Wasserbeutel hervor und reinigte seine Wunde. Jomek öffnete ein hölzernes Kästchen und trug Salbe auf.

»Das wird schon wieder«, sagte der pausbäckige Junge leise.

»Er hasst mich«, flüsterte Marasco. »Waaru hasst mich.«

»Das ist nicht wahr«, widersprach Ruu. »Er will nur das Beste für dich.«

Marasco schüttelte den Kopf. »Ich weiß nicht, was ich tun muss, um es ihm recht zu machen.«

»Gib einfach dein Bestes«, sagte Jomek. »Ich wünschte, mein Vater würde mich im Schwertkampf unterrichten.«

Ruu lächelte und zog dabei einen Mundwinkel hoch. Er war zwei Jahre älter als Marasco und gab ihm Zuversicht, dass alles gut werden würde. Jomek legte eine Hand auf Marascos Schulter und nickte zustimmend.

*

Reglos stand Marasco da und schaute ausdruckslos hinaus auf den Horizont. Dunkle Wolken bedeckten den Abendhimmel und ein kalter Wind blies vom Meer herein.

»Vergiss nie, was diese Monster deiner Mutter angetan haben«, sagte die vertraute Stimme des Vaters hinter ihm. »Nutze diesen Hass und du wirst noch viel stärker werden.«

Marasco rührte sich nicht. Ruhig betrachtete er die schwarze See und atmete die frische, salzige Meeresluft ein.

»Nun gut, mein Sohn. Lass uns sehen, was du in den letzten sieben Jahren gelernt hast. Der Tod deiner Mutter soll nicht umsonst gewesen sein.«

Als Waaru sein Schwert zog, drehte sich Marasco sofort um und wehrte den Schlag ab. Mit einer unglaublichen Körperbeherrschung schlug er Waaru seine Klinge entgegen und brauchte dabei noch nicht einmal all seine Kraft.

Waaru schlug immer fester zu. »Hör auf, dich zu verteidigen! Ich gab dir eine Waffe! Benutze sie gefälligst! Du weißt, wie es geht!«

Marasco bündelte seine Konzentration. Eine Welle aus Feuer raste durch seine Adern und er schrie, als wäre die Energie, die er wie einen Sturm freisetzte, sonst nicht auszuhalten gewesen. Mit wenigen Bewegungsabläufen schlug er dem Vater das Schwert aus der Hand, stieß ihn zu Boden und drückte ihm die Klinge an den Hals. Aufgewühlt stand er über ihm und atmete stoßweise ein und aus. Ihm war klar, dass er in diesem Moment alles hätte beenden können.

»Das ist mein Sohn!«, rief Waaru stolz, schob Marasco zur Seite und stand auf. »Ich denke, es ist an der Zeit, mit dem Dualschwert zu beginnen«, sagte er und ließ ihn allein an der Küste zurück.

Marasco steckte das Schwert in die Scheide, wandte sich wieder dem Meer zu und ließ den Kopf hängen. Die Hitze war aus seinen Adern gewichen und sein Körper fühlte sich kalt und taub an.

»Du weißt, du musst das nicht für mich tun, Bruder«, sagte Sagan mit weicher Stimme und trat neben ihn.

Selbst als sie Marascos Arm nahm und sich daran festhielt, blieb er stumm und schaute mit starrem Blick hinaus auf den Horizont.

»Das ist auch mein Lieblingsplatz«, sagte sie. »Mama hat uns immer hierher gebracht. Marasco, sie war es, die uns vor all dem beschützen wollte. Und nun sieh dich an. Du tust nichts anderes mehr, als zu kämpfen.«

»Ich kämpfe nicht«, antwortete er mit monotoner Stimme. »Ich trainiere nur. Wenn es das ist, was Waaru für das Beste hält, kann es nicht falsch sein.«

»Vater ist besessen! Oder hast du jemals eines dieser *Monster* zu Gesicht bekommen? Ich nicht! Viele Leute im Dorf zweifeln sogar an deren Existenz. Du vergeudest vielleicht nur deine Zeit.«

Mit einer Miene, so eisig wie der Schnee um sie herum, blickte Marasco aufs Meer hinaus und schluckte die Traurigkeit hinunter. Hätte er eine Wahl gehabt, hätte er etwas anderes getan. Doch mittlerweile wusste er gar nicht mehr, was für Möglichkeiten es gab. Da war nur dieses Gefühl in seiner Brust, die Erinnerung an ein Leben ohne Schwert in der Hand, an eine Kindheit in weiter Ferne.

*

Von reiner Energie umgeben wirbelte Marasco schwerelos über eine Eisfläche und schwang in jeder Hand ein Schwert. Nichts konnte dieser geballten Kraft standhalten. Als er seine Bewegungen zu Ende brachte und die gekreuzten Klingen nach unten richtete, löste sich die Spannung und er atmete tief durch.

»Sehr gut!«, rief ein Mann, der neben Waaru die Darbietung verfolgt hatte. »Du hattest recht. Er ist wahrlich ein Ausnahmetalent.«

Ein paar Schritte daneben standen Ruu und Jomek. Jomek klatschte vor Begeisterung und hatte ein breites Lachen in seinem runden Gesicht. Ruu betrachtete das Ganze mehr mit Misstrauen als Wohlwollen. Mit verschränkten Armen stand er da, der Blick finster und grimmig. Als Marasco die Schwerter zusammenlegte und zurück in die Scheide schob, trat Waaru neben ihn und packte ihn im Nacken.

»Nicht nur Talent, mein Freund«, sagte er stolz. »Harte Arbeit.«

»Ich habe noch nie jemanden gesehen, der die Schwerter so beherrscht wie Euer Junge. Wie alt ist er?«

»Stolze achtzehn, und es gibt niemanden, der besser ist als er.«

Schnaubend wandte sich Ruu ab und kehrte ins Dorf zurück. Jomek war hin- und hergerissen, ob er ihm folgen sollte, da kam Sagan über den Hügel gerannt. Sie trug einen weißen Wolfspelz und ihre schwarzen Haare hatte sie mit mehreren dicken Zöpfen zu einem großen Dutt zusammengeknüpft. Sie war zu einer wunderschönen jungen Frau herangewachsen.

»Vater! Sie haben sie gefunden! Tante Lana! Drüben am Fluss!«

Sofort ließ der Vater Marasco los und rannte ihr entgegen.
»Weiß es mein Bruder schon?«
»Nein.«
Die beiden Männer griffen nach ihren Waffen und rannten über den Hügel. Marasco stand derweil reglos da.
»Das ist nicht gut«, schluchzte Sagan und warf sich an ihn.
»Gar nicht gut. Ihr werdet in den Kampf ziehen. Ich weiß es.«
»Mir wird nichts geschehen.«
»Ich weiß! Doch es verändert alles. Alles!«
Marasco legte die Arme um sie und schaute hinaus aufs Meer, der untergehenden Sonne entgegen. Sein Körper war starr vor Kälte und sein Blick versteinert.

*

Zu dreißig Mann rückten sie auf ihren Pferden aus und stiegen im Mondschein über die vermeintlich schützende Stadtmauer der Lanko. Die Mauer war lediglich ein Stockwerk hoch und diente wohl als Schutz gegen die eisigen Winde. Es gab zwar einen Wehrgang, aber keine Männer, die Wache standen.

Es war das erste Mal überhaupt, dass Marasco eine Stadtmauer und aus Stein gebaute Häuser sah und endlich verstand, was ein Wehrgang war – auch wenn dieser nicht seine Funktion erfüllte. Beeindruckt und ein bisschen eingeschüchtert stand er auf dem Gang und blickte über die schneebedeckten Steindächer hinweg. Auf jedem Dach gab es einen Schlot, aus dem weißer Rauch stieg und sich sogleich in der kalten Nachtluft auflöste.

»Sho, du und deine Männer nehmt die rechte Seite«, befahl Waaru leise. »Biko, ihr die linke. Ruu und Jomek, ihr bleibt bei mir. Und, Marasco, du hältst die Stellung auf der Straße.«

Die Männer schwärmten aus und stiegen lautlos in die Häuser ein. Voller Ehrfurcht schritt Marasco derweil durch die Straßen, betrachtete die aus Stein erbaute Stadt, die engen Gassen und den Brunnen auf dem Platz. Es dauerte nicht lange und er vernahm die ersten Schreie. Er blieb stehen und überlegte, ob er umkehren sollte, doch irgendeine unsichtbare Kraft hielt ihn davon ab, sich den Befehlen seines Vaters zu widersetzen. Plötzlich schlug eine Tür auf und ein Junge rannte ihm entgegen.

»Bitte! Helft uns!«

Hinter sich hörte Marasco plötzlich, wie jemand eine Waffe zog. Ohne zu zögern, schlug er den Angreifer nieder und tötete den Jungen, der eine Ablenkung hätte sein sollen. Immer mehr Menschen rannten schreiend auf die Straße. Erstaunt über deren Kampfgeist, tötete er einen nach dem anderen. Es war sein Körper, der mit unglaublicher Aggressivität kämpfte und genau wusste, was zu tun war. Sein Verhalten machte es den Lanko unmöglich, gegen ihn anzukommen. Frei von Gedanken und Gefühlen streckte er jeden nieder, der sich ihm in den Weg stellte.

Bei Morgengrauen fand er sich zwischen den Leichen wieder. Starr vor Schreck stand er zwischen all den toten Körpern und betrachtete mit stockendem Atem sein Werk. Ihm war klar, nichts hätte ihn aufhalten können. Er war ein Gefangener des Rausches gewesen. Ein unglaublicher Ekel überkam ihn, er geriet in Panik und wusste nicht mehr, was richtig oder falsch war. Fassungslos strich er sich durchs Haar und unterdrückte den aufsteigenden Schrei in seiner Brust. Da hörte er plötzlich seinen Namen. Es war Ruu.

»Marasco! Waaru sucht dich.«

Der Schrecken saß ihm noch immer in den Knochen und seine Beine fühlten sich steif an, als er Ruu durch eine enge Gasse in ein mit Kerzen beleuchtetes Haus folgte. Vor einer offenen Luke im Boden stand Jomek und reichte Ruu eine Fackel. Dann stiegen sie eine hölzerne Treppe hinunter in einen dunklen Gang. Durch einen engen Tunnel gelangten sie schließlich zu einer Tür. Davor stand Waaru mit verschränkten Armen, neben ihm Sho mit einer Fackel.

»Wir können von Glück reden, dass wir dieses Versteck gefunden haben«, sagte Waaru und öffnete die Tür. »Diese Monster glaubten tatsächlich, dass sie hier sicher sind.«

Verunsichert trat Marasco hinter Waaru in den dunklen Raum. Sho und Ruu folgten ihnen und hielten die Fackeln hoch. Marasco stockte der Atem, als er nicht die Monster vor sich erblickte, die er erwartet hatte. Es waren etwa zehn Frauen, die sich mit ihren Kindern völlig verängstigt an die Wand drängten.

»Wir haben genug Gefangene«, sagte Waaru trocken. »Das sind nur unnötige Mäuler, die man stopfen muss. Töte sie!«

»Vater!«, platzte es aus Marasco heraus. »Die haben nichts getan.«

»Du stellst meine Befehle in Frage?«

Verängstigt schaute er zu den Frauen und Kindern, die bitterlich weinten und um Gnade flehten.

»Worauf wartest du?«

»Warum? Warum ich?«

Da packte ihn Waaru am Hals und zog ihn näher zu sich ran. »Weil es deine Bestimmung ist. Also mach gefälligst deine Arbeit! Vorher kommst du hier nicht raus.«

Um sicherzugehen, dass er dem Befehl gehorchte, blockierte Waaru die Tür und ließ ihn nicht mehr aus den Augen. Zitternd ballte Marasco die Fäuste und schloss die Augen. Die Schreie der Frauen und Kinder traten langsam in den Hintergrund und als er den Griff des Schwertes in der Hand hielt, waren jegliche Gedanken, Gefühle und Zweifel wie weggefegt. Er machte es schnell. So schnell wie er nur konnte. Als wäre das der einzige Gefallen, den er den unschuldigen Frauen und Kindern machen konnte.

Die Totenstille holte ihn aus dem Rausch. Er steckte die Schwerter ein und verließ ohne zurückzublicken den Keller. Schweren Schrittes stieg er an die Oberfläche. Sein Magen verkrampfte sich, und als er die Sonne hinter dem Morgennebel erblickte, sammelten sich Tränen in seinen Augen. Sagan hatte recht gehabt. Die Welt war nicht mehr dieselbe. Waaru hatte ihn zu einem Monster gemacht, zu einer Tötungsmaschine, um unschuldige Menschen hinzurichten. Er betrachtete seine zitternden Hände und wusste, er hatte sich beschmutzt, und diesen Schmutz konnte er nie wieder abwaschen. Als er eine Hand auf seiner Schulter spürte, rieb er sich sofort die Augen trocken.

»Komm, Junge. Ich habe noch eine Überraschung für dich«, sagte Waaru und führte ihn auf den Marktplatz.

Dort knieten zwanzig Männer der Lanko in einer Reihe am Boden. Ihren Verletzungen nach waren sie bereits verhört worden. Stolz schritt Waaru vor ihnen auf und ab.

»Ich gebe euch die Chance, um eure Leben zu kämpfen«, sagte er. »Wer meinen Sohn im Kampf besiegt, darf als freier Mann gehen. Wer möchte diese Chance ergreifen?«

Marasco wollte davonschleichen, doch er war bereits von Ruu, Sho, Jomek und den anderen Männern umzingelt.

»Wo willst du hin, Junge!«, rief Waaru. »Ich habe den Männern die Hoffnung zurückgegeben. Du kannst sie jetzt nicht enttäuschen.«

»Das tu ich nicht«, antwortete er mit bebender Stimme.

Da packte ihn Waaru wieder am Hals und würgte ihn. »Du hast keine Wahl. Das ist der einzige Weg, diesen Monstern zu zeigen, wer hier der Herr ist.«

»Und danach ist Schluss?«

»Dann gehen wir nach Hause«, sagte Waaru und ließ ihn los.

*

Schweigend ritten sie an ausgebrannten Dörfern vorbei, die wie schwarze Wunden in der weißen Landschaft lagen. Der Schnee auf den Feldern war alt, seit Wochen herrschte trockene, eisige Kälte. Die Menschen, die ihren Raubüberfällen entkommen waren, waren verschwunden.

Marasco saß auf seinem Rappen, eingehüllt in einen dicken Rentierpelz, die Kapuze tief in die Stirn und den Schal über die Nase gezogen. Langsam atmete er ein und aus und versuchte, sich auf das Geräusch zu konzentrieren, das er dabei machte, oder die wohlige Wärme, die sich jedes Mal, wenn er ausatmete, für kurze Zeit hinter dem dicken Schal staute.

Sie ritten der Sonne entgegen Richtung Westen, zurück nach Hause. Als er seinen Blick hob und den roten Feuerball am Horizont sah, fingen seine Augen an zu flackern. Er konnte spüren, wie die Bilder langsam in ihm hochstiegen. Sofort kniff er die Augen zusammen, biss die Zähne aufeinander und drückte sich die Hand an die Stirn. Doch er konnte nichts gegen die Bilder und die Kopfschmerzen tun.

Er sah die Gesichter der Menschen, die Augen, die ihn anstarrten, als er ihnen die Kehle aufschlitzte. Bäche voller Blut rannen durch die Siedlungen und färbten den Schnee rot. Er spürte das Gefühl in seinen Händen, wenn er seine Schwerter in unschuldige Körper stieß, und die Kraft, die er aufwenden musste, um die Klinge wieder herauszuziehen. Die Asche hatte die Nacht noch mehr verdunkelt und schwarze Flocken wehten durch die von Fackeln und Feuern beleuchteten Siedlungen. Der Gestank von verbrannter Haut, Leder und Holz lag in der Luft. Ein Geruch, den er niemals wieder vergessen würde. Doch das Schlimmste waren die Schreie. Sie waren überall. Sie kamen aus der Dunkelheit. Es waren Schreie der Angst, des Schreckens, schmerzverzerrt und abrupt. Und Todesschreie. Und dann kam das Weinen. Von allen Seiten, ein Heulen, einem Echo gleich, immer wieder hallte es auf. Er konnte die Hoffnung darin hören. Sie wiegte sich in den Wellen der Verzweiflung und ließ die Leute um Gnade flehen.

Die Rache an den Lanko war nicht das Ende der jahrelangen Fehde, sondern der Auftakt zu einer Schreckensherrschaft der Sen gewesen, angeführt von Waaru, der seine Männer wie einen Schwarm Heuschrecken brandschatzend durch die Vantschurai führte und ein Dorf nach dem anderen zerstörte. Anfangs zogen sie nur alle fünf Tage los. Marasco hatte Waaru angefleht, nicht mitgehen zu müssen, erinnerte ihn daran, was er ihm nach dem Angriff auf die Lanko versprochen hatte, doch letztendlich blieb ihm keine Wahl. Sein einziger Trost war der Rausch, in den er fiel, wenn er ein Blutbad anrichtete. Und jedes Mal, wenn der Morgen hereinbrach, die Totenstille ihn in die Realität zurückholte und er sein Werk betrachtete, wurde sein Verstand von Scham und Schuldgefühlen überschwemmt und er sehnte sich selbst nur noch nach dem Tod.

Sobald das Wetter umgeschlagen hatte, zogen sie auf einen ausgedehnten Raubzug. Einen Monat waren sie plündernd und mordend von einem Dorf zum nächsten gezogen und kehrten mit Schätzen zurück, die kein Sen zuvor gesehen hatte. Die Sonne berührte den

Horizont, als sie die Küste erreichten und die Dorfbewohner ihre tapferen Krieger auf dem großen Platz willkommen hießen.

Während die Männer ein Bad in der Menge genossen, blieb Marasco reglos auf seinem Rappen sitzen, fühlte sich matt, abgeschlagen und schwach. Nach dem zweiten Dorf hatte er aufgehört, die Toten zu zählen, und angefangen, seine Taten zu verdrängen. Sein Gesichtsausdruck war in diesen dreißig Tagen zu einer Maske geworden, während er innerlich ein völlig zerrissenes Wrack war.

Die Freude der Familien im Dorf zeigte, dass sie überhaupt keine Vorstellung davon hatten, was die Männer während der sogenannten Jagd tatsächlich anrichteten; wie viele Frauen vergewaltigt und wie viele Kinder kaltblütig ermordet wurden. Verschwiegen wie sie waren, behielten sie die Gräueltaten für sich und ließen sich von ihren Liebsten feiern.

»Ich mach das«, sagte Jomek, der die Zügel von Marascos Pferd nahm und seinem kleinen Bruder gab. »Sagan wartet bestimmt schon auf dich.«

Marasco stieg ab und streifte sich die Kapuze zurück, da sprang Jomeks kleiner Bruder an ihm vorbei und jauchzte vor Freude. Voller Stolz führte er sein Pferd davon.

Völlig erstarrt stand Marasco zwischen all den Menschen und fühlte sich fremder denn je. Er ließ den Blick über die Leute schweifen, da entdeckte er auf der anderen Seite seinen Vater.

»Ich bin stolz auf dich«, sagte Waaru und legte die Hand auf Ruus Schulter.

Die Achtung, die er ihm entgegenbrachte, machte Ruu ganz verlegen, sodass er den Kopf vor ihm neigte. Waaru lachte laut auf, umarmte ihn und verstrubbelte seine hellen Haare. Dann legte er den Arm um seine Schulter und führte Ruu vom Platz Richtung Schenke.

Eine Kälte hatte sich in Marasco festgesetzt, die er nicht mehr loswurde. Es fühlte sich an, als ob die Temperatur seines Blutes um zehn Grad gesunken war. Und nur wenn er kämpfte, fühlten sich seine Glieder nicht steif und ungelenk an. Niemals würde er der Sohn sein, den Waaru sich gewünscht hatte. In Marascos

Kopf hallten die Schreie der unschuldigen Stammesbewohner der Vantschurai nach und eine Dunkelheit breitete sich in ihm aus. Als er sah, wie Sagan hinter einer Hütte hervorgerannt kam und ihn zwischen all den versammelten Leuten suchte, traf es ihn wie ein Schlag. Er war nicht in der Verfassung, ihr gegenüberzutreten. Der Druck, der sich während des Raubzugs in ihm angestaut hatte, war überwältigend. Also zog er die Kapuze über den Kopf und rannte aus dem Dorf hinaus.

Ein Sturm zog auf und es begann zu schneien. Als die letzten Sonnenstrahlen verschwunden waren und sich die Dämmerung über das Land gelegt hatte, erreichte er den Strand, den er so oft mit seiner Mutter besucht hatte. Das Dorf lag nicht weit entfernt und war bereits mit Fackeln beleuchtet. Außer Atem erreichte er das Ufer, doch der Spurt hatte nicht die erwartete Wirkung. Vor seinen Augen türmten sich die Gesichter der Toten und beim Gedanken an das, was er getan hatte, tun musste, all die von ihm getöteten Männer, Frauen und Kinder, zog sich seine Brust so schmerzhaft zusammen, dass er das Gefühl hatte, nicht nur innerlich zu zerreißen, sondern auch äußerlich erschlagen zu werden. Mit aller Kraft schrie er den Schmerz hinaus. Er schrie, bis ihm die Tränen kamen, die Kehle wehtat und er kraftlos auf die Knie fiel. Der Wind peitschte ihm eisige Flocken ins Gesicht und er nahm die Bestrafung aufrecht hin.

Da hörte er plötzlich seinen Namen. Es war Sagan, die ihn von hinten umarmte. Sofort wich er zur Seite, stand auf und wischte sich den Schmerz aus dem Gesicht.

»Was ist denn?«, fragte sie erstaunt. »Ich habe auf dich gewartet. Es ist eiskalt. Was tust du hier?«

Sein Herz raste. »Geh weg!«

Traurig schaute sie ihn an und versuchte unter seiner versteinerten Miene einen kleinen Funken Leben zu finden.

»Was ist mit dir passiert?«, fragte sie leise. »Ich wusste, dass sich alles verändern würde. Ich wusste es an dem Tag, als ihr vor einem Jahr das erste Mal losgezogen seid. Doch was ist geschehen? Du vermeidest es, mich anzusehen. Und wenn du es tust, dann so, als wäre ich ein Gespenst.«

»Geh! Lass mich allein!«, rief er wütend. »Du hast keine Ahnung, und das ist auch gut so!«

»Nein«, widersprach sie und trat näher. »Wir haben uns immer alles erzählt. Warum hast du damit aufgehört?«

Die Liebe, die Sagan ihm entgegenbrachte, war einzigartig. Doch er war damit überfordert. Als sie die Hand ausstreckte und ihm zärtlich über die Wange strich, geriet er in Panik. Schroff stieß er sie von sich, sodass sie rückwärts auf die schneebedeckten Steine fiel. Er erschrak selbst über seine Tat, fing sich aber sofort wieder.

»Ich sagte, du sollst gehen! Geh weg! Lass mich in Ruhe, Sagan!«

Es tat ihm leid, wie er sie behandelte, und der Schrecken in ihrem Gesicht war wie tausend Dolchstiche in sein Herz. Doch mittlerweile war er der festen Überzeugung, dass er sie vor niemandem außer sich selbst beschützen musste. Und er wusste, die Stimmung, in der er gerade war, machte ihn gefährlich.

Er war erleichtert, als sich Sagan aufrappelte und verängstigt zurück ins Dorf rannte. Dann wandte er sich wieder dem Meer zu und nahm die Peitschenhiebe ins Gesicht hin. Aus der rechten Manteltasche zog er ein silbernes Rasiermesser, klappte es auf und betrachtete die handbreite Klinge. Er hatte alle Hoffnung verloren und wusste, es gab kein Zurück. Da war nur noch Hass. Hass auf seinen Vater, die ganze Welt und vor allem auf sich selbst. Er zog den Arm aus dem Pelzmantel, schob den Hemdsärmel zurück und setzte die Klinge an. Ohne zu zögern, schnitt er sich vom Ellbogen bis zum Handgelenk den Arm auf. Der Schnitt war tief und das warme Blut floss ihm über die Hand. Allmählich verließen ihn seine Kräfte. Das Messer glitt aus seinen Händen, er sank zu Boden und verlor das Bewusstsein.

62

Als hätte ihn das Meer ausgespuckt, fiel Sam rückwärts auf die Reismatte und rang nach Luft. Seine Hände fühlten sich an, als hätte er sich verbrannt, nur dass keine Blasen sichtbar waren. Sofort stürzte er zum Waschbecken und tauchte sie ins Wasser. Sein Herz raste, und er spürte eine ungewöhnliche Hitze in sich. Seine Knochen vibrierten ob all der schrecklichen Eindrücke und er fühlte sich ganz fiebrig. Wie eine Spirale hatten ihn Marascos Erinnerungen mit in die Tiefe gerissen. Erst, als Marasco völlig verzweifelt an der Küste gestanden hatte, sich den Arm aufschnitt, um dem eigenen Tod entgegenzutreten, hatte Sam die Kraft gefunden, sich von ihm loszureißen.

So viel Blut und tote Menschen hatte er noch nicht einmal in Pahanns dunkelster Stunde zu sehen bekommen. Und obwohl es nicht einmal seine eigenen Erinnerungen waren, war es das erste Mal, dass er das Gefühl hatte, so nahe und intensiv am Geschehen dabei gewesen zu sein wie noch nie. Bei den Sen, die tatsächlich vor 100 Jahren im hohen Norden gewütet hatten und der Grund für die Flucht vieler vantschurischer Stämme nach Pahann gewesen waren. Als Marasco ihm seinen Namen genannt hatte, hatte er das Gefühl gehabt, ihn schon einmal gehört zu haben. Auch sein Vater hatte ihm die Geschichten der Sen erzählt. Geschichten, die er seit jeher für Märchen gehalten hatte. Doch Marasco war leibhaftig. Und jetzt, da er wusste, was er erlebt hatte und wie er dabei fühlte, verstand er auch den Ausdruck in Marascos Gesicht, den er nicht deuten konnte. Selbst in der Zeit, in der Marasco keine Erinnerungen gehabt hatte, war seine Selbstverachtung größer als alles andere gewesen.

Sam war schwindlig ob des Selbsthasses, der noch immer in ihm nachwirkte. Er hatte ihn betäubt, und hätte Marasco sich nicht den Arm aufgeschnitten, hätte er nicht gewusst, wie er sich mit eigener Kraft aus dieser Spirale von Gewalt und Schmerz hätte lösen können. Es war, als ob er genauso gefangen gewesen wäre wie Marasco.

Sam rieb sich das Gesicht und strich sich die Haare zurück. Er stützte sich am Becken ab und atmete ein paar Mal tief durch. *Er ist nicht so stark, wie ich gedacht habe. Er ist verzweifelt. Aber das erklärt noch immer nicht, warum er seine Erinnerungen verloren hat.*

Sam drehte sich zu Marasco um und rieb sich die Arme. Ihm wurde klamm beim Gedanken, nochmal die Hand aufzulegen. Auch wenn er bewusstlos aussah wie ein unschuldiger kleiner Junge, war er ein gefürchteter Krieger, der grauenhafte Dinge getan hatte.

Vor hundert Jahren, rief sich Sam in Erinnerung. *Aber macht es das besser?*

Mit zitternden Händen riss er den Kissenbezug auseinander und bandagierte sich mit den Leinenstücken die Hände. Dann wandte er sich wieder Marasco zu, der noch immer völlig reglos dalag.

»Wach auf«, sagte er, zog dabei die Bandagen enger und trat neben den Absatz. »Mach die Augen auf!«

Doch Marasco rührte sich nicht. Er war blass und seine Lippen schimmerten bläulich. Sam kniete nieder und berührte Marascos Arm. Sein Körper glänzte noch immer vom Schweiß, doch nun war er eiskalt. Der Hals. Die Wange. Die Stirn. Die Hitze und das Fieber von vorhin waren weg. Es war, als hätte er Marasco die Energie ausgesaugt.

Sam erinnerte sich an Arua, die ebenfalls bewusstlos am Fels gehangen hatte, nachdem er sie berührt hatte. Er wäre nicht auf die Idee gekommen, dass dies sein Verschulden hätte sein können. Schließlich hatte Arua eine schlimme Verletzung und hatte gefiebert. Doch nun erkannte er, dass sich seine Fähigkeiten auf beunruhigende Weise weiterentwickelt hatten. Auf eine Art, die er nicht kontrollieren konnte.

Verunsichert zog er die Decke über Marasco und rieb sie an seinen Armen, doch es nützte nichts. Sein Körper war eiskalt. Da wurde Sam klar, dass die Hitze, die er in sich spürte, Marascos Energie war, und solange er sie ihm nicht irgendwie zurückgab, würde Marasco ewig in diesem Zustand verharren. Also drehte er ihn vorsichtig zur Seite und legte sich hinter ihn. Einen kurzen Moment hielt er inne und suchte nach anderen Möglichkeiten, doch es gab keine. Er tat, was er als kleiner Junge in Pahann gelernt hatte, schob den linken Arm unter Marascos Hals und schmiegte sich an ihn. Als sein Bauch Marascos Rücken berührte, spürte er sofort, wie die Energie, die er ihm gestohlen hatte, zurück in seinen Körper strömte. Vorsichtig zog er Marascos Arme näher heran, da entdeckte er die Narben am linken Unterarm. Es waren mehrere, und sie waren auf den ersten Blick kaum sichtbar. Doch Sam fragte sich, wie lange Marasco dieses Leben in Verzweiflung geführt hatte. Schließlich schätzte er ihn auf höchstens fünfundzwanzig und in der letzten Erinnerung, die er von ihm gesehen hatte, war er gerade mal neunzehn. Obwohl er das Gefühl hatte, noch immer nicht genug über Marasco zu wissen, bebte der Puls seines Lebens ungewöhnlich stark in seinem Körper nach.

An sich war dies nichts Ungewöhnliches. Jedes Mal, wenn er jemandes Erinnerungen sah, blieb eine Art schwarzer Schatten in ihm zurück. Eine Spur, die das Leben hinterließ. Freude, Liebe, Trauer, Schmerz. Doch das, was von Marasco zurückgeblieben war, war dunkel und kalt. Als er ihn so daliegen sah, wirkte er unglaublich zerbrechlich und verloren. Sam hatte große Angst, ihm das genommen zu haben, was ihn stark machte. Zudem hatte er die positive Wirkung der Vogelherzen, die er aus Aruas Magen gestohlen hatte, mit seinen Kräften unbeabsichtigt zunichtegemacht. Marasco brauchte dringend etwas, das ihm wieder auf die Beine half.

Sobald Marasco anfing zu schlottern, zog Sam die Decke über ihn. Eine Weile lag er da und wartete, bis Marascos Körper wieder eine normale Temperatur erreicht hatte und zu zittern aufhörte. Dann rückte er ein Stück von ihm weg, um sicherzugehen, dass keine fremde Energie mehr in ihm übrig war.

Während Marasco noch immer bewusstlos dalag, saß Sam auf dem Absatz, die Arme auf den Knien abgestützt, und rieb sich das Gesicht. Auch wenn er Marasco die Energie zurückgegeben hatte, so war sein eigener Körper noch immer aufgeladen. Einerseits fühlte er sich völlig erschlagen von der Energie der Erinnerungen, andererseits gab sie ihm noch nie dagewesenes Selbstvertrauen. Doch die Umgebung nach Vögeln abzusuchen, schien ihm kein effizienter Weg, um an Vogelherzen zu gelangen. Er musste sein Glück anderweitig suchen. Also holte er seine noch feuchte Kleidung von den Leinen, zog sich an und flog los.

63

Im Westen, wo der Karstwald auslief, breitete sich eine weitläufige Steppenlandschaft aus, auf der vereinzelt Felskegel und vertrocknete Bäume standen. Aus einem der Felsen stieg eine schwarze Rauchsäule in den morgendlichen Himmel empor. Es war der Ort, an den die Männer die toten Paha hingebracht hatten. Dem schwarzen Rauch nach hatte die Feuerbestattung bereits begonnen. Sam landete und spürte wegen seiner noch nicht ganz getrockneten Kleidung die Schwerkraft umso deutlicher. Zwei Männer warfen einen toten Paha in ein auf der Seite liegendes Loch im Kegel, der als Feuerofen diente. Ein paar Schritte daneben lagen die restlichen Toten aufgereiht. Als die Männer den nächsten holen wollten, rannte Sam zu ihnen hin, zückte sein Messer und rammte es dem Paha in den Bauch.

»Junge! Weg da!«, murrte der ältere Mann. »Endlich brennt das Feuer heiß genug. Also lass uns unsere Arbeit machen.«

Anders als bei Arua öffnete Sam lediglich die Bauchdecke und holte den Magen heraus. Der Gestank war bestialisch und die beiden Männer wichen angeekelt zurück.

»Was soll das denn werden?«, fragte der jüngere.

Der Magen war leer und Sam ließ ihn wie einen Schleimbeutel enttäuscht zurück in den offenen Körper fallen. »Ich werde mich beeilen«, sagte er, während er den Blick über die verbleibenden toten Paha schweifen ließ. Dann machte er sich am nächsten zu schaffen.

»Das ist ekelhaft!«, brummte der jüngere Mann, als sie den verstümmelten Paha zum Feuer trugen.

Mit jedem Magen, den Sam öffnete, schwand seine Hoffnung. Kein einziges Vogelherz hatte er finden können; die ganze Anstrengung war umsonst gewesen.

Die Sonne stand bereits steil über ihnen, als sie alle drei am Feuer standen und zuschauten, wie die letzten Überreste verbrannten. Reglos starrte Sam in die roten Flammen. Ein unheilvolles Knistern drang heraus, zusammen mit dem beißenden Gestank verkohlter Haut.

»Ich weiß zwar nicht, wonach du gesucht hast«, sagte der ältere der beiden, »ich glaube, ich möchte es auch gar nicht wissen, doch du machst ein Gesicht, als hätte dich gerade alle Hoffnung verlassen.«

»Ich habe keine Ahnung, wie es weitergehen soll«, murmelte er.

»Das wird schon.« Der Mann klopfte ihm auf die Schulter und machte sich mit seinem Kollegen auf den Weg zurück in die Stadt.

Sam starrte ins Feuer und spürte die Hitze auf seiner Haut. Langsam streckte er die Hände aus, fühlte die heiße Luft und betrachtete seine blutverschmierten, bandagierten Hände. Er konnte sich nicht erinnern, wann dieser Anblick zur Normalität geworden war.

Mit hängendem Kopf machte er sich schließlich auf den Weg zurück nach Limm. Als er die Händler sah, die mit ihren Karren zwischen den Felsen standen und ihre Ware anboten, zog er die Kapuze hoch und steckte die Hände in die Manteltaschen. Obwohl der Spaziergang ihm gutgetan, ihn auf wundersame Weise beruhigt hatte, verfluchte er sich, nicht von Beginn an den Luftweg genommen zu haben. Die Händler standen überall und er hatte keine Möglichkeit, in eine Seitengasse auszuweichen, da es in Limm keine Seitengassen gab. Mit gesenktem Kopf und hochgezogenen Schultern schlich er an den Leuten vorbei und vermied jeglichen Blickkontakt. Seine blutverschmierte Kleidung hätte nur unnötige Fragen aufgeworfen.

Es erinnerte ihn an die Zeit in Pahann, wo er fast jeden Tag auf diese Weise durch die Stadt geschlichen war, um Calen und seinen Schlägern zu entgehen. Er hatte es über die Jahre zur Kunst gemacht, sich unauffällig fortzubewegen, gar unsichtbar zu sein. Schnell huschte er durch den Vordereingang der Schenke und eilte an den Tischen vorbei zum Hinterausgang. Todo, der Wirt, war zum Glück nirgends zu sehen und auch der Großvater und seine Stammtischfreunde waren nicht da. Als Sam die Tür zum Hinterhof hinter sich zumachte und zum Zimmer eilen wollte, geriet er jedoch ob dem Anblick, der sich ihm bot, ins Stocken.

Hinter dem Brunnen auf der kleinen Wiese trainierte Marasco in voller Montur mit dem Dualschwert verschiedene Bewegungsabläufe. Die Kraft, die er ausstrahlte, die Anmut, die Perfektion und die Intensität waren bemerkenswert. Die Haare fielen ihm ins Gesicht und auf seinem Kinn lag ein dunkler Schatten; es war Blut, das bereits zu einer schwarzen Kruste getrocknet war. Marasco stoppte seine Übungen und warf einen Blick über die Schulter. Dann steckte er mit einer eleganten Bewegung die Schwerter zurück in die Scheide an seinem Gürtel und kam energischen Schrittes auf Sam zu. Seine Augen funkelten vor Wut, entschlossen, ihn in Stücke zu reißen. Ängstlich wich Sam zurück, doch als Marasco die Hand an den Schwertgriff legte, zog er die blutigen Hände aus den Taschen und versuchte, ihn zu besänftigen.

»Was hast du mit mir gemacht?«, rief Marasco, packte schroff Sams Handgelenke, zog sie auf Augenhöhe und betrachtete die blutdurchtränkten Bandagen. »Was ist das?«

»Ich … ich habe gesehen, was mit … was mit dir passiert ist«, brachte Sam nur stotternd hervor.

»Und jetzt denkst du, du wüsstest alles?«, fuhr Marasco ihn an. »Du hast kein Recht dazu!«

»Es tut mir leid«, sagte Sam eingeschüchtert.

Marasco strich sich die Haare zurück, wandte sich von ihm ab und ging rastlos umher, so als hätte er ihn gar nicht gehört. Als er sich wieder zu ihm umdrehte, glänzten seine Augen und sein Blick war fahrig. Marascos Zustand war keinesfalls natürlicher Art, und Sam hatte plötzlich eine Vermutung.

»Hast du etwa …?«

»Hnn …«, grummelte Marasco bloß, ohne ihn anzusehen.

Sam riss die Tür zum Zimmer auf und betrat den Fels. Auf dem Tisch lag nur noch ein leeres blutiges Bündel. Aruas Herz war weg.

Er hat ihr Herz gegessen.

Dann erst kam das Entsetzen und er drehte sich um. »Du hast ihr Herz gegessen!«

Marasco stand im Eingang und seine Haare warfen einen Schatten auf seine Augen. Über dem vertrockneten Blut öffnete sich sein Mund zu einem Lächeln und seine weißen Zähne funkelten. Offenbar hatte Aruas Herz eine ähnliche Wirkung wie ein Vogelherz. Sam wusste nicht, ob er deswegen überrascht oder beunruhigt sein sollte.

Das Lächeln in Marascos Gesicht verschwand wieder und er verschränkte die Arme vor der Brust. »Du schuldest mir ein paar Antworten«, sagte er mit todernster Miene. »Sag mir, was du bist!«

Sam blieben erneut die Worte im Hals stecken. Dafür, dass er gerade erst ein paar von Marascos Erinnerungen gesehen hatte, war die Chance, verprügelt zu werden, groß. Nervös ballte er die Hände zu Fäusten, da spürte er, wie das Blut aus den Bandagen gepresst wurde. Angeekelt riss er sich die Stofffetzen runter und tauchte die Hände ins Wasserbecken. Doch das Wasser war bereits ganz dreckig, also öffnete er die Schleuse für neues und schrubbte die Hände sauber. Die erhoffte Erleichterung blieb aus. Er setzte sich auf den Absatz neben den Futon, stützte die Ellbogen auf den Knien ab und vergrub das Gesicht in den Händen. Als er wieder hochblickte, lehnte Marasco neben dem Eingang an der Wand und schaute ihn streng an.

»Meine Mutter sagte, dass ich als Baby oft geweint habe.« Sam ließ den Kopf hängen. »Je erschöpfter sie war, umso lauter hätte ich geschrien. Da wusste sie, dass ich es in mir trug.«

»Was?«

»Ich bin ein Seher«, antwortete er und schaute hoch. »Na ja, wenn man es genau nimmt, kein sehr guter.«

»Da hast du recht. Es fühlte sich an, als wolltest du mir das Hirn rausreißen!«

»Nein, ich meine damit … Ich sehe nicht in die Zukunft. Bloß in die Vergangenheit. Erinnerungen. Normalerweise überspringt es eine Generation, doch nicht in meiner Familie. Meine Mutter hat mir verboten, irgendjemandem davon zu erzählen. Nicht einmal mein Vater durfte es erfahren. Sie nannte es eine Gabe. Für mich war es ein Fluch. Die Narben an meinem Körper, meine Unfähigkeit und Schwäche, es zu kontrollieren. Es fing mit kleinen Narben an, da war ich noch ein Baby. Hing wohl damit zusammen, dass ich noch gar nicht fähig war, meine Umwelt zu verstehen. Je älter ich wurde, umso schlimmer wurde es.« Er krempelte den rechten Ärmel zurück und zeigte auf eine Narbe am Unterarm. Sie verlief fast parallel zur zwei Finger dicken Linie, die sich von der Hand aus um seinen Arm schlängelte. »Das war Calen, als wir acht Jahre alt waren. Es war Sommer. Er hat mir aufgelauert, mich am Arm gepackt und in eine Seitengasse gerissen. Er hatte noch nicht einmal zugeschlagen; sein Griff allein hatte gereicht, dass meine Haut wegen der Energie seiner Erinnerungen platzte. Und Calen hatte einen Grund mehr, mich zusammenzuschlagen.« Langsam krempelte er den Ärmel wieder zurück und atmete tief durch. »Es war ein schreckliches Geheimnis, das ich am liebsten jedem offenbart hätte. Doch als ich die wahre Natur meines Vaters kennenlernte, war ich froh darum, es bewahrt zu haben.«

»Warum?«

»Weißt du nicht, wer mein Vater ist?«, fragte er und ein trauriges Lächeln huschte über sein Gesicht. »Es ist Kato.«

»Der Sume? Der Kerl, der die ganze verfluchte Armee Richtung Süden führt?«

Sam biss sich auf die Unterlippen und zog die Brauen zusammen.

»Dann bist auch du ein Sume«, bemerkte Marasco salopp.

»Nein!«, fuhr Sam sofort auf und schüttelte den Kopf. »Ich bin kein Sume! Ich habe keinen Sumentrieb.«

»Ist ja gut. Krieg dich wieder ein.« Marasco schaute ihn eine Weile an. Schließlich neigte er den Kopf leicht zur Seite und fragte: »Warum hast du eine solche Angst vor Kato?«

»Du verstehst nicht! Im Leben eines Sumen gibt es diesen einen wichtigen Moment. Und das ist der, wenn sich sein Sumentrieb offenbart. Er gibt einem die Richtung vor und sichert seinen Platz in der Gesellschaft. Ob Wissen oder handwerkliche

Fähigkeiten, der Trieb kann alles sein und offenbart einem Sumen seine wahre Identität, seine Aufgabe. Er ist sozusagen seine Existenzberechtigung. Er liegt in seinem Blut, in seinem Fleisch, in seinem Geist. Der Trieb ist, was der Sume ist, und der Sume ist das, was der Trieb ist.

Katos Trieb offenbarte sich, als er noch ein Kind war. Er ist im Urwald aufgewachsen und spielte mit anderen Kindern in der Nähe eines Wasserfalls, als ein Junge über eine Wurzel stolperte und so unglücklich eine Klippe hinunterstürzte, dass er sich das Bein brach. Es war ein blutiger Bruch. Das Schienbein war nach außen gedreht und der Knochen sichtbar. Während die anderen Kinder ins Dorf rannten, um Hilfe zu holen, stand Kato wie angewurzelt da und betrachtete das Blut. In seinem Kopf explodierte plötzlich ein Blitzgewitter und es war, als wäre in dem Moment sein Leben neu geschrieben worden. Er kniete neben dem Jungen nieder und leckte wie ein Wolf die Wunde. Er konnte gar nicht genug davon kriegen, hielt das verletzte Bein des Jungen fest in beiden Händen und saugte sich wie ein Egel daran fest, während der Junge schrie und weinte. Als die Erwachsenen kamen und Kato von dem Jungen wegholen wollten, klammerte der sich an dessen Bein fest und knurrte wie ein wildes Tier. In jeder anderen Gemeinschaft wäre Kato bestraft worden. Es wäre klar gewesen, dass mit ihm etwas nicht stimmte. Doch bei den Sumen ist die Offenbarung eines Triebs ein Grund zu feiern. Sie hielten ein Fest und bedankten sich bei den Ahnen, Kato unter sich zu haben.«

»Und was hatte es mit seinem Trieb auf sich?«

»Er berechtigte Kato, ein Monster zu sein«, antwortete Sam leise. »Es fing harmlos an. Er jagte und tötete die streunenden Hunde in der Gegend und erklärte es damit, dass deren Blut ihm die Fähigkeit verlieh, das Rudelverhalten besser zu verstehen – dies hatte Ähnlichkeiten mit der gesellschaftlichen Struktur der Sumen. Kato wusste damals schon, dass er eines Tages ein Anführer wird. Dann waren die Katzen an der Reihe. Ihr Blut verhalf ihm zu einem längeren Leben, was in der Tat funktionierte, denn als er meine Mutter traf, war er ein fünfundsiebzigjähriger Mann im Körper eines Dreißigjährigen. Kato hatte sich eine Freiheit erschaffen, die niemand sonst hatte, und er ist dabei immer stärker geworden.«

»Warum weißt du das alles?«, fragte Marasco misstrauisch.

»Ich habe es gesehen. Es war kurz nach dem Tod meiner Mutter. Ich war elf Jahre alt und spielte mit meinem kleinen Bruder auf dem zugefrorenen See, als plötzlich der Boden unter mir brach. Ich wurde unter das Eis gerissen und fand nicht mehr zurück an die Oberfläche. Nahn ließ mich nicht aus den Augen und schrie verzweifelt um Hilfe. Kato war nicht weit entfernt Eisfischen und hörte die Schreie. Mit einem Beil schlug er den Boden ein und holte mich raus. Er brachte mich nach Hause, zog mir die nassen Kleider aus …« Sam stockte und bemerkte, wie seine Atmung immer unregelmäßiger wurde. »… und … und drückte mich an seine nackte Brust. Es war das einzig Richtige … doch für mich war es die reinste Tortur. Ich hatte gerade erst gelernt, die Energien zu bündeln, wenn sie auf mich einwirkten, doch ich war zu geschwächt, als dass ich meine Fähigkeiten kontrollieren konnte. Jede seiner Berührungen war wie ein Dolchstoß durch meinen Körper.«

Sam hielt einen Moment inne, dann ballte er die nackten Hände zu Fäusten, dass die Fingernägel fast die Haut aufschnitten. Doch die Anspannung half ihm, sich wieder zu beruhigen. »Du hast meinen Körper gesehen«, sagte er betrübt und strich sich die Haare zurück. »Er ist nicht so schön wie deiner. Ich bin damals fast verblutet. Im Nachhinein wundert es mich selbst, dass Kato mir widerstanden hat.«

»Wie meinst du das?«

»Sein krankhaftes Verhalten hatte bereits Unmengen Blut vergossen und für alles hatte er eine Erklärung. Er tötete die Bären ihrer Stärke wegen, jagte Fledermäuse, um die Sinne zu schärfen, und trank das Blut von Schlangen um der Weisheit willen. Irgendwann jedoch vermochte die Tierwelt seinen Durst nicht mehr zu stillen und er wandte sich den Menschen zu. Er machte Jagd auf Verbrecher und Diebe und verleibte sich das Böse ein. Schließlich entdeckte er seine Leidenschaft für Frauen. Er veranstaltete Orgien mit menstruierenden Mädchen und sobald sie eingeschlafen waren, schlitzte er ihre Kehlen auf. Das Letzte, an das ich mich vor meiner Ohnmacht erinnern konnte, war Katos neueste Leidenschaft. Er hatte tatsächlich von den Sehern gehört und es sich zur Aufgabe gemacht, deren Blut zu trinken. Er erhoffte sich so, einen Blick in die Zukunft werfen zu können. Als ich in seinen Erinnerungen sah, wie er Schulkameraden von mir getötet hatte, verlor ich die Fassung und schrie. Ich erlitt im wahrsten Sinne des Wortes Todesqualen und fiel in eine Art Schock. Dass er nicht schon längst in meinem Blut gerochen hatte, dass ich ein Seher war, war wohl dem Umstand zu verdanken, dass ich nur die Vergangenheit sah. Er wusste nicht, wonach mein Blut roch und hatte darum auch keinen Grund, mich zu töten.

Als ich wieder zu mir kam, war mein Körper einbandagiert und der Heiler saß neben dem Bett. Hinter ihm sah ich Kato, und obwohl er mich mit einem aufrichtig besorgten Blick anschaute, selber noch ganz entsetzt darüber, was mit mir geschehen war, wollte ich am liebsten nur schreien. Ich war so von Angst erfüllt, dass mein Herz wieder raste. Ich weiß nicht, was der Heiler getan hatte, dass ich wieder einschlief. Ich konnte überhaupt nicht verstehen, was da mit mir geschehen war.«

»Ich war da«, sagte Marasco. »Ich habe dafür gesorgt, dass du endlich aufgehört hast rumzuschreien. Das war nicht zu ertragen.«

»Du warst da? Ich erinnere mich gar nicht.«

»Ich habe es wohl selbst vergessen«, antwortete Marasco kleinlaut.

Sam schüttelte den Kopf. »Ich hatte so große Angst vor ihm. Ich war noch ein Kind und es war für mich unmöglich, mich von ihm fernzuhalten. Und es gab niemanden, dem ich die Wahrheit sagen konnte. Die ganze Sache hatte zur Folge, dass ich vorsichtiger wurde. Meine Bandagen trug ich sogar beim Baden.

Immer wieder blitzten Erinnerungen in mir auf, in denen ich den alten Kato sah, meinen lieben Vater, der mich, als ich acht Jahre alt war, das erste Mal auf die Jagd mitgenommen hatte und mein gutes Gehör lobte. Es gibt nicht viele Erinnerungen, die mir von ihm geblieben sind, bevor ich sein wahres Wesen gesehen habe. Und eh ich mich versah, führt er eine Armee Richtung Süden und hinterlässt nichts als Zerstörung und Tod.«

»Und jetzt? Hast du Angst vor mir? Du hältst mich bestimmt für ein Monster.«

»Nein«, antwortete Sam überrascht. »Ich habe keine Angst vor dir. Du bist zwar irgendwie verrückt, aber loyal – schließlich bist du noch immer hier und hast mich nicht einfach sitzen lassen.«

»Ein Wunder, dass ich dich nicht einfach vergessen habe«, antwortete Marasco leicht zynisch.

»Hast du wirklich keine Verbindung zu mir? Ich meine … seit meinem ersten Tag als Rabe habe ich dieses Band zu dir. Und es wird immer stärker. Was sich zuerst wie ein dünner Faden angefühlt hat, wird zu einem immer dickeren Tau. Ich kann dein Befinden nachfühlen. Und … aus unerklärlichen Gründen … vertraue ich dir wie einem großen Bruder, obwohl du so viele schreckliche Dinge getan hast.« Sam fasste sich ungläubig an die Stirn und schüttelte den Kopf.

»Nein«, antwortete Marasco. »Ich spüre nichts.«

»Gar nichts? Ich meine … warum hast du mich nicht schon längst getötet? So was fällt dir doch leicht.«

Marascos Kiefer verkrampfte sich und er kniff die Augen zusammen. »Ich … da geht manchmal etwas mit mir durch. Ich kann mich dann nicht mehr … beherrschen. Aber … bei dir ist das irgendwie … anders.«

Mit offenem Mund schaute Sam ihn an. Marasco rang um Worte, um sich aus der Situation zu winden, und strich sich nervös durchs Haar.

»Du bist so schwach und bemitleidenswert«, sagte Marasco wieder mit starker Stimme. »Aber du bist auch ein Rabe. Wie könnte ich dich da einfach …« Marasco biss sich auf die Lippen und hielt inne.

»Ich bin nicht schwach und bemitleid…«

Marascos plötzlicher Stimmungswandel überraschte Sam nicht. Es lag nicht in Marascos Natur, Schwäche oder Gefühle zu zeigen. Und wenn sie plötzlich in den Fokus gerieten, wälzte er das Thema offenbar auf andere ab. Ohne eingeschnappt zu sein, schmunzelte Sam innerlich. Doch Marasco ließ nicht locker.

»Nicht schwach? Ach nein? Gut. Was kannst du noch?«

»Was meinst du?«, fragte Sam und runzelte die Stirn.

»Du siehst die Erinnerungen der Menschen und zapfst deren Energie ab. Das wird doch wohl nicht alles sein.«

»Es reicht mir voll und ganz«, antwortete er eingeschnappt. »Ich kann es ja nicht einmal kontrollieren.«

»Nein. Du hast Angst. Schon dein ganzes Leben lang.«

»Hör auf! Du hast keine Ahnung.«

»Die ganze Zeit über hättest du deine Fähigkeiten entwickeln und verbessern können. Doch stattdessen versteckst du dich hinter ein paar dreckigen Bandagen. Wer weiß, wozu du fähig wärst!«

»Es fühlt sich nicht richtig an.«

»Nicht richtig? Du begreifst es einfach nicht«, fuhr Marasco auf und zückte sein Schwert.

»Was soll das nun wieder?«, rief er erschrocken und wich zurück.

Ohne zu zögern, stieß Marasco die Klinge in seine Brust und zog sie langsam wieder heraus. Ein stechender Schmerz durchfuhr ihn. Er drückte eine Hand auf die Wunde und hustete Blut in die andere. Betäubt fiel er auf die Knie und starrte Marasco an.

»Was soll das?«, keuchte er und stützte sich am Boden ab.

Verfluchte Geister! So viel zu Vertrauen. Dieser Hund!

Marasco steckte das Schwert zurück in die Scheide und schaute ihn gleichgültig an. Sams Bauch verkrampfte sich und er stöhnte vor Schmerzen. Und ganz plötzlich spürte er ein Kribbeln, das sich langsam in seinem Körper verteilte und auflöste. Schwer atmend hob er sein Hemd und wischte das Blut weg. Die Wunde war verschwunden.

»Was, wenn sie nicht geheilt wäre?«, schrie er.

»Bitte«, antwortete Marasco gelangweilt. »Das war bloß ein Kratzer.«

Mühsam rappelte sich Sam auf und schaute ihn an. »Du bist wirklich anstrengend.«

Da packte Marasco ihn plötzlich am Hals und drückte ihn auf den Futon nieder. Er würgte ihn so sehr, dass Sam keine Luft mehr bekam. Doch ohne Bandagen wagte er es nicht, sich zu wehren. Dabei erinnerte er sich an Numes, als Marasco ihm die Hand aufgelegt hatte und diese Energie durch seinen Körper strömen ließ.

»Was ist das für eine Gabe?«, krächzte er. »Das ist kein Sumentrieb!«

»Nein, ist es nicht.«

»Was dann?« Sams Stimme war nur noch ein Flüstern.

»Bloß meine Rabenkräfte.«

Sam reckte den Hals und schnappte nach Luft, als Marasco die Hand kurz lockerte. »Wie kontrollierst du es?«, fragte er keuchend.

Marasco grinste böse und plötzlich fühlte sich der harte Griff an seinem Hals ganz weich an. Als wäre eine Schleuse geöffnet worden, schoss diese pure Energie durch ihn hindurch und Sam atmete erregt auf. Der Rausch war ekstatisch und Sam vergaß alles um sich herum. Da verschwand das Lächeln auf Marascos Gesicht und die Schleuse schloss sich wieder. Sams Körper wurde taub und er schaute Marasco erschrocken an.

»Du musst endlich aufhören, Angst zu haben«, flüsterte Marasco und würgte ihm erneut die Luft ab. »Du weißt, dass ich sterben will. Doch du holst mich zurück. Etwas Egoistischeres gibt es nicht. Und das nur, weil du Angst hast!«

»Das war nicht der richtige Tod«, keuchte Sam.

»Dann wehr dich endlich!«

Marasco würde ihn nicht eher loslassen, das war ihm klar. Also griff er nach seinen Armen und versuchte, ihn von sich wegzustoßen. Doch als er spürte, wie der Gedankenstrom auf ihn zuschoss, um ihn in die Tiefe zu reißen, ließ er sofort wieder los. Marasco hatte recht. Er hatte Angst.

»Sag mir, wie du es kontrollierst!«

»Ich sagte bereits, hör auf, Angst zu haben«, zischte er.

Das Blut hämmerte durch Sams Schädel und sein Herz raste. Was ihn am meisten irritierte, war die Frage, wovor er eigentlich

Angst hatte. Schließlich hatte er vor allem Möglichen Angst. Das Leben hatte ihn gelehrt, dass Angst ihm das Überleben sicherte.

Da zückte Marasco sein Beil und drückte es ihm an den Hals. Auf seinem Gesicht breitete sich ein fieses Grinsen aus. Es machte ihm sichtlich Spaß, ihn zu quälen.

»Es reicht!«, rief Sam wütend und drückte mit beiden Händen auf Marascos Brust.

Mit aller Kraft stemmte er sich gegen den Sog, der ihn in das schwarze Loch zu ziehen drohte. Irgendetwas Dunkles regte sich in ihm und er spürte, wie sich in seinem tiefsten Innern eine Kraft bündelte. Die sternförmigen Narben an seinen Händen pulsieren rot und das Licht strömte entlang des Narbenkanals über seine Arme. Und plötzlich brach die Kraft wie eine Explosion aus ihm heraus. Der Druck und die Energie waren so gewaltig, dass er Marasco direkt an die Wand schleuderte. Seine Arme kribbelten, ein kühler Schauer schoss durch seine Adern und das rote Leuchten in seinen Narben erlosch langsam. Sofort schreckte Sam hoch und betrachtete seine Hände.

Was hab ich getan?

Marasco rappelte sich auf, schaute ihn unbeeindruckt an und richtete seinen Mantel. »Lass uns endlich fliegen«, sagte er trocken und steckte das Beil ein. »Ich habe es satt, hier gestrandet zu sein und nichts zu tun.«

Sam spürte noch immer diese Energie, diese Kraft, die ihm durch die Adern schoss und auf irgendeine, ihm noch unbekannte Weise, kontrollierbar war. »Nochmal«, flüsterte er mit bebender Stimme und ging wie in Trance auf Marasco zu.

Misstrauisch neigte Marasco den Kopf, als wollte er ausmachen, wie ernst es ihm war. »Ich warne dich.«

Sams Narbenstränge glühten rot auf und er versetzte Marasco einen Stoß, dass er etwa fünf Schritte rückwärts auf den Boden fiel. Sam war selbst überrascht, dass es ein zweites Mal geklappt hatte. Das Glühen erlosch und die Hitze verschwand aus seinen Adern. So mächtig hatte er sich noch nie gefühlt.

Das Geheimnis, mit dem er aufgewachsen war, ging einher mit einer Angst, die er selbst kaum in Worte fassen konnte. Alles, was er berührte, wurde zu einem Teil von ihm. Je schlechter es ihm ging, umso intensiver nahm er alles auf. An manchen Tagen glaubte er sogar zu spüren, wie das Gras wuchs. Doch Marasco hatte recht. Er hatte sich hinter dreckigen Bandagen versteckt. Ihn an die Wand zu schleudern, war eine Kleinigkeit verglichen mit der Kraft, die er tief in sich brodeln spürte. Eine Blockade war gebrochen worden, und das hatte er Marasco zu verdanken. Doch noch war er weit davon entfernt, Herr über diese Kräfte zu sein.

Keuchend saß Marasco am Boden, drückte sich die Hand auf die Brust und schaute böse hoch. Seit Sam gesehen hatte, wozu er mit dem Schwert fähig war, sah er sich schon in Einzelteile zerstückelt und separat vergraben. Sein Herz raste, als er ihm die Hand hinstreckte.

»Komm schon!«, sagte er. »Tut mir leid. Ich musste es einfach tun. Du hast mir mein Hemd zerstört. Jetzt sind wir quitt.«

Misstrauisch griff Marasco nach seinem Arm und ließ sich hochziehen. Er richtete seinen Mantel und warf ihm einen bösen Blick zu. Dann wusch er sich am Wasserbecken das getrocknete Blut aus dem Gesicht. Mit dem restlichen Wasser strich er sich die Haare zurück und verließ ohne ein Wort zu sagen das Zimmer.

Sam riss den Rest des malträtierten Kissenbezugs in Streifen und bandagierte sich beide Hände neu. Dabei wurde er sich plötzlich des Zustands des Zimmers bewusst. Das viele Blut überall machte den Anschein, als hätte er auf dem Tisch jemanden geopfert und dessen Blut im ganzen Raum verteilt. Zudem hatten sie kein Geld und waren gerade dabei, die Gastfreundschaft mit Füßen zu treten, indem sie sich einfach aus dem Staub machten. Doch ihm fiel nichts ein, was er hätte tun können, um sich für die Gastfreundschaft, die ihnen nach einem schwierigen Start in Limm entgegengebracht worden war, zu bedanken.

Als er die Tür zumachte und sich umdrehte, stieß er mit Marasco zusammen. Direkt vor dem Eingang war er stehen geblieben und ein paar Schritte weiter stand Yun. Beide starrten sich mit funkelnden Augen an, und die Spannung zwischen den beiden war fast sichtbar wie bei einem gespannten Bogen.

»Yun, schön, Euch zu sehen«, sagte Sam sofort und drängte sich vor Marasco. »Was führt Euch her?«

»Sam«, sagte sie, schweifte mit dem Blick an ihm vorbei und schaute wieder zu Marasco. »Ihr seid wieder auf den Beinen, wie ich sehe.«

Da hörte Sam das Geräusch des Schwertes, das Marasco einen Fingerbreit aus der Scheide gezogen hatte. Die Verbindung, die er zu Marasco hatte, ließ ihn spüren, wie das Blut in seinen Adern pulsierte und ein Kampf seinen Rausch noch intensiviert hätte. Also legte er die Hand auf Yuns Schulter und führte sie ein paar Schritte von Marasco weg.

»Ich bin Euch zu Dank verpflichtet«, sagte er und stellte sich so hin, dass er Marasco im Auge behalten konnte. »Doch es ist Zeit, dass wir aufbrechen.«

»Passt auf Euch auf, Sam«, sagte sie und legte die Hände um sein Gesicht. »Euer Freund trägt das Böse in sich. Lasst nicht zu, dass er Euch damit vergiftet.«

»Es ist nicht seine Schuld«, antwortete er und nahm ihre Hände runter. »Er ist Euch genauso dankbar wie ich. Das weiß ich.«

Yun schüttelte ungläubig den Kopf. »Er würde mich auf der Stelle töten.«

»Baba«, sagte Marasco plötzlich und Yun drehte sich entsetzt über die despektierliche Anrede zu ihm um. *Griesgrämige alte Schachtel?* Sam runzelte die Stirn und wollte Marasco zurechtweisen, doch der trat einen Schritt näher und legte den Kopf schräg. »Du übernimmst die Rechnung für uns, oder?«, sagte er mit weicher Stimme. Er ließ sogar ein Lächeln über sein Gesicht huschen. Dann verwandelte er sich und flog davon.

Yun drehte sich wieder zu Sam und schaute ihn zufrieden an. »Alles ist gut«, sagte sie und zückte bereits ihre Geldbörse.

Sam schaute sie an, als wäre sie ein Gespenst. Ihm war von Anfang an klar gewesen, dass er Marasco nicht unterschätzen durfte, doch offenbar hatte er das die ganze Zeit getan. Er schenkte Yun ein letztes Lächeln, rannte an ihr vorbei und folgte Marasco über die Steinkegel hinweg Richtung Süden.

64

Die Karstlandschaft war weitläufiger geworden und die Felsen ragten nur noch einzeln aus dem sandigen Boden. Der Wind wurde wärmer, die Luft trockener und die zuvor braune Landschaft immer heller. Die Paha hatten eine Schneise der Verwüstung hinterlassen. Auch wenn die Gegend südlich von Limm von Menschen weitgehend unbesiedelt war und immer mehr zur Wüste austrocknete, waren es zerstörte Waffen, Vogelkadaver oder Hufabdrücke im Boden, die den Weg wiesen.

Während Sam in gerader Linie Richtung Süden flog, versuchte er, sich durch Marascos übermütiges Verhalten nicht aus der Ruhe bringen zu lassen. Als übe er wilde Manöver, flog er rauf und runter, steil zur Seite und wieder wie ein Pfeil nach oben. Er war in einem Rausch sondergleichen. Sein wildes Gebaren wurde jäh unterbrochen, als er plötzlich die Flügel faltete und wie ein Pfeil zu Boden schoss. Sam folgte ihm, da er aus unerfindlichen Gründen das Gefühl hatte, die Verantwortung für Marasco übernehmen zu müssen, als wäre dieser ein kleines Kind.

Marasco landete neben einem toten Paha, der an einem Fels lehnte, mit offenem Mund in den Himmel starrte und in dessen Brust ein Pfeil steckte. Der Mann hatte bereits ein hohes Alter erreicht, und Sam begriff plötzlich, was sich in Limm zugetragen hatte.

Die Armee der Paha entledigte sich selbst den Schwachen. Die Männer in Limm mochten nicht alt gewesen sein, doch vielleicht hatten sie einen gebrochenen Knöchel oder eine Krankheit, die sie schwächte. Egal, was es war, es war den Paha Grund genug, sie zu töten, um nicht von ihnen aufgehalten zu werden. Und es war nur eine Frage der Zeit, bis Arua wegen ihrer verletzten Zunge vom Fieber geschlagen war. Doch Sam überraschte es nicht, dass sie sich geweigert hatte, sich diesem Schicksal zu beugen.

Marasco zog den Mann am Kragen zu Boden, sodass er auf dem Rücken lag, kniete sich auf einem Bein neben ihn und zog sein Beil.

»Was wird das?«, fragte Sam misstrauisch.

Mit voller Kraft schlug Marasco das Beil dem Paha mitten in die Brust. »Du sollst wissen, wie es ist«, sagte er und schlug nochmal zu. Dann schob er die Hände in den Paha und brach den Brustkorb auf.

»Lass uns besser weiterfliegen.« Irgendwie ahnte Sam, was ihm blühte, wenn er sich nicht aus dem Staub machte.

Marasco nahm erneut das Beil zu Hilfe und hackte das Herz heraus. Dann stand er auf und hielt es Sam unter die Nase, als wäre es eine frisch gebackene Pechwurzel. Angeekelt wich Sam einen Schritt zurück und verzog das Gesicht. Der Gestank war bestialisch.

»Nein. Du glaubst doch nicht, dass ich das esse?«

Marasco trat näher. »Iss es.«

Eingeschüchtert schaute Sam ihn an. Die Situation kam ihm allzu bekannt vor. Marascos Augen funkelten und der Rausch war ihm noch immer ins Gesicht geschrieben. *Einfach ignorieren*, dachte Sam, rückte seinen Mantel zurecht und wandte sich von Marasco ab. Doch der legte plötzlich den Arm um seinen Hals und nahm ihn in den Schwitzkasten.

»Iss es!«, sagte er und drückte ihm das blutige Herz in den Mund.

Sam versuchte, sich von ihm loszureißen, doch letztendlich blieb ihm keine andere Wahl, als einen Bissen zu nehmen. Voller Ekel kaute er auf dem Ding rum und würgte es runter.

»Mehr«, befahl Marasco und drückte das Herz noch weiter in seinen Mund.

Sam kaute widerwillig weiter. Als Marasco nach einer Weile seinen Griff lockerte, stieß er ihn wütend von sich und spuckte die Reste raus.

»Bist du nun zufrieden?«, rief Sam. »Was soll der Unsinn?«

»Du wirst mir noch dankbar sein.« Marasco warf das Herz ganz beiläufig weg. »Und außerdem wolltest du wissen, wie es wirkt.«

»Das konnte ich ja an dir sehen!«
»Du sollst es am eigenen Leib erfahren.«
Sams Magen fühlte sich plötzlich an, als hätte er Steine gegessen, und in seinem Mund lag ein fauliger Nachgeschmack. Erinnerungen an das erste Vogelherz, das er gegessen hatte, kamen hoch und er verzog das Gesicht.
»Mir wird übel«, sagte er und wandte sich von Marasco ab.
»Keine Panik. Du wirst dich gleich übergeben. Aber das macht nichts.«
»Das macht sehr wohl etwas«, antwortete er und taumelte zur Seite.
Sein Magen zog sich krampfhaft zusammen und der Geschmack von totem Fleisch und Blut stieg in ihm hoch. Wie eine Welle überkam es ihn. Er fiel auf alle viere und erbrach die blutigen Reste des Pahaherzens. Angeekelt vom roten Brei, der vor ihm ausgebreitet lag, kroch er rückwärts in die andere Richtung. Als er sich den Mund abwischen wollte, waren seine Bewegungen fahrig und unkoordiniert. Tollpatschig fiel er zur Seite und ächzte.
»Was hast du mit mir gemacht?«, fragte er und krümmte sich.
»Warts ab.« In Marascos Stimme lag eindeutig zu viel Freude.
Sam brauchte nicht lange abzuwarten. Tatsächlich wurde die Übelkeit von einer warmen Welle fortgespült und ein elektrisierendes Gefühl breitete sich in seinen Adern aus. Als würde er aus einem Schlaf erwachen, lichtete sich vor seinen Augen ein Nebel. All seine Sinne fühlten sich an, als wären sie von einem inneren Licht reingewaschen worden. Langsam richtete er sich wieder auf, noch immer misstrauisch dem plötzlichen Wohlgefühl gegenüber. Als er sich am Boden abstützte, fühlte sich der Sand unter der Hand warm an, und er spürte jedes einzelne Korn. Ein salziger Geruch stieg ihm in die Nase, der ihm Zeichen dafür war, dass sie nicht mehr weit von der Orose entfernt waren. Als ein warmer Wind von Süden heranzog, hörte er ein tiefes Rauschen, das er bisher nur mit Vogelherzen gehört hatte, und selbst dann nur, wenn er mehrere gleichzeitig verschlungen hatte.

Langsam stand er auf und ging ein paar Schritte. Sein Geist war so wach wie schon lange nicht mehr. Er atmete die reine Luft ein und fühlte sich federleicht. Sein Sehsinn war noch schärfer geworden und er erkannte die Adern der Blätter, die am Felsen hinter Marasco wuchsen. Alles um ihn herum glänzte wie Diamanten im warmen Sonnenlicht und schien so klar, als hätte er das erste Mal die Welt erblickt. Er betrachtete seine bandagierten Hände und glaubte, die grenzenlose Kraft in ihnen pulsieren zu sehen. Die Narben leuchteten unter den Bandagen und er spürte, wie die Energie wie in einem Strom durch seine Narbenspiralen schoss und jede seiner Zellen stärkte.

Wie konnte es sein, dass er sich so fühlte? Während er sich endlich an die Vogelherzen gewöhnt hatte, sich wie ein Süchtiger seiner Gier bekannte, war es nun, als hätte er eben gerade erst von der wahren verbotenen Frucht gegessen. Denn nichts, was einen so gut fühlen ließ, konnte auch tatsächlich gut sein. Nun war er wohl endgültig zum Monster geworden. Ein Monster, das die Erlaubnis, sich selbst Mensch zu nennen, verloren hatte. Er hatte eine Grenze überschritten, die er niemals gedachte zu überschreiten, und in ihm fing es an zu brodeln. Als ob er innerlich Funken sprühte, fing seine Wut Feuer, und er blickte hoch zu Marasco. Noch nie hatte er so sehr den Drang verspürt, ihm etwas anzutun. Und ehe er sich versah, machte er einen Satz und sprang Marasco an die Gurgel. Marasco war so überrascht über seinen Angriff, dass er strauchelte und umfiel. Sam packte seinen Kopf und schlug ihn auf den Boden.

Reiß ihn in Stücke, rief eine innere Stimme. Sam entfesselte einen Energieschwall und stieß ihn auf Marasco. Wie eine Druckwelle breitete sich die Kraft um sie herum aus und wirbelte Staub hoch. Erschrocken hielt Sam inne.

Was?

Marasco nutzte den Moment und stieß ihn von sich. »Geh runter von mir! Was ist in dich gefahren?«

Sam fiel auf den Hintern und starrte Marasco mit offenem Mund an. Die Kraft, die in ihm loderte, hätte ausgereicht, um ihn in Stücke zu reißen, davon war er überzeugt.

Marasco rappelte sich auf und rang sich ein Lächeln ab. An seinem Gürtel hing, vom Mantel leicht verdeckt, das Dualschwert, das er aus Limm mitgenommen hatte. Und an der anderen Seite steckte das Beil. Seine Hände leuchteten rot vom Blut, als hätte er Handschuhe angezogen. Mit dem Unterarm wischte er sich die Haare aus der Stirn und wandte den Blick ab.

»Was gibt es hier zu grinsen?«, rief Sam aufgebracht. Auch wenn sich sein Körper offenbar selbstständig gemacht hatte, spürte er eine Wut in sich pulsieren, die er nur schwer einordnen konnte. Er steckte in einem Körper, der sein ganzes Leben lang schon machte, was er wollte, und dennoch wurden von ihm Dinge verlangt, die überhaupt keinen Sinn ergaben. War das etwa die Freiheit, die er sich ersehnt hatte? Ihm kam es eher vor, als hätte er das Gefängnis ausgetauscht. Und dabei fühlte es sich an, als läge irgendein Bann auf ihm, der es ihm unmöglich machte, sich von Marasco zu lösen. Wütend stieß er ein Knurren aus und raufte sich die Haare.

Doch da bemerkte er, dass neben seinen verstärkten Sinnen auch die Verbindung zu Marasco viel ausgeprägter war als zuvor. Mehr als sonst war er fähig, seine Präsenz zu spüren, seinen Atem, sein pochendes Herz, seinen wachen Geist. Einem Windhauch gleich spürte er, wie das Blut durch seine Adern floss, wie ein leiser gleichmäßiger Strom. Sam trat näher zu ihm; als ob er ein Magnet wäre, war er von ihm angezogen, und schaute ihn fasziniert an. Marasco hielt seinem Blick stand. Sein Lächeln war verschwunden.

»Warum wirkt es?«, fragte Sam mit bebender Stimme.

»Wir sind Aasfresser.«

Als er seine unteren Lider hochzog, sah Sam ein Feuer in Marascos Augen aufflackern. Es waren Hass und Rachegefühle, die für ein ganzes Land reichten. Sam rief sich in Erinnerung, dass Marasco bereits 125 Jahre alt war und reichlich Zeit gehabt hatte, solche Gefühle aufzubauen, was ihn, nachdem er ihn ja nun ein paar Tage kannte, nicht sonderlich überraschte. Was ihn viel mehr verwunderte, war, dass er vergeblich nach einem Funken Hoffnung suchte. Und wenn davon noch irgendwo etwas vorhanden gewesen wäre, dann versteckte Marasco es sehr gekonnt hinter seinem starren Blick.

Plötzlich wurde sich Sam der Situation bewusst und dass Marasco ihn genauso mit seinem Blick durchbohrte wie er ihn. Sofort nahm er einen angemessenen Abstand ein. Der erste Schwall des Rausches, der ihn überwältigt hatte, war abgeebbt und die Wirkung des Pahaherzens war zu einem konstanten Vibrieren geworden.

Was auch immer mit mir geschieht, dachte Sam. *Ich brauche Hilfe.*

65

Am Abend erreichten sie die Ausläufer der Salzwüste Orose. Die endlose weiße Fläche schimmerte rosa in der untergehenden Sonne und ein ungewöhnlich warmer Wind schlug Sam entgegen. Obwohl die Spuren der Paha Richtung Südosten führten, flog Marasco geradewegs in die weiße Einöde hinein. Sam überholte ihn sofort und flog runter. Auch wenn die wenigen Geschichten, die er über die Orose gelesen hatte, unterschiedliche Bilder zeichneten, so deckten sie sich mit einer Tatsache: Die Hitze reichte aus, um Wasser zum Kochen zu bringen. Das war für Sam genug, um einen großen Bogen um die Salzpfanne zu machen, selbst wenn der Anblick atemberaubend war.

»Was ist?«, fragte Marasco, der ein paar Schritte neben ihm gelandet war.

»Die Spuren der Paha führen nach Südosten, Richtung Urwald.«

Marasco schaute ihn einen Moment an, dann drehte er sich der Wüste zu. »Nein. Wir müssen nach Orose.«

»Auf keinen Fall! Wir können da nicht durchfliegen! Diese Salzpfanne bedeutet den Tod!« Erst nachdem er es ausgesprochen hatte, bemerkte er, dass dies in ihrem Fall Unsinn war. Die Tatsache, dass er unsterblich war, war noch immer nicht in seinem Verstand angekommen.

»Nicht durch die Orose«, meinte Marasco ruhig. »Wir fliegen nach Orose Stadt.«

Sam runzelte die Stirn und blickte Richtung Westen, wo die Sonne gerade hinter dem Horizont abtauchte. Er wollte gar nicht daran denken, wie heiß es werden würde, wenn sie wieder aufging. »Lass uns doch –«

»Du verstehst nicht, Sam. Wir müssen nach Orose«, sagte er mit Nachdruck.

»Dann erklär mir warum!«

»Hörst du es denn nicht? Wir werden gerufen.«

»Was redest du da!«

»Du hörst es also nicht«, bemerkte Marasco und wandte sich wieder der Wüste zu.

»Was soll ich hören?«

»Mai. Ich höre ihre Stimme. Sie erwartet uns.«

»Mai?«

»Eine Magierin. Eine richtige. Nicht so eine wie diese Kräuterhexen aus Onka oder Numes.«

»Eine Magierin? Woher kennst du sie?«

Marasco warf ihm einen düsteren Blick zu. »Glaubst du, ich saß die letzten hundert Jahre bloß in Pahann und wartete auf deinen Fehltritt? Sie weiß, dass ich in der Nähe bin und würde mich nicht rufen, wenn es nicht wichtig wäre.«

Sam versuchte den Seitenhieb zu ignorieren und schaute hinaus in die Wüste. »Wie willst du den Weg finden?«

»Sam, wenn du den Weg einmal geflogen bist, findest du ihn immer wieder.«

Verwirrt schaute er ihn an. »Wie soll ich das verstehen?«

»Du bist ein Rabe. Du hast ein geografisches Gedächtnis.«

»Wenn du das sagst.«

»Dann los!«

Als hätte er gerade eingewilligt, rannte Marasco an ihm vorbei, verwandelte sich und flog in die dunkle Wüste hinein. Sam blieb nichts anderes übrig, als ihm zu folgen. Marasco hatte ein unglaubliches Tempo drauf, was Sam dem Rausch des Pahaherzens zuschrieb, der ungewöhnlich lange wirkte. Mehr war es jedoch Marascos ruhiger Herzschlag, der ihm die notwendige Zuversicht gab, ihm in die Nacht hinein zu folgen. Als in den frühen Morgenstunden die Sonne ihre ersten Strahlen hinter dem östlichen Horizont hochschickte, die Wirkung der Pahaherzen nachließ und weit und breit keine Oase zu sehen war, zehrte der Flug allmählich an seinen Kräften. Marasco passte das Tempo an und gab ihm die Möglichkeit, in seinem Windschatten zu fliegen.

Wie eine heiße Decke drückte die Sonne auf sie nieder, sodass sie immer mehr an Höhe verloren und bald auch die Bruthitze zu spüren bekamen, die vom aufgeheizten Boden hochstieg.

Seine Lungen füllten sich mit heißer Luft, sein Blut kochte allmählich in den Adern und er wartete nur darauf, dass es ihm bald die Armschwingen versengte oder er selbst das Bewusstsein verlor und zu Boden stürzte. In Pahann war es das ganze Jahr über kühl. Und nachdem er gesehen hatte, wie Marasco in der Vantschurai aufgewachsen war, wunderte er sich darüber, wie er seinen Flug konstant hielt und wie eine Maschine durch die Orose flog.

Was am Abend zuvor noch wie ein endloser Salzsee ausgesehen hatte, war zu einer hügligen, weißen Landschaft geworden. An manchen Orten ragten Felswände in die Höhe, die Aufwinde erzeugten. Er folgte Marascos Beispiel und ließ sich von den Winden spiralförmig in die Höhe tragen und genoss die Ruhepause, indem er eine Weile mit ausgebreiteten Flügeln über die Landschaft segelte.

Danach überquerten sie weiße Felsen, die wie haushohe Pilzskulpturen in den Himmel ragten. Zu gern hätte er sich für eine Weile in deren Schatten gestellt und durchgeatmet, doch Marasco flog unbeirrt weiter. So gelangten sie wieder in kargeres Gebiet, wo nur selten ein mannshoher Fels zu sehen war. Weit im Westen erstreckte sich eine Bergkette Richtung Süden. Die Sonne blendete so sehr, dass Sam die Augen brannten. Als er gegen Mittag erste Palmen am Horizont sichtete, glaubte er, von seinen Sinnen getäuscht zu werden. Bisher kannte er Palmen nur aus Büchern, doch diese waren echt und es wurden immer mehr.

Auch Marasco schöpfte durch deren Anblick wieder Kraft, sodass er immer schneller über die Palmenhaine hinweg flog – er wusste offenbar ganz genau, wo er hinwollte. Es fiel Sam schwer, mit ihm mitzuhalten, doch als er einen kleinen Wasserstrom unter den Palmen glitzern sah, schöpfte er wieder Kraft. Der Strom wurde breiter und das angrenzende Ufer war immer dichter bewachsen. Überraschenderweise sah er keinen einzigen Vogel. Als das Ende des Palmenhains erreicht war und sich vor ihnen ein See ausbreitete, stockte ihm fast der Atem. Das Wasser leuchtete dunkelblau und war so klar, dass er mit seinem geschärften Blick von Weitem die Fische sah. Am Südufer, direkt angrenzend an die aus hellrotem Lehm gebaute Stadt, gab es einen langen Steg, an dem kleine Boote vertäut waren. Fischer waren draußen und zogen die Reusen ein. An den Ufern beugten sich die Palmen mit ihren langen Stämmen weit über die Wasseroberfläche hinaus.

Wie Pfeile tauchten sie als Raben ein und als Menschen wieder auf. Sam konnte gar nicht genug vom frischen Quellwasser bekommen. Zudem war es das erste Mal, dass er die Möglichkeit hatte, so zu baden. Immer wieder tauchte er unter, füllte sich gar den Mund mit Wasser und spürte die Hitze langsam aus seinem Körper weichen.

Marasco war bereits auf dem Weg ans Ufer, als Sam im Schatten des Palmenhains eine Person entdeckte. Ein letztes Mal tauchte er unter, dann stapfte er aus dem Wasser und blieb ein paar Schritte hinter Marasco stehen.

Aus dem Schatten trat eine junge Frau hervor. Ihre Haut war fast schwarz. Ihr jugendliches Gesicht von der Stirn, über die Nase bis zum Kinn mit einem leuchtenden Streifen in gelber Farbe geschminkt. Ihre Lippen waren pechschwarz und auf ihren Wangen hatte sie weißgepunktete Blumenverzierungen. Auf dem Kopf trug sie ein schwarzes Tuch und über der Stirn waren ihre schwarzen Haare zu einem dicken Zopf geknotet, in den goldene Ketten eingeflochten waren. Faustgroße Ringe hingen an ihren Ohren und um den Hals trug sie farbige Perlen. Ihr langer, schwarzer Rock war mit farbigen Stickereien verziert.

»Mai«, sagte Marasco, strich ihr über den Unterarm und küsste ihre Hand. »Du bist so schön wie eh und je.«

Mai schaute ihn liebevoll an. Doch dann veränderte sich ihr Blick. Voller Anmut legte sie Marasco die Hand auf die Wange und seufzte. »So viele Erinnerungen«, sagte sie traurig.

Äußerlich war Marasco nichts anzumerken, doch Sam spürte, wie sein Puls in die Höhe schnellte.

»So viele Schmerzen«, sagte sie.

Da packte er ihr Handgelenk und hielt es in einem festen Griff. »Darum bin ich nicht hier, Mai«, zischte er. Wasser tropfte von seinen Haarspitzen auf ihre Hand und sein Unterkiefer verkrampfte sich.

Mai zog den Arm zurück und lächelte verständnisvoll. »Willst du uns nicht vorstellen?«, fragte sie und blickte an Marasco vorbei.

Irritiert zog Marasco die Brauen zusammen. Als hielte er es nicht für notwendig, Sam der Magierin vorstellen zu müssen, tat er es mehr als lieblos. »Sam. Mai.«

Sams Atem stockte, als sie vor ihn trat und ihn liebevoll anschaute.

»Sam«, sagte sie und neigte ihren Kopf etwas zur Seite. Doch dann runzelte sie die Stirn und in ihrem sanftmütigen Blick breitete sich Misstrauen aus. »Du bist kein gewöhnlicher Seher«, sagte sie, nicht mehr ganz so freundlich wie zuvor.

Eingeschüchtert senkte er den Kopf und starrte zu Boden. Diese Frau war tatsächlich mehr als bloß eine Kräuterhexe. Ihre Bewegungen waren anmutig und elegant, als ob die Zeit für sie langsamer verginge als für andere.

»Kommt, ich habe frische Kleidung für euch – und Wein«, dann zwinkerte sie ihm zu und schaute auf sein von Marasco zerstörtes Hemd, »und ein neues Hemd für dich.«

Er folgte Mai und Marasco durch den Palmenhain. Die Bäume waren mindestens drei Stockwerke hoch und ihre saftig grünen Palmwedel rauschten im warmen Wind. Die Sonne schien durch die sich wiegenden Blätterreihen und ließ die dünne Salzschicht auf der harten, getrockneten Erde wie die Oberfläche des Sees glitzern. Das Wasser, das aus seiner Kleidung tropfte, verdunstete noch an der Oberfläche. Unweit des Seeufers lag eine kleine Zeltstadt. Sie traten zwischen zwei kleinen Rundzelten vorbei in den Hof.

Am östlichen Ende stand der Eingangspavillon, ein großes, viereckiges Zeltgebäude, das die Breite des von den Palmen beschatteten Innenhofes definierte. Auf der Seeseite standen drei Pavillons, deren Rückwände aus Lehm gebaut waren. Durch Verstrebungen waren die Zelte miteinander verbunden und durch ihre Querverbindungen zu einem großen Raum erweiterbar. Während das mittlere Zelt offen stand, waren die Frontdecken bei den äußeren beiden heruntergelassen. Es waren reich verzierte, rote Teppiche, die neben den schwarzen Seitenwänden und Dachdecken auffallend leuchteten. Neben den drei Pavillons standen zwei kleinere Rundzelte, deren Seitenwände nur Hüfthöhe erreichten.

Auf der gegenüberliegenden Seite des Hofes standen vier große Rundzelte nebeneinander. Die schwarzen Zeltwände spannten sich über seitliche Pflöcke und liefen zu einem Kegeldach mit offener Konstruktion am Spitz zusammen. Auch hier bestanden die Frontdecken aus roten, gewobenen Teppichen, die mit verschiedenen Mustern verziert waren. Etwas weiter hinten standen vier freistehende Rundzelte in unterschiedlichen Größen.

Der ganze Hof war mit dicken, roten Teppichen ausgelegt, die um die Feuerstelle in der Mitte lagen und von dort aus zu jedem einzelnen Zelteingang führten. Drei Mädchen, höchstens fünfzehn Jahre alt und alle mit unterschiedlichen Hautfarben, saßen beim Feuer und bereiteten die Fische zu, die sie aus dem See gefangen und in einem geflochtenen Korb gesammelt hatten.

Sam erwartete, dass sie, die triefend nass und deren Stiefeln nun voller Sand waren, die Teppiche meiden würden, bis sie die Schuhe ausgezogen hatten, doch Mai führte sie quer über die Teppiche und Marasco folgte ihr dabei ohne auch nur den Anschein zu erwecken, rücksichtsvoll außen herum zu gehen. Etwas verhalten tat Sam es ihm gleich.

Noch bevor sie an der Feuerstelle vorbei waren, sprangen zwei der Mädchen auf und rannten zum ersten Rundzelt neben dem Eingangspavillon, wo sie die Frontdecken aufklappten und den Weg freimachten. Mai führte sie ins Innere des Zeltes und drehte sich um. Ein Mädchen stellte sich neben sie, während das andere noch immer die Frontdecke offen hielt.

»Sie werden euch neu einkleiden«, sagte Mai und verschwand wieder hinaus in den Hof.

Das zweite Mädchen ließ die Decke herunter und trat ihm entgegen. Erst da bemerkte er, dass auch sie gelbe Farbe im Gesicht trug. Ihre Kleidung bestand nur aus einem leichten Oberteil und einem einfachen Lendenschurz. Ihre Haare hatte sie zu kleinen Zöpfen geflochten, die ihr bis über die Schultern reichten.

Während Marasco bereits seine Stiefel auszog, betrachtete Sam die roten Teppiche am Boden und die bestickten, dunklen Stoffwände. Das Licht im Innern des Zeltes war angenehm gedämpft und er spürte, wie sich seine Augen endlich entspannten. Der Raum war durch einen schwarzen, kunstvoll geschnitzten Paravent geteilt und dahinter verbargen sich mehrere Futons und Kissen.

Plötzlich fiel ein trockenes Tuch über seinen Kopf, das Mädchen trat vor ihn und fing an, sein nasses Hemd zu öffnen. Irritiert schaute er zu Marasco. Der stand bereits mit entblößtem Oberkörper da und ließ sich vom anderen Mädchen entkleiden und trocknen.

Das ist also normal hier, dachte Sam, trocknete sich mit dem Tuch die nassen Haare und ließ sich entkleiden. Doch er konnte das nicht mit derselben Ruhe hinnehmen wie Marasco, der ohne seinen gierigen Blick, mit dem er in den Schenken Kolanis die Frauen ausgezogen hatte, das Ganze – wenn auch nicht abgeneigt – über sich ergehen ließ.

Sobald Sam trocken war, half ihm das Mädchen in eine dünne, schwarze Stoffhose und ein Oberteil, das wie ein Morgenmantel aussah. Der Stoff war dunkelblau und an den Rändern mit prachtvollen Stickereien besetzt. Mit erhobenen Händen stand er da, während das Mädchen die Schleife um seinen Bauch band und auf dem Rücken zusammenknotete.

»Wie oft warst du schon hier?«

Marasco strich sich die nassen Haare zurück und nahm das Schwert wieder an sich. Dann gab er Sam mit einem Wink zu verstehen, ihm zu folgen. Ein Mädchen öffnete die Decke und er verschwand hinaus in den Hof.

»Warte!«, rief Sam und folgte ihm.

Es war für ihn sehr ungewohnt, barfuß zu gehen, schließlich war es in Pahann das ganze Jahr über kühl gewesen. Er spürte den Sand auf dem Teppich und die Kiesel darunter, die Wärme, die vom Boden her hochstieg, und die grobe Struktur des

Materials. Doch schlimmer als seine nackten Füße empfand er seine nackten Hände. Das Mädchen hatte ihm beide Stoffstücke abgenommen und er hatte keine Möglichkeit gehabt, sie zu ersetzen. Verunsichert warf er einen Blick zurück und sah, wie das Mädchen, das ihn eingekleidet hatte, die nassen Stiefel zum Trocknen in die Sonne stellte. Er hoffte sehr, dass sie die Bandagen nicht entsorgte.

Ohne zu zögern, zog Marasco beim vierten Rundzelt die rote Frontdecke zur Seite und trat ein. Mai stand an einer Holzkommode und erwartete sie bereits mit einem freundlichen Lächeln.

»Kommt, setzt euch.«

Auch hier war der Boden mit roten Teppichen ausgelegt. Neben dem Mittelpfosten stand ein kniehoher, rechteckiger Holztisch und davor lagen ein paar große Kissen. Während Mai sich der Kommode zuwandte und Wein einschenkte, setzte sich Marasco auf eines der Kissen und lehnte sich mit dem Rücken an den Holztisch. Sam setzte sich auf das Kissen neben ihm und betrachtete die vier Kandelaber, die im Raum verteilt standen. Dann reichte ihnen Mai je einen Becher Wein und verließ erneut das Zelt.

»Was geht hier vor?«, fragte Sam ungeduldig. »Red schon! Wie oft warst du schon hier?«

»Ich kann mich nicht erinnern.«

»Hör auf!«, fuhr Sam ihn an. »Du hast deine Erinnerung zurück. Das funktioniert nicht mehr.«

»Es ist fast hundert Jahre her, dass ich das erste Mal herkam«, antwortete Marasco mit einem Schulterzucken.

»Dann hast du bereits ihre Großmutter gekannt?«

»Nein. Es war schon immer nur Mai«, antwortete er und trank vom Wein.

»Dann ist sie eine von uns?«

»Nein, sie ist einfach nur eine Magierin. Keine Ahnung, wie alt sie ist. Du kannst sie ja fragen.«

Natürlich, dachte er, *das würde sich bestimmt gut machen.*
»Und das hier ist Orose Stadt?«

»Orose Stadt liegt auf der anderen Seite des Sees. Du hast die Stadt aus Lehm gesehen, oder?«

Schließlich kehrte Mai zurück ins Zelt und kniete vor ihnen nieder. Sie musterte Sam aufmerksam, bis er verlegen den Kopf abwandte und vom Wein trank. Zu gern hätte er gewusst, was sie dachte oder was sie fähig war, in ihm zu sehen.

»Marasco Sen«, sagte sie schließlich mit einem warmen Lächeln. »Wie lange ist es her?«

Marasco schaute sie ausdruckslos an.

»Bestimmt fünfzehn Jahre«, sagte sie leise und legte sich die Hand auf die Brust. »Ich habe dich vermisst. Mir scheint, du bist ein ganz neuer Mensch, jetzt wo deine Erinnerungen langsam zurückkommen.«

Marascos Blick verdüsterte sich.

»Tut mir leid. Ich vergaß, dass du das Wort *Mensch* nicht leiden kannst.« Dann drehte sie den Kopf. »Und Sam. Es wird dich bestimmt beruhigen zu hören, dass ich deine Gedanken nicht lesen kann. Es scheint, als hättet ihr Seher eine natürliche Blockade gegen uns.«

»Mai!«, rief Marasco ungeduldig.

Mit funkelnden Augen schauten sie sich an. Sam wagte nicht einmal mehr zu trinken, so groß war die Spannung zwischen den beiden. Da setzte sich Mai aufrecht hin und fing an mit monotoner Stimme zu sprechen. »Die südlichen Sumenstämme haben Leors Brückenbauer getötet. Ihr wisst, was das bedeutet.«

Sam hatte keine Ahnung, was das bedeutete, und Mai sah es ihm an, als er irritiert zu Marasco schaute und die Stirn runzelte. Marasco verzog keine Miene und wartete darauf, dass Mai weitersprach.

»Es wird Krieg geben. König Leor von Aryon gegen Kato, den Sumen aus Pahann.«

»Was ist schlecht daran?«, fragte Sam zögerlich. »Soll der König doch für uns die Drecksarbeit erledigen.«

Mai lächelte kurz, dann schaute sie ihn ernst an. »Eine Armee von 4.000 Sumen schließt sich in eben diesem Moment Kato an. Im südlichen Urwald warten weitere 1.000 Männer. Und wer weiß, wie viele Krieger Kato auf seinem Weg durch Kolani noch ausheben konnte. Es wird ein Blutbad geben. Leor besitzt keine Armee, die dagegen gewappnet ist, und die letzte Generation der kriegerischen Ary ist bereits seit Jahren tot.«

»Und darum hast du uns gerufen?«, fragte Marasco genervt. »Wir waren bereits auf dem Weg nach Aryon.«

Mai schaute ihn lange an, fast so, als versuchte sie, in ihn hineinzublicken. Als wühlte sie in seinem Kopf nach Informationen, die das, was sie gleich sagte, bestätigen sollten.

»Marasco Sen. Warum spüre ich eine Verbindung zwischen dir und dem König?«

Marasco schaute sie mit versteinerter Miene an.

»Durch eure Adern fließt dasselbe Blut – als wäret ihr Brüder«, sagte Mai irritiert und erstaunt zugleich.

Marasco bewahrte Haltung, das Gesicht wie eine ausdruckslose Maske. Es überraschte Sam, dass er nicht wütend aufsprang und Mai anschrie, sie solle mit dem Unsinn aufhören. Stattdessen sprangen seine Augen wild umher, als würde er Geister vor sich sehen. Da senkte er plötzlich den Kopf und drückte sich den Handballen an die Stirn, als hätte er wieder Kopfschmerzen. Ohne ein Wort zu sagen, stand er auf und verließ das Zelt.

»Was hat das zu bedeuten?«, fragte Sam. »Marasco soll mit dem König von Aryon verwandt sein? Wie kann das sein?«

Mai saß ruhig da und schaute Marasco hinterher. »Er hat gelernt, Geheimnisse zu haben. Das hätte ich nicht erwartet.«

»Er hatte es vergessen.«

»Nein. Er hat sich soeben an etwas erinnert. Und ich weiß nicht, was es war.«

»Dann sollten wir fliegen. Keine Zeit verlieren.«

»Glaubst du wirklich, ich hätte euch nur hierher gerufen, um vom König zu berichten?« Mai lächelte. »Nein, Sam. Du bist hier, um zu lernen. Ich kann deine Kräfte spüren. Ich zeige dir, wie du sie anwenden kannst. Vergiss die Paha für eine Weile. Ihr seid ihnen bereits jetzt zwei Tage voraus.«

66

Obwohl Sam der Meinung war, dass der Vorsprung gegenüber den Paha dafür genutzt werden sollte, so schnell wie möglich nach Aryon zu fliegen und die Menschen zu warnen, saß er noch immer reglos auf dem Kissen. Er wusste, er benötigte Hilfe, um seine sich verändernden Kräfte beherrschen zu können. Doch von Mai? War sie tatsächlich die Richtige dafür? Sehnsüchtig hatte er den Blick zum Ausgang gerichtet, wo der Vorhang des Zelts leicht im Wind wehte und hin und wieder die Sicht auf den Innenhof freigab. Da nahm ihm Mai den Weinbecher aus der Hand. Sam erschrak, wie nah sie ihm plötzlich war. Sie kniete vor ihm und lächelte freundlich. Sowie er bemerkte, dass sie ihre Hand auf seine Wange legen wollte, machte er einen Satz zurück und stieß sich am Tisch.

Was, wenn ihre Erinnerungen, wie diejenigen von Marasco, unkontrolliert in ihn hineinströmten oder er ihr unbeabsichtigt die Energie aussaugte, wie es auch bei Arua der Fall gewesen war? Die größte Angst hatte er jedoch davor, dass Mai herausfinden könnte, welche Art von Seherkräften tatsächlich in ihm steckten.

»Du brauchst keine Angst zu haben, Sam«, sagte Mai mit weicher Stimme und nahm seine Hand. »Lass mich dir zeigen, wozu du fähig bist.«

Mit aufgerissenen Augen starrte er sie an. Sein Atem stockte und die Erleichterung, dass sie keine Wilde war, hielt sich in Grenzen. Alles sehr zu Mais Belustigung, die ihm zärtlich über den Arm strich und schließlich ihre Hand mit seiner verschränkte. Er spürte sofort, wie die Energie floss und ein sanftes Kribbeln von Mai in ihn überströmte. Er wollte die Hand zurückziehen, doch Mai hielt ihn fest. Sein Herz schlug immer schneller und er verkrampfte die andere Hand, mit der er sich auf dem Teppich abstützte. Wenn es zum Äußersten kommen sollte, musste er vorbereitet sein und die Energie irgendwie ableiten. Erst als ein Hitzeschwall durch ihn hindurchraste, wurde ihm plötzlich klar, dass dies die Angst war, von der Marasco gesprochen hatte. Mai saß noch immer ruhig da und schaute ihn an. Ihr Griff war noch immer gleich fest und das Kribbeln konstant. Sam zuckte mit den Augenbrauen und versuchte, gleichmäßig zu atmen. Tatsächlich spürte er sogar, wie Mai selbst es war, die den Energiestrom kontrollierte, was ihm erneut Mut machte.

Andere durch meine Kräfte zu verletzen, davor habe ich also Angst, dachte er. *Und das, nachdem ich mein ganzes Leben lang von anderen verprügelt worden war.*

»Gut?«, fragte Mai.

Sam strich sich den kalten Schweiß von der Stirn und nickte verhalten.

»Dann versuch nun, den Strom umzukehren. Zurück zu mir.«

Also das, was mir in Limm gelungen ist, dachte er. *Als ich Marasco gegen die Wand geschleudert habe.*

Mit seinen Kräften drückte er gegen die Energie, die durch die Hand in seinen Arm floss, und versuchte, den Strom umzudrehen. Sobald er spüren konnte, wie er fähig war, Einfluss auf die Richtung zu nehmen, verlor er die Kontrolle. Wie ein Blitz entluden sich seine Kräfte, Mai wurde von ihm weggeschleudert und blieb einen Moment reglos liegen.

»Es tut mir leid!«, rief er erschrocken und anstatt ihr zu Hilfe zu eilen, wich er entsetzt zurück und stieß sich erneut am Tisch.

Mai rappelte sich auf und schaute ihn ruhig an. »Geh es sanft an. Du darfst dich nicht überanstrengen. Wenn du aus dem Gleichgewicht gerätst, wird dein Körper dir nicht mehr von Nutzen sein. Du musst stets die Balance halten. Nochmal.«

Sam blockte ab und zog den Arm an die Brust.

»Du brauchst keine Angst zu haben«, sagte sie und betrachtete ihre eigene ausgestreckte Hand. »Kann es sein, dass die Verbindung über meine Hand zu stark ist?«

Woher weiß sie das?, dachte er entsetzt. Schließlich war dies der Grund, weshalb er Marasco und Arua die Hand auf die Stirn gelegt hatte, als er sich deren Erinnerungen ansah. Dabei ging es nicht um die Erinnerungen, sondern um die Energie, die er während des Sehens in sich aufnahm. Die Energie, die ihn als Kind auseinandergerissen hatte. Am stärksten und am wenigsten kontrollierbar war sie, wenn sie aus den Händen kam. In den Köpfen wurde sie von Gedanken und Erinnerungen im Zaum gehalten. Er hatte lange geübt, bis er fähig gewesen war, diese Kraft abzuleiten. Ob er nun Energie aufnahm oder sie von sich drückte, er war sich sicher, jedes andere Körperteil war dafür besser geeignet als die Hände. Es reichte schon, dass er dafür die eigenen Hände einsetzen musste.

»Die ... die Stirn«, stotterte er leise. »Lass mich ... die Stirn.«

Mai runzelte die Stirn. Es irritierte sie offenbar, dass er nicht einmal mehr fähig war, einen ganzen Satz auszusprechen. Doch dann nickte sie.

»Na gut. Probieren wir es nochmal. Und vergiss nicht, du brauchst keine Angst zu haben. Du tust mir schon nicht weh.«

Sam schluckte. Dann legte er zögerlich die Hand auf ihre Stirn und schloss die Augen. Trotz allen gut gemeinten Ratschlägen schaffte er es nicht, die Energie zu bündeln und zu Mai zurückzudrücken. *Immerhin*, dachte er, *erhält Mai durch die unkontrollierten Stöße die komplette Energie zurück, sodass sie nicht an Kraft einbüßt.* Er verstand, wenn es ihm gelang, diesen Energiefluss zu kontrollieren, würde ihm das einen großen Vorteil im Kampf verschaffen.

»Mit roher Gewalt erreicht man so vieles«, war Mais Kommentar dazu. »Aber nur, wenn du es kontrollieren kannst, wirst du fähig sein, diese Kraft einzusetzen, wann immer du willst. Soll ja kein Zufall sein, nicht wahr?«

Gegen Abend hatte er alle Hoffnung verloren und schlug vor, eine Pause einzulegen. Mai schaute ihn verständnislos an.

»Ich werde es nie so beherrschen wie Marasco«, sagte er verzweifelt und erschöpft.

Mai kicherte hinter vorgehaltener Hand. »Du vergleichst dich mit *ihm*? Glaubst du wirklich, dass er seine Kräfte von Anfang an unter Kontrolle hatte? Wahrscheinlich hat er bis heute nicht begriffen, wozu er tatsächlich fähig ist – oder er hat es vergessen. Doch deine Kraft ist da, Sam. Sie schlummert. Es ist Zeit, dass du sie aus ihrem Schlaf erweckst.« Dann strich sie zärtlich über seine Hand. »Betrachte deine Kräfte als ein Gefühl. Mit denen schlägst du auch nicht wild um dich. Finde inneren Frieden.«

»Wie soll ich inneren Frieden finden? In meiner Situation gibt es keinen Frieden. Und mit Marasco schon gar nicht. Er hasst mich.«

»Er hasst dich nicht. Er liebt dich, Sam. Sonst hätte er dich schon längst getötet.«

Irritiert schaute er hoch. »Getötet? Ich dachte …«

»Im übertragenen Sinn«, fügte Mai mit einem Zwinkern hinzu. »Der Tod hat viele Gesichter. Glaub mir«, sie legte die Hände um seinen Kopf, »Marasco braucht dich so sehr wie du ihn. Ihr gehört zusammen.«

Erneut legte sie seine Hand auf ihre Stirn und schloss die Augen. Als er ihre Energie in sich aufnahm, atmete er tief durch. Was Mai gesagt hatte, schwirrte in seinen Gedanken herum und lenkte ihn so ab, dass er nicht merkte, wann der Moment zum Aufhören gekommen war. Mais Kopf kippte plötzlich nach vorn und er konnte sie gerade noch festhalten, bevor sie zusammenbrach. Er liebt dich, hatte sie gesagt – was immer das zu bedeuten hatte, doch es gab ihm ein gutes Gefühl. Und ganz sanft ließ er die geraubte Energie zurück in ihren Körper fließen. Mai schaute zu ihm hoch und lächelte.

»Kann ich auf diese Weise jemanden töten?«

»Du bist stark. Du hast die Fähigkeit, zu geben und zu nehmen. Letzteres mag einfacher sein. Doch die wahre Kraft liegt im Geben. Vergiss das nicht.«

»Geben?«, wiederholte er nachdenklich. »Gilt das auch für Marasco?«

»Keine Gabe ist wie die andere, Sam. Und doch sind sie irgendwie alle gleich – kleine Räder in der natürlichen Harmonie.« Dann stand sie auf und hielt ihm die Hand hin. »Lass uns spazieren gehen.«

Erst als er ihre Hand anstarrte, bemerkte sie, was los war, und lächelte verlegen.

Es war bereits dunkel, als sie auf den Hof traten. Die drei Mädchen saßen ums Feuer und kicherten leise. Sam kehrte zum ersten Zelt zurück, vor dessen Eingang seine getrockneten Stiefel standen. Und tatsächlich waren auch seine Kleider über dem Zeltdach zum Trocknen ausgelegt. Sogar seine Bandagen hingen da. Obwohl alles wieder trocken war, behielt er die Kleidung, die Mai ihm gegeben hatte, an. Doch er bandagierte sich die Hände und zog die Stiefel an.

Die Aufmerksamkeit, die er den ganzen Nachmittag hatte aufbringen müssen, hatte ihn ausgelaugt, und er war froh, endlich seine Bandagen wieder tragen zu dürfen. Als er über den Platz zu Mai ging, die bei den beiden kleinen Zelten auf ihn gewartet hatte, konnte er es in ihren Augen sehen. Sie war wirklich schlecht darin, so zu tun, als hätte sie die Bandagen nicht bemerkt.

Über der Zeltstadt lag ein Meer von Sternen und die Palmblätter wiegten sich sanft im lauen Wind. Ihr Rauschen und das Zirpen von Grillen waren die einzigen Geräusche in der dunklen Stille.

»Warum hilfst du uns?«, fragte er, als sie zwischen den zwei kleinen Rundzelten vorbei in den Palmenhain schritten.

Als sie bei ihrer Ankunft vom See zur Zeltstadt gegangen waren, hatte er nur Palmen und Sand gesehen. Nun kamen sie an einen Weg, der vom Eingangspavillon aus durch den Palmenhain um den See herum zur Stadt führte und mit Fackeln beleuchtet war. Sie überquerten den Weg und gingen auf einem kleinen Trampelpfad Richtung See.

»Ich bin nicht einverstanden mit der neuen Weltordnung«, antwortete Mai. »Die Zeit für neue Götter ist gekommen.«

»Götter?« Sam lachte. »Was für Götter?«

»Ihr habt noch einen langen Weg vor euch, bis ihr das versteht.«

»Wir? Da muss ich dich enttäuschen. Wir sind keine Götter. Bloß verdammt.«

Dumpfe Geräusche drangen vom See herauf, also änderten sie die Richtung und verließen den Pfad. Unweit vom Ufer gelangten sie zu einem Platz, der von fünf Palmen umgeben war, die alle mit einer Fackel beleuchtet waren. Zudem steckte jeweils zwischen den Bäumen eine brennende Fackel im Boden. Marasco wirbelte von einer Seite seiner Arena auf die andere, schwang die beiden Schwerter so schnell, dass die Klingen zu goldenen Blitzen wurden, die ihn wie ein Wirbelsturm umhüllten. Vor der Palme mit dem dicksten Stamm kam er mit ausgestreckten Schwertern zum Stillstand. Schweiß glitzerte auf seiner Stirn und er glühte vor Energie. Sein Herz schlug so schnell, dass Sam sich an die Brust fasste und erst beim nächsten Atemzug bemerkte, dass dies die Verbindung war, die er zu Marasco hatte. Dennoch konnte er nicht ausmachen, ob er Wut oder Traurigkeit in Marascos Gesicht las. Die übel zugerichteten Palmenstämme ließen eher auf Wut schließen. Als Marasco die Schwerter in der Hand drehte und in einem neuen Bewegungsablauf an drei Palmen vorbei wirbelte, dabei tiefe Schnitte in die Stämme riss und in der Mitte des Platzes erneut schwer atmend zum Stillstand kam, konnte er das nicht länger mitansehen. Doch Mai hielt ihn am Arm zurück.

»Ich mach das«, sagte sie ruhig und schritt an einer Fackel vorbei in die hell erleuchtete Arena.

Marasco stand zwar mit dem Rücken zu ihr, doch sobald er bemerkte, dass er nicht mehr allein war, drehte er sich in einem Schwung um und richtete beide Schwerter auf Mai. Mit zusammengekniffenen Augen schaute er sie böse an. Er hätte die Arme nur durchziehen müssen und die Magierin wäre in drei Stücke zerteilt worden. Doch Mai ließ sich davon nicht einschüchtern und näherte sich ihm, bis sie nahe genug war und die Hände nach Marasco ausstreckte. Seine Unterlider zuckten, doch er verharrte in der Stellung. Langsam führte sie seine Arme herunter, sodass er die Waffen senkte. Widerwillig legte er die Schwerter zusammen und schob sie zurück in die Scheide. Dann senkte er den Kopf, drückte sich die Hand auf die Stirn, wie er es seit Numes immer wieder getan hatte, und verzog schmerzerfüllt das Gesicht. Sam konnte den Druck in seinem Kopf ebenfalls spüren, der von den wiederkehrenden Erinnerungen herrührte, die langsam in Marascos Geist zurückkehrten.

Mai trat näher, legte zärtlich die Arme um ihn und flüsterte ihm etwas ins Ohr. Nach anfänglicher Gegenwehr presste er die Augen zusammen und hielt sich an ihr fest. Als sie sich küssten, wandte sich Sam ab. Er war froh. Es gab ihm ein gutes Gefühl zu wissen, dass Marasco all die Jahre nicht ganz allein gewesen war.

67

Der Himmel über der Orose war so klar und ohne Wolken, dass Sam Sterne sehen konnte, die ihm in Pahann verborgen geblieben waren. Er saß am Ufer im Sand und lauschte dem leisen Plätschern. Auf seiner Reise hatte er bisher noch gar nicht viel Zeit gefunden, sich an der Schönheit der Natur zu erfreuen. Nicht, dass ihm die riesigen, weißen Pilzskulpturen in der Wüste, die Kegelfelsen in Limm oder die Schlucht von Nomm entgangen wären. Er hatte seine Aufmerksamkeit einfach auf andere Dinge gerichtet.

Umso mehr genoss er die Stille der Nacht und die Ruhe, die sich über den Palmenhain gelegt hatte. Es war eine Weile her, dass er das Gefühl hatte, nicht ständig auf der Lauer sein zu müssen, jederzeit bereit zu sein für einen Kampf gegen die Paha oder Kato oder Calen. Allein der Gedanke an seinen Vater ließ ihn erschaudern. Doch wollte er die Menschen tatsächlich vor den Paha retten, kam er nicht darum herum, sich eines Tages seinem Vater zu stellen. Beim Gedanken an Waaru, Marascos Vater, wurde ihm leicht warm ums Herz und er verspürte ein bisschen Trost. Vielleicht war ein tyrannischer Vater neben den Rabenkräften das Einzige, was ihn mit Marasco verband.

Sam stand auf und spazierte am Ufer entlang Richtung Orose Stadt. Aus ihm unerfindlichen Gründen war ihm nach Gesellschaft zumute. Vielleicht war dies etwas, das ebenfalls langsam von Marasco auf ihn abfärbte. Nicht, dass er sich auf die Suche nach einem Freudenhaus machte, eine einfache Schenke würde genügen.

Vom Bootssteg führte eine spärlich beleuchtete Straße zum Eingang der Stadt. Sie war von einer vierstöckigen Lehmmauer umgeben, die im Bereich des Eingangs mit mehreren Fackeln beleuchtet war. Die Mauer war simpel und nur um die große Hauptzufahrt mit mäandrierenden Mustern verziert. Es gab weder Wachen noch war der Zugang auf irgendeine andere Art kontrolliert. Zudem war die Stadt überaus belebt, was er sich mit den angenehmen nächtlichen Temperaturen erklärte. Er passierte die Mauer und spazierte die Hauptstraße entlang.

Die kubischen Gebäude sahen aus wie Bauklötze aus Lehm mit abgerundeten Ecken und variierten von zwei bis vier Stockwerken. Nur wenige von ihnen waren jedoch höher gebaut als die Stadtmauer selbst. Die Fensteröffnungen waren mit Bretterklappen versehen, die tagsüber Schatten spendeten. Nun waren sie hochgeklappt und dahinter wehten farbige, leichte Stoffvorhänge. Die Geschäfte im Erdgeschoss standen offen und die Holzläden waren über die ganze Seite zurückgeschoben. Auf den Straßen brannten Blechlampen mit floralen Mustern, die ihre Lichtspiele an die Häuserfassaden warfen. Händler verkauften getrockneten Fisch am Spieß und fremdartige Früchte. Auf Feuern standen große Töpfe, in denen Schnecken kochten, und der Geruch von gebratenem Fleisch lag in der Luft. Die meisten Männer trugen Tuniken und Turbane in verschiedenen Farben, die Frauen Kleider, die bis zu den Hüften geschlitzt waren, und leichte Hosen. Ihre Haare schützten sie mit durchscheinenden Tüchern vom salzigen Sand. Die Rufe der Händler vermischten sich mit dem dumpfen Hufklappern und den knarzenden Geräuschen der Pferdewagen und dem gleichmäßigen metallischen Hämmern aus den Werkstätten in den Seitengassen.

Sam bog in eine Straße ein, die zur Hälfte mit Bottichen, Kesseln und auf Tischen ausgelegten Werkzeugen verstellt war. Er bestaunte die großen Truhen, Metallbeschläge, Kerzenhalter, die filigran ausgearbeiteten Blechzylinder für die Öllampen und für Kinder unerreichbar an der Wand präsentierten Fleischermesser. Als er seinen Blick ins Innere des offenen Ladens schweifen ließ, entdeckte er hinter dem Tresen mehrere Schwerter hängen, deren Klingen im Gegensatz zu denjenigen, die er aus Pahann kannte, nur einschneidig waren und eine leichte Krümmung aufwiesen. Aus der Werkstatt im hinteren Teil drang ein gleichmäßiges Hämmern. Als der Schmied kurz hochblickte und sich den Schweiß von der Stirn wischte, bemerkte er Sam. Er machte eine winkende Bewegung und kurz darauf kam ein junger Mann aus dem Laden, faltete die Hände und neigte demütig den Kopf.

»Es tut uns leid, Herr, aber wenn Ihr morgen wiederkommt, wird die Arbeit beendet sein.«

Irritiert drehte Sam den Kopf, um zu sehen, ob jemand hinter ihm stand, mit dem der junge Mann sprach, doch da war niemand. Bevor er etwas sagen konnte, huschte der Mann zurück in den dunklen Laden und der Schmied hämmerte weiter.

Sam ging weiter und gelangte auf einen mit Fackeln und Blechlampen beleuchteten Platz, der von unzähligen Schenken umgeben war. Bei allen standen die Holzläden offen und die Veranden waren überdeckt. Vor jeder Schenke gab es eine Feuerstelle, die von Tischen und Stühlen umgeben war. Manche brieten Fisch, andere drehten ganze Ferkel über den Feuern. Da Männer bereits dabei waren, die Stühle wegzuräumen, trat er über eine Veranda ins Innere einer Schenke. Junge Leute tanzten zur Musik eines Geigers, eines Flötenspielers und eines Trommlers. Männer spielten Karten. An einem anderen Tisch veranstalteten ein paar Jungs ein Trinkspiel und ein Kellner jonglierte ein übervolles Tablett an den Leuten vorbei. Von allen Seiten riefen die Gäste dem Wirt ihre Bestellungen zu. Sam fühlte sich von der ausgelassenen Stimmung angesteckt, setzte sich mit einem zufriedenen Lächeln auf einen Hocker am Tresen und bestellte einen Becher Wein.

Nach dem ersten Schluck bemerkte er, wie zwei alte Männer ihn von einem kleinen Tisch aus anstarrten. Sam schaute sich um, doch die beiden starrten tatsächlich ihn an. Der eine trug einen roten Turban auf dem Kopf, während der andere seinen grünen als Schal um den Hals liegen hatte. Beide hatten heißen Tee vor sich stehen und rauchten aus einem langen Rohr ein nach Zimt riechendes Kraut. Erst dachte er, dass es die ungewöhnliche Kleidung war, mit der sie bei Mai neu eingekleidet worden waren, doch als er sich umschaute, sah er, dass viele Männer ähnliche Oberteile trugen. Sogar der alte Mann mit dem roten Turban trug ein Oberteil, das noch mehr an einen Morgenmantel erinnerte als das, was er selbst trug. Höflich prostete er den beiden zu und trank.

»Was der Sandsturm so alles mit sich bringt«, schnaubte der Mann mit dem roten Turban verächtlich.

Sam runzelte die Stirn und drehte den beiden den Rücken zu. Doch er konnte ihre Blicke noch immer spüren. Offenbar waren die Leute hier Fremden gegenüber genauso misstrauisch wie in Limm, dachte er und trank von seinem Wein.

»Schenk den alten Knackern keine Beachtung«, sagte ein Mann neben ihm und wandte sich den beiden zu. »Der Krieg ist schon längst vorbei! Lebt endlich in der Gegenwart und lernt, was Gastfreundschaft ist!« Dann drehte er sich wieder ihm zu und zeigte mit einem freundlichen Lachen seine weißen Zähne.

»Krieg?«, fragte Sam überrascht.

»Die Orose war nicht immer eine Salzwüste«, sagte der Mann und rieb sich mit der Hand über die schwarzen Bartstoppeln. »Wir sitzen hier im Zentrum des ehemaligen Binnenmeers. Hast du das nicht gewusst?«

Natürlich hatte er davon in der Schule gehört, doch die Orose war so weit weg, dass sie im Norden kaum von Interesse war. »Wann war das?«

»Vor ungefähr hundertfünfzig Jahren«, antwortete der junge Mann, dessen cremefarbene Haut im dumpfen Licht wie Bronze glänzte. »Wie durch ein Sieb sei das Wasser innerhalb von nur fünf Jahren versickert. Und was übrig geblieben ist, war das Salz.«

»Aber wo ist all das Wasser hin?«

»Das weiß niemand so genau«, antwortete er mit einer theatralischen Geste. »Doch die Zeiten waren hart. Nicht jeder Stamm war dafür gemacht, ein Wüstenvolk zu sein. Viele Menschen starben, und am Ende überlebten nur die Starken.«

»Was ist mit dem See da draußen? Das ist Süßwasser.«

»Ja, zum Glück«, sagte er und trank einen Schluck von seinem Wein. »Es gibt eine Quelle oben in den Bergen bei Makom. Ohne sie wäre die Orose schon längst tot. Der See gilt deshalb als heilig. Die Menschen haben hier Zuflucht und Hoffnung gefunden. Ohne die Magier gäbe es hier schon längst kein Leben mehr.«

»Magier?«

»Yarik, Vinna und Mai«, sagte der junge Mann und lockerte seinen weißen Turban, der ihm um den Hals lag. »Mit allen Mitteln kämpften sie dafür, die Orose zu retten. Mai ist die Einzige, die noch hier ist.«

»Ich bin Mai begegnet. Wer sind Yarik und Vinna?«

»Mais ältere Geschwister. Es heißt, die beiden hätten sich schon lange vor meiner Geburt zerstritten. Vinna verließ die Orose und zog nach Süden – es heißt nach Kravon, das ist in Aryon. Und Yarik wurde nie wieder gesehen.«

»Worum ging es bei dem Streit?«

»Das weiß niemand so genau«, antwortete der Wüstenmann und drehte sich mit dem Rücken zum Tresen. »Frag die da«, sagte er und zeigte auf die beiden Alten. »Der eine wird sagen Politik, der andere Glauben. Doch darum geht es doch bei jedem Streit.«

»Dann herrscht also Frieden?«

»Wir haben ein gutes Leben hier. Der Handel mit dem abgelegenen Windstamm im westlichen Gebirge und den Menschen von Limm im Norden ist ein einträgliches Geschäft.« Dann hob er seinen Becher und prostete ihm zu. »Ich bin Haru.«

»Sam«, antwortete er und trank einen großen Schluck.

»Sam. Wo kommst du her? Bist du aus Kolani?«

»Aus Pahann«, antwortete er und stellte den Becher hin.

»Wie gern ich den Norden bereisen würde«, sagte Haru. Seine hellbraunen Augen leuchteten, als er nostalgisch an die Holzdecke blickte. »Doch das wird wohl nie geschehen.«

»Warum nicht?«

Er lachte. »Wir sind ein Wüstenvolk. In dieser Kälte würde ich keinen Tag überleben.«

»Treibt ihr keinen Handel mit Dörfern außerhalb?«

Harus Lachen verschwand und er wurde plötzlich ernst. »Wir stoßen nicht weiter gen Osten vor als das Salz. Der Fluss ist eine natürliche Grenze. Von den Sumen im östlichen Urwald halten wir uns fern. Die sind unberechenbar und kaltblütig.« So schnell Harus Stimmung gewechselt hatte, so schnell setzte er auch gleich wieder ein breites Grinsen auf. »Aber trinken wir doch noch einen«, rief er und bestellte gleich für ihn mit. »Erzähl! Was führt dich in die Orose? Reist du allein? Ich habe keine Karawane kommen sehen. Und für gewöhnlich spricht sich hier so was schnell herum.«

Sam griff nach seinem Becher und trank den letzten Schluck so langsam er konnte, um Zeit zu schinden. *Die Wahrheit? Wenn nicht, welche Lüge?*

»Hier sind Informationen so viel wert wie ein Krug voll Wasser«, sagte Haru, als der Wirt ihnen zwei neue Becher hinstellte.

»Wenn das so ist, kann ich Euch wohl nicht trauen.«

»Bist du verletzt?«, fragte Haru geradeheraus und deutete mit einem Nicken auf seine bandagierten Hände.

Sam runzelte die Stirn. »Oh, es ist nicht …«

»Dann bist du auf dem Weg nach Aryon?«

Plötzlich hatte er das Gefühl, dass alle Blicke auf ihn gerichtet waren. »Was, wenn dem so wäre? Ihr stellt ganz schön viele Fragen.«

Da lachte Haru herzlich und legte die Hand auf seine Schulter. »Lass das doch mit der Höflichkeit. So viel älter als du bin ich ja nicht. Hier! Stoßen wir gemeinsam an.« Dabei schob er ihm den Becher näher. »Der geht auf mich. Und dazu einen Krug voll Wasser.«

Zögerlich nahm er den vollen Becher und schaute den schwarzhaarigen, jungen Mann an.

»Was? Hast du gedacht, ich handle mit Informationen?« Haru lachte übers ganze Gesicht. »Getrocknetes Fleisch und geräucherter Fisch bringen weit mehr ein.«

»Ich weiß die Freundlichkeit zu schätzen. Aber lass gut sein mit dem Wasser. Du bist vielleicht eines Tages selbst froh darum«, antwortete er und fragte sich, woher plötzlich dieses Misstrauen kam. Nicht dass es ihm unbekannt war. Pahann hatte ihn wahrlich gelehrt, den Menschen gegenüber misstrauisch zu sein. Doch es hatte auch seine Menschenkenntnisse gestärkt. Und von Haru ging nun wirklich keine Gefahr aus.

»Oho, du lehnst einen ganzen Krug Wasser ab?«, platzte es aus ihm heraus. »Gibt es da etwas, das du mir verheimlichst?«

»Nein«, fuhr er sofort auf. »Ich hoffe nicht, dass ich dich beleidigt habe, wo mir die Bräuche in der Orose noch fremd sind.«
»Du stammst aus gutem Hause, hab ich recht? So geschwollen, wie du redest. Oder ist das in Kolani so üblich?«

Obwohl sie komplett verschieden waren, kam er nicht umhin, Haru mit Marasco zu vergleichen. Beide beherrschen es, ihn mit nur wenigen Worten zu verunsichern. Doch Harus Humor und seine aufrechte Art amüsierten ihn auch, und das genug, um die ganze Nacht mit ihm in der Schenke zu verbringen.

Irgendwann fiel ihm ein, dass er keinen einzigen Kin dabeihatte. Bei einem angeblichen Toilettengang verließ er die Schenke durch den Hinterausgang und flog hinaus. Was sollte er tun? Zurück zu Mai und um Geld bitten? Oder sich selbst welches besorgen? Aber wie?

Sein gutes Gehör brachte ihn in den südlichen Teil der Stadt, wo zwei Männer einen Händler niederschlugen und sich mit seinem Geldbeutel davonmachten.

Der Alkohol brachte Sam dazu, sich ohne zu zögern einzumischen. Die Diebe waren weder bewaffnet noch machten sie sonst irgendwie den Eindruck, etwas vom Kämpfen zu verstehen. Und auch wenn Sam selbst keine großen Kampfkünste vorweisen konnte, waren sie gegen diese Kleinganoven ausreichend. Die beiden fragten sich mehr, wo er so plötzlich hergekommen war. So schaffte er es, ohne Blut zu vergießen, die Männer niederzuschlagen und ihnen das Geld abzunehmen. Den Beutel brachte er dem Händler zurück, der ihm zugleich zwei volle Kin zum Dank gab. Genug, um Haru noch auf eine weitere Runde einzuladen.

68

Die Straßen waren verlassen, und nur noch wenige Fackeln brannten, als Sam Richtung See torkelte. Außerhalb der Stadtmauer herrschte jedoch bereits wieder reger Betrieb. Auf dem hell erleuchteten Steg bereiteten die Fischer ihre Boote vor und hängten die Reusen ein. Sam ging ans Ende des Steges und trat ans Ufer, wo das Wasser still und schwarz war, und kniete sich auf den sandigen Boden. Samt Bandagen tauchte er die Hände ein und benetzte sich mit dem kühlen Wasser das Gesicht. Eine Weile beobachtete er die Fischer. Alles geschah schweigend und in einer Ruhe, die ihm eine Zufriedenheit gab, die er schon lange nicht mehr gespürt hatte.

Kurz vor Sonnenaufgang taumelte er am Ufer entlang zurück auf die andere Seite des Sees. Dieses Mal wollte er sich den Eingangspavillon genauer ansehen und ging an den zwei kleinen Rundzelten und den drei Rückwänden der anderen drei Pavillons vorbei. Vor dem großen, schwarzen Zelt standen zwei Metallschalen, in denen die Glut der Nachtfeuer lag. Zwei rote, reich verzierte Stoffplanen deuteten den Eingang an. Sam zog eine Klappe zur Seite und trat ein. Anders als in den anderen Zelten füllten hier Holzdielen den ganzen Raum aus. Kegelförmige, gemusterte Bleche standen um zwei Öllampen und beleuchteten den Raum mit floralen Mustern. Es sah ganz nach einem Raum aus, in dem Mai ihre Gäste empfing. Und tatsächlich erwartete sie ihn. Mit verschränkten Armen stand sie vor dem Ausgang zum Innenhof und schaute ihn mit finsterem Blick an.

»Was für ein Seher bist du?«, fragte sie verärgert.

Sam kniff die Augen zusammen, um Mai besser zu sehen. Ihre schwarze Haut machte es im dumpfen Licht selbst für seine Rabenaugen schwer, etwas zu erkennen. »Kein richtiger«, antwortete er betrunken. »Ich kann ja nicht einmal in die Zukunft schauen. Wenn hier jemand Fragen beantworten kann, dann bist du das.«

»Du warst in der Schenke«, sagte Mai mit strenger Stimme und trat einen Schritt näher. »Du hast mit Leuten gesprochen. Ich konnte alles sehen und hören, nur dich nicht. Was bist du?«

Während er versuchte, ihrem Blick standzuhalten, fragte er sich, ob sie verängstigt oder wütend war. »Fein«, sagte er schließlich. »Ich zeigs dir.«

Als er einen Schritt auf sie zu machte und die Bandagen an den Händen löste, nahm sie sofort die Arme aus der Verschränkung und schaute ihn argwöhnisch an. Dennoch ließ sie es zu, dass er sanft eine Hand auf ihre Schulter und die andere auf ihre Stirn legte. Dann öffnete er seinen Geist und suchte nach ihren Erinnerungen. Bevor sich ihm jedoch wie gewohnt Bilder offenbarten, strömten wild Informationen durch ihn hindurch. Es waren unscharfe Fragmente, doch er konnte genau erkennen, dass Mai mehr wusste, als sie vorgab. Da stieß ihn die Magierin plötzlich so schroff von sich, dass er rückwärts zu Boden fiel.

»Was weißt du über den Meister?«, fragte er erschrocken.

»Dazu kann ich nichts sagen«, antwortete Mai grimmig.

»Und was weißt du über den König?«, fragte er und stand auf. »Warum hast du erst jetzt die Verbindung zwischen ihm und Marasco erkannt?«

Mai drehte sich um und wollte das Zelt verlassen, doch Sam packte ihren Arm und riss sie an sich. »Was soll das, Mai? Sag mir, was du weißt!«

Mit einem durchdringenden Blick schaute sie ihn an. »Lass mich los, Sam!«

Doch Sam konnte nicht. Er wollte Antworten. Und Mai hatte sie. Mit festem Griff hielt er ihr Handgelenk und versuchte erneut, in ihre Erinnerungen einzudringen. Dabei geriet er in einen Strudel voller Fragen. *Warum hat Marasco plötzlich seine Erinnerungen zurück? Warum sollten sie die Leute warnen? Was hatte das alles für einen Sinn? Warum tat der Meister ihnen das an?*

Mais Energie strömte durch seine Adern und ihm wurde ganz schwindlig. Plötzlich spürte er ein Stechen in der Brust. Es war Mai, die sich ihre Energie zurückholte, und sie saugte ihn aus wie ein gieriger Egel. Kraftlos fiel er auf die Knie, sein Körper schüttelte sich und in ihm breitete sich eine eisige Kälte aus. Und dennoch konnte er Mai nicht loslassen. Sie war wie ein Magnet, der durch den Sog immer stärker wurde. So musste es sich für Marasco angefühlt haben, als er ihm die Hand aufgelegt hatte.

»Hör auf, bitte!«, keuchte er mit letzter Kraft und knickte ein.

»Mai!«, hörte er plötzlich Marascos Stimme. »Hör auf!«

Sofort ließ sie ihn los und er fiel zu Boden. Sein Körper krampfte, er bekam keine Luft und hatte das Gefühl, jeden Moment ohnmächtig zu werden.

»Ich habe nichts getan«, sagte Mai und spielte die Unschuldige.

»Hilf ihm!«, befahl Marasco.

»Hilf du ihm doch.«

»Gib ihm zurück, was du genommen hast!«

Plötzlich bekam Sam einen Kopfstoß und eine heiße Welle floss durch seinen Körper. Seine Glieder wurden weich, und es fühlte sich an, als ob selbst seine Knochen schmolzen. Die Wärme schoss durch seine Adern bis in die Fingerspitzen, die Beine runter bis zu seinen Zehen. Auf einen Schlag atmeten seine Lungen wieder und er drehte sich keuchend zur Seite. Als er den Kopf drehte, sah er gerade noch, wie Marasco den Pavillon verließ und draußen bereits die Dämmerung eingesetzt hatte. Mai stand da und schaute ihn ausdruckslos an.

Keuchend rappelte er sich auf und fuhr Mai an: »Was sollte das?«

»Du hast eine wirklich außergewöhnliche Gabe«, sagte sie mit ruhiger Stimme, als wäre gerade überhaupt nichts passiert.

Allmählich wurde ihm klar, was geschehen war. Wie überheblich er doch gewesen war. Beschämt wandte er sich von ihr ab.

»Wie soll ich so weiterleben? Jeder, den ich berühre, ist nun in Lebensgefahr!«

»Hast du es nicht gespürt? Es war deine Entscheidung. Du warst nicht außer Kontrolle. Du hast es kontrolliert. Du hast es als Waffe eingesetzt.«

»Und du hast mir eine Lektion erteilt«, flüsterte er niedergeschlagen.

Seit er ein Rabe war, wurde seine Welt immer größer. Unheimliche Mächte waren im Spiel, und der Gedanke, dass er irgendetwas übersehen oder vergessen könnte, jagte ihm furchtbare Angst ein.

»Ich glaube nicht, dass ich die Konzentration aufbringen kann, an alles zu denken«, sagte er. »Ich bandagiere meine Hände und versuche zu vergessen, dass ich diese Kräfte besitze. Es liegt nicht in meiner Natur, sie als selbstverständlich zu betrachten. Ich bin sogar froh, wenn ich sie vergesse, denn dann verschwinden auch all die schmerzhaften Erinnerungen.«

»Glaub mir, Sam«, sagte sie und legte die Hand auf seine Schulter. »Ich musste hilflos zusehen, wie Marasco seine Erinnerungen verlor. Es hat ihm geschadet. Was euer Meister getan hat, was er euch angetan hat, darüber mag ich kein Urteil fällen, doch es war ein Akt der Güte, Marasco die Erinnerungen zurückzugeben. Und du hast etwas, das über all dem steht. Verfluche dich nicht, etwas zu besitzen, wonach andere ein Leben lang suchen. Deine Erinnerungen mögen schmerzhaft sein, dennoch solltest du sie wertschätzen. Marasco hatte zu viel vergessen. Du solltest ihn im Auge behalten. Dass er seine Erinnerungen zurück hat, muss einen Grund haben.«

Sam rieb sich das Gesicht und schaute sich um. »Wo ist er? Wir sollten weiterfliegen.«

»Er ist in die Stadt gegangen«, antwortete Mai und führte ihn aus dem Zelt hinaus. »Du bist hier, um etwas zu lernen. Er ist hier, um etwas zu holen. Komm. Ich zeige dir, wie du deine Kräfte getrennt voneinander einsetzen kannst.«

Den ganzen Nachmittag verbrachten sie im Schatten am See, wo Mai ihm verschiedene Aufgaben stellte und dabei zeigte, wie er seine Kräfte einsetzen konnte. Anfangs fühlte sich das Kribbeln in den Fingern zwar unheimlich an, doch Sam lernte schnell, was die unterschiedlichen Stärkegrade mit seinen Kräften zu tun hatten und wie er sich selbst als Anker am Boden fixieren konnte, um seine Kräfte gebündelt abzuschießen.

Am späten Nachmittag landete Marasco neben ihnen im Schatten. Sam bemerkte sofort die zwei neuen Schwerter, die in seinem Gürtel steckten. Nun verstand er auch, was es mit dem komischen Verhalten des Schmieds am Abend zuvor auf sich gehabt hatte. Verwundert blickte er zu Mai, denn offenbar hatte sie bereits vor ihnen gewusst, dass sie in die Orose kommen würden und den Auftrag erteilt – schließlich dauerte die Herstellung eines solchen Stücks mindestens vierzehn Tage.

»Du hast neue Waffen?«, sagte Sam und wischte sich den Schweiß von der Stirn.

Im nächsten Augenblick hörte er das schneidende Geräusch, das eine Klinge machte, die aus der Scheide gezogen wurde. Mit der Schwertspitze vor der Nase räusperte er sich und zog automatisch den Kopf zurück. Dies war wohl Marascos Art, ihm die neue Waffe zu zeigen, obwohl dies in Marascos ausdruckslosem Blick nicht zu erkennen war.

Das Schwert war länger und nicht einmal halb so dick, wie Sam es von Stichwaffen aus Pahann kannte. Die Klinge schnitt nur einseitig und war deshalb leicht gebogen. Das Stichblatt war mit aufwendigen Blumenmustern verziert und der Griff mit einer rotschwarzen Griffwicklung versehen. Mit einer kurzen Bewegung drehte Marasco das Schwert zur Seite und schob es zurück in die Scheide. Das zweite, das noch immer in seinem Gürtel steckte, war etwas kürzer und hatte eine schwarz-weiße Griffwicklung.

»Zieh dich um«, sagte er. »Wir fliegen bei Sonnenuntergang Richtung Aryon.«

Das ist gut, dachte Sam, schaute Marasco jedoch besorgt hinterher, wie er im Palmenhain verschwand. Mai hatte es bereits bei ihrer Ankunft bemerkt, doch jetzt spürte auch er es. Marasco hatte ein Geheimnis. Wahrscheinlich hatte er sich wieder an etwas erinnert, und sein Tatendrang ließ erahnen, dass er nicht nur aus Spaß nach Aryon wollte. Er führte irgendetwas im Schilde.

Sofort schob Sam den Gedanken beiseite. In den letzten Tagen war viel geschehen und er selbst war auch nicht mehr derselbe. Er hatte gelernt, seine Kräfte zu kontrollieren – oder war zumindest auf dem Weg dahin.

»Eenar ist der beste Schmied in Orose Stadt«, sagte Mai hinter ihm. »Er beherrscht das Handwerk wie kein anderer. Es ist eigentlich eine Schande, dass die Schmiede ihre wahre Kunst nicht mehr unter Beweis stellen können und sich als Hufschmiede verdingen müssen.«

»Ich habe noch nie solche Schwerter gesehen«, sagte Sam und drehte sich zu ihr um.

»Sie sind wahrlich einzigartig. Machen wir Schluss für heute. Ich denke, du hast es begriffen.«

Gemeinsam kehrten sie zurück in die Zeltstadt. Als Sam sich seine Kleidung wieder anzog, fühlte es sich an, als würde er sich eine Uniform anlegen. Im Gegensatz zu den leichten, weichen Stoffen, die er in der Orose getragen hatte, war seine winterliche Kleidung steif und rau.

Im Hof verabschiedeten sie sich von Mai und stiegen hoch in den orangen Abendhimmel. Die letzten Sonnenstrahlen streiften über die Dächer der Orose und ließen sie in feurigem Rot leuchten. Die Menschen öffneten die Holzklappen an den Fenstern und entzündeten die Lichter. Vor den Schenken wurde angefeuert und weißer Rauch stieg über den offenen Feuern empor.

69

Sam konzentrierte sich auf seine Atmung und auf jeden Flügelschlag, den er machte. *Nicht aufhören, einfach weiter schlagen. Du wirst nicht sterben.* Marasco hielt das Tempo konstant und ließ ihn wieder in seinem Windschatten fliegen. *Ob er dies aus Nettigkeit tut?*, fragte er sich. *Ist Marasco nett?* Ihm wären unzählige andere Worte eingefallen, um Marasco zu beschreiben, doch nett gehörte nicht dazu. Aber warum? Hatte er etwas übersehen? Auch wenn er das Gefühl hatte, alle Erinnerungen von Marasco in sich aufgenommen zu haben, so war es nur ein sehr kleiner Teil seiner Vergangenheit gewesen, den er gesehen hatte. *Vielleicht hat das daran gelegen, dass Marascos Erinnerungen erst dabei waren, sich nach und nach in seinem Geist festzusetzen, und der volle Umfang seiner Vergangenheit noch gar nicht in ihm angekommen war?* Dass Marasco ihn in seinem Windschatten fliegen ließ, hatte womöglich nichts mit ihm zu tun. Vielmehr war es Marasco wahrscheinlich einfach egal, was er tat. *Ich bin ihm gleichgültig.* Dass er ihn in Limm umsorgt hatte, war Marasco egal. Und auch, dass er ihm Vogelherzen besorgt hatte. *Warum hätte er sich auch dafür bedanken sollen? Ich war es, der die Wirkung wieder zunichtemachte.*

Sams Gedanken drehten sich im Kreis, sodass er zuerst gar nicht bemerkte, wie Marasco den Kurs änderte. Der Luftstrom, in dem er war, ließ plötzlich nach und er musste mehr Kraft aufbringen, um das Tempo zu halten. Als er die Augen öffnete, blendete ihn die Sonne. Die weiße Landschaft wurde allmählich hellbraun, der Boden immer fruchtbarer und aus den vereinzelten trockenen Sträuchern wurden immer größere Bäume, die sich am Horizont zu einem großflächigen Wald erhoben. Und Marasco flog genau darauf zu. Sobald Sam mit seinem geschärften Gehör aus der Ferne Vogelgezwitscher wahrnahm, beschleunigte er sein Tempo, um gemeinsam mit Marasco wie zwei Pfeile durch die Baumkronen in den schattigen Wald einzutauchen.

Sechs Tage war es her, dass sie gemeinsam gejagt hatten. Als er sich nach Marasco umschaute, war der bereits außer Sichtweite. Doch Sam war froh, allein zu jagen. Die Gier nach Vogelherzen war nach dieser langen Durststrecke zu einem Monster geworden, das beim ersten Gezwitscher aus dem Schlaf erwacht war. Er machte sich über jeden Vogel her, den er kriegen konnte, und geriet in einen wilden Rausch. Auf jede erdenkliche Art holte er die Vögel. Griff sie mit seinen Krallen, spießte sie mit dem Schnabel auf – was ihm plötzlich problemlos gelang, seit er nicht mehr darüber nachdachte – oder packte sie mit bloßen Händen im Flug. Besondere Freude bereitete es ihm, ihnen die Energie auszusaugen und auf diese Art seinen eigenen Speicher aufzuladen.

Die Mittagssonne blendete ihn, als er völlig berauscht aus dem Wald hinaustrat und Ausschau nach Marasco hielt. Das Band, das er zu ihm hatte, führte ihn ans Flussufer. Marasco kauerte auf einer Klippe und blickte hinunter in die reißenden Fluten. Das Wasser hatte sich durch den Stein des Felsplateaus hindurchgefressen und wirbelte durch verschiedene Stromschnellen. In der Mitte des Flusses trieben ganze Baumstämme Richtung Osten. Und weit entfernt am anderen Ufer, drüben in Aryon, ragten zwei Turmspitzen aus dem Dunst.

»Vor achtzig Jahren war das Südufer nur halb so weit entfernt«, erzählte Marasco. »Doch dann bebte im westlichen Meer die Erde und riss die beiden Plateaus auseinander. Die Strömung wurde stärker und trug die Wände ab. Mittlerweile kann man das Südufer kaum mehr erkennen.«

»Wie wollen die Paha bei dieser Strömung auf die andere Seite gelangen?«

»Südlich des Urwaldes, wo der Fluss von Norden her in diesen mündet, gibt es einen Wasserfall. Das Wasser dort steht ruhig und etwas weiter unten sind die Brücken, die Leor wiederaufgebaut hat. Vermutlich hat er bereits erfahren, dass die Sumen die Brückenbauer umgebracht haben. Wir fliegen morgen hin und begrüßen Kato.«

»Sollten wir die Paha nicht schon viel früher abfangen?«, fragte Sam irritiert. »Wir sollten doch endlich etwas gegen dieses Gemetzel unternehmen.«

»Lass uns nach Trosst gehen«, sagte Marasco und stand auf. Dann warf er ihm einen kurzen Blick zu und lachte abschätzig. »Als wärst du tatsächlich so erpicht darauf, Kato gegenüberzutreten. Du hast den Rausch von zwanzig Vogelherzen im Gesicht und redest davon, die Vögel zu retten.«

»Nicht die Vögel. Die Menschen!«

»Wir werden Trosst genießen, solange wir das können«, fuhr Marasco unbeirrt fort. »Schließlich leben hier die schönsten Mädchen des Landes.«

Besorgt schaute Sam auf die andere Seite. *Aryon. Der Feind. Die Unterdrücker Kolanis.* Er hatte noch nie viel von diesen Geschichten gehalten. Sie waren viel zu weit entfernt und hatten darum keinerlei Bedeutung für ihn und sein simples Leben in Pahann gehabt.

»Wie oft warst du schon da?«

»Oft genug. Aber nimm dich in Acht. Das ist eine andere Welt da drüben. Dort sind die Menschen nicht alle gleich«, sagte er und flog davon.

»Das sind sie doch nie«, rief er hinterher und folgte ihm.

Aus der Ferne sah es aus, als wäre Trosst auf einer Insel erbaut, doch in Wahrheit waren es riesige Schutzwälle, die erstellt worden waren, um die Stadt vom sich ausbreitenden Fluss zu schützen. Die Dämme bremsten die Kräfte des Wassers und vor Trosst lag ein ruhiger See. Unzählige Boote waren draußen und die Fischer sammelten gerade die Reusen ein. Sam folgte Marasco über ein paar Boote hinweg entlang eines Kanals in die Stadt hinein. Je tiefer sie ins Zentrum vordrangen, umso enger wurden die Kanäle. Auf beiden Seiten waren Gassen, die mit Brücken verbunden waren. Die eng aneinandergebauten Häuser waren gelb, grün, rosa und blau gestrichen und an ihren Wänden rankten Pflanzen und farbige Blumen. Über die Kanäle und Straßen waren Seile gespannt, an denen mannshohe, weiße Tücher flatterten, denen der blaue Habicht von Aryon aufgenäht war.

Das Zentrum war ein einziger großer Markt. Überall priesen die Menschen ihre Produkte an, sowohl auf dem Wasser als auch auf dem Land.

Bevor Sam jedoch alles richtig anschauen konnte, tauchte Marasco in eine kleine Seitengasse ein und landete in einem kalten, modrigen Hinterhof. Der Geruch von Kohlsuppe lag in der Luft und eine Katze knabberte an einem Fisch. Erst auf den zweiten Blick fiel Sam auf, wie schmutzig es tatsächlich war. Der beißende Geruch von Urin mischte sich mit dem strengen Sud, und nicht alles, was er für Dreck hielt, war braune, nasse Erde. Als er sich umdrehte, streckte ihm plötzlich jemand die Hand hin. Ein Mann saß am Boden, lehnte an einem Fass und schaute ihn mit weinerlichen Augen an. Sein Gesicht war mit roten Pusteln übersät und seine dürftige Bekleidung strotzte vor Dreck. Ein Gestank von Fäkalien ging von ihm aus, und Sam hielt sich angeekelt den Arm vors Gesicht.

»Was tust du denn?«, fragte Marasco plötzlich und zog ihn zur Seite.

»Was für ein schrecklicher Mensch ist das denn?«

»Das ist ein Bettler. Halt dich fern von ihnen.«

»Ein Bettler?«

»Klar, im Norden gibt es keine Bettler«, sagte Marasco und ging zügig weiter. »Arme Menschen, die auf Almosen angewiesen sind.«

Fast an jeder zweiten Straßenecke saß jemand, der die Hände zu einer Schale geformt hochhielt, sobald jemand vorbeiging.

»Ich verstehe nicht«, sagte Sam irritiert. »Das ergibt doch keinen Sinn. Warum kümmert sich denn niemand um diese Leute?«

»Ich hab mich schon gefragt, wie lange es dauert, bis der Paha in dir zum Vorschein tritt.« Marasco lachte. »Hat nicht lange gedauert. Hier werden solche Angelegenheiten anders gehandhabt als in Pahann, Sam. Es nennt sich Klassengesellschaft.«

»Aber sieh dir diese Menschen an! Das ist doch entwürdigend.«

Marasco lachte noch lauter. »Nicht entwürdigender als eure Praktiken. Was du Würde nennst, hat hier eine andere Bedeutung. Ein Volk von Jägern seid ihr. Ohne schwache oder kranke

Menschen. Pah ... Kato hat schon lange vor deiner Geburt für Ordnung gesorgt. Er hat Kolani sozusagen gesäubert.«

»Nur die Starken überleben«, sagte Sam zustimmend. »So ist das nun mal.«

»Die Angst ist so groß, dass Väter ihre entstellten Neugeborenen töten, weil die Schande unerträglich wäre. Damit hat Kato lediglich bewiesen, dass Kultur erlernbar ist.«

Sam runzelte die Stirn. »Was willst du damit sagen? Was ist das für ein zynischer Unterton?«

»Menschen sind etwas unglaublich Abscheuliches«, antwortete Marasco, als er mit ausgebreiteten Armen weiterging. »Nicht, dass es mir was ausmachen würde. Die Mordlust der Paha hat mich schon immer fasziniert.«

»Mordlust?«, rief Sam empört. Doch dann erinnerte er sich daran, wie er Arua getötet hatte, und stockte.

»Sam, du hast es in dir«, sagte Marasco und drehte sich zu ihm um. »In deinem Blut, in deinem Kopf, in deiner Art zu denken. Das hat nichts mit freiem Willen zu tun.«

»Hör auf!«

Marasco lachte nur und ging zufrieden weiter.

»Ich dachte, dem Süden gehe es gut«, sagte Sam und folgte ihm. »Warum sind die Leute auf Almosen angewiesen?«

»Das Königshaus kontrolliert alles. Jeder Kaufmann, Handwerker oder Bauer ist verpflichtet, einen Teil seiner Einnahmen abzugeben. Kann er nicht bezahlen, nimmt man ihm den Hof oder sein Geschäft. Natürlich könnte er sein Hab und Gut jederzeit zurückkaufen, doch von nichts kommt nichts. Und so landen sie als Bettler auf der Straße.«

Angewidert ob all dem Dreck und den entstellten Menschen, krempelte Sam den Kragen hoch und ging weiter. Da zog plötzlich etwas an seinem Rockzipfel. Es war ein kleiner Junge, der ihn mit traurigen Augen anschaute. Reflexartig schlug Sam seine Hand weg und wich zurück.

»Bitte, Herr«, sagte er weinerlich. »Eine Almose.«

Sam eilte Marasco hinterher. »Das ist ekelhaft hier! Und das soll der reiche Süden sein?«

»Nur die Ruhe«, antwortete Marasco. »Das ist bloß eine Seitengasse. Hier lebt der Abschaum. Wenn du erst mal das Zentrum gesehen hast, änderst du deine Meinung.«

Die Hauptstraße war bereits in Sichtweite, als zwei Frauen ihren Weg kreuzten. Die eine hatte eine Hasenscharte und die andere Stielaugen. Sam konnte den Blick nicht mehr von ihnen losreißen.

»Wie wärs mit uns beiden, Süßer?«, sagte die eine und zeigte mit einem Lächeln ihre verfaulten Zähne. »Ein so hübsches Gesicht haben wir hier schon lange nicht mehr gesehen.«

Ein kalter Schauer lief ihm über den Rücken und er beeilte sich, Marasco einzuholen. »Dein Geschmack ist mir zuwider!«, sagte er. »Diese Mädchen sind alles andere als hübsch.«

Marasco schaute zurück und lachte lauthals los. »Diese Schnepfen meinst du? Ich sagte doch, hier lebt der Abschaum. Die schönen Mädchen sind in den Freudenhäusern. Gedulde dich!«

Sie ließen die dreckigen Hinterhofgassen hinter sich und gelangten auf die Hauptstraße. Tatsächlich hatte Sam das Gefühl, eine andere Welt zu betreten, oder zumindest in diejenige zurückzukehren, die er bei ihrer Ankunft zu Gesicht bekommen hatte. Die Luft war frisch und süßlich, die anschaulichen Häuserfassaden waren mit allerlei Blumen dekoriert und prächtige Kutschen ratterten über die breiten Straßen aus Pflastersteinen. Die Frauen trugen wallende Kleider aus leichter Seide oder Damast. Manche hatten ihre Haare mit goldenen Spangen hochgesteckt, andere verhüllten ihren Kopf mit leichtem Chiffon. Viele Männer trugen Tuniken und Pluderhosen, ein paar waren elegant gekleidet und trugen maßgeschneiderte Baumwollhosen, Hemd, Westen und darüber einen Gehrock aus Damast.

Es war das erste Mal, dass Sam sich in seiner Kleidung wohlfühlte. Am Anfang, um neben Marasco nicht wie ein Wilder zu wirken, doch in den meisten Städten in Kolani hielt er ihre Aufmachung für zu übertrieben. Hier in Trosst fielen sie überhaupt nicht auf.

»Komm schon!«, rief Marasco.

Sam war mitten auf der Straße stehen geblieben und hatte die Menschen angestarrt. Sofort folgte er Marasco über eine Brücke auf einen Platz, wo sich jede Menge Leute versammelt hatten. Auf einer Treppe vor einem prächtigen Stadthaus stand ein Mann in einer weißen Livree und hielt eine Schriftrolle in der Hand. Sie bahnten sich einen Weg durch die Menge, um zu hören, was er sagte, doch da erklangen bereits Trompeten.

»Lang lebe König Leor!«, rief plötzlich ein Mann neben ihm.

»Was wurde gerade verkündet?«

»Heute Morgen ist ein Brief vom Königshaus eingetroffen. Vor sieben Tagen wurden die Brückenbauer westlich des Wasserfalls getötet – von irgendwelchen Wilden aus dem Norden. Nun stellt der König eine Armee zusammen. Das gab es nicht mehr seit König Leors Großvater Tino das Zepter in der Hand hielt! Das ist eine große Sache!«

»Eine Armee?« Sam fragte sich, wie der König bisher ohne Armee ein Land regiert hatte. Schließlich gehörte das doch zu einem Königshaus, oder nicht?

»Ja, alle tüchtigen Männer müssen sich bis morgen Abend beim Kreisvasallen melden. Dann rücken wir aus ins Resto Gebirge, wo wir den König treffen werden.«

»Ihr geht auch mit?«

»Ich bin ein tüchtiger Mann und werde dem König tatkräftig beistehen.« Dann stieß er die Hand in die Höhe und rief mit entschlossener Freude: »Für König Leor und Aryon!«

Offenbar hatte Leor zum Zeitpunkt, als der Brief verfasst wurde, keine weiteren Informationen zu Katos Armee gehabt. Das war die einzige Erklärung dafür, weshalb er Trosst nicht evakuieren ließ. Dass er die Männer jedoch so kurzfristig ins Gebirge holte, konnte auch kein Zufall sein. Immerhin waren die Paha und die Sumen nur noch einen Tag entfernt. Sam wurde das Gefühl nicht los, dass mehr dahintersteckte.

Mit Schaudern ließ er seinen Blick über den Platz schweifen und betrachtete all die einfachen Menschen, die keine Vorstellung davon hatten, was Krieg bedeutete. Der letzte lag so weit zurück, dass niemand mehr da war, der den Leuten ausreden konnte, Leor zu folgen. Und selbst wenn Sam sich die Mühe gemacht, erneut auf ein Fass gestanden und zu den Leuten gesprochen hätte, überstieg eine Armee von 10.000 Paha die Grenze ihrer Vorstellungskraft. Besorgt drehte er sich zu Marasco um, doch der schaute mit düsterer Miene Richtung Stadthaus. Bevor Sam etwas sagen konnte, drehte er sich um und ging.

»Warte!«, rief Sam, doch Marasco verschwand ohne ein Wort in der Menschenmenge.

Wäre es nicht besser, gleich loszufliegen?, dachte Sam und fühlte sich auf dem großen Platz ein bisschen verloren. *Immerhin wissen wir nun, wo Leor zu finden ist.*

Die Verkündung auf dem Platz war zu Ende und die Menschen schwärmten in alle Richtungen durch die Gassen davon. Sam ließ sich vom Strom treiben und versuchte, für eine Weile durchzuatmen. Er spazierte durch Trosst mit dem Gedanken, möglichst viele Erinnerungen zu sammeln. Die Stadt war wie eine Schatztruhe und in jeder Gasse gab es neue Kuriositäten zu entdecken. Säcke mit Gewürzen in allen Farben säumten seinen Weg. Der Geruch von Paprika, Pfeffer, Koriander, Lavendel und Rosen vernebelte seine Sinne. In einer anderen Gasse klimperte und hämmerte es. Dampf zischte aus den Läden und vermischte sich mit dem Geruch von frischem Leder.

Sam bog um die Ecke und die knalligen Farben verschiedener Stoffe stachen ihm in die Augen. Samt, Brokat und Damast hingen an den oberen Fensterläden und tauchten die Gasse in ein buntes Farbenmeer. Zwei Frauen legten sich seidene Stoffe über den Kopf und betrachteten sich im Spiegel. Ein Mann kaufte ein Tuch und band sich einen Turban und eine schwangere Frau ließ sich ein neues Kleid nähen. Als er in die nächste Gasse bog, lag der Duft von frischem Brot in der Luft. Was ihn jedoch am meisten erstaunte, waren die vielen farbigen Singvögel, die in jeder Gasse in hölzernen Käfigen über den Läden hingen. Die Wirkung der Vogelherzen würde bald nachlassen.

Wie praktisch.

Vom Fischmarkt bog er in eine kleine Seitengasse und gelangte auf den Kunstmarkt. Als er an Bildern und Skulpturen vorbeiging, spürte er plötzlich, dass Marasco in der Nähe war. Auf der anderen Seite der Kreuzung entdeckte er neben einer Küferei eine kleine Schreibstube. Die Falttür im Erdgeschoss stand offen, doch Kundschaft war keine zu sehen. Da entdeckte er Marasco. Ungewöhnlich nahe stand er vor einem jungen Mann mit Mütze, der an der Wand lehnte und ihn mit großen Augen anstarrte. Marasco stützte sich an der Wand neben dem Kopf des Jungen ab. Langsam beugte er sich nach vorn und flüsterte dem Schreiberling etwas ins Ohr. Der nickte. Dann krempelte Marasco seinen Kragen hoch, verließ die Schreibstube und verschwand in einer Gasse. Sobald er außer Sichtweite war, ging Sam hinein. Der Schreiberling stand mittlerweile am Bottich und schöpfte Papier. Als Sam den Laden betrat, schaute der junge Mann auf und lächelte freundlich.

»Hier war gerade ein Mann. Was hat er gewollt?«

»Welcher Mann?«, fragte der Schreiberling und presste das geschöpfte Papier auf einen Filz.

»Na, der Mann, der gerade hier war. Schwarzes Haar, schwarzer Mantel, weißer Schal.«

»Hier war niemand«, meinte der Junge kopfschüttelnd.

Schroff packte Sam ihn am Kragen, zog ihn in den hinteren Teil der Stube und drückte ihn gegen die Wand. »Ich habe keine Zeit für Spielchen«, sagte er verärgert. »Was wollte er?«

»Herr«, stotterte der Schreiberling. »Ich weiß nicht, von wem Ihr sprecht. Ihr seid heute mein erster Kunde.«

Es war Marasco, da war er sich absolut sicher. Er führte irgendetwas im Schilde. Dem Schreiberling die Hand aufzulegen, hätte nichts gebracht, denn offenbar war Marasco in seinen Erinnerungen nicht mehr vorhanden. Irritiert ließ er den Jungen los. Sein Gefühl wich einer Gewissheit, dass Marasco tatsächlich etwas im Schilde führte.

Den Rest des Nachmittags verbrachte Sam in der Büchergasse. Während er durch alte Landkarten blätterte, gönnte er seinem Geist Ruhe. Er vermied es, mit den Buchhändlern zu sprechen und wechselte sofort in den nächsten Laden, wenn er sah, dass sich ein Gespräch anbahnte. Gegen Abend konnte er seinem

Verlangen nach Vogelherzen nicht mehr widerstehen – immerhin wurden ihm die Vögel auf dem Silbertablett präsentiert. Er schnappte sich drei Käfige und verschwand in eine dunkle Seitengasse.

70

Völlig berauscht stützte sich Sam an einer Hauswand ab und strich sich über das kribbelnde Gesicht. Die Vogelherzen der Singvögel lagen ihm schwerer im Magen als andere Herzen zuvor. Wie im Traum war er durch die Gassen geschwebt mit dem einzigen Ziel, Marasco zu finden. Er hatte Mühe, seinen Blick zu schärfen, um überhaupt zu erkennen, wo er gelandet war.

Er stand vor einem Gebäude, dessen Fenster über alle drei Stockwerke mit Kerzen beleuchtet waren. Über dem Eingang hing eine goldene Rose. Mit großer Skepsis beobachtete er, wie die Männer beim Eintreten Geld hinlegten.

Das ist also ein Freudenhaus, dachte er, und er hatte weder eine Münze noch sonst irgendetwas, um sich den Einlass zu erkaufen. *Das hat er mit Absicht gemacht. Er macht sich einen Spaß daraus, mich zu testen.*

Eine Weile suchte er die Fassade nach einem offenen Fenster ab, durch das er hätte einsteigen können, doch er war so berauscht, dass sich sein Blick immer wieder verschob und das Bild unscharf wurde. Da drängte eine Gruppe von zehn jungen Männern an ihm vorbei Richtung Eingang. Offenbar hatten sie sich bei ihrem Kreisvasallen verpflichtet, denn alle trugen weiße Armbinden mit einem aufgestickten Habicht. Die Jungs hingen sich in den Armen und johlten unverständliches Zeug. Sofort ergriff er die Chance und hängte sich bei ihnen ein.

»Willkommen in der Goldenen Rose. Das hier ist ein anständiges Haus«, mahnte die Dame am Eingang. »Ihr kennt die Regeln.«

Sam wäre froh darum gewesen, wenn ihm jemand die Gepflogenheiten des Etablissements erklärt hätte, doch die Jungs verkündeten ihre Kenntnisse mit erneutem Johlen und zogen ihn mit sich mit. Durch einen dunkeln Korridor gelangten sie in einen Lichthof. Unzählige rote Lampions hingen an Leinen, die über drei Stockwerke von der einen Seite der Galerie zur anderen gespannt waren. Die Geländer waren mit Blumen geschmückt und an jedem Eckpfeiler brannten Kerzen. Ein Holzdach überdeckte den Hof, das angemalt war, als läge der Sternenhimmel über ihnen.

Die Jungs setzten sich an den letzten freien Tisch im Hof. Alle Gesichter waren auf eine Bühne gerichtet, auf der eine junge Frau zu den hypnotisierenden Klängen von vier Musikern tanzte. Um ihre Brüste hatte sie ein schwarzes Tuch gebunden. Ein mit Silberstücken besetzter Gürtel hing um ihre Hüften und ein hauchdünner, schwarzer Stoff reichte ihr vorne und hinten bis zu den Knien. An den Hand- und Fußgelenken trug sie schwarze Bänder und um den Hals jede Menge Silberketten. Ihre Bewegungen waren geschmeidig und langsam. Dann wirbelte sie plötzlich ihr schwarzes Haar herum, drehte sich, stampfte, klatschte und drehte sich erneut. Die Trommel wurde immer lauter, die Frau wirbelte wie wild über die Bühne, und als die Musik ihren Höhepunkt erreicht hatte, fiel sie auf die Knie, streckte aufreizend ihr rechtes Bein zur Seite und wandte den Blick nach oben.

Die Darbietung hatte Sam komplett in den Bann gezogen. Wie in Trance stand er da und schaute zur Bühne. Um ihn herum sprangen die Männer hoch, jubelten und applaudierten. Manche pfiffen vor Begeisterung. Als ihn jemand anrempelte, merkte er, wie der Rausch der Vogelherzen ihm zu Kopf gestiegen war. Bevor er umkippte, hielt er sich an einem Stuhl fest und atmete tief durch. Dann ging er an die Bar und bestellte Wein. Sein Blick wanderte die Galerie hoch in die dritte Etage. Im hintersten Eckzimmer war Marasco.

Mit Beinen so schwer wie Baumstämme stieg er langsamen Schrittes die Treppe hoch. Auf jedem Stock wurde er von Mädchen eingeladen, sie in ihr Zimmer zu begleiten. Er trank lediglich einen großen Schluck Wein und ging weiter. Sein Blick war fahrig und er hatte ein flaues Gefühl im Magen. Die Musik dröhnte in seinen Ohren, sein Blick verzerrte sich und alles wurde wieder unscharf. Als er endlich die dritte Etage erreicht hatte, stützte er sich am Geländer ab, damit er nicht zur Seite fiel, und taumelte weiter. Ein schwarzhaariges Mädchen trat ihm entgegen und verbeugte sich.

»Mein Herr, Ihr werdet erwartet.«

Dann nahm sie ihn am Arm und führte ihn an der Galerie entlang, vorbei an Räumen, die mit schwarzen, schweren Vorhängen abgetrennt waren. Beim letzten Zimmer zog das Mädchen den dicken Samt zur Seite und ließ ihn eintreten. Langsam schritt er durch einen dunklen Korridor, an dessen Ende weiße, durchschimmernde Tücher hingen. Als das Mädchen den dicken Vorhang hinter ihm wieder zufallen ließ, verschwand auch die Musik aus dem Innenhof und übrig blieben nur noch sphärische Klänge. Sam trat an den Vorhängen vorbei in einen mit Lampions und Kerzen beleuchteten Raum.

Im Kamin brannte ein Feuer und die dicke Luft war geschwängert vom Duft der Rosen, die in mehreren Vasen vor dem Fenster standen. Eine auf Kniehöhe liegende Kissenlandschaft nahm die Hälfte des Zimmers ein. Davor saß Marasco an einem runden Tisch. Hinter ihm stand eine Frau mit langen, kastanienbraunen Haaren, die lediglich ein schwarzes Tuch um die Brüste und einen durchscheinenden Rock trug. Am Oberarm trug sie einen goldenen Schlangenring und an den Knöcheln mehrere klimpernde Kettchen. Sie flüsterte Marasco etwas ins Ohr, knöpfte dabei sein Hemd auf und schob ihre Hand darunter. Eine Frau mit blonden Haaren kam mit einem Kelch hinter einem Vorhang hervor, stellte ihn vor Marasco auf den Tisch und setzte sich auf seinen Schoß. Sanft strich sie über seine Wange und küsste seinen Hals. Marasco legte den Kopf zurück und genoss es in vollen Zügen. Dabei strich er der Blonden über den Oberarm und ließ die Hand über ihre Brüste gleiten. Während das Mädchen noch immer seinen Hals küsste, drehte er den Kopf langsam in Sams Richtung.

Sams Körper bebte. Er ging langsam zu ihm rüber und streckte die Hand nach ihm aus. Sanft fuhr er über Marascos Wange und berührte seine Lippen. Marasco schaute ihn erregt an. Sam konnte nicht widerstehen, beugte sich zu ihm runter und küsste ihn.

»Wollt Ihr bloß zusehen?«

Wie ein Blitz jagten diese Worte durch seinen Kopf. Ein Paukenschlag und sein Atem stand still. Noch immer stand er im

Eingang, von draußen drangen Musik und Gelächter herein und neben ihm stand das schwarzhaarige Mädchen.

»Sam!«, rief Marasco einladend. »Du bist hier! Komm her! Setz dich.«

Völlig irritiert schaute er sich um, da nahm ihn die Schwarzhaarige am Arm und führte ihn zum Tisch. Es war ihm zu peinlich, Marasco anzusehen. Das blonde Mädchen verließ Marascos Schoß und ging nachschenken. Das andere zog sich auf die Kissenlandschaft zurück.

»Was ist los?«, fragte Marasco.

»Ich fühl mich nicht gut«, murmelte er und öffnete den obersten Knopf seines Hemdes. »Etwas stimmt nicht mit mir.«

»Du hast dich doch nicht etwa an den Singvögeln vergriffen?« Überrascht schaute er hoch.

»Tut mir leid.« Marasco lachte und legte das eine Bein über das andere. »Ich hätte es dir sagen sollen. Diese farbigen Piepmatze sind nichts für uns. Die Menschen füttern sie mit irgendwelchen komischen Nüssen. Da fängt man an zu halluzinieren. Trink Wein. Dann fühlst du dich besser.«

Das blonde, zierliche Mädchen, das zuvor auf Marascos Schoß gesessen hatte, stellte ihm einen vollen Kelch hin und setzte sich neben Marasco, während die Schwarzhaarige sich zu Sam setzte. Er wollte Marasco fragen, was er in der Schreibstube gemacht hatte, doch kein Wort brachte er über die Lippen, also trank er. Derweil kraulte das Mädchen seinen Nacken, fuhr mit der Hand über seine Brust und massierte ihm die Oberschenkel. Doch sein Körper war taub. Zudem fühlte er sich fiebrig und verfluchte Marasco dafür, dass er ihn nicht vorgewarnt hatte. Marasco saß lächelnd da und genoss es, ihn leiden zu sehen.

»Es nützt nichts«, sagte Sam genervt und stellte den Kelch weg.

»Lass mich dir helfen«, flüsterte Marasco und strich auch schon mit einem Finger sanft über seine Hand.

Die Berührung war kaum zu spüren, doch Sam war, als hätte er es knistern gehört. Diese pure, weiße Energie raste durch ihn hindurch und schwemmte den Schwindel, den Nebel und das taube Gefühl weg wie eine Welle. Seine Lungen öffneten sich und er konnte wieder durchatmen. Sein Rausch wurde endlich zu dem, der er hätte sein sollen. Auch die Berührungen der Schwarzhaarigen nahm er plötzlich intensiv wahr und atmete erregt auf.

Marasco beobachtete ihn einen Moment mit ernster Miene, als wollte er sichergehen, dass mit ihm nun alles in Ordnung war. Dann huschte ein sanftes Lächeln über sein Gesicht und er lehnte sich zurück. »Raus mit dir«, sagte er mit ruhiger Stimme und wandte sich wieder den Mädchen zu.

Die Schwarzhaarige nahm Sam an der Hand und führte ihn aus dem Zimmer auf die andere Seite der Galerie. Diese war nun mit runtergeklappten Lamellen vom Innenhof getrennt. Im Zimmer angekommen, konnte er sich nicht mehr zurückhalten. Er warf das Mädchen auf die Kissen und machte sich über sie her. Sie quiekte erfreut über seine wiedererlangte Energie.

Es war mitten in der Nacht, als er am offenen Fenster stand und seinen Mantel zuknöpfte. Die Singvögel hatten einen üblen Nachbrand hinterlassen und es fühlte sich an, als würden die Herzen in seinem Magen brennen. Mehr Wein hätte nicht genützt. Er brauchte ein Vogelherz und wollte zum Damm, wo er bei ihrer Ankunft Möwen gesehen hatte. Da hörte er plötzlich Schreie. Sie kamen von der anderen Seite der Galerie. Sofort ging er raus, um nachzusehen. Als er um die Ecke bog, rannte ihm die zierliche Blonde direkt in die Arme. Überrascht hielt er sie fest und versuchte, sie zu beruhigen, doch sie schaute immer wieder zurück, als wollte sie sichergehen, dass ihr niemand folgte. Als sie ihn erkannte, schlug sie ihm auf die Brust, schrie, als wäre er irgendein Monster, und stürmte zur Treppe.

Beunruhigt ging er auf die andere Seite der Galerie und betrat Marascos Zimmer. In voller Montur und mit ausgestrecktem Arm stand er vor dem Kamin. Dabei hielt er das Handgelenk des anderen Mädchens fest, das bewusstlos vor ihm zusammengebrochen war. Mit verrenktem Arm hing die junge Frau da, ihr Kopf war zur Seite gekippt und ihre langen Haare verdeckten ihren Oberkörper. Völlig ausdruckslos schaute Marasco auf sie herab.

»Was tust du da?«, fragte Sam ruhig, während er mit großem Entsetzen seine aufsteigende Panik unterdrückte.
Er hat sie nicht umgebracht. Oder etwa doch?
Marasco drehte den Kopf und schaute zu ihm rüber. Ohne seinen Blick von ihm abzuwenden, ließ er die junge Frau los. Sie sackte zu Boden und blieb reglos liegen. Sam rannte zu ihr, drehte sie um und strich ihr Haar zur Seite.
»Sie ist nicht tot«, sagte Marasco trocken.
»Was hast du mit ihr gemacht?«
Immer wieder schaute er zu Marasco hoch, doch sein Blick war leer und teilnahmslos, dass er es einem unmöglich machte, hinter seine Fassade zu blicken. Doch das, was mit dem Mädchen geschehen war, sah nicht nach einem Unfall aus, schließlich hatte sie keinen einzigen Kratzer. Von draußen waren Schritte und Stimmen zu hören. Die Blonde hatte natürlich Hilfe geholt.
»Wie willst du das erklären?«, fragte Sam und legte das Mädchen sanft auf den Boden.
»Gar nicht«, antwortete Marasco und öffnete das Fenster. »Die halten uns für Monster. Komm. Es wird Zeit.«
Sam packte Marascos Arm. »Was führst du im Schilde? Ich will es wissen.«
Marasco hielt einen Moment inne und schaute ihn mit funkelnden Augen an. »Lass mich los.«
»Hier entlang!«, rief ein Mann auf dem Korridor.
Sam gab nach, ließ Marasco los und folgte ihm hinaus über die Dächer von Trosst.

71

In der Morgendämmerung gelangten sie zum Wasserfall, der von Norden her in den Fluss mündete. Die Auskolkung an der Uferwand war so groß, dass der unzähmbare Fluss vom stillen See verschluckt wurde. Die zuvor herumgeschleuderten Baumstämme trieben einsam und verlassen auf der Wasseroberfläche, bis sie stumm ans Ufer geschwemmt wurden. Weiter im Osten ragten die Türme von Leors Brücken aus dem Nebel.

Sam und Marasco flogen den Wasserfall hoch und über ein paar an den Klippen liegenden Inseln hinweg weiter nach Norden. Laut Mai würden die Paha den Urwald nicht vor Mittag erreichen. Dies gab ihnen genügend Zeit zum Jagen.

Erst als das verdorbene Gefühl aus Sams Magen verschwunden war, legte er sich am Waldrand unter eine große Eiche und beobachtete, wie der Wind stärker wurde und die Baumwipfel raschelten. In vollen Zügen genoss er die frische Morgenluft, das Zwitschern der Vögel und das entfernte Rauschen des Wasserfalls. Die Ruhe war einfach zu schön, um zerstört zu werden.

Ein paar Minuten noch, dann werde ich ihn zur Rede stellen.

Da erschien Marasco in seinem Blickfeld. Ernst schaute er ihn an. Sam erinnerte sich an die Halluzination, die er am Abend zuvor im Freudenhaus gehabt hatte, und gab sich alle Mühe, mit einem gelangweilten Gesichtsausdruck seine Verlegenheit zu kaschieren. Als Marasco angestrengt die Brauen zusammenzog, fragte Sam, was los sei. Dabei stützte er sich auf die Ellbogen und wollte sich aufsetzen. Doch Marasco drückte ihn zurück auf den Boden und küsste ihn. Im ersten Moment glaubte Sam, dass es das Gift von Trossts Singvögeln war, das ihn mit Nachwirkungen und Halluzinationen bestrafte, doch dann strich Marasco mit der Hand über seine Brust.

»Wehr dich«, flüsterte er und küsste ihn wieder.

Sam war sofort klar, dass er herausgefordert wurde, doch mit welcher Absicht war ihm schleierhaft. Seine Versuche, Marasco von sich wegzustoßen, scheiterten kläglich. Er war ihm komplett ausgeliefert. An seinem Hals spürte er Marascos kühle Hand, und plötzlich schoss Energie durch seinen Körper. Er war so erregt, dass er den Kuss sogar erwiderte. In einem kurzen Moment der Klarheit begriff er: *Marasco will etwas von mir.* Er wusste nicht was, doch die Energie und der Kuss dienten lediglich zur Ablenkung. Vergeblich versuchte er, ihn von sich wegzudrücken, doch Marasco ließ nicht locker. Sams Gefühle sprudelten über und er war hin- und hergerissen zwischen der Lust und der Wut, die Marasco in ihm auslöste. Da erinnerte er sich an Mai und wie er gelernt hatte, mit seinen Kräften umzugehen. Er löste die Bandagen, legte die Hände flach auf Marascos Brust und versetzte ihm einen so kräftigen Stoß, dass er zurückfiel und ächzend liegen blieb. Sofort packte Sam ihn am Kragen und drückte ihn zu Boden.

»Hör auf!«, rief er wütend. »Ich bin nicht dein Versuchskaninchen!«

Mit leeren Augen schaute Marasco ihn an; so, als wäre gerade überhaupt nichts passiert – zumindest nichts, was ihn betraf.

»Warum tust du das?«

Doch Marasco drehte bloß den Kopf zur Seite – was ihn rasend machte. Die ganze Zeit über hatte er sich zurückgehalten. Obwohl er wusste, dass ihm nicht gefallen würde, was er in Marascos Erinnerungen sehen würde, war es an der Zeit, ihm zu zeigen, dass auch er sich alles nehmen konnte, wann immer er wollte. Also zog er Marascos Gesicht zu sich und drückte ihm die Hand auf die Stirn.

Marasco verstand sofort, was er vorhatte, und versuchte, sich so schnell wie möglich von ihm loszureißen. Doch es war zu spät. Er zog an Marascos Energie, um ihn in seine Gewalt zu bringen, und die Narbenstränge leuchteten rot auf. Marasco versuchte, sich dagegen zu wehren, und keuchte, doch dann fing sein Körper an zu krampfen und er verdrehte die Augen. Sam merkte sofort, dass es zu viel Energie war, die er ihm entzog, also lockerte er den Sog auf das Minimum, das er brauchte, um Marasco unter Kontrolle zu halten. Das war etwas, das er noch nicht vollständig im Griff hatte, aber Marascos Körper entspannte sich zumindest ein bisschen. Alles geschah in Sekundenschnelle, denn kurz darauf tauchte er in die Tiefen von Marascos Erinnerungen ein, hing für einen Moment in der Schwerelosigkeit, bis ihn die Schwerkraft plötzlich wieder hatte und sich um ihn herum der Vorhang hob.

72

Ein eisiger Wind pfiff Marasco um die Ohren und er hörte das knirschende Geräusch durch den Schnee stapfender Stiefel. Von der Seite drang das schwere Atmen eines Mannes an sein Ohr, der seinen Arm über die Schulter gelegt hatte. Marascos linker Arm baumelte im Rhythmus der Schritte, warmes Blut floss über seine Hand und tropfte in den Schnee. Seine Füße wurden über eine Treppe gezogen. Dann öffnete sich eine Zeltklappe und die Wärme eines Feuers und der Geruch von Kräutern und Kerzen hüllten ihn ein.

»Er hat es schon wieder getan!«, rief Waaru wütend und warf ihn schroff zu Boden. »Warum kann er sich nicht betrinken? So wie die anderen Männer auch! Flickt ihn wieder zusammen! Wir rücken im Morgengrauen aus«, befahl er und stapfte aus dem Zelt.

Marasco lag reglos auf dem harten Holzboden. Sein Körper war steif vor Kälte; der Blutverlust hatte ihn so benommen gemacht, dass er nicht einmal mehr schlotterte. Mit letzten Kräften öffnete er die Augen. Alles war verschwommen, nur die orangen Flammen des Feuers traten aus dem Nebel hervor.

»Was tust du denn, Junge?«, sagte eine weibliche Stimme.

Es war die Heilerin, die neben ihm niederkniete und ihn auf den Rücken drehte. Zuvor hatte sie ein Tierfell neben ihm ausgebreitet, auf dem sie ihn nun an der Feuerstelle vorbei in den hinteren Teil des Zeltes zog. Er konnte hören, wie sie keuchte und welche Anstrengungen sie dafür aufbringen musste. Doch er hatte alle Kräfte aufgebraucht, schloss die Augen und ließ sich in die Dunkelheit treiben, in der Hoffnung, niemals wieder zu erwachen.

Als er wieder zu sich kam, öffnete er die Augen nur ein bisschen. Zu seinen Füßen brannte ein Feuer, dessen Hitze sich durch zwei aufgespannte Tierfelle direkt über ihm staute. Neben seinem Kopf stand eine Schale, aus der der reinigende Rauch von Beifuß stieg und ihn einhüllte. Verschwitzt lag er mit entblößtem Oberkörper auf einem dicken Bärenfell. Sein linker Oberarm war durch einen ledernen Gürtel abgebunden und die Wunde, die von der Armbeuge fast bis zum Handgelenk reichte, war mit einem nassen Tuch bedeckt, das wie ein vorübergehender Druckverband wirkte. Durch den Rauch hindurch drang ein Summen an seine Ohren, und er drehte langsam den Kopf. Es war die Schamanin, die mit dem Rücken zu ihm an einem Tisch kniete und Heilkräuter zu einer Paste mörserte. Als sie aufstand und zu ihm herüberkam, schloss er wieder die Augen. Sie entfernte das nasse Tuch und reinigte die Wunde mit lauwarmem Wasser. Dann trug sie etwas auf, das nach Kot und Honig roch. Die Zeltklappe öffnete sich und ein kühler Windstoß wehte herein.

»Wie geht es ihm?«, fragte Sagan.

»Er hat Fieber«, antwortete die Heilerin und legte ihm einen Verband an.

Zärtlich strich Sagan die Haare aus seinem Gesicht und kühlte mit einem nassen Lappen seine Stirn. »Wenn du mir doch bloß sagen könntest, was dich bedrückt, Bruder. Ich würde alles tun, um dir zu helfen.«

Er ließ die Augen geschlossen. Zum einen war er zu erschöpft, sie zu öffnen, zum anderen hätte es ihn zu sehr geschmerzt, seine Schwester anzusehen. In dem Moment, als sie die Hand auf seine Stirn gelegt hatte, kam die Traurigkeit. Marasco hatte riesige Mauern gegen jegliche Gefühle aufgebaut, doch hin und wieder drückten sie durch die Ritzen – meistens dann, wenn Sagan in seiner Nähe war. Sie legte den Kopf auf seine Brust und seufzte. Er war wie versteinert.

»Gönn deinem Bruder etwas Ruhe. Waaru will früh ausrücken.«

»Nein!«, rief Sagan entsetzt. »Er kann nicht kämpfen!«

»Dann rede mit deinem Vater. Auf mich hört er nicht.«

Erst als Sagan das Zelt verlassen hatte, drehte Marasco langsam den Kopf und schaute die Heilerin müde an. Ihr graues Haar reichte bis zu ihren Ellbogen und sie trug Ketten aus Tierknochen und Fangzähnen um den Hals. Ihr Gesicht war voller Falten und ihr gutmütiges Lächeln tröstlich.

»Die letzte Wunde war noch nicht einmal verheilt. Warum hast du es bloß so eilig zu sterben?«, fragte sie traurig und fixierte die Bandage an seinem Unterarm. Eine Weile schaute sie ihn an, dann senkte sie betrübt den Blick. »Du wirst es wieder tun. Hab ich recht? Und dann wirst du wieder zu mir gebracht. So wie heute und all die Male zuvor. Waaru behält dich im Auge. Und je öfter du es versuchst, umso mehr wirst du zu seinem Gefangenen.«

»Das bin ich doch schon längst«, flüsterte er mit schwacher Stimme.

Da stürmte plötzlich Waaru ins Zelt. »Was höre ich da?«, brüllte er. »Zu schwach, um zu kämpfen?« Schroff stieß er die Heilerin beiseite und packte ihn an der Kehle. »Du wirst dich gefälligst zusammenreißen! Verstanden! Ich dulde keine Schwäche!«

Wie Krallen bohrten sich die Finger in seinen Hals. Mit der anderen Hand schlug er ihm ins Gesicht.

Marasco keuchte und versuchte, sich zu wehren, bis er die Augen verdrehte und kurz davor war, das Bewusstsein zu verlieren. Er wusste, Waaru würde ihn nicht töten, und das machte ihn in seiner Hilflosigkeit umso trauriger. Als Waaru ihn wieder losließ, keuchte er sofort auf.

»Ich sagte, flickt ihn zusammen!«, brüllte Waaru und packte die Heilerin am Arm. »Soll er im eigenen Dorf so viel Schwäche zeigen wie er will! Doch nicht auf dem Feld! Es herrscht Krieg!« Dann stampfte er wütend aus dem Zelt.

Marasco drehte sich schwer atmend zur Seite und schaute Waaru hinterher. Neben dem offenen Eingang stand Ruu und starrte ihn mit strengem Blick an.

»Du weißt wirklich nicht, was du hast«, brummte Ruu mit tiefer Stimme und schüttelte verständnislos den Kopf. »Wie wärs, wenn du mal nicht immer nur an dich denken würdest.« Dann verließ er das Zelt und schloss hinter sich die Klappe.

Marasco schluckte und legte die Hand auf den Hals, um die Schmerzen zu lindern.

»Bitte«, sagte die Heilerin und strich ihm über die Stirn. »Du musst damit aufhören. Waaru wird nicht zulassen, dass du stirbst.« Dabei hob sie seinen Kopf und gab ihm Wasser zu trinken. »Aber ich kann dir helfen. Den Tod kann ich dir nicht geben. Doch was immer es ist, das du haben willst, ich bin sicher, ich kann es dir besorgen. Was ist es, was du willst?« Vorsichtig legte sie seinen Kopf wieder hin und stellte den Becher beiseite.

Er musste all seinen Mut zusammennehmen, doch es war das erste Mal, dass sich ihm eine Art Ausweg bot, also fasste er seinen Wunsch in ein einziges Wort.

»Freiheit.«

Er schaffte es nicht, die Heilerin anzusehen. Stattdessen drehte er ihr beschämt den Rücken zu und presste die Augen zusammen. Er wusste, er, der so viele unschuldige Menschen getötet hatte, war der Letzte, der Freiheit verdient hatte.

»Schlaf ein bisschen«, meinte die Heilerin und strich ihm fürsorglich über den Kopf. »Du brauchst Ruhe.«

Die Berührungen der alten Frau waren tröstlich und es fiel ihm leichter einzuschlafen. Doch es war lange her, dass er ruhig geschlafen hatte. In seinen Träumen verfolgten ihn die vielen unschuldigen Menschen, die er getötet hatte. Sie rissen die Mauer um ihn herum nieder und drängten sich immer dichter um ihn. Ihre Gesichter verzogen sich zu hässlichen Fratzen. Manche hielten ihn an den Armen und Beinen fest und andere schlugen mit Stöcken auf ihn ein. Sie legten ihm einen Strick um den Hals und würgten ihn.

Schweißgebadet schreckte er hoch. Er war allein im Zelt. Das Feuer zu seinen Füßen war zu einer wärmenden Glut heruntergebrannt und durch das Lüftungsloch war der schwarze Nachthimmel zu sehen. Mit großer Anstrengung versenkte er die Bilder im tiefen schwarzen Loch in seiner Brust und rieb sich das Gesicht. Da trat die Heilerin ins Zelt und kniete neben ihm nieder.

»Hier«, sagte sie und hielt ihm eine hölzerne Schale hin.

»Was ist das?«, fragte er misstrauisch und betrachtete das blutige Etwas in der Schale. »Ein ... Vogelherz? Was soll ich damit?«

»Das Herz eines Raben. Iss es. Es wird dir helfen. Vertrau mir. Nur so wird dein Wunsch in Erfüllung gehen.«

Marasco kniff die Augen zusammen und betrachtete das Herz genauer. Es war voller Blut, aber die Schnitte zu den Arterien waren sauber. Es war größer, als er gedacht hätte. Seine Form erinnerte ihn an das menschliche Herz und Erinnerungen an den letzten Raubzug stiegen wieder in ihm hoch.

»Bringt mir all ihre Herzen!«, hatte Waaru befohlen.

Fünfzehn Körper hatte er aufgeschlitzt, um die Herzen zu entfernen, und wie Waaru es verlangt hatte, sie auf dem Marktplatz auf einen Haufen geworfen, den sie schließlich anzündeten. Dann waren sie weitergezogen. Die Toten überließen sie sich selbst, im Wissen darum, dass sie ohne Herz verdammt waren, für immer als Geister in der Wildnis zu leben.

Marascos Lippen zitterten. »Es tut mir leid«, hauchte er mit kratziger Stimme, als wollte er sich bei den Toten entschuldigen.

»Glaubst du etwa nicht an Magie?«, fragte die Heilerin überrascht.

Sofort setzte er wieder den strengen Gesichtsausdruck auf. »Lächerlich«, antwortete er und stellte die Schale weg.

»Das ist der einzige Weg, Freiheit zu erlangen«, sagte sie und hielt ihm die Schale erneut hin.

Marasco betrachtete das Herz und versuchte, einen klaren Gedanken zu fassen. Er hatte von Magie gehört, doch im Land des Schnees beim Stamm der Sen gab es sie nicht. Das Schlimmste, was geschehen konnte, war, dass sein Wunsch zu sterben in Erfüllung ging, also schluckte er das Herz hinunter. Das Knorpelstück knirschte zwischen seinen Zähnen und das Blut vermischte sich mit seiner Spucke zu einer klebrigen Masse, doch das war ihm egal. Das Essen hatte für ihn schon lange jeglichen Geschmack verloren. Alles, was er aß, wurde in seinem Mund zur gleichen faden Pampe, die ihm nur dazu diente, bei Kräften zu bleiben.

Das Rabenherz heilte seine Wunde und gab ihm die Kraft, die er brauchte, um im Morgengrauen auf seinem Pferd zu sitzen und mit den Männern loszuziehen.

*

Als wäre er zuvor in einem luftleeren Raum eingesperrt gewesen, setzte die Kraft der Vogelherzen einen Sturm in Marascos Adern frei, der ihn in einen Rausch versetzte, den er fortan nicht mehr missen wollte. Der Strick um seinen Hals, der ihm die Luft zum Atmen genommen hatte, löste sich auf, seine Geschwindigkeit während des Kämpfens wurde noch schneller, all seine Selbstmordgedanken wurden in den Hintergrund gedrängt und er richtete seine ganze Konzentration nur noch auf das Töten. Mit unglaublicher Körperbeherrschung schwang er seine beiden Schwerter. Das Energiefeld um ihn herum war so groß, dass jeder, der sich ihm auf fünf Schritte näherte, völlig hilflos wurde. Er hatte sich zuvor schon nicht unter Kontrolle. Doch nun geriet er in Ekstase. Es war, als wäre er außerhalb seines Körpers und hätte die Fähigkeit, zu sehen, von welcher Seite er angegriffen wurde. Er war wacher denn je und jede seiner Bewegungen war gar wie ein selbstverständlicher Atemzug. Bis der Kampf zu Ende war und die Wirkung der Vogelherzen nachließ.

Die Totenstille holte ihn aus dem Rausch und der Anblick der unzähligen Männer und Frauen, die in jener Vollmondnacht auf der blutdurchtränkten Straße lagen, stürzte ihn in ein tiefes Loch von Schuldgefühlen und Selbsthass. Er fiel auf die Knie, krallte die Hände in den eisigen Boden und starrte auf sein Werk. *Monster* war das Wort, das in seinem Kopf hämmerte und ihm den Atem nahm.

Das Geräusch von Pferdehufen drang immer deutlicher an seine Ohren und er hörte, wie Ruu seinen Namen rief. Doch er war erstarrt. Selbst wenn er sich aufrichten wollte, hatte er keine Herrschaft mehr über seinen Körper. Plötzlich berührte ihn jemand an der Schulter und kauerte vor ihm nieder. Es war Jomek, der ihn besorgt anschaute.

»Was ist mit ihm?«, fragte er.

»Nichts«, antwortete Ruu. »Nimm seine Waffen.«

Jomek steckte die Schwerter zurück in die Scheide und trat einen Schritt zurück. »Etwas stimmt doch nicht mit ihm.«

»Komm hoch«, meinte Ruu, als er den Arm unter seine Schulter schob. »Hilf mir mal, Jomek.«

Die beiden setzten ihn auf sein Pferd und stellten seine Füße in die Steigbügel.

»Hier«, sagte Ruu und drückte ihm die Zügel in die Hand. »Halt dich fest.«

Teilnahmslos saß er auf seinem Ross, das Ruu und Jomek zurück ins Dorf folgte.

»Hast du gesehen, wie ich dem Alten die Kehle aufgeschlitzt habe?«, fragte Jomek. Dabei spielte er den Moment mit seinem Dolch nach. »Der wusste gar nicht, wie ihm geschah.«

Ruu lachte. »Genau wie du. Ich hab dir währenddessen zwei Typen vom Hals gehalten. Hast du wohl gar nicht bemerkt.«

»Vom Hals … haha … danke.«

»Schon gut. Nur schade, dass du nicht gesehen hast, wie das Blut dabei in alle Richtungen gespritzt ist. Das war vielleicht eine Sauerei. Jetzt muss ich mich erst noch waschen, bevor ich zu Talli kann. Die dreht sonst durch.«

»Talli? Die hat doch geheiratet. Hast du das nicht mitgekriegt?«

»Ach, tatsächlich?«, sagte Ruu eher gleichgültig als überrascht. »Na, dann besuche ich halt Luna. Mir egal, solange ich es heute Nacht noch besorgt kriege.«

Jomek lachte auf. »Du wirst dir deswegen irgendwann Ärger einhandeln.«

Marasco sehnte sich zurück in die Wälder. Anders als zuvor, als er die Verzweiflung gegen sich selbst gerichtet hatte und seinen Arm aufschnitt, war es der Rausch der Vogelherzen, der ihm nun Kraft gab, weiterzuleben. Er schaffte es gar, das Vertrauen des Vaters und somit mehr Freiraum zurückzugewinnen. Er hatte nicht mehr das Gefühl, andauernd unter Beobachtung zu stehen. Während die Männer nach ihrer Rückkehr in die Schenke gingen, zog er sich in die Wälder zurück und jagte einen Vogel nach dem andern. Danach ging er ins Nachbardorf, das drei Hügel entfernt lag.

Die Nuri wohnten in ähnlichen Hütten und Zelten wie die Sen, außer dass sie auf Pfählen über dem Wasser standen und alle

Hütten über hölzerne Stege zugänglich waren. An jeder Brückenkreuzung brannten Fackeln und die Wohnräume, die ebenfalls über Veranden zugänglich waren, lagen nur zwei Tritte höher. Aus der Schenke tönte laute Musik und Gelächter von den Männern, die sich vor einiger Zeit Waaru und den Sen angeschlossen hatten und mit ihnen auf die Raubzüge gingen – deren Flucht nach vorn, um nicht selbst Opfer zu werden.

Zwei Männer kreuzten Marascos Weg und grüßten ihn freundlich, doch er ging wortlos und völlig berauscht an ihnen vorbei und verschwand über einen engen Steg zwischen zwei Hütten. Schließlich betrat er eine Veranda und klopfte an die Tür. Eine junge Frau mit braunen, zu Zöpfen geflochtenen Haaren öffnete. Sie trug bloß einen Mantel aus weißem Fuchsfell, den sie vor der Brust zusammenhielt. Beim Anblick der freien Schultern und des tiefen Ausschnitts lehnte sich Marasco am Türrahmen an und versuchte, durch ein begieriges Lächeln seinen Rausch zu überspielen.

»Hallo, mein Hübscher«, sagte sie mit weicher Stimme und ließ den Mantel tiefer sinken.

Marasco trat über die Schwelle in den Wohnraum und die Küche, schob die Hände unter den Pelz und küsste sie innig. Mit Mühe machte sie sich von ihm los und schloss die Tür.

»Lass uns ins Zelt gehen«, meinte sie, nahm ihn an der Hand und führte ihn durch den Hinterausgang raus auf den Steg zu den Zelten.

Sobald die Zeltklappe zu war, ließ sie den Mantel fallen und Marasco machte sich über sie her.

*

Erst waren es nur ein paar Stunden, halbe Tage, in denen Marasco in den Rausch der Vogelherzen eintauchte, doch schon bald zogen sich die Tage hin, in denen er gar nicht mehr anwesend war. Vor allem nach ihrer Rückkehr von den Raubzügen, in denen es ihm kaum möglich war, sich von der Gruppe zu trennen, holte er nach, was er verpasst hatte. Er jagte Vögel, bis die Herzen all seine Erinnerungen eindämmten und er alles vergessen konnte, das in den Wochen oder Monaten geschehen war.

Eines Tages fand er sich mitten auf der Treppe zur eigenen Hütte sitzend wieder. Er lehnte mit dem Kopf am Geländer, während sein Rappe das Maul zwischen den Holzlatten durchstreckte und seine Schulter anstubste. Marascos Gesicht fühlte sich blutleer an und der Mund ausgetrocknet. Der linke Ärmel war blutverschmiert, was auf das immer wiederkehrende Abwischen des Messers zurückzuführen war, mit dem er die Vogelherzen herausschnitt.

Verwirrt schaute er sich um und versuchte sich zu erinnern, wie lange er bereits auf der Treppe saß. Die Sonne hatte ihn warmgehalten, als er wahrscheinlich bei Tagesanbruch ins Dorf zurückgekehrt war. Er presste die Augen zusammen und massierte sich die Stirn.

Es war ein kräftiger Sturm gewesen, der vor drei Tagen hereingekommen und landeinwärts Richtung Osten weitergezogen war. Waaru hatte die Raubzüge eingestellt, bis jede Hütte und jedes Zelt wieder auf Vordermann gebracht worden waren. Marasco hatte somit noch mehr Zeit im Wald verbracht, wo er dem Rausch nachjagte. Selbst jetzt war sein erster Gedanke, zurück in den Wald zu gehen. Noch bevor er genügend Kraft gesammelt hatte, um aufzustehen, näherte sich ein Reiter. Es war Lukka, der Sohn des Schmieds, der auf seinem Fuchs angeritten kam und direkt vor ihm anhielt.

»Bist du bereit?«

Langsam hob Marasco den Arm über die Augen, um sich vor der blendenden Sonne zu schützen. »Bereit wozu?«

»Hat dir dein Vater nichts gesagt?« Der Fuchs tänzelte ein paar Schritte zurück und drehte sich zur Seite. »Ich soll dir beibringen, wie man mit der Armbrust jagt.«

Marasco warf einen Blick auf die Armbrust und den Bogen auf Lukkas Rücken, dann senkte er den Kopf und strich sich durch die Haare. Waaru hatte ihm einen Kinnhaken verpasst, weil er nicht fähig gewesen war, mit der Armbrust ein Rentier aus fünfzig Schritt Entfernung zu treffen. Danach folgte eine

Tirade darüber, dass er außer zum Schwertkampf zu überhaupt nichts taugte und verhungern würde, wenn er – Waaru – nicht wäre.

»Na los!«, meinte Lukka mit einem ermutigenden Lächeln. »Das wird toll! Sattle dein Pferd!«

Erst als Waaru auf der anderen Straßenseite zwischen zwei Hütten hervorkam, stand er auf und ging zum Gatter, um den Rappen zu satteln.

»Ich erwarte, dass er das endlich lernt«, murrte Waaru und trat an Lukka vorbei auf die Veranda. »Dieser Nichtsnutz muss nicht meinen, dass ich ihn weiterhin durchfüttere, wenn er nicht seinen Teil beiträgt.«

Marasco legte die Decke über und sattelte den Rappen. Waarus Blick machte ihn nervös. Mit zitternden Händen und gesenktem Kopf legte er das Zaumzeug an und führte das Pferd aus dem Gatter.

»Komm mir nicht mit leeren Händen zurück, verstanden?«

Als Marasco sich aufsetzte, bemerkte er, dass er seine Schwerter nicht dabeihatte.

»Die brauchst du nicht«, blaffte Waaru beiläufig und verschwand in der Hütte.

Lukka zog sein Pferd herum und ritt voraus. Außerhalb des Dorfes hatte Marasco ihn eingeholt.

»Wohin?«, fragte er.

»Auf der anderen Seite des Waldes habe ich Schneegänse gesehen.«

Der Ritt durch den Wald lüftete Marascos Kopf von dem tagelangen Rausch und er konzentrierte sich auf das donnernde Geräusch der Pferdehufe. Tropfen fielen von den Bäumen und seine Haare wurden nass. Als sie sich dem Waldrand näherten, verlangsamte Lukka das Tempo.

»Lassen wir die Pferde hier und gehen den Rest zu Fuß«, meinte er und stoppte vor einem umgeknickten Baumstamm.

»Zu Fuß?«

»Ich renn dir schon nicht davon«, witzelte Lukka und stieg von seinem Ross. Dann band er die Zügel an einem Ast fest und trat humpelnd hinter dem Pferd hervor. Lukkas linkes Bein war kürzer als das andere und der Fuß nach innen verdreht. »Komm!«

Auch Marasco stieg ab und band sein Pferd fest. Als er neben Lukka zum Waldrand schritt, hatte er Sorge, dass dieser über irgendeine Wurzel stolpern könnte, also hielt er den Arm ausgestreckt und war bereit, ihn aufzufangen. Da blieb Lukka stehen und schaute ihn eingeschnappt an.

»Du weißt sehr wohl, dass ich selber gehen kann.«

Zögerlich ließ Marasco die Hand sinken und blickte Lukka hinterher. Direkt hinter einem kleinen Wall zwischen zwei Haselnusssträuchern hockte er sich hin und deutete ihm mit einer Handbewegung an, sich neben ihn zu setzen. Auf dem Feld hinter ein paar Sträuchern grasten hunderte von Schneegänsen, die laut schnatternd im feuchten Boden nach Keimlingen pickten. Marasco blickte völlig erstarrt hinaus auf den weißen Federteppich und schluckte leer. Beim Gedanken an ein Vogelherz geriet sein Blut in Wallung. Doch obwohl in seiner Hosentasche das Fangnetz steckte, das er für seine Vogeljagd benutzte, musste er sich zusammenreißen. Zögerlich kniete er neben Lukka nieder, da streckte der ihm auch schon die Armbrust und einen Pfeil hin.

»Warum Gänse? Ich dachte, wir schießen Wild.«

»Wenn du eine Gans triffst, schaffst du auch ein Reh«, antwortete Lukka und drückte ihm die Armbrust in die Hand. »Also, zeig mir, was du kannst.«

Marasco drückte mit einem Fuß den Bogen runter und spannte die Armbrust. Dann setzte er sich neben Lukka und schaute hinaus zu den Gänsen. Ein paar von ihnen waren höchstens dreißig Schritte entfernt.

»Hast du dir eine ausgesucht?«

Marasco nickte.

»Gut, dann hol sie dir.«

Der Pfeil ging daneben und blieb im Boden stecken. Die Gänse schnatterten fröhlich weiter und Lukka kicherte.

»Der Schuss war gut. Jetzt musst du nur noch treffen.«

Marasco verschoss fünf Pfeile, bis er Lukka die Armbrust in die Hand drückte und sich bereit machte, zu gehen. Bevor er aufstehen konnte, packte Lukka seinen Arm.

»Du haust jetzt bestimmt nicht ab«, sagte er sanft.

»Ich bin hier draußen nutzlos«, erwiderte er und klopfte sich den Dreck vom Mantel.

»Die Tatsache, dass du ein besserer Schwertkämpfer als Jäger bist, scheint dich ja ganz schön mitzunehmen«, bemerkte Lukka und spannte die Armbrust erneut.

Betrübt senkte Marasco den Kopf und strich sich die nassen Haare zurück.

»Das macht doch nichts«, meinte Lukka. »Dann bist du eben kein so guter Jäger wie ich. Du glaubst ja nicht, wie gut ich mich dabei fühle.«

Selbst auf den nett gemeinten Seitenhieb reagierte Marasco nicht. Er wandte den Blick ab und dachte an die unzähligen Stunden, in denen er bereits ein Schwert in der Hand gehalten hatte.

»Waaru hat recht«, murmelte er. »Ich tauge zu nichts. Ich kann nicht einmal eine blöde Gans erschießen. Selbst der Krüppel ist besser als ich!«

Lukka legte die Armbrust weg und setzte sich aufrecht hin. »Weißt du überhaupt, wir neidisch alle immer auf dich waren? Dein Vater verbrachte so viel Zeit mit dir. Er lehrte dich vor allen anderen, mit dem Schwert umzugehen. Vor allem Ruu wünschte sich mehr als jeder andere, so zu sein wie du und einen Vater wie Waaru zu haben. Und ich, der Sohn des Schmieds, kann nicht einmal gerade auf zwei Beinen stehen.«

Marascos biss sich auf die Lippen und strich die feuchten Haare zurück.

»Doch du hättest einen anderen Vater gebraucht. Ist es nicht so?«, fügte Lukka mit weicher Stimme hinzu. »Ist in Ordnung. Ich kenne dich schon so lange. Du kannst mir nichts mehr vormachen. Wenn du etwas mehr Geduld aufbringst, kann ich dir zeigen, wie man mit der Armbrust trifft.«

Marasco dachte, er hätte es mittlerweile raus, seine wahren Gefühle zu verheimlichen, doch Lukka hatte ihn durchschaut.

Nicht einmal seine verbale Entgleisung nahm er ihm persönlich. Beschämt ließ er den Kopf hängen und atmete tief durch.

»Tut mir leid. Ich kann das nicht.«

»Was?«

Kopfschüttelnd schaute er Lukka an. »Ich gehe hin, schneide den Leuten die Kehlen durch und gehe wieder. Schnell. Stets in Bewegung. Ich kann mich hier nicht hinlegen, ruhig atmen und ein Tier erlegen. Es liegt mir nicht im Blut. Dafür hat Waaru gesorgt.«

»Nein«, sagte Lukka ruhig und nahm die Armbrust wieder in die Hand. »So bist du nicht.«

Überrascht zog Marasco die Augenbrauen zusammen und schaute ihn streng an.

»Aber bitte«, meinte Lukka, als er sich wieder auf den Bauch legte und mit der Armbrust auf die Gänse zielte. »Wenn du bereits nach fünf Schüssen aufgeben willst, lieber eine Tracht Prügel beziehst und eine Woche lang Hunger leidest, als dass du Waaru zeigst, wozu du fähig bist, dann halt ich dich nicht auf.«

Marasco biss die Zähne zusammen und ballte die Hände zu Fäusten.

»Ich würde ja zu gern wissen, wofür du dich selbst bestrafst«, sagte Lukka und schoss eine Gans ab. »Aber das ist deine Sache.« Mit einem Grinsen ignorierte er Marascos Wut. »Du wirst keinen Krüppel schlagen. Hier. Erschieß eine Gans«, sagte er und hielt ihm die Armbrust hin.

*

Marasco hatte keine Erinnerungen daran, wie er mit anderen Kindern gespielt hatte oder ob er überhaupt mit ihnen irgendwelchen Kontakt gehabt hatte. Sobald er auf das Dualschwert wechselte, hatte Waaru ihm verboten, weiterhin zur Schule zu gehen. Es war Sagan, die über die Jahre dafür gesorgt hatte, dass er das Lesen und Schreiben nicht verlernte, und die ihn mitgenommen hatte, wenn die anderen Jugendlichen sich in den lauen Sommerabenden an der Küste trafen und ein Feuer machten. Er hatte sich schon immer fehl am Platz gefühlt und war nur mitgegangen, um mit Sagan Zeit zu verbringen. Eines Abends, als die Jugendlichen der Nuri ebenfalls an der Küste waren, hatte er Rina kennengelernt. Er wusste, sie hätte gern mehr gewollt, doch es gab keine Nacht, in der er dort geblieben war. Egal ob es stürmte oder die Temperaturen zu gefährlich waren, um ins eigene Dorf zurückzukehren, er blieb nicht. Wie auch an jenem Abend, als er berauscht von Vogelherzen und Wein ins Dorf der Sen zurückkehrte.

Der Schnee hatte die Straßen zugedeckt und knirschte unter seinen Stiefeln. Er ging an der Schenke vorbei, der größten Holzhütte im Dorf, deren überdeckte Veranda mit Fackeln beleuchtet war, und beobachtete unauffällig die feiernden Männer. Da trat Jomek auf die Veranda. Er stützte Sho, der betrunken neben ihm torkelte und half ihm die Treppe hinunter.

»Er hats mal wieder übertrieben«, meinte Jomek, als er mit einem breiten Grinsen im Gesicht an Marasco vorbeiging.

Marasco trat einen Schritt zur Seite und ließ die beiden passieren. Doch Jomek blieb stehen und betrachtete ihn genauer.

»Und du? Hast du auch getrunken?«

Er schüttelte bloß den Kopf. Er hasste es, wenn sich Leute in seine Angelegenheiten einmischten, vor allem, seit er exzessiv Vögel jagte.

»Das ist gut«, meinte Jomek. »Ist nicht der Erste, den ich heute nach Hause bringe. Ruu hats richtig gemacht.«

»Wo ist er?«, fragte Marasco, ohne dass es ihn tatsächlich interessiert hätte.

»Na, wo wohl? Ist wahrscheinlich zu Hause mit …« Dann hielt Jomek inne.

Misstrauisch legte Marasco den Kopf zur Seite. Jomek ignorierte ihn, zog Shos Arm fester über seine Schulter und ging weiter.

»Mit?«

»Lass gut sein. Ich bin müde und möchte schlafen gehen.«

Marasco wollte ihn aufhalten, doch da fing Sho an zu würgen und erbrach.

»Igitt!«, rief Jomek und beschleunigte seinen Gang. »Zeit, dass du ins Bett kommst.«

Irritiert schaute er den beiden hinterher, wie sie die Straße entlanggingen und zwischen zwei Hütten verschwanden. Anstatt nach Hause zu gehen, ging er direkt zu Ruus Hütte. In der Küche brannte noch immer das Feuer, doch es war niemand da. Also ging er durch das Pferdegatter auf die Rückseite, kletterte auf den Steg und schlich zu Ruus Schlafzelt. Er hatte bereits die Zeltklappe in der Hand, als er einen Moment zögerte und sich fragte, ob er tatsächlich sehen wollte, was er befürchtete. Doch die Ungewissheit war unerträglich, also trat er ein.

Das Zelt war mit Fellen ausgelegt und an der Seite brannte ein Feuer. Ruu war tatsächlich unter einer Decke mit einem Mädchen zu Gange. Ein Windstoß zog herein und Ruu blickte hoch.

»Marasco!«, rief er überrascht und ein bisschen verlegen. Sofort drehte er sich zur Seite, sodass das Mädchen hinter ihm lag. »Was tust du hier?«

Reglos stand Marasco da und schaute ihn an. »Ich weiß nicht.«

»Wie du siehst, bin ich gerade beschäftigt. Wenn es dir also nichts ausmacht, dann …«

»Zeig dich«, sagte Marasco leise.

»Was soll das?« Ruu lachte. »Bist du jetzt schon paranoid?«

»Zeig dich!«

Das Mädchen setzte sich langsam auf und hinter Ruu erschien Sagan.

»Marasco«, sagte sie. »Bitte, dreh jetzt nicht durch.«

Ruu senkte nachdenklich den Kopf und massierte sich die Stirn.

»Zieh dich an!«, befahl Marasco und warf Sagan ihre Kleidung zu.

Während sie sich eilig anzog, schlüpfte Ruu in seine Hose und stand auf.

»Findest du nicht, dass du überreagierst?«

Ohne zu zögern, schlug Marasco ihm die Faust ins Gesicht und am Boden weiter auf ihn ein.

»Reg dich ab!«, schrie Ruu und schlug zurück.

Beide wälzten sich herum und teilten gegenseitig aus. Als Marasco wieder die Oberhand hatte, packte ihn Sagan von hinten und zog ihn von Ruu runter.

»Hör auf! Nicht so!«

Mit blutiger Nase lag Ruu am Boden. »Du bist verrückt!«

»Halt dich fern von ihr!«, drohte er und zog Sagan aus dem Zelt. Draußen legte er ihr den Mantel über, zog ihre Kapuze hoch und half ihr vom Steg runter. An ihrem Arm zog er sie hinter sich her nach Hause.

»Lass mich los!«, rief Sagan die ganze Zeit und versuchte, sich aus seinem Griff zu befreien. »Hör auf und lass mich los!«

Da blieb er stehen und zog sie näher zu sich ran. »Wie konntest du? Was hast du dir dabei gedacht?«

Empört riss sich Sagan von ihm los. »Auch *ich* habe Bedürfnisse!«, fuhr sie ihn an. »Du hast ja keine Ahnung, wie es ist, mir andauernd Sorgen um dich zu machen! Ich brauche jemanden, der sich auch um mich kümmert!«

»Aber nicht Ruu!«

»Er ist ein Freund!«

Fassungslos schaute er Sagan an. Sein Atem stockte, als er plötzlich die Bilder vor sich sah, wie Ruu unschuldige Männer, Frauen und Kinder tötete und dabei ein irres Grinsen im Gesicht hatte. Bestürzt wandte er den Blick ab und atmete tief durch. »Nicht Ruu.«

»Nein«, sagte Sagan mit bebender Stimme. »Ich werde mich nicht bei dir entschuldigen. Niemand hier im Dorf ist dir gut genug, um mit mir zusammen zu sein. Wegen dir machen alle Männer einen großen Bogen um mich – als wäre ich irgendeine Aussätzige! Ruu ist der Einzige, der sich nicht vor meinem Bruder fürchtet, mich überhaupt beachtet und ansieht!«

»Das reicht nicht.«

»Nein? Er ist nett, witzig und nicht lebensmüde wie du. Er ist für mich da!«

»Nein, nein, nein! Ich bin für dich da!«

»Dann beweis es!« Ohne eine Antwort abzuwarten, ließ sie ihn stehen und machte sich auf den Weg nach Hause. »Und such dir für heute Nacht gefälligst ein anderes Zelt!«

Dies war die Nacht, in der er sich das erste Mal in einen Raben verwandelte.

*

Im Galopp ritt Marasco durch den Wald und hielt in beiden Händen ein Schwert. Er schlug die Äste weg und kämpfte gegen unsichtbare Gegner. Weiter vorn versperrte ein umgestürzter Stamm den Weg. Da schob er beide Schwerter zurück in die Scheiden und nahm die Zügel in die Hände. Er zog die Beine an und machte sich zum Absprung bereit. Nur wenige Schritte vor dem vermeintlichen Aufprall riss er die Zügel herum und das Pferd hielt kurz vor dem Hindernis an. Er jedoch verwandelte sich in einen Raben, flog im selben Tempo weiter und schoss nahe daran vorbei. In dem Moment, als er sich wieder verwandelte, zog er beide Schwerter. Die unglaubliche Energie um ihn herum machte ihn fast schwerelos, und er drehte sich wie ein Wirbel. Nach fünf Umdrehungen breitete er die Arme aus, sodass er zum Stillstand kam. Um den Schwung abzufangen, machte er einen Schritt nach vorn und kniete auf einem Bein. Dann schob er die Schwerter zurück in die Scheiden und stand auf. Als er sein Pferd erblickte, verwandelte er sich, setzte sich direkt auf dessen Rücken und ritt zurück ins Dorf.

Dort brachte er das Tier auf die Koppel und nahm ihm den Sattel ab. Aus der Küche drang ein lautes Poltern. Sofort rannte er die Treppe hoch auf die Veranda und riss die Tür auf. Zusammengekauert saß Sagan in einer Ecke und schützte verängstigt ihren Kopf. Waaru tobte und warf Holzteller durch die Hütte. Dann zerschmetterte er einen Stuhl an der Wand, griff sich ein zersplittertes Holzbein und riss schroff an Sagans Haaren. Bevor er zuschlagen konnte, packte Marasco seinen Arm und stieß ihn von ihr weg.

»Was soll das?«, rief er und stellte sich schützend vor seine weinende und vor Angst zitternde Schwester.

»Wie konntest du es wagen, uns im Stich zu lassen!«, schrie Waaru außer sich und schlug ihm die Faust ins Gesicht, sodass er rückwärts an die Wand prallte. »Wir haben fünf gute Männer verloren! Sie starben, weil *du* nicht da warst!«

Marasco rappelte sich auf und wischte das Blut von seinen Lippen. »Niemand hat mir gesagt, dass wir ausrücken.«

»Wie kannst du es wagen?«, brüllte Waaru.

Dabei packte er ihn erneut und schleuderte ihn durch den Raum. Marasco fiel gegen den Tisch und landete auf dem Boden. Bevor er sich wieder gefangen hatte, zog Waaru ihn am Kragen hoch und schlug erneut zu.

»Wir sind im Krieg! Der Feind hat sich zusammengetan. Eine riesige Armee wird kommen und uns angreifen. Und du machst einen Spaziergang im Wald!«

Immer wieder schlug Waaru zu, bis Marasco das Bewusstsein verlor. Als er wieder zu sich kam, kauerte Sagan neben ihm.

»Warum lässt du das nur über dich ergehen?«, fragte sie und wischte sich die Tränen aus den Augen.

»Ich kann es ertragen«, antwortete er mit einem bitteren Lächeln im Gesicht.

*

Es war mitten in der Nacht, als Marasco ins Schlafzelt zurückkehrte. In der Mitte loderte ein Feuer und der ganze Raum war mit dicken Fellen ausgelegt. Er machte die Zeltklappe zu, zog die Stiefel aus und ging zu einem kleinen Tischchen, wo eine Kerze brannte. Dort kniete er nieder und zog einen Kettenanhänger aus seiner Manteltasche hervor. Es war ein hellblauer Stein, der an einem ledernen Band befestigt war und im Kerzenlicht wie ein Diamant glitzerte. Leise legte er ihn neben die Kerzen. Dann zog er den Mantel aus und schlüpfte unter eine warme Decke. Obwohl er keinen Schlaf mehr benötigte, genoss er die Wärme vor den eisigen Nächten und die Geborgenheit, die er bei seiner Schwester fand. Nach einer Weile raschelte es und Sagan kroch neben ihn.

»Danke«, sagte sie und hielt den Stein hoch. »Er ist wunderschön. Mein Geschenk kriegst du morgen.« Dann legte sie den Anhänger um und legte sich zu ihm. »Du warst bei Rina.«

Er drehte sich auf die Schulter und schaute sie an. Zärtlich strich ihm Sagan durch die Haare und lächelte.

»Ich kann es am Schweiß auf deiner Stirn sehen. Du riechst nach Sex.«

Marasco schloss für einen Moment die Augen und atmete tief durch.

»Wirst du sie heiraten?«

»Warum sollte ich das tun?«

»Ich mag sie. Aber du solltest zärtlicher sein.«

»Was redest du da?«

»Du bist zu hart.«

»Sie mag es so«, antwortete er und drehte sich zurück auf den Rücken. »Unglaublich, dass ich mit dir darüber rede.«

Sagan kicherte. Dann zog sie seinen Arm zur Seite und legte den Kopf an seine Schulter. »Ich bin froh, dass du nicht mehr sterben willst. Du verbringst viel Zeit im Wald. Nimmst du mich mal mit?«

»Das geht nicht«, antwortete er und fuhr zärtlich über ihr Haar.

»Bitte«, flehte sie inständig und drückte den Kopf an seinen Hals. »Ich möchte sehen, was du dort tust.«

Marasco strich sich über die Stirn und schluckte. »Du solltest deine freie Zeit nicht mit mir vergeuden.«

Da setzte sich Sagan auf und schaute ihn streng an. »Nimm das gefälligst zurück, kleiner Bruder.«

»Sagan …«

»Nein, ich bin älter als du, wenn auch nur ein paar Minuten.« Dabei tippte sie mit dem Finger auf seine Brust. »Du willst mir nicht sagen, was diese Todessehnsucht in dir ausgelöst hat, gut. Ich bin froh, dass sie vorbei ist. Du hast gesagt, du hättest dich geändert – angefleht hast du mich. Wenn das tatsächlich der Fall ist, dann erzählst du mir jetzt, was du im Wald treibst.«

Mit großen Augen schaute er sie an. Er wusste, da konnte er sich nicht mehr rausreden. »Ich … ich töte Vögel«, antwortete er leise und drehte beschämt den Kopf weg. Er konnte selbst nicht glauben, dass er es ausgesprochen hatte.

»Du … tötest Vögel?«, wiederholte Sagan ungläubig und runzelte die Stirn.

»Ich esse ihre Herzen.«

»Warum?«, fragte sie traurig.

Die Tatsache, dass er sich in einen Raben verwandeln konnte, machte ihm plötzlich unheimliche Angst, und er schämte sich, dass es so weit gekommen war. Als sich in seinen Augen Tränen sammelten, wusste er, auf keinen Fall durfte Sagan davon erfahren.

»Sie geben mir die Kraft, dich zu beschützen.«

Zärtlich strich sie seine Haare zurück und schaute ihn mit einem gequälten Lächeln an. »Danke, kleiner Bruder.« Dann legte sie sich wieder an seine Schulter und atmete tief durch. »Ich werde kein Wort sagen. Niemandem.«

Er legte den Arm um sie und hielt sie fest. Sagan bedeutete ihm alles. Sie war das einzig Wertvolle in seinem Leben und er hatte sich geschworen, alles zu tun, damit ihr nichts Böses widerfuhr.

*

Mit dem Blick auf den Horizont gerichtet, drehte Marasco in der Morgendämmerung seine Kreise über der Siedlung und fand Ruhe in der weißen Landschaft. Ein Schneehase verkroch sich in seinem Bau und eine Herde Rentiere zog vom Wald Richtung Fluss. In der Ferne kehrten die Fischerboote zurück und legten am Steg neben dem großen Platz an. Marasco flog zurück ins Dorf, landete hinter einer Hütte und ging zur Bootsanlegestelle, wo die Männer ihren Fang auf Wagen luden, um diesen auf dem Markt zu verkaufen.

»Hallo, Junge!«, rief ein älterer Mann erfreut. »Du hast es dir wohl zur Gewohnheit gemacht, der Erste zu sein?«

Bemüht lächelte er über die Tatsache hinweg, dass er keinen Schlaf mehr benötigte, und legte dem Fischer zwei Münzen hin.

»Ich nehme an, das Übliche«, grinste der Mann, schnitt ein großes Stück aus dem Heilbutt heraus und wickelte es in ein gegerbtes Lederstück. »Hier, bitte sehr. Bis morgen!«

Marasco kehrte nach Hause zurück und machte in der Küche ein Feuer. Als er den Wassertopf darüber aufhängte, hielt er plötzlich inne. Er spürte etwas. Es war wie ein Windhauch im Nacken. Ein vertrautes und beängstigendes Gefühl zugleich. Sofort rannte er raus zum Schlafzelt und riss die Zeltklappe auf. Sagan war weg.

Er war sich sicher, dass dies nichts Gutes bedeutete und flog sofort los, um sie zu suchen. Erneut drehte er ein paar Kreise über dem Dorf, doch da waren nur die Händler, die ihre Stände für den morgendlichen Markt vorbereiteten. Also flog er zu Ruus Zelt, wo er sich neben die Rauchöffnung setzte und einen Blick hineinwarf. Ruu lag allein in seinem Bett und schlief. Beunruhigt flog Marasco weiter.

»Wo bist du?«, rief eine Stimme in seinem Kopf, als wollte er mit seinen Gedanken Kontakt zu Sagan aufnehmen.

Er flog über den Hügel hinauf Richtung Wald und suchte im Schnee vergeblich nach Spuren, dann folgte er den Fährten der Rentiere zum Fluss. Die Tiere waren mittlerweile an den stillen Wasserstellen angekommen. Er flog westwärts den Strom hinunter Richtung Küste, wo er in nicht allzu weiter Ferne zwei Personen entdeckte. Je näher er kam, umso schärfer wurden die Umrisse, und er erkannte Sagan, die durch das trockene Steinbett vor Waaru davonrannte. Der zog derweil ein Messer und holte aus, um es nach ihr zu werfen.

Marascos Puls schnellte in die Höhe und sein Herz raste. So schnell er konnte, flog er gegen den eisigen Wind an. Direkt hinter Waaru verwandelte er sich in der Luft und stürzte sich auf ihn. Der warf das Messer jedoch in letzter Sekunde, bevor er von ihm zu Boden gerissen wurde. Sofort stand Marasco wieder auf. Sagan fiel mit dem Messer im Rücken kraftlos auf die Knie und stützte sich an einem großen Stein ab.

»Nein, nein, nein!«, schrie Marasco und rannte zu ihr.

Bevor sie zu Boden ging, fing er sie auf und zog sie an seine Brust. Das Messer hatte ihre Lunge durchbohrt und aus ihrem Mund tropfte Blut.

»Halt durch«, flehte er, hielt ihren Kopf und warf einen Blick auf den Dolch in ihrem Rücken. »Du wirst wieder gesund.«

»Bruder …«, sagte sie mit verweinten Augen und klammerte sich an Marasco fest. »Es war eine Lüge.«

»Alles wird gut«, flüsterte er. Dabei strich er über ihre Wange und zog sie näher an sich.

»Er war es«, sagte Sagan mit zitternder Stimme. »Er hat Mama getötet.«

Da ertönte plötzlich Waarus Stimme. »Du!«, brummte er hasserfüllt. »Wie bist du hierhergekommen?«

Erschrocken schaute Marasco hoch. Waaru war wieder auf den Beinen und schaute ihn mit funkelnden Augen an.

»Was hast du getan?«, schrie Marasco.

»Ich beschütze unser Dorf.«

»Vor wem?«

»Du weißt genau vor wem.«

Marasco begriff, dass der Tod seiner Mutter, seiner Tante und nun der seiner Schwester nur den Zweck hatte, die Angst vor den Monstern aufrechtzuerhalten. Dabei gab es nur ein Monster in der Vantschurai und das waren die Sen selbst. Mit einem überheblichen Lächeln trat Waaru näher.

»Nein!«, fauchte Marasco und zog sein Messer. »Bleib gefälligst, wo du bist!«

Waaru gehorchte widerwillig, legte jedoch, da er wusste, wozu Marasco fähig war, die Hand an sein Schwert. Da berührte Sagan zitternd Marascos Wange.

»Ich liebe dich, kleiner Bruder«, flüsterte sie. »Danke.«

Sofort stützte er ihren Kopf. »Nein, du wirst wieder gesund«, sagte er mit bebender Stimme und drückte sie an seine Brust. Er wusste, dass dies unmöglich war. Als sich ihr Griff löste und ihre Hand zur Seite fiel, erstarrte sein Herz zu einem Klumpen Eis. Es dauerte eine Weile, bis er es über sich brachte, sie anzusehen. Mit geschlossenen Augen lag sie reglos in seinen Armen.

Alles, was ihn noch am Leben hielt, zerbrach. Hätte er Zugang zu seinen Gefühlen gehabt, wäre er in Tränen ausgebrochen, doch sein Körper war tauber denn je. Einzig in seiner Brust breitete sich ein stechender Schmerz aus.

Ein eisiger Wind wehte vom Meer herein und der Schnee fiel in immer dickeren Flocken vom Himmel. Die Kälte legte sich wie eine Decke über ihn und er konnte allmählich wieder einen klaren Gedanken fassen. Sanft legte er Sagan hin und verdeckte ihr Gesicht mit der Kapuze. Dann schluckte er die Trauer hinunter, nahm sein Messer und stand auf. Eine unglaubliche Wut überkam ihn, als er Waarus Blick sah. Voller Trauer schaute er Sagan an und legte die Hand auf die Brust. Schreiend wollte Marasco sich auf ihn stürzen, ihn in Stücke reißen und hundertfach töten, doch irgendetwas hielt ihn davon ab. Da war eine Kraft, die ihn bei jedem Schritt, den Waaru auf ihn zu machte, zurückweichen ließ. Als sich auf Waarus Gesicht ein fieses Grinsen ausbreitete, wusste er, dass Waarus Tod Sagan nicht rächen würde, und rannte davon.

»Ja!«, schrie Waaru. »Hau bloß ab, du Feigling!«

Marasco verwandelte sich und flog zurück ins Dorf. Dunkle Wolken zogen vom Meer herein und der eisige Wind brannte in seinen Augen. In seinem Kopf schrie eine Stimme, die jede Zelle seines Körpers erfüllte und seine Eingeweide erbeben ließ.

Auf dem Markt herrschte reger Betrieb. Während die Fischer bereits die Hälfte ihres Fangs verkauft hatten, riefen die Handwerker und Fleischverkäufer noch immer rege ihre Waren aus. Kleine Kinder rannten mit Holzschwertern über den vom Schnee bedeckten Platz und auf der Veranda der Schenke saßen die Alten beim Tee. Marasco flog eine Schleife über der Bucht und landete auf dem Steg. Mit großer Abscheu beobachtete er das Geschehen. Der Wind hatte nachgelassen und nur noch wenige kleine Flocken fielen vom Himmel. Er legte die Hand ans Schwert und schritt langsam über den Steg Richtung Marktplatz. Plötzlich sprach ihn Sho von der Seite an.

»He, Marasco! Weißt du, wo dein Vater ist? Ich hätte ein Anliegen, das ich mit ihm besprechen möchte.«

Marasco zog sein Schwert und schnitt ihm ohne zu zögern die Kehle durch. Noch bevor Sho auf die Knie fiel, fing seine Frau neben ihm an zu schreien. Marasco drehte sich und stieß ihr das Schwert in die Brust.

Die Menschen in seiner direkten Nähe wichen zurück. Eine Frau rannte zu ihrem kleinen Jungen, der unmittelbar vor ihm stehen geblieben war und ihn mit großen Augen anschaute. Sie packte ihn und eilte davon.

Langsam zog Marasco das zweite Schwert aus der Scheide, streckte die Klingen nach beiden Seiten aus und ging in Angriffsstellung. Mit gesenktem Kopf spähte er in die Runde und sank immer tiefer in die Dunkelheit seines Geistes. Dann schwang er seine Waffen, drehte sich zur Seite und schlug dem Gerber den Kopf ab. Ohne an Schwung zu verlieren, ging er in die nächste Drehung, tötete einen Fischer und nach weiteren zwei Umdrehungen Lukka, der mit seinem kleinen Bruder den Waffenstand des Vaters hütete.

Jegliche Trauer um Sagan hatte er beiseitegeschoben und tat das, was ihn sein Vater gelehrt hatte. Die meisten Sen hatten keine Vorstellung davon, wie grausam und blutrünstig er war, wenn er während der Raubzüge in den Rausch des Tötens fiel. Panisch brachten die Frauen die Kinder vom Platz und versteckten sich mit ihnen in den Hütten. Händler griffen zu Waffen und versuchten ihn aufzuhalten, wurden aber der Reihe nach niedergemetzelt. Die Aufregung rief die ersten Krieger auf den Platz, und Jomek kam mit drei Männern, die bereits ihre Waffen gezogen hatten.

»Marasco! Beruhig dich!«, rief er. Dabei blieb er fünf Schritte vor ihm stehen und versuchte, ihn mit einer freundlichen Geste zu beschwichtigen.»Was ist passiert?«

Marasco zog derweil das Schwert aus der Kehle des Küfers und blickte zu Jomek. Ohne zu zögern, ging er auf ihn zu und schlug ihm mit gekreuzten Klingen den Kopf ab. Die drei Krieger stürzten sich auf ihn, doch er holte aus und stach einen nach dem anderen nieder. Fast blind bahnte er sich seinen Weg über den Platz und nahm gar nicht mehr wahr, wen er alles niederstreckte. Die Schreie waren schon längst vom schneidenden Geräusch der Schwerter und den aufeinanderschlagenden Klingen verdrängt worden. Obwohl er die Augen offen hatte, ließ er sich von seinem Instinkt leiten. Als wäre Nebel aufgezogen, lag alles, was er sah, hinter einem weißen Dunst. Er gab sich ganz dem Rausch hin, führte seine Bewegungen und Drehungen immer sanfter und geschmeidiger aus, und wie in Trance schritt er über die dünne Schneeschicht auf dem Platz. Seine Sinne waren schärfer denn je.

Aus einer Hütte vernahm er ein leises Wimmern und ein besänftigendes Flüstern. Als er die erste Stufe zur Veranda hochstieg, hörte er, wie jemand hinter ihm seinen Namen rief. Er ignorierte es und stieg weiter die Treppe hoch. Da hörte er plötzlich Sagans Namen. Er horchte auf und drehte sich um. Ruu hatte den Platz betreten und es tatsächlich gewagt, ihren Namen zu benutzen. Marasco vergaß alles um sich herum und rannte schreiend auf ihn zu.

»Was ist in dich gefahren?«, rief Ruu und wehrte den ersten Schlag ab. Beim zweiten verletzte Marasco ihn am Arm, sodass Ruu das Schwert aus der Hand fiel. »Hör auf!«

Mit voller Wucht rammte Marasco ihm das Schwert in den Hals. Ruu sank langsam auf die Knie und starrte ihn mit großen Augen an. Er wusste, sobald er das Schwert herauszog, war es um ihn geschehen, also griff er nach der Klinge und versuchte, sie festzuhalten. Einen kurzen Moment schaute Marasco ihn an und zuckte mit den unteren Augenlidern. Langsam verlagerte er sein Gewicht nach hinten, dann zog er das Schwert mit einem Ruck heraus. Ohne zurückzuschauen, wandte er sich ab und hörte nur noch, wie Ruu röchelnd zu Boden ging.

Immer tiefer tauchte Marasco ein in den Rausch des Tötens und verlor sich in einem düsteren Nebel. Die Erinnerungen wurden bruchstückhaft und blitzten nur vereinzelt aus der Dunkelheit auf. Feuer. Flackernde Schatten. Fratzen. Verzerrte Gesichter. Fußtritte. Schreie. Weinen. Gewimmer. Die schneidende Klinge. Gespaltene Schädel. Spritzendes Blut. Glut. Stiebende Funken. Und eine Kerze, die zu Boden fiel.

Marascos Körper bebte, als er auf dem Dorfplatz wieder zu sich kam. Um ihn herum standen die Hütten und Zelte in Flammen. Überall lagen Leichen. Das warme Blut hatte den Schnee zum Schmelzen gebracht und den schlammigen Boden an manchen Stellen aufgeweicht. Anders als sonst verfiel Marasco dieses Mal nicht in Teilnahmslosigkeit, sondern atmete tief durch und steckte die Schwerter zurück in die Scheiden. In der Ferne sah er ein paar Dorfbewohner, die dem Massaker entkommen und auf der Flucht über den Hügel zum Stamm der Nuri waren.

Auf der anderen Seite des Platzes erschien Waaru, der sich mit vor Schrecken verzerrtem Gesicht einen Weg an den Toten vorbeibahnte.

»Was hast du getan?«, schrie er. »Was ist nur in dich gefahren?«

Ein lautes Knarren übertönte Waarus letzte Worte und neben ihm brach das Dach der Schenke in sich zusammen. Mit gleichgültiger Miene betrachtete Marasco die aufwirbelnde Asche. Waaru war zehn Schritte vor ihm stehen geblieben. Nun schaute er ihn mit wutverzerrtem Gesicht und funkelnden Augen an.

»Denkst du, ich habe nicht mitbekommen, was du all die Nächte hindurch getrieben hast? Ich habe gesehen, wie du Vögel gejagt hast! Doch mir war nicht klar, weshalb. Und nun sieh an, was aus dir geworden ist! Du bist ein Monster!«

»Zu dem *du* mich gemacht hast!«

»Ich habe deinem Leben einen Sinn gegeben!«, schrie Waaru und zog sein Schwert. »Ohne mich wärst du gar nichts!«

»Du kannst mich nicht töten«, sagte Marasco gelangweilt und wandte sich von ihm ab.

»Warum hast du sie alle umgebracht? Warum?«

Marasco blieb stehen und hielt inne. Ohne sich umzudrehen, neigte er den Kopf. »Niemand mehr da, den du beschützen musst.«

»Dann töte auch mich! Töte mich!«

Ein kühler Wind wehte vom Meer herein und kleine Schneeflocken tanzten in der Luft. Marascos Lungen zogen sich zusammen. Er blieb stehen und ballte die Hände zu Fäusten. Ihm war klar, dass er handeln musste. Als er sich umdrehte, warf Waaru sein Schwert zu Boden und hielt ihm die leeren Hände hin.

»Keine Gnade, mein Sohn! Ich befehle es dir! Töte mich!«

Marasco rannte los, verwandelte sich nach drei Schritten in einen Raben und flog Waaru entgegen. Er zielte auf seinen Kopf und rammte den Schnabel direkt in dessen rechtes Auge. Waaru versuchte, ihn wegzuschlagen, doch er fiel bloß zu Boden und schrie. Marasco tötete ihn nicht. Es war das erste Mal, dass er sich den Befehlen seines Vaters widersetzte.

73

Dieses Mal fiel es Sam leicht, die Hand von Marascos Stirn zu nehmen und in die Realität zurückzukehren. Er fühlte sich voll von Erinnerungen, die wie schwarze Schatten tief in ihm zurückgeblieben waren. Als er die Bandagen wieder um die Hände wickelte, zitterte er ein wenig. Er konnte selbst kaum glauben, dass er die Geschichte gesehen hatte, die ihm als Kind erzählt worden war. Die Legende der Sen und wie sie der Grund dafür waren, dass so viele Stämme den schweren Weg über die Kastaneika vorgezogen hatten, als in der Vantschurai zu bleiben. Erst in Pahann waren sie durch das Bündnis der Stämme zu Jägern geworden. Und Kato hatte dafür gesorgt, dass sie auch Krieger wurden. Kein Paha sollte je wieder von einem anderen Stamm vertrieben oder unterdrückt werden. Sam kniete am Boden und betrachtete Marasco, der langsam wieder zu sich kam. Er war froh, dass er es geschafft hatte, ihm am Ende seine Energie wieder zurückzugeben, so wie Mai es ihm gezeigt hatte.

Keuchend drehte sich Marasco zur Seite. Als ihm klar wurde, was gerade geschehen war, machte er einen Satz, kniete mit einem Bein auf dem Boden und legte die Hand ans Schwert. Er schaute Sam mit stechendem Blick an, als wäre er bereit, ihn jeden Moment in Stücke zu schneiden oder ihm den Kopf abzuschlagen.

Schmerz, Hass und Trauer jagten durch Sams Knochen und doch war er von Marasco fasziniert und schaute ihn ruhig an. Aber er hatte auch nicht vergessen, weshalb er ihn überwältigt und sich seine Erinnerungen angeschaut hatte. Schließlich hatte er den Verdacht, dass Marasco irgendwelche Absichten hegte, die er durch sein eigenartiges Verhalten verheimlichte. Und wie er seine Erinnerungen verloren hatte, wusste er noch immer nicht.

»Warum hast du mich geküsst?«

Marasco zuckte mit den Augenbrauen und schaute ihn missbilligend an. »Du hast gerade gesehen, wie ich mein ganzes Dorf vernichtet habe. Und das ist deine Frage!« Seine Stimme überschlug sich.

Auch wenn er ein ganzes Dorf getötet, ja sogar die ganze Vantschurai in Angst und Schrecken versetzt hatte, kam Sam nicht davon ab, tief in Marasco etwas Gutes zu spüren. Vielleicht war es auch nur das Band, das ihm diesen Eindruck vermittelte, aber Sam weigerte sich, Marasco aufzugeben; er konnte nicht. Und so sehr ihn Marascos Leben aufwühlte, er blieb hartnäckig.

»Warum der Kuss?«

Marasco blieb stumm. Seine unteren Augenlider zuckten, als er ihn mit seinem strengen Blick anstarrte.

»Warum setzt du deine Kräfte auf diese Weise bei mir ein?«, versuchte er es weiter.

»Was soll ich denn sonst mit ihnen anstellen?«, antwortete Marasco überraschend ruhig und stand auf. »Du hast eine Kraft, mit der du kämpfen kannst. Ich habe etwas, das kommt einer Bestrafung gleich. So viele Menschen habe ich getötet. Soll ich das etwa mit *Liebe* wiedergutmachen?«

Obwohl er das Wort *Liebe* sarkastisch betont hatte, war Sam erstaunt, es aus seinem Mund zu hören. Gewiss, das Wort war für ihn ein Witz, nicht mehr als ein paar aneinandergereihte Buchstaben. Doch Sam war froh, dass er es kannte, und konnte sich ein Schmunzeln nicht verkneifen. »Dann war es also nichts weiter als ein bedeutungsloser Zeitvertreib«, bemerkte er beiläufig, stand ebenfalls auf und klopfte sich den Dreck von der Hose.

»Was weißt du schon!«, fuhr ihn Marasco plötzlich an. »Du verstehst gar nichts! Und halt dich gefälligst raus aus meinem Kopf!«

Die Art, wie er ihn anschaute, machte Sam misstrauisch. »Du hältst mich zum Narren. Damals in Numes, als dir der Meister die Erinnerungen zurückgegeben hat – du hast nie wirklich darüber gesprochen. Was hat er zu dir gesagt?«

Marascos Blick verdüsterte sich. »Das hab ich dir bereits erzählt.«

»Nein. Das kann unmöglich alles gewesen sein. Die Rettung von Numes war nichts im Vergleich zu dem, was danach mit dir in Limm passiert ist. Die Kopfschmerzen. Das Fieber. Was verheimlichst du mir?«

Langsam senkte Marasco den Kopf und spähte zu Sam hoch. Sein Herz raste. »Ich sollte dich töten.«

»Ich habe keine Angst vor dir«, sagte Sam – was gelogen war. Je mehr er über Marascos Vergangenheit erfuhr, umso mehr Respekt hatte er vor ihm. Doch er hatte ihn an einem Punkt, wo auch er wusste, dass es kein Zurück gab. Marasco ballte die Hände zu Fäusten und biss die Zähne zusammen.

»Ich kann mir die Information auch selbst holen«, sagte Sam und staunte, wie leicht ihm das über die Lippen kam.

Es hätte eine Täuschung sein sollen. Niemals hätte er eine Chance gegen Marasco gehabt. Doch seit der Aktion vorhin wusste Marasco nun, dass er die Fähigkeit dazu hatte. Wie versteinert schaute Marasco ihn an. Als Sam einen Schritt auf ihn zu machte, legte er die Hand ans Schwert und zog es einen Fingerbreit heraus.

»Bleib mir vom Leib, Sam!«

Die Überbleibsel von Marascos Erinnerungen brachten Sam ganz durcheinander. »Was versuchst du zu schützen?«

Für einen Moment flackerte Verzweiflung in Marascos Gesicht auf, doch er hatte sich sofort wieder unter Kontrolle und schaute ihn streng an. »Ist das denn nicht offensichtlich? Dich, du Idiot!« Darauf strich er sich mit beiden Händen übers Gesicht und durch die Haare. Er drückte gegen seinen Kopf, presste die Augen zusammen und atmete tief durch. »Ich habe Zeit bis Neumond. Nur so kann der Fluch gebrochen werden.«

Sam atmete erleichtert auf, war froh über die Tatsache, dass Marasco ihn nicht töten wollte, fühlte sich gar geschmeichelt über seine Sorge um ihn. Doch dann begriff er, was er noch gesagt hatte.

»Fluch? Ich dachte, wir sind hier, um die Menschen vor den Paha zu warnen.«

»Ich erinnere mich, Sam. Ich erinnere mich so gut, dass es wehtut. Sie hatten solche Angst, ich würde Anspruch auf den

Thron erheben, dass eine Magierin einen Zauber sprach und ich meine Erinnerungen verlor.«

Plötzlich verstand Sam, wovon Mai gesprochen hatte. Waaru hatte sich offenbar ein zweites Leben in Aryon aufgebaut. Und das nicht als irgendjemand, sondern als König. Was Mai in Marascos Blut gesehen hatte, war die Verbindung zu König Leor, der als Nachkomme Waarus gar ein naher Verwandter Marascos war. Es waren zwar Erinnerungen, die sich ihm nicht gezeigt hatten, doch er spürte die Antworten in sich. Marasco hatte versucht, seinen Vater, den König von Aryon, zu töten und wurde dabei verflucht. Es war nie die Absicht des Meisters gewesen, dass Marasco seine Erinnerungen verlor.

»Dann hat der Meister dir die Erinnerungen zurückgegeben?«, bemerkte Sam überrascht.

»Bis Neumond.«

»Heißt das, du musst diese Magierin töten, die für den Fluch verantwortlich ist, damit dir deine Erinnerungen bleiben?«

Marascos Gesichtsausdruck veränderte sich schlagartig. »Ich kämpfe nicht für meine Erinnerungen! Ich will nur Leors Kopf!«

»Nein«, widersprach Sam sofort. »Wir müssen diese Hexe finden und sie aufhalten.«

»Hör auf, Sam!«

»Nein, du hörst auf! Ich werde es nicht zulassen! Neumond! Das ist in drei Tagen! Und dir ist es nicht in den Sinn gekommen, früher etwas zu sagen?«

»Das Fenster schließt sich bei Sonnenuntergang. Und wenn der Wind anhält, verlieren wir noch eine weitere Nacht. Es sind also nur noch zwei Tage.«

»Was redest du da?«

»Siehst du es nicht? Ein Sturm zieht auf.«

»Na und? Was tun wir denn noch hier? Wir müssen so schnell wie möglich zu Leor ins Resto Gebirge. Die Paha finden den Weg auch ohne uns. Und wenn du diese Magierin nicht tötest, werde ich es tun!«

»Wir haben genug Zeit! Zuerst Kato!«

»Nein! Du hast vielleicht genug Zeit! Aber ich nicht!«

Sam wandte sich bereits von ihm ab, da packte Marasco ihn plötzlich am Kragen und zog ihn zu sich. Aufgewühlt zog er die Brauen zusammen und versuchte, etwas zu sagen, doch kein Wort brachte er über die Lippen. Sam verstand auch so, dass es ihm aus irgendeinem Grund sehr wichtig war, Kato zuerst zu treffen.

»In Ordnung«, sagte er und nickte. »Dann lass uns zum Wasserfall fliegen.«

74

Sam flog über den Wasserfall hinweg, faltete die Flügel, tauchte mit der Gischt zusammen in die Tiefe und zog über den See hinweg Richtung Osten. Der Nebel hatte sich gelichtet und hinter dem Dunst in der Ferne lagen die zehn Brücken, die von Aryon über mehrere kleine Inseln hinweg nach Kolani führten. Sam zog eine Schleife und erkannte, dass die Männer, die auf den Brücken Wache standen, bis auf die Zähne bewaffnete Sumen aus dem Urwald waren. Sie trugen Lendenschürze, hatten die Körper mit schwarzer und roter Farbe angemalt und in ihre langen Haare waren Holzstäbchen, Federn und Schmucksteine eingeflochten. Die Brücken machten einen einwandfreien Eindruck, was Sam darauf schließen ließ, dass die Bauarbeiten noch vor dem Angriff beendet worden waren.

Auf seinem Rückweg zum Wasserfall flog er näher am Ufer entlang, hielt jedoch sicheren Abstand von möglichen Pfeilen, die ihn von der angerückten Armee der Paha hätten treffen können. Tatsächlich hatten die Nordmänner das südliche Ende Kolanis erreicht und waren dabei, sich zu stärken, bevor sie nach Aryon übersetzten. Sam krähte, um die Aufmerksamkeit der Paha auf sich zu ziehen, und vergrößerte den Abstand zum Ufer noch mehr.

Dass es ihre Aufgabe war, die Aufmerksamkeit der Paha auf sich zu lenken, war ihm durchaus bewusst. Marasco hatte gesagt, dass er es tun könnte, doch Sam hatte das Gefühl, dass ihm Bewegung guttat, schließlich war er noch immer dabei, Marascos Erinnerungsschwall zu verdauen und die Energie, die er dadurch gewonnen hatte, musste er auf irgendeine Weise freisetzen.

Derweil drehten sich seine Gedanken im Kreis. König Leor zu töten, hätte den Raubzug der Nordmänner und das Gemetzel, das sie hinterließen, nicht beendet. Und Kato auszureden, nach Aryon zu ziehen, schien ihm genauso aussichtslos. Je länger er darüber nachdachte, umso mehr setzte sich ein Gedanke in ihm fest. *Vielleicht ist es gar nicht Marascos Absicht, die Paha aufzuhalten.* Marasco hatte es ganz allein auf Leors Kopf abgesehen. Darum stellte sich viel mehr die Frage, was sich Marasco von diesem Treffen mit Kato erhoffte.

Plötzlich schossen ein paar Pfeile aus dem Urwald heraus, und Sam war froh, dass er den Abstand vergrößert hatte. Er flog den Wasserfall hoch zu Marasco, der auf der vordersten Felseninsel stand und hinunterblickte.

»Sie haben mich bemerkt«, sagte Sam. Er wurde das Gefühl nicht los, dass etwas seinen Gefährten bedrückte. Natürlich hatte Marasco seine Geheimnisse, doch da waren einfach noch zu viele unbeantwortete Fragen.

»Wovor versuchst du mich zu beschützen?«, fragte er und trat neben ihn.

Schließlich hatte er nicht das Gefühl, schutzbedürftig zu sein. Vor allem seit ihn Mai in der Orose gelehrt hatte, wie er mit seinen Kräften umgehen konnte. Zunehmend hatte er an Selbstvertrauen und Stärke gewonnen.

»Du verschwendest nur deine Zeit«, antwortete Marasco und schaute mit ernster Miene hinunter. »Solche Fragen nützen nichts.«

Sam ließ seinen Blick über den See und den angrenzenden Urwald schweifen. Das Tosen des Wasserfalls hüllte ihn ein wie eine Decke. Wenn er jedoch genau hinhörte, konnte er das verzweifelte Gezwitscher hören, das durch den Urwald drang. Hie und da stiegen Papageie, Tukane und Paradiesvögel über die Baumkronen hinauf in den Himmel und flüchteten Richtung Norden.

»Was werden die Paha tun?«

»Wenn Kato tatsächlich ein Anführer ist, wird er sehen, dass wir ihn erwarten. Einer Unterhaltung kann er nicht mehr ausweichen.«

Marascos Zuversicht war ihm unheimlich. Abgesehen davon, dass er sich schon immer vor seinem Vater gefürchtet hatte und ihm nun gegenübertreten sollte, wurde er das Gefühl nicht los, dass alles genau nach Marascos Plan verlief. Ein Plan, in den er nicht eingeweiht war.

»Ich weiß gar nicht, was ich zu Kato sagen soll«, murmelte er.

»Lass ihn reden.«

Sam trat noch einen Schritt näher und schaute Marasco ernst an. »Was hast du vor? Ich werde das Gefühl nicht los, dass du genau weißt, was du dir von diesem Treffen hier erhoffst. Weih mich ein! Immerhin scheine ich hier der Köder zu sein.«

Marascos Blick verdüsterte sich. »Du vergisst etwas. Krieg ist nur ein Vorwand zum Plündern. Wir müssen herausfinden, was Kato wirklich will. Und wenn es so weit ist, werden wir es für unsere Zwecke nutzen.«

»Unsere Zwecke? Du meinst wohl eher deine Zwecke.«

»Du sollst dich bloß mit ihm unterhalten. Wir müssen ihnen zu verstehen geben, mit wem sie es zu tun haben.«

»Mit uns, Marasco!«, platzte es aus ihm heraus. »Du und ich! Da ist sonst niemand!«

»Mach es dir doch nicht so schwer. Ist doch nur dein Vater«, meinte er verständnislos, ohne den Blick vom Urwald abzuwenden.

»Ich sagte doch schon, ich bin mit vielen Lügen aufgewachsen.«

»Wer nicht?«

»Mein ganzes Leben bestand aus Lügen.«

»Na und? Die Schwachen greifen zur Lüge. Sie verdienen den Tod.«

Entsetzt schaute er Marasco an. »Ich war derjenige, der all die Lügen, die Kato erzählt hat, für mich behielt. All die Erinnerungen, die Geheimnisse der Leute, die ich mit mir rumgeschleppt habe und die mich schwach gemacht haben! Ich war der größte Lügner von allen! Und wenn du dieser Meinung bist, warum hast du Waaru damals nicht getötet?«

Mit stockendem Atem schaute Marasco hinunter zum Urwald. Seine Augen glänzten und der Blick war angespannt. *Oje, ich habe ihn falsch verstanden*, dachte Sam sofort. Doch Marasco war wie erstarrt. Niemals würde er nachfühlen können, wie sehr Marasco es bereut hatte, Waaru damals nicht getötet zu haben.

»Darum sag ich dir, hör endlich auf, Angst zu haben«, flüsterte Marasco.

Sam schwieg und wandte sich wieder dem Abgrund zu.

Es gibt so viele Arten von Schwäche. Seine körperliche Kondition vor der Verwandlung zum Raben hatte ihn zum schwächsten aller Paha gemacht. Die Vogelherzen hatten alles verändert und nun blieb ihm sogar der Tod verwehrt. *Marasco und ich sind uns gar nicht so unähnlich. Unsere Schuldgefühle kann uns niemand nehmen.*

»Da kommen sie«, sagte Marasco.

Entlang der Klippen stieg Kato in Begleitung von Calen den steinigen Hang hoch zum Wasserfall. Als sie kurz hinter einem Felsvorsprung verschwanden, flogen sie über den Fluss ans Ufer, wo sie auf einer Wiese auf die beiden warteten. Unruhig ging Sam umher und versuchte sich vorzustellen, was geschehen würde, wenn Kato herausfand, dass sie beide Raben waren. Er war sich sicher, die Tatsache, dass er sein Sohn war, würde sein Leben auch nicht retten – Unsterblichkeit hin oder her. Als Kato und Calen die Höhe erreicht hatten, erstarrte Sam an Ort und Stelle und schluckte die Ehrfurcht hinunter.

Der Wind wehte Katos Umhang zur Seite und der schwarze Lederharnisch glänzte im matten Licht des wolkenverhangenen Himmels. An Katos Hals hing ein Wolfsschädel, den er während des Kampfes als Maske benutzte. Die Tätowierung um seine Augen war um eine neue Sichel erweitert worden, die ihm von der Stirn über die Schläfe bis runter zum Hals reichte und gemäß Sams Kenntnissen auf das Wiedersehen mit den verwandten Clans im Süden zurückzuführen war. Auf dem Rücken trug Kato eine Armbrust und an seinem Gürtel hing ein Schwert. Schräg hinter ihm ging Calen. Ein schwarzes Tuch verdeckte seinen Mund und die Narbe neben seinem Auge hatte er gar mit Blut hervorgehoben. Fünf Schritte von ihm entfernt blieben sie stehen und schauten ihn mit eisigen Mienen an.

»Sieh an, sieh an«, sagte Kato erfreut. »Samiel. Ich habe mich schon gefragt, wo du steckst. Warum hast du dich uns in Pahann nicht angeschlossen? Das Sammeln liegt dir doch im Blut.«

»Ich bin kein Sammler.«

»Dagegen kannst du dich nicht wehren, Junge. Du hast es in dir. Ob du nun willst oder nicht. Du bist ein Sume. Der Trieb wird früher oder später ausbrechen. Ich hoffe, du machst mich eines Tages stolz.«

»Selbst wenn«, bemerkte Marasco mit ruhiger Stimme schräg hinter ihm. »Er wird bestimmt nicht zu so einer Bestie werden wie du.«

»Und wer bist du?«, fragte Kato herablassend. »Ich kenn dich nicht. Und woher willst *du* schon wissen, was es bedeutet, Sume zu sein?«

»Oh … ich versteh schon, Kato«, antwortete Marasco und schaute ihn mit funkelnden Augen an. »Ich habe gesehen, was du mit den Kindern gemacht hast. Wie du ihr Seherblut aus allen Poren gesaugt hast.«

Sam schaute Marasco erschrocken an, denn offenbar wusste er mehr, als er geahnt hatte.

»Kenne deinen Feind«, bemerkte Kato. »Ich sehe, ihr habt eure Arbeit gemacht.« Plötzlich lachte er laut auf. »Du hättest dich uns anschließen sollen, Junge. Was wir tun, ist ein Akt der Güte.«

»Ihr zieht von einer Stadt zur nächsten und tötet alles, was euch in den Weg kommt!«, sagte Sam. »Rottet die Vögel aus, nur um einen kurzen Moment das Gefühl zu haben, dem Himmel nahe zu sein! Warum hast du all die Städte im Norden zerstört? Warum hast du diese Menschen getötet?«

»O Samiel, du verstehst nicht, worum es hier geht. Ich habe die Menschen in Kolani nicht einfach getötet. Ich habe sie vor die Wahl gestellt. Die Zeit war gekommen, endlich Stellung zu beziehen. Das Königshaus hat nicht nur die Sumen getötet. Es hat sich mit Gewalt in Kolani eingenistet und gehofft, die Menschen wären so dumm, sich unterjochen zu lassen. Und weißt du was? Sie waren es! Niemand hat gewagt, Aryon die Stirn zu bieten, bis wir Sumen uns erhoben und für unsere Freiheit gekämpft haben. Und ja, wir brachten dem Norden den Frieden. Doch die Menschen zogen sich in ihr erbärmliches Leben zurück und taten so, als wäre nichts geschehen. Und heute, zweiundachtzig

Jahre später, wagt es dieser Bengel von König, den Übergang zum Norden wieder aufzubauen! Leors Langeweile würde Kolani zerstören. Also nutzte ich die Gunst der Stunde, um meine Männer für die Schlacht bereitzumachen. Der Norden gegen den Süden. Wir gegen das Königshaus. Und ich werde diesen König töten. Den Städten in Kolani machte ich lediglich das Angebot, sich uns anzuschließen. Doch bis auf ein paar wenige Männer, die fähig waren, das große Ganze zu sehen und nicht bloß ihr kleines Städtchen beschützen wollten, glaubten die meisten, sie könnten weiterhin den Kopf in den Sand stecken und die Realität ignorieren. Dafür habe ich sie bestraft. Ohne Überzeugung überlebt keiner diesen Kampf.«

»Warte«, sagte Sam. »Du redest hier von einem Krieg, der über achtzig Jahre zurückliegt. Das Königshaus hat den Norden unterdrückt?«

»Das Königshaus ist ein Puppentheater und die Magier spielen damit. Ein Vantschure saß auf dem Thron, als sie Kolani ausbluten ließen. Mit dem wäre jeder fertiggeworden. Doch es war eine Magierin, die den Krieg begonnen hat. Eine ganze Gilde hatte sie um sich geschart. Viele habe ich getötet und ihr damit gezeigt, dass sie es nicht mit mir aufnehmen kann. Wir waren nur eine kleine Gruppe aufständischer Sumen, doch wir brannten darauf, das Königshaus zu zerstören. Der Norden war damals noch nicht bereit für den Kampf. Doch wir schafften es, ihn zu befreien. Und nun ist die Zeit für Rache gekommen!«

Sam war so irritiert, dass er kein Wort über die Lippen brachte. Da fing Marasco plötzlich an zu lachen.

»Ich dachte mir schon, dass die Sache mit den Vögeln bloß ein Vorwand war. Doch was macht euch so sicher, dass ihr das Königshaus stürzen könnt?«

»Die Vögel sind kein Vorwand«, antwortete Kato. »Sie sind unsere Früchte, die wir vom Himmel pflücken. Durch sie bleiben wir beweglich und flink. Keine Furage, die uns aufhält. Wir sind Krieger. Jäger aus Pahann! Wir tauschen die erschöpften Pferde in den Siedlungen und ersetzen stumpfe Klingen mit neuen. Die Wut treibt uns an. Und die Aussicht auf Beute verhilft uns zum

Sieg. Wir zerstören, zerschlagen und vernichten alles, was sich uns in den Weg stellt. Es gibt nichts, wofür wir Verantwortung übernehmen müssen.«

»*Nichts?*«, fuhr Sam empört dazwischen. »Ich werde bestimmt nicht zulassen, dass noch mehr unschuldige Menschen grundlos sterben!«

»Und wie willst du das anstellen, Junge? Was könnt *ihr* schon ausrichten? Wollt ihr es etwa allein gegen uns aufnehmen? Wollt ihr uns töten? Zu zweit gegen 10.000 Nordmänner? Wir werden unseren Feldzug fortsetzen. Schließt euch uns an. Das ist die einzige vernünftige Lösung.«

Am liebsten hätte sich Sam auf ihn gestürzt, ihm gezeigt, was für Kräfte in ihm steckten und Kato alle Energie ausgesaugt, bis er ohnmächtig zusammenbrach. Da hörte er plötzlich das Geräusch von Marascos Schwert. Er reagierte auf Calens Avancen, sie beide anzugreifen.

»Der König ist auf dem Weg nach Norden«, sagte Marasco. »Er wird euch alle töten.«

Überrascht schaute Sam Marasco an. *Was sagt er da?* War er etwa plötzlich auf Leors Seite?

»Was haben wir schon von euch zu befürchten?«, entgegnete Kato und wies Calen an, das Schwert stecken zu lassen. »Lass uns gehen. Die Jungs haben keine Ahnung, worauf sie sich einlassen.«

»Genießt Trosst, solange ihr noch könnt«, fügte Marasco in freundlichem Ton hinzu. »Die Vögel werden euch dort auf dem Silbertablett serviert.« Dann rannte er los, sprang über die Klippe und flog davon.

»Marasco!«, rief Sam ihm erschrocken hinterher.

»Was soll das? Was geht hier vor?«, brummte Calen und griff sofort nach dem Bogen auf seinem Rücken.

Sam war klar, auch er hätte sich so schnell wie möglich aus dem Staub machen müssen, doch er geriet ins Stocken, als er Katos Gesichtsausdruck sah. Mit erhobener Hand hielt er Calen davon ab, den Pfeil Richtung Marasco zu schießen. Dabei blickte er mit großen Augen dem Raben hinterher, als hätte Marascos

Name eine tiefere Bedeutung für ihn, als er gedacht hatte. Als Kato sich Sam zuwandte, rannte er ebenfalls los, sprang über die Klippe und flog davon.

»Ich krieg dich, Samiel!«, schrie Kato. »Und wenn es das Letzte ist, was ich tue! Ich werde dich töten! Ich werde dich aufschlitzen! Dein Herz gehört mir!«

75

Dunkle Wolken waren aufgezogen und von Westen her rollte Unheil verkündender Donner über das Land. Sam flog so schnell er konnte über den Fluss in südwestliche Richtung Marasco hinterher. Eine weitläufige Ackerlandschaft breitete sich unter ihm aus. Die Oberflächen der braunen, gelben und grünen Feldlandschaften wogten im Wind wie die Wellen des Meeres und immer wieder musste sich Sam gegen die starken Winde drücken. Östlich von Trosst hatte er Marasco eingeholt. Er krähte, doch Marasco ignorierte ihn und flog einfach weiter. Um ihm zu verstehen zu geben, dass er etwas zu sagen hatte, packte er mit seinen Krallen einen von Marascos Flügeln und riss ihn zu Boden. Auf einem frisch beackerten Feld schlugen sie auf. Sam packte Marasco am Kragen und drückte ihn in die kühle, feuchte Erde. Krähend stieg ein Schwarm Raben um sie herum in den Himmel.

»Was war das?«, rief Sam wütend. »Was ist da eben geschehen?«

»Wir haben uns vorgestellt«, antwortete Marasco gelassen. »Sie sollten wissen, mit wem sie es zu tun haben, wenn sie in ihr Verderben rennen.«

»In ihr Verderben?«, rief Sam, dass sich seine Stimme überschlug. »Marasco! Die Paha scheinen genau zu wissen, was sie tun. Was versuchst du zu beweisen?«

Marasco drückte ihn von sich, stand auf und klopfte sich den Dreck vom Mantel. Einen Moment schaute er ihn verständnislos an, so als ob er abschätzen wollte, wie ernst es ihm war. Ihm war es sehr ernst. So ernst, dass er aufstand, die Stirn runzelte, die Schultern hochzog und auf eine Erklärung wartete.

»Ach, komm schon, Sam!«, fuhr Marasco ihn an. »Ich hab das für dich getan! Du hast das gebraucht! Deine Angst vor Kato hat dich völlig blockiert! Zudem war es Zeit, ihm eine Lektion zu erteilen. Er weiß jetzt, dass du mehr bist, als bloß ein kleiner, schwacher Junge voller Narben am Körper und dreckigen Bandagen an den Händen!« Dann wandte er ihm den Rücken zu und atmete durch.

»Was hast du vor?«

»Ganz einfach. Wir werden die Paha auslöschen.« Marasco ließ den Blick über das Feld schweifen. Dann schaute er ihn streng an. »Das hättest du doch alles wissen müssen. Bist nicht du es, der die Erinnerungen von Kato gesehen hat?«

»Ich war noch ein Kind! Woher hätte ich das wissen sollen?«

Marasco kniff die Augen zusammen. »Warum bist du kein Sume?«

Sam stutzte. »Ich bin ja nicht einmal ein richtiger Seher!«

»Bist du sicher, dass du kein Sammler bist? Kato schien sehr überzeugt davon.«

»Ich bin kein Sammler!«

»Ist ja gut.« Marasco lachte.

»Hör auf! Sume zu sein, hat nichts Ehrenwertes!«

Aufgebracht wandte sich Sam ab und atmete tief durch. Die Erinnerungen seines Vaters hatten sich in ihm eingebrannt und gerade hatte eine ganze Armee von Sumen Kolani das Fürchten gelehrt. Dass der Sumentrieb bei ihm ausbrach, hatte gerade noch gefehlt.

Marasco schlug schmunzelnd den Weg nach Trosst ein.

»Wo gehst du hin? Wir müssen ins Gebirge. Leor weiß bestimmt, wo diese Magierin ist.«

»Sieh dich um!«, meinte Marasco und zog die Kapuze hoch. »Du gehst heute nirgendwo mehr hin. Wir gehen zurück nach Trosst.«

Der Wind hatte die schwarzen Wolken weiter nach Osten geschoben und erste schwere Tropfen fielen nieder.

»Zwei Tage, Marasco! Sollen wir wegen einem kleinen Gewitter etwa einen ganzen Tag verlieren?«

»Wir sollten uns beeilen«, sagte Marasco und flog davon.

Doch Sam wollte sich davon nicht aufhalten lassen und schlug trotzig den Weg Richtung Süden ein. Der Tag verdunkelte sich immer mehr und der Wind machte es ihm unmöglich, geradeaus zu fliegen. In Pahann war Fliegen während Schneefalls kein Problem gewesen. Doch nun schlug der Regen mit aller Kraft auf ihn nieder und er verstand, was Marasco gemeint hatte. Die Regenwand verschleierte seine Sicht und er verlor an Höhe. Blitze schlugen zu Boden und ein tosender Donner rollte über ihn hinweg. Der Himmel öffnete seine Schleusen. Als unmittelbar neben ihm ein Blitz einschlug, geriet er ins Trudeln und stürzte in die Tiefe. Mit voller Wucht schlug er auf dem Dach eines Bauernhauses auf, rollte über die Ziegel und fiel zwei Stockwerke hinunter in den matschigen Boden. Dicke Tropfen prasselten auf sein Gesicht und er öffnete langsam die Augen. Über ihm stand Marasco.

»Geht es dir gut?«, fragte er und half ihm auf die Beine.

»Ich habe verstanden. Es hat keinen Sinn.«

»Es gibt ein Wirtshaus hier in der Nähe. Komm.«

Er nickte nur und war froh, dass Marasco ihm seinen Hochmut nicht vorhielt. Zu Fuß gelangten sie an ein Gehöft, dessen größtes Gebäude ein Gasthaus für Reisende war. Völlig durchnässt traten sie ein und wurden sofort von Lärm, dem Duft von saftigem Fleisch und Schweiß und einer zum Bersten vollen Gaststube in eine neue Welt gerissen.

Zu ihrer Rechten war die Schenke. Viele kleine, runde Tische standen im Raum verteilt. Hinter dem Tresen schenkte ein Mann Wein aus. Zu ihrer Linken wurde an langen, zusammengeschobene Tischen und Bänken gegessen. Die Leute aßen Schweinshaxen mit gebratenen Pechwurzeln an brauner Gewürzsauce und manch einer rief nach Nachschlag. Eine Tür schwang auf und gab den Blick in die Küche frei. Ein Grillgerüst stand auf einem Feuer und zwei Köche bereiteten Fleisch zu. Der Geruch von gebratenem Fett lag in der schweren, feuchten Luft und der schallende Lärm der lachenden Männer und Frauen bedrängte Sam auf unangenehme Weise.

»Cana! Gäste!«, rief ein Mann, der mit drei reich gefüllten Tellern an ihnen vorbeiging.

Aus einem Hinterzimmer erschien eine kleine, rundliche Dame mit kurzen, grauen Haaren. Sie trocknete die Hände an der dunkelblauen Schürze ab und begrüßte sie mit einem freundlichen Lächeln. Sam stand schräg hinter Marasco und hörte gar nicht, was sie redeten. Überfordert von den kräftigen Gerüchen, dem Gestank von Schweiß und dem ohrenbetäubenden Lärm suchte er den Ausgang.

»Du gehst nirgendwo hin«, sagte Marasco, packte seine Kapuze und zog ihn hinter sich her. »Ich nehme ein Bad.«

»Wir haben keine Zeit«, sagte Sam und machte sich von ihm los. »Wir müssen weiter. Bleib du doch hier, wenn du willst. Und wenn ich nicht fliegen kann, nehme ich ein Pferd.«

Marasco stieß ein überhebliches Lachen aus. Er wusste, dass er nicht reiten konnte. »Wir brauchen trockene Kleidung, um dorthin zu gelangen.«

»Sobald der Regen aufgehört hat, fliegen wir doch. Dann spielt es keine Rolle!«

»Wenn deine Kleidung nass ist, ist auch dein Gefieder nass. Dort oben gefriert das Wasser. Du hättest keine Chance, auf den Pass zu gelangen.« Dann ließ er ihn stehen und folgte der Frau die große Treppe hinauf.

Einen Moment schaute Sam ihm überrascht hinterher. Diese Ruhe sah ihm gar nicht ähnlich. Widerwillig folgte er ihnen in den oberen Stock.

Alles, was er über das Resto Gebirge wusste, war das, was er als Kind in der Schule gelernt hatte. Es war das größte Bergmassiv überhaupt und auf seinen Spitzen, die so weit in den Himmel ragten, dass die Luft zu dünn wurde, um zu atmen, lagen weißer Schnee und ewiges Eis. Um vom Norden Aryons in den Süden zu gelangen, gab es für die Menschen nur eine einzige Übergangspassage. Daraus schloss er, dass es unmöglich war, Leor zu verfehlen.

»Das ist das letzte Zimmer, das ich Euch anbieten kann«, meinte die Frau und öffnete eine Tür. »Leider nur ein Bett. Dafür einen separaten Baderaum mit warmem Wasser.«

Ohne ein Wort zu sagen, warf Marasco den nassen Mantel über einen Stuhl und verschwand im Bad. Sam stand in der Tür neben der Frau und betrachtete den Raum. Ein paar Bilder von

Blumen hingen an den kahlen Holzwänden, es gab drei Stühle, ein Bett und einen grauen Teppich am Boden. Am Fenster hingen dunkelgrüne Vorhänge und draußen zog ein Gewittersturm vorüber, wie er es schon seit langem nicht mehr gesehen hatte.

»Wir haben einen Luftraum im Dachstock«, sagte die Frau. »Ich kann Eure Kleidung aufhängen. Dann ist sie im Nu wieder trocken. Legt sie einfach in den Korb im Gang. Habt Ihr sonst noch einen Wunsch?«

»Wein«, antwortete Sam niedergeschlagen. »Bringt uns zwei Flaschen Wein.«

Sobald die Frau weg war, trat er erschöpft ans Fenster. Der Sturm hatte kein bisschen nachgelassen. Das Blitzgewitter bot ein Spektakel besonderer Art und jeder Donnerschlag ließ das Gebäude erbeben. Nachdem die Wirtin den Wein gebracht hatte, nahm er eine Flasche und ging in den Baderaum. Marasco lag mit einem Tuch über dem Gesicht in der Wanne und am Boden verstreut lag seine nasse Kleidung.

»Geh raus.«

Sam trat neben ihn und stellte die Flasche auf den Beckenrand. Da streifte Marasco das Tuch auf seine Stirn und schaute zu ihm hoch. Es war ihm ernst, das konnte Sam in seinen Augen sehen.

Seine Launen wechseln schneller als das Wetter. Kopfschüttelnd sammelte Sam die nassen Kleidungsstücke ein und stellte sie im Korb vor die Tür. In einem Hemd aus weißem Leinen setzte er sich aufs Bett und trank Wein. Nervös wippte er mit dem Fuß auf und ab und verfluchte das Gewitter.

Zweifellos war das Treffen mit Kato sehr aufschlussreich gewesen, doch er wurde das Gefühl nicht los, dass Marasco ihn auf etwas vorbereiten wollte. Etwas, das noch nicht eingetroffen war. Je mehr Informationen Sam hatte, umso irritierter war er. Allmählich begriff er, dass auch er einen Plan brauchte, denn Marasco weiterhin blind zu folgen, konnte verheerend sein. Seit Marasco seine Erinnerungen zurückhatte, wirkte er viel konzentrierter. Und schließlich hatte er selbst gesagt, dass sein einziges Ziel Leor war. Und obwohl die Zeit nicht auf seiner Seite stand, spielte er mit ihr. Denn schließlich war doch die oberste Priorität, diese Magierin zu finden, die für Marascos Fluch verantwortlich war. Und da sie mit dem Königshaus von Aryon und somit wohl auch mit Leor in Verbindung stand, musste er Leor finden, bevor Marasco ihn tötete.

Sam trank einen großen Schluck und verzog das Gesicht. Seine Prioritäten verschoben sich gerade, was ihm Kopfschmerzen bereitete. Allerdings war ihm die Rolle des Meisters noch immer unklar. Denn, welchen Grund hatte es, Marasco bloß ein so kurzes Zeitfenster zu geben? Wenn der Heiler schon die Fähigkeit hatte, Marasco die Erinnerungen zurückzugeben, dann hätte er das doch auch früher tun können? Da kam Marasco mit einem Tuch um die Hüften aus dem Bad und setzte sich auf den Stuhl an der Wand.

»Woher wusstest du von den Kindern?«, fragte Sam.

Eine Weile schaute Marasco ihn stumm an. »Ich war da. Ich saß oben in einer Luke und schaute zu.«

»Ich war zehn Jahre alt, als plötzlich jede Menge Kinder verschwanden. Zwei davon waren meine Freunde. Meine einzigen Freunde, die ich je hatte. Und du hast nichts getan! Warum?«

»Ich werde mich dafür nicht rechtfertigen.«

Die Erinnerungen an seine Kindheit verursachten noch immer Schmerzen in Sams Brust. Er war ein Außenseiter gewesen und mit seinen bandagierten Händen in den Augen der Gemeinschaft von Pahann ein verrückter Bengel. Und nach dem Sturz in den See war alles noch viel schlimmer geworden. Immer wieder war er nachts erwacht, schreiend und völlig außer sich ob Katos Erinnerungen, die ihn in seinen Träumen heimgesucht hatten. Eines Nachts saß Kato neben seinem Bett und weinte. »Bitte, werde wieder gesund«, hatte er gefleht. Er hatte sich schlafend gestellt. Das war der Moment, an dem er festhalten wollte, doch es gelang ihm nicht. Er bekam die Bilder, wie Kato diese Kinder getötet hatte, nicht mehr aus seinem Kopf. Und er wusste, sollte es ihm nicht gelingen, sein wahres Ich zu verbergen, wäre er bald auch einer von ihnen. Tränen sammelten sich in seinen Augen und als er bemerkte, wie Marasco ihn beobachtete, rieb er sich sofort das Gesicht und trank einen großen Schluck Wein.

»Du solltest nicht allein trinken«, sagte Marasco. »Das macht dich ganz weinerlich und armselig.«

Fassungslos schüttelte Sam den Kopf. Tatsächlich schaffte Marasco es, dass er sich noch schlechter fühlte. Marasco strich sich die nassen Haare zurück und verschränkte die Arme hinter dem Kopf.

»In Pahann lernte ich ein Mädchen kennen«, fing er an zu erzählen. »Ihr Name war Anju. Eine wunderschöne, junge Frau. Sie hatte mir komplett den Kopf verdreht. Nach all den Jahren, die ich in Trauer verbracht hatte, war sie die Erste, die mich daran erinnerte, was es hieß, etwas zu fühlen. Nicht, dass ich der Meinung war, Gefühle wären etwas Gutes, doch diese Frau regte etwas in mir. Ich war ihr komplett verfallen. Die meiste Zeit verbrachte ich in ihrem Bett. Und wenn ich nicht da war, gab es keinen Ort, an den ich mich mehr sehnte. Ich konnte nicht genug von ihr kriegen. Ihr blondes Haar. Ihre roten Lippen. Ihre hellgrünen Rehaugen. Sie gab mir das Gefühl, ein Mensch zu sein.

Eines Tages beauftragte mich der Meister, in die Orose zu fliegen. Ich weigerte mich, schrie ihn an und verfluchte ihn. Er schlug mich zu Boden und drohte mir mit dem Tod. Der Gedanke, nicht mehr mit Anju zusammen sein zu können, lähmte mich so sehr, dass ich ihm gehorchte. Wie lächerlich mir das heute alles erscheint, wo ich mir doch nichts sehnlicher als den Tod gewünscht habe. So hat mir der Meister schlussendlich das Leben gerettet.

Als ich zurückkehrte, war Pahann nicht mehr dieselbe Stadt wie zuvor. Anju war tot. Doch es machte mir nichts aus. Es stellte sich heraus, dass sie eine Magierin gewesen war. In meiner Abwesenheit waren viele Magier getötet worden. Es war Kato. Er tötete sie alle.«

Bei Katos Namen schaute Sam überrascht auf und fragte sich, ob dies tatsächlich ein Versuch von Marasco war, ihn mit dieser Geschichte aufzuheitern.

»Das war fast siebzig Jahre vor deiner Geburt«, fuhr Marasco fort und nahm die Arme runter. »Als Kato sich an die Seher machte, interessierte das keinen mehr.«

Sam schluckte und hatte das Gefühl, dass der Dolch noch immer zwischen seinen Rippen steckte. Marasco trank einen Schluck und schaute vor sich ins Leere.

»Es ist leicht, ihnen zu verfallen«, sagte er mit ausdrucksloser Miene. »Alles um einen herum verschwindet in Vergessenheit und man merkt nicht, wie die Zeit vergeht. Man ist wie in einer Blase gefangen. Du musst stark sein, wenn du es mit einem Magier zu tun hast. Misstrauen ist das Beste, was du ihnen entgegenbringen kannst. Denn sie sind egoistisch und denken nur an ihre eigenen Vorteile.«

»Es war dir egal«, bemerkte er. »Die Kinder waren dir egal. Hab ich recht?«

»Du solltest dich ausruhen«, meinte Marasco und trat ans Fenster. »Und hör auf zu trinken.«

Erst als Sam in der Badewanne lag, spürte er, wie erschöpft er war. Sein Geist war müde und es fiel ihm schwer, seine Gedanken zu ordnen oder sich überhaupt auf irgendetwas zu konzentrieren, also tauchte er unter.

76

Der Himmel leuchtete in einem zarten Rosa und in der frischen Morgenluft lag der Duft von nassem Gras. In den Pfützen auf den Pflastersteinen spiegelten sich die umliegenden Scheunen und Stallungen. Ein Mann führte ein paar Pferde aus einer Scheune auf eine Koppel. So friedlich sich der Morgen auf dem Gehöft abspielte, Sam fühlte ein riesiges Loch der Trauer, das sich in ihm ausbreitete. Als der Wirt hinter ihm aus dem Gasthaus kam und einen Eimer mit Wasser ausleerte, sagte er: »Ihr solltet Eure Sachen packen und nach Süden ziehen.«

Der alte Mann hielt kurz inne, zuckte mit den Augenbrauen und nickte ihm höflich zu. Sam ging einen Schritt auf ihn zu, doch der Mann kehrte mit dem leeren Eimer zurück ins Gasthaus und machte die Tür hinter sich zu. Konsterniert stand Sam da und fragte sich, warum die Menschen nicht zuhören wollten – außer Marasco, der den armen Wirt glauben gemacht hatte, dass sie bereits bezahlt hatten.

»Hör auf, dir Vorwürfe zu machen«, sagte Marasco, der bereits auf dem Platz stand, sich streckte und tief einatmete. »Du kannst nicht alle retten.«

»Als ob dir Trosst so egal wäre. In diesem Moment verlassen die Männer eine Stadt, von der heute Abend nichts mehr übrig sein wird.«

Marasco flog aufs Dach des Gasthofs und kauerte nieder. »Sieh es dir an!«

Sam flog zu ihm hoch und landete neben der Traufe. Die frische Morgenluft war so klar, dass sich das Resto Gebirge in seiner ganzen Pracht vor ihnen präsentierte. Die Sonne tauchte die schneebedeckten Gipfel in leuchtendes Gold. Wie eine Wand deuteten die Felsen das Ende Aryons an. Gegen Osten sowie gegen Westen war kein Ende zu sehen. *Da hatte die Nacht ihr*

Gutes, dachte er. Zu sehen, was vor ihm lag, ließ ihn plötzlich an seinen Fähigkeiten zweifeln.

»Wir fliegen entlang der Passage«, erklärte Marasco, als hätte er seine Besorgnis gespürt. »Wir fliegen tief, sodass uns die Luft nicht ausgeht. Die Männer aus Trosst werden Leors Lager nicht vor morgen Mittag erreichen.«

»Wo wird dieses Lager sein?«

»Ich nehme an auf der südlichen Seite der Passage. Dort gibt es eine große, windgeschützte, steinige Ebene. Wenn er eine Armee im Resto Gebirge aufbauen will, dann ist das der einzige Ort dafür. Wir können sein Lager heute Nachmittag erreichen.«

»Was hat Leor vor?«

»Er wird die Männer kriegstüchtig machen. Das wird eine Weile dauern, und er wird um jeden Tag froh sein, an dem die Paha sich im Norden austoben.«

»Soll das heißen, er hat den Norden aufgegeben?«

»Ich an seiner Stelle würde warten, bis die Paha sich über das Gebirge auf den Weg nach Süden machen, und jeden Tag für die Ausbildung der Männer nutzen.«

Ehrfürchtig betrachtete Sam das scheinbar unbezwingbare Gebirge.

»Du schaffst das schon«, sagte Marasco bedenkenlos und stand auf.

»Wie oft bist du schon auf die andere Seite geflogen?«

»Ein paar Mal. Die Mädchen im Süden haben es in sich.«

»Was denn sonst.«

»Dann los!«, sagte Marasco voller Tatendrang und flog davon.

Sie überquerten weitläufige, beackerte Landschaften mit Höfen und Weilern und stärkten sich auf einem Feld an Saatkrähen, bevor die Ackerlandschaft immer steiniger wurde und langsam anstieg. Der Weg hinauf war mit einem großen, schwarzen Holztor markiert, dessen Pfeiler wie Baumstämme drei Stockwerke in die Höhe ragten und einen so massiven Querbalken trugen, der selbst fast ein halbes Stockwerk hoch war. Eine goldene Inschrift kennzeichnete den Beginn des Resto Gebirges und wies die Menschen darauf hin, auf ihrer Reise große Vorsicht walten zu lassen. An beiden Pfeilern war Aryons Habicht aufgemalt und auf dem Platz vor dem Zugang verkauften Händler Pelzmäntel und getrocknetes Fleisch.

Die Raben flogen über das Tor hinweg und folgten dem einzigen Weg hinauf zum Pass. Der Pfad wirkte wie eine Schneise, die in den Fels gehauen war. Zu beiden Seiten ragten die Felswände senkrecht empor. Die Passage wurde zunehmend enger, sodass höchstens noch zwei Fuhrwagen nebeneinander fahren konnten. Vorbei an mehreren Wasserfällen und dunklen Schluchten erreichten sie die Höhe, wo es nur noch Schnee und Eis gab. Die Temperaturen sanken, die Luft wurde dünner und ein eisiger Wind schlug Sam entgegen. Jeden Sonnenstrahl versuchte er, in sich aufzunehmen. Er wollte sich gar nicht erst vorstellen, wie es gewesen wäre, wenn er sich nachts im Sturm auf den Weg gemacht hätte.

Die Erleichterung war riesig, als die Steigung in die entgegengesetzte Richtung kippte. Sie flogen aus den engen Schluchten hinaus und gelangten auf eine steinige Ebene. Ein großes, rotes Holztor markierte den Pass und auf beiden Seiten wehten die weißen Habichtfahnen Aryons im Wind. Marasco zog nach links über einen Kamm hinweg und landete auf einem Felsvorsprung, von wo aus sich ihnen freie Sicht über einen Talkessel bot, wo Leor sein Lager aufgebaut hatte.

Die Anordnung der unzähligen Rundzelten glich einer Heuschrecke mit ausgestreckten Fühlern. Es gab Plätze, auf denen auf offenen Feuern gekocht wurde. Am Kopf des Käfers lag das Zelt des Königs, vor dessen Eingang mehrere Wachen standen und eine weiße Flagge im Wind wehte. Sam fiel es schwer einzuschätzen, wie viele Männer Leor hatte mobilisieren können, schließlich waren die Truppen aus Trosst noch nicht eingetroffen. Doch er zweifelte daran, dass er gegen die 10.000 Nordmänner aus Kolani eine Chance hatte. Hier hatten sich kriegsunerfahrene Männer zu einer Armee zusammengeschlossen, die nichts ahnend ihre Waffen wetzten und die Hufe ihrer Pferde reinigten. Bis anhin waren es die Vasallen, die in den Städten für Ordnung gesorgt hatten. Nun war es deren Aufgabe geworden, Bauern, Handwerker und Händler in Bogenschießen und Schwertkampf zu unterrichten. Sam weigerte sich jedoch zu glauben, dass Leor tatsächlich so dumm und naiv war, die Paha und Sumen zu unterschätzen – Volksstämme, denen die Jagd seit fünf Generationen im Blut lag.

»Mir ist nicht wohl bei der Sache«, sagte Sam und wandte sich Marasco zu. »Lass mich zuerst mit Leor reden. Lass mich herausfinden, wo diese Magierin ist. Morgen ist der letzte Tag. Wenn du dich schon nicht darum kümmerst, dann gib wenigstens mir eine Chance, bevor du Leor tötest.«

»Wenn der König erst einmal tot ist, kommt die Hexe von ganz allein aus ihrem Loch gekrochen.«

»Das reicht aber nicht! Dir läuft die Zeit davon und du tust so, als wäre es dir egal!«

»Ich werde bestimmt nicht zusehen, wie du Leor die Hand streichelst, nur um an seine Erinnerungen zu gelangen! Wie stellst du dir das vor? Verkleidest du dich als Frau und versteckst dich in seinem Harem?«

»Gib mir Zeit bis Sonnenuntergang.«

»Nein.«

»Was soll das?«, fragte Sam verärgert und gab ihm einen Schubs. »Du denkst noch immer, dass ich dem nicht gewachsen bin.«

Völlig unverhofft schlug ihm Marasco die Faust ins Gesicht. Sam drehte zur Seite und landete auf den Knien. Bevor er sich zur Wehr setzen konnte, drehte Marasco seinen Arm auf den Rücken, sodass er sich nicht mehr bewegen konnte und vor Schmerzen schrie.

»Du bist dem nicht gewachsen!««, zischte Marasco neben seinem Ohr. »Du bist ein Jäger! Du hast keine Ahnung, wie man kämpft! Es ist zu gefährlich. Was ist daran so schwer zu verstehen?«

»Lass mich los! Denkst du wirklich, ein Leben ohne Erinnerungen wäre besser als das hier? Der Meister wird dir den Tod nicht schenken. Ihm liegt zu viel an dir. Sonst hätte er dir nicht deine Erinnerungen zurückgegeben.«

»Ich habe nie gesagt, dass es besser ist.« Dabei packte er Sam am Kragen und zog ihn hoch. In Marascos Stimme machte sich plötzlich Verzweiflung breit. Es war das erste Mal, dass er sie nicht zu verbergen versuchte. »Doch sollte es so weit kommen, bin ich bereit, die Konsequenzen zu tragen. Wer weiß, ob es ein Fluch ist oder nicht. Doch es gibt nichts, das für mich wichtiger ist als Leors Kopf. Und solange er lebt, muss ich zumindest dich vor ihm beschützen.«

Schroff stieß Marasco ihn wieder zu Boden und drehte ihm den Rücken zu.

»Die Blutlinie deines Vaters zerstören! Ist das alles?«, rief Sam wütend und stand auf. »Du bist auf einem Feldzug, der dich ins Nichts führt! Ja, ich habe die Freiheit auch gewollt! Aber nicht so! Was soll ich denn allein mit der Ewigkeit anfangen? Die Paha sind nicht Teil davon! Und Leor schon gar nicht!«

»Bitte, Sam«, sagte Marasco ruhig und senkte den Kopf. »Wenn wir zu Leor gehen, sieh zu, dass du sicher bleibst. Lass ihn nicht wissen, dass du ein Mensch bist. Nur so hast du eine Chance.«

Sam runzelte die Stirn. Dass Marasco ihn als Mensch bezeichnete, hatte wohl mehr zu bedeuten, als er bisher angenommen hatte. »Du verbietest mir zu kämpfen?«

»Solange du dich nicht selbst verteidigen kannst, tust du, was ich sage!«

»Hör auf!«, rief er und packte seinen Arm. »Wir machen das zusammen!«

»Und was dann? Wir wissen nicht, was uns da unten erwartet. Wenn etwas schiefgeht, hast du eine zweite Chance. Ich bin hier der Köder, Sam! Verstehst du? Denn ich bin mir sicher, Leor weiß ganz genau, wer ich bin.«

Erschüttert wich Sam einen Schritt zurück. Er wusste, seine Sinne waren getrübt von der Hoffnung, die er hegte. Im Gegensatz zu ihm ging Marasco die Sache sehr realistisch an. Er ging einfach vom Schlimmsten aus. All ihre Niederlagen und Rückschläge hatten Sam gezeigt, dass er ihm in dieser Hinsicht vertrauen konnte. Marascos Haltung tat ihm deshalb umso mehr weh.

»Hör auf, so zu reden«, sagte er mit schwacher Stimme und ballte die Hände zu Fäusten. Mit aller Kraft schaute er hoch und schrie ihn an. »Hör auf, so zu reden und bring mir bei, wie man kämpft!«

»Wir haben keine Zeit«, sagte Marasco leise und wandte sich von ihm ab.

Als Sam sah, wie er stockend durchatmete, begriff er, dass es Marasco keineswegs egal war. Sam hatte gedacht, er würde bloß Zeit vertrödeln, doch nun erkannte er, dass auch Marasco nach Lösungen gesucht hatte, die Magierin zu finden. Im Unterschied zu ihm war Marasco einfach früher klar geworden, dass er ihn besser auf ein Leben ohne ihn vorbereitete, als etwas nachzujagen, das unausweichlich schien. Das Treffen mit Kato hatte tatsächlich dazu beigetragen, dass sich seine Sicht auf die Dinge verändert hatte. Er sah sich nicht mehr als den kleinen, hilflosen Jungen aus Pahann. Umso mehr schmerzte ihn die Tatsache, dass Marasco dies für ihn getan hatte und ihm jetzt dennoch verbot zu kämpfen. Traurig trat er hinter ihn; am liebsten hätte er den Kopf an Marascos Schulter gelegt.

»Komm«, sagte Marasco niedergeschlagen. »Es wird Zeit, dass du Leor kennenlernst.«

Sams Lungen zogen sich zusammen und es fühlte sich an, als hätte er Nadeln in der Brust stecken, als er zusah, wie Marasco über den Zelten kreiste. Ihm blieb keine andere Wahl, als ihm zu folgen.

Marasco stand bereits vor dem Eingang des königlich weißen Zeltes und sprach mit einem Mann, der fast einen Kopf größer und doppelt so breit wie er war. Er trug ein Bärenfell und der Kopf des Bären diente dabei als Kapuze. Auf dem Rücken trug der Mann ein großes Schwert und im Gürtel steckte eine hölzerne, genoppte Keule. Er hatte ein kantiges Gesicht und plusterte sich mit den verschränkten Armen und den vielen Muskeln wie ein Gockel vor Marasco auf. Fünf Wachen richteten ihre Speere auf ihn und hielten ihn in Schach.

Was für ein absurdes Bild, dachte Sam, worauf er laut krähte und auf Marascos Schulter landete.

»Das ist Kro«, beantwortete Marasco die unausgesprochene Frage des Bären. »Er gibt mir Rückendeckung.«

Der Mann spuckte einer Wache vor die Füße. Dann wanderte sein Blick zu Marascos Schwertern. »Deine Waffen«, brummte er und streckte die Hand aus.

Marasco zögerte einen Moment, kniff leicht die Augen zusammen und schaute den Mann misstrauisch an. Doch dann löste er tatsächlich die Schwerter von seinem Gürtel und reichte sie ihm. Sam krähte laut auf und tappte nervös von einem Fuß auf den anderen. Das kam ihm alles viel zu einfach vor; fast so, als wäre Marasco erwartet worden. Ohne Worte wies der Bär die fünf Wachen an, draußen zu bleiben, und führte Marasco hinein.

Das erste Zelt war ein Windschutz, das sich im Abstand von fünf Schritten über das Hauptzelt stülpte. Die ganze Pufferzone war mit blauen Teppichen ausgelegt und beim Eingang zum Hauptzelt standen zwei Wachen in weißen Livreen neben silbernen Kandelabern. Der Bär zog den Vorhang zur Seite und wies Marasco an einzutreten.

Auf einem mit Gold verzierten Holztisch stapelten sich prachtvolle Blumenbouquets, frisches Obst, Kartoffeln, Truthahn und gekochter Fisch. Gegenüber stand ein schwerer Holztisch mit gedrechselten Beinen und Blattschnitzereien. Darüber hing eine Landkarte, die Aryon und das südliche Kolani zeigte. Der Raum war mit einem durchscheinenden, weißen Vorhang geteilt. Davor stand ein massiver, holzgeschnitzter Stuhl, der durch die beiden Kandelaber auf beiden Seiten den Anschein eines Thrones erweckte. Hinter den weißen Tüchern tummelten sich auf einem Bett ein paar Mädchen. Blonde, braune, rote und schwarze Haare huschten auf alle Seiten und ein leises Kichern drang hervor.

Der Bär wies Marasco an, ein paar Schritte vor dem Thron stehen zu bleiben und machte sich durch ein Räuspern bemerkbar. Da wurde es plötzlich still. Die Mädchen bedeckten sich und zogen sich an. Eine Schwarzhaarige holte einen dunkelgrünen Mantel und legte ihn über die Schultern der Blonden. Diese band die Haare zusammen und knöpfte den Mantel zu. Dann drehte sie sich um und trat hinter dem weißen Vorhang hervor. Sam krähte laut auf, als er erschrocken feststellte, dass es ein Mann Anfang dreißig war. Es war tatsächlich Leor, der König von Aryon. Seine feinen Gesichtszüge strahlten eher die Schönheit einer Frau als die eines Mannes aus. Mit seinen silbern schimmernden Haaren sah er aus wie ein Engel. Sanft lächelnd trat er vor Marasco und musterte ihn von oben bis unten. Sam konnte seine Aufregung nicht zurückhalten und krächzte erneut. Leor warf ihm einen missbilligenden Blick zu, setzte sich selbstgerecht auf den Thron und legte ein Bein über das andere.

Marasco blieb überraschend ruhig. Offenbar wusste er genau, wer Leor war und hatte sich auch nicht von den Mädchen irritieren lassen. Eine Weile sagte keiner von beiden ein Wort, als ob sie darauf warteten, bis auch das letzte Mädchen sich bedeckt und durch einen Hinterausgang das Zelt verlassen hatte. Der Bär positionierte sich neben dem Thron und schaute Marasco grimmig an. Sam wurde das Gefühl nicht los, dass es eine Falle war. Nervös flatterte er mit den Flügeln und krähte laut.

»Marasco«, sagte Leor gelangweilt. »Bring den Vogel zum Schweigen.«

Seine sanfte und weiche Stimme war Sam unheimlich und er unterdrückte mit großer Mühe jeden Ton, der in ihm hochkam.

»Du weißt also, wer ich bin«, bemerkte Marasco ruhig.

Leor lächelte und wischte mit der Hand die Luft vor seinem Gesicht weg. »Eine Horde Wilder zieht plündernd nach Süden und weidet sich genüsslich an den Herzen armer Vögel. Da ist ja wohl klar: Marasco kann nicht weit sein. Schön, dich zu sehen, Bruder.«

Marasco blieb stumm und schaute Leor mit finsterem Blick an.

»Es ist mir eine Ehre, dich kennenzulernen«, fuhr Leor fort. »Mein Vater und mein Großvater sind bestimmt neidisch auf mich. Selig haben sie die Götter. Das sagt man doch so, oder?«

»Die Götter sind tot«, sagte Marasco abschätzig.

Leor lächelte und stand von seinem Thron auf. Langsamen Schrittes trat er näher. Seine kühlen, blauen Augen strahlten eine arrogante Zuversicht aus, während er sich auf kindliche Art hinter seinem unschuldig wirkenden Äußeren versteckte. Er blieb vor Marasco stehen und legte lieblich den Kopf zur Seite. »Tot? Bist du hier, um das zu beweisen? O Marasco. Wenn wir uns doch nur viel früher begegnet wären, bevor du deine Erinnerungen zurückhattest. Ich hätte dich zu meinem persönlichen Leibwächter gemacht. Doch wie es aussieht, sind wir nun Feinde.«

»Wir waren schon Feinde, bevor du geboren wurdest. Ich brauche meine Erinnerungen nicht, um dich zu hassen.«

»Nein«, erwiderte Leor gelassen und setzte sich wieder hin. »Solange du dich erinnerst, sind wir Feinde. Du hast rechtmäßigen Anspruch auf den Thron. Das kann ich nicht zulassen.«

»Ich will den Thron nicht«, schnaubte Marasco angewidert. »Was soll ich damit?«

»Waaru hat ein großartiges Land erschaffen. Du solltest es wertschätzen.«

»Ich würde es dem Erdboden gleichmachen, wenn ich könnte. Waaru hat es vergiftet. Die Paha sind nur eine Ausgeburt seiner Gier.«

»Tausendeinhundertundsiebzig Monde«, sagte Leor mit einem fiesen Grinsen im Gesicht. »Morgen ist der letzte Tag. Sobald die Sonne untergegangen ist, ist deine Zeit abgelaufen. Du brauchst dir um Aryon also keine Gedanken mehr zu machen.«

Sam unterdrückte ein Keckern darüber, dass Leor über Marascos Zustand offenbar bestens informiert war und nur noch die Stunden zählte, während dies Marasco völlig kaltließ. Am liebsten wäre er hinuntergeflogen und hätte ihn geschüttelt.

Wie kann er all das einfach ignorieren? Warum hatte er es überhaupt zugelassen, dass sie ihm die Waffen abnahmen? War es etwa eine Frage der Ehre, seinem Gegner zuerst unbewaffnet gegenüberzutreten?

Er versuchte, sich damit zu beruhigen, dass Marasco unmöglich so leichtsinnig sein konnte, tappte nervös von einem Fuß auf den anderen und wippte mit dem Kopf.

»Aryon ist mir egal«, erklärte Marasco.

»Aryon braucht einen König. Einen König wie mich. Ohne mich wäre Aryon gar nichts. Die Sache mit den Paha ist das Beste, das mir passieren konnte. Sie erinnert mein undankbares Volk daran, dass es einen König hat. Und wenn ich es will, springt die ganze Herde über eine Klippe. Ich werde ihren Kampfgeist und ihre Verehrung für mich noch steigern, indem ich ihnen *dich* präsentiere. Du, der du dich nachts in mein Gemach geschlichen und versucht hast, mich zu erdolchen. Den Tod für jeden, der es wagt, den König anzugreifen!«

»Ich werde dich nicht angreifen«, schnaubte Marasco. »Ich werde dich töten.«

Leor setzte sein überhebliches Lächeln auf. Als er dem Bären das Zeichen gab, Marasco zu ergreifen, flog Sam hoch zum Rauchabzug und setzte sich dort auf ein Querholz. Der Bär hatte bereits die Hand an der Keule, doch es war ihm nicht möglich, sich zu bewegen. Da legte Marasco den Kopf zur Seite und schaute ihn an. Der Bär gab grunzende Laute von sich, zu mehr war er nicht fähig.

Sam hatte es geahnt, doch als er sah, wie Marasco seine Kräfte im Griff hatte, lief ihm ein kalter Schauer über den Rücken. Er erinnerte sich an den Mann in Onka, der ihm auf Marascos Befehl hin seinen Platz überlassen hatte, und fragte sich plötzlich, ob Marasco seine Kräfte auch bei all den Mädchen anwandte. Natürlich hatte er das Aussehen, doch er brauchte sie bloß anzusehen und sie kamen angeflogen. Ihm war auch nicht entgangen, dass sich Marasco anders verhielt, seit er seine Erinnerungen zurückhatte, und dachte an den Vorfall in Limm, wo das Mädchen schreiend aus der Höhle gestürmt war. Ob bewusst oder nicht, Marasco hatte bereits in Limm angefangen, seine Kräfte auszuloten und Macht auszuüben. Er spielte mit ihr. Und als Marasco ihn geküsst hatte, war dies wohl der letzte Versuch gewesen, ihm seinen Willen aufzuzwingen, da er gegen seine Kräfte offenbar immun war. Und all das versteckte Marasco hinter einer ausdruckslosen Miene. Selbst in diesem Moment schaute er den Bären an, als wäre ihm alles völlig egal.

Leor verzog das Gesicht und krallte sich wütend an den Stuhllehnen fest. Dann sprang er von seinem Thron und griff Marasco an. Der wich seinem Schlag aus und ging unbeirrt zum Gegenangriff über – dennoch wirkte er überrascht und hatte offenbar nicht damit gerechnet, wie energisch sich Leor gegen seine Willenskraft zur Wehr setzen würde.

Trotz Leors harmlos wirkendem Äußeren war er sehr schlagkräftig, wirbelte flink herum, wehrte Marascos Schläge ab und schlug ihm das Schienbein in die Flanke. Marasco drehte sich und versetzte Leor einen Hieb in die Seite. Als er nachsetzen wollte, wehrte Leor seinen Schlag ab. Er drückte Marasco von sich und ging erneut auf ihn los. Der Bär stand derweil noch immer reglos neben dem Thron und kämpfte vergebens gegen Marascos Kräfte an.

Marasco ohne Schwerter kämpfen zu sehen, erklärte Sam nun auch, was er zuvor mit Selbstverteidigung gemeint hatte, und er musste sich eingestehen, dass er gegen Leor keine Chance gehabt hätte. Zudem erkannte er, dass Marasco sich während ihres Streits im Flussbett gezügelt hatte. *Er hat mich zum Narren gehalten,* dachte er. *Und ich muss ihm gar dankbar dafür sein, dass er mich auf diese Weise verschont hat.*

Da rammte Marasco Leor den Ellbogen ans Kinn, riss ihn herum und würgte ihn. Indem er hinter ihm stand und Leor im Schwitzkasten hielt, zwang er ihn in die Knie.

Leor lachte. Selbst als Marasco noch fester zudrückte und seine Stimme erstickte, blieb das Grinsen in seinem Gesicht. Wütend riss Marasco Leors Kopf zurück, presste die Hand auf seine Stirn und schaute ihn mit knirschenden Zähnen an.

»Deine Kräfte wirken bei mir nicht«, gluckste Leor.

Marasco kniff die Augen zusammen und schaute ihn böse an. Dann riss er Leors Kopf herum und brach ihm das Genick. Ein kurzes und absolutes Knacken, und Sam krächzte erschrocken auf.

Stille.

Marasco ließ Leor zu Boden fallen und blickte schwer atmend und mit düsterem Blick zum Bären. Langsam trat er näher zu ihm. Durch Marascos Willenskraft war es dem Mann noch immer nicht möglich, sich zu bewegen.

Da ertönte plötzlich ein Lachen. Erschrocken drehte sich Marasco um. Es war Leor, der aufstand und den Kopf mit einem leisen Knacken nach links und rechts kippte.

»Ich sagte doch, deine Kräfte wirken bei mir nicht«, sagte er lieblich. »Du hast keine Chance gegen mich – dafür haben meine Vorfahren gesorgt. Du hast deine Erinnerungen verloren und wir wurden mit einem Schutzzauber belegt. Ich lachte, als ich als Kind davon erfahren hatte. Ein Schutzzauber gegen jemandem, der ohnehin nicht mehr wusste, wer er war. Wie lächerlich! Du warst ja schließlich keine Bedrohung mehr. Doch offenbar lag ich falsch. Das erste Mal in der Geschichte meiner Familie hat sich dieser dumme Zauber bezahlt gemacht. Du kannst mir das Genick brechen, so oft du willst. Kannst mich erdolchen oder verprügeln. Nichts wird mich töten. Ich bin immun dagegen. Dafür hat Vinna gesorgt – der Königsbringerin sei Dank.«

Sam krähte vor Schreck. Vinna. *Vinna!* Den Namen hatte er doch schon einmal gehört.

»Dann schneid ich dich eben in Stücke!«, rief Marasco wütend und griff vergebens nach den Schwertern, die gar nicht mehr an seinem Gürtel hingen.

In dem Moment schwang der Bär seine Keule und schlug sie Marasco auf den Kopf. Marasco sackte zu Boden und blieb reglos liegen. Blut floss über seine Stirn auf den Teppich. Sam krähte entsetzt auf. Leor trat Marasco ein paar Mal in den Bauch; nicht um sicherzugehen, dass er bewusstlos war, sondern aus Spaß. Dabei lachte er wie ein irres kleines Kind und schaute zu Sam hoch.

»Mach, dass du wegkommst, du blödes Vieh!«, schrie er. »Ich habe dich befreit! Dein Meister wird die Sonne so schnell nicht wiedersehen!«

Sam krähte und wippte nervös mit dem Kopf.

»Na los!«, schrie Leor außer sich und warf ihm die Hände entgegen. »Verzieh dich!« Nur langsam beruhigte sich Leor wieder, richtete seinen Umhang und trat an den Tisch. Er zog eines von Marascos Schwertern heraus und schaute es sich genauer an.

»Bring ihn persönlich nach Saaga und wirf ihn ins Loch«, sagte er zum Bären. »Ich werde ihn morgen dem Volk präsentieren. Leg ihm eine Augenbinde an. Das wird ihn davon abhalten, dich und alle anderen zu seinen Marionetten zu machen. Und sorgt dafür, dass er nicht davonfliegt.«

Der Bär legte Marasco über die Schulter und verließ das Zelt. In der Nähe der Küchenzelte warf er Marasco in eine sargähnliche Kiste. Diese war mit vier großen Eisenschlössern verriegelt und mit Ketten auf einem Fuhrwagen befestigt. Im Deckel hatte es ein paar kleine Luftlöcher. Sam stand der Atem still, als er zusehen musste, wie der Bär mit zwei Wachen und Marasco ins Tal Richtung Saaga fuhr. Doch es war ausgeschlossen, dass er ihnen folgte. Leor hatte Vinnas Namen genannt. Er musste herausfinden, wo sie sich aufhielt. Und er musste Marascos Schwerter zurückholen.

77

Sobald die Sonne sich Richtung Westen senkte, veränderte sich das Licht auf dem Resto Gebirge und die steinige, graue Landschaft leuchtete in einem weißen Schimmer. Sam drehte seine Runden über dem Pass und versuchte, sich so gut es ging vom Zeltlager fernzuhalten. Je weiter sich Marasco von ihm entfernt hatte, umso mehr zogen sich seine Muskeln zusammen und in seinem Innern breitete sich eine Leere aus, die er zuvor noch nie gespürt hatte. Ein eisiger Wind zog von Norden her über den Pass und brachte einen sanften Graupelschauer mit sich, der den Boden mit einem weißen Film überzog.

Erst als die Sonne hinter dem Gebirge verschwunden war, kehrte er zurück zum Zeltlager und hüpfte durch das Rauchloch in Leors Zelt. Einzig zwei Kerzen brannten und erhellten den Raum mit spärlichem Licht. Als er die Schwerter vom Tisch nahm und an seinem Gürtel befestigte, stellte er erstaunt fest, dass beide zusammen gleich schwer waren wie das Dualschwert, das er in Limm in den Händen gehalten hatte. Die Schmiede der Orose hatten zweifellos ihre ganz eigene Technik.

»Ich hätte es mir denken können, dass Marasco nicht allein unterwegs war«, sagte plötzlich eine Stimme.

Es war Leor, der bedächtig hinter einem Vorhang hervortrat und höflich lächelte. Er trug lediglich eine blaue Hose aus Baumwolle und einen weißen Morgenrock aus Seide, der so lose zusammengebunden war, dass Leors unbehaarte Brust zu sehen war. Die Miene des Königs veränderte sich und er schaute ihn mit durchdringendem Blick an.

»Ist Euch überhaupt klar, dass Ihr Euch in die Höhle des Löwen begeben habt?«

Sam atmete tief durch, zog die Schultern zurück und richtete sich auf; schließlich hatte er es darauf angelegt, Leor gegenüberzutreten. »Wo ist Vinna?«, fragte er.

»Vinna?«, wiederholte Leor und runzelte die Stirn. »Woher kennt Ihr Vinna?«

»Ich werde den Fluch brechen«, sagte Sam und trat einen Schritt näher zu Leor. »Aryon wird untergehen.«

»Große Worte, die Ihr da von Euch gebt. Schon mal daran gedacht, dass ich Euch töten könnte?«

»Du kannst mich nicht töten«, erwiderte er mit einem ebenso überheblichen Ton und löste an beiden Händen die Bandagen.

Leors Gesicht verdüsterte sich. Sam hatte ihn nicht nur als König beleidigt. Das verzogene Kind in ihm geriet durch seine Respektlosigkeit von einem Moment auf den anderen in Rage.

Leor schrie, stieß ihn zu Boden und schlug ihm mit aller Kraft die Fäuste ins Gesicht. Sam drückte dabei die Hände auf Leors nackte Brust und ließ ihn im Glauben, er versuche sich zu wehren. In Wahrheit aber verschaffte er sich Zugang zu Leors Erinnerungen und sog ihm die Energie aus dem Körper, wie Mai es ihn gelehrt hatte.

Leors Erinnerungen brachten ihn in den Palast von Kravon, in einen Garten mit einem Teich in der Mitte, umgeben von sorgfältig angeordneten und zugeschnittenen Bäumen und Sträuchern. Zügig schritt Leor über einen Steg und folgte dem kleinen Pfad hoch zu einem Haus. Ein warmer Wind wirbelte seine Haare auf und der salzige Geruch des Meeres lag in der Luft.

»Warum hast du das getan?«, rief Vinna hinter ihm.

Wütend warf Leor die Arme in die Luft. »Ich brauche Euch nicht bei allem um Erlaubnis zu bitten! Schließlich bin ich der König!«

»Wenn es um Kolani geht, hast du keine Entscheidungsgewalt!«, gab Vinna verärgert zurück und riss ihn am Arm herum.

Ihre feuerroten Haare rahmten ihr weißes Gesicht ein und sie starrte ihn mit einem hellen Blick eindringlich an. Um den Hals trug sie silberne Ketten und ihr weißes Spitzenkleid wehte im Wind.

»Und was wollt Ihr nun tun?«, fragte Leor. »Ihr seid zu spät. Die Brücken sind bereits im Bau.«

»Du Ignorant!«

»Nur weil Waaru gescheitert ist, muss das nicht auch für mich gelten«, sagte Leor selbstgefällig und zog den Arm zurück. »Wir alle haben ein bequemes Leben geführt. Ich habe es satt! Diese Brücken sind ein Symbol der Wiedervereinigung. Ich lade den Norden ein. Und wenn ich ihn erst für mich gewonnen habe, werden mir die Menschen aus Kolani aus der Hand fressen. Wir wissen beide, was für Schätze hinter dieser verfluchten Salzwüste und dem Urwald liegen. Es wäre eine Schande, wenn ich mir das nicht mit eigenen Augen ansehen würde.«

»Noch nie zuvor hat ein König gewagt, sich meinen Regeln zu widersetzen«, sagte Vinna. »Du hast keine Ahnung, mit wem du es zu tun hast. Das, was hinter der verfluchten Wüste oder dem Urwald liegt, sind keine schwachen Bauern! Aber solltest du Erfolg haben, sorge ich dafür, dass der Norden deinen Namen trägt. Doch scheiterst du und überlebst, werfe ich dich persönlich ins Loch und setze einen anderen auf den Thron.«

»Ihr habt kein Vertrauen in mich – das ist verletzend«, sagte Leor charmant. »Immerhin beweise ich doch mehr Mut als mein Vater und mein Großvater zusammen, die nicht einmal den Mumm hatten, nach Kolani zu ziehen.«

»Ich habe keine Schwächlinge herangezogen. Diese Männer bewiesen Rückgrat, indem sie in Aryon den Frieden wahrten. Mit Hochmut und Arroganz gewinnt man keine Kriege.«

»Ich ziehe nicht in den Krieg, meine Liebe. Ganz im Gegenteil. Ich bin meinen Vorvätern dankbar, dass ich beenden darf, was sie begonnen haben.« Leor verneigte sich in aller Höflichkeit und ging weiter seines Weges.

Der Wind war kühler geworden, als Sam bei der nächsten Erinnerung plötzlich am offenen Fenster des Arbeitszimmers stand und auf das türkisblaue Meer hinausblickte. Dunkle Wolken waren aufgezogen und ein Sturm kündigte sich an. Mit ernster Miene schaute Leor zu, wie die Wellen an den Klippen brachen.

»Nochmal, damit ich das richtig verstanden habe«, sagte er. »Man verbietet mir, Richtung Norden zu marschieren und ich halte mich daran. Ich baue Brücken, heiße sie willkommen und nun werde ich von diesen Wilden angegriffen?«

»So wird berichtet«, antwortete eine männliche Stimme.

Leor schrie und schlug das Gedeck vom Tisch. »Ich habe mich an die Regeln gehalten! Ich habe die Gesetze respektiert! Wie können sie es wagen!«

Da schlug plötzlich die Tür auf und Vinna eilte herein. »Ist es wahr?«, fragte sie. »Sie sind alle tot? Wer hat das getan?«

Der Hofschreiber, noch immer in gebeugter Haltung und mit einem Brief in der Hand, senkte den Kopf noch tiefer und räusperte sich. »Angeblich ein südlicher Sumenstamm aus Kolani.«

»Trommelt alle starken Männer zusammen, die ihr kriegen könnt«, befahl Leor. »In spätestens sechs Tagen will ich sie im Resto Gebirge haben. Diese Narren! Die wissen noch gar nicht, was sie erwartet. Scheint, als wäre die Zeit gekommen, dass sie für ihren Frieden kämpfen müssen.«

»Sehr wohl«, antwortete der Hofschreiber und verließ das Zimmer.

»Was?«, schrie Leor aufbrausend, als er Vinnas bösen Blick bemerkte. »Seid Ihr hier, um mich zu tadeln?«

»Du kannst aufhören so zu tun, als würde dich der bevorstehende Krieg beunruhigen. Ich sehe direkt durch dich hindurch«, antwortete sie mit einem Lächeln. »Scheint wohl so, als hätte deine Langeweile nun ein Ende.«

Leor grinste erleichtert. »Es gibt viel zu tun. Zeit, das Volk auf einen Krieg vorzubereiten.«

Sam wurde in die nächste Erinnerung getragen und fand sich im Resto Gebirge wieder. Im gleichen Zelt, wo er in eben jenem Moment von Leor verprügelt wurde.

»Sie hat allein den Pass überquert«, sagte eine Wache und öffnete den Vorhang des Zelts. »Sie sagt, sie hätte Informationen von höchster Wichtigkeit.«

Eine andere Wache führte eine Frau ins Zelt.

»Mein König!«, sagte sie und fiel vor Leor auf die Knie.

»Ich hörte, Ihr habt Informationen«, sagte Leor und musterte sie.

Tatsächlich war es die junge Frau mit den langen, kastanienbraunen Haaren aus Trosst, die ohnmächtig in Marascos Zimmer gelegen hatte.

»Trosst wird angegriffen«, sagte sie mit bebender Stimme.
Leor lachte und stand von seinem Thron auf. »Man sagte mir, Ihr hättet wichtige Informationen. Das ist mir nicht neu.«
Das Mädchen richtete sich auf und suchte nach den richtigen Worten. »Eine Armee greift Aryon an. Mindestens fünftausend Mann – wenn nicht mehr. Paha und Sumen. Sie sind auf dem Weg nach Trosst.«
Leor kniff die Augen zusammen. »Was wisst Ihr noch?«
»Sie nennen ihren Anführer Kato«, antwortete sie mit zittriger Stimme.
»Kato?« Vinna trat überrascht hervor. »Kato?«
»Ihr kennt ihn?«, fragte Leor.
Vinna ballte die Hände zu Fäusten. »Kato«, presste sie hinter zusammengebissenen Zähnen hervor. Dann schrie sie wütend auf und schlug zwei Blitze in den Boden. »Du hast dir deinen Gegner wirklich gut ausgewählt!«, rief sie und drehte sich um, um zu gehen. »Viel Spaß dabei!«
»Und da ist ein Rabe«, rief das Mädchen. »Er fliegt den Paha voraus.«
Im Ausgang blieb Vinna stehen und drehte sich um. »Ein Rabe sagst du?« Vinnas Blick verdüsterte sich und ihre Augen funkelten. »Marasco. Dieser Teufel!«, schrie sie außer sich.
»Etwa *der* Marasco?«, fragte Leor.
»Es war bloß eine Frage der Zeit«, sagte Vinna zu sich selbst. »Ein letztes Aufbäumen, bevor mein Zauber absolut wird. Das kann kein Zufall sein. Und er wagt es tatsächlich, für Kato den Todesboten zu spielen!«
»Er kann mir doch nichts anhaben, oder?«, fragte Leor.
Vinna schaute ihn an und lächelte. »Setz ihn für deine Zwecke ein. Führe ihn dem undankbaren Volk vor. Es braucht eine Motivation.«
»Was ist mit Trosst? Mit dem Norden Aryons?«, fragte Leor. »Überlassen wir die Leute einfach sich selbst?«
»Es ist zu spät«, sagte Vinna und ging Richtung Ausgang. »Sie retten zu wollen, wäre verschwendete Energie. Du wolltest einen Krieg. Da hast du ihn.«

Leors Erinnerungen verschwammen vor Sams Augen. Obwohl er versucht hatte, Leor die Energie auszusaugen, schlug der König weiterhin mit voller Kraft auf ihn ein. Jedes Mal, wenn ihn die Faust traf, glaubte er, jeden einzelnen Knochen in Leors Händen spüren zu können. Entgegen seines weiblichen Äußeren musste Sam zugeben, dass Leor stärker war, als er erwartet hatte. Doch dies war nicht der wahre Grund, weshalb er die Verbindung zu seinen Erinnerungen verloren hatte. Jahrelange Übung hatte ihn gelehrt, äußere Schmerzen zu ertragen. Und seit er ein Rabe war, fiel ihm dies sogar noch leichter. Marascos Angriff mit dem Schwert hatte ihm tatsächlich eine Angst genommen, die er mit sich herumgetragen hatte, nämlich die Angst vor dem Tod. Doch das, was ihn aus den Erinnerungen geholt hatte, war etwas anderes. Es war, als wäre er plötzlich von einer Kraft gepackt worden, die ihn innerlich erzittern ließ. Immer schneller raste das Blut durch seinen Körper und sein Herz pumpte, wie damals, als er stundenlang durch den Wald gerannt war. Und obwohl es Leor war, der auf ihm saß, fühlte sich der Druck in seiner Brust an, als läge ein Ochse auf ihm. Nach Luft japsend riss er die Augen auf und starrte Leor an. Tatsächlich hatte der nichts von seiner Energie eingebüßt und schlug fröhlich weiter. Offenbar hatten auch seine Kräfte keinerlei Wirkung bei ihm.

Lasst mich raus!, schrie plötzlich eine Stimme in seinem Kopf.

Als Leor ihm einen Schlag versetzte und sein Blick in die Richtung fiel, von der die Stimme gekommen war, suchte Sam nach der Person, doch da war niemand. Nicht einmal der Bär.

Lasst mich raus!, schrie die Stimme erneut.

Die Stimme klang wütend, doch Sam spürte die Verzweiflung, die sich hinter der Wut versteckte, und verstand, dass es Marasco war, der, wo immer er auch gerade war, erwacht und in Panik geraten war. Die Verbindung, die Sam zu ihm hatte, war plötzlich so stark, dass sie sogar die Kraft hatte, ihn aus Leors Erinnerungen rauszureißen. Sam kam nicht gegen Marascos Klaustrophobie an und der einzige Ausweg, den er sah, um seiner verzwickten Lage ein Ende zu setzen, war, Leor nachzugeben und zu hoffen, dass ihn die Bewusstlosigkeit nicht in noch größere Schwierigkeiten brachte.

78

Ein Schneesturm fegte über den Pass hinweg und Flocken groß wie volle Kinmünzen platschten schwer und nass in Sams Gesicht. Von Dunkelheit eingehüllt, hörte er nur den Wind, der von Norden her über den Pass heulte.

O Nahn. Sei froh, dass du das nicht miterleben musst – obwohl mich deine Gesellschaft nun überaus freuen würde.

Kopfüber und die Arme auf dem Rücken gefesselt, hatten sie ihn an den Füßen an einen Fels gebunden. Nicht einmal seine Wut konnte er hinausschreien, denn jede noch so kleine Bewegung verursachte ihm stechende Schmerzen in den Schultern. Er hatte das Gefühl, als wäre er irgendwie festgenagelt worden. Und so hing er da und konnte an nichts anderes denken als an die Zeit, die ihm davonlief, um Marasco zu retten.

Als die Sonne ihre ersten Strahlen sandte und der Sturm sich legte, stellte er mit Schrecken fest, dass es Marascos Schwerter waren, die in seinen Schultern steckten. Leor hatte wohl die Absicht, ihn dort hängen zu lassen, um den ankommenden Truppen aus Trosst seine Macht zu demonstrieren. Doch dies machte ihm weniger Angst als die Tatsache, dass auch seine Kräfte bei Leor nicht gewirkt hatten. Es war ihm nicht möglich gewesen, Leors Energie zu rauben. Offenbar war dieser Schutzzauber stärker, als er gedacht hatte.

Mit den Bergen oben und der dicken Wolkenschicht unten betrachtete er das Bergpanorama, das sich langsam orange färbte. Die Farben wurden so intensiv, dass die Wolken zu seinen Füßen aussahen, als wären sie die Oberfläche eines Meers aus Feuer. Das warme Orange brannte in seinen Augen. Die Schönheit des Moments ließ ihn sogar den Druck in seinem Kopf vergessen, in dem sich das Blut gestaut hatte.

Nahn, dachte er traurig. *Es tut mir leid, dass du das nicht miterleben kannst.*

Plötzlich packte ihn wieder das Herzrasen, sein Körper zitterte und ihm stockte der Atem. Als sich die Klingen in seinen Schultern rieben, unterdrückte er stöhnend den Schmerz und flehte Marasco stumm an, sich zu beruhigen. *Reiß dich zusammen!* Doch das beengende Gefühl in seiner Brust schnürte ihm die Luft ab, und er hörte wieder Marascos Stimme in seinem Kopf. Letztlich blieb Sam nichts anderes übrig, als die Ironie der Situation anzuerkennen. Er hing kopfüber an einer Felswand im Resto Gebirge mit der besten Aussicht auf einen atemberaubenden Sonnenaufgang, während Marasco irgendwo eingesperrt gerade komplett die Fassung verlor. Und ihm war es nicht möglich, die Verbindung zu ihm zu unterbrechen.

Aus dem Rauschen des Windes erhob sich in der Ferne das Geräusch von Pferdehufen. Ein Reiter mit schwarzem Umhang band sein Pferd am Passagentor fest und machte sich zu Fuß über die steinige Anhöhe auf in seine Richtung. Mit einer Kapuze und einem großen Schal schützte er das Gesicht vor der Kälte. Als er neben ihn trat, schüttelte er verständnislos den Kopf. Dann griff er nach dem Schwert in seiner linken Schulter, drückte mit dem Stiefel gegen den Arm und zog es heraus. Sam schrie vor Schmerzen. Dasselbe auf der anderen Seite. Aus Sams Gürtel löste er die Schwertscheiden und bevor er die Klingen hineinschob, schlug er ihn von den Fußfesseln los. Sam fiel zu Boden und landete auf der rechten Schulter. Ein fieser Schmerz schoss durch seinen Körper und er blieb einen Moment liegen. Als er die Kraft fand, sich aufzurichten, war der Reiter bereits auf halber Strecke zurück zu seinem Pferd.

»Warte!«, rief Sam, rappelte sich auf und löste sich aus den Handfesseln. »Gib mir die Schwerter zurück! Das sind nicht deine!«

Als er endlich auf den Beinen stand und losrennen wollte, wurde ihm schwindlig. Zu lange hatte er kopfüber gehangen und nun kam auch noch Marascos Panikattacke hinzu. Sam taumelte und fiel unbeholfen zur Seite. Er fühlte ein schmerzhaftes Stechen in der Brust und dieser Zustand schwächte ihn so sehr, dass die Wunden in den Schultern nicht heilen konnten. *Hör endlich auf,* fluchte er mit zusammengebissenen Zähnen, rappelte sich mühevoll auf und wankte dem Reiter hinterher.

Von einem Moment auf den anderen hörten die Schmerzen auf. Die Panik war wie verflogen und Sam fiel dieses Mal vor Erleichterung auf die Knie. *Er ist wohl ohnmächtig geworden*, dachte er. Als er sich über die Stirn strich, bemerkte er, dass auch die Wunden an seinen Schultern geheilt waren. Sofort flog er dem Reiter hinterher, denn er war sich sicher, Marasco würde ihn töten, wenn er ohne seine Waffen auftauchte. Noch in der Luft verwandelte er sich, stürzte sich auf den Reiter und riss ihn auf den lockeren Boden. Faustgroße Steinstücke rollten den Hang hinunter, während der Reiter versuchte, sich von ihm loszureißen. Nachdem sie ein paar Schritte über die Steine gerutscht waren, drehte er den Reiter um und riss ihm Kapuze und Schal vom Gesicht.

Vor ihm lag die Frau mit den kastanienbraunen Haaren aus Trosst und schaute ihn schwer atmend an. Erschrocken ging er von ihr runter und trat einen Schritt zurück. Als sie die Hände fester um die Schwerter krallte, sah er zwischen Ärmel und Handschuhen die blauen Flecken an ihrem Handgelenk. Ohne Zweifel war es die junge Frau, die bewusstlos in Marascos Zimmer gelegen hatte. Und es war die gleiche, die auch Leor Bericht erstattet hatte.

»Bitte«, sagte sie ängstlich und rappelte sich auf die Knie. »Tut mir nichts.«

»Was machst du hier?«, fragte er irritiert und half ihr auf die Beine.

Da schlug sie ihm mit voller Kraft die Faust ins Gesicht und rannte davon. Erneut flog er ihr hinterher, packte sie und warf sie zu Boden. »Was soll das? Gib mir die Schwerter, dann lass ich dich gehen!«

»Nein!«, schrie sie. »Lasst mich los! Ich muss nach Saaga! Ich habe eine Mission zu erfüllen! Ich muss nach Saaga!«

Sam riss ihr die Schwerter aus den Händen und stand auf. »Was redest du da? Was für eine Mission?«

»Ich muss ihn retten!«

»Wen?«, fragte er und schnallte sich die Waffen um.

Die Frau stand auf und streckte die Hand aus. »Gebt sie mir zurück. Die gehören meinem Meister.«

Sam runzelte die Stirn. »Deinem Meister? Wie lautet sein Name?«

»Marasco.«

»Das ist unmöglich«, antwortete er und zog den Gürtel fest.

»Er hat mich in Trosst beauftragt. Es ist meine Aufgabe – komme, was wolle.«

Ihre Entschlossenheit war Sam nicht entgangen und er schaute sie misstrauisch an. Da wurde ihm plötzlich alles klar. Es fiel ihm wie Schuppen von den Augen. Kopfschüttelnd wandte er sich von dem Mädchen ab und rieb sich die Stirn. Er hatte Marasco unterschätzt, denn so wie es aussah, wusste der ganz genau, wie er seine Kräfte einsetzen konnte. Sein größter Vorteil dabei war, dass niemand sonst wusste, wozu er tatsächlich fähig war – nicht einmal Mai. Und nun stand er vor diesem Mädchen, das Marasco auf irgendeine Weise gefügig gemacht hatte und die behauptete, ihre Aufgabe sei es, Marasco zu retten; denn wohl kaum wäre sie selbst auf die irrsinnige Idee gekommen, allein ins Resto Gebirge zu reiten, um Leor zu warnen. Nein, Marasco wollte sicher sein, dass Leor wusste, was auf ihn zukam. Und die hübsche Brünette war seine Verbündete.

Dieser Bastard.

Sam strich sich fassungslos die Haare zurück und fragte sich, welche Rolle nun ihm dabei zufiel. Marasco hatte doch nicht ernsthaft glauben können, dass diese Frau ihn retten könnte, für einen Fall, den er wohl kaum hatte voraussehen können?

»Gebt mir die Schwerter!«

Im Augenwinkel sah er ihre ausgestreckte Hand. Als er sich wieder zu ihr umdrehte, wehte ihm der kalte Wind ins Gesicht und wirbelte seine Haare auf. »Nein.«

»Gebt mir die Schwerter! Ich habe keine Zeit für solchen Unsinn! Ich muss nach Saaga. Ich muss Sam finden!«

Seine Brauen sprangen in die Höhe. »Sam? Ich bin Sam!«, fuhr er sie wütend an. »Tu nicht so, als hättest du mich noch nie gesehen!«

»Du bist Sam?«, fragte sie ungläubig. Und plötzlich lachte sie laut heraus.

»Was? Bist du enttäuscht?«, fragte er und schob die Schwerter unter seinen Mantel.

»Ha … Ich dachte, du wärst schon längst in Saaga. Nur ein Trottel würde sich in eine solche Lage bringen. Scheint, als hätte ich dich überschätzt. Und du willst meinen Meister befreien?«

»Deinen Meister?«, wiederholte er verärgert. Er konnte nicht glauben, was Marasco getan hatte.

»Weißt du denn gar nichts?«, sagte sie in überheblichem Ton. »Er sitzt in Saaga im Verlies und wird heute Abend dem Volk vorgeführt!«

»Oh, glaub mir. Ich weiß Bescheid. Und was genau ist deine Aufgabe hier?«

Sie knotete die Haare zusammen und zog die Kapuze hoch.

»Ich soll dir helfen, ihn zu befreien.«

Sam rollte mit den Augen und pustete verärgert die Luft aus. Marasco traute ihm offenbar gar nichts zu. Und er hatte nun diese Kratzbürste am Hals, die nicht einmal fliegen konnte. *Die wird wohl kaum eine Hilfe sein.*

»Lass uns endlich gehen«, sagte sie und ging zum Pferd. »Oder willst du hier Wurzeln schlagen? Und übrigens, mein Name ist Nao. Wie unhöflich von dir, mich nicht gefragt zu haben.«

Zähneknirschend schaute er ihr hinterher und stellte sich vor, wie er sie erwürgte.

»Mein Meister soll vor Sonnenuntergang dem Volk präsentiert werden. Die Menschen werden sich auf dem großen Platz einfinden und Leor wird zu ihnen sprechen. Wie ich hörte, liegt das Mädchenzimmer gleich nebenan. Ich werde das Fenster für dich offen halten.«

»Wie stellst du dir das vor? Glaubst du, du kannst dort einfach reinspazieren?«

»Ich bin bereits reinspaziert«, antwortete sie herablassend, löste die Leine. »Leor hat mich mit offenen Armen in seinen Harem aufgenommen. Ich bin dir also weiter voraus, als du denkst.«

»Warum hat Marasco dich ausgesucht? Und was war mit dem anderen Mädchen? Warum ist sie rausgestürmt, als hätte sie ein Monster gesehen?«

»Mein Meister suchte jemanden, der seine Ansichten über Leor teilte. Nicht jeder ist bereit, beim Sturz des Königs mitzuhelfen und Landesverrat zu begehen.«

»Und du tust das zufällig aus freiem Willen? Dass ich nicht lache.«

»Leor hat meine Familie getötet«, erklärte Nao und stieg aufs Pferd. Dann schaute sie ihn eine Weile an. Die Anspannung in ihrem Gesicht löste sich und sie sah plötzlich ganz hinreißend aus. »Was geschieht nach Sonnenuntergang?«

Sam starrte in ihre braunen Augen und spürte, wie ihm ein kalter Schauer über den Rücken lief. Das war etwas, woran er nicht denken wollte, also senkte er den Kopf und räusperte sich. »Wir sehen uns in Saaga«, sagte er und flog davon.

79

Umgeben von einer roten Lehmmauer lag Saaga eingebettet inmitten einer kargen Wüstenlandschaft am Südfuß des Resto Gebirges. Bereits auf halber Strecke waren die kalten Nordwinde von den lauwarmen Südwinden verdrängt worden. Palmen säumten die Zufahrtsstraßen und ragten hinter der Mauer vereinzelt in die Höhe. Sam überflog die vom Lehm sandbraun leuchtende Stadt, betrachtete die grünen Innenhöfe und die wannenartigen Dächer. In der Luft lag der Duft von süßen Gewürzen und ätherischen Kräutern. Er überflog ein Viertel aus verwinkelten, kleinen Gassen und gelangte ins Zentrum, wo sich auf einem Platz unzählige Marktstände aneinanderreihten, wo Menschen um Waren feilschten und sich an Essensständen mit gebratenem Fleisch verköstigten. An den Ständen waren die Zitrusfrüchte zu riesigen Pyramiden gestapelt und Säcke voller verschiedener Gewürze in allen Farben standen nebeneinander entlang reich verzierter Häuserfassaden im Schatten aufgeklappter Holzläden. Gaukler und Geschichtenerzähler scharten begeisterte Zuschauer um sich und unter Holzkörben gackerten Hühner und Gänse, die beim Kauf noch vor Ort geschlachtet wurden.

Sam zog eine Schleife und flog am Palastgebäude vorbei, das an den Platz grenzte. Anders als alle anderen Häuser, die zweistöckig waren, überragte dieses mit vier Stockwerken alle umliegenden Gebäude. Vom Marktplatz her führte eine breite Treppe fünf Tritte hoch auf einen erhöhten Platz, auf dem mit Orangenbäumen der Weg zum Eingang geschmückt war. Alle Fensterrahmen waren mit aufwendigen Blumenreliefs verziert und über dem Eingang hing die geschosshohe Flagge Aryons mit dem hellblauen Habicht.

Sam drehte wieder Richtung Norden, wo sich am Horizont die weißen Gipfel des Resto Gebirges aus dem Dunst erhoben. Ein einziges Gebäude war dreigeschossig, und das war eine Schule. Sam landete auf deren Dach, von wo aus er Sicht auf den Platz hatte. Er stieg auf die Brüstung, die so breit war wie ein Tisch, und ließ den Blick über den Markt schweifen. Nicht nur an der Fassade der Königsresidenz hing das Wappen Aryons. Auf fast jedem zweiten Gebäude, das an den Platz grenzte, stand ein Mast, an dem eine Fahne im Wind wehte – manche größer, manche etwas kleiner. Er zählte mindestens fünfzig Flaggen. Vor der Treppe hielt ein Pferdewagen. Der Händler lieferte mit Blumen geschmückte Holzspaliere und stellte sie vor der Residenz in einem Halbkreis auf. Zudem wurde ein weißer Teppich ausgerollt, der die Treppe hoch und an den Orangenbäumen vorbei bis zum Eingang führte. Der König wurde also bereits erwartet.

So sehr Sam sich auch anstrengte, war es ihm nicht möglich, Marascos Aufenthaltsort ausfindig zu machen. Er hatte gehofft, ihn noch vor Leors Ansprache befreien zu können, doch Marasco war wie vom Erdboden verschluckt. Da Sam weder eine Verbindung zu ihm aufbauen, noch irgendeinen Hinweis auf seinen Aufenthalt finden konnte, schloss er, dass Marasco nicht bei Bewusstsein war. Blind in den Palast einzudringen, wäre töricht gewesen, also blieb ihm nichts anderes übrig, als auf den Moment zu warten, in dem die Wachen ihn rausbrachten. Selbst wenn es so weit kommen sollte, dass Marasco seine Erinnerungen verlieren würde, war er in seiner Obhut besser aufgehoben als bei Leor.

Die Ankunft des Königs wurde von drei Reitern angekündigt, die jeweils eine Fahne Aryons trugen. Nebeneinander kamen sie aus der Hauptstraße auf den Platz und ritten zwischen den Häusern und den Ständen im Halbkreis zum Treppenaufgang. Kurz darauf öffnete sich der Seiteneingang der Residenz und Wachen in weißen Livreen kamen heraus. Sie stellten sich entlang der Straße auf, um dafür zu sorgen, dass die Menschen auf dem Markt dem königlichen Tross nicht den Weg versperrten. Dann fuhr auch schon Leors Kutsche auf den Platz. Das weiße Gefährt wurde von ebenso weißen Pferden gezogen und war mit goldenen Blattschnitzereien verziert. Die Fenster waren mit hellblauen Vorhängen zugezogen. Auf dem Marktplatz wurde aller Handel unterbrochen und die Menschen eilten Richtung Straße, in der Hoffnung, einen Blick auf den König zu erhaschen. Selbst die Schulkinder drängten sich an die Fenster unter ihm und stritten um den besten Platz.

Die Kutsche hielt vor der Treppe an. Ein Diener stand mit einem weißen Sonnenschirm bereit und öffnete Leor die Tür. Langsam trat er hinaus und stieg die Treppe hoch. Während die Kutsche fortfuhr, drehte sich der König zu den Menschen um, die gekommen waren, um ihn mit freudigen Zurufen zu begrüßen. Leor hob die Hand und winkte ihnen freundlich zu, dann ging er den weißen Teppich entlang der Orangenbäume und verschwand in der Residenz. Weitere Kutschen fuhren vor und brachten nach und nach die Bediensteten und die Mädchen aus Leors Harem. Aus der dritten Kutsche stieg Nao, die nun ein blassgrünes, leichtes Spitzenkleid trug und die Haare mit einem weißen Tuch bedeckt hatte.

Am späten Nachmittag fingen die Händler an, ihre Marktstände abzubauen, und immer mehr Menschen versammelten sich. An jeder Straßenkreuzung, die auf den Platz führte, positionierten sich königliche Wachen. Sam zog weiter Schleifen und beobachtete das Geschehen von oben. Als er erneut an der Residenz vorbeiflog, öffnete Nao gerade ein Fenster im ersten Stock und schaute hinaus. Er hätte es ihr nicht zugetraut, doch sie gab ihm tatsächlich Hoffnung.

Als er über die Dächer entlang des Platzes flog, durchfuhr ihn plötzlich ein gewaltiger Schmerz im rechten Flügel. Er geriet ins Trudeln, stürzte direkt neben dem Platz auf ein Dach und schlug gegen die Brüstung. Der Aufprall war nur halb so schlimm wie der Schmerz selbst. Es war, als würde ihm jemand die Knochen brechen – immer und immer wieder. Er lehnte an der Wand, hielt den Arm fest und schrie auf. Da schlug der Schmerz plötzlich im linken Arm zu. Er fiel auf die Seite und schrie erneut. Ununterbrochen folgte ein Schlag nach dem anderen. Sam war unfähig, sich zu bewegen, geschweige denn, weiterzufliegen. Dann schlug der Schmerz plötzlich im rechten Bein zu, gefolgt vom linken.

Sam wälzte sich am Boden und hatte das Gefühl, als würde ihm jemand Nägel in die Beine rammen. Und als er endlich glaubte, dass die Schmerzen in den Armen nachließen, ging die Tortur von vorne los.

Sorg dafür, dass er nicht davonfliegt, hatte Leor zum Bären gesagt. Sam hätte nicht geahnt, dass dies mit roher Gewalt bewerkstelligt werden würde – ein Käfig hätte auch gereicht. Doch sie brachen Marascos Arme und Beine – immer wieder. Seine Schreie hallten in Sams Kopf nach und er konnte spüren, wie die Schmerzen Marasco so sehr schwächten, dass seine Selbstheilungskräfte fast vollständig außer Gefecht gesetzt wurden. Dieses Band zwischen ihnen, das sich für Sam zu Beginn als Segen erwiesen hatte, stellte sich plötzlich als Fluch heraus. Schmerzen, die Marasco zugefügt wurden, machten ihn handlungsunfähig. Wütend schlug er auf die Brüstung und weinte.

Trompetenklänge ertönten auf dem Platz und eine Stimme rief: »Bürger von Saaga! Der sechste König von Aryon! Leor Tino Erias Anwaaru!«

Mit letzter Kraft kroch Sam auf die Brüstung. Die Leute jubelten, als Leor in festlicher Robe über den weißen Teppich schritt, vor die Blumengestecke trat und sich dem Volk in seiner ganzen Pracht präsentierte. Der silberbestickte Brokatmantel glänzte im Licht der goldenen Abendsonne und verlieh ihm einen göttlichen Glanz. Leor lächelte wohlwollend und genoss den Jubel des Volkes in vollen Zügen.

Hinter ihm ging eine Frau in einem dunklen, waldgrünen Kleid. Ihr feuerrotes Haar hatte sie aufwendig hochgesteckt und ihre blasse Haut wirkte wie eine Maske. Trotz der vielen Wachen schaute sie sich argwöhnisch um. Auch wenn sie auf den ersten Blick ein bisschen steif wirkte, waren ihre Bewegungen sehr geschmeidig. Wie eine Königsmutter hielt sie sich dezent im Hintergrund. Als eine Wache ihr zu nahe kam, scheuchte sie den Mann mit einer resoluten Handbewegung davon.

Vinna.

Ein Palastsprecher trat vor und gebot der Menge mit einer Geste, ruhig zu sein. Leor trat einen Schritt vor und ließ den Blick nochmal über den Platz schweifen. In allen Fenstern drängten sich Menschen. Väter trugen ihre Sprösslinge auf den Schultern, um ihnen einen Blick auf den König zu ermöglichen. Und in den Schenken am Rand des Platzes standen die Leute auf den Tischen und Bänken, um über die Menge hinweg etwas zu sehen.

»Seit Generationen leben wir in Aryon in Frieden«, begann Leor mit weicher Stimme. »Ich bewundere die Menschen für diese Tugend. Sie beweist, dass unsere Absichten rein sind und der Umgang miteinander gütig. Ein wohlwollender Charakter will schließlich möglichst viele an seinem Glück teilhaben lassen! Mit dem Ziel, durch kulturellen Austausch, Neues zu erlernen, haben wir die Brücken zu Kolani wieder aufgebaut. Doch unsere friedlichen Absichten wurden mit Mord niedergeschlagen!

Ihr mögt denken, das wäre ein einmaliger Angriff gewesen«, fuhr Leor mit strenger Stimme fort. »Ihr mögt denken, es sei die Art des Nordens, uns klarzumachen, dass sie nichts mit uns zu tun haben wollen. Doch Kolani verteidigt sich nicht gegen Eindringlinge. Kolani greift uns an!«

Ein Raunen ging durch die Menge und als Leor die Faust auf seine Brust schlug, schrie mancher voller Entsetzen auf.

»Mein Vater und mein Großvater waren gute Könige! Große Könige! Aber, verharren wir weiterhin in Gewaltlosigkeit, wird bald nichts mehr von Aryon übrig sein! Wir müssen dafür sorgen, dass die Zukunft für alle Zeit uns und unseren Kindern gehört.

Ihr mögt vom Frieden verwöhnt sein und mir nicht glauben, doch das Böse ist real! Nur knapp entkam ich letzte Nacht einem Anschlag auf mein Leben!«

Einen Moment hielt Leor inne und ließ seinen Blick über den Platz schweifen. Entsetzt starrten die Menschen zu ihm hoch und folgten hypnotisiert jeder seiner Bewegungen. Leor drehte sich um und rief nach seinen Männern.

»Bringt ihn her! Zeigt dem Volk das Gesicht des Bösen! Zeigt ihm den Paha!«

Zwei Wachmänner in braunen Uniformen schleiften Marasco auf den Platz. Er trug eine schwarze Augenbinde und hatte eine offene Wunde am Kopf. Das Blut lief ihm über die eine Gesichtshälfte bis über den Hals. Sie hatten Messer durch seine Unterarme gerammt und die Hände vor seinem Körper gefesselt, damit er nicht davonfliegen konnte.

Die Menge auf dem Platz verstummte. Sam knickte ein. Er konnte Marascos Erschöpfung und die noch immer anhaltenden Schmerzen in seinen Gliedern spüren. Marasco war am Ende seiner Kräfte.

»Lang lebe König Leor!«, rief plötzlich ein Mann und die Leute stimmten mit ein.

Leor trat majestätisch neben Marasco, riss seinen Kopf an den Haaren zurück und flüsterte ihm ins Ohr. Wie ein Echo hallten die Worte an Sams Ohren.

»Du wirst mein persönliches Spielzeug. Ich werde dich töten – immer wieder –, und du wirst glauben, dass du es verdient hast.«

Dann breitete Leor schwungvoll den anderen Arm aus und wandte sich wieder dem Volk zu.

»Dieser Paha hat versucht, euren König zu töten!«, rief er mit heller Stimme. »Und mehr werden kommen. Ganze Armeen werden kommen. Die Wilden aus dem Norden haben es auf das abgesehen, was unsere Vorfahren über Jahre aufgebaut haben. Eine vorbildliche Zivilisation, in der Recht und Ordnung Frieden und Sicherheit garantieren. Das lassen wir uns nicht wegnehmen! Aryon ist nicht bereit, dieses Opfer zu leisten!«

Leor ließ Marasco los und sein Kopf kippte wieder nach vorn. Das Volk jubelte und stimmte dem König laut zu. Dann hob Leor stolz sein Haupt und breitete beide Arme aus.

»Ich rufe das Volk von Aryon auf! Es allein hat die Macht, dem Bösen gegenüberzutreten und dieses Land zu einer noch mächtigeren Nation zu machen. Wir werden uns nicht vor Kolani beugen! Es ist Zeit, dass wir uns wehren! Und darum werden wir kämpfen!

Im Resto Gebirge versammeln sich die Vasallen und bereiten die Männer auf den Kampf vor. Ich rufe erneut dazu auf! Beschützt eure Familien und eure Freiheit! Morgen früh verlässt der nächste Tross die Stadt. Schließt euch ihm an! Wir bauen eine Armee auf, die der Norden noch nicht gesehen hat. Und spätestens, wenn die Paha versuchen, das Resto Gebirge zu überqueren, werden sie sehen, mit wem sie es zu tun haben!«

Das Volk hing Leor an den Lippen und schluckte jedes seiner Worte. In ihren Augen führte der König einen gerechten Krieg gegen den Norden. Fassungslos schaute Sam zu, wie Leor die Menschen zu einer wütenden Meute machte, die es kaum erwarten konnte, gegen die Paha in den Kampf zu ziehen. Im Glauben an das Gute, sahen sie nicht, dass die Verteidigung bloß eine Farce war. Leor war besessen davon, Herr über Kolani zu werden, und dabei war es ihm egal, über wie viele Leichen er gehen musste. Das Volk war dafür bloß Kriegsfutter.

»Dieser Mann hat den Tod nicht verdient!«, rief Leor und zeigte auf Marasco. »Noch heute Abend brechen wir auf in die Königstadt Kravon, wo er den Rest seiner Tage unter Folter im Loch verbringen wird!«

Da bemerkte Sam plötzlich, wie sich das Licht veränderte. Die Sonne hatte den Horizont erreicht und tauchte den Abendhimmel in warmes Rot.

Nein! Mit allen Kräften rappelte er sich auf die Füße und schrie. »Nein!«

»Sam«, flüsterte Marasco, als wäre er sich nicht sicher, ob tatsächlich er es war, der zwischen all dem Jubel versuchte, sich Gehör zu verschaffen. Marascos Herzschlag wurde kräftiger und er drehte den Kopf in Sams Richtung. Als wäre ihm erst in jenem Moment bewusst geworden, was vor sich ging, versuchte er sich mit aller Kraft zu wehren. Doch seine Arme waren außer Gefecht gesetzt und mit verbundenen Augen war er machtlos. »Sam!«, schrie Marasco laut und wand sich trotz der Schmerzen verzweifelt in den Fesseln. »Sam!«

Marascos Aufbäumen gab Sam Energie und er rappelte sich zurück auf die Füße. In dem Moment, als er sich verwandeln wollte, durchdrang ihn ein stechender Schmerz im Rücken. Keuchend fiel er auf die Knie. Die Magierin hatte Marasco einen Dolch in die Lende gerammt und bis zur Lunge hochgedrückt. Marasco beugte sich nach vorn und hustete Blut.

Nein! Ich muss ihn retten!

Sam spürte noch immer die Stichwunde in der Lende und auch Marascos Beine waren noch nicht verheilt. Die Folter, die er den ganzen Nachmittag hatte ertragen müssen, hatte ihn zu sehr geschwächt und seine Regeneration dauerte länger als normal. Trotzdem kämpfte er sich auf die Beine und flog los. Wie ein Pfeil schoss er über die Köpfe hinweg direkt auf Marasco zu.

Ein Wächter trat Marasco gegen den Kopf, sodass er zur Seite fiel und liegen blieb. Sam stürzte sich auf die Wache, riss sie zu Boden und schoss dem Mann einen Energiestoß auf den Kopf, sodass er ohnmächtig wurde. Dann eilte er zu Marasco. Bevor er ihn aber erreichte, rollte eine Feuerkugel über den weißen Teppich und versperrte ihm den Weg. Sam schreckte zurück.

Feuer?

Sofort bündelte er seine Energie, stieß die Hände gegen die rothaarige Magierin und entfesselte eine Druckwelle. Während die Wachen vor ihm umfielen, schoss die Magierin Blitze in den Boden, die ihr wie Anker dienten. Eine Gruppe von Wachen scharte sich um Leor und versuchte, den König sicher in die Residenz zu bugsieren.

»Noch ein Rabe?«, bemerkte Vinna und ging wieder in Angriffsstellung. »Wer bist du?«

»Sam!«, rief Marasco und schaffte es, die Augenbinde runterzuziehen. Kurz darauf ließ er alle Wachen, die sich in der Nähe befanden, sowie Vinna erstarren.

Sam eilte zu ihm und kniete neben ihm nieder. »Ich helf dir.« Er betrachtete die Messer in Marascos Unterarmen genauer. Sie hatten sie ihm durch die Kleidung zwischen Speiche und Elle hindurchgerammt, sodass die Spitzen auf der anderen Seite wieder herausschauten. Vorsichtig stabilisierte Sam mit der einen Hand Marascos Handgelenk und zog mit einem Ruck das erste Messer heraus. Marasco stieß einen Schrei aus und wand sich unter den Schmerzen.

»Tut mir leid«, sagte Sam und durchtrennte mit dem Messer die Handfessel. Dann machte er sich am anderen Arm zu schaffen. In dem Moment, als er das zweite Messer herausziehen wollte, erfasste ihn ein Feuerball und Sam wurde über die Bühne geschleudert. Seine Flanke hatte Feuer gefangen und er schlug die Flammen aus. Dabei lösten sich die Bandagen an beiden Händen und die langen, schwarzen Bänder hingen nur noch lose an seinen Handgelenken.

Was zum Henker ... Marasco hatte sie doch im Griff!
Irritiert drehte sich Sam um und sah, wie die Sonne hinter den Häusern untergetaucht war.

Nein! Bis Sonnenuntergang. Kann es denn sein?
»Marasco!«
Doch Marasco war in sich zusammengesunken und hielt sich mit der Hand den Arm, in dem noch immer das Messer steckte. Mit Schrecken stellte Sam fest, dass die Verbindung, die er zu Marasco gehabt hatte, wie ein Seil durchtrennt worden war. Es war, als hätte sie nie existiert. Die Schmerzen in Armen und Beinen hatten sich aufgelöst. Marasco war weg. Und als hätte ihm jemand die Flügel rausgerissen, fühlte es sich an, als steckten in seinen Schultern zwei Messer. In seiner Brust zog sich etwas zusammen, das ihn an den Moment erinnerte, als er Nahn getötet hatte. Plötzlich war Sam allein und abgeschnitten von allem, was er kannte. Bevor er in die Abwärtsspirale seiner Gedanken fiel und verstört auf die Knie sank, ballte er die Hände zu Fäusten und sammelte seine Kräfte.

Ich bin nicht mehr der schwache Paha.
Die Magierin machte eine ausladende Armbewegung und zog einen Feuerkäfig um Marasco herum hoch.

Die Magierin töten. Vielleicht kann ich so Marasco retten.
Sam baute seine Energie auf und spürte bereits das Kribbeln in den Händen, als ihn plötzlich ein Speer von hinten durchbohrte. Mit einem Ruck strauchelte er nach vorn und fiel auf die Knie. Sein Körper erstarrte.

»Der wird wohl ebenfalls unsterblich sein, also lasst ihn nicht aus den Augen«, hörte er Vinna sagen.

Ihre Stimme war ruhig und stark und hob sich von dem Chaos und dem Entsetzen ab, das auf dem Platz herrschte.

Nein!, schrie es in Sams Kopf.

Er spürte, wie seine Regenerationskräfte zwar arbeiteten, mit dem Speer im Rücken aber nicht viel ausrichten konnten.

Zieh ihn raus!, hörte er eine Stimme tief in seinem Innern.

Ich kann nicht.

Doch! Du kannst!

Die Stimme kam ihm so bekannt vor. *Nahn?*

Doch die Waffe in seinem Körper raubte ihm jegliche Energie. Erschöpft sank er auf alle viere und keuchte. Noch immer spürte er, wie die Wache den Speer festhielt, doch ihm fehlte die Kraft, etwas dagegen zu tun. Er schaffte es kaum, den Kopf oben zu halten.

Ich kann nicht mehr.

Doch in ihm brodelte etwas. Sein Blut rauschte durch seinen Körper, sein Blick wurde unscharf und eine Dunkelheit erhob sich. Wut, Angst und Verzweiflung explodierten in ihm, gefolgt von einer heißen Welle, die ihn mit einer Entschlossenheit durchflutete, die er zuvor nicht gekannt hatte. Das Gefühl, nichts mehr zu verlieren zu haben, schwemmte jegliche Zweifel davon. Und plötzlich hörte er ein ... Knacken.

»Nein«, hauchte er. *Der Sumentrieb.*

Es war in seinem Hinterkopf und hörte sich an wie das Knacken eines morschen Astes. Ihm wurde schwarz vor Augen. Doch es war nicht dieselbe Dunkelheit, die über ihn schwappte, wenn er das Bewusstsein verlor. Als ob Feuer durch seine Adern schoss, drückte ihm plötzlich der Schweiß aus allen Poren. Sein Herz hämmerte in seiner Brust, der Puls dröhnte in seinen Ohren. Das Blut rauschte durch seinen Kopf und sein Blick wandte sich nach innen.

Er stand an einer Klippe und blickte hinunter in einen finsteren Abgrund. Ein schwarzes Meer tobte zu seinen Füßen. Dunkle Gestalten stiegen aus der Tiefe empor und tauchten wieder ein ins schwarze Wasser. Geistern gleich schwebten sie schemenhaft um ihn herum, bis er vollständig von ihnen eingehüllt war. Sam hielt die Hände hoch. Seine Narben flackerten silbern und glitzerten wie Diamanten. Feine Linien strahlten entlang seiner Hände und hinaus in die schwarzen Schatten. Als wäre das Licht in ihm magnetisch, zog es die Schatten an und sog sie in sich auf. Schwarzer Rauch breitete sich in seinem Körper aus und verdrängte das silberne Licht aus seinen Narbensträngen. Eine pulsierende Kraft schoss wie eine Welle durch seine Arme, seinen Bauch, die Beine hinunter und in seine Füße. Dann schwappte sie zurück in die Lungen und stieg seinen Hals hoch in den Kopf. Ein weiteres Knacken ertönte und mit einem Ruck riss eine Kraft seine Arme zurück und schlug seinen Kopf nach hinten.

Sam riss die Augen auf. Wie eine Explosion brach es aus ihm heraus. Er schrie und hatte das Gefühl, schwarzer Rauch stiege aus seinem Mund. Ein schwarzer Schatten hatte sich über sein Blickfeld gelegt. Die Welt um ihn herum hatte sich verdüstert. Seine Narben flackerten dunkel wie die Nacht. Etwas hatte die Kontrolle in ihm übernommen und ihm eine Kraft verliehen, die er zuvor nicht gehabt hatte.

Mit neuer Energie wand er sich ruckartig und schüttelte die Wache ab. Dann zog er den Speer aus seinem Rücken und warf ihn weg. Die überraschte Wache packte er am Hals, schlug sie zu Boden und drückte die Hand auf ihre Stirn. Erinnerungen und Energie waren eins geworden. Was er in sich einsog, war ein Wundermittel. Ein Heiltrank. Es löschte einen Durst, den er bis dahin nicht gekannt hatte, der aber schon immer dagewesen war. Es war das, wonach er, ohne es zu wissen, schon sein Leben lang gelechzt hatte. Es floss durch seine Arme tief in seinen Körper, durch die Adern in jede Zelle hinein und tauchte ein in die See der Schwarzen Schatten – und das alles in Sekundenschnelle.

Mit frischer Energie geladen stieß er einen weiteren Angreifer von sich, wich mit einem halben Überschlag drei Speeren aus und packte einen Vasallen am Kopf. Auch seine Erinnerungen mischten sich mit Energie und kurbelten die Regenerationskräfte noch stärker an. Gern nahm er jeden Speerstoß in Kauf, um noch mehr Erinnerungen einzusaugen. Und je öfter er es tat, umso schneller arbeiteten seine Kräfte. Sam geriet in einen Rausch und konnte sich selbst kaum mehr halten. Als der letzte Mann neben ihm fiel und er Sicht auf Marasco hatte, hielt er inne und atmete tief durch.

»Du bist zäh«, sagte Vinna und lächelte amüsiert. »Aber unterschätz mich nicht.«

»Marasco! Gehts dir gut?«, rief Sam.

Marasco war nur sieben Schritte von ihm entfernt, doch Sam hatte das Gefühl, dass er noch nie so weit weg war. Marasco schaute ihn durch den brennenden Käfig an und zog die Brauen zusammen. Irritiert schüttelte er den Kopf.

»Marasco! Erkennst du mich?«

»Wer seid Ihr?«

Sam stockte der Atem. Vinna brach in schallendes Gelächter aus.

»Der große Marasco! Und übrig bleibt nichts weiter als eine leere Hülle! Auch wenn mein Zauber durch irgendetwas verzögert wurde, nun ist er endlich vollbracht. Seine Erinnerungen sind weg – für immer!«

Das erste Mal sah Sam klar. All die Andeutungen, die der Meister gemacht hatte, er solle sich um Marasco kümmern, ergaben nun endlich einen Sinn. Er hatte alle Erinnerungen von Marasco in sich gespeichert und als Schatten trieben sie in dieser Schwarzen See. Soweit er seinen neuen Sumentrieb verstand, konnte er Erinnerungen in pure Energie umwandeln.

Ich kann ihn retten, dachte er und zog die Arme hoch.

Mit voller Wucht stieß er die gebündelte Kraft gegen Vinna. Die Magierin zog eine Wand aus Feuer hoch und ließ die Energie daran abprallen. Sobald die Wand sich wieder wie ein fallender Vorhang vor ihr senkte, schoss sie Blitze auf ihn. Sam schaffte es, ein paar von ihnen umzuleiten, doch einer traf ihn mitten in die Brust. Er verlor den Boden unter den Füßen und wurde von der Bühne über den Platz an die Hauswand der Schule geschleudert. Der Aufprall brach ihm mehrere Knochen und presste ihm alle Luft aus der Lunge. Ächzend lag er auf dem Boden und versuchte, sich zu sammeln.

Steh auf! Töte sie!

Diese Stimme wieder.

Ein paar Schritte von ihm entfernt lag der Eingang der Schule. Lehrer zerrten die Kinder zurück ins Haus, um sie aus der

Schusslinie zu holen. Offenbar war es den Klassen nicht gelungen, sich rechtzeitig in Sicherheit zu bringen.

Nehmt den Seiteneingang, dachte Sam und rappelte sich zurück auf die Füße. Sobald sein Körper wieder vollständig verheilt war, verwandelte er sich und flog zurück zu Vinna auf die Bühne. Die Magierin schoss erneut mit Blitzen nach ihm, denen er gekonnt auswich. Kurz vor ihr verwandelte er sich und stürzte sich auf sie. Doch bevor er die Hände auf ihre Stirn pressen konnte, stieß sie ihn von sich. Sam rollte über den weißen, an manchen Stellen angesengten Teppich. Nur wenige Schritte von ihr entfernt sprang er wieder hoch. Mit einem Knie am Boden nahm er sie ins Visier.

Du bist kein Krieger, hörte er Marascos Stimme in seinem Hinterkopf. *Du bist Jäger.*

Mit welchem Trick kann ich sie also töten?

Die neuen Kräfte rauschten durch seinen Körper. Seine Narben flackerten schwarz. Und eine unglaubliche Wut stieg in Sam hoch. Es fühlte sich an, als ob die Kraft, die in ihm brodelte, ihn gleich in Stücke reißen würde. Mit einem Schrei stieß er einen Energieschwall Richtung Vinna, der größer war als zuvor. Vinna zog ein Gitter aus Blitzen vor sich hoch, doch es reichte nicht aus, um sich vor dem Angriff zu schützen. Sie wurde gegen die Wand der Königsresidenz geschleudert und fiel dort kraftlos zu Boden.

Die Energiewelle breitete sich auf dem ganzen Platz aus. Die Orangenbäume und Spaliere wurden umgerissen und die Tische und Bänke auf der anderen Seite des Platzes an die Mauer der Schenke geschoben. Die Menschen, die noch immer auf dem Platz waren, verloren den Boden unter den Füßen und strauchelten.

Sam rannte zu Marasco und warf sich gegen den Feuerkäfig. Außer angesengter Kleidung erreichte er damit aber nichts. Ohne zu zögern packte er mit beiden Händen das Gitter und rüttelte daran, bis die Verbrennungen zu stark waren und er zurückweichen musste. Die Wunden heilten sofort.

»Komm schon!«, rief er Marasco zu. »Ich bin es, Sam!«

Doch Marasco saß noch immer mit kaputten Beinen und einem Messer im Arm am Boden und schaute ihn benommen an. »Eure Augen. Was ist mit Euren Augen?«

Erst da bemerkte Sam, dass sein Blick getrübt war. Ein Schatten hatte sich über ihn gelegt und die Welt verdunkelt. Doch das war nebensächlich in Anbetracht von Marascos Zustand. »Komm schon!«, rief Sam und rüttelte nochmal am Käfig. »Du kennst mich!«

»Ich weiß nicht ...«

Sam fiel auf die Knie und streckte die Arme hindurch. »Du bist ein Rabe! Verwandle dich und flieg hinaus!«

Marasco schaute ihn mit leerem Blick an.

Er versteht überhaupt nicht, was ich sage! Sam drückte sich an den Käfig und streckte den Arm nach Marasco aus. *Irgendwie muss es möglich sein. Irgendwie kann ich ihm seine Erinnerungen zurückgeben.*

Da wurde er plötzlich wieder von einem Feuerball erfasst und vom Käfig weggeschleudert. Bevor er auf dem Boden aufschlug, verwandelte er sich und flog hoch. Er zog eine Schleife und steuerte direkt auf Vinna zu. Ihr Kleid war an ein paar Stellen zerrissen und angesengt und ihre aufwändige Frisur hatte sich gelöst, sodass ihre Haare nur noch lose zusammensteckten und ein paar Strähnen ihr Gesicht umrahmten. Doch auch wenn ihr Körper in Mitleidenschaft gezogen worden war, an Kraft schien sie nichts eingebüßt zu haben. Mit ausgebreiteten Armen ließ sie zwei Feuerringe um sich herum fließen. Erst teilte sie den einen, dann den anderen. Wie Kometen schossen sie Sam entgegen.

Noch in der Luft verwandelte er sich, bündelte seine Kraft und schoss auf sie zu. Der Zusammenprall entfachte ein Feuerwerk, das sich in alle Richtungen ausbreitete. Feuerbälle schlugen auf dem Platz und in den Fassaden der Häuser ein und setzten diese in Brand. Zwei Feuerbälle fielen durch die offenen Fenster in die Schule, worauf lautes Geschrei ertönte.

Wie gelähmt stand Sam einen Moment da und betrachtete das Chaos. Selbst wenn er hätte helfen wollen, er hätte nicht gewusst, wo beginnen.

»Du hast deine Kräfte wohl noch nicht unter Kontrolle!«, rief Vinna spöttisch. »Lass dir eins gesagt sein! Mit Glück wirst du mich nicht besiegen!«

Sam verwandelte sich wutentbrannt und flog auf Vinna zu. *Selbst wenn ich sie nicht kontrollieren kann, ich vertraue ihnen.* Kurz vor Vinna verwandelte er sich wieder und stürzte sich auf sie. Er hing noch in der Luft, als ihn plötzlich ein Blitz traf. Doch dieses Mal drang er in ihn ein und raste knisternd durch seine Adern. Sam spürte kaum, wie er auf den Boden fiel und sich am ganzen Körper verkrampfte. Licht raste durch ihn hindurch, blendete jeden Schwarzen Schatten in ihm und entzog ihm jegliche Kraft. Selbst der Schatten, der sich über sein Sichtfeld gelegt hatte, war von einem gleißenden, weißen Licht verdrängt worden. Mit aufgerissenen Augen starrte Sam in den Himmel. In weiter Ferne hörte er, wie Vinna einen Zauber sprach.

Nein! Steh auf!, schrie es in seinem Kopf. Er wollte sich wehren, lag aber völlig hilflos am Boden. Vinnas Worte drangen in seinen Geist ein und schafften Verbindungen, die ihm fremd waren.

Ein Fluch! Sie ist dabei ...

Da wurde er plötzlich von einem starken Wind erfasst. Das weiße Licht vor seinen Augen wurde wärmer und die Funken in seinen Adern lösten sich auf. Sein Körper wurde hochgetragen, und als läge er schwerelos in der Luft, löste sich die Anspannung in seinen Muskeln.

Was geschieht hier mit mir? Ist das Vinnas Fluch?

Doch ihre Stimme war verstummt. Alles, was er noch hörte, war das Tosen des Windes in seinen Ohren. Um ihn herum herrschte Dunkelheit.

Teil 4

Die Kraft

80

Sam verlor das Gefühl für Zeit. Schwerelos schwebte er in der Dunkelheit und spürte die neuen Kräfte in seinen Adern pulsieren. Das helle Licht der Feuermagierin war aus seinem Körper verschwunden und die Wogen der dunklen See der Schwarzen Schatten wallten in seinem tiefsten Inneren auf und ab. Ein tiefer, gleichmäßiger und tröstender Ton schallte wie ein Echo durch seinen Körper, stieg an wie der Klang unzähliger Trompeten und sank zu einem dröhnenden Klang eines Nebelhorns nieder.

Als sich die Dunkelheit vor seinen Augen lichtete, zuckte er. Der Wind drehte seinen Körper, die Schwerkraft kehrte zurück und drückte ihm auf die Schulter. Kurz darauf spürte er wieder harten Boden unter den Füßen. Die Reise im schwerelosen Raum hatte seine Glieder ganz schwammig gemacht. Unbeholfen knickten seine Knie ein und er sackte zusammen. Sandkörner stoben ihm ins Gesicht und er hielt schützend den Arm vor die Augen. Allmählich ließ der Wind nach. Als er blinzelte, löste sich um ihn herum eine Windhose auf. Das verschwommene Bild wurde schärfer und er fand sich im Hof von Mais Zeltstadt wieder.

Er saß auf einem Teppich unweit der Feuerstelle. Hinter den Zelten erhob sich das westliche Gebirge und hoch darüber stand die Sonne im stahlblauen Himmel und sandte ihr gleißendes Licht in die Orose hinunter. Als wäre er zwischen heißer Glut abgesetzt worden, erfasste ihn die gnadenlose Hitze.

»Sam!«

Überrascht drehte er den Kopf. Mai kam zwischen den beiden kleinen Zelten vom See her in den Hof gerannt, geriet dann aber plötzlich ins Stocken.

»Ya...Yarik?«

Erschrocken drehte sich Sam um und stand auf. Für einen kurzen Moment war er wie gelähmt und starrte den Mann, den Mai

Yarik genannt hatte, mit offenem Mund an. In seinem Kopf überschlugen sich die Gedanken.

Der Heiler. Der ... Meister. Yarik? Mais Bruder?

Doch vor ihm stand nicht der alte Mann aus Pahann, sondern ein schlanker Mann, der ihm auf Augenhöhe entgegentrat und keine zehn Jahre älter war als er. Seine langen Haare hatten die Farbe von verbrannter Kohle. Seinen auffälligen Wangenknochen zum Trotz hatte er weiche Gesichtszüge und seine schmalen Augen leuchteten hell wie Rauchquarz. Komplett in Weiß gekleidet trug er eine Tunika mit Seidenstickereien am Saum und eine leichte Stoffhose, wie sie in der Orose üblich war.

Er hat mich hierher gebracht! Seinetwegen ist das alles passiert!

Blinde Wut kochte in Sam hoch. Er stieß einen wütenden Schrei aus und stürzte sich auf Yarik, der gerade mal vier Schritte von ihm entfernt stehen geblieben war. Er zerrte ihn runter, packte seinen Kopf mit beiden Händen und wollte ihn mit voller Wucht auf den Boden schlagen. In dem Moment durchfuhr ihn ein riesiger Schwall von Bildern, Emotionen und Eindrücken; noch intensiver als damals, als er von Marascos Erinnerungen überrascht worden war. Die Kraft schlug ihm mit der Geschwindigkeit eines Blitzes entgegen und warf ihn wie ein Rückstoß auf die andere Seite des Zelthofes. Er schlitterte über den salzig sandigen Boden und wurde von einem Zeltpfosten ausgebremst.

Ächzend kam er wieder zu sich. Sein Kopf dröhnte, als hätte ihm jemand mit einer Keule draufgehauen, und seine Hände fühlten sich an, als hätte er Verbrennungen davongetragen.

»Sam!«, rief Mai und stürzte neben ihm nieder. »Gehts dir gut?«

Schroff stieß er Mai von sich und rappelte sich wieder auf. »Du hast uns das angetan!«, schrie er Yarik an. »Das ist alles nur deine Schuld!«

»Sam«, sagte Mai erschrocken.

»Tu nicht so, als hättest du nichts davon gewusst!«, fuhr er Mai an.

»Aber ... woher?«

»Ich habe die Geschichte über euch drei Magiergeschwister gehört! Wollt ihr mich für blöd verkaufen?«

»Ich wusste nicht ...«

»Mai hat nichts damit zu tun«, sagte Yarik mit einer überraschend rauen Stimme. Er trat einen Schritt näher und lächelte wohlwollend.

Sam kniff die Augen zusammen und starrte ihn argwöhnisch an. »Warum hast du mich hierher gebracht? Ich war dabei, Marasco dort rauszuholen!«

»Nein«, widersprach Yarik. »Du warst gerade dabei, in Flammen aufzugehen. Was hast du dir dabei gedacht? Zuerst musst du Vinna töten!«

»Aber ... Marasco ...«

»Meine Schwester ist eine mächtige Feuermagierin«, antwortete Yarik. »Sie hätte dich in der Luft zerrissen. Dein Glück ist, dass du noch immer die Möglichkeit hast, Marasco zu retten.«

»Das wollte ich ja gerade tun!«, rief Sam wütend.

Yarik hob das Kinn und schaute ihn mit einem prüfenden Blick an. »Dein Sumentrieb ist endlich ausgebrochen.«

Diese Worte allein fühlten sich für Sam wie ein Tritt in die Magengrube an. Er hatte es auf dem Platz in Saaga gespürt. Das Knacken, von dem die anderen Sumen immer erzählt hatten, nachdem ihr Trieb ausgebrochen war. Er hatte gehofft, dieses Knacken nie zu hören, doch es war laut und deutlich gewesen. Und was er danach getan hatte ... Fassungslos fasste sich Sam an den Kopf und wandte sich von Yarik ab. Als er bemerkte, dass er sich Mai zugewandt hatte, drehte er sich nochmal.

Die Erinnerungen der Wachen. Ich habe sie ausgesaugt. Verfluchte Geister!

Das, wovor er sich sein Leben lang gefürchtet hatte, die Erinnerungen der Menschen, war nun zu seinem Elixier geworden. Und sein Körper verzehrte sich danach. Aufgewühlt rieb er sich das Gesicht und schüttelte den Kopf.

Nein, das kann nicht sein. Das darf nicht sein. Ich sollte nicht hier sein!

»Sam? Vielleicht gehen wir ...«

Sobald er Mais Hände spürte, zog er den Arm zurück. »Nein! Ich muss zurück nach Saaga! Nach Aryon! Ich muss Marasco retten!«

»Du solltest erst einmal deine neuen Kräfte unter Kontrolle bringen«, sagte Yarik. »Du weißt ja selbst nicht einmal mehr, wozu du fähig bist.«

»Und wessen Schuld ist das?«, brauste Sam auf.

»Ich habe dich gewiss nicht zu einem Sumen gemacht.«

»Ich wollte Freiheit! Keine Unsterblichkeit!«

»Die wahre Freiheit kommt erst noch.«

»Hört auf!«, schrie Mai plötzlich. »Alle beide! Ihr solltet euch abkühlen!«

Sam raufte sich die Haare, ging nervös auf und ab und stieß ein genervtes Knurren aus. So war das alles nicht geplant gewesen. Er wollte doch nur Marasco retten. Endlich hatte er erkannt, worum es ging, hatte die Aufgabe, die der Heiler ihm in Pahann gegeben hatte, verstanden. Und nun war er plötzlich wieder zurück in der Orose. In Kolani! Weit weg von Saaga. Und der junge Sumentrieb brodelte in seinen Adern wie ein hungriges Monster.

Ich brauche Erinnerungen. Mit der Energie kann ich Vinna bezwingen. Aber zuerst hole ich Marasco. Nein, König Leor! Und den Bären! Ich werde Aryon zerstören!

Sams Herz raste immer schneller. In seinem Kopf tobte ein Sturm und er wusste nicht, wohin mit seinen Gedanken. Noch immer spürte er die Erinnerungen der Wachen aus Saaga in sich pulsieren und die Energie rauschte durch seinen Körper, als hätte er hundert Vogelherzen auf einmal gegessen.

Ist es das, was es heißt, Sume zu sein? Ich will kein Sume sein! Aber ich will diese Erinnerungen! Ich will mehr! Ich brauche mehr!

Da spürte er, wie sich die Schatten in ihm erhoben und die Hitze aus seinen Adern verdrängt wurde. Als hätten sich Wolken vor die Sonne geschoben, verdüsterte sich sein Blick noch mehr und vor seinen Augen verschwamm alles hinter schwarzem Rauch. Sein Atem stockte. Sein Herz raste. Plötzlich schlug ihm etwas mit voller Wucht auf den Kopf, Dunkelheit schwappte über ihn und er sackte zusammen.

Kalter Regen prasselte auf ihn nieder. Das Geräusch aneinanderschlagender Schwerter drang an seine Ohren und ein Unheil verkündender Donner rollte über ihm hinweg. Langsam öffnete er die Augen und ächzte. Dann rappelte er sich auf alle viere und spuckte Blut. Der Regen schlug mit aller Kraft auf ihn nieder. Das Wasser lief ihm übers Gesicht und vermischte sich mit dem Blut, das ihm aus der Wunde am Kopf rann. Seine Kleidung hing schwer an ihm. Er krallte die Finger um den Schwertgriff und schaute zu, wie die Klinge fast im Dreck versank. Sein Kopf dröhnte und der Schlag hatte ihm das Gefühl gegeben, dass sein Schädel wie eine Baumnuss zersprungen war.

Wo bin ich?

Der metallische Geruch von Blut vermischte sich mit der nassen Erde, die an manchen Stellen zu knöcheltiefem Schlamm geworden war. Im Westen brannte die rote Sonne am Horizont und sandte die letzten Strahlen unter den schwarzen Wolken hindurch über das düstere Land.

»Uns bleibt nicht mehr viel Zeit!«, rief eine Stimme. »Shinya, verdammt! Steh auf!« Jemand griff ihm plötzlich unter die Arme und zog ihn auf die Beine. »Tu gefälligst deine Arbeit!«

Doch die Wunde an seiner Schläfe blutete noch immer und Shinya taumelte zur Seite, sobald der Mann ihn losließ.

»O nein«, sagte der Gefolgsmann erschrocken. »Das hat dich übel erwischt.«

Shinya stützte sich mit der freien Hand auf dem Knie ab und spuckte nochmal Blut. Dann schloss er die Augen und atmete tief durch. Er konnte spüren, wie sich die Wunde an seinem Kopf schloss und das Blut abgewaschen wurde. Die Schwerfälligkeit wich aus seinem Körper und er richtete sich wieder auf.

»Wo ist er?«, knurrte er. »Wo ist dieser Verräter!«

»Bist du sicher, dass du kämpfen willst?«, fragte der Mann neben ihm.

Da stürmte ein Angreifer schreiend mit einer Machete bewaffnet auf sie zu. Shinya trat an seinem Mitstreiter vorbei, bückte sich, drehte sich um die eigene Achse und schlug dem Mann den Kopf ab. Da kam bereits der nächste Krieger. Aus einem toten Körper zog Shinya ein zweites Schwert und machte sich an die Arbeit. Einen nach dem anderen schlug er nieder. Das Blut vermischte sich mit dem Regen und spritzte in alle Richtungen.

Voller Konzentration tat Shinya das, worin er gut war. Und während er seine Arbeit verrichtete, hielt er Ausschau nach einem roten Harnisch, einem Krieger, der zwei Köpfe größer war als er und mit einer Keule bewaffnet die eigenen Leute niederschlug. Er hätte schon längst tot im Schlamm gelegen, wäre er kein Rabe gewesen.

Als er den Riesen entdeckt hatte, bahnte er sich seinen Weg durch das Schlachtfeld, vorbei an Männern, die nass und blutüberströmt im letzten Licht des Tages um ihr Leben kämpften. Shinya tötete die Gegner und kämpfte sich unaufhaltsam vor. Als er den Riesen erreicht hatte, schlug er ihm ohne Vorwarnung die Klinge in die Kniekehle. Reflexartig ging er in Deckung, als der Hüne die Keule behäbig in seine Richtung schwang und auf die Knie fiel.

»Glaub nicht, du könntest mich bezwingen!«, rief Shinya wütend.

»Geh mir aus dem Weg, du Knirps!«, schrie der Riese und schwang erneut seine Keule.

»Ich werde dich töten!«, gab Shinya zurück.

»Du bist nicht einmal von hier! Protos braucht dich nicht!«, knurrte der Riese. »Geh zurück, wo du hergekommen bist. Oder ich töte dich!«

Shinya war gerade dabei, den ersten Schritt auf ihn zuzumachen, da packte ihn jemand im Nacken. Es war der Mitstreiter von vorher, der ihm über das Schlachtfeld gefolgt war und Shinya davon abhalten wollte, etwas Dummes zu tun.

»Hör auf, Shinya! Wir kämpfen alle auf derselben Seite! Lass gut sein!«

Shinya stieß ihn grob von sich, sodass der Mann mit dem Hintern im Schlamm landete. »Komm mir gefälligst nicht in die Quere!« Dann stieß er beide Schwerter zur Seite, ging in die

Knie und holte zum Schwung aus. Indem er sich an einem Toten abstieß, sprang er in die Luft, kreuzte die Klingen und schnitt dem Hünen von beiden Seiten den Hals auf. Der Riese ließ die Keule fallen und drückte sich mit den Händen vergeblich die Wunde ab.

Shinya landete sicher im matschigen Boden und schaute zu, wie der Riese langsam auf die Knie sank, ihn mit aufgerissenen Augen anstarrte und vergeblich versuchte, etwas zu sagen. Das Blut quoll wie ein Bach zwischen seinen Händen hervor und über seine Brust. Und schließlich verließen ihn seine letzten Kräfte und er sackte zu Boden.

Auf dem Schlachtfeld kehrte plötzlich Ruhe ein. Das metallische Geräusch der Klingen und die Wutschreie der Krieger verstummten. Einzig der Regen prasselte weiter auf die Männer nieder und in weiter Ferne war das Donnergrollen zu hören. Die Gegner ließen die Waffen vor sich zu Boden fallen und gaben sich geschlagen. Die Sonne war bereits untergegangen und die Landschaft ertrank in der Dunkelheit.

»Er kämpfte tatsächlich für die anderen?«, bemerkte der Mitstreiter.

»Ich bin hier fertig«, sagte Shinya, stapfte durch den Schlamm und verließ das Schlachtfeld.

In weiter Ferne hörte Sam die Stimmen der Magiergeschwister. Er war sich nicht sicher, ob sie seinen Namen riefen. Seine eigenen Gedanken waren zu laut und er war überwältigt von den Kräften, die in ihm tobten.

»Sam! Sam! Wach auf!«

Was war das? Marasco? Aber er hatte einen anderen Namen. War das eine Erinnerung von ihm, die ich abgespeichert habe? Warum kommt sie plötzlich hoch?

Sam blinzelte und war sogleich vom hellen Licht der Orose geblendet. Mai stützte seinen Nacken und strich ihm mit einem nassen Lappen über das Gesicht. Benommen drehte er den Kopf.

»Siehst du endlich ein, dass du deine Kräfte nicht unter Kontrolle hast?«, fragte Yarik, der mit ausdrucksloser Miene und verschränkten Armen neben ihm stand.

Sam stöhnte und versuchte, aufzustehen. »Ich muss zurück. Ich muss Marasco die Erinnerungen zurückgeben.«

»Nein. Finde zuerst heraus, wie du deine Kräfte beherrschen kannst. Und dann musst du Vinna töten.«

»Dann zeig mir, wie es geht!«, sagte Sam und rappelte sich mit Mais Hilfe wieder auf. »Du hast uns das eingebrockt! Also hilf mir gefälligst!«

Yarik schaute ihn eine Weile an. Sein Blick wanderte kurz zu Mai, dann nickte er schließlich. »Ruh dich erst mal aus. Ich werde später nach dir sehen. Da ist etwas, das ich zuerst noch erledigen muss.«

»Wie bitte?«, fuhr Sam auf, während er sich weiterhin auf Mai stützte. »Was gibt es Wichtigeres als das hier?«

»Eure Freiheit«, sagte Yarik knapp.

Im nächsten Moment zog ein starker Wind über den Zelthof und wirbelte den salzigen Sand auf. Yarik löste sich in Luft auf und war verschwunden.

»Ich hasse es, wenn er das macht«, murmelte Mai genervt und führte Sam zum Rundzelt neben dem Eingangspavillon, wo Marasco und er bei ihrer letzten Ankunft in der Orose neu eingekleidet worden waren. Ein sanfter Luftzug strömte vom Eingang durch das Zelt hindurch. Erschöpft fiel Sam auf die Kissen und blickte hoch zum Rauchabzug. Es war zwar nicht besonders kühl, doch dass die Sonne nicht mehr direkt auf ihn herunterbrannte, machte die Hitze der Orose ein bisschen erträglicher.

Da beugte sich Mai über ihn und legte beide Hände um seinen Kopf. »Was ist mit deinen Augen passiert? Ich hatte eine Vision, doch ich konnte sie nicht deuten. Was ist geschehen?«

Plötzlich war er wieder bei Sinnen und stieß Mai von sich. Mit einem Satz stürzte er sich auf sie und packte sie mit beiden Händen am Hals. »Tu nicht so scheinheilig! Du hast gewusst, dass Waaru Marascos Vater war!«

»Er hatte seine Erinnerungen verloren. Ich wusste es nicht!«, krächzte sie.

Erst da wurde sich Sam wieder bewusst, dass er keine Bandagen trug. Anders als bei Yarik, hatte er Mai jedoch unter Kontrolle und wurde nicht von einem Erinnerungsschwall überrascht. Der Durst nach Erinnerungen stieg in ihm hoch und Sam versuchte gar nicht erst, dagegen anzukämpfen. Sein Blick verdunkelte sich noch mehr und er tauchte in die See der Schwarzen Schatten. Die Narben an seinem Körper flackerten und verfärbten sich dunkel wie die Nacht.

»Sam«, keuchte Mai mit aufgerissenen Augen und krallte sich an seinen Handgelenken fest.

Er war seinem Sumentrieb vollkommen erlegen und saugte ihre Energie aus. Bevor es ihm jedoch möglich war, einen Blick in ihre Erinnerungen zu werfen, schaffte sie es, ihre Energie zu bündeln.

»Hör auf, Sam!«, schrie sie und stieß ihn mit einem Schub von sich.

Sam fiel auf die Kissen zurück und starrte sie erschrocken an. Er hatte tatsächlich absolut keine Kontrolle über diesen Sumentrieb.

»Seit die Orose ausgetrocknet ist, ist sie autonom«, rief Mai wütend. »Wir gehören nicht zu Kolani, und das ist gut so! Uns interessiert nicht, was im Rest des Landes vor sich geht. Und überhaupt brauche ich mich vor dir nicht zu rechtfertigen. Du hast keine Ahnung, was es bedeutet, als Wassermagierin hier in der Wüste zu leben und dafür zu sorgen, dass der Boden nicht austrocknet!«

Sams Herz raste noch immer und er krallte die Hände in die Kissen. Yarik hatte recht, er war überwältigt von seinen eigenen Kräften. »Bitte, Mai, es zerreißt mich fast. Ich muss einen Weg finden, wie ich es kontrollieren kann.«

»Finde dich als Erstes damit ab, dass das nicht innerhalb eines Tages möglich sein wird.« Mai ging zur Kommode und schenkte Wein ein. »Hier. Trink.«

Mit zitternden Händen nahm er den Becher entgegen und trank in großen Schlucken. Dann atmete er tief durch und betrachtete sein Spiegelbild im polierten Blech. Überrascht hob er den Becher vor das Gesicht. Jetzt wusste er auch, was Mai zuvor gemeint hatte. Von seinen hellblauen Augen war nichts mehr übrig. Die Iris glich demselben schwarzen Meer, das tief in seinem Inneren tobte.

»Warum hast du nicht gesagt, dass es dein Bruder war, der uns zu Raben gemacht hat?«, fragte er leise und stellte den Becher auf den niedrigen Tisch neben dem Mittelpfosten.

»Es ist mehr als hundert Jahre her, dass ich ihn das letzte Mal gesehen habe«, antwortete Mai und kniete vor ihm nieder. »Es hätte nichts an der Situation geändert. Marasco – als er das erste Mal in die Orose kam, wusste ich sofort, dass Yarik seine Hände im Spiel hatte. Er hatte ihn zu mir geschickt. Hatte ihm gesagt, dass in der Orose die besten Schmiede sind und er sich ein neues Schwert besorgen soll. Und dass ich ihm Unterkunft gewähren würde. Yarik wusste, dass Marasco einen Freund brauchte. Und zwar nicht einen, der durch Krankheit oder Altersschwäche dahingerafft würde. Vielleicht hatte er gehofft, dass Marasco so den Tod hinter sich lassen könnte. Doch dem war nicht so. Die Wut, die er in sich trug, die Rastlosigkeit und die Dunkelheit, die sich wie ein Nebel um ihn gesammelt hatte, waren bloß sein Schutzschild. Ich sah den hilflosen Jungen, noch bevor ich seine Gedanken las.«

Mai atmete tief durch und richtete sich auf.

»Ein Brief aus Trosst ist eingetroffen«, fuhr sie fort. »Es war nicht das erste Mal, dass ich auf diese Weise von Marasco hörte. Über die Jahre hatte er mich immer wieder wissen lassen, wo er sich aufhielt. Er schrieb nie viel, auch nie selbst. Ließ die Briefe in Schreibstuben fertigen – die eigene Handschrift war ihm wohl zu persönlich. Das erste Mal erhielt ich nun einen Brief, in dem er sich am Ende verabschiedete. Er hatte sich noch nie in einem Brief verabschiedet, Sam! Er wusste, dass etwas geschehen würde!« Mai packte plötzlich seine Hand. »Hol ihn wieder zurück, Sam. Hol ihn wieder zurück!«

Sam wurde wieder heiß. Er wollte ihre Erinnerungen und ihre Energie. Mit Wein ließ sich sein Durst nicht löschen. Er ging einher mit der Angst, Mai etwas unsagbar Böses anzutun, und dennoch konnte er den Blick nicht von ihr abwenden. Ihre schwarze Haut hatte sie mit einer dünnen Schicht gelber Farbe angemalt, sodass sie wie Bronze glänzte. In ihrem eng taillierten, schwarzen Kleid mit den goldenen Stickereien an den Säumen sah sie aus wie eine Göttin. Mai streckte plötzlich die Arme aus und öffnete die Knöpfe seines Hemdes. Sam machte erschrocken einen Satz zurück.

»Was tust du da?«

»Sieh dir deine Kleidung an! Sie ist zerfetzt und verbrannt.«

Den Kampf gegen Vinna hatte er zwar überlebt, doch seine Kleidung nicht. Von seinem Mantel war fast nichts mehr übrig geblieben. Das Hemd war an der Seite und an den Armen verbrannt und an einem Hosenbein lag sein Knie offen. Auch die Bandagen, die noch immer an seinen Handgelenken hingen, waren keineswegs mehr lang genug, um sich damit die Hände zu bandagieren.

Ich habe so was von versagt, dachte er. Mit einem Ruck stand er auf. *Ich muss so schnell wie möglich zurück nach Saaga.*

»Wo bitte willst du hin?«, fragte Mai und stellte sich ihm in den Weg.

»Ich muss ihn retten. Und ich … ich will … ich brauche … Erinnerungen.«

»Du hast Yarik gehört. Komm erst einmal zur Ruhe und hör dir an, was er zu sagen hat.«

Widerwillig blieb Sam stehen und strich sich nervös die Haare zurück. *Vielleicht hat sie recht. Vielleicht ...* Da bemerkte er, wie sich Mai an seinem Gürtel zu schaffen machte. »Was soll das werden?«

»Erst einmal legst du die Waffen und diese kaputte Kleidung ab. Dann helfe ich dir, dich ein bisschen zu entspannen.«

»Aber … du und Marasco.«

»Es gibt verschiedene Möglichkeiten, sich zu entspannen.«

Mai streifte sein Hemd ab und küsste ihn.

81

Mit der Nacht kam die ersehnte Abkühlung. Die dünne Stoffhose bis zu den Knien hochgezogen, watete Sam in der Nähe des Ufers durch das Wasser. Die Palmblätter rauschten sanft über ihm. Ein angenehmer Wind kräuselte die Oberfläche des Sees. Sam beugte sich nach vorne und tauchte die frisch bandagierten Hände in das kühle Nass. Dann strich er sich damit über das Gesicht und durch die Haare.

Den ganzen Nachmittag hatte er mit Mai im Zelt verbracht. Und während eine Seite von ihm nicht genug von ihr kriegen konnte, hörte er eine innere Stimme, die ihm immerzu sagte, dass er für so was keine Zeit hatte. Er hatte sich vorgenommen, gleich danach die Orose zu verlassen und zurück nach Aryon zu fliegen. Doch als er dann befriedigt zurück auf die Kissen gefallen war, hatte er das erste Mal, seit der Sumentrieb ausgebrochen war, Ruhe gefunden. Selbst als Yarik ihn im schwerelosen Raum zurück in die Orose gebracht hatte, stand sein Körper wegen Vinnas Blitzangriff die ganze Zeit unter Hochspannung. Erst Mai hatte es geschafft, ihn zu beruhigen und seinen Durst für eine Weile zu stillen.

Sam strich sich mit der nassen Bandage über den Mund und schob die Erinnerungen an die Zeit mit Mai beiseite. Es machte ihn verlegen, an die Stunden zurückzudenken, die er mit ihr verbracht hatte; zudem entfachte es ein Feuer in ihm. Am liebsten wäre er zurück in ihr Bett gekrochen.

Nein. Ich muss zurück nach Aryon. Am besten gleich noch heute Nacht.

Immer wieder sah er Marasco, wie er ihn mit seinem leeren Blick aus dem brennenden Käfig angesehen hatte. Auch wenn Marasco gerne und oft mit einer ausdruckslosen Miene seine Gefühle und Emotionen überspielte, so hatte er selbst in Zeiten, in denen er dabei war, seine Erinnerungen zu verlieren, eine starke Persönlichkeit gehabt. In Saaga war an diese Stelle eine kindliche Unschuld getreten, die die Welt nicht mehr verstand.

»Ich komm dich holen«, sagte Sam entschlossen. »Egal wie lange es dauert. Ich komm dich holen. Das versprech ich dir. Gut oder böse. Schwarz oder weiß. Wir stehen auf keiner Seite. Es gibt nur uns.«

Ich hoffe mal, dass Nao bei Leor bleibt. Sie könnte mir tatsächlich noch nützlich sein. Und Leor. Dieser Hund! Ich bin mir sicher, wenn ich die Magierin töte, wird auch dieser verfluchte Schutzzauber sich auflösen.

Seitdem er aus dem Zelt geschlichen war, hatte der Druck in seinem Inneren wieder zugenommen. Er spürte ein Kribbeln in den Händen, ein Zucken in den Fingern und schluckte schwer, wegen der ausgetrockneten Kehle. Er konnte noch so viel Wein trinken, er wusste, sein Körper würde erst mit einem Vogelherz oder mit einer Ladung Erinnerungen zur Ruhe kommen.

Verfluchter Sumentrieb. Jetzt, wo ich auf Vogelherzen ausweichen möchte, sitze ich in der Wüste fest, wo es keine Vögel gibt. Sam kehrte ans Ufer zurück, setzte sich auf einen Stein und trocknete die Füße. Dann zog er sich die Stiefel an. Von der Stadt her auf der anderen Seite des Sees spürte er ein Vibrieren. Vom Bootssteg aus war die Straße zum offenen Tor mit Fackeln gesäumt und nur ein dumpfer Lichtschein strahlte hinter der Mauer in den Himmel empor. Durch sein geschärftes Gehör vernahm er Musik und Gesang in den Schenken. Sam legte die Hände auf den Stein und horchte.

Kann es etwa sein? Erinnerungen?

Er konnte sie spüren. Sie waren so nah.

Ich hole mir ein paar, dann flieg ich durch die Wüste zurück nach Aryon. Das letzte Mal war Marasco vorausgeflogen. Aber er hat gesagt, ich würde den Weg wieder finden. Vielleicht sind diese beiden griesgrämigen Alten wieder in der Schenke. Ich könnte sie von ihren Erinnerungen erlösen.

Er war gerade mal zwei Schritte gegangen, als plötzlich Yarik vor ihm stand. Wie aus dem Nichts war er aufgetaucht und schaute über den See Richtung Stadt. Sam blieb unfreiwillig stehen und schaute ihn an. Der Groll von vorhin wallte wieder in ihm auf.

Ein Treffen mit dem Meister ... *Er ist nicht mein Meister! Er ist ein verfluchter Lügner! Ein Manipulator!* Erst nachdem er seine Aufgabe erledigt hatte, wollte er den Meister suchen. *Verflucht! Er hat uns doch nur benutzt! Zum Narren gehalten! Uns zu Marionetten gemacht!* Sam ballte die Hände, knackte mit den Fingern und presste das Wasser aus den Bandagen.

»Es tut mir leid, Sam. Es war nicht meine Absicht, dich in dieses Chaos zu stürzen.«

Sam schaute den Magier überrascht an. »Die Paha haben Kolani von innen heraus zerstört. Und nun nehmen sie sich Aryon vor. Auch wenn ich gegen das Königshaus bin, die Menschen dort haben das nicht verdient.«

»Du musst zuerst die Hintergründe verstehen, um handeln zu können.«

»Ach ja?«, fuhr Sam empört auf. »Und warum hast du mich nicht schon in Pahann eingeweiht? Ich soll mich um Marasco kümmern, hast du gesagt. Aber wie hätte ich das tun sollen? Und jetzt, wo ich endlich eine Idee habe, wie ich das anstellen könnte, zerrst du mich zurück in diese verfluchte Wüste! Und das nur, um mir eine Geschichte zu erzählen? Lass mich besser selbst sehen, was du angestellt hast. Mehr Lügen ertrage ich nämlich nicht.«

Yarik winkte ab. »Du hast bei deiner Ankunft doch selbst gesehen, dass du den Schwall meiner 500 Jahre Erinnerungen nicht aushältst – wo dich ja die 100 Jahre von Marasco schon umgehauen haben.«

»Was weißt du schon!« Plötzlich stutzte Sam. Es war in Limm gewesen, als die 100 Jahre von Marasco ihn umgehauen hatten. »Warum weißt du davon? Warst du etwa da? In Limm?«

»Natürlich war ich da«, antwortete Yarik und schmunzelte. »Du hättest mir Marasco ruhig etwas energischer vom Hals halten können.«

»Yun?«

»Du denkst doch nicht, ich hätte ihn den Händen irgendeiner Heilerin überlassen, die es nur gewohnt war, ihresgleichen zu behandeln? Maulwürfe, die wegen mangelndem Licht Gelenkschmerzen haben und bei schwacher Gesundheit sind?«

»Die ... die ganze Zeit über«, stotterte Sam und strich sich fassungslos die Haare zurück. »Die ganze Zeit über hatte Marasco ... Ich dachte, er fantasiert! Doch du warst da! Die ganze Zeit! Warum habe ich dich nicht erkannt?«

»Du warst noch nicht so weit.«

»Und was sollte das dumme Geschwätz? Ich dachte, Yun wäre ...«

»Ich habe den Steinen lediglich die nötige Kraft gegeben, damit sie bei Marasco auch wirkten – und dafür gesorgt, dass die Heilerin nicht schreiend davonrannte. Sie wäre mit Marasco komplett überfordert gewesen. Doch sie war es, die seine Sprache erkannt und bemerkt hat, dass ihr anders seid.«

Die Erinnerungen an Marasco lösten in Sam eine tiefe Traurigkeit aus. Er strich sich mit den feuchten Bandagen die Haare zurück und blickte über den See ans andere Ufer zum Schiffssteg. »Ich habe ihn nicht retten können.«

»Marasco ist nicht weg«, sagte Yarik sanft. »Du trägst all seine Erinnerungen in dir. Ist es nicht so? Zum Glück ist es nicht dazu gekommen, dass du versucht hast, ihm die Erinnerungen zurückzugeben. Du hättest ihm wahrscheinlich sogar geschadet.«

Irritiert schaute Sam den Magier an.

»Glaubst du tatsächlich, es ist Zufall, dass du hier bist?«, fuhr Yarik fort. »Ich habe auf dich gewartet. Und Marasco ebenfalls – er wusste es nur nicht. Du allein hast die Macht, ihn zurückzuholen. Schon bevor deine Mutter dich das erste Mal zu mir gebracht hatte, wusste ich, welche Kräfte in dir stecken. Ich stamme vom Windstamm in den westlichen Bergen ab. Meine Kraft ist es, zu erkennen, wozu andere fähig sind. Damit gewinnt man keine Kriege, das ist mir klar. Doch damit führt man sie. Du scheinst jedoch noch immer ahnungslos zu sein.«

»Aber ... Marasco. Warum hat er versucht, dich zu töten?«

»Marasco hatte seine Erinnerungen verloren. Er wusste nicht mehr, wer Freund und wer Feind war. Ein Glück, dass Mai sich ihm angenommen hat. Wasser schwemmt das Böse weg. Zwar konnte sie Vinnas Zauber nicht aufhalten, doch ohne es zu merken, schöpfte er Mut, wenn er bei ihr war.«

»Darum hast du ihn zu Mai geschickt?«, bemerkte Sam abschätzig.

»Als ich zusehen musste, was Vinna ihm angetan hatte, wusste ich, dass er einen konstanten Pol brauchte. Jemanden, der ihm Geschichte gab. Denn in etwas hatte er recht. Sobald er alles vergessen hatte, würde er sterben. Sicherlich war es nicht der Tod, den er sich erhofft hatte, doch es kam nahe an das heran, wonach er sich sehnte. Ohne dass er etwas merkte, hatte Mai ihn am Leben gehalten. Sein Tod war nie meine Absicht gewesen. Es war der Fluch, der ihn glauben ließ, ich wäre der Böse.«

»Und woher weiß ich, dass du die Wahrheit sagst?«

»Glaub mir, Sam. Ein neues Zeitalter ist angebrochen. Euer Zeitalter.«

»Der Meister hält mich zum Narren!«, sagte er ernst und zuckte innerlich zusammen. *Meister?* »Wir sind keine Götter! Und nebenbei bemerkt, Marasco weiß nicht einmal mehr, wer er ist.«

Yarik lächelte und schaute ihn eine Weile ruhig an. Dann ließ er seinen Blick über den See schweifen. »Du glaubst doch nicht, dass ich bei dieser einzigen Gelegenheit auch nur irgendetwas dem Zufall überlasse? Es konnte niemand außer dir sein, Sam. Du warst der einzige passende Gefährte für unseren kleinen Teufel. Ich habe mitansehen müssen, wie Marasco seine Erinnerungen verloren hat, und meine Kraft reichte nur aus, um ihm ein Fenster von zehn Tagen zu verschaffen. Mir blieb keine andere Wahl, als auf dich zu warten und zu hoffen, dass du dir seine Erinnerungen einverleibst. Ich bin hier nicht der Böse, Sam. Es ist Vinna. Sie hat Marasco verflucht.«

»Marasco ist weg.«

»Was glaubst du, warum du der Auserwählte bist? Du kannst Erinnerungen nehmen, aber du kannst sie auch wieder geben. Du hast Marascos ganzes Leben in dir gespeichert. Was du dir von seinen Erinnerungen angeschaut hast, war nur die Spitze des Eisbergs. Doch du und ich, wir wissen, was ungefiltert mit einer einzigen kleinen Berührung in deinen Geist fließt. Und es ist nicht nur ein Schatten, der zurückbleibt. Es ist ein genaues Abbild jedes einzelnen Lebens, das sich in deinem Geist manifestiert. Du bist der Einzige, der Marasco sein Selbst wieder zurückgeben kann.«

Die Art, wie Yarik auf ihn einredete, zog ihn komplett in seinen Bann. Erst als Yariks Stimme verstummte, konnte er wieder klar denken.

»Auf welcher Seite kämpfe ich hier eigentlich?«

»Du hältst das Gute und das Böse zusammen. Selbst wenn du wüsstest, dass Marasco der Teufel wäre, würdest du dennoch alles tun, um ihm zu helfen.«

Sam sah sich plötzlich gezwungen, sich mit der Tatsache abzufinden, dass er und Marasco tatsächlich bloß die Plätze der Haustiere irgendeines verfluchten toten Gottes aus dem Norden eingenommen hatten. »Es gibt keine Freiheit«, sagte er verbittert. »Hab ich recht?«

»Ich habe euch eine einfache Aufgabe gegeben und ihr habt sie befolgt. Niemand hat euch dazu gezwungen. Ihr habt aus freien Stücken gehandelt.« Yarik schenkte Sam ein warmes Lächeln. »Aber die wahre Freiheit, an der arbeite ich noch. Sie wird kommen, das versichere ich dir.«

Die wahre Freiheit? Was auch immer das sein soll, dachte Sam. Er war geistig zu erschöpft, um auch darüber noch nachzudenken. »Wir haben nichts weiter getan, als die Menschen zu warnen! Wir haben sie ihrem sicheren Tod überlassen!«

»Ihr habt den Menschen eine Wahl gelassen. Ich wollte nicht, dass ihr sie in den Kampf schickt und ihr Blut an euren Händen klebt. Indem sie sich entschieden, sich selbst um ihr Schicksal zu bemühen, wurde ihr Tod zu einem Nebeneffekt, den Gewalt eben mit sich bringt.«

»So viele Menschen sind gestorben! Ganze Landstriche wurden ausgelöscht! Und du rechtfertigst das als Nebeneffekt?«

»Du verlierst das Wesentliche aus den Augen. Für uns gibt es nur eine Aufgabe in diesem Krieg. Vinna muss sterben.«

Yarik drehte ihm wieder den Rücken zu und schaute hinaus

auf den See. »Das schafft eine gerechte Ausgangslage für alle Beteiligten.«

»Wage es nicht, von Gerechtigkeit zu sprechen!«

Da packte Yarik ihn plötzlich am Kragen und flüsterte ihm ins Ohr. »Ihr wart verlorene Seelen, Sam. Ich habe euch zusammengeführt. Ihr hattet es nicht verdient, allein durch die Welt zu gehen.« Dann stieß er ihn wieder von sich und drehte sich um. »Du kannst Vinna nicht gegenübertreten, solange du deine Kräfte nicht beherrschst. Nimm dir also Zeit und bereite dich vor.«

»Ich habe keine Zeit!«, rief Sam. »Gerade eben wird Marasco nach Kravon gebracht. Ich habe Leors Erinnerungen gesehen. Er ist nicht der sanftmütige König, der er vorgibt zu sein. Er ist getrieben davon, Kolani zu unterdrücken. Und bis die Schlacht auf dem Resto Gebirge stattfinden wird, wird er sich seine Zeit damit vertreiben, Marasco zu foltern.« Ein Schwächeanfall ließ Sam innehalten. *Nein, ich habe keine Zeit, aber auch keine Ahnung, wie ich meine Kräfte beherrschen kann.* »Ich brauche deine Hilfe«, sagte er leise und war sich nicht sicher, ob er diese Aussage an Yarik oder die Schwarzen Schatten gerichtet hatte. Sam schaute auf und machte einen Schritt auf Yarik zu. »Du hast mir das eingebrockt, also will ich, dass du mir zeigst, wie es geht.«

»Ich kann mit dir trainieren, aber was da vorhin mit dir geschehen ist, dabei kann ich dir nicht helfen.«

Die Vision. Das schaff ich schon, dachte Sam und nickte Yarik eifrig zu.

82

Der Boden war mit einem grauen Film aus Asche bedeckt, der wie Schnee vom Himmel fiel. Die Feuer waren erloschen und der Wind wehte die grauen Flocken umher. Kato betrachtete mit verschränkten Armen und grimmiger Miene die Überreste des Gasthauses, dessen Grundmauern noch standen, das Dach jedoch über den zwei oberen ausgebrannten Stockwerken zusammengebrochen war. Gleich daneben lag die ehemalige Scheune, die dem Brand vollständig zum Opfer gefallen war. Ein paar dünne Rauchsäulen stiegen in den nachmittäglichen Himmel und der beißende Geruch von verbranntem Holz lag in der Luft.

Was für Narren, dachte er und schüttelte den Kopf. Schließlich hätte er sich gerne wieder einmal in ein richtiges Bett gelegt. Nicht weil er sich alt fühlte, sein Körper war jung geblieben, doch weil er dem Komfort durchaus nicht abgeneigt gewesen wäre. »Wer ist dafür verantwortlich?«, fragte er mit knirschenden Zähnen. Da niemand antwortete, fuhr er Lanten an, der direkt neben ihm stand und das zerstörte Gebäude betrachtete. »Warst du das?«

»Ich bin mit dir hergekommen«, sagte Lanten genervt.

»Es spricht sich schneller herum, als wir kontrollieren können«, erklärte ein Sume, der ein bisschen weiter von ihm weg stand. »Die Menschen wissen, dass wir kommen. Während die Alten sich irgendwohin in Sicherheit bringen, versuchen die Jungen die Häuser zu schützen. Und sobald sie merken, dass es aussichtslos ist, setzen sie sie in Brand.«

Kato schaute den Sumen eine Weile an. Sein Gesicht war rußverschmiert und er war einer aus dem Urwald, der gerade mal eine leichte Leinenhose, Lederschuhe und ein Schulterholster trug, das mit Tierknochen und Fangzähnen geschmückt war. Sein Kinn war komplett schwarz tätowiert, nur in der Mitte war ein Punkt ausgespart.

»Was hab ich gesagt«, knurrte Kato. »Deckt euch endlich mit warmer Kleidung ein. Ihr erfriert sonst, wenn wir das Resto Gebirge überqueren.«

Der junge Sume schaute ihn an und wusste nicht, was er sagen sollte. »Wie gesagt«, erwiderte er stockend, »sie legen Feuer.«

»Soll das heißen ...«

»Das ist wohl ihre Art, gegen uns zu kämpfen«, erklärte Lanten.

Kato schnalzte verärgert mit der Zunge und drehte sich um. In der Ferne erhob sich das Resto Gebirge, die Gipfel weiß und teilweise wolkenverhangen. Es war wie ein Riegel, der ihnen den Weg versperrte. Doch früher oder später würden sie ihn überqueren müssen und den Kampf in den Süden bringen. Bis dies allerdings der Fall war, mussten sie die Zeit nutzen und vor allem die Sumen aus dem Urwald auf die Überquerung vorbereiten. Schließlich hatten diese keine Vorstellungen davon, was Kälte, Eis und Schnee waren – geschweige denn, wie sie sich anfühlten.

»Dann müsst ihr eben schneller sein«, sagte Kato nachdenklich. »Organisiert euch und verhindert die Feuer. Gerber, Pelzhändler und Schneider, das sind die Leute, die wir brauchen. Verstanden?«

Der Urwaldsume nickte.

»Ich will, dass sich die Gruppen mischen«, sagte Kato zu Lanten. »Kümmere dich darum. Es soll keine Gruppe unterwegs sein, die nur aus Urwaldsumen besteht, denn die haben offenbar keine Ahnung, was Pelzhändler und Gerber sind«, murrte er genervt und schaute rüber zum Fluss. »Wir stellen hier trotzdem das Lager auf. Bereitet alles vor.«

Kato führte sein Pferd an der ausgebrannten Scheune vorbei ans Wasser, um es zu tränken. Dabei beobachtete er, wie Lanten die Gruppen aufteilte und dachte, dass sich der ehemalige Ratsälteste der Khamen als nützlicher erwiesen hatte, als zu Beginn angenommen. Es war Lantens Idee gewesen, nach dem Desaster in Trosst die ganze Armee in kleine Gruppen aufzuteilen, die sich dann im Norden Aryons in alle Richtungen aufmachten. Nur so hatten sie die Möglichkeit, die Zeit zu überbrücken, in der sich die Kranken erholen, die Urwaldsumen sich mit wintertauglicher Kleidung ausrüsten und die Plünderungen wie geplant weitergehen konnten.

Lanten sammelte einige Paha um sich und teilte sie in kleinere Gruppen auf. Ein paar zogen aus den Überresten der Scheune Glut heraus und schürten sie zu neuen Feuerstellen. Kurz darauf ritten die ersten Paha und Sumen in Gruppen von zehn Personen davon.

Später saß Kato mit Lanten an einem Feuer; schlecht gelaunt trank er warmen Wein und schaute mit grimmiger Miene in die Flammen. Lanten hatte ein paar Versuche gestartet, ein Gespräch zu beginnen, doch Kato hatte nicht einmal richtig zugehört, und so verbrachten sie die Zeit schweigend. Der Wind nahm zu, graue Wolken zogen auf und es sah nach Regen aus, was seine Laune noch mehr verschlechterte.

»Wir sollten Zelte besorgen«, sagte er nachdenklich.

»Zelte?«

»Wir wissen nicht, wie lange wir noch ausharren müssen. Und ich habe es satt, nachts vom Regen geweckt zu werden. Und wenn die Menschen hier weiterhin ihre Häuser anzünden, müssen wir uns eben selbst helfen.«

»Ich werde es morgen den Gruppenführern sagen.«

Das Geräusch von Pferdehufen drang heran. Es war Borgos, der mit fünfzig Sumen aus dem Osten zurückkehrte. Seit der Brückenüberquerung hatte er ihn nicht mehr gesehen. Während er mit der Armee nach Trosst gezogen war, hatte sich Borgos mit tausend Männern an der Ostküste entlang nach Süden begeben. Das Gasthaus und das nahe liegende Dorf lagen in der Mitte von Aryons Norden und somit zentral, um von dort aus alles unter Kontrolle zu halten. Darum hatten sie ausgemacht, sich hier zu treffen.

Kato erkannte an Borgos' Gesichtsausdruck, dass er über das, was er sah, nicht erfreut war. Als Borgos ihn entdeckte und vom Pferd stieg, hielt Kato Lanten seinen Becher hin und ließ nachschenken. Im Laufschritt kam Borgos auf sie zu und blieb breitbeinig vor dem Feuer stehen. Der rundgesichtige Mann mit den grauen Schläfen schob sein Schwert aus Wolfram unter seinen

Ledermantel und baute sich vor Kato auf. Kato trank darauf einen großen Schluck Wein.

»Cousin«, sagte Borgos mit tadelndem Ton. »Was hat das hier zu bedeuten?«

»Hallo, Cousin«, erwiderte Kato und trank nochmal einen Schluck. »Wie war es im Osten?«

Borgos kniff argwöhnisch die Augen zusammen. »Was ist hier los? Wo sind die Krieger?«

»Sie sind in kleine Gruppen verteilt.«

»Ich sehe es doch an der Größe des Lagers. Da fehlen mindestens dreitausend Männer! Was hast du getan?«

»Ich habe gar nichts getan«, antwortete Kato gereizt. »Das waren die verdammten Vögel in Trosst.«

»Wie bitte?«

»Da hingen überall Käfige mit Vögeln drin«, erklärte Lanten. »Doch die Tiere waren irgendwie ... giftig. Mindestens zweitausend Paha haben sich vergiftet.«

Borgos runzelte erschrocken die Stirn. »Leben sie noch?«

»Calen und Torjn sollten heute ebenfalls hier eintreffen, um uns einen Lagebericht zu geben«, antwortete Lanten, nachdem Kato bloß ahnungslos mit den Schultern gezuckt hatte.

»Das war dein verfluchter Sohn«, meinte Borgos, setzte sich zu ihnen ans Feuer und winkte einem Paha zu, ihm einen Becher zu bringen.

»Ich weiß es nicht«, meinte Kato nachdenklich. »Schließlich war es damals auf dem Wasserfall Marasco, der uns diese Vogelherzen schmackhaft gemacht hat. Zudem war Sam noch nie in Trosst. Wie hätte er also davon wissen sollen?«

»Du weißt ja nicht, ob er kurz davor da war. Wie ich hörte, hat der Kerl nun Flügel. Was soll das sein? Von so einem Sumentrieb hab ich noch nie gehört.«

»Das war kein Sumentrieb. Das war irgendetwas anderes.«

»Und was machen wir nun? Der heckt doch irgendwas aus.«

»Ja, aber wir machen weiterhin unser Ding. Nehmen in aller Ruhe den Norden Aryons aus, während sich die Paha in Trosst von den Vergiftungen erholen.«

»Warum hats dich nicht erwischt?«, wollte Borgos wissen, trank vom Wein und verzog überrascht das Gesicht, als er merkte, dass er warm war.

»Die meisten Sumen und Khamen erholten sich sehr schnell wieder. Am schlimmsten hat es die Vahmen und die Riften erwischt. Ein paar sind in der ersten Nacht gestorben. Wir haben alle, die noch aufrecht gehen konnten, aus der Stadt gebracht und das Krankenlager südlich von Trosst aufgeschlagen.«

Ihr Gespräch wurde von einer weiteren Gruppe Reiter unterbrochen, die im Lager eintraf. Es war Hekto, der Anführer der Urwaldsumen, mit einer Gruppe von etwa hundert Reitern. Als Kato sah, dass kein einziger von ihnen es bisher für nötig gehalten hatte, sich mit Winterkleidung auszurüsten, spürte er die Wut in sich brodeln. Seine gute Laune, die durch das Gespräch mit Borgos entstanden war, löste sich wieder in Luft auf.

Hekto war der Sohn des Stammesältesten des zentralen Clans im Urwald, der das Kommando über alle Urwaldsumen hatte. Sein ganzes Gesicht war mit Tätowierungen verziert, die Formen von Blättern und Tierwesen darstellten. Die Zacken über seinen Augen waren die Zähne eines Panters, die schneckenhaften Wirbel über der Wange repräsentierten den Schwanz des Chamäleons, die verzierten Streifen, die von der Nase über die Lippen, das Kinn und den Hals führten, waren die Baumstämme und die Pflanzen. Er sah nicht nur wie der Urwald aus, sein Trieb verlieh ihm die Fähigkeit, alle Bestien, die es im Urwald gab, in sich zu vereinen. Er war ein Raubtier sondergleichen. Seine langen, braunen Haare hatte er in dicken Filzzöpfen nach hinten geflochten. An seinem Schulterholster trug er vier Messer, zwei vorne und zwei auf dem Rücken, am Hüftgürtel hing eine Machete und an der rechten Wade ein weiteres Holster mit einem Dolch. Auch er trug lediglich eine leichte Stoffhose, die ihm bis zu den Knien reichte.

Sobald er Kato entdeckte, hielt er sein Pferd an und sprang hinunter. Mit großen Schritten trat er ans Feuer und grüßte alle mit einem breiten Grinsen. Kato schüttelte den Kopf.

»Ihr werdet alle erfrieren!«, fuhr er verärgert auf. »Was ist so schwer daran, sich einen Mantel anzuziehen?«

Hekto grinste zwar noch immer, doch in den Augen des 30-Jährigen flammte Zorn auf. »Ich werde mir schon noch rechtzeitig eine Jacke besorgen«, sagte er und winkte einem Paha, ihm ebenfalls einen Becher zu bringen. »Da drüben im Westen ist es viel zu heiß, um sich so was anzuziehen.«

»Warst du an der Küste?«, wollte Borgos wissen.

Hekto nahm einen Becher entgegen und setzte sich neben Borgos. »Wir sind der Küste runter gefolgt, bis wir in ein Dorf namens Hanta kamen, das am Fuß des Gebirges liegt. Das Gebirge flacht dort tatsächlich ab, sodass man ganz leicht in den Süden kommt.«

»Dann gehen wir doch außen rum«, meinte Lanten. »Das würde uns viel Mühsal ersparen.«

»Wir haben drei Wochen gebraucht, um von Hanta hierher zu gelangen«, berichtete Hekto und trank einen großen Schluck. »Alles entlang des Resto Gebirges. Es scheint, als gäbe es tatsächlich nur diesen einen Übergang. Ich finde auch, wir sollten an die Westküste gehen. Dort ist es wärmer und wir können uns die Sonne auf den Bauch scheinen lassen.«

»Dann machen wir das doch«, sagte Borgos und schaute zu Kato.

»Nein«, widersprach Kato. »Wie wir in Trosst erfahren haben, sammelt Leor seine Truppen im Resto Gebirge.«

»Einen Grund mehr, außen rumzugehen und den Süden auszuschlachten«, meinte Hekto beiläufig.

»Ach, kommt schon«, meinte Kato abfällig. »Das wollt ihr doch nicht wirklich? Jeder hier will kämpfen. Und dafür müssen wir dorthin, wo Leors Armee ist. Während sich unsere Männer in Trosst erholen, geben wir Leors Männern Zeit zu lernen, wie man ein Schwert hält. Sonst wäre der Kampf ja langweilig.«

»Wir sollten dennoch außen rum«, meinte Hekto, und Borgos pflichtete ihm mit einem kurzen Nicken bei.

»Stellt meine Entscheidung gefälligst nicht in Frage!«, fuhr Kato die beiden an und winkte den Paha mit dem Wein heran.

»Eine Frage habe ich noch«, meinte Hekto. »Wer ist Sam?«
Lanten schüttelte den Kopf, Borgos verdeckte sich mit der Hand das Gesicht und Kato runzelte die Stirn.
»Zuerst höre ich, er sei ein Schwächling«, fuhr Hekto unbekümmert fort. »Dann höre ich, dass er der Feind ist. Und seit dem Stopp beim Wasserfall, reden alle davon, dass der Kerl sich in einen Vogel verwandeln kann.«
»Sam ist mein Sohn«, sagte Kato mit knirschenden Zähnen.
»Wer soll da noch mitkommen?«, meinte Hekto, schüttelte den Kopf und trank von seinem Wein.
Borgos schlug Hekto mit der Faust auf den Oberarm, sodass dieser Wein verschüttete. Bevor er sich beschweren konnte, näherte sich eine neue Gruppe von Reitern. Sobald sie zwischen den Feuerstellen waren, zügelten sie ihre Pferde. Die Tiere atmeten schwer und die Reiter strichen sich, erleichtert darüber, das Lager noch vor Dunkelheit erreicht zu haben, den Schweiß aus der Stirn. Calen und Torjn stiegen von ihren Pferden und traten ans Feuer. Sie begrüßten die Gruppe und bestellten Wein.
»Und?«, fragte Kato ungeduldig. »Wie ist die Lage?«
»Lass die Jungs erstmal zu Atem kommen«, meinte Borgos.
»Das war lediglich eine Tagesreise von Trosst hierher«, verteidigte Kato sein ungeduldiges Verhalten. »Also, wie siehts aus?«
Calen stürzte den Becher Wein runter und hielt ihn zum Nachfüllen hin, während er mit dem Ärmel über den Mund strich. »Nicht gut. In Trosst herrscht noch immer Ausnahmezustand.« Sobald sein Becher wieder voll war, trank er.
»Bisher haben wir fast fünfhundert tote Paha zu verzeichnen«, berichtete Torjn. »Diejenigen, die den Angriff auf Trosst überlebt haben, wurden von den Sumen dazu gezwungen, sich um die kranken Paha zu kümmern. Es gibt ein paar Trudner, die nennen sich dort zwar anders, aber das sind Kräuterkundige, die dabei sind, ein Gegengift herzustellen.«
»Der Angriff auf Trosst war vor eineinhalb Monaten«, bemerkte Borgos überrascht. »Wie äußert sich diese Vergiftung?«
»Manche Paha sind in einen Schlaf gefallen, aus dem sie nicht mehr erwachen«, erklärte Calen. »Andere sind wach, essen nor-

mal, fühlen sich aber schwach. Hin und wieder müssen sie sich übergeben. Es äußert sich auf unterschiedliche Weise.«

»Und warum waren diese Vögel giftig?«, fragte Hekto irritiert. »Ich meine, das sind Vögel. Die können doch nicht einfach giftig sein.«

»Die füttern die Vögel mit speziellen Nüssen. Sie nennen sie Vis«, sagte Torjn. »Die sind wie eine Droge, wenn du sie direkt mit Wein mischst. Aber sie verändern das Blut der Vögel, das für uns dann giftig ist.«

Kato grummelte vor sich hin und dachte an Nahn. Mit seinem Sumentrieb wäre all dies überhaupt nicht passiert. Er hätte bereits von Weitem das giftige Blut der Vögel gerochen und sie warnen können. Noch immer bedauerte er es, Nahn nicht rechtzeitig gefunden zu haben. Auch wenn Kato nicht fähig war, sich den Trieb eines anderen Sumen anzueignen, so schärfte dessen Blut dennoch seine Sinne und machte ihn für die jeweiligen Fähigkeiten empfänglich. Hätte er Nahns Blut in sich aufnehmen können, wäre die Chance groß gewesen, das Gift zu erkennen und der Schaden hätte in Grenzen gehalten werden können.

»Hat Uin diese Visnuss schon gesehen?«, fragte Hekto.

»Wann sollte er?«, fragte Lanten gereizt. »Er war mit dir im Westen.«

»Einen Grund mehr, sie ihm zu zeigen«, meinte Hekto. »Der Kerl kennt sich aus mit Drogen. Er ist so was wie ein Schamane.«

»Hast du eine Nuss hier?«, wollte Kato wissen.

Calen schüttelte den Kopf. »Nein, aber in Trosst gibt es reichlich davon.«

»Dann schnappt euch morgen Uin und kehrt mit ihm nach Trosst zurück. Diesen Trudnern ist nicht zu trauen. Die sagen, es wäre ein Gegengift, doch in Wirklichkeit bringt es die Männer um.«

Calen und Torjn setzten sich ans Feuer und ließen ihre Becher nachfüllen.

»Wo habt ihr den Wein her?«, fragte Calen.

»Das war ein Wirtshaus da drüben. Der Keller war voll davon.«

»Er ist warm«, bemerkte Torjn unglücklich, trank aber trotzdem weiter.

»Es hat gebrannt«, erklärte Lanten. »Wir können froh sein, dass die Flaschen überhaupt noch ganz sind.«

Kato grummelte etwas vor sich hin und trank den Becher leer. Er war froh, dass sie Zeit hatten, um sich nach dem Desaster in Trosst wieder zu sammeln. Und sobald die Armee wieder komplett war und es im Norden nichts mehr zu holen gab, würden sie über das Resto Gebirge weiterziehen und Leors Armee den Garaus machen.

83

Mit ausgebreiteten Armen stand Sam zwischen zwei Fackeln auf dem Platz, auf dem Marasco gegen die Bäume gekämpft hatte, und horchte.

Da! Von rechts!

Sofort zog er die Arme herum und schoss einen gebündelten Energiestoß von sich. Der Schuss prallte an einer Palme ab und hinterließ eine Kerbe so groß wie seine Hand.

Zu stark.

In dem Moment spürte er, wie sich ein unsichtbarer Strick um seinen Hals legte und ihn in die Luft zog.

Nein! Schon wieder!

Er wurde über den Platz geschleudert und prallte mit voller Wucht gegen eine Palme. Die Luft wurde aus seinen Lungen gepresst und er stieß einen schmerzverzerrten Laut aus.

»Du hast dich nicht einmal gewehrt«, sagte Yarik und trat vor ihn.

Sam japste nach Luft und versuchte, sich aufzurappeln, doch Yarik hatte ihn noch immer im Griff. Also sammelte Sam seine Energie und schoss sie direkt auf Yarik, der nur etwa drei Schritte von ihm entfernt stand. Doch der Körper des Windmagiers löste sich in Luft auf, die Energie fegte durch ihn hindurch und zerriss ein paar Palmblätter.

»Das funktioniert vielleicht bei Mai, aber nicht bei mir – und gewiss nicht bei Vinna.«

Sam versuchte es mit einem erneuten Angriff, der aber ebenfalls ins Leere ging. Er spürte, wie die Kräfte in seinen Adern brodelten, doch seine Unfähigkeit, sie zu benutzen, machte ihn rasend. Er wollte aufspringen und Yarik direkt angreifen, doch der hielt ihn noch immer mit unsichtbaren Stricken fest.

»Lass mich los!«, schrie Sam wütend.

»Erst, wenn du dich wieder beruhigst.«

Sam stieß ein wütendes Knurren aus. Sobald er sich wieder in Erinnerung gerufen hatte, dass er nicht auf Yarik, sondern auf sich selbst wütend war, atmete er tief durch. Yarik löste die Fesseln und half ihm mit einem Windstoß sogar wieder auf die Beine.

»Also, dann weiter«, sagte der Windmagier.

Sam zog ein Messer, das er am Gürtel trug, und ging in Angriffsstellung.

»Hast du geübt?«

Sam nickte. *Natürlich hab ich geübt. Dieses Mal wird es klappen.*

Er lockerte den Griff um das Messer, ließ Energie in seine Hand strömen und machte sich bereit, das Messer wie ein Geschoss durch die Luft zu schießen. In dem Moment erhob sich in ihm die Dunkelheit. Sein Blick wurde erneut vom schwarzen Rauch getrübt, die Schatten stiegen in ihm hoch und nahmen Überhand. Sam stockte der Atem. *Nicht schon wieder.* Plötzlich breitete sich ein Schwall Schwärze in ihm aus und verdrängte das dumpfe Licht der Fackeln.

Ein stechender Schmerz rammte sich durch seine Stirn. Ein ohrenbetäubendes Tosen dröhnte durch die Nacht. Um ihn herum ein donnernder Sturm aus Flammen, die riesige Bäume zu Kerzen entzündeten und kleine Hütten niederrissen. Das Trampeln von Hufen. Das schneidende Geräusch von messerscharfen Klingen. Menschen schrien. Schemenhaft rannten sie durch das Dorf. Männer sammelten Frauen und Kinder ein und suchten in der umliegenden Dunkelheit des Urwaldes Schutz vor den Feuern und den wütenden Soldaten aus Aryon.

Mitten drin stand Kato, völlig erstarrt. Ein Mann packte ihn um den Bauch und trug ihn hinaus in die Dunkelheit, wo sie sich hinter Brettwurzeln und riesigen Fensterblättern versteckten.

»Sei ganz still«, hauchte die Stimme des Onkels neben seinem Ohr.

»Kato! Kato!«

Es war die Stimme seiner Mutter. Ihr Gesicht war blutverschmiert und nass vor Tränen. Bevor sie den Unterschlupf erreicht hatte, ritt ein Mann hinter ihr vorbei und schlug ihr einen Morgenstern auf den Hinterkopf. Ihr Blut spritzte hoch und ihr Gesichtsausdruck erstarrte. Langsam fiel sie auf die Knie und sackte tot zu Boden.

Kato wollte schreien und hochspringen, doch sein Onkel hielt ihn fest und drückte die Hand auf seinen Mund. Seine Muskeln brannten, Hitze raste durch seine Adern. Er wand sich in dem festen Griff, krallte sich am Arm seines Onkels fest und stieß vor blankem Entsetzen einen stummen Schrei aus.

»Sam!«, hörte er Yariks Stimme in der Ferne. »Sam! Wach auf!«

Sam blinzelte und öffnete die Augen. Über ihm war Yarik. Seine cremefarbene Haut glänzte im goldenen Licht der Fackeln.

»So wird das nie was«, sagte der Magier kopfschüttelnd.

Benommen machte sich Sam von Yarik los und strich sich die Locken aus der Stirn. »Dann zeig mir doch endlich, wie ich diese verfluchten Visionen unter Kontrolle bringen kann.«

»Das kann ich nicht.« Yarik stand auf und reichte ihm das Messer, das ihm aus der Hand gefallen war.

»Du wusstest, dass der Sumentrieb bei mir ausbrechen würde«, sagte Sam gereizt und steckte das Messer zurück ins Holster. »Und jetzt behauptest du, keine Ahnung zu haben?«

»Ich bin kein Sume«, verteidigte sich Yarik. »Woher soll ich wissen, wie du das auf die Reihe kriegen sollst. Meditiere! Vielleicht hilft das!«

»Es wäre alles viel einfacher, wenn du mich Erinnerungen aufnehmen lassen würdest.«

»Glaub, was du willst, aber solange du diese Kräfte nicht beherrschst, werde ich nicht zulassen, dass du jemandem aus der Orose die Erinnerungen aussaugst.«

»Was soll ich denn sonst tun?«, rief Sam verzweifelt. »Mein ganzer Körper schreit danach! Dieser Trieb ist in mein Blut übergegangen! Ich habe Durst!«

»Sieht so aus, als wolltest du gar keine Kontrolle. Sieh dich an! Du lässt dich von deinem Sumentrieb mitreißen und stellst dich als Opfer dar. Dabei bist du doch bloß ein jähzorniges Kind.«

»Kein Sume kann seinen Trieb kontrollieren! Er ist wie ein wildes Tier, das tobend durch meine Adern braust.«

»Das stimmt nicht! Ich war in Pahann. Die Sumen haben sich sehr wohl im Griff. Nimm dir ein Beispiel an deinem Vater! Glaubst du, er hätte all die Jahre auf seine Rache warten können, hätte er seinen Trieb nicht unter Kontrolle gehabt?«

»Er hatte ihn nicht unter Kontrolle!«, widersprach Sam energisch. »Unschuldige Kinder hat er getötet. Er ist das größte Monster von allen!«

»Dir bleibt keine andere Wahl, als dieses wilde Tier in dir zu zähmen. Anders kannst du Vinna nämlich nicht besiegen. Ich kann mir nur annähernd vorstellen, was für Kräfte in dir schlummern. Nicht bloß eine. Es sind drei. Und du hast die Möglichkeit, sie auf jede erdenkliche Art anzuwenden. Tu dir also selbst den Gefallen und setz dich damit auseinander. Du kannst es dir nämlich nicht leisten, Opfer zu sein.« Yarik klopfte den salzigen Sand von seiner Tunika und wandte sich ab.

»Wo willst du hin?«, fragte Sam überrascht.

»Heute ist das Lichtfest. Ich muss zurück nach Makom zum Windstamm. Du solltest nach Orose Stadt gehen. Eine Pause würde dir guttun.«

»Kann ich nicht mitkommen?«

»Nein.«

»Aber ...«

Yarik lächelte und winkte ihm nochmal zu. Dann zog ein Wind über den Platz und der Magier löste sich in Luft auf. Sam stand einen Moment verloren da und schaute sich um. Seit er zurück in der Orose war, hatte er die Zeltstadt nicht verlassen. Vielleicht hatte Yarik recht und eine Abwechslung würde ihm guttun. Dennoch machte er eher widerwillig die Fackeln aus und ging hinunter zum See.

Was soll ich in Orose Stadt? Ich weiß ja nicht einmal, was das Lichtfest bedeutet.

Überrascht sah er, dass sich auf der anderen Seite des Sees jede Menge Leute auf dem Bootssteg tummelten und weiße Papierleuchten in den Himmel steigen ließen. Nicht mehr ganz so griesgrämig ging er am Ufer entlang und näherte sich der Stadt. Auf der Straße zwischen der Bootsanlegestelle und dem offenen Stadttor waren unzählige Menschen: Bäcker boten Süßigkeiten an, Kupferschmiede rasselten mit Kerzenhaltern, die sie an Ketten zusammengebunden hatten, und Kinder verkauften Kerzen in kleinen, farbigen Schalen, die von den Menschen wie kleine Schiffe auf den See entlassen wurden.

Sam drängte sich an den Leuten vorbei durch das Stadttor und folgte der Hauptstraße ins Zentrum. Auf dem großen Platz war eine Bühne aufgestellt worden, auf der eine Gruppe von Musikern spielte. Junge Leute tanzten ausgelassen und sprangen im Takt der Musik. Rundherum brannten offene Feuer vor den Schenken, wo Fleisch gegrillt und Schnecken gekocht wurden. Die Fassaden der Lehmbauten waren mit Blechlampen beleuchtet, die florale Muster an die Hauswände warfen.

Jedes Mal, wenn Sam aus Versehen angerempelt wurde, zuckte etwas in ihm zusammen und sein Körper wurde von einer heißen Welle erschüttert. Sein Durst wurde immer größer und das Wasser lief ihm im Mund zusammen, als wären Erinnerungen ein saftiges Stück Fleisch, dem er einfach nicht mehr widerstehen konnte.

Was tu ich hier nur?

Die Vibrationen der Erinnerungen konnte er sogar durch den Boden spüren. Und obwohl er Arme und Hände bandagiert hatte, spürte er, wie die Narbenstränge dunkelrot flackerten. In seinem Inneren wütete der Sumentrieb, der sich nach Erinnerungen verzehrte.

Nein, ich schaff das! Ich werde ihn bezwingen!

Aus der Menge drang plötzlich ein vertrauter Puls zu ihm durch. Er folgte den Vibrationen zu einer Schenke und schaute sich um. Überall standen Menschen, die sich vergnügten, sich unterhielten, Fleischspieße vom Grill aßen und Wein tranken. Auf der Veranda einer Schenke erblickte Sam ein vertrautes Gesicht.

Haru?

Es war etwas mehr als zwei Monate her, als er ihn bei seinem ersten Besuch in der Orose kennengelernt hatte. Die ganze Nacht hatten sie gemeinsam in der Schenke verbracht und getrunken. Haru hatte ihm von den drei Magiern erzählt. Von Yarik, Vinna und Mai. Niemals hätte Sam damals geahnt, dass sich das Blatt so wenden und er in die Orose zurückkehren würde.

Ob Haru sich an mich erinnert?

Plötzlich drehte Haru den Kopf und schaute ihn an. Als wäre es etwas ganz Selbstverständliches, ihn zu sehen, lachte er und winkte ihn zu sich herüber. Sam schluckte leer und wusste im ersten Moment nicht, was er tun sollte. Sich in die Menge zwischen all diese Leute zu begeben, schien ihm sehr gewagt und eigentlich keine gute Idee.

Reiß dich zusammen. Die Abwechslung wird dir guttun.

Wenn du meinst.

Mit wem red ich hier überhaupt?

Nahn?

Langsam durchquerte er die Menge und steckte beide Hände unter die Achseln, um die Kontrolle nicht zu verlieren.

»Sam, du bist hier?«, rief Haru neben seinem Ohr, als er ihn endlich erreicht hatte. Dabei legte Haru den Arm um seine Schultern und schob ihn neben sich in die Runde, damit seine Freunde ihn sehen konnten. »Leute! Das ist Sam!«, sagte er und wandte sich sogleich wieder ihm zu. »Ich dachte, du bist irgendwo in Aryon.«

»Ja«, antwortete er verhalten und machte sich unauffällig von Haru los. »Ich hab hier ein paar Dinge zu erledigen.«

Haru schaute ihn an, als hätte er bemerkt, dass etwas anders war, doch er kam nicht darauf, was es war.

»Trink!«, rief ein Freund von Haru und drückte ihm einen Becher in die Hand. »Es gibt reichlich!«

»Ich bin Nari«, sagte ein Mädchen und drängte sich ihm auf, indem sie sich an ihn drückte und über seine Wangen und die Narbe an seinen Lippen strich. »Tanz mit mir.«

Haru lachte. »Du darfst hier heute niemanden zu ernst nehmen. Wir haben alle schon reichlich getrunken.«

»Dann habe ich ja einiges aufzuholen«, sagte Sam und trank mit großen Schlucken.

All diese Menschen auf engem Raum, das Mädchen, das sich immer wieder an ihn drückte, die Gerüche und die mitreißende Musik brachten sein Blut in Wallung. Es kam ihm vor wie ein fieser Test. Irgendwann zog ihn Haru am Arm zur Seite.

»Du hast einen ziemlichen Zug drauf«, meinte er.

Sam nickte bloß und hielt Ausschau nach dem Kellner, der mit der Karaffe umherging und die leeren Becher füllte.

»Ist etwas passiert, als du in Aryon warst?«, fragte Haru ernst.

Wenn er doch nur wüsste, dachte er. Doch er wollte ihm die heile Welt, in der er lebte, nicht zerstören. »Du willst doch nicht jetzt über ernste Dinge sprechen«, sagte er und schob ihn beiseite.

»Nein, du hast recht!« Haru lachte, legte plötzlich beide Arme von hinten um ihn und kreuzte die Hände vor seiner Brust. »Heute wird gefeiert! Du sollst Spaß haben!«

Sam stockte der Atem, als er Harus Wärme spürte. Sein Durst war nicht mehr auszuhalten und sein ganzer Körper verzehrte sich nach Erinnerungen. Gerade als er die Bandagen an seinen Händen lockern wollte, regte sich in ihm die Dunkelheit. Wie Galle stieg sie in ihm hoch und schnürte ihm die Kehle zu. Sein Blickfeld wurde vom schwarzen Rauch getrübt. Ein stechender Schmerz rammte sich zwischen seine Augen und stürzte ihn ins Meer der Schwarzen Schatten.

Ohne Eile stieg Kato die steile Treppe hoch in den oberen Stock. Die Dielen knirschten unter seinen Stiefeln und die frische Morgenluft roch nach altem Holz. Kato öffnete seinen Mantel und zog den Schal unter das Kinn. Oben angekommen blieb er vor der Tür stehen und atmete tief ein. Er konnte es riechen: das Blut einer Magierin.

Mit einem heftigen Tritt trat er die Tür ein. Ein Schwall von Blumenduft kam ihm entgegen, der zarte Geruch von Seife und frischen Früchten. In der Mitte des Raumes stand ein hölzerner Tisch mit zwei Stühlen und dahinter an der Wand ein großes Bett. Farbige Tücher mit Ornamenten schmückten die Wand und am Boden lagen dicke, dunkelrote Teppiche, die dem Zimmer eine Gemütlichkeit verliehen, wie er es nur aus Bordellen kannte.

Neben dem Bett stand erstarrt die Magierin. Eine junge Frau mit blonden Haaren, die zu einem dicken Zopf geflochten waren. Ihre hellgrünen Augen leuchteten wie Peridot. Sie trug einen Morgenrock aus weißer Seide mit Blumenstickereien am Saum. Als sie erkannte, wer in ihr Zimmer eingedrungen war, veränderte sich ihr Gesichtsausdruck und die unterschwellige Wut wich einer offensichtlichen Angst. Ihr Blick wanderte zum Tisch, auf dem Kräuterschalen, Tassen, Tinkturen und auch Messer lagen.

Kato ließ den Blick durchs Zimmer schweifen und betrachtete das benutzte Laken und die zerknüllte Decke auf dem Bett. »Dein Zauber war wohl nicht stark genug, den armen Jungen zu halten, Hexe? Wie ist dein Name?«

»Anju«, sagte sie, während sie sich wie ein Tier, das wusste, dass es in der Falle saß, langsam zum Tisch bewegte.

Kato schüttelte den Kopf und gab tadelnde Schnalzlaute von sich. »Ihr Magier denkt, ihr könnt euch alles nehmen, was ihr wollt.«

»Ich habe von Euch gehört«, sagte Anju mit bebender Stimme und wagte einen weiteren Schritt näher zum Tisch.

»Es wäre eine Schande, wenn nicht«, antwortete Kato. »Mein Name ist schließlich in aller Munde. Kato, der Sume, der die Magier tötet. Es schmeichelt mir zu hören, dass mein Ruf mir vorausgeeilt ist.«

»Macht Euch nur lustig über mich. Eines Tages wird ein Magier kommen, der Euch tötet.«

Kato schmunzelte. »Es ist nicht das erste Mal, dass ich das von einer Magierin höre. Die Hoffnung, die ihr in euersgleichen setzt, ist ja unerschütterlich.« Dabei trat er in die Mitte des Zimmers auf den roten Teppich, wo er seine dreckigen Stiefel abstrich, und schaute Anju wieder mit ernster Miene an. »Weißt du, ich habe bereits so viele Magier getötet. Egal ob Element- oder Materiemagier. Keiner war mir bisher gewachsen. Sie haben sich nicht einmal gewehrt. Sie waren wie Fische.«

Anjus Atem stockte und sie eilte um den Tisch herum, als wäre das Möbelstück etwas, das ihr Schutz bot. Dabei schnappte sie sich ein Messer und hielt es mit zitternder Hand hoch.

»Du denkst, du bist eine Kämpferin.« Kato lachte plötzlich laut. »Das haben sie auch alle gedacht. Jeder Einzelne von ihnen. Es hat wirklich großen Spaß gemacht, sie im Glauben zu lassen, dass sie eine Chance hätten. Glaubst du auch, dass du eine Chance hast?« Als Anju einen Schritt zum Ausgang machte, ging er ihr entgegen und versperrte den Weg. »Du glaubst doch nicht ernsthaft, dass ich meine Beute einfach so zur Vordertür hinausspazieren lasse?«

Nun stand kein Tisch mehr zwischen ihnen, und Anju ließ langsam das Messer sinken.

»Was für eine Magierin bist du? Zeig es mir!«

Anjus Körper zitterte, als sie das Messer zurück auf den Tisch legte und dann die Hände zusammenlegte, als hätte sie einen kleinen Schatz darin versteckt. Sie senkte den Kopf und eine Träne tropfte zu Boden. Langsam öffnete sie die Hände und ein kleiner, weißer Lichtball stieg empor. Sobald er mit der Decke kollidierte, breitete er sich wie ein Wassertropfen in alle Richtungen aus, überzog die Decke wie eine weiß leuchtende Welle, die langsam wieder verebbte und erlosch.

»Licht«, sagte Kato und nickte anerkennend. »Wie praktisch.«

Anju wagte einen weiteren Versuch und rannte zur Tür. Da streckte er die Hand nach ihr aus, packte sie an ihren Blutsträngen und ließ ihren Körper erstarren.

»Wo willst du denn hin? Jetzt bin ich dran. Ich zeig dir, wozu ich fähig bin. Meine wahren Kräfte.«

»Ihr werdet untergehen«, keuchte Anju und griff sich an den Hals, als wollte sie die unsichtbaren Hände, die sie würgten, lösen.

»Vielleicht«, meinte Kato. »Aber nicht heute.«

Eine heiße Welle voller Energie schoss durch seinen Körper und pulsierte in jeder seiner Zellen. Sein Herzschlag dröhnte in seinem Kopf wie eine laute Trommel. Als wäre er mit einem Magneten verbunden, konzentrierte er die Kraft in seiner Hand, bog die Finger zu Krallen und zog mit seinem Sumentrieb an seinem Elixier. Das Zentrum seines Griffs lag in Anjus Brust. Er zog die Magierin hoch, sodass sie den Boden unter den Füßen verlor.

»Siehst du? Wie ein Fisch an der Angel«, sagte er und lächelte.

Blankes Entsetzen breitete sich auf Anjus Gesicht aus und sie versuchte trotz allem, sich irgendwie gegen seine Kraft zu wehren. Doch plötzlich wurden ihre Arme zur Seite gerissen und sie stieß einen verzerrten Schrei aus.

Kato zog ihr das Blut aus allen Poren. Der weiße Morgenrock verfärbte sich rot und um Anju herum formte sich eine feine, rosa Wolke. Langsam sammelte sie sich zu einem Strahl und floss durch die Luft über Katos ausgestreckte Hand hinweg, den Arm entlang direkt in seinen Mund. Er vergeudete keinen Tropfen und zog auch alles aus ihrer Kleidung heraus, bis Anju nur noch eine leblose Hülle war. Wie ein Sack Steine ließ er sie zu Boden fallen und wischte sich den Mund sauber, wie er es nach jedem Mahl tat.

84

Sam zuckte zusammen und riss die Augen auf. Völlig verschwitzt lag er da, starrte an die Decke und würgte den eklig sauren Nachgeschmack des Menschenbluts runter. Langsam setzte er sich auf, stützte sich mit den Ellbogen auf den Knien ab und rieb sich das Gesicht.

Es war kein Bett, auf dem er gelegen hatte, sondern eine Art Bank aus Lehm, die direkt mit der Wand verbunden war und auf der eine Matratze mit Kissen lag. Zu seiner Linken stand ein Tisch, der offenbar zur Seite geschoben worden war und nun die kleine Kochnische verstellte. Der Raum war geteilt durch dicke Vorhänge. Auf der rechten Seite zog sich eine Fensteröffnung über die ganze Raumlänge. Sie war dreigeteilt, unverglast und nur beim mittleren Fenster stand die Holzklappe offen. Das Licht war gedämpft, doch für Sams Augen dennoch zu hell. Er blinzelte Richtung Fenster, wo Haru stand. Mit einem Becher in der Hand lehnte er seitlich an der Brüstung und blickte hinunter auf die Straße. Die zerzausten Haare, die er sich behelfsmäßig zusammengeknotet hatte, und die dunklen Ringe unter den Augen waren definitiv Spuren der vergangenen Nacht.

»Was ist passiert?«, fragte Haru, ohne den Blick von der Straße abzuwenden. »Du bist plötzlich zusammengebrochen. Hast dich krampfend an mir festgekrallt und aufgehört zu atmen. Deine Haut brannte, als hättest du gefiebert.«

»Tut mir leid«, flüsterte Sam und strich sich beschämt die Haare zurück.

»Du brauchst dich nicht zu entschuldigen. Du warst zwölf Stunden außer Gefecht. Und dennoch hast du keine Minute geschlafen. Erzähl mir nicht, dass dich nichts bedrückt. Und dann sind da noch deine Augen. Ich dachte, ich habe mich geirrt, doch wenn ich dich jetzt ansehe … du hast dich verändert, Sam. Du hast dein Gleichgewicht verloren.«

»Ich muss gehen«, murmelte er und versuchte aufzustehen.
Doch Haru trat vor ihn und versperrte ihm den Weg. »Es kann dir doch nicht egal sein, dass du fremden Mächten ausgeliefert bist.«
Misstrauisch kniff Sam die Augen zusammen. »Ich weiß nicht, wovon du sprichst.«
Haru kratzte sich das Kinn und die schwarzen Bartstoppeln. »Die Orose ist voll von Geistern«, sagte er mit ruhiger Stimme. »Wenn du hier überleben willst, musst du ein paar Techniken kennen, um mit ihnen klarzukommen.«
Erneut versuchte Sam aufzustehen, doch Haru ließ ihn nicht.
»Du willst doch überleben?«, fragte Haru und schaute ihn forschend an.
»Von was für Geistern redest du?«
Harus Gesichtsausdruck veränderte sich und er lächelte ihn wohlwollend an. »Komm mit.«
Zögerlich folgte er ihm aufs Dach des Hauses, wo ein Sonnensegel aus brauner Leine gespannt war und die halbe Terrasse beschattete. Der Lärm der Straße und die Stimmen der Händler drangen herauf. An der seitlichen Brüstung gab es eine Bank, die ebenfalls aus Lehm war. Unter dem Sonnensegel standen zwei Stühle und in der Ecke zwei große Holzkisten.
»Hier«, sagte Haru. »Stell dich in den Schatten und schließ die Augen.«
Sam stand zwar im Schatten, aber er verstand nicht, was das alles sollte. Schließlich wusste er, dass das Problem nicht die Geister waren, von denen Haru sprach. Es waren die Schwarzen Schatten, die tief in seinem Innern lauerten und ihn mit Visionen überfielen, die sie unkontrolliert an die Oberfläche schossen. Natürlich brauchte er Hilfe, aber … von Haru?
»Schließ die Augen, habe ich gesagt.«
»Das ist doch Zeitverschwendung.«
»Glaubst du etwa nicht an Geister?«
Doch Sam wusste überhaupt nicht mehr, woran er glauben sollte, und wich Harus Blick aus.
»Die Geschichte der Orose ist blutig«, erzählte Haru und stellte sich ebenfalls in den Schatten. »Die Magier taten alles, um

sie zu retten. Mai war die Einzige, die geblieben war, doch ihre Kräfte waren begrenzt. Als das Wasser knapp wurde, forderte Mai Blutopfer, um die Götter zu besänftigen. Über Monate hinweg wurde draußen am See in regelmäßigen Abständen ein Mensch geopfert. Ich bin mir sicher, du hast den Steg gesehen, der damals das Blutgerüst war. Und während sich die Leichen türmten, färbte sich das Wasser blutrot. Die Menschen lebten mit dem Minimum an Trinkwasser, das die Quellen noch hergaben. Und eines Tages, das war vor fast hundertzwanzig Jahren – bereits unzählige Menschen hatten ihr Leben gelassen –, wurde die Orose von einem Geschrei geweckt. Ein paar Frauen waren früh morgens zum See gegangen. Was sie vorfanden, grenzte an ein Wunder. Über Nacht war das Blut ausgespült worden und der See glänzte in klarem, hellen Blau, wie mancher es noch nie zuvor gesehen hatte. Die Orose war gerettet. Doch die Geister waren geblieben.

Kurz darauf erkrankten die Menschen. Viele hörten auf zu essen, hatten krampfartige Anfälle und irrten mit Schaum vor dem Mund in der Wüste umher. Fast in jeder Familie gab es jemanden, der solche Symptome entwickelt hatte. Die Menschen glaubten, es läge am verunreinigten Trinkwasser, und suchten Hilfe bei Mai. Doch die Leute waren nicht krank. Sie waren von den Geistern besessen, die die Orose nicht verlassen konnten.

Die Geisterwelt ist allgegenwärtig und es ist normal, dass Kinder sich bis zu ihrem fünften oder sechsten Lebensjahr an ihr vorheriges Leben erinnern. Um nicht von den Geistern besessen zu sein, lernen wir uns zu schützen. Es ist das Erste, was die Kinder hier lernen, wenn sie die Vorschule besuchen.«

Sam starrte Haru an, dachte dabei an Mai und fragte sich plötzlich, ob sie nun zu den Guten oder zu den Bösen gehörte.

»Du brauchst mir nicht zu erklären, wie du dich fühlst«, sagte Haru. »Ich sehe es dir an. Du brauchst meine Hilfe. Du bist völlig verstört, so als hättest du etwas Wichtiges in deinem Leben verloren. Und das macht dir offenbar mehr zu schaffen, als du zugeben willst. Also: schliess die Augen.«

Trotz der Angst, wieder von einem der Schwarzen Schatten übernommen zu werden, machte Sam die Augen zu. Haru trat hinter ihn und atmete tief ein und aus, sodass er dem Rhythmus seines Atems folgte. Tatsächlich wurde Sams Puls langsamer und sein Körper entspannte sich.

»Es ist möglich, die Geister auszuschließen«, sagte Haru mit weicher Stimme, »doch das führt zu nichts. Hier geht es darum, sie zu kontrollieren.«

Es war Sam unangenehm, als er spürte, wie Haru näher trat. Er verstand nicht, was mit ihm geschah, doch er fand Ruhe im Atmen. In seinen Händen spürte er ein Kribbeln, das sich sanft in seinem Körper ausbreitete. Haru zeigte ihm unterschiedliche Bewegungsabläufe, die ihm helfen sollten, seine Energien zu bündeln und zu kontrollieren.

Plötzlich spürte Sam wieder, wie sich die Dunkelheit in ihm regte. Er bereitete sich darauf vor, die Kontrolle zu verlieren, da zog Haru plötzlich seine Schultern zurück. Von einem Moment auf den anderen waren die Schatten verschwunden.

»Haltung«, sagte Haru. »Du musst stets eine gerade Haltung bewahren. Damit fängt alles an.«

Erstaunt öffnete Sam die Augen. Es war das erste Mal, dass er die Visionen zurückgedrängt hatte. Und das alles nur mit ein paar einfachen Übungen? Hoffnung loderte in ihm auf. *Es ist also möglich. Ich kann lernen, sie zu kontrollieren.*

»Glaubst du jetzt, dass ich dir helfen kann?«, fragte Haru und ging zur Treppe.

»Wo gehst du hin?«

»Ich habe eine Lieferung auszutragen. Meine Eltern haben den Wagen bereits beladen. Ich muss zum Windstamm nach Makom. Morgen Abend bin ich zurück.«

»Aber wie soll ich denn …«

»Üben, Sam. Üben. Es ist noch kein Meister vom Himmel gefallen«, sagte Haru und ließ ihn allein zurück.

85

Nach zwei Wochen pausenlosem Training hatte Sam endlich ein Gefühl für die Geisterwelt der Orose entwickelt. Die ganze Zeit hatte er, ohne Haru etwas davon zu sagen, die Anweisungen auf seine Schwarzen Schatten umgemünzt. Doch die Übungen machten ihn auch für die Geister empfänglich, die in der Orose eingesperrt waren. Und da er den Fokus bisher auf die Schatten gerichtet hatte, war er umso überraschter, als ihn plötzlich eine Vision erreichte, die nicht von den Schwarzen Schatten kam.

So flog er eines Tages über der Orose seine Schleifen, entspannte sich beim Anblick des stillen Sees von den Übungen und atmete tief durch, als plötzlich ein Schmerz durch seinen Kopf fuhr, der sich anfühlte, als ob ihm jemand Nägel in die Schläfen schlug. Bilder blitzten vor seinem inneren Auge auf. Sein Blick verzerrte sich und der See unter ihm war plötzlich so groß, dass er nicht einmal mehr ein Ufer sah. Wo Mais Zeltstadt gewesen war, lag eine Insel. Am Westufer legte eine Dschunke mit schwarzen Segeln an. Es war Yarik, der die Taue vom Boot warf, und es waren Vinna und Mai, die halfen, sie zu befestigen.

»Die Sumen haben den Fluss zur Grenze erklärt«, sagte Yarik, als er mit Gemüse und Reis gefüllte Holzkisten auf den Steg trug. »Sie wollen nichts mehr mit dem Erdstamm zu tun haben. Sie drohen jedem mit dem Tod, der es wagt, Richtung Osten in den Urwald überzusetzen.« Dann strich er sich den Schweiß von der Stirn und zeigte Richtung Westen. »Und in den Bergen beim Windstamm versiegen die Quellen.«

»Am Nordufer ist es ähnlich«, sagte Vinna. »Die Felder trocknen aus. Der Feuerstamm hat nichts mehr, womit er in Limm handeln kann.« Ihre roten Haare wallten wie Flammen und ihre Haut schimmerte wie Seide. Ihr besorgter Gesichtsausdruck veränderte sich. »Mai«, sagte sie streng. »Deine Opfer bringen nichts.«

»Dem Wasserstamm geht es ähnlich«, erklärte Mai, die ihre schwarze Haut mit gelben Blumen verziert hatte. »Sie sind zu Nomaden geworden, die dem Ufer immer weiter in die Wüste hinein folgen. Wir haben keine andere Wahl.«

Verärgert drehte sich Vinna um und schritt über den Steg. »Es nützt nichts! Sieh es endlich ein! Der Boden trocknet aus.«

»Wir können die Orose retten«, sagte Mai und folgte ihr.

Abrupt blieb Vinna stehen und schaute ihre Schwester an. »Wie viele Menschen hast du bereits geopfert?«

»Ich werde nicht aufhören.«

»Unser eigenes Volk!«, schrie Vinna. »Es sind die Sumen, die dafür bluten müssen!«

»Es liegt nicht an uns, einen Krieg zwischen der Orose und den Sumen heraufzubeschwören«, gab Mai zurück. »Die Götter werden sich der Sache annehmen.«

»Und wann wird das sein?«, rief Vinna und warf ungeduldig die Hände in die Luft. »Bald werden wir von hier aus das Ufer sehen! Die Orose ertrinkt im Salz. Und dir fällt nichts Besseres ein, als das übrige Wasser mit Blut zu tränken!«

»Und was war bisher dein Beitrag? Ich brauche mir deine Beleidigungen nicht anzuhören! Selbst Koh hätte das nicht geduldet!« Mai drehte sich um und verließ den Steg.

»Koh ist tot!«

Auf der Treppe drehte sich Mai um. »Das ist nicht unsere Schuld! Ich versuche mit den Konsequenzen zurechtzukommen! Doch du gehst auf Rachefeldzug gegen die Sumen! Warum glaubst du, haben sie den Fluss zur Grenze erklärt? Sie wissen genau, dass der Sume, der Koh getötet hat, einen Fehler begangen hat! Das ist ihre Art, sich vor uns zu schützen!«

»Hört auf!«, sagte Yarik und trat dazwischen. »Mai hat recht. Mit deinem Rachefeldzug richtest du nur noch mehr Schaden an. Lass die Götter walten.«

»Ihr begreift es einfach nicht. Wenn sich die Stämme im Kampf um das Wasser nicht gegenseitig umbringen, werden sie so oder so verdursten. Kein Blutopfer wird das aufhalten, denn die Götter tun gar nichts.«

»Vinna! Hör auf!«, rief Yarik.

»Nein! Es reicht! Der Mensch ist ein Herdentier. Und diese Herde braucht endlich einen Schäfer! Einen Anführer, der stark ist und ihnen zeigt, was sie tun müssen. Allein ist der Mensch doch viel zu dumm, um sich selbst am Leben zu halten; wartet wie ein Narr darauf, dass die Götter es schon richten werden. Es ist Zeit, endlich Ordnung in dieses gottverlassene Land zu bringen!«

Da verzerrte sich Sams Blick wieder, und als wäre sein Kopf in einem Schraubstock, durchfuhren ihn stechende Schmerzen, die bis in die Magengegend ausstrahlten. Der weite See unter ihm war verschwunden und er war zurück in der Orose, wie er sie kannte. Das war es offenbar, was Haru gemeint hatte, als er von den Geistern gesprochen hatte. So schnell er konnte, flog er hinunter. Als er den Boden unter den Füßen spürte, kippte er nach vorne und erbrach Galle. Nur langsam ließen die Schmerzen im Kopf und der Druck im Magen nach. Er war im Palmenhain gelandet, direkt neben Marascos Übungsplatz. Zu Fuß ging er zu den Zelten, wo er Mai bei der Feuerstelle fand.

»Die Geister haben mir gesagt, dass du kommst«, sagte sie, ohne ihn anzusehen.

Sam ging zu ihr und schaute sie eine Weile an. Sie war so schön wie eh und je, und obwohl es gerade mal ein paar Wochen her war, dass er sie getroffen hatte, kam es ihm vor wie eine Ewigkeit. Auf ihrem Kopf trug sie einen schwarzglänzenden Turban. Auf beiden Seiten hingen zwei lange Zöpfe herunter. Ein feiner Schimmer gelber Farbe machte ihre Haut golden. Und auf beiden Wangen hatte sie ein kleines Blumenmuster mit roter Farbe. Sie sah aus wie die Unschuld in Person. Doch nachdem er ein paar Nächte bei ihr verbracht hatte, bemerkte er an ihr ein ähnliches Verhalten wie damals an Marasco, als der beim Versuch, ihn mit seinen Fähigkeiten zu manipulieren, gescheitert war. Vielleicht hatte es nicht geklappt, weil er ein Seher war. Die natürliche Abschottung hatte selbst Yarik als bemerkenswert bezeichnet.

»Wer ist Koh?«, fragte Sam streng.

Überrascht schaute Mai ihn einen Moment an, dann blickte sie nervös um sich, als wollte sie sicher gehen, dass niemand anwesend war. Ohne ein Wort zu sagen, ging sie an ihm vorbei und verschwand in einem Zelt. Er folgte ihr und als die Zeltklappe hinter ihm zufiel, drehte sich Mai um.
»Woher weißt du von ihm?«, fragte sie aufgewühlt.
»Die Geister haben es mir gezeigt«, antwortete er und trat näher. »Ich habe gesehen, wie ihr über ihn gesprochen habt. Du wusstest, dass ich Sume bin. Und ich weiß, dass du mit der Bettgeschichte versucht hast, mich durch einen Zauber zu binden. Sollte das etwa deine Art von Rache sein?«
Mai wich ängstlich zurück. Doch er packte ihren Arm und schüttelte sie.
»Warum hast du mich nicht gleich getötet?«
»Ich will Marasco wiedersehen«, antwortete sie verängstigt.
»Dann verlass endlich die Orose und hol ihn zurück!«, rief er wütend.
»Ich kann nicht! Ich hätte diese verfluchte Wüste schon längst verlassen, wenn ich könnte! Doch die Geister lassen mich nicht gehen! Ich habe die Orose gerettet und das ist der Dank dafür! Das ist mein Gefängnis hier! Du bist meine einzige Hoffnung, Sam!«
Erstaunt schaute er sie an. Als eine Träne über ihre Wange kullerte, verspürte er fast Mitleid.
»Koh hatte doch niemandem was getan«, schluchzte sie. »Sein Tod bedeutete das Ende für die Orose. Der Erdstamm verschwand und der Boden trocknete aus. Und alles, was von dem einst so heiligen See übrig geblieben war, ist das, was du da draußen siehst! Von allen Seiten kamen die Stämme zusammen und kämpften um das Wasser. Und je größer die Wüste wurde, umso weiter entfernten wir uns vom Rest der Welt.«
»Warum hast du die Orose nicht verlassen?«
Mai schüttelte den Kopf und trocknete ihre Tränen. »Ich musste doch die Erinnerung an Koh aufrechterhalten. Ich konnte nicht zulassen, dass alle Erde aus der Orose verschwand. Es ist das Erbe des Erdstammes.«

»Und draußen baute Vinna ein Königreich auf, das ganze Landstriche unterwarf. Ich habe gesehen, wie der König nach Kolani gekommen war und die Sumen tötete! Die Welt um euch herum ging langsam zugrunde und ihr habt nichts davon mitbekommen!«

Mai sammelte sich wieder und schaute ihn feindselig an. »Vinna verfluchte die Wilden, die sich nicht im Zaum halten konnten. Sie verstand nicht, warum keiner zur Verantwortung gezogen wurde. Warum keine Instanz da war, die für Recht und Ordnung sorgte. Sie träumte von einem System, das die Kontrolle übernahm und Menschen bestrafte, die Grenzen überschritten. *Ihre* Grenzen! Sie entwickelte einen Hass gegen alles, was nicht ihren Vorstellungen von Zivilisation entsprach, und machte die Götter dafür verantwortlich. So gesehen bot uns die Orose Schutz vor etwas, das wir nicht haben kommen sehen.«

»Warum hast du verschwiegen, dass ihr Geschwister seid?«

»Ich mische mich nicht in fremde Kriege ein.« Dabei trat sie an den Tisch und schenkte Wein ein.

»Du bist doch schon längst mitten drin! Siehst du das nicht? Am Tag, an dem Marasco dich das erste Mal besuchen kam, wurdest du Teil davon! Und ganz nebenbei, es ist euer Krieg!«

Mai drehte sich um und schaute ihn verbittert an. »Es gibt nicht viele Sumen, die die Fähigkeit besitzen, einen Magier zu töten. Dein Vater ist einer davon. Ich bin mir sicher, du weißt ebenfalls, wie es geht.«

»Warum sagst du das?«, fragte er.

»In dieser Hinsicht ist auf meinen Bruder Verlass«, sagte sie mit schwacher Stimme. »Sam, du musst einen Weg finden, Vinna zu töten.«

Misstrauisch schaute er sie an. »Ich weiß, was *ich* davon habe. Doch was hast *du* davon?«

Mai zögerte und wandte den Kopf ab. »Sie benutzt Koh als Entschuldigung.«

»Was ist mit Yarik?«

»Nein«, antwortete Mai kopfschüttelnd. »So leid es mir für dich tut, Sam. Mein Bruder hat das Herz am rechten Fleck. Er sieht nicht nur König und Nachfolger. Er sieht eine Zukunft. Die Menschen vom Windstamm waren schon immer vorausblickend, was das große Ganze betraf. Ihn zu töten, ändert dein Schicksal nicht – das weißt du.« Mai senkte den Kopf und atmete tief durch. »Du hast dir einen guten Lehrer ausgesucht«, sagte sie schließlich und schaute ihn mit einem warmen Lächeln an. »Doch solange du Haru nicht die ganze Wahrheit erzählst, wird er dir nicht helfen können.«

Als Sam aus dem Zelt trat, schlug ihm ein heißer Wind entgegen. Von Süden her rollte eine schwarze Wand heran und feine Sandkörner schlugen ihm ins Gesicht.

»Ein Sandsturm zieht auf«, sagte Mai.

»Ich bleibe nicht hier, falls du das meinst.«

»Dann sieh zu, dass du sonst wo unterkommst. Es wird hier bald sehr ungemütlich.«

86

In der Stadt waren die Leute dabei, die Fensterläden herunterzuklappen. In den Schenken am großen Platz schafften die Wirte die Sitzkissen hinein und schlossen die Falttüren zu den Veranden. Die Händler brachen ihre Stände ab und schoben die Karren in Unterstände, während ein paar Kinder ihre Drachen einzogen und nach Hause rannten. Wie viele andere auch suchte Sam Schutz in einer Schenke. Die Stimmung war ausgelassen und manche gönnten sich ein ausgedehntes Mittagessen. Sam holte sich einen Becher Wein und suchte seine Ruhe an einem Tisch in der hintersten Ecke des Lokals.

Mai hatte recht. Vielleicht sollte er Haru die Wahrheit sagen. Doch das waren nicht die einzigen Worte, die sich in seinem Kopf drehten, während er an einem Faden spielte, der aus einer der Bandagen ragte. Da war eine Stimme, die er anfangs nicht verstanden hatte und niemandem zuordnen konnte. Doch je näher sie kam, umso klarer wurde sie. Es war eine Stimme, die immerzu seinen Namen rief.

Sam!

Die Stimme überschlug sich und war voller Verzweiflung. Es war Marasco, der damals in Saaga mit verbundenen Augen auf dem Blutgerüst gekniet und mit letzten Kräften nach ihm gerufen hatte, während er auf dem Dach eines angrenzenden Hauses war. Die Verbindung, die er an jenem Tag zu Marasco hatte, war so stark gewesen, dass ihn seine Schmerzen völlig handlungsunfähig machten.

Er hatte es tatsächlich geschafft, Marasco für eine Weile zu vergessen. Als wäre er, wie alles, das außerhalb der Orose lag, hinter dem weißen, salzigen Dunst verschwunden. Traurig und beschämt stützte er den Kopf auf den Händen ab und presste die Augen zusammen. Er versuchte sich krampfhaft an Marascos Gesicht zu erinnern, doch es gelang ihm nicht. Also wünschte er sich, Kontakt zu den Schwarzen Schatten aufzunehmen, doch es geschah nichts. Es war, als hätte er keinerlei Fortschritte gemacht. Entmutigt vergrub er das Gesicht in den Händen. Irgendwann spürte er, dass jemand neben ihm stand, und schaute hoch. Es war Haru, der seinen Turban vor dem Gesicht löste und sich an den Tisch setzte. Mit grimmigem Blick schaute Haru ihn an.

»Hältst du mich zum Narren?«

Ein Schatten verdüsterte sein Gesicht. Der Sandsturm hatte die Orose endgültig erreicht und verdunkelte den Tag.

»Ich weiß nicht, wovon du sprichst.«

»Spiel nicht den Ahnungslosen. Du schläfst nicht. Und du isst auch nicht. Hab ich recht? Warum lässt du dich von mir unterrichten?«

Sam fehlte die Antwort auf diese Frage, darum senkte er beschämt den Kopf und drehte den Becher in den Händen.

»Was bist du? Ein Gott?«

»Ich bin ein Mensch«, erwiderte er sofort und versuchte Haru mit gedämpfter Stimme daran zu erinnern, dass sie nicht allein waren.

»Was ist das für ein Mensch, der nicht schläft?«

»Ich … weiß es nicht«, antwortete er leise.

Haru kniff die Augen zusammen und neigte den Kopf. Dann stand er auf und wandte sich enttäuscht von ihm ab.

»Warte!«, rief Sam und packte ihn am Arm.

Sofort schlug Haru seine Hand weg und zeigte auf seine bandagierten Hände. »Und was sollen diese Bandagen?«

»Setz dich, bitte. Ich zeigs dir.«

Haru setzte sich widerwillig zurück auf den Stuhl und wartete mit erhobenen Brauen. Sein eindringlicher Blick war Sam neu. Also löste er die Bandage an der rechten Hand. Als die fingerbreite Narbe zum Vorschein kam, die sich von der Handmitte über das Handgelenk und um den Unterarm schlängelte, machte Haru eine ruckartige Bewegung.

»Was zum Henker«, entfuhr es ihm. Dann drückte er sofort die Hand auf den Mund, um nicht noch mehr Aufmerksamkeit zu erregen.

»Es sieht schlimmer aus, als es ist«, sagte Sam, als er den Ärmel zurück krempelte und den Rest der Bandage löste.

»Das bezweifle ich«, murmelte Haru hinter vorgehaltener Hand.

Schließlich ließ Sam die Bandage frei am Handgelenk hängen und drehte die Hand, um sie zu lockern. Die Zeit der Wahrheit war gekommen. Er wusste, er hatte die Fähigkeit, jemandem seine Erinnerungen zu zeigen, doch es war das erste Mal, dass es so weit war. Länger konnte er sich nicht davor drücken, da er Haru brauchte, um Marasco zurückzuholen.

»Es wird nicht wehtun. Entspann dich einfach.«

Sanft legte er die Hand auf Harus Stirn. Ähnlich wie er Mai ihre Energie zurückgegeben hatte, zeigte er Haru seine Erinnerungen von Pahann und wie er zu einem Raben geworden war. Als er an dem Punkt angelangt war, wo Pahann in Schutt und Asche lag und er über die Dächer Richtung Süden flog, nahm er die Hand herunter.

Haru zuckte erschrocken zusammen, als ihm klar wurde, dass das, was er gerade gesehen hatte, real war. »Kaname«, sagte er ängstlich und stand auf. »Kaname, das bist du!«

»Kana… was?«, fragte Sam irritiert, als er die Bandage wieder um die Hand wickelte.

Haru geriet in Panik und wollte nur noch weg von ihm. Zudem schauten immer mehr Leute zu ihnen herüber. Sam konnte nicht zulassen, dass Haru Angst vor ihm hatte, also packte er ihn am Kragen und zerrte ihn aus der Hintertür hinaus in einen Gang, wo eine Treppe aufs Dach führte. Dort schlug er ihn an die Wand und hielt ihn fest.

»Was willst du von mir?«, fragte Haru.

»Nichts hat sich geändert, Haru!«

»Alles hat sich geändert! Du bist ein schwarzer Vogel! Wahrscheinlich hast du mich hypnotisiert – oder was weiß ich –, um an diese Techniken zu kommen, die ich dir gezeigt habe. Und jetzt werden Menschen sterben! Kaname! Wie konnte ich nur auf dich hereinfallen!«

»Hör auf! Nichts von dem ist wahr!«

»Ich habe es doch gesehen! Du hast es mir gerade eben gezeigt!«

Irritiert zog Sam die Stirn kraus. »Ich habe dir gezeigt, wie und weshalb ich ein Rabe wurde. Das war alles.«

Haru umklammerte seine Handgelenke und versuchte, ihn wegzustoßen, doch es gelang ihm nicht. »Ich habe gesehen, wie du unschuldige Menschen mit zwei Schwertern gleichzeitig getötet hast! Wie krank muss man sein, um so grausam zu handeln!«

»Was? Nein. Das war nicht …«

Sam wurde schwindlig, als er erkannte, dass er doch noch nicht die komplette Kontrolle über seine Gedanken hatte, und ließ Haru los. Der wartete keine Sekunde und rannte zurück in die Schenke. Dabei rief er hysterisch Kaname. Mit einem einzigen Wort hatte er die Aufmerksamkeit aller Gäste auf sich gezogen. Und als Sam eintrat, waren alle Blicke auf ihn gerichtet. Ihm war sofort klar, dass er hier nicht mehr willkommen war.

»Kaname?«, fragte ein Händler und trat vor.

Er war ein Berg von einem Mann. Seine Oberarme waren doppelt so groß wie Sams und mit geballten Fäusten gab er ihm zu verstehen, dass er bereit war zu kämpfen.

»Was für ein Kaname bist du?«, fragte der Mann und schlug die Faust in die Hand.

Mit düsterem Blick schaute Sam ihn an. Er hatte keine Ahnung, was das Wort bedeutete. Anstatt eine falsche Antwort zu geben, blieb er stumm. Auch er ballte die Hände zu Fäusten und spürte, wie sich die Bandagen über seine Knöchel spannten. In dem Moment, als der Mann ausholte, erhob sich ein dunkler Schatten vor Sams Augen und eine fremde Macht übernahm seinen Körper.

Es war Marascos Schatten, der den Angriff abwehrte und dem Mann die Faust ins Gesicht schlug. Zwei weitere Männer griffen an. Sam drehte sich, als wäre es das Einfachste auf der Welt, und stieß sie zurück. Dann packte er einen am Kragen, schwang ihn zu Boden, setzte sich auf ihn und schlug ihm das Gesicht blutig. Selbst wenn er keine Kontrolle über sein Tun hatte, entsprach sein Handeln genau der Wut, die in ihm brodelte. Einen Zorn, der wie die Schwarzen Schatten tief in ihm eingesperrt war. Und während er auf das Gesicht des Mannes einschlug, wurde ihm bewusst, dass er fähig war, Kräfte freizusetzen, die er sich niemals erträumt hatte. Das war Marascos Kampfstil gewesen. Auf diese Weise hatte er auf dem Resto Gebirge gegen Leor gekämpft.

Da packte ihn plötzlich jemand im Nacken und riss ihn hoch. Es war Yarik, der ihn zur Hintertür raus zerrte und neben der Treppe schroff gegen die Wand schlug.

»Es reicht!«

»Ja! Es reicht!«, schrie Sam außer sich und schlug Yariks Hände von sich. Marasco war verschwunden, doch die Wut war geblieben.

Yarik schaute ihn streng an. Sein Gesicht wirkte wie eine Maske. Seine rauchquarzfarbenen Augen funkelten und auf seiner schwarzen Tunika lag eine feine Schicht weißen Wüstenstaubs.

»Du hast dich nicht mehr unter Kontrolle«, sagte er mit ruhiger Stimme und drückte Sams Schultern gegen die Wand.

»Und wessen Schuld ist das? Ich übe jeden Tag! Der Einzige, der mir helfen kann, die Schatten zu kontrollieren, hasst mich jetzt!«

»Ich helfe dir doch!«

»Dann erzähl mir endlich, was passiert ist, damit ich verstehen kann, worum es hier überhaupt geht!«, rief Sam und stieß Yarik wütend von sich.

»Du hast recht«, antwortete Yarik und trat einen Schritt zurück. »Komm.«

Sam stutzte. Der plötzliche Stimmungswechsel und Yariks Lächeln machten es Sam unmöglich, weiterhin wütend auf ihn zu sein.

Yarik öffnete die Tür nach draußen. Ein lautes Tosen dröhnte durch die Straßen und die Sicht reichte vom umherstiebenden Sand gerade mal drei Schritte weit. Yarik trat hinaus in den Sturm. Seine schwarzen Haare wirbelten wild umher und die Kleider peitschten um seinen Körper. Schließlich drehte er sich zu Sam um und gebar ihm, sich ihm anzuschließen.

Obwohl er bereits seit zwei Monaten mit dem Magier trainierte, brachte ihn seine Anwesenheit noch immer durcheinander, und er wusste nicht, ob er ihm sein Vertrauen schenken konnte. Er zog die Kapuze hoch, kniff die Augen zusammen und trat hinaus in den Sandsturm.

Der Sand schlug ihm wie kleine Nadeln ins Gesicht und er hielt sich schützend den Arm vor die Augen. Aus dem Augenwinkel sah er, wie Yarik die Hände hob, als würde er ein Publikum zum Aufstehen auffordern. Sobald er sie wieder sinken ließ, legte sich eine unsichtbare Glocke über sie, die sie wie eine Blase umhüllte und schützte. Das Tosen war nach draußen verdrängt worden und es gab keinen umherstiebenden Sand mehr. Es war gespenstisch ruhig, als Sam die Kapuze wieder zurückschob. Yariks schwarze Haare lagen perfekt auf seinen Schultern und auch seine schwarze Tunika war sauberer als zuvor, als hätte der Sturm gerade nie stattgefunden. Mit einem schelmischen Lächeln wies er ihm den Weg. Sie schritten durch die menschenleeren Straßen von Orose Stadt und einzig der Sand unter ihren Stiefeln knirschte. Sam wagte es nicht, ein einziges Wort zu sagen, und erinnerte sich lediglich daran, dass Yarik der Magier des Windstammes war. Und die letzten beiden Male, die er ihn getroffen hatte, hatte er sich jedes Mal in Luft aufgelöst, als er verschwunden war.

»Du hast erkannt, wie du Vinna töten kannst«, sagte Yarik. »Hab ich recht?«

»Ich habe noch keine Kontrolle, aber ich weiß wie.«

»Du wirst es schaffen«, sagte Yarik zuversichtlich und schlug den Weg Richtung See ein. »Wie viel weißt du über Vinna?«

»Nicht viel. Sie ist noch immer ein Puzzle, das ich versuche zusammenzusetzen.«

87

»Es gab eine Zeit ohne Könige«, erzählte Yarik. »Es waren die Götter, die uns den Weg gewiesen haben. Und nicht einmal sie hatten es nötig, über uns zu regieren. Die Menschen schauten hoch in den Himmel und suchten in ihren Herzen nach Antworten. Doch mit der Zeit gerieten die Götter in Vergessenheit. Das Leben hatte sich verändert. Wohlstand erzeugte Macht und Gier. Die Menschen hatten keine Zeit mehr, um in den Himmel zu blicken. Und mit einer Generation nach der anderen verschwanden die Namen aus deren Erinnerungen. Es tat weh, mitansehen zu müssen, wie die Menschen hilflos wurden, ohne es selbst zu merken. Mit Magie versuchte ich, die alten Werte aufrechtzuerhalten, doch nichts hat das Vergessen stoppen können.

Vinna hatte noch nie etwas für die Götter übriggehabt – worüber wir fast jeden Tag stritten. Schon als kleines Mädchen hatte sie die Weltordnung in Frage gestellt.

›Sollen die Götter doch über uns wachen, wenn sie wollen‹, sagte sie. ›Doch was nützt es, wenn sie nicht einschreiten?‹

Im Moment der größten Schwäche ergriff sie die Chance und setzte das durch, woran sie bereits ihr Leben lang geglaubt hatte. Sie verließ die Orose und suchte im ganzen Land nach dem stärksten Mann. In Kravon fand sie Aris. Ein energischer Junge. Ein Kämpfer mit einem ausgeprägten Bedürfnis nach Macht. Vinna verlieh ihm die Fähigkeit der überzeugenden Rede, setzte ihm einen goldenen Kranz auf den Kopf und nannte ihn König. Sie ließ sich Zeit. Keinesfalls sollte es so aussehen, als würde Aris, der erste König, durch das Land ziehen und sich das Volk untertan machen. Nein, Aris war wie eine Krankheit, die sich langsam ausbreitete und jeden infizierte, der schwach war.«

»Warum hatte sich Vinna nicht selbst zur Königin ernannt?«, fragte Sam.

»Wer nach Jahrhunderten noch immer aussieht wie fünfundzwanzig, ist kein König. Vinna hielt nichts von den Göttern und wollte selbst keine Göttin sein. Sie genoss es, im Hintergrund Macht auszuüben und die Menschen wie Marionetten zu kontrollieren. Selbst ihre eigene Existenz als Magierin nutzte sie, um dem Volk Angst zu machen. Ganze Wälder ließ sie niederbrennen, damit Aris auf seinem Schimmel herbeieilen konnte, um die Leute zu retten. Die Menschen wollten Sicherheit und dafür mussten sie bezahlen. Freiheit rückte in den Hintergrund. Um den Menschen ein Gefühl des Zusammenhalts zu geben, bekam der Süden Kolanis den neuen Namen Aryon. Es entstanden Siedlungen, Städte und Ländereien. Ein prächtiger Palast wurde in Aris' Geburtsstadt Kravon errichtet, der Tag und Nacht von einem Heer bewacht wurde. Um den Norden mit dem Süden zu verbinden, wurden Brücken gebaut. Ohne diese Brücken wäre der Norden von der Königstadt abgeschnitten gewesen. Die Verbindung brachte den Reichtum Aryons auch nach Kolani. Städte wie Onka, Numes oder Suur florierten genauso wie Trosst und Saaga im Süden.

Ich saß derweil in der Orose fest und verbrachte jeden Tag damit, die Gedanken der Menschen außerhalb auszuhorchen. Der Kampf gegen die Dürre hatten Mai und ich schon fast verloren. Als ich vernahm, dass das Königshaus in freudiger Erwartung war, änderten sich meine Prioritäten. Aris' Sohn Bris hatte bereits eine Tochter gezeugt, Dunia. Doch Vinnas Regeln wollten es, dass ein Sohn den Thron bestieg, da sie weiterhin die Fäden im Hintergrund zog. Da Vinna manchmal in der Öffentlichkeit auftrat, hielt sie es nicht für effektvoll, wenn eine weitere Frau die Herrschaft innehatte. Ich schwor bei den Göttern, wenn dieses Kind ein Junge werden sollte, würde ich es noch vor seiner Krönung töten. Der Kampf gegen einen Herrscher über ein ganzes Land war mir wichtiger als die Rettung eines Wüstenvolkes, das erst noch geboren werden musste. Also verließ ich die Orose.

Es herrschte große Aufregung, als ich Kravon erreichte und auf den Marktplatz kam. Ein Mann in blauer Robe trat auf den Balkon des Palastes und verkündete, dass die Königin einen gesunden Jungen geboren hatte. Sein Name war Erias. Ich stand zwischen all den jubelnden Menschen und ließ Vinna eine Windbotschaft zukommen. Nach der Zeremonie ließ sie nach mir schicken und eine Wache brachte mich in ihre Gemächer. Ich hielt meine Gedanken unter Verschluss und erzählte ihr, dass ich vor der aussichtslosen Aufgabe aus der Orose geflohen sei. Vinna lachte über Mai, nannte sie eine hoffnungslose Wasserhexe und nahm mich mit offenen Armen auf.

Zwei Jahre trieb ich mich in Kravon herum, bis Vinna misstrauisch wurde. Sie hegte Verdacht, dass ich bloß meine Zeit absaß und in Wahrheit andere Pläne verfolgte. Also erteilte sie mir eine Aufgabe und machte mich zu Erias' Erzieher und Berater, in der Hoffnung, ich würde den Kleinen ins Herz schließen und die Notwendigkeit eines alleinigen Herrschers erkennen.

Die nächsten vierzehn Jahre vergingen wie im Flug und ich verfiel dem Jungen voll und ganz. Erias war ein hübscher, sanftmütiger Junge mit einem großen Herz. Das Volk liebte ihn und war guter Hoffnung, dass er eines Tages als der größte König in die Geschichte Aryons eingehen würde. Es sprach sich auch schnell herum, wer ich war. Die Leute erkannten mich auf der Straße und grüßten mich freundlich. Neben meiner Arbeit für Erias nahm ich als Heiler Aufträge an und verbrachte viel Zeit in der Bibliothek. Für Vinna las ich die Geschichte Aryons, denn ich wusste, dass sie immer wieder versuchte, meine Gedanken zu lesen. Doch für mich selbst, um mich auf die Zeit nach Erias' Tod vorzubereiten, durchforstete ich sämtliche Bücher über die Welt der Götter. Ich suchte nach einem Weg, wie ich sie zurück ins Leben der Menschen holen konnte. Denn etwas musste ich Vinna eingestehen. Die Menschen brauchten jemanden, in den sie ihren Glauben setzen konnten. So lange es auch gedauert hatte, sich dem König anzuschließen, genauso lange würde es dauern, sich von ihm zu lösen.

Als Erias siebzehn Jahre alt war, erkrankte sein Vater an einem Lungenleiden. Ich wusste, es spielte keine Rolle, wie sehr ich den kleinen Thronfolger mochte. Ich hatte den Göttern einen Eid geschworen und den galt es, in die Tat umzusetzen. Bris lag im

Sterben und die Vorbereitungen für die Krönungszeremonie seines Nachfolgers waren bereits in vollem Gange. Erias verbrachte damals viel Zeit am Sterbebett. Um den toten Göttern meinen Dienst zu erweisen, musste die Krankheit des Vaters nur auf den Sohn übertragen werden – jede Kräuterhexe wäre dazu imstande gewesen. Und so geschah es, dass ich Erias' Lungen mit einem Zauber schwächte, der ihn nach drei Tagen bettlägerig machte. Durch meine Liebe zu Erias wurde ich nachlässig und Vinna gelang es, sich in meine wahren Gedanken zu schleichen. Neben der unheilbaren Lungenkrankheit, die Erias hatte, waren es meine Schuldgefühle, die mich verrieten. Vinna war außer sich, tobte und schrie.

›Heile ihn! Nimm den Zauber von ihm!‹

Vinna konnte mir so lange drohen, wie sie wollte, Magier können sich gegenseitig nicht töten. Erias starb nur wenige Tage später und ich wurde aus dem Palast verbannt. Als Königsmörder wurde ich aus der Stadt vertrieben und überall im Land wurde ein Kopfgeld auf mich ausgesetzt. Und obwohl Vinna wusste, dass es zwecklos war, gab sie dem Volk die Erlaubnis, mich zu lynchen.

Doch meine Arbeit war noch nicht getan. Noch immer hatte ich keine Lösung gefunden, wie ich die Götter zurückholen konnte. Ich brachte meinen Körper in Sicherheit, versteckte ihn im westlichen Gebirge von Onka in einer tiefen Höhle und reiste mit Seele und Geist weiter. Ich nahm Besitz von Menschen, die kurz davor waren zu sterben und deren Geist den Körper bereits verlassen hatte. So zog ich immer weiter nach Norden und suchte überall in den Bibliotheken nach einem Zauber.

Und schließlich, in einem kleinen Antiquariat, entdeckte ich ein Buch, das mir all meine Fragen beantwortete. Es waren die Sterne, die mir die Antworten gaben. Sie hatten das Ende eines Zyklus erreicht, der 1000 Jahre lang andauerte. Die Zeitspanne und Lebensdauer der Götter. Sollten sie nach diesen 1000 Jahren nicht mehr in den Erinnerungen der Menschen sein, würden sie in Vergessenheit geraten und verschwinden. Und mit ihnen die ganze Magie des Glaubens.

Meine Schwester war der Dunkelheit verfallen und gierte nach endloser Macht. Und es war, als hätte sie – wenn auch unwissend – diesen Moment der Schwäche erkannt und für sich genutzt.

Doch es gab auch eine Möglichkeit, neue Götter auferstehen zu lassen. Sie würden das Gleichgewicht der Welt wiederherstellen. Und dieser Zauber konnte alle 1000 Jahre zwei Mal im Abstand von 100 Jahren ausgeführt werden. Was ich also brauchte, war ein Todesgott, der die unsichtbare Herrscherin Aryons tötete.«

»Du bist doch nicht besser als Vinna selbst«, bemerkte Sam verbittert.

»Vielleicht bin ich das«, sagte Yarik und fuhr unbeirrt fort. »Im hohen Norden, weit entfernt vom heutigen Pahann, eröffnete sich mir eine neue Welt. Niemand hatte je etwas vom König, geschweige denn von Kravon selbst gehört. Die Menschen lebten in Stämmen. Manche in Holzhütten, andere in Zelten. Manche in Dörfern und andere in kleinen Festungen. Ich kam bei einem Stamm unter, der sich Lanko nannte. Es waren einfache Leute, die sich von Fischerei und Viehzucht ernährten. Eines Tages erfuhr ich von einer Fehde, die sie mit dem Stamm der Sen hatten, und von Waaru, dessen Anführer, einem gefürchteten Krieger. Ich wollte mehr über diesen Waaru erfahren und fragte die Lanko, wie ich sein Dorf finden konnte. Doch sie weigerten sich, mir auch nur einen einzigen Hinweis zu geben. Ihren Geschichten zufolge musste Waaru ein ernstzunehmender und furchteinflößender Krieger sein und ich dachte mir, dass er vielleicht derjenige war, nach dem ich suchte.

Es dauerte nicht lange und ich konnte mich mit eigenen Augen davon überzeugen. In einer eisigen Nacht wurden die Lanko von den Sen angegriffen. Ich verließ meinen Körper und beobachtete das Schauspiel aus der Luft. Doch es war nicht Waaru, der meine Aufmerksamkeit auf sich gezogen hatte. Es war ein junger Schwertkämpfer, dessen Kampfkunst jedem weitaus überlegen war. Die Energie, die er während des Kämpfens freisetzte, ließ ihn förmlich glühen. Er war der Einzige, der trotz aller Wut und Verzweiflung, die ich in ihm spürte, frei von Gefühlen kämpfte.

Ich war erstaunt, als ich zusehen musste, wie er nach getaner Arbeit zusammenbrach.«

Yarik hielt inne und schaute Sam an. Die Erinnerungen an diesen Kampf hatten ihn geschwächt und er war stehen geblieben.

»Dann warst du es, der ihm damals am Meer das Leben gerettet hat?«

»Ich konnte seinen Tod nicht zulassen. Was wäre das für eine Verschwendung gewesen.«

Sam biss die Zähne zusammen und schaute Yarik an. »Du hast zu lange gewartet. Wie konntest du zulassen, dass Sagan auf solch bestialische Weise getötet wurde?«

»Nein«, antwortete Yarik. »Marasco musste sich selbst von Waaru befreien. Diese Entscheidung konnte ich ihm nicht abnehmen. Sie war zu tief mit der Geschichte seines Stammes verbunden. Dass er Waaru am Leben gelassen hatte, überraschte mich genauso wie dich. So ganz konnte er sich doch noch nicht von ihm lösen.

Nachdem wir nach dieser Geschichte gemeinsam das Dorf verlassen hatten, sah ich Marasco zwei Jahre lang nur selten in seiner menschlichen Gestalt. Wir reisten in der Vantschurai umher und ich versuchte, ihn an das Leben unter Menschen zu gewöhnen. Es dauerte lange, bis er auch nur einen Fuß in gemauerte Unterkünfte setzte. Die Trauer um Sagan saß tiefer, als ich erwartet hatte. Er hielt stets großen Abstand. Ich konnte es ihm nicht verübeln. Sein Leben lang war ihm eingebläut worden, dass alles außerhalb seines Stammes böse war – und dann kam noch hinzu, wie die Menschen, die in der Vantschurai geblieben waren, über die Sen redeten. Obwohl er unglaubliche Fähigkeiten besaß und ihm niemand etwas hätte anhaben können, erkundete er jeden neuen Ort vorab vom Himmel aus. Es schien, als wäre er sich seiner Kräfte überhaupt nicht bewusst gewesen. Er war wie ein kleines Kind, das in einer neuen Welt ausgesetzt worden war und jedem misstraute, dem es begegnete. Zudem war die Schuld, die er auf sich geladen hatte, wie ein Fels, der ihn erdrückte. Es dauerte lange, bis ich sein Vertrauen gewinnen konnte. Ich verlangte von ihm, mich bei meinen Aufträgen als Heiler zu begleiten und hoffte so, seinen Argwohn gegenüber den Menschen zu verringern. Doch Marasco interessierte sich nicht für Heilung.

›Diesen Menschen wäre besser gedient, wenn ich sie von ihrem Leid erlöste‹, meinte er. ›Das ist reine Verschwendung von Mitteln.‹

Da erkannte ich, dass ich selbst fast vom Weg abgekommen war. Menschen zu heilen, hielt gewiss meinen Kopf über Wasser. Doch Marasco war nicht darauf angewiesen. Und er war nicht dafür bestimmt, die Menschen zu lieben. Er hatte absolut nichts für sie übrig – und das war gut so.

Ich hatte ihn in der Geschichte Kolanis unterrichtet und ihm erklärt, was ein König war. Es war nicht notwendig, ihn davon zu überzeugen, dass das Konzept eines alleinigen Herrschers schlecht war. Diese Rechnung machte er von selbst. Ich versuchte so ehrlich und aufrichtig zu sein, wie ich konnte. Als ich ihm die Geschichte von Vinna und mir erzählte, konnte ich meine Scham nicht verbergen. Ich war nicht besser als Waaru selbst, der Marasco zu seinen eigenen Zwecken instrumentalisiert hatte. Und Marasco kochte vor Wut.

›Ich soll deine Drecksarbeit erledigen, weil du dazu nicht fähig bis!‹, schrie er. Dabei schlug er mich gegen die Wand und würgte mich. ›Einen König zu töten! Jeder Narr würde das hinkriegen!‹

›Nicht den König‹, keuchte ich. ›Vinna. Töte Vinna. Das ist das Einzige, worum ich dich bitte.‹

›Für Götter, die schon längst tot sind!‹

›Für Götter, die bald auferstehen werden.‹

Daraufhin verschwand er. Ganze sieben Tage lang. Ich wusste, er blieb in der Nähe und machte mir darum keine Mühe, seine Gedanken zu lesen. Und als er zurückkehrte, reisten wir gemeinsam nach Süden.

Sobald wir die nördliche Grenze überschritten und ins Territorium von Pahann gelangten, hörten wir die Botschaft, dass das Königshaus Nachwuchs erwartete. Ich ließ den Körper der Schamanin zurück und reiste mit Marasco auf schnellstem Wege Richtung Krayon. Dort nahm ich die Hülle eines jungen Mannes an, der bei einem Jagdunfall ums Leben gekommen war.

Die Stadt war in Aufruhr. Die Hauptstraße war dekoriert mit roten Girlanden. Die Pferdekutschen waren mit Blumen geschmückt und überall wehten weiße Fahnen im Wind. Auf einem Pferd schloss ich mich dem Zug Richtung Palast an. Marasco flog nicht weit entfernt über den Dächern Kravons. Als die Prozession nach dem Marktplatz durch das Tor in den Vorhof des Palastes führte, setzte er sich auf meine Schulter. Die Aufregung der Menschen war mir unheimlich und ich spürte, wie auch Marasco unruhig wurde. Ich wagte es nicht, vom Ross zu steigen, also hielten wir uns am Rand. Es schien, als hätte sich die ganze Stadt im Hof versammelt und alle schauten hoch zu einer mit Blumen geschmückten Terrasse. Trompeten ertönten und der Palastsprecher erschien.

›Bürger von Kravon! Der König von Aryon!‹

Das Volk im Hof verbeugte sich demütig und am Geländer erschien der König. Mir blieb das Herz stehen, als ich Waaru erblickte. Er trug einen weißen Pelz, der ihn als Nordmann ausweisen sollte, und eine Augenklappe mit einem blauen Edelstein. Niemals hätte ich geahnt, dass er nach Süden zog und sich in der Hauptstadt die letzte Überlebende des Königshauses zur Frau machte. Ich dachte, nach Erias' Tod hätte Vinna keine Zeit verschwendet und Dunia so schnell wie möglich unter die Haube gebracht. Doch da hatte ich meine Schwester falsch eingeschätzt. Es erstaunt wenig, dass sie auf Waaru aufmerksam geworden war. So teilten die beiden dieselbe Gier nach endloser Macht und Kontrolle. Der Anlass, von dem wir Zeugen wurden, war die Vorstellung von Waarus frischgeborenem Sohn Tino.

Immer fester bohrte Marasco seine Krallen in meine Schulter. Bevor ich vor Schmerzen aufschrie, flog er laut krähend los. Wie ein Pfeil schoss er über die Menschenmenge hinweg Richtung Terrasse. Noch im Flug verwandelte er sich, zog sein Schwert und griff an. Waaru war bereits beim ersten Ton, den Marasco von sich gegeben hatte, auf ihn aufmerksam geworden und zog rechtzeitig seine Waffe. Immer wieder stieß er ihn runter. Marasco fing sich als Rabe auf und griff erneut an. Die Energie, die er aufgebaut hatte, setzte die Gesetze der Schwerkraft außer Kraft.

Ich wunderte mich, warum Marasco nicht kurzen Prozess machte, doch offenbar musste zuerst ein Kampf ausgetragen werden, der schon längst überfällig war.

Da entdeckte ich plötzlich Vinnas feuerrotes Haar. Sofort gab ich Marasco zu verstehen, sich in Acht zu nehmen, doch sie packte ihn am Oberarm und ließ seinen Körper erstarren. Er fiel auf die Knie und schaute sie wütend an. Sofort blockierte ich seine Gedanken, damit Vinna ihn nicht aushorchen konnte.

›Du bist wohl der verrückte Sohn, der im Blutrausch sein ganzes Dorf ausgelöscht hat. Ich dachte, du wärst hässlich. Was für eine Schande, dass ich dich töten muss‹, flüsterte ihm Vinna ins Ohr.

Dann riss sie Marascos Kopf zurück und rammte ihm ein Messer in den Hals. Ein Aufschrei ging durch die Menge und Mütter verdeckten den Kindern die Augen. Vinna ließ Marasco los und er fiel zu Boden. Dann trat sie vor.

›Der Hof duldet keine Verräter!‹, rief sie. ›Wer den König angreift, bezahlt mit seinem Leben!‹

Die Leute jubelten und riefen Waarus Namen. Da zuckte dieser plötzlich zusammen und hinter ihm flog Marasco hoch. Auf dem Dach der Stallungen, die auf einem Seitenflügel auf gleicher Höhe waren, kauerte er neben der Traufe nieder und lachte. Dann zeigte er auf Waaru und sein Blick verdüsterte sich.

›Ich werde dich töten!‹, rief er. ›Das schwör ich dir!‹

›Was zum Teufel bist du?‹, schrie Vinna.

Marasco lachte. ›Ist das wichtig?‹

›Ich will wissen, wer mein Gegner ist!‹

›Ah‹, sagte er und stand auf. ›Dann seid Ihr Vinna. Kommt mir nicht in die Quere, Hexe!‹

Vinna wurde so wütend, dass sie die Arme ausstreckte, ihre ganze Energie bündelte und Blitze auf ihn schoss. Marasco flog über den Hof auf die andere Seite und landete erneut auf dem Dach eines Gebäudes. Dort verwandelte er sich wieder und schaute mit zusammengekniffenen Augen hinüber zu Waaru.

›Ich werde dich töten!‹, schrie er nochmal und flog davon.

Mir war klar, dass sich Marascos Prioritäten vollkommen geändert hatten. Vinna interessierte ihn überhaupt nicht mehr. Er sah nur noch Waaru. Und das machte ihn zu Vinnas Hauptgegner. Sie wusste nun, dass er nicht leicht zu töten war, also würde sie sich etwas anderes einfallen lassen. Ich musste zu Marascos unsichtbarer Deckung werden, denn seine ließ er außerhalb der Palastmauern, als er noch in derselben Nacht in die königlichen Gemächer einbrach. Ich ließ meinen Körper im Gasthaus und folgte ihm als Geist. Waaru schlief, als Marasco neben das Bett trat und sein Schwert zog. Der Kampf war vorüber, jetzt wollte er ihn nur noch töten. Als er die Klinge erhob und bereit war, Waaru den Kopf abzuschlagen, packte ihn plötzlich Vinna von hinten. Sofort drehte sich Marasco um und wollte die Klinge durchziehen, da presste sie ihm die Hand auf die Stirn und sprach einen Zauber. Ich wusste sofort, was sie im Begriff war zu tun, also nutzte ich meine ganze geistige Kraft, um in Marascos Kopf eine Blockade zu erstellen. Doch es war unmöglich, den Fluch aufzuhalten. Ohne meinen Körper war ich zu schwach.

Es dauerte einen Tag und Marasco hatte vergessen, dass Waaru sein Vater war. So oft ich ihn auch daran erinnerte, die Information blieb nicht hängen. Doch damit war Vinnas Werk nicht getan. Es war, als hätte sie ihn mit einem Virus infiziert. Und der schritt ganz langsam voran, wie ein Parasit, der seinen Wirt von innen heraus auffrisst. Ein Gedächtniszauber ist absolut. Nur der Tod des Magiers selbst kann ihn brechen. Und ich war nicht in der Lage, Vinna zu töten. Der einzige Trumpf, den ich hatte, war, Vinna im Unwissen zu lassen, dass Marasco zu mir gehörte. Wäre er allein gewesen, hätte sie mit ihrem Zauber die Gefahr gebannt. Doch Marasco hatte mich, der ihn durch den kleinen Zyklus bringen konnte und dabei die Hoffnung nicht verlor, dich zu finden, Sam, der dem Ganzen ein Ende setzen kann.«

Erstaunt schaute Sam auf. »Dann war sein Tod also gar nie Absicht?«

»Es war sein Mangel an Vertrauen, der ihn glauben machte, Vergessen bedeute den Tod. Ich habe zu lange gewartet, um die beiden Richtigen zu finden, als dass ich seinen Tod zulassen würde.«

»Es ging also gar nicht um die Paha.«

»Ich musste euch in Bewegung setzen. Wie sonst sollten die neuen Götter erkennen, was gut für ihr Reich ist? Die Vögel waren bloß der Köder für etwas viel Größeres. Betrachte sie als eine Opfergabe für die Vorhut.«

»Die Vorhut!«, fuhr Sam empört auf. »So viele unschuldige Menschen mussten sterben! Für wen hältst du dich eigentlich?«

»Ich will meinen Raben zurück. Und ich will Vinna tot. Den Rest überlasse ich dir.«

»Dass Kato zum Anführer der Paha wurde und mit ihnen nach Süden zog, steckst du dahinter?«

»Ich war mit Marasco zurück nach Kolani geflohen. Ein paar Jahre später kam König Waaru nach. Er war getrieben von der Gier nach Macht, und als Nordmann wusste er, was für Schätze es dort zu holen gab. Er wusste, dass die Menschen reicher waren, als sie vorgaben zu sein. Also erhöhte er die Steuern und ging auf einen Feldzug, um dem Volk zu zeigen, wer der neue König war.

Viele Stämme waren während der Fehden aus dem hohen Norden vor den Sen geflüchtet und hatten sich in den Städten niedergelassen. Sie kannten die Wahrheit und wussten genau, wie viel Blut Waaru vergossen hatte. Selbst Marascos Blutvergießen rechneten sie den Manipulationen Waarus zu. Es war grotesk, wie König Waaru die Städte besuchte, an deren Toren die Flaggen der zusammengeschlossenen Stämme der Vantschurai wehten, die nur er kennen konnte. Überzeugt davon, der rechtmäßige König Kolanis zu sein, ritt er durch die Städte, als wäre er ein von einer Irrfahrt zurückgekehrter Kolane, und lächelte über die gedrückte Stimmung hinweg. Wahrscheinlich glaubte er sogar selbst an die tragische Geschichte, dass sein verrückter Sohn sein ganzes Dorf niedergemetzelt hatte und er nur knapp mit einem Auge davongekommen war. Seine schwarze Augenklappe war geschmückt mit einem hellblauen Edelstein, den er, wie er selbst sagte, einst seiner verstorbenen Tochter geschenkt hatte.

Kato war gerade fünfzehn Jahre alt, als Waaru mit seiner Armee das erste Mal den Fluss überquerte und in den Norden zurückkehrte. Er war mit seinem Onkel knapp dem Gemetzel entwischt, das Waaru an seinem Stamm angerichtet hatte, nachdem sich die Sumen geweigert hatten, ihn als König anzuerkennen. Für Kato war Rache eine Frage der Ehre. Trauer hatte damit nichts zu tun. Mit seiner kleinen Gruppe Aufständischer zettelte er den Krieg gegen den König erst recht an. Selbst Marascos Namen ließ er wiederauferstehen und machte ihn zum wahren König des Nordens.

Marasco selbst hatte von all dem nichts mitbekommen. Er mied die Menschen noch immer und verbrachte die meiste Zeit in den Wäldern westlich von Pahann – in den Sumpfgebieten, wo die Jäger nicht hinkamen. Zu seinem eigenen Schutz nannte ich ihn Kro. Solange Marasco allein und ohne Gedächtnis war, war er nicht in der Lage, in diesem Krieg zu kämpfen. Meine einzige Aufgabe war es, ihn durch den Zyklus zu bringen.

Ich bezog eine kleine Hütte – damals noch etwas außerhalb von Pahann. In den warmen Sommermonaten waren meine Dienste als Heiler weniger gefragt als im Winter, und so ließ ich mich in der Stadt nur selten blicken. In einem kleinen Garten baute ich Gemüse an. Alle paar Tage kam ein Jäger aus Pahann und brachte mir Wild. Dabei erfuhr ich, dass König Waaru nach Norden gereist und nur noch wenige Tage von Pahann entfernt war. Ich wusste, ich musste mich vor Vinna in Acht nehmen und errichtete einen magischen Zaun um meine Hütte herum. Marasco sandte ich in die Orose zu Mai. Und tatsächlich schickte mir Vinna eines Tages eine Botschaft, dass sie mich treffen wollte. Ich willigte ein und ließ sie wissen, dass ich sie um Mitternacht auf dem Marktplatz erwarten würde. Zu Ehren des Königs fanden dort bis spät in die Nacht Feste statt.

Zu gegebener Stunde ließ ich meinen Körper in der sicheren Hütte und borgte mir den eines achtjährigen Mädchens. Die Kleine würde sich danach an nichts erinnern und ich konnte zurück in mein Leben, in dem Vinna mich nicht fand.

Überraschenderweise machte mich das bevorstehende Treffen mit meiner Schwester nervöser als erwartet. Ich versteckte mich in einer dunklen Seitengasse und beobachtete aus sicherer Entfernung die Menschen auf dem Nachtmarkt. Der ganze Platz war mit Fackeln beleuchtet, es roch nach gegrilltem Fisch und Wild, Musikanten spielten und um die Geschichtenerzähler scharten sich Jung und Alt.

›Komm raus, Bruder‹, hörte ich plötzlich Vinnas klare Stimme. ›Ich weiß, dass du hier bist.‹

Ich trat aus der dunklen Gasse hervor und blieb etwa fünf Schritte vor Vinna stehen. Mit eisiger Miene schaute sie mich an. Sie war so schön wie eh und je, trug ein waldgrünes Kleid und hatte ihre langen, roten Haare zu mehreren Zöpfen geflochten.

›Du hast wirklich Nerven‹, sagte sie und zeigte verständnislos auf meinen kindlichen Körper.

›Was willst du?‹, fragte ich.

›Ich bin sicher, du hast es gehört.‹

›Die Magier?‹

›Jemand macht Jagd auf sie.‹ Vinnas Stimme verlor plötzlich an Stärke, war fast schon zittrig und schwach. ›Blutleere Hüllen, das ist alles, was von ihnen übrig bleibt. Der Norden ist nicht mehr sicher.‹

›Du willst, dass ich mit dir in den Süden fliehe?‹ Ich lachte.

›Du kannst dich nicht ewig verstecken.‹

›Wer sagt, dass ich das tue?‹, entgegnete ich. ›Magier zu sein bedeutet nicht, dass es alle Welt wissen muss.‹

›So verleugnest du dein wahres Ich!‹, warf sie mir wütend vor.

Ich trat näher und schaute Vinna mit einem forschenden Blick an. Das kleine Mädchen irritierte sie so sehr, dass sie zurückwich.

›Ich habe von ihm gehört‹, sagte ich und lächelte. ›Er ist jung und stark. Er ist Sume. Und er ist wütend.‹

Vinna schaute mich erstaunt an. Es fiel mir schwer zu glauben, dass sie davon nichts gewusst hatte. Schließlich war Kato mit seiner Gruppe Aufständischer bereits vor dem König in Pahann eingetroffen.

›Sume?‹, wiederholte sie mit bebender Stimme.

›Lass mich raten‹, sagte ich und neigte den Kopf. ›Ihr habt seinen Stamm niedergemetzelt, nur weil du es so wolltest. Ein unnötiger Racheakt für Koh.‹

›Diese Sumen mussten bestraft werden‹, rechtfertigte sie sich.
›Ihr habt ein Blutbad angerichtet und nun bekommt ihr die Rechnung dafür. Kato wird alles tun, um euch zu verjagen.‹
›Obwohl du mein Feind bist und ich dir den Tod wünsche, sehe ich mich als Schwester verpflichtet, dich zu warnen. Doch offenbar waren meine Bemühungen umsonst. Zu viele Magier mussten bereits sterben. Und ich werde nicht die nächste sein!‹
›Du hast dich mit Materiemagiern zusammengeschlossen. Mein Mitgefühl hast du nicht.‹
›Sie sind nicht besser und nicht schlechter als wir. Der Kodex selbst sagt, dass wir ebenbürtig sind.‹
Auf diese Diskussion wollte ich mich gar nicht einlassen. ›Ich kann hier nicht weg‹, sagte ich stattdessen und unterdrückte meine Gedanken an Marasco.
›Ich werde König Waaru zur Vernunft bringen.‹
›Du meinst, du wirst ihm irgendeinen Zauber aufbinden, damit er auf dich hört.‹
›Ich werde uns so in Sicherheit bringen. Wir werden dem Norden in Zukunft fernbleiben. Macht hier oben, was ihr wollt. Wenn du etwas Gutes tun willst, dann sieh zu, dass dieser Sume wieder zur Vernunft kommt. Dieser Junge trägt das Böse in sich. Und wir Magier können nichts gegen ihn ausrichten.‹
›Du hast Angst, Schwester. Das ist ja etwas ganz Neues.‹
›Ich weiß, wann es Zeit ist, umzukehren‹, antwortete sie stolz.
Und tatsächlich, am nächsten Tag machte sich der König mit gesamtem Tross zurück Richtung Süden. Kato blieb mit seinen Männern in Pahann und wurde Mitglied des Rates. Dass sich die verschiedenen Stämme in Pahann vereinten und sich Paha nannten, war Katos Errungenschaft. Niemals hätte ich es für möglich gehalten, dass die Nachkommen der Menschen, die den beschwerlichen Weg über das Kastaneika Gebirge genommen hatten, um den Raubzügen der Sen zu entgehen, Jahre später von Kato instrumentalisiert würden, um gegen das Vermächtnis jenes Mannes in den Krieg zu ziehen, der sie aus dem Norden gejagt hatte.

Kato wusste, der Moment der Rache würde kommen. Doch solange im Norden Kolanis nicht genug Wut herrschte, konnte er nicht gegen die königliche Armee in den Kampf ziehen. Er war kein Aufständischer mehr, sondern ein Befreier. Die Leute schauten zu ihm auf. So gern er auch dem König nach Aryon gefolgt wäre, er wusste, dass die Zeit dafür noch nicht gekommen war.

Aris mag die Brücken gebaut und den Norden mit dem Süden verbunden haben, doch es war König Waaru, der sie zum Einsturz brachte. Ich dachte fast, Kato hätte es vergessen, doch es war nur eine Frage der Zeit, bis dieser verzogene Bengel von König aus Langeweile die Unverfrorenheit besaß, die Brücken wiederaufzubauen. Er brach damit eines der wichtigsten, wenn auch ungeschriebenen Gesetze zwischen Aryon und Kolani. Und nun wird er dafür bezahlen.

Es war also weder deine noch meine Schuld, dass die Paha zu Berserkern wurden. Ich habe ihnen nur den nötigen Schubs gegeben. Kato wartete bereits seit 80 Jahren auf seine Rache.«

Mittlerweile standen sie auf dem Steg und schauten hinaus auf den See.

»Wie kommt es dann, dass ich mich trotz allem schuldig fühle?«, fragte Sam mit schwacher Stimme.

»Ich hatte nie daran gezweifelt, dass du der Richtige bist, Sam. Genau wie Marasco. Du bist ein Kämpfer.«

Traurig senkte Sam den Kopf. »Ich habe ihn kämpfen sehen. In einem fremden Land. Sie nannten ihn bei einem anderen Namen.«

»Ja. Als Marasco aus der Orose zurückkehrte, war in Kolani wieder Ruhe eingekehrt. Die Menschen hatten in ihr friedliches Leben zurückgefunden und König Waaru war zurück in Aryon. Ich hatte Marasco nicht nur wegen Mai in die Orose geschickt. Er sollte sich neue Waffen besorgen. Es sollte ein Geschenk sein und ich hoffte, dass er so die Erinnerungen an seine Fähigkeiten aufrechterhalten konnte. Doch er wurde immer unruhiger. Er konnte spüren, dass etwas in ihm vorging. Und da ich der Einzige war, der ihm nahestand, gab er natürlich mir die Schuld. Er sah, dass er anders war als die Menschen. Es irritierte ihn, zu sehen, wie sie sich gegenseitig behandelten, und er merkte, dass er nie verstehen würde, wie die Welt um ihn herum funktionierte. Die Abstände, in denen er sich blicken ließ, wurden immer länger. Besessen suchte er nach Hinweisen, die ihm erklären sollten, wer er war. Und schließlich verlor er den Mut.

Er flog über das Meer bis nach Protos und verkroch sich in den Schenken und Freudenhäusern. Ich war sogar froh darum, denn noch immer war sein Name in aller Munde. Es dauerte lange, bis er in Vergessenheit geriet. Marasco selbst war völlig verloren. Es war nur eine Frage der Zeit, bis er sich Ärger einhandelte. Der Besitzer des Freudenhauses verlangte, dass er, um seine Schulden zu begleichen, an die Front ging und für das Land kämpfte. Marasco wehrte sich nicht dagegen. Als er nach Jahren das erste Mal wieder ein Schwert in den Händen hielt und erkannte, wie gut er war, glaubte er, den Sinn seiner Existenz gefunden zu haben. Es schien plötzlich, als wäre der Schwertkampf das Einzige, in dem er gut war, denn es gab niemanden, der es gegen ihn aufnehmen konnte. Die Leute in Protos merkten ebenfalls, dass er anders war, und nannten ihn Shinya.

Als er nach Jahren des Kampfes nach Pahann zurückkehrte, war er der festen Überzeugung, ein Monster zu sein. Es machte ihm so große Angst, dass er mich anflehte, ihn zu töten. Ich nahm ihm die Waffen weg und beruhigte ihn. Nach einem Jahr hatte er vergessen, dass er jemals in Protos gewesen war.«

Sam dachte zurück an die Nacht in Limm, als Marasco vom Fieber geschlagen im Bett lag. Zwei Nächte, nachdem Yarik ihm die Tür zu seinen Erinnerungen geöffnet hatte. Nur langsam hatten sich die Erinnerungsstücke zu einem großen Ganzen zusammengefügt, was auch eine Erklärung dafür wäre, weshalb er ihm nichts von Vinna erzählt hatte. Und nun sollte Sam derjenige sein, der ihm auf einen Schlag seine ganze Lebensgeschichte zurückgab.

»Wird er es verkraften, wenn ich ihm seine Erinnerungen zurückgebe?«

»Ich weiß es nicht. Das wird sich zeigen. Doch vorerst konzentrier dich auf deine Kräfte. Geh zurück zu Haru.«

»Ein Händler vergisst nicht«, sagte er zynisch. »Und die Schenke war voll von ihnen. Nein, bei denen kann ich mich so schnell nicht mehr blicken lassen.«

»Du weißt selbst, dass Feigheit keine Option ist. Zeig ihnen, was für ein Kaname du bist. Du musst über deinen Schatten springen und um Hilfe bitten. Dir bleibt keine Wahl.«

»Was soll das überhaupt bedeuten?«

»Kaname … Gott. Monster. Das weiß niemand so genau. Ein lächerlicher Aberglaube, seit die Menschen wissen, dass sie von Geistern besessen sein können. Es hängt von deinen Taten ab. Kaname ist gut und böse. Es ist alles eine Frage der Perspektive.«

»Das trifft doch auf alle Menschen zu.«

»Was macht dich glauben, dass du noch immer ein Mensch bist?«

Sam stutzte. Marasco hatte einmal eine ähnliche Frage gestellt.

»Es ist wohl deine menschliche Seite, die an dieser Idee festhält«, sagte Yarik und schaute auf den See hinaus.

Der Sturm war vorübergezogen und sie standen nicht weiter unter der schützenden Glocke. Die Sonne schien am blauen Himmel und ein angenehmer Wind zog vom See herüber.

88

Sam flog zurück in die Stadt auf die Terrasse von Harus Haus. Um sich nützlich zu erweisen, spannte er das Sonnensegel wieder auf, das Haru rechtzeitig vor dem Sandsturm eingeholt hatte, und wischte den Sand auf dem Dach zusammen. Danach versuchte er, nicht an das bevorstehende Zusammentreffen mit Haru zu denken und sich ganz auf seine Übungen zu konzentrieren. Haru war anscheinend direkt nach dem Sturm zu einer Auslieferung aufgebrochen.

Es war bereits dunkel, als Sam hörte, wie jemand die Treppe hochstieg. Er verwandelte sich sofort und setzte sich als Rabe am anderen Ende auf die Brüstung. Haru hatte eine Öllampe dabei und wollte nach dem Rechten sehen. Als er ihn entdeckte, hielt er die Lampe hoch und kniff die Augen zusammen.

»Bist du das, Sam?«

Sam gab ein kurzes Krächzen von sich und wippte mit dem Kopf.

»Ist schon gut«, sagte Haru ruhig und trat an die Brüstung. »Du brauchst dich nicht zu verstecken.«

Sam hüpfte herunter und verwandelte sich. Dennoch hielt er Abstand und schaute Haru misstrauisch an.

»Du hast mich erschreckt«, sagte Haru schließlich. »Warum warst du nicht ehrlich zu mir?«

»Ich wusste nicht, wie«, antwortete Sam leise. »Ich dachte, du erschreckst dich ob dem schwarzen Vogel.«

»Wir wohnen hier nicht hinter dem Mond, Sam. Und es gibt Geschichten über einen schwarzen Vogel, der vor Jahren die Orose besucht haben soll.«

Traurig senkte Sam den Kopf. »Er ist mein Freund. Bitte, zeig mir, wie man diese Geister kontrolliert, damit ich ihn retten kann.«

»Werden Menschen dabei sterben?«

»Nicht mit dieser Fähigkeit«, antwortete er kopfschüttelnd.
»Hast du etwa noch andere?«
Die Zeit war gekommen, Haru die Wahrheit zu sagen. »Ich berühre die Menschen und sehe deren Erinnerungen. Doch seit der Sumentrieb ausgebrochen ist, glaube ich, mit der Annahme falsch gelegen zu haben. Es ist, als hätte ich all deren Leben in mir gespeichert. Exakte Kopien. Und sie tauchen auf, als wären es meine eigenen Erinnerungen. Es sind keine Geister, Haru. Es sind die Erinnerungen der Menschen, die ich berührt habe. Es fühlt sich so viel realistischer an als alles zuvor.«
»Alles der Reihe nach. Du bist Sume?«
Er hatte ganz vergessen, dass die Menschen hier schlecht auf Sumen zu sprechen waren. »Ich bin kein Monster«, sagte er sofort.
»Müsstest du dann nicht eine Tätowierung im Gesicht haben?«
Sam strich sich über die Stirn und war froh, dass er um die Tätowierung herumgekommen war. »Die wird erst gestochen, nachdem der Trieb ausgebrochen ist. Aber da ... na ja ... es ist kompliziert.«
»Was habe ich gesehen? Was war es, was du mir gezeigt hast?«
»Eine Mischung aus meinen Erinnerungen und denen von jemand anderem.«
»Und dieses Ding an deinem Arm, diese riesige Narbe, die du mit deiner Bandage versteckst, läuft die über deinen ganzen Arm?«
Überrascht schaute er Haru an. So direkt hatte es noch niemand gewagt, ihn auf seine Narben anzusprechen; nicht einmal die Mädchen, mit denen er sich vergnügt hatte, und die hatten weit mehr von ihm gesehen als Haru. Sam knöpfte die obersten zwei Knöpfe seines Hemdes auf und zog es zur Seite. Die fingerbreiten Narben schlängelten sich von beiden Seiten über seine Brust, kreuzten sich unterhalb des Schlüsselbeins und zogen über die Schultern weiter auf den Rücken.
»Bei allen Geistern ...«, murmelte Haru. »Was ist mit dir geschehen?«
»Das ... das waren die Erinnerungen. Ist passiert, als ich noch ein Kind war. Sie haben mich regelrecht auseinandergerissen.«

Haru verzog das Gesicht, als könnte er die Schmerzen, die er damals aushalten musste, nachfühlen und schüttelte fassungslos den Kopf. Sam knöpfte das Hemd wieder zu und schaute Haru an. Es herrschte eine beklemmende Stille auf der Terrasse. Haru stand mit geballten Fäusten vor ihm, presste die Lippen zusammen und schaute ihn mit einem Blick an, den er nicht deuten konnte. Es war ein Blick, der ihn an seine Kindertage erinnerte, an Zeiten, in denen er hilflos und schwach war. Es gab sie, die Momente, in denen er sich am liebsten aus seinem Körper schälen, sich wie eine Schlange häuten wollte, nur um seine Vergangenheit nicht auf sich zu tragen wie ein rotes Tuch im Wind, das alle Blicke auf sich zog. Seine Gedanken wurden in diese Spirale gerissen und nach unten in die Dunkelheit gezogen. Er schämte sich so sehr, dass er am liebsten im Boden versunken wäre. Doch dieses Mal konnte er nicht davonrennen, denn er brauchte Haru. Nervös strich er sich die Haare zurück und suchte nach den richtigen Worten.

»Es … es tut mir leid«, stotterte er zusammen und machte zögerlich einen Schritt auf Haru zu. »Ich weiß, ich bin … abscheulich … und sehe aus wie ein … Monster … aber bitte, Haru, ich … ich schaff das nicht ohne dich.«

Harus Brauen zuckten zusammen und sein Blick veränderte sich. »Du bist doch kein Monster, Sam. Wieso sagst du so was? Du bist für mich wie ein kleiner Bruder. Da ist es doch meine Pflicht, dir zu helfen. Doch von jetzt an keine Geheimnisse mehr!«

Erleichtert schaute er Haru an. »Keine Geheimnisse. Gewiss nicht.«

Das heißt nicht, dass ich ihm alles zeigen muss. Marasco lass ich von nun an weg. Denn ob er es wollte oder nicht, er würde Haru noch viele Erinnerungen zeigen müssen, um seine Kräfte unter Kontrolle bringen zu können. Und nichts, was er von Marasco zeigen konnte, hätte zu Harus Wohlwollen beigetragen.

»Du wirst dir große Mühe geben«, sagte Haru ernst. »Verstanden?«

Sam nickte.

»Na gut.« Haru schaute ihn nachdenklich an. »Wie war das? Du berührst die Menschen und siehst deren Erinnerungen? Und dann ist dein Sumentrieb ausgebrochen? Mehr habe ich irgendwie nicht mitgekriegt.«

Sam war so erleichtert über die Situation, dass er sich auf die Bank an der Brüstung fallen ließ und laut aufatmete. Fassungslos strich er sich über den Mund und schüttelte leicht den Kopf.

»Ich verstehe nicht ganz, was mit mir geschehen ist, seit dieser Sumentrieb ausgebrochen ist. Bisher war ich ein Seher, der die Vergangenheit sah. Und wie die Narben an meinem Körper erahnen lassen, war dies keine einfache Sache, was dazu führte, dass ich mich so gut es ging von diesem Seherding versucht habe fernzuhalten.«

»Das muss einsam gewesen sein«, bemerkte Haru.

Er versuchte, Harus Bemerkung zu ignorieren, und senkte verlegen den Blick. »Wie dem auch sei. Als ich in Saaga versucht habe, Marasco zu befreien, ist irgendetwas mit mir durchgegangen. Irgendetwas hat in meinem Kopf geknackt, als hätte jemand einen Knochen zerbrochen oder einen Ast. Da wurden Kräfte in mir freigesetzt, die ich nicht kannte. Sie kamen aus einem tiefen See voller Schwarzer Schatten. So dunkel sie auch waren, ihre Energie war so kraftvoll. Doch sie waren auch so wild, dass ich überhaupt keine Kontrolle mehr über sie hatte. Einerseits ließen sie meinen Körper kämpfen, wie er es noch nie getan hatte. Es war, als hätte ich keine einzige Trainingsstunde in Pahann verpasst. Ich war auf dem Niveau, auf das uns Kato vorbereitet hatte. Andererseits aber verzehrte sich mein Körper nach Erinnerungen, die er so rücksichtslos aus den Wachen heraussog, dass ich nicht einmal weiss, ob sie noch leben. Was Vinna bei Marasco durch einen Fluch erreicht hatte, der so viele Jahre brauchte, um absolut zu werden, schaffte ich in Sekundenschnelle.«

»Ich muss zugeben, ich habe dich anders eingeschätzt«, sagte er mit einem Schmunzeln im Gesicht und verschränkte die Arme. »Du warst zuerst sehr miesepetrig, doch irgendetwas haben dir meine Übungen gebracht, sonst hättest du die letzten zwei Wochen nicht so verbissen geübt. Was bewirken sie? Denn wie mir scheint halten sie nicht nur die Geister der Orose fern.«

»Da sind diese Visionen. Sie überfallen mich aus heiterem Himmel. Du musst verstehen, wenn ich die Erinnerungen von jemandem sehe, dann sind das nur einzelne Ausschnitte. Ich speichere zwar das komplette Abbild eines ganzen Lebens in mir, in diesen Schwarzen Schatten. Aber sehen kann ich nur einen Bruchteil davon. Diese Visionen ... Ich kann sie nicht kontrollieren. Sie überkommen mich einfach und ich finde mich in Situationen wieder, von irgendwem, zu irgendeiner Zeit. Es ist, als wäre ich in einem Strudel gefangen und würde wild herumgeschleudert werden. Diese Übungen helfen mir, das Chaos, das in dieser See der Schwarzen Schatten herrscht, irgendwie zu beruhigen. Ich hoffe, dass ich irgendwann fähig sein werde, sie zu kontrollieren.«

»Wie meinst du das?«, fragte Haru irritiert. »Was willst du mit ihnen denn genau machen?«

»Sie sind Energie. Wenn es mir gelingt, sie zu kontrollieren, kann ich sie als Waffe einsetzen.«

»Ich versteh nicht ganz. Ich dachte, sie verleihen dir die Fähigkeit zu kämpfen?«

Sam nickte und massierte sich die Stirn. Es fiel selbst ihm schwer, noch einen Überblick über die Fähigkeiten seiner Kräfte zu haben. Doch es war so, wie Yarik gesagt hatte. Da waren nicht nur die Seher- und die Sumenkräfte in ihm, sondern da waren auch noch die Rabenkräfte. Drei unterschiedliche Stränge, die es galt, unter Kontrolle zu bringen.

»Seit ich zu einem Raben geworden bin, haben sich mir noch andere Fähigkeiten offenbart. Ich dachte erst, dass sich meine Seherkräfte verändert hätten. Doch es waren meine Rabenkräfte, die sich Schritt für Schritt in mir ausgebreitet haben. Irgendwie ist es mir möglich, Energie zu nehmen und zu geben.«

»Und was kannst du mit dieser Energie machen?«

Sam streckte die Hand aus und zielte auf den Tisch, der ein paar Schritte von Haru entfernt stand. Dann bündelte er die Energie in seinem Arm und schoss sie durch seine Hand gegen das Möbelstück. Der Tisch schob sich mit einem kurzen Ruck zwei Schritte zurück und der Stuhl dahinter kippte um. Haru zuckte erschrocken zusammen.

»Das warst du?«

Sam nickte. »Es ist effektiver, wenn ich das Ding oder die Person direkt berühre.«

Eine Weile saßen sie da und lauschten den Geräuschen der Straße.

»Ich werde dir helfen«, sagte Haru schließlich.

»Danke, Haru. Ich danke dir.«

»Es gibt so viele Arten, die Geister der Orose zu kontrollieren. Die Kinder lernen das hier von klein an. Viele Menschen in der Orose haben große empathische Fähigkeiten. Nur so ist es ihnen möglich, im Einklang mit den Geistern zu leben. Ich kann dich zu den Schwarzen Schatten führen, Sam, doch du musst sie selbst kennenlernen, um mit ihnen zu arbeiten. Ich weiß nicht, wie tief du dafür gehen musst. Und ich weiß auch nicht, ob das gefährlich werden könnte. Sobald ich das Gefühl habe, dass du zu weit gehst, werde ich die Sache beenden.«

»Natürlich.«

Haru schaute ihn ernst an. »Ich habe die Fähigkeit, dich mit den Geistern der Orose außer Gefecht zu setzen. Verstehst du das? Ich kann sie dazu einsetzen, dir in die Schwarze See zu folgen und dich zu beobachten. Glaub mir, es ist sehr verlockend, sich von der Realität abzuwenden. Solltest du diesen Schritt auch nur ein einziges Mal erwägen, ist Schluss.«

Allmählich begriff Sam, dass er auch Haru unterschätzt hatte, und ihm kam der Gedanke, dass er das womöglich auch mit sich selbst gemacht hatte – bereits sein ganzes Leben lang.

»Ich bin wirklich froh, dich getroffen zu haben.«

Harus ernste Miene wurde von einem Lächeln verdrängt. »Schon gut, Kleiner.«

»Was, Kleiner? Ich bin größer als du!«

»Aber mindestens vier Jahre jünger«, erklärte Haru und drehte sich um.

»Wo gehst du hin?«

»Anders als du brauchen wir normalen Menschen Schlaf, um zu funktionieren«, erklärte Haru und drehte sich bei der Treppe nochmal zu ihm um. »Wir sehen uns morgen.«

Sam blieb auf der Terrasse zurück und spürte das erste Mal nach Wochen wieder ein Gefühl der Zuversicht. *Ich werde es schaffen.*

89

Die feuchte, abgestandene Luft der Zelle klebte an Leors Haut und der Geruch von Blut und Tod stieg ihm in die Nase. Seine Finger tasteten unruhig hin und her, eine Marotte, die er außerhalb des Kerkers unter Kontrolle hatte. Doch sobald er das Loch betreten hatte, schoss sein Puls voller Erwartung in die Höhe, und er konnte sich gar nicht mehr zurückhalten. Seine Finger verzehrten sich nach etwas, das er quälen konnte. Der Speichel sammelte sich in seinem Mund, als ob ihm ein saftiges Stück Fleisch vorgesetzt wurde, doch dieses Fleisch war nicht zum Essen gedacht. Der Gestank, der aus den einzelnen Zellen drang, das Stöhnen und die Schmerzensschreie machten ihn ganz kribbelig. Und wenn das Rasseln der Ketten dazukam, geriet er fast aus dem Häuschen. Voller Erwartungen stieg er hinunter ins Loch, dem kegelförmigen Kerker, der mindestens zehn Stockwerke tief in den Fels gebaut war. Die Treppe führte spiralförmig an einzelnen Zellen vorbei in die Tiefe. Zwischen jeder Kerkertür brannte eine Fackel. Unten angekommen trat ihm der Schinder entgegen.

»Eure Majestät«, sagte er, schob die schwarze Kapuze von seinem glatzköpfigen Haupt und verneigte sich.

Leor wandte sich zur Folterkammer, die weniger eine Kammer, als ein Raum mit einem Steintisch war, der von unzähligen Ketten abgetrennt wurde, so dicht wie ein Vorhang. Ein paar Ketten waren mit einem Gurt zur Seite geschoben, sodass Leor den leeren Foltertisch sah.

»Warum ist er nicht hier?«, fragte er, während er weiter mit den Fingern zitterte.

Der Schinder schaute ihn einen Moment reglos an, was Leors Blick auf seine dicke Knollennase zog. *Dieses hässliche Ding. Es ist großartig! Das Kribbeln wurde immer stärker. Ich will ihm am liebsten einen Nagel hineinrammen.*

»Tut mir leid, Herr«, sagte der Schinder unterwürfig. »Er war noch nicht ...«

»Du weißt doch, dass ich das selbst entscheide«, unterbrach ihn Leor und gab dem Schinder mit einem Wink zu verstehen, die Zelle zu öffnen.

Mit humpelndem Schritt ging der Schinder einen dunklen Korridor entlang, wo am Ende eine einzige Fackel brannte. Bei der Zelle schob er den eisernen Riegel zurück, öffnete die massive Holztür und trat in den dunklen Raum. Leor ging ebenfalls in die Zelle und machte Platz für das Licht, das den Raum nur spärlich beleuchtete. Doch es reichte aus, um das viele Blut und den Gefangenen zu sehen, der nackt auf dem steinigen Boden lag.

»Tut mir leid, Eure Hoheit«, sagte der Schinder unterwürfig und wies mit der linken Hand, an dem der kleine Finger fehlte, auf den Gefangenen. »Macht Euch bitte selbst ein Bild, aber er hat sich von seinen Wunden noch nicht erholt. Scheint, als hättet Ihr ihm gestern mehr zugesetzt als üblich.«

Leor trat zwei Schritte näher. Um genauer zu sehen, wie es um den Gefangenen stand, beugte er sich nach vorne. Marasco lag auf der rechten Schulter, die linke Hand neben der Brust auf dem Boden und den mit roten Striemen übersäten Rücken zum Ausgang. Leor erkannte nun auch den Grund für den Geruch im Raum. Er kam von Erbrochenem, das direkt neben Marascos Gesicht lag.

»Es nützt nichts«, sagte der Schinder. »Egal, welche Medizin wir ihm geben, um die Heilung zu beschleunigen, sein Körper wehrt sich dagegen.«

Leor ging um Marasco herum und drückte den Fuß auf seinen Oberarm. Marascos Körper drehte sich auf den Rücken, wobei er den Kopf ein bisschen nachzog. Während sein eingeschlagenes Gesicht bereits wieder verheilt und nur noch vom Blut verschmiert war, lag seine halbe Bauchdecke noch offen und an den Armen waren noch immer die Abdrücke der Bärenfalle zu sehen, mit der Leor ihn am Tag zuvor malträtiert hatte. Die größte Überraschung jedoch war, dass Marascos Bein wieder nachgewachsen war. Er hatte lange vor diesem Schritt gezögert. Wäre es so gewesen, dass nach einer Amputation Marascos Glieder zu Stummeln verheilten, hätte dies bedeutet, dass irgendwann nichts mehr von seinem Spielzeug übrig geblieben wäre, denn: Er liebte Amputationen. Er liebte es, zu sezieren und in Eingeweiden herumzuwühlen. Und hätte ihm jemand geraten, sich für den ersten Versuch mit einem kleinen Finger zufriedenzugeben, hätte er ihm den Kopf abgeschlagen.

Immer wieder brachte er dem Schinder seine Ideen für neue Foltermethoden vor, die der gelernte Schmied dann in die Tat umsetzte, um seinem König zu imponieren. Seit Marasco im Loch war, sprudelte er nur noch so vor Ideen. Es war ein berauschendes Gefühl zu wissen, was Amputationen bei Marasco bewirkten.

»Das macht keinen Spaß, wenn du immer wieder ohnmächtig wirst«, grummelte er beleidigt und trat Marasco in die Seite.

»Ihr seid einfach zu übermütig, Eure Hoheit.«

Leor schob die zusammengepressten Lippen hin und her und ballte die Hände zu Fäusten. Er hatte so viele Ideen, die er an Marasco ausprobieren wollte. *So viele Ideen!* Doch Leor wusste, er war zu ungeduldig. Es war ja bereits ein Geschenk, dass Marasco unter diesem Fluch stand und alles vergessen hatte. Tatsächlich machte es manchmal schon fast den Eindruck, als hätte sich Marasco mit diesem Leben als Folterobjekt abgegeben und würde es nicht einmal in Frage stellen. Er wehrte sich nicht. Vielleicht, so dachte Leor manchmal, waren dies auch die Lorbeeren, die er sich mit harter Hand erarbeitet hatte. Das Schreien konnte er ihm bisher nicht austreiben und gefleht hatte Marasco seit dem ersten Tag nicht. Vielleicht offenbarte Vinnas Fluch hier Marascos wahres Wesen, das trotz des Gedächtnisverlusts an seinem Stolz festhielt. Was er ihm jedoch ausgetrieben hatte, war nach Wasser zu fragen, um sich zu waschen. Jedes Mal, wenn Marasco danach verlangt hatte, schlug er ihm mit einem Schürhaken ins Gesicht. Zudem hatte er es seit dem ersten Tag vermieden, Marascos Namen laut auszusprechen. Er betrachtete es als Vorsichtsmaßnahme, um sicherzugehen, dass er durch die Nennung seines Namens nicht plötzlich die Mauer beschädigte, aus der langsam die weggesperrten Erinnerungen quollen. Vinnas Fluch würde nicht zu brechen sein, das war Leor klar, doch man konnte nicht vorsichtig genug sein.

Sich in Sicherheit zu wiegen, war noch nie seine Art gewesen – Schutzzauber hin oder her. Er hatte gelernt zu kämpfen und trainierte weiterhin jeden Tag. Er wusste, er war kein Meister, aber er konnte sich im Zweikampf verteidigen und war stark genug, um eine Armee gegen die Paha in den Kampf zu führen. Natürlich gab ihm der Schutzzauber eine gehörige Portion Selbstsicherheit, die er ohne ihn womöglich schwer aufgebracht hätte.

Ein Kribbeln durchfuhr seine Haut von Kopf bis Fuß und seine Finger wurden wieder unruhig. Seine Atmung wurde schneller und in ihm baute sich ein Druck auf, den er nur schwer unter Kontrolle halten konnte. Seine Augen suchten die düstere Zelle nach etwas ab. Etwas, das er benutzen konnte, um etwas anderes kaputt zu schlagen. Doch da war nichts. Aufgebracht schrie er seine Wut heraus und trat mehrmals mit dem Fuß in Marascos Seite. Doch der war noch immer bewusstlos und bekam überhaupt nichts mit, was Leor noch rasender machte.

»Hol mir diesen … diesen …«

»Den Kapitän?«

Leor stieg über Marasco hinweg, trat aus der Zelle und ließ durch einen Schrei nochmal Dampf ab. »Nein! Diesen langen, dünnen …«

»Der ehemalige Koch?«, fragte der Schinder, schloss die Zellentür und schob den eisernen Riegel vor.

»Der andere!«, schrie Leor und blieb in der Mitte des dunklen Korridors stehen. »Der mit dem zertrümmerten Fuß.«

»Eure Hoheit, Ihr habt bei vier Gefangenen dafür gesorgt, dass sie zertrümmerte Füße haben. Welchen meint Ihr?«

Leor atmete heftig und schnaubte. »Alle! Dann bring sie alle!«

Während der Schinder zwei Wachen damit beauftragte, die Männer aus ihren Zellen zu holen, schob Leor den Kettenvorhang zur Seite und betrat seine Folterkammer.

90

Bereits drei Monate war der Palast von Kravon nun Naos Zuhause und noch immer kannte sie nicht jeden Winkel davon. Auf ihren täglichen Spaziergängen schlenderte sie durch die Stallungen, machte immer wieder Abstecher in die Küche, wo sie zuschaute, wie die köstlichsten Speisen zubereitet wurden, die sie je gegessen hatte, ging zu den Trainingsräumen, in denen die Krieger sich im Schwertkampf übten, oder lustwandelte durch die Gärten wie in einem Traum. Noch nie in ihrem Leben hatte sie solche Gärten gesehen.

Nach dem Chaos in Saaga war ihr Aufbruch sehr überstürzt gewesen und es dauerte ein paar Tage, bis selbst im Palast hier in Kravon wieder Ruhe eingekehrt war. Leor hatte rumgeschrien, bis die Magierin wütend den Palast verlassen hatte. Seitdem waren es nur noch die Stabssitzungen, die den König zur Weißglut trieben.

Sam wird zurückkehren, redete sich Nao jeden Tag ein. *Und wir werden meinen Meister retten.*

Nao verbrachte bereits den halben Tag am See auf der kleinen Anhöhe, spazierte am Ufer entlang, betrachtete die riesigen Goldfische im Teich und genoss die warme Brise, die vom Meer hereinzog. Ihr lila Kleid wallte im Wind und mit einem weißen Papierschirm schützte sie sich von der Sonne. Über eine kleine Holzbrücke führte der geschlängelte Pfad zu einem Glyzinien-Tunnel, der so breit war, dass ein Pferdewagen hätte passieren können. Die violetten Blüten hingen wie ein dichter Teppich vom Holzgerüst und verströmten einen süßen Duft. Ein zufriedenes Lächeln breitete sich auf ihrem Gesicht aus und sie schaute sich erfreut um.

Ihr Leibwächter, der stets fünf Schritte hinter ihr ging, zeigte keine Regung. Wie gewohnt blickte er finster drein. Seine schwarze Kleidung war eine Beleidigung für die prachtvolle Natur. Als Leor ihr den Mann zur Seite gestellt hatte, fühlte sie sich von seinem Äußeren eingeschüchtert. Seine Stirn war so hoch und die Augenbrauen so buschig, dass sie den Mann eher für einen Verbrecher als für einen Beschützer gehalten hatte. Nachdem ihre ersten Versuche, sich mit ihm zu unterhalten, gescheitert waren, lernte sie sehr schnell, ihn zu ignorieren oder sich über den Anblick, den er im Glyzinien-Tunnel abgab, zu amüsieren.

Sie gelangte in einen Bambuswald, der so hoch war, dass sie die Wipfel nicht sehen konnte. Die Bambusstangen waren teilweise dicker als ihre Oberschenkel. Ein leises Heulen lag in der Luft. Nao legte den Schirm auf die Schulter und blickte hoch zu den Blättern, die zart im Wind rauschten. Der breite Weg war gesäumt von Steinskulpturen, die gleich groß waren wie sie selbst und teilweise völlig vom Moos bedeckt. Sie wich vom Weg ab und betrat einen kleinen Steinpfad, der durch den Bambuswald hinunter zu einem kleinen Bach führte. Das klare Wasser plätscherte friedlich den Hügel hinunter. Über eine kleine Holzbrücke ließ sie den Bambus hinter sich und gelangte auf eine Obstplantage mit Orangen- und Zitronenbäumen. Sie erreichte einen weiteren kleinen Teich, der mit Seerosen bedeckt war. Doch nun hatte sich die Luft verändert. Der Wind war stärker geworden und die Luft salziger. Nao ging um den Teich herum und stieg über eine kleine Anhöhe, die wie ein Schutzwall für die Orangerie war. Oben angekommen wehte der Wind durch ihre kastanienbraunen Haare und kleine Sandkörner streiften ihr Gesicht. Sie machte den Schirm zu und atmete tief ein. Vor ihr lagen das weite, türkisblau leuchtende Meer und der einzige Sandstrand von Kravon. Der Rest der Küste bestand aus Felsen. Doch hier lag weißer Sand.

Nao wusste nicht, weshalb sie immer wieder hierherkam, denn jedes Mal wenn sie auf der Kuppe stand und aufs Meer hinausblickte, regte sich eine tiefe Traurigkeit in ihr, die sie sich nicht erklären konnte. Es war, als trauerte sie etwas hinterher, von dem sie nicht wusste, was es war. Ihr war durchaus bewusst, dass sie in einer verzwickten Situation war. Zu wissen, dass ihr Meister im Loch festsaß und ihr nichts anderes übrig blieb, als auf Sam zu warten, gab ihr immer wieder das Gefühl, in einem Gefängnis zu sitzen. Sie hatte die Erlaubnis, sich frei zu bewegen, solange sie die Mauern des Palastes nicht verließ. *Zum Glück ist der Palast so groß*, dachte sie immer wieder. Doch sie hoffte inständig, dass Sam nicht mehr allzu lange auf sich warten ließ, denn allmählich gingen auch ihr die Ideen aus, wie sie den König bei Laune halten konnte. Allerdings gab es da etwas, das sie noch tun musste. Sie musste endlich herausfinden, wo Marasco untergebracht war.

»Herrin«, hörte sie plötzlich eine Stimme hinter sich, die nicht die ihres Leibwächters war.

Sie drehte sich um und sah einen Boten, der gerade den Wall hochstieg. Er trat vor und senkte ergeben das Haupt.

»Herrin«, sagte er ein bisschen außer Atem, »der König kehrt früher zurück und wünscht Eure Anwesenheit.«

Nao ließ den Blick nochmal über das Meer und den Strand schweifen. *Das war es wohl mit der Ruhe*, dachte sie. *Die Arbeit ruft. Zeit, sich aus dem Licht in die Dunkelheit zu begeben.*

*

Im Hof klackte der Bambusbrunnen in gleichmäßigen Abständen und der Baum, der in der Mitte stand und die einstöckigen Gebäude überragte, spendete wohligen Schatten. Nao folgte dem Boten über die Veranda um den Innenhof herum zum Gemach des Königs. Zwei Wachen standen am Eingang. Der Bote schob die Papiertür auf und wies Nao in ehrerbietiger Haltung den Weg.

»Danke«, sagte sie höflich und trat an ihm vorbei ins Gemach.

Die Tür schob sich hinter ihr zu und das Geräusch des Brunnens trat in den Hintergrund. Nao schlüpfte aus ihren Schuhen und trat auf die Reismatten, die einen Tritt höher lagen. Ihr Blick fiel sofort auf die Blutspuren, die quer durch den Raum führten und zu ihrer Linken hinter einem Paravent verschwanden. Ein leises Plätschern drang hindurch. Nao blieb einen Moment hinter der Papierwand stehen, atmete tief durch und bereitete sich geistig auf das vor, was nun folgen sollte.

Sei das, was er sich wünscht, hatte ihr Meister gesagt. *Du lässt seinen Traum von einer Frau wahr werden.*

»Entschuldigt die Störung«, sagte sie mit lieblicher Stimme und trat mit geneigtem Kopf hinter dem Paravent hervor.

»Nao, meine Liebe«, sagte Leor erfreut. »Komm zu mir.«

Nao blickte auf und schaute ihn mit einem schelmischen Lächeln an. Leor stand ohne Hemd neben einem großen Wasserbecken. Sein ganzer Oberkörper sowie auch sein Gesicht und die hellen Haare waren von Blut besudelt. Mit einem gierigen Blick wartete er darauf, dass Nao ihm mit der Hose behilflich war. Um seine Erwartungen zu schüren, trat sie nur langsam zu ihm hinüber, schenkte ihm einen lasziven Blick und strich sich mit der Hand über die Brust.

»O Mädchen«, sagte der König, »du beherrscht die Folter genauso wie ich.«

Nao blieb stehen und betrachtete seinen Oberkörper. Niemals hätte sie geahnt, dass Leor so durchtrainiert war. Mit seinen langen, blonden Haaren und den weichen Gesichtszügen wirkte er angezogen selbst wie ein Mädchen. Doch halb nackt und blutverschmiert war er ganz der Krieger. Um ihn noch länger auf die Folter zu spannen, trat sie ein paar Schritte an der Papierwand entlang und biss sich sanft auf die Lippen.

»Du willst spielen?«, fragte Leor und trat ihr einen Schritt entgegen.

Ich will dir einen Dolch in die Brust rammen – genau dort, wo andere ein Herz haben.

Doch Nao musste sich selbst eingestehen, dass sie mehr von seinem Äußeren angezogen war, als ihr lieb war.

Er ist ein Monster, rief sie sich immer wieder in Erinnerung. *Er hält ganz Aryon zum Narren.*

Langsam trat sie vor ihn und leckte das Blut von seiner Brust. Leor bebte und die Finger an seiner rechten Hand zitterten. Nao richtete sich wieder auf und schaute ihm ins Gesicht.

»Ihr wart wieder bei ihm?«

»Ja«, antwortete Leor. Seine Augen glänzten und es war ihm unmöglich, seine Erregung zu verheimlichen.

»Ist das sein Blut?«

»Aber ja doch«, sagte er und strich zärtlich mit der Hand über ihre Wange. »Ich habe vier Männer getötet, weil seine Wunden noch nicht geheilt waren, doch es hat nicht gereicht, also habe ich ihn dennoch aus der Zelle geholt.«

Leor lächelte. »Ich liebe es, wie du die Worte wählst.«

Langsam kniete sich Nao hin, zog an der Schleife und schob Leors Hose hinunter. Er legte die Hand auf ihren Kopf und strich ihr durch die Haare. Dann führte er sie näher zu sich heran. Nao liebkoste ihn und erhob sich wieder.

»Wann nehmt Ihr mich endlich mal mit?«, fragte sie mit der Stimme eines enttäuschten Mädchens.

»Du willst mich ins Loch begleiten?«

»Ich will ihn sehen. Und ich will sehen, wie Ihr ihn foltert. Und ich will sehen, wie Euch das heißmacht. Und was für Spielzeug es dort gibt.«

Leors Augenbrauen zuckten hoch und er schob eine Hand über Naos Hals zum Hinterkopf. »Spielzeug.« Er grinste. »Warum hast du das nicht gleich gesagt?«

Nao legte beide Hände auf seinen Oberkörper und massierte ihn, als wäre das Blut ein wohlriechendes Öl.

»Ist gut«, sagte Leor schließlich. »Ich werde dich mitnehmen. Aber du wirst dich wohl noch drei Tage gedulden müssen.«

»Warum das?«

»Seine Heilkräfte haben nachgelassen. Es scheint, je mehr ich ihm zusetze, umso länger dauert seine Genesung.«

»Der König weiß sich einfach nicht zu beherrschen«, bemerkte Nao mit einem gespielt tadelnden Unterton.

Leor packte sie, hob sie an den Hüften hoch und trug sie zum Becken. »Ganz genau«, sagte er und ließ sie ins Wasser fallen.

Nao quiekte erfreut, tauchte unter und strich sich die Haare zurück. Dann stand sie auf. Das Wasser reichte ihr bis zur Hüfte. Ein paar Schritte von ihr entfernt stand Leor und schaute sie an, als wäre sie seine Beute.

»Dann lasst uns spielen«, sagte sie und bewegte sich zum Stoffvorhang, der den inneren Bereich vom äußeren trennte, tauchte unten durch und wurde beim Auftauchen sogleich von der Sonne geblendet.

Das Wasserbecken war in eine ruhevolle Gartenanlage eingebettet und von einem sichtschützenden Holzzaun umgeben, der durch die vielen Sträucher und Blumen fast nicht zu sehen war.

Ihr Kleid hing schwer an ihrem Körper und bremste jede ihrer Bewegungen, sodass sie nur langsam vorwärtskam. Bereits in der Mitte des Beckens hatte Leor sie eingeholt, schnappte sie von hinten und umklammerte sie mit beiden Armen. Sobald Nao keine Gegenwehr mehr leistete, riss er ihr das Kleid vom Körper und drehte sie zu sich.

»Ich hab dich«, flüsterte er und küsste sie.

Nao schlang beide Beine um seine Hüften und legte die Arme um ihn. »Dann also übermorgen?«, fragte sie.

»Einen Tag danach«, sagte er und trug Nao an den Rand des Beckens. »Dann ist sein Körper wieder verheilt und ich kann dir all meine Spielsachen zeigen.«

Nao kicherte und strich Leor zärtlich die nassen Haare aus dem Gesicht. Dabei erinnerte sie sich im Hinterkopf konstant daran, dass Leor ein Monster war und diese Liebelei nur vorübergehender Natur. Bald würde Sam zurückkehren und diesem Albtraum ein Ende setzen. Doch solange es notwendig war, würde sie alles tun, um ihrem Meister eine Hilfe zu sein.

91

Mit ausgestreckten Armen stand Leor in der Mitte des Umkleidezimmers und ließ sich von zwei Mädchen das Blut vom Körper waschen. Immer wieder tauchten sie die großen Schwämme ins lauwarme Wasser und drückten sie über ihm aus. Er stand auf einem Holzgitter, sodass das Wasser und das Blut direkt unter ihm auf ein paar Steine tropften. Sobald sein Körper sauber war, brachte ein Mädchen einen Stuhl. Leor setzte sich hin, und während ihm das eine Mädchen die Haare wusch, beglückte ihn das andere unterhalb der Gürtellinie.

Den ganzen Morgen war er mit Marasco beschäftigt gewesen. Leor wusste, er hatte schon längst eine Grenze überschritten. Als Nao ihn vor ein paar Tagen ins Loch begleitet hatte, war er ganz angetan von ihr gewesen und wie sie sich für seine Spielsachen interessiert hatte. Ihm war jedoch auch nicht entgangen, wie sie Marasco angesehen hatte. So gierig; als wäre sie von ihm angezogen. Er wollte sie gleich im Loch auf dem Folterstein nehmen, während Marasco angekettet an einem Metallgerüst hing und ihnen zugesehen hätte. Umso überraschter war er, als Nao dort eine Grenze gezogen hatte. Tatsächlich war es nicht Marascos Anwesenheit, die ihr unangenehm war, sondern die des Schinders.

Leor war an jenem Tag durchaus auf seine Kosten gekommen, doch etwas hatte sich in ihm verändert. Wo er zuvor Folter und Sex klar getrennt hatte, verwischte sich diese Grenze immer mehr. Er hatte Ideen, wie er Marasco noch auf ganz andere Arten quälen konnte, und wusste, es war nur noch eine Frage der Zeit, bis diese Grenze verschwunden war.

Das Mädchen wischte mit dem Schwamm seinen Bauch ab und lächelte ihn an. *So schnell bin ich schon lange nicht mehr gekommen*, dachte er und wischte sich über den Mund. Bald würde er nicht mehr fähig sein, den Kerker zu verlassen, ohne zuvor zum Höhepunkt gekommen zu sein. *Sollte mir das zu denken geben?*, fragte er sich, während das andere Mädchen die Seife aus seinen Haaren spülte.

Leor ließ sich abtrocknen und zog die Kleidung an, die das Mädchen ihm bereithielt. Eine silberne Hose aus Seide, ein weißes Hemd mit goldenen Stickereien an den Säumen und einen weißen Umhang mit schwarz glänzenden Stickereien auf den Schultern. Während ihm ein Mädchen die Haare kämmte, legte das andere ihm eine mit blauen Edelsteinen besetzte Kette um den Hals. Dann reichte sie ihm den schwarzen Ledergurt mit dem Schwert. Leor legte ihn sich um und rückte das Schwert an die richtige Stelle. Dann schlüpfte er in seine Stiefel.

Die Papiertür wurde von einem Diener zur Seite geschoben und Leor trat hinaus auf die gedeckte Veranda im Innenhof. Ein Verwalter erwartete ihn bereits und verneigte sich. Dann führte er ihn über die Veranda an verschiedenen Zimmern vorbei, durch Hofgänge und aus dem Palastgebäude hinaus auf die Straße, wo eine Kutsche auf ihn wartete. Es war das Gebäude, das am nächsten zum Kerker lag, weshalb er sich dort ein paar Zimmer hatte einrichten lassen, um sich zu waschen und umzuziehen; für den Fall, dass er danach direkt seine Berater traf oder in Gesellschaft erwartet wurde.

Leor ließ sich zurück zu den Wohnhäusern auf der anderen Seite des Palastes fahren. Gelangweilt betrachtete er die Wurfmaschinen, die auf der Mauer standen und Richtung Kravon gerichtet waren, die Wachen, die gerade Ablösung hatten, und dahinter in weiter Ferne im Norden die schneebedeckten Gipfel des Resto Gebirges. Die Sonne schien am blauen Himmel und die Luft war salzig.

Die Kutsche hielt vor dem einstöckigen Zugangshaus und der Verwalter wies ihm den Weg zum Eingang. Sobald Leor losschritt, öffneten zwei Diener das Tor. Durch einen kleinen Korridor gelangte er in einen Innenhof mit einem Steingarten. Um ihn herum standen verschiedene Gebäude, die alle über Veranden miteinander verbunden waren. Der Verwalter huschte an ihm vorbei und führte ihn ins Haus zu seiner Linken. Es war der Weg zu den Frauengemächern, doch er wusste, dass ihn jemand anderes erwartete. In einem weiteren Innenhof, in dem ein kleiner Steinbrunnen plätscherte und große Goldfische im Teich schwammen, führte ihn der Verwalter zu einem Zimmer. Leor blickte über den Teich auf die andere Seite zum offenen Durchgang, der in den Garten führte, wo sich die Mädchen aufhielten. Er konnte deren Kichern hören, was sein Gemüt erhellte. Der Verwalter zog eine Holzschiebetür auf und trat höflich zur Seite.

Der Raum war mit Reismatten ausgelegt und in der Mitte stand ein großer, viereckiger, kniehoher Tisch. Die drei Berater saßen bereits auf ihren Kissen und warteten.

»Meine Herren«, sagte Leor, schritt mit strenger Miene an ihnen vorbei und setzte sich auf das freie Kissen oben am Tisch.

Ein Diener brachte ihm sogleich einen Becher mit warmem Tee und verschwand wieder unauffällig. Leor trank einen Schluck und bemerkte ein Papier, das vor ihm lag.

»Was ist das?« Er blickte in die Runde.

»Das Traktandum«, antwortete Sorum, der Mann, der ihm gegenübersaß.

Leor rollte mit den Augen. *War ja klar.* So was konnte nur Sorum einfallen. Der Mann war schon viel zu lange in der Verwaltung tätig und bildete sich viel zu viel darauf ein. Leor schob das Papier von sich und gab den anwesenden Männern mit einem Wink zu verstehen, ihre Anliegen vorzubringen. Natürlich war es Sorum, der als Erster das Wort ergriff.

»Mein König«, sagte er und wies dabei mit dem Finger auf den ersten Punkt auf dem Papier. »Wir machen uns Sorgen um den Norden Aryons. Er scheint vollkommen von den Nordmännern eingenommen worden zu sein. Der Kontakt zu Trosst ist bereits seit vier Monaten abgebrochen. Was sollen wir unternehmen?«

»Schickt Tauben«, murrte Leor gelangweilt.

»Bisher hat es kein Vogel zurück in den Süden geschafft«, erklärte Sorum.

»Und was ist mit Hanta? Schließlich ist der Weg über den Pass nicht der einzige in den Norden.«

»Hanta wurde auf der Nordseite abgeriegelt.«

Leor runzelte die Stirn. »Sie greifen nicht an?«

»Offenbar hatten sich die Sumen in Hanta umgesehen, sich dann aber ohne großes Aufheben wieder zurückgezogen. Eine ganze Truppe von Sumen sorgt dafür, dass niemand in den Norden kann.«

»Schickt einen Tross hin, der dafür sorgt, dass es auch so bleibt«, befahl Leor. »Wenn der Handel mit dem Norden zum Erliegen gekommen ist, werden sie Lebensmittel benötigen.«

»Die Nordmänner wissen, dass Aryons Armee im Resto Gebirge auf sie wartet. Wir sollten also davon ausgehen, dass sie uns jederzeit angreifen. Doch bisher haben sie das nicht getan. Es hat den Anschein, als würden sie auf etwas warten.«

»Worauf?«

»Vielleicht auf Verstärkung aus dem Norden?«, warf Rodig, der Mann zu Leors Linken, ein. In seiner dunkelblauen Livree wirkte er immer etwas steif, was seinem Charakter entsprach, und durch seinen dünnen Körperbau und die leicht eingefallene Haltung sah er immer etwas kränklich. Doch über die Jahre hatte er sich als zuverlässiger und vertrauenswürdiger Mann erwiesen. »Ist der gefangene Paha noch im Kerker?«

»Der ist im Loch«, antwortete Leor und spürte, wie seine Finger unruhig wurden. »Habt Ihr etwa vor, ihn zurückzugeben, in der Hoffnung, die Paha drehen wieder um?«

»Nein, gewiss nicht«, antwortete Sorum. »Aber das Volk verliert den Mut, und je länger es dauert, umso mehr scheint es zu vergessen, was sich im Norden Aryons abspielt. Vielleicht würde eine öffentliche Hinrichtung dem Volk wieder die Richtung weisen.«

»Eine öffentliche Hinrichtung?«, meinte Leor nachdenklich und spielte den Sanften. »Wäre das nicht etwas zu drastisch?«, meinte er und presste die Hände zu Fäusten. Niemals würde er Marasco in der Öffentlichkeit hinrichten lassen. Würde das Volk sehen, wie er wieder zum Leben erwachte, hätte die Bedrohung plötzlich die Form von etwas Übernatürlichem und der Kampfgeist wäre dahin. Es reichte schon, dass ihre Gegner Sumen waren. »Wir können ein paar Männer aus dem Loch hinrichten«, meinte Leor so gleichgültig, wie es ihm nur möglich war.

»Und zum Schluss als Höhepunkt den Paha«, sagte Sorum.

»Nein.«

Die Berater stutzten und wechselten irritierte Blicke.

»Eure Hoheit, mit Verlaub«, sagte Sorum und räusperte sich. Bevor er jedoch mit seinem Versuch, Leor zu überzeugen, fortfahren konnte, brachte Leor ihn mit einem Wink zum Schweigen. »Nein«, sagte er bestimmt. »Das kommt nicht in Frage. Der Paha bleibt, wo er ist. Die Gefahr, dass er entkommen könnte, wenn wir ihn aus dem Loch holen, ist zu groß. Wer weiß, ob da nicht bereits Nordmänner unter uns sind und nur darauf lauern, bei einer Hinrichtung Unruhe zu stiften?«

»Aber…«

»Hat Euch der Vorfall in Saaga etwa nichts gelehrt?« Leor zuckte mit einer Augenbraue und gab sich ein bisschen nachgiebig. »Da sind genug Männer im Loch, die man hinrichten kann.«

»In Kravon?«, fragte Rodig. »Oder in Saaga?«

»Mir egal«, antwortete Leor gleichgültig und legte die Hände auf die Knie. Seine Finger zitterten und sein Blut war in Wallung geraten. Es fiel ihm immer schwerer, seine Gedanken und seine Erregung im Zaum zu halten. »Von mir aus in Saaga. Damit können wir nach dem ganzen Chaos unsere Solidarität bekunden. Wars das?«, fragte er schließlich, ohne in die Runde zu blicken.

Es herrschte Schweigen, bis sich Sorum räusperte. »Eure Hoheit, wenn Ihr erlaubt, wir fragen uns alle, wo die Magierin ist.«

Ein kalter Schauer durchfuhr Leors Adern. Weg war sie, seine Erregung, zumindest seine sexuelle. Genervt schnalzte er mit der Zunge und strafte die Berater mit einem eisigen Blick. Doch Sorum ließ sich davon nicht beirren. Er war bereits Berater von Leors Vater Clod gewesen und wusste genau, wie er mit ihm umgehen musste, um ihn als König auf dem rechten Weg zu halten.

»Die Festivitäten zu Waarus Gedenken finden bald statt, und auch der Tag der Errichtung steht bevor. Beides wichtige Anlässe, die die Magierin in der 148-jährigen Geschichte Aryons noch nie hat ausfallen lassen.«

»Sie ist nicht hier!«, fuhr Leor verärgert auf.

»Wenn Ihr wisst, wo sie ist, könnten wir ihr eine Nachricht zukommen lassen.«

»Nicht hier, heißt, nicht hier! Sie ist nicht erreichbar. Nicht nur Ihr habt Tauben in den Norden geschickt, die nicht zurückgekehrt sind.«

»Die Magierin hält sich in Aryons Norden auf?«, fragte Sorum bestürzt. »Wieso das?«

Allmählich platzte Leor der Kragen und er starrte Sorum mit stechendem Blick an. »Wir hatten eine Meinungsverschiedenheit«, erklärte er unliebsam. Die Berater brauchten ja nicht zu wissen, dass Marasco der Grund dafür gewesen war. Die Magierin hatte nach dem Vorfall in Saaga verlangt, dass mehr Wachen aufgestellt würden, da sie sicher war, dass der Angreifer von Saaga zurückkehren würde. Doch Leor wollte nicht noch mehr Gesindel im Palast herumstehen haben. Es reichte schon, dass sie vor allen Gebäuden postiert waren. Jemand, der ihm auf Schritt und Tritt folgte, kam nicht in Frage. Schon gar nicht, wenn er durch einen Zauber geschützt war. Anders als die Wachen aus Saaga, die ihre Erinnerungen noch immer nicht zurückhatten, konnte der Sume ihm nichts anhaben. Zudem war er überzeugt davon, dass dies vorgeschobene Gründe waren für etwas, das die Magierin nicht offenlegen wollte. Was auch immer sie zu einer Furie hatte werden lassen, irgendwie war Leor sogar froh, dass sie den Palast verlassen hatte. »Wozu braucht Ihr die Magierin?«, wollte er wissen. »Ihre Abwesenheit hindert Euch ja wohl nicht daran, die Festivitäten vorzubereiten.«

»Gewiss nicht«, antwortete Sorum und neigte höflich den Kopf.

Genervt schweifte Leor mit dem Blick hinaus in den Innenhof und suchte im gegenüberliegenden Garten, von dem er nur so viel sah, wie der offene Durchgang freigab, irgendwo ein Mädchen. Er hörte ihr Kichern und sehnte sich nach ihren Körpern. Seit Vinna fort war, hatte er vermehrt die Gesellschaft der Mädchen gesucht. Sie waren ihm tröstlich in diesen unsicheren Zeiten, denn schließlich bauten sie noch immer ihre Armee auf.

»Wie sieht es mit den Kriegern aus?«, fragte er und schaute zu Wolfer. »Sagt mir, dass sie Fortschritte machen und keine tölpelhaften Bauern mehr sind, sondern richtige Krieger.«

Wolfer saß aufrecht im Schneidersitz da, die Hände ruhten auf seinen Oberschenkeln und er wirkte ganz entspannt. Die grauen Haare passten zu ihm, und Leor fragte sich, ob seine Haare auch mal so ergrauen würden wie seine. Bereits als Kind hatte er zu Wolfer aufgesehen, als der ihn im Kampf trainiert hatte. Er war ein unnachgiebiger Lehrer gewesen, dem es stets egal war, dass Leor eines Tages sein König sein würde. Als Clod gestorben war, war Wolfer der Einzige, der ihn nicht mit Samthandschuhen anfasste, wie alle anderen es getan hatten – dafür war er ihm sehr dankbar. Doch Wolfer war von den drei Beratern auch der Einzige, der von seiner perversen Wesensart wusste, was ihre Beziehung nicht immer einfach machte.

»Die Männer sind motiviert«, antwortete Wolfer sachlich.

»Motiviert?«, wiederholte Rodig belustigt. »Ich glaube, die Nordmänner sind ebenfalls motiviert.«

Ohne den Kopf zu drehen, blickte Wolfer finster zu Rodig. »Motivierte Männer lassen sich zumindest von solch geringer Wertschätzung wie deiner nicht von ihrem Weg abbringen.«

Rodig rollte mit den Augen und schüttelte überheblich den Kopf. »Das sind Bauern. Wenn die es schaffen, gegen eine Horde Nordmänner zu bestehen, dann ziehe ich den Hut vor dir, Wolfer. Aber bloß motiviert zu sein, reicht nicht aus.«

»Die Männer durchlaufen ein Programm, in dem sie Schwertkampf, Nahkampf und Bogenschießen lernen«, erklärte Wolfer. »Sobald sich deren Stärke zeigt, spezialisieren sie sich in einer Disziplin.«

»Jaja«, unterbrach ihn Leor und machte mit der Hand eine kreisende Bewegung, die Wolfer andeutete, auf den Punkt zu kommen – schließlich kannte er seine Methode nur zu gut. »Wie gut sind sie?«

Wolfer schaute Leor einen Moment nachdenklich an. »Ehrlich, mein König, das ist schwer zu sagen. Wir haben nicht die Möglichkeit, es am Feind zu messen. Aber ich kann versichern, es sind Fortschritte zu sehen. Die Männer trainieren pausenlos.«

»Keine Möglichkeit, es zu messen, hm?«, sagte Leor nachdenklich und wandte den Blick wieder zu Sorum. »Vielleicht sollten wir uns doch mal in Hanta umsehen und versuchen, ein paar Nordmänner gefangen zu nehmen.«

Sorum unterbrach die Notiz, die er mit einer Metallfeder auf sein Papier kritzelte, und blickte hoch. »Eure Hoheit? Wollt Ihr das Risiko wirklich eingehen und eine Mauer niederreißen, die einen Krieg in Gang setzen könnte, auf den wir nicht eingestellt sind? Fast all Eure Truppen sind im Resto Gebirge stationiert.«

»Ist ja nicht so, dass wir nichts dagegen tun könnten«, warf Wolfer ein. »Wir können einen Trupp nach Hanta schicken.«

»Und dann was?«, gab Sorum zurück.

Leor verzog genervt das Gesicht und lehnte den Kopf zurück. Während er die dunkle Holzdecke und ihre weißen, floralen Muster betrachtete, blendete er völlig aus, was Sorum und Wolfer sich wechselseitig an den Kopf warfen.

Ich will hier raus!

Langsam kippte er den Kopf wieder nach vorn, warf einen Blick auf das Papier vor sich und verschaffte sich einen kurzen Überblick darüber, was sonst noch auf der Liste stand. *Verhandlung mit Nordmännern. Gefangenenaustausch. Reduzierung der Steuern. Und der letzte Punkt: Flüchtlinge.*

»Es gibt Flüchtlinge?«, fragte er und runzelte die Stirn.

Der Streit unter den Beratern verstummte und alle schauten zu Leor.

»Eure Hoheit«, meinte Rodig vorsichtig. »Vielleicht gehen wir besser der Reihe nach?«

»Meine Antwort zu allen drei Punkten: nein«, sagte Leor klar und deutlich. »Also, was hat es mit den Flüchtlingen auf sich?«

»Na ja«, meinte Wolfer, »es gibt viele Menschen, die vor den Nordmännern fliehen konnten. Täglich kommen bis zu fünfzig Leute über den Pass. Wir haben nicht die Infrastruktur und auch nicht die Vorräte, uns um sie zu kümmern. Und Saaga wehrt sich dagegen, die Menschen aufzunehmen.«

»Und wo sind die Menschen?«, wollte er wissen, wobei sein besorgter Ton ein wenig zu aufgesetzt wirkte.

»Sie haben ihre Lager um Saaga herum aufgebaut«, erklärte Rodig. »Es herrschen dort Zustände wie vor hundertfünfzig

Jahren. Wir brauchen Eure Genehmigung, dort durchzugreifen und für Ordnung zu sorgen.«

Leor zuckte es in den Fingern. »Für Ordnung zu sorgen?«, fragte er irritiert. »Räumt dort gefälligst auf! Ich will kein Armenviertel um Saaga herum. Reicht ja schon, dass die Stadt im Zentrum verwüstet wurde. Alle Männer, die über zwölf Jahre alt sind, bringt Ihr zurück ins Resto Gebirge. Bildet sie aus oder gebt ihnen sonst irgendeine Arbeit. Und die Frauen …«

»Es sind viele Frauen mit kleinen Kindern«, erklärte Rodig.

»Bringt sie nach Kravon.« Kinder waren schließlich formbar. Würde er sie gut behandeln, war ihm ihre Treue bis an sein Lebensende sicher.

»Und wohin sollen wir sie bringen?«, fragte Sorum irritiert. »Etwa in den Palast?«

»Macht im Roten Viertel ein paar Häuser frei. Die Huren können ihre Arbeit auch zu Hause fortführen, wenn es denn sein muss.«

»Sehr wohl«, meinte Sorum und machte sich pflichtbewusst eine Notiz.

Leor verzehrte sich nach einem Mädchen. Als er sich erhob und den Umhang richtete, blickten die drei Berater überrascht auf.

»Wo wollt Ihr hin?«, fragte Rodig. »Was ist mit Hanta?«

»Und wer nimmt die Rolle der Magierin bei den Festivitäten ein?«, wollte Sorum wissen.

»Keine Gefangenen in Hanta«, sagte Leor, »und findet Euch damit ab, dass die Magierin momentan nicht zugegen ist.« Dann ging er um den Tisch herum und verließ das Besprechungszimmer. Er folgte der Veranda um den Innenhof und ging durch den offenen Durchgang in den Garten zu den Mädchen.

92

Die Luft glich einer schweren Masse, die im Palmenhain zwischen den Stämmen klebte und stillstand. Nur mit einer leichten Leinenhose und Stiefeln bekleidet, stieß sich Sam an einem Stamm ab und sprang mit einem Überschlag über ein Hindernis, das in Form eines Netzes zwischen zwei Palmen hing. Er landete sicher auf beiden Beinen, machte sofort eine halbe Umdrehung und schob den linken Fuß nach hinten, sodass der trockene Boden zu Staub aufgewirbelt wurde. Außer Atem blickte er zurück und hielt Ausschau nach möglichen Geschossen, während er sich mit dem salzigen Sand die Hände trocknete.

Mit seinem geschärften Rabengehör vernahm er plötzlich ein Schwirren. Es kam von der Seite. Instinktiv stieß er die Hand in die Richtung, aus der das Geräusch kam, und schlug seine Energie dagegen. Es war eine Handvoll Steine, die er gerade noch rechtzeitig umlenkte, sodass sie durch das Netz zurück in den Palmenhain flogen. Hinter sich hörte er bereits wieder ein Geräusch. Dieses Mal war es ein einziger Stein, der die Größe einer Faust hatte. Noch während er sich umdrehte, wusste er, dass er zu spät war. Er schlug mit der Hand dagegen, als wollte er einen Ball zurück über das Netz befördern, doch der Stein war bereits vorbei und traf ihn mit voller Wucht an der Schulter, sodass er rückwärts zu Boden fiel.

Während er liegen blieb, die Zähne zusammenbiss und wartete, bis der Schmerz verschwand, spitzte er die Ohren. Er hörte ihn, seine Schritte und wie der Sand leise unter seinen Stiefeln knirschte. Dabei hörte er auch, wie weitere Steine auf ihn zuschossen. Es war höchste Zeit, von hier zu verschwinden. Er drehte sich zur Seite und sprang hoch. Gleichzeitig kamen die Steine von beiden Seiten, sodass er die Arme kreuzte und sie mit Energieschüben wegschlug. Er rannte zwischen zwei Palmen hindurch, stieß sich an einer ab und drehte sich blitzschnell um.

Nun rannte er in die Richtung, aus der er das Schwirren und das Knirschen des Sandes hörte. Er fing eine Handvoll Kiesel ab und lenkte ihren Weg um, sodass sie schräg vor ihm weiterflogen und gegen einen Stamm prallten. Daraufhin passte er den Stein ab, der Richtung Stamm ging. Er lenkte den Stein um und schlug ihn dorthin zurück, wo er hergekommen war. In dem Moment entdeckte er Yarik.

Auch Yarik hatte offenbar nicht damit gerechnet, auf ihn zu treffen, was sich in seinem überraschten Gesicht zeigte. Doch der Windmagier reagierte sofort, zog mit seinen Kräften ein paar Steine aus dem Boden und schleuderte sie nacheinander in seine Richtung. Sam versuchte, sie umzulenken, doch da sie gestaffelt kamen, musste er dies abwechselnd über beide Hände machen, was ihn im Rennen behinderte. Also sprang er hoch und machte mit beiden Armen gleichzeitig eine peitschende Bewegung. Es war der Versuch, die Energie in einer Welle abzuschießen, um vielleicht so die Steine wegzuschleudern, doch stattdessen spürte er plötzlich, wie sich diese Kraft um Yarik legte. Plötzlich war es ihm möglich, dem Magier so einen starken Stoß zu versetzen, dass dieser fünf Schritte zurück gegen eine Palme geschleudert wurde.

Sam erschrak so sehr darüber, dass er die Steine ganz vergaß, die wie kleine Projektile gegen seine Brust schossen und kleine Wunden hinterließen, die jedoch gleich wieder verheilten. Sofort rannte er zu Yarik. Der Schlag gegen den Stamm war offenbar so stark gewesen, dass es ihm für einen Moment den Atem verschlagen hatte.

»Gehts dir gut?«, fragte Sam und kniete neben ihm nieder.

Yarik hustete und richtete sich lachend auf. »Was war das denn?«

»Tut mir leid.«

Der Magier stand auf und drückte das Kreuz durch. Anders als Sam trug er noch immer eine cremefarbene Tunika, die völlig durchgeschwitzt war. »Das könnte dein Leben retten«, sagte er und klopfte Sam auf die Schulter.

»Ich bin unsterblich«, sagte Sam beiläufig und wischte sich den Schweiß aus dem Gesicht.

»Ja, aber wer weiß, wozu Vinna fähig ist. Den Gedächtniszauber bei Marasco hatte sie nicht vorbereitet. Sie reagierte in der Situation blitzschnell und war fähig, ihn auszusprechen. Das ist eine große Gabe. Ich kenne sonst keinen Magier, der dazu fähig ist.«

»Ich verstehe nicht ganz.«

»Wenn ein Magier einen Zauber aussprechen will, benötigt er verschiedene Dinge. Er braucht eine genaue Vorstellung von dem, was der Zauber bewirken soll. Das Ziel muss klar ausformuliert sein, sonst lassen sich für den Zauberspruch keine klaren Worte finden. Dann hängt es von den gewählten Worten ab. Ein falsch gewähltes Wort kann zu ungeahnten Abweichungen führen. Und zu guter Letzt muss der Magier eine große Menge Energie aufwenden, um den Zauber in die Tat umzusetzen. Das ist kräftezehrend. Ich habe Magier gekannt, die nach einem Zauber einen Monat Erholungszeit brauchten, um ihren Speicher wieder aufzuladen. Vinna ist vom Feuerstamm. Ihre Energie ist eine Flamme, die unaufhörlich in ihr brennt. Du wirst sie nicht besiegen, indem du ihr unaufhörlich zusetzt und hoffst, dass sie irgendwann müde wird.«

»Ich habe bereits eine Idee, wie ich sie bekämpfen kann.«

»Das ist gut.« Yarik deutete ihm an, mit ihm zum See zu gehen. »Sie wird wissen wollen, wer ihr Gegner ist. Wenn es dir gelingt, auf die Schwarzen Schatten verschiedener Krieger zurückzugreifen, könntest du das zu deinem Vorteil nutzen. Sorg dafür, dass sie in deinen Angriffen kein Muster erkennen kann.«

»Ich verstehe noch immer nicht, warum ihr euch nicht gegenseitig töten könnt?«, fragte Sam. »Ihr lebt zwar ein langes Leben, seid aber dennoch menschliche Wesen.«

»Das geht auf den Kodex zurück. Die Magier waren in mehrere Kriege verwickelt. Ganze Armeen von ihnen kämpften gegeneinander. Dabei waren es nicht einmal ihre eigenen Kriege. Am Ende waren nur noch wenige übrig, und auf der Welt herrschte das Chaos. Erst da wurde den Magiern klar, dass sie für das Gleichgewicht in der Natur zuständig waren. Um die Balance wiederherzustellen, verfassten die Ältesten einen Kodex, der die

Gesetze des Gleichgewichts zwischen den Elementmagiern und den Materiemagiern festhielt.«

»Element und Materie?«, fragte Sam, als sie das Ufer erreichten. Sie zogen beide die Schuhe aus und wateten samt Kleidern ins Wasser.

»Elementmagier wie Mai, Vinna oder ich, die Wasser, Erde, Feuer und Luft beherrschen«, erklärte Yarik. »Und die Materiemagier, die Fähigkeiten haben, die am ehesten mit den vielen verschiedenen Sumentrieben vergleichbar sind.«

»Ich glaube, ich habe eine Materiemagierin in meinen Visionen gesehen. Sie hat Licht erschaffen.«

»Ja, das war bestimmt eine. Ich persönlich habe ein ziemlich gespaltenes Verhältnis zu ihnen, aber Vinna hatte keinen Unterschied gemacht und eine ganze Gilde um sich geschart.«

»Und nur wegen der Balance könnt ihr euch gegenseitig nicht mehr töten?«

»Der Kodex ist wie ein Siegel, das uns die Fähigkeit genommen hat, uns gegenseitig zu töten. Es gibt nur einen einzigen Magier, der dazu fähig ist. Aber das ist gut so.«

»Ich weiß nicht. Schließlich versklavt ihr andere und lasst sie die Drecksarbeit verrichten«, murrte Sam. Er wusste, dass Yarik darauf nicht eingehen würde, also tauchte er unter. Eine Weile lag er im Wasser und betrachtete die Palmen über sich. Als die Sonne zwischen den Palmwedeln hindurchschien und ihn blendete, hielt er eine Hand hoch, um sich davor zu schützen. Seine Haut war mittlerweile so gebräunt, dass die weißen Narben aussahen, als wären sie aufgemalt.

Er breitete die Arme aus und ließ sich im Wasser treiben. Irgendwie mochte er die Vorstellung, sich gegenseitig nicht zu töten. Doch für ihn war dies bloß ein Gedankenspiel. Es brachte ihn an die Grenze seiner Vorstellungskraft, also tat er es als Wunschtraum ab. Denn in der Welt, in der er lebte, gab es ohne das Töten kein Vorankommen. Nicht zu töten, bedeutete für ihn Stillstand.

Es hatte eine Weile gedauert, bis er sich damit abgefunden hatte, zurück in der Orose zu sein. Doch nun stand seine Abreise bevor. Gern hätte er sich noch ein paar Tage mehr Zeit genommen, um das, was Haru ihm über die Geister beigebracht hatte, zu verinnerlichen. Aber die Zeit drängte. Wie Mai von Händlern erfahren konnte, hatten die Paha den Norden Aryons mittlerweile ausgeschlachtet und bereiteten sich auf die Reise über das Resto Gebirge vor. Es überraschte ihn selbst, wie ruhig er geblieben war, als er davon erfuhr. Doch seitdem er sich mit Harus Hilfe den Schwarzen Schatten angenähert hatte und Ruhe in der Meditation fand, hatte sich sein Gefühl für Raum und Zeit verändert.

Je geordneter sein Geist wurde, umso mehr hatte er sich von seiner Ungeduld entfernt und die Fähigkeit gewonnen, sich dem Wesentlichen zuzuwenden. Tag und Nacht hatte er auf dem Dach unter dem Sonnensegel die Bewegungsabläufe geübt, die Haru ihm gezeigt hatte, und seine Kräfte gesammelt. Die meditativen Übungen hatten Ordnung in seine vom Chaos beherrschten Gedanken gebracht.

Je länger er die meditativen Bewegungen übte und verinnerlichte, umso mehr Energie war er fähig, zu mobilisieren. Während er nach seiner Rückkehr in die Orose nicht wusste, wo ihm der Kopf stand und er an nichts anderes denken konnte als daran, Vinna zu töten und Marasco die Erinnerungen zurückzugeben, brachten die Übungen Klarheit und seine Prioritäten ordneten sich neu.

Um Marasco zu retten, würde er zuerst Vinna töten müssen. Erst mit ihrem Tod war Marascos Fluch endgültig gebrochen. Vorher hatte es gar keinen Sinn, ihm die Erinnerungen zurückzugeben.

Neben der Klarheit über seine Aufgaben hatte er auch die wahre Form seiner Kräfte erkannt. Sie waren wie die Verbindung von Himmel und Erde; dem fliegenden Raben und dem jungen Trieb des Sumen, und im Zentrum der Seher mit der dunklen See der Schwarzen Schatten.

Es war Sam schwergefallen, die Möglichkeiten, die er durch diese drei Stränge hatte, zu erforschen und herauszufinden, wozu er tatsächlich fähig war, denn sobald er erkannt hatte, wie er mit Hilfe der Schatten auf andere Fähigkeiten zugreifen konnte, ergaben sich plötzlich unzählige neue Möglichkeiten. Immer wieder war er in die Meditation eingetaucht und in den fremden Erinnerungen geschwommen, die er berührt und gespeichert hatte. Indem er sich mit ihnen vertraut machte, legte sich seine Furcht vor ihnen.

Doch es gab einen Schatten, den er nicht kontrollieren konnte, und das war Marascos. Nicht nur in der Schenke während des Sandsturmes, als ihn die Händler Kaname schimpften und Marascos Schatten seinen Körper übernommen hatte, um einen Mann zu verprügeln, sondern auch während des Kampftrainings war er plötzlich aufgetaucht und hatte die Kontrolle übernommen. Es waren jedes Mal Momente gewesen, in denen Sam froh darum war, dass Marasco einschritt. Das Vertrauen in Marascos Schatten stärkte auch das in die anderen, was ihm dabei half, seinen Energiehaushalt noch besser zu kontrollieren.

»Und du willst wirklich heute Abend los?«, fragte Yarik, der bereits wieder am Ufer saß und sich die Haare zurückstrich.

Sam kehrte ebenfalls ans Ufer zurück und blieb im knietiefen Wasser stehen. »Was willst du hören, damit du mir endlich verrätst, wo Vinna steckt?«

»Ich kann dich nicht mehr länger zurückhalten«, sagte Yarik und stand auf. »Du hast deine Kräfte im Griff, aber sei dennoch vorsichtig.«

»Kommst du nicht mit?«

»Nein, ich muss mich um etwas anderes kümmern.«

»Und Marasco? Und Leor?«

Yarik lachte. »Wo ist dein überschäumendes Selbstbewusstsein hin, das du bei deiner Rückkehr in die Orose an den Tag gelegt hast?«

»Hast du mir ausgetrieben.«

Sanft legte Yarik die Hand auf seine Stirn und atmete tief ein. Als er wieder ausatmete, wurde Sams Kopf schwer und er war geblendet von einem weißen Licht. In Sekundenschnelle überflog er die weiße Wüste Richtung Süden, überquerte das Kowali Delta im Westen, das Kolani und Aryon trennte, und flog an der felsigen Küste entlang. Die Reise endete bei einem kleinen

Fischerdorf auf einem Bootssteg. Die Ebbe hatte die kleinen Fischerboote auflaufen lassen, Möwen schrien und ein starker Wind zog herein. Da nahm Yarik die Hand wieder runter. Sam zuckte erschrocken zusammen und strich sich über die heiße Stirn. Das helle Licht hatte ihn so geblendet, dass ihm selbst die gleißende Nachmittagssonne dumpf erschien.

»Du schaffst das schon, Sam«, sagte Yarik und nickte ihm aufmunternd zu.

»Wann sehen wir uns wieder?«

»Ich werde euch finden.« Dann drehte Yarik sich um und verschwand im Wind.

93

Sam stand im Zelt vor der Holzkommode und betrachtete die schwarze Kleidung, die Mai für ihn bereitgelegt hatte. Da seine nach dem Chaos in Saaga an mehreren Stellen verbrannt und zerrissen war, hatte Mai alles entsorgt. Irgendwie war Sam froh, denn in den letzten Monaten hatte er sich an die leichten Stoffe der Orose gewöhnt. All seine Übungen hatte er darin gemacht. Somit kam ihm das vertraute Gefühl entgegen. Doch dort, wo er hinflog, würde ihn die Kleidung nicht warm halten, darum hatte Mai ihm noch einen schwarzen Mantel besorgt. Als Sam hineinschlüpfte, fühlte er sich wie ein Panzer an. Es war lange her, dass er ein solches Gewicht getragen hatte. Missmutig trat Sam zum Mittelpfosten und betrachtete die Waffen, Marascos Schwerter und sein Messer, die Mai dort an einem Haken aufgehängt hatte. Als er das Beinholster anlegte, erkannte er auch, weshalb die Hose so ungewohnt eng war. Mit einer herkömmlichen weiten Hose, wie sie in der Orose getragen wurde, hätte er nur unnötig viel Stoff unter das Holster raffen müssen. Schließlich nahm er den Gürtel mit Marascos Waffen und band ihn sich um. Als er die Schwerter das erste Mal in den Händen gehalten hatte, damals im Resto Gebirge in Leors Zelt, überraschte ihn ihr geringes Gewicht. Nun hatte er das Gefühl, dass ihn ihr Gewicht erst recht aus der Balance brachte.

Vielleicht hätte ich sie öfter tragen sollen, um ein Gefühl für sie zu entwickeln.

Da waren sie wieder, seine Selbstzweifel, die er seit seiner Kindheit mit sich herumtrug. Doch er war nicht mehr derselbe schwache Junge aus Pahann. Er hatte Kräfte, die er sich nie erträumt hätte und von denen er selbst noch immer überwältigt war.

Er zog ein Schwert aus der Scheide und hielt es hoch. Dann ließ er langsam die Energie durch den Arm in seine Hand fließen. Ein leichtes Kribbeln fuhr durch seine Adern und wurde wärmer.

Schließlich löste er seinen Griff und ließ das Schwert in der Luft schweben. Indem er die Hand leicht drehte, bewegte er die Klinge in die Horizontale. Er hatte gelernt, die Energie zu kontrollieren. Während für seine Seherkräfte und den Sumentrieb, der sich von Erinnerungen nährte, der direkte Kontakt zu anderen Menschen unvermeidlich war, hatte er es geschafft, die durch die Erinnerungen gewonnene Energie aus den Schwarzen Schatten herauszuziehen, zu kanalisieren und sich so eine Waffe erschaffen, die auf Distanz noch viel effektiver war. Seine Schwächen im Kampf konnte er auf diese Weise wieder wettmachen.

Als er hinter sich ein Rascheln hörte und ein feiner Luftzug durch das Zelt zog, drehte er sich sofort um und schoss das Schwert durch den Raum. Es schlug im Pfosten neben dem Eingang ein, direkt auf Augenhöhe neben Mai. Ganz ruhig stand sie da, drehte den Kopf nur leicht und betrachtete das Schwert.

»Wie ich sehe, bist du bereit«, sagte sie, nickte höflich und verließ das Zelt wieder.

Sam folgte ihr, zog beim Vorbeigehen das Schwert aus dem Pfosten und steckte es zurück in die Scheide. Als er aus dem Zelt trat, zog ein warmer Wind über den Hof und wirbelte seine Haare auf. Die Sonne verschwand gerade hinter den westlichen Bergen und die Mädchen entzündeten die Fackeln. Mai stand auf einem Teppich neben der Feuerstelle und schaute Sam traurig an.

»Ich weiß, du hegst noch immer einen Groll, weil ich versucht habe, dich mit einem Zauber zu binden. Aber bitte, Sam. Hol ihn zurück.«

Sam hielt einen Moment inne und schaute sie an. Dieses Mal trug sie keine Farbe im Gesicht. Ihre schwarze Haut war makellos und das Weiß in ihren Augen glänzte wie Edelsteine. Zu wissen, dass Mai die Orose nicht verlassen konnte, ließ sie in einem ganz neuen Licht erscheinen, und er verspürte Mitleid für sie. Dennoch hatte sie recht. Sie mochte ihn mit unschuldigen Rehaugen anschauen, doch er wusste, sie war nicht so hilflos, wie sie sich gab. Wäre es ihr möglich gewesen, die Orose zu verlassen, wäre sie wahrscheinlich schon längst nach Kravon geeilt, um Marasco zu befreien. Dies allein war für ihn Grund genug, den Groll beiseitezuschieben und sich mit einem ehrerbietigen Nicken bei ihr zu verabschieden.

»Danke«, flüsterte sie erleichtert.

Sam rannte los, verwandelte sich nach fünf Schritten in einen Raben und flog über den Palmenhain und den See in die Stadt. Auf den Straßen herrschte bereits reger Betrieb. Die Händler richteten ihre Stände für den Nachtmarkt ein und vor den Schenken schürten die Wirte die Feuer und steckten die Fleisch- und Fischspieße um den Grill. Sam landete in einer Seitengasse und ging zu Fuß auf den Platz. Vor der Schenke, in die Haru ihn bestellt hatte, blieb er einen Moment stehen. Auf der Veranda war ein Kellner dabei, die Blechlampen anzuzünden. Ein Mann schob die Läden zur Seite und öffnete die Schenke über die ganze Veranda. Haru hatte ihm versichert, dass es kein Problem sein würde, wenn er sich in der Schenke blicken ließe. Nun stand der Laden offen und ihm blieb gar keine andere Wahl als einzutreten.

Im Inneren blieben ihm die verachtenden Blicke tatsächlich erspart. Viele Tische waren besetzt von Händlern, die von ihren Reisen zurückgekehrt waren und in der Schenke die Abrechnungen machten. Als er an ihnen vorbeiging, nickten ihm die Leute sogar höflich zu. Die Anerkennung, die sie ihm entgegenbrachten, war ihm unheimlich. Haru saß derweil auf einem Hocker am Tresen und beobachtete mit einem verschmitzten Lächeln, wie er sich auf ihn zubewegte. Sobald Sam an den Tresen trat, stellte der Wirt ihm auch schon einen großen Becher Wein hin.

»Was geht hier vor?«, fragte er irritiert.

Haru lachte und drückte ihm den Becher in die Hand. »Komm. Wir setzen uns auf die Veranda. Jetzt wo die Sonne weg ist.«

Auf der Veranda setzten sie sich auf zwei Stühle direkt am Geländer, wo sie Sicht über den ganzen Platz hatten. Sam legte ein Bein über das andere und trank einen großen Schluck.

»Einem Mann, der in den Krieg zieht, gebührt Respekt«, meinte Haru und prostete ihm zu.

»Ich handle nur aus eigenem Interesse«, erklärte Sam und prostete ihm nachträglich ebenfalls zu. »Dieser Krieg hat nichts Respektables, wofür es sich lohnt, den Kopf zu neigen.«

»Die Händler im Süden sagen, dass sich etwas zusammenbraut«, meinte Haru. »Seit Monaten hätten sie keine Schiffe mehr aus Trosst gesehen. Und sie sagen, sie wüssten aus sicheren Quellen, dass es Krieg geben wird. Du hast mir nicht alles gezeigt und mich wie ein kleines Kind vom Bösen ferngehalten.« Nachdenklich schüttelte Haru den Kopf und trank vom Wein. »Ich wollte dir meine Hilfe anbieten und mit dir mitkommen, doch wahrscheinlich wäre ich dir nur im Weg.«

»Haru. Ihr tut gut darin, euer Leben so weiterzuführen, wie ihr es bis jetzt getan habt. Bleibt in der Orose und bewahrt den Frieden. Hier seid ihr sicher. Die Welt da draußen verändert sich. Sie hat schon lange nichts mehr mit der euren gemein.«

Haru ließ den Kopf hängen und drehte den Becher zwischen seinen Händen.

»So oft haben wir zusammen getrunken«, sagte Sam. »So viel Zeit haben wir zusammen verbracht. Warum so betrübt?«

»Was ist er für dich?«, fragte Haru niedergeschlagen. »Warum willst du ihn um alles in der Welt retten? Die Welt würde sich auch ohne ihn weiterdrehen.«

Traurig dachte er an Marasco, der in Aryon in einer Zelle saß und nicht einmal wusste, dass er existierte. »Bis in alle Ewigkeit«, flüsterte Sam mit bebender Stimme. »Warum stellst du solche Fragen?«

»Du hast dir solche Mühe gegeben, mir die schöne Welt da draußen zu zeigen. Doch er kam nie darin vor. Ich habe ihn nur ein einziges Mal gesehen, als du deine Kräfte nicht kontrollieren konntest. Offenbar ist er nicht Teil dieser schönen Welt. Warum willst du ihn also zurück?«

»Es tut mir leid, dass ich dir nicht die Wahrheit gezeigt habe. Ich wollte dieser hässlichen und bösen Welt da draußen entkommen. Ich wollte frei sein und mein Wunsch wurde mir erfüllt. Doch alles war noch viel grausamer, als ich es mir erträumt hatte. Die Welt war verkommen und ich konnte ihr nicht entfliehen. Die Menschen sind verachtenswert, ekelhaft und abscheulich.

Die Verbindung, die ich zu Marasco hatte, wurde immer stärker und machte es mir unmöglich, mich all dem zu entziehen.

So groß sein Selbsthass und seine Verachtung für die Welt auch waren, so sehr er sich auch den Tod wünschte, tief in ihm spürte ich auch seinen Wunsch, all dem ein Ende zu setzen.

Als in Saaga die Sonne untergegangen war und er seine Erinnerungen verlor, fühlte es sich an, als hätte mir jemand die Flügel rausgerissen. Dieser Schmerz hat bis zum heutigen Tag angehalten.

Die schöne Welt da draußen existiert nicht. Nicht solange die Menschen versuchen, sie zu erobern. Marasco wusste das von Anfang an. Ich habe gelernt, die Schatten zu kontrollieren, doch der von Marasco ist der einzige, der mich kontrolliert hat. Du warst in Makom, als er mir eine Vision aufdrängte. Waaru hatte ihn zur Strafe endlos Schlagübungen machen lassen. Zwei Tage und zwei Nächte lang hielt Marasco der Tortur stand, bis er vor Schmerzen und Erschöpfung zusammenbrach. Sein Stolz war größer als dass er aufgegeben und vor Waaru Schwäche gezeigt hätte. Die Schmerzen waren kaum auszuhalten, als ich die Kontrolle über meinen Körper zurückhatte, doch ich verstand endlich, was es bedeutete, zu kämpfen. Er ist der Einzige, dem ich in diesem Kampf vertraue.«

»Dann wirst du den König töten?«, fragte Haru.

»Nein«, antwortete er lächelnd. »Leor gehört ihm.«

»Wenn ihr irgendwann in die Orose zurückkehrt, wäre es mir eine Ehre, ihn kennenzulernen.«

Er schaute Haru dankbar an und fragte sich, ob er ihn jemals wiedersehen würde. Von den sechs Monaten in der Orose verbrachte er vier mit Haru. Er war für ihn zu einem großen Bruder geworden. Sam war unglaublich dankbar, ihn getroffen zu haben. Der Gedanke, dass er ihn jemals vergessen könnte, jagte ihm plötzlich Angst ein. Bevor er von Gefühlen übermannt wurde, die er glaubte, nicht unter Kontrolle zu haben, stand er abrupt auf.

»Es ist Zeit«, sagte er und trank den Becher in einem Zug leer.

Verbittert schaute Haru ihn an. »Findest du den Weg?«

Sam nickte. »Yarik hat ihn mir gezeigt.«

Haru begleitete ihn durch die Schenke zum Hinterausgang, wo sie in einen dunklen Hof gelangten.

»Hier«, sagte Haru und legte ihm seinen weißen Turban um den Hals. »Nimm ihn als Andenken.«

»Ich stehe in deiner Schuld«, sagte Sam und verbeugte sich. Dann schaute er Haru eine Weile an. Als ein sanftes Lächeln über Harus Gesicht huschte und er leicht nickte, rannte Sam an ihm vorbei und flog davon. Jede Minute, die er länger geblieben wäre, hätte den Abschied noch schwerer gemacht.

94

Sam flog Richtung Südwesten. Eine Strecke, die er zuvor noch nie geflogen war, doch dank Yarik in seinem Kopf gespeichert hatte. Die Orose schien endlos, als er im Licht des zunehmenden Mondes über die Salzwüste flog. Erst kurz vor Morgengrauen passierte er den Südzipfel des westlichen Gebirges. Die scharfkantigen Gipfel ragten wie Messer in den Sternenhimmel. Der vom dahinter liegenden Meer kommende Wind schnitt sich an deren Kanten und stob hinunter in die Ebene, sodass er seine Flughöhe nicht halten konnte und näher zum Boden gedrückt wurde.

Bei Dämmerung gelangte er an die Mündung des Flusses, der Kolani und Aryon voneinander trennte. Die See war stürmisch und es herrschte hoher Wellengang. Gischt spritzte ihm ins Gesicht und ein starker Wind wirbelte seine Haare auf, als er auf einer Klippe stand und hinaus aufs Wasser blickte. Nicht einmal die raue See vermochte ihn nach den sechs Monaten, die er in der Salzwüste verbracht hatte, mehr zu beeindrucken als die Tölpel, Pelikane und Möwen. Mit beiden Händen strich er sich die Haare zurück, hielt einen Moment inne und lachte laut heraus.

Übermütig schloss er sich den Tölpeln an, um aus nächster Nähe zu sehen, wie sie ins Wasser eintauchten und mit einem Fisch zurück an die Oberfläche schossen. Dann folgte er ihnen zu den Klippen, wo sie ihre Nester gebaut hatten und ihre Jungen fütterten. Er jagte einem Pelikan hinterher, der im Flug seinen Schnabel eintauchte, mit Wasser und Fischen füllte, und folgte ihm aufs Watt, wo die Möwen nach Krebsen schnappten.

Sams Hunger war zurück und er holte gierig das nach, was ihm in der Orose verwehrt geblieben war. Dabei nutzte er die Gelegenheit und übte sich in all den unterschiedlichen Techniken, die er sich während der Zeit in der Orose ausgedacht hatte, als er glaubte, den Verstand zu verlieren. Unersättlich jagte er alles, was zwei Flügel hatte. Doch alle Vögel dieser Küste wären nicht genug gewesen, um seinen Hunger zu stillen, sodass er sich schließlich wieder auf seine Aufgabe besann und zur Vernunft kam.

Er kauerte auf einem Felsen direkt am Wasser, strich sich die von der Gischt nassen Haare zurück und atmete tief durch. Er musste sich konzentrieren und seine Gefühle und Emotionen im Zaum halten. Schließlich war er auf dem Weg zur Magierin.

Das Geschnatter, Kreischen und Schreien der Vögel verschwand im Hintergrund, als er über das Delta und entlang der felsigen Küste Richtung Süden flog. Es war Mittag, als sich am Horizont dunkle Wolken auftürmten und der Wind zunahm. Die Wogen gingen höher und die Wasseroberfläche kräuselte sich. Weißer Schaum klatschte gegen die scharfen Klippen. Immer wieder kamen Windböen auf, die Sam zur Seite drängten. Er wehrte sich nicht dagegen, schließlich wollte er alle Kräfte sparen, die er im Kampf gegen die Magierin brauchen würde.

Immer wieder rief er sich in Erinnerung, was Haru und Yarik gesagt hatten.

Du hast lange genug geübt. Du weißt, was du tun musst.

Und dann ermahnte er sich: *Unterschätze sie nicht.*

Bereits aus der Ferne erkannte er das Fischerdorf, das Yarik ihm gezeigt hatte. Zwei massive Wälle schützten den fächerförmigen Hafen, der nur durch eine kleine Öffnung mit den Booten zugänglich war. Die Ebbe hatte ein paar Boote auflaufen lassen. Etwa zwanzig schwammen noch im Wasser, wobei sich die dicken Taue über die grauen Bollensteine spannten. Die Straße lag erhöht entlang des Hafens und direkt angrenzend säumten sich kleine Steinhäuschen mit roten Ziegeldächern. Sam flog eine Schleife über das kleine Dorf, das am Hang lag, von Wald umgeben war und nur ein paar Hundert Häuser zählte. Steile Felswände erhoben sich um die kleine Bucht herum und schnitten das Dorf fast komplett vom Rest Aryons ab. Einzig ein kleiner Zugangsweg, der die Küste entlang Richtung Süden führte, machte das Dorf bei Ebbe zugänglich.

Es war ruhig. Auf der Straße, die um den Hafen führte, waren vereinzelt Händler zu sehen, die ihre Esel bepackten. Der Markt war vorbei und da das Wetter umschlug, waren die meisten auf dem Weg nach Hause. Möwen saßen auf dem Schutzwall und ein paar von ihnen segelten im Wind über dem geschützten Hafen. Sam landete auf der Straße, verwandelte sich und ignorierte die verwunderten Blicke. Wind wirbelte seine feuchten Haare auf und sein Mantel, der von der morgendlichen Jagd an manchen Stellen noch immer nass war, flatterte und gab peitschende Geräusche von sich.

Und nun?, dachte er. *Wo ist Vinna? Wo würde sich eine Magierin aufhalten?*

Die Stille machte ihn misstrauisch und indem er summte, hielt er seine Nervosität im Zaum. Ein Lied aus seiner Kindheit schwirrte ihm plötzlich durch den Kopf.

Versteck dich doch, wir finden dich. Komm raus, komm raus, ergebe dich.

Das letzte Mal, als er dieses Lied gehört hatte, versteckte er sich vor Calen und Torjn. Die einfache Melodie hatte sich in ihm eingebrannt und war zu einem Symbol der Bedrohung geworden, der er tagtäglich versucht hatte zu entkommen. Doch so gut er sich auch versteckt hatte, er wurde immer wieder gefunden und verprügelt.

»Komm raus, komm raus«, murmelte er leise und ließ seinen geschärften Blick die Häuserreihe entlang schweifen. »Versteck dich doch, ich finde dich.«

Mittlerweile waren auch die letzten Händler mit ihren Eseln von der Hafenstraße verschwunden. Ein paar Häuser weiter gab es eine Schenke. Das Schild über dem Eingang baumelte im Wind hin und her und knarrte. Aus dem Innern drang das Lachen von Männern.

»Komm raus, Hexe!«, schrie er plötzlich und ging ein paar Schritte die Straße entlang. Auch wenn sie seine Anwesenheit nicht spürte, so war er sich sicher, dass sie ihn hören konnte.

Die ersten Tropfen fielen auf seinen Kopf und er zog die Kapuze hoch. Als er sich wieder umdrehte, stand etwa zehn Schritte von ihm entfernt Vinna. Sie trug schwarze Stiefel, ein knielanges, dunkelgrünes Kleid und um den Hals drei metallene Hörner mit schwarzen, eingravierten Mustern. Ihre roten Haare wehten wie Flammen im Wind und sie schaute ihn mit eisiger Miene an.

»Nenn mich nicht Hexe! Ich bin Magierin!« Dann kniff sie misstrauisch die Augen zusammen. »Du bist also zurückgekehrt. Was bist du? Warum kann ich deine Gedanken nicht lesen?«

»Ich bin Sam«, sagte er und verbeugte sich höflich.

»Spar dir das. Dein Schal und deine Kleidung verraten, woher du kommst. Mein Bruder scheint noch immer nicht aufgeben zu wollen. Und da schickt er dich, einen Jüngling, um es mit mir aufzunehmen! Hat dir die Lektion in Saaga nicht gereicht? Oder stehst du so sehr unter seiner Knute, dass du dich nicht getraut hast, ihm zu widersprechen?«

»Ich kämpfe nicht für deinen Bruder«, antwortete Sam und schoss sogleich einen Energiestoß nach ihr.

Er war nicht stark und sollte lediglich dazu dienen, Vinna zu verstehen zu geben, dass er es ernst meinte. Nachdem was er von Yarik über sie gehört hatte, wollte sie wissen, mit wem sie es zu tun hatte. Darum betrachtete er es als beste Strategie, in die Offensive zu gehen, um auf alles gefasst zu sein, das sie ihm entgegenbrachte.

Obwohl Vinna den halbherzigen Angriff rechtzeitig abwehren konnte, war sie dennoch überrascht. »Du meinst es ernst«, sagte sie und breitete die Arme aus. Blitze flackerten um sie herum auf, schlugen von ihren Händen aus Richtung Himmel und in den Boden.

Sam spürte, wie die Erde unter ihm ob des elektrischen Einschlags erbebte. Vinna war die Magierin des Feuerstammes. Und um Feuer zu schaffen, bediente sie sich offenbar der elektrischen Ladung im Himmel. Plötzlich stieß sie beide Arme in seine Richtung und ein Feuerball, so groß wie er selbst, raste auf ihn zu. Sofort sprang er zur Seite, rollte sich am Boden ab und brachte sich wieder in Stellung. Das Geschoss schlug an einer Backsteinmauer ein und hinterließ einen schwarzen Fleck auf der bröckelnden Wand.

»Du magst schnell sein, Junge, aber unterschätz mich nicht!«, drohte sie und holte zu einem weiteren Schlag aus.

Sam bündelte ebenfalls seine Energie. Mit der linken Hand leitete er ihren Feuerball gegen eine Mauer und setzte mit der rechten sogleich nach. Vinna drehte sich rechtzeitig zur Seite, um dem Angriff auszuweichen. An der Art, wie er ihren Feuerball abgewehrt hatte, wusste sie, dass dieser Schlag um einiges stärker war als der erste. In ihrer Umdrehung schoss sie einen Blitz in den Boden, der sich durch die Straße auf ihn zubewegte und ihn von unten erfasste. Er bekam einen Schlag ins rechte Bein, der ihn von der Straße weg auf das von der Ebbe frei gelegte Bollensteinufer schleuderte, und landete unkontrolliert auf der Schulter. Ein stechender Schmerz schoss ihm durch den Rücken, gefolgt von dem wärmenden Gefühl seiner Regenerationskräfte. Sofort sprang er zurück auf die Füße und drehte sich zur Magierin um.

Diese verfluchten Blitze. Die haben mich das letzte Mal fast gegrillt. Ich muss mich in Acht nehmen.

Vinna stand noch immer oben auf der Straße und schaute zu ihm hinunter. Zwei Männer traten aus der Schenke. Sie hatten den Lärm gehört und waren herausgekommen, um zu sehen, was vor sich ging.

Lass dich von niemandem ablenken, hatte Yarik gesagt. *Vinna wird das zu ihrem Vorteil nutzen. Nimm keine Rücksicht!*

»Du tust mir leid«, sagte Vinna mit einem fiesen Grinsen im Gesicht. »Die ganze Vorbereitung – ich gehe mal davon aus, dass du dich vorbereitet hast – für nichts!« Sie schnippte mit dem Finger und ihr Blick verdüsterte sich. »Dein Kampf ist nun vorbei.«

Ein unheilvolles Heulen zog von den Felsen auf das Dorf herunter, als ob hunderte Hörner gleichzeitig geblasen würden. Es war ein tiefer Ton, der langsam anstieg und immer lauter wurde. Wie damals, als Sam über der Orose seine Kreise geflogen war und plötzlich von den Geistern überfallen wurde, konnte er spüren, dass es sich auch hier um Geister handelte, die von Vinna gerufen wurden.

Sam stellte sich breitbeinig hin und machte sich auf den Aufprall gefasst. Dieses Mal wusste er, wie er sie sich vom Leib halten konnte, und atmete tief ein. Er breitete die Arme aus und errichtete in einem Umkreis von fünf Schritten eine Barriere, welche es den Geistern unmöglich machte, zu passieren. Gerade noch rechtzeitig, wie sich herausstellte, denn als die Barriere errichtet war, konnte er spüren, wie die Geister dagegen prallten wie blinde Vögel gegen eine Scheibe.

»Wer ist das?«, wollte er von Vinna wissen. »Etwa die Geister der toten Magier? Bist du so verzweifelt, dass du nicht einmal den Toten außerhalb der Orose die Ruhe gönnst?«

Wütend schoss Vinna Blitze auf den Boden und sprang in einem Bogen herunter zu ihm auf die Bollensteine. Er bündelte seine Energie, zog mehrere faustgroße Steine hoch und schleuderte sie Vinna entgegen. Als er einen Schritt zurücktat, stolperte er fast über ein Tau. Er stützte sich auf einer Hand ab, sprang darüber hinweg und brachte sich erneut in Stellung, um die Blitze umzuleiten, die Vinna gegen ihn schoss. Weiter verteidigte er sich mit Steinen, die von ihr nicht nur Richtung Wasser, sondern auch zu den Häusern umgelenkt wurden und riesige Löcher in die Fassaden schlugen. Die Blitze und Feuerbälle, die er umlenkte, prallten entweder gegen die Hafenmauer oder fielen ins Wasser. Als er jedoch einen Feuerball abfing und zur Seite schoss, setzte er damit ein ganzes Boot in Brand. Er schleuderte es mit aller Kraft gegen Vinna. Die sprang im letzten Moment zur Seite und das brennende Boot zerschellte an der Hafenmauer. Überrascht betrachtete sie die brennenden Trümmer und warf ihm einen scharfen Blick zu.

»Du bist wohl stärker, als du vorgibst zu sein.«

»Halt dich bloß nicht zurück.«

Stundenlang hatte er darüber sinniert, welche die beste Strategie war, Vinna anzugreifen. Er wusste genau, auf welche Art er sie besiegen konnte, doch er wusste auch, dass er diese Kraft nicht einfach so mobilisieren konnte. Tatsächlich musste er erst an seine eigenen Grenzen kommen; das hatte ihn die Vision von Marasco gelehrt, nachdem er zwei Tage und zwei Nächte Schlagübungen gemacht hatte. Durch die Meditation hatte er zwar Zugang zu den Schwarzen Schatten gefunden, doch erst durch die Trainingskämpfe mit Yarik hatte er einen Weg gefunden, wie er sie sich zu Nutzen machen konnte.

Plötzlich wurde er von einem Blitz getroffen. Er schlug ihm wie ein Pfeil mitten in die Brust und schleuderte ihn mehrere Schritte zurück, dass er im knietiefen Wasser landete. Sam keuchte und fasste sich ans Herz. Ohne dass seine Kleidung verbrannt war, hatte er das Gefühl, es hätte ihm die Lunge zerfetzt. Langsam rappelte er sich wieder auf. Vinna stand noch immer neben den brennenden Bootstrümmern. Zu sehen, wie er sich aufrichtete, verdüsterte ihre Miene noch mehr.

Er wusste, er musste aus dem Wasser raus, denn würde er hier vom Blitz getroffen, konnte ihn dies zu viel Energie kosten. Er breitete die Arme aus und schleuderte ein Boot nach dem anderen in ihre Richtung. Dabei war es nicht seine Absicht, sie zu treffen. Er wollte einen Schutzwall errichten, der es ihm erlaubte, unbemerkt zurück auf die Straße zu fliegen. Der nächstgelegene Treppenaufgang war hinter Vinna und die anderen beiden waren zu weit entfernt. Während Vinna damit beschäftigt war, sich vor den zerschmetternden Booten zu schützen, flog er hinter dem letzten mit und sprang zurück auf die Straße. Noch bevor er nach seiner Verwandlung mit den Füßen den Boden berührte, schoss er gegen Vinna. Zu spät bemerkte sie seinen Seitenangriff und wurde gegen ein Boot geschleudert, das auf den Bollensteinen lag. Sam setzte ununterbrochen nach. Kurz bevor er das Boot mit seiner Kraft zertrümmerte, schaffte es Vinna aus der Schusslinie. Zu sehen, wie sie Blitze auf den Boden schoss und in einem Bogen zurück auf die Straße sprang, zauberte ihm ein Lächeln ins Gesicht.

»Was grinst du so dämlich?«, wollte Vinna wissen und trat ihm entgegen.

Sie versucht gelassen zu wirken, dachte er.

Vinna breitete die Arme aus und ging erneut in Angriffsposition. Plötzlich spürte er etwas am Schienbein. Erst fühlte es sich kalt an, doch dann bemerkte er, dass es eine Schnittwunde war. Zudem war seine Hose dieses Mal zerschnitten. Da bemerkte er bereits einen zweiten Schnitt am anderen Bein, dieses Mal am Oberschenkel. Und plötzlich waren sie am ganzen Körper. Manche waren nur oberflächlich, andere verursachten tiefe Wunden.

Jedes Mal erhielt er einen Schlag, was es ihm unmöglich machte, in Stellung zu gehen und Vinna anzugreifen. Zudem war sein Körper zu sehr mit der Wundheilung beschäftigt.
Ich muss hier raus!
Er flog auf ein Dach, kauerte auf der Traufe und spürte, wie es etwas länger dauerte, bis die Wunden heilten. Dennoch setzte er ein Lächeln auf. »Leor hat einen Krieg begonnen. Wie kommt es, dass du nicht an seiner Seite kämpfst?«
»Dieser undankbare Bengel! Er hat es nie verstanden, sich mit dem zufriedenzugeben, was er hat.«
»Als wäre es ein Geschenk gewesen!«
»Ich gab den Menschen eine Perspektive. Jemanden, der sie führt. Stell dich nicht dumm. Ich bin mir sicher, Yarik hat sich lang und breit darüber ausgelassen.«
Sie weiß also, dass Yarik dahintersteckt. Kein Wunder, so wie er sich in Saaga eingemischt hat.
»Ich dachte wirklich, ich müsste es verstehen. Bis mir irgendwann klar wurde, dass es nicht notwendig war, alles zu verstehen. Mir ist egal, ob die Menschen überleben oder sich gegenseitig töten. Mir ist auch egal, was mit mir geschieht. Alles, was ich will, ist Marasco. Mein Sinn für Gerechtigkeit sagt mir, dass es keine Rechtfertigung für das gibt, was du getan hast. Ob du nun Aris einen goldenen Kranz auf den Kopf gesetzt oder Marasco mit einem Erinnerungszauber außer Gefecht gesetzt hast. Nichts davon hat mit Gerechtigkeit zu tun.«
»Du kommst zu spät«, sagte Vinna und warf sich die Haare zurück. »Waarus verrückter Sohn sitzt im Loch von Kravon und ist jede Nacht damit beschäftigt, seine Wunden zu lecken. Selbst wenn Leor ein verwöhnter Bengel, ja sogar ein abartiger Sadist ist, tut er letztendlich das, woran ich vor achtzig Jahren gescheitert bin. Er hat keine Angst vor dem Norden. Selbst wenn er damit meine eigenen Regeln missachtet, tut er im Grunde das Richtige.«
»Hört, hört. Ich weiß, warum du dich hier in diesem Mauseloch versteckst, weit ab von allem Geschehen.«
»Gegen wen auch immer er in den Krieg zieht«, antwortete Vinna herablassend, »ich räume nicht seinen Dreck weg. Sollte

er dabei sterben, werde ich einen neuen König finden. Ich gebe nicht auf, was ich aufgebaut habe.«

Sam lachte laut heraus, doch Vinna vertrug keinen Spott. Mit glühenden Armen schaute sie ihn hasserfüllt an und torpedierte ihn wieder mit Blitzen. Doch dieses Mal war er darauf vorbereitet und setzte mit einem Energieschub dagegen, sodass die Blitze auf halbem Weg gegen eine unsichtbare Wand schmetterten.

»Ich weiß zwar nicht, was es mit euch Wurmfressern auf sich hat«, schrie sie erzürnt, »doch ich werde nicht zulassen, dass ihr das Königshaus stürzt. Waarus verrückten Sohn habe ich bereits beseitigt. Und du wagst es dennoch herzukommen?«

»Ich bin nicht wie Marasco. Er wollte den König töten. Ich bin hier, um dich zu töten.«

»Nur weil ich deine Gedanken nicht lesen kann, bedeutet das nicht, dass du mir überlegen bist!«

Mit einer Stichflamme ließ Vinna das Haus, auf dem er stand, in Flammen aufgehen. Er flog aufs Dach der Schenke, doch das hinderte Vinna nicht, ihn weiter mit Feuerbällen zu torpedieren. So gut er konnte, hielt er dagegen und hegte plötzlich Zweifel, ob er sie nicht doch unterschätzt hatte. Gerade als er davonfliegen wollte, brach unter ihm das brennende Dach ein und er wurde in die Tiefe gerissen. Es waren nicht viele Leute in der Schenke zugegen und so wie es aussah, wurde auch niemand verletzt. Sam sprang hinter den Tresen und drückte sich die blutenden Wunden am Schienbein ab. Trotz seiner Regenerationskräfte war er mittlerweile ziemlich außer Atem geraten. Die Männer in der Schenke waren völlig erstarrt. Selbst als plötzlich die Tür in Flammen aufging, aus ihren Angeln gerissen wurde und Vinna erschien, regte sich keiner von ihnen. Sam spürte ihre Anwesenheit und ihre Kraft auf die gleiche Weise, wie er Yarik während der Trainingseinheiten hatte wahrnehmen können.

Vinna war gerade dabei, die Schenke zu betreten, da stand er auf, breitete die Arme aus und schlug ihr alles entgegen, das nicht niet- und nagelfest war. Die Gäste duckten sich erschrocken, als Fässer, Stühle, Tische, Becher und Flaschen alle gleichzeitig Richtung Eingang schossen. Und als ob die Schwerkraft außer Gefecht gesetzt wäre, löste sich das eingebrochene Dach und schwebte über der Schenke. Noch immer brannten ein paar Balken. Und plötzlich schossen die Ziegel, Holz und Giebelsteine ebenfalls Richtung Eingang. Mittendrin flog er als Rabe mit.

Sobald er wieder draußen im Freien war, zog er hoch und überblickte den Hafen. Vinna hatte sich erneut aus seiner Schusslinie gebracht. Doch sie stand bereit und hatte ihn offenbar erwartet. Er flog blitzartig zu ihr hinunter, stürzte sich als Mensch auf sie, bevor sie ihn angreifen konnte, und riss sie zu Boden. Gerade als er ihr die Hände auflegen wollte, schleuderte sie ihn von sich. Sam prallte mit dem Rücken so stark gegen eine Hauswand, dass er spürte, wie sich die Rippen in seine Lunge rammten. Er ächzte und knickte ein.

»Das war zu leicht«, sagte Vinna und erschien in seinem Blickfeld.

Er versuchte, die Arme zu bewegen, doch ihm fehlte jegliche Kraft. Seine Brust fühlte sich an, als wäre sie von einem Boot erdrückt worden, und er hustete Blut.

»Wenn du ein Rabe bist, dann bist du unsterblich«, sagte Vinna und trat näher. »Aber ich habe Marasco besiegt, also werde ich auch dich besiegen.« Dabei streckte sie die Hand aus, schoss einen Blitz direkt auf seine Brust und sprach einen Zauber.

Sam schloss die Augen und tauchte ein in die See der Schwarzen Schatten. In dem Moment, wo er Torjns Schatten gefunden hatte, schlug ein Blitz in ihm ein, der sich heiß in seinen Adern ausbreitete, sich in jeder Zelle seines Körpers festsetzte und explodierte.

*

Dass der Zauber so effektiv sein würde, hatte Vinna selbst überrascht, als sie Sams Kleidung betrachtete und mit einer Hand das Blut aus ihrem Gesicht wischte. Jemanden in Luft aufzulösen war noch nie ihre Stärke gewesen; das war Yariks Spezialität. Dennoch war es ihr gelungen, den Zauber rechtzeitig auszusprechen. Angeekelt wandte sie sich ab. Das nächste Mal, wenn sie diesen Zauber aussprechen würde, würde sie auch die körperlichen Aspekte in Betracht ziehen. Sie stieg die Treppe hinunter zu den Bollensteinen und kauerte am Wasser nieder, wo sie sich die Hände und das Gesicht wusch.

Diese verfluchten Sumen. War nur eine Frage der Zeit. Aber auch wenn Leor ein verwöhnter Bengel ist, er ist mein verwöhnter Bengel. Und solange ich existiere, kann auch Kato ihm nichts anhaben und die Zukunft des Königshauses ist gesichert. O Yarik, mein geliebter Bruder, du hast den Kampf verloren.

Der Zauber hatte ihr fast alle Energie geraubt, die sie noch übrig gehabt hatte. Lange hätte sie den Kampf nicht mehr halten können. Sie atmete schwer und wartete darauf, dass sich ihr Puls wieder normalisierte und ihre Hände aufhörten zu zittern. Langsam ließ sie den Blick über die Bucht schweifen. Auf dem Wasser trieben nur noch fünf Boote, der Rest von ihnen lag zertrümmert auf dem freigelegten Ufer.

Dieser dumme Junge, dachte sie und trocknete die Hände an ihrem Rock. *Hat er tatsächlich geglaubt, er könnte mich besiegen?*

Plötzlich hielt sie inne. *Es war fast zu leicht gewesen.* Der Junge hatte sie angegriffen, als hätte er gewusst, dass dies sein Ende bedeutete. Kühn und rücksichtslos, gleichgültig gegenüber seinem ewigen Leben, so als hätte er gewusst, dass er diesen Kampf nicht überleben würde. Und dennoch hat er gekämpft. Gekämpft, als gäbe es kein Morgen. *Ja*, dachte sie und erhob sich, *es war zu leicht gewesen.*

Als sie sich umdrehte, stand etwa fünf Schritte von ihr entfernt Sam am Fuße der Treppe. Vinna erstarrte. Er machte einen vollkommen unverletzten Eindruck. Der schwarze Mantel und seine weizenfarbenen Locken wehten leicht im Wind. Die Blutflecken an Händen und Beinen waren verschwunden, selbst die Schnitte in der Hose waren weg. Er schaute sie mit einem erwartungsvollen Blick an. In seinen Augen blitzte eine Gier auf, die Vinna einen kalten Schauer über den Rücken sandte.

Sie schluckte schwer. Schließlich hatte sie sich gerade sein Blut aus dem Gesicht gewaschen. Wie konnte es also sein, dass er wieder vor ihr stand, wenn sie ihn doch gerade mit einem

Zauber in Luft aufgelöst hatte? Vorsichtig trat sie einen Schritt vom Wasser weg und ballte die Hände zu Fäusten. Für einen weiteren Zauber fehlte ihr die Kraft, doch für Blitze reichte es noch aus – schließlich verstand sie, dass sie hier nun um ihr Leben kämpfte.

Um ihre Sorge zu überdecken, ließ sie ihrer Wut freien Lauf. »Langsam wirst du lästig!«, schrie sie und schoss einen Blitz gegen ihn.

Sam schlug den Blitz weg, als wäre er bloß eine alte Fliege, die ihm in den Weg kam. Dann streckte er die Hand nach ihr aus und formte sie zu einer Kralle. Vinna wollte gerade einen weiteren Blitz schießen, als sie spürte, wie sich etwas an ihrer Kehle festklammerte. Es war wie eine unsichtbare Hand, die in ihren Hals eindrang und sie an der Gurgel packte. Doch es war nicht nur ihre Gurgel, die festgehalten wurde. Vinna spürte, wie sich etwas langsam in ihrem Körper ausbreitete, durch ihre Adern floss wie ein dünner Faden, der sich im Netz ihrer Blutbahn ausbreitete. Ihr Körper erstarrte und sie riss erschrocken die Augen auf.

»Was ist das?«, keuchte sie und ließ kraftlos die Arme fallen.

»Du weißt, dass es die Paha sind«, sagte Sam und krallte die Hand noch fester. »Wäre es nicht Kato selbst, der sie anführt, hättest du schon längst das Zepter in die Hand genommen und Kolani dem Königshaus unterworfen. Doch er hat dich das Fürchten gelehrt.«

»Was bist du?«, keuchte Vinna hilflos.

»Nur jemand, der sich seine Kräfte zu Nutzen macht«, sagte Sam in aller Ruhe. »Ich sagte doch, ich bin hier, um dich zu töten.«

Vinna schrie und wehrte sich mit letzten Kräften, da spürte sie plötzlich ein Ziehen. Sie verlor den Boden unter den Füßen und hing mit ausgestreckten Gliedern in der Luft. Der Zug wurde immer fester und ihre Haut brannte. Es fing im Gesicht an. Ihre Augen füllten sich mit Flüssigkeit. Eine Träne lief ihr über die Wange hinunter zum Mund, da schmeckte sie das Blut.

»Nein!«, schrie sie entsetzt. »Hör auf!«

Sam drehte die Hand ein bisschen und Vinna hatte das Gefühl, als ob ihr Herz und ihre Lungen wie ein nasses Tuch ausgequetscht würden. Ihre Stimme versagte. Die Haut an ihrem Körper fühlte sich an, als wäre die oberste Schicht weggeätzt worden. Sie glaubte, zu schwitzen, doch dann sah sie es. Es war kein Schweiß, sondern Blut, das ihr aus allen Poren gesogen wurde und sich in einer dünnen, roten Wolke um sie herum sammelte. Es drang durch ihr grünes Kleid hindurch und färbte es dunkel.

Sie fühlte sich immer matter, doch noch lebte sie. Mit Entsetzen schaute sie zu, wie sich das Blut vor ihrem Gesicht zu einem dünnen Strahl sammelte, langsam durch die Luft in Sams Richtung zog und ihm direkt in den Mund floss.

»Das ist meins!«, schrie sie mit letzten Kräften.

Sie verstand, solange Sam noch nicht all ihr Blut getrunken hatte, hatte sie die Chance zu kämpfen. Doch ihr Körper versteifte sich schon.

»Nein!«

Selbst aus ihrem Kleid zog er das Blut, und sie schaute mit Schrecken zu, wie der letzte Tropfen in seinem Mund verschwand. Alle Kräfte wichen aus ihrem Körper und sie verlor das Bewusstsein.

*

Sobald der letzte Tropfen von Vinnas Blut Sams Kehle hinuntergeflossen war, ließ er die leere Hülle der Feuermagierin zu Boden fallen und tauchte aus der See der Schwarzen Schatten zurück an die Oberfläche. Gleichzeitig überkam ihn eine Übelkeit, die ihn in die Knie zwang. Sein ganzer Körper wehrte sich gegen das viele Blut und es schüttelte ihn vor Ekel. Das klebrige Gefühl und der saure Nachgeschmack im Mund drückten ihm auf die Magennerven, dass er am liebsten alles wieder erbrochen hätte, doch Katos Fähigkeit musste bis zum Schluss ausgeführt werden oder Vinnas Körper hätte einen Weg gefunden, sich ihr Blut zurückzuholen. Sein Magen zog sich krampfhaft zusammen. Sam fiel zur Seite und krümmte sich, während er die Hände auf den Mund drückte und das Blut zurück in seinen Magen würgte. Dabei versuchte er sich einzureden, dass es bloß ein paar Vogelherzen waren, was seinen Zustand leider nicht verbesserte.

Die Schreie der Möwen drangen an seine Ohren und er fragte sich, ob ein Vogelherz seinen Körper beruhigen könnte. Langsam rappelte er sich auf und schaute über den Hafen zu den Schutzwällen. Der Wind hatte gedreht und die Gewitterwolken waren die Küste entlang nach Norden weitergezogen. Auf dem Schutzwall saßen unzählige Möwen und reinigten ihr Gefieder. Andere segelten draußen über dem Meer im Wind.

Wieder drückte Vinnas Blut seine Kehle hoch. Jede noch so kleine Bewegung wirkte wie eine Eruption auf die viele Flüssigkeit in seinem Magen, dass er sich erneut den Mund zuhalten musste. Sein Körper fühlte sich ganz heiß an und er glaubte zu spüren, wie sich das Blut langsam in seinen Adern verteilte. Der Gedanke daran verursachte einen erneuten Brechreiz, den er mit aller Mühe unterdrückte.

Als er in der Orose erkannt hatte, dass er die Fähigkeit hatte, sich eines fremden Triebes zu bemächtigen, indem er auf die Schwarzen Schatten zugriff, war seine Hoffnung wieder aufgeflammt. Während der letzten Monate hatte er herausgefunden, dass er viel mehr in sich gespeichert hatte, als ursprünglich angenommen. Alle Menschen, die er in seinem Leben jemals berührt hatte, waren in der See der Schwarzen Schatten gespeichert. Sie waren wie eine große Bibliothek, auf die nur er allein Zugriff hatte. Und als er die Schatten nach Stämmen geordnet hatte und die vielen Sumentriebe sah, war ihm klar, dass die Triebe seine wahre Waffe waren. Von Anfang an wusste er, dass es Katos Trieb war, der ihm die Macht verlieh, eine Magierin zu töten. Doch Katos Trieb hatte nicht die Macht, ihn vor Vinnas Zauberei zu schützen.

Es hatte einen ganzen Monat gedauert, bis er nach vielen erfolglosen Strategien und Versuchen Torjns Trieb nochmal genauer unter die Lupe genommen hatte. Die Überraschung war groß, als er herausfand, was Torjn offenbar selbst nicht wusste. Was alle Sumen für eine außergewöhnliche Regenerationsfähigkeit hielten, war in Wahrheit etwas anderes.

Egal ob Torjn leichte oder schwere Verletzungen hatte, so schnell er sie sich geholt hatte, so schnell waren sie auch wieder verschwunden. Doch es war nicht Heilung. Sam war dabei gewesen, als Torjns Trieb ausgebrochen war. Sie waren elf Jahre alt und hatten gerade mit dem Kampftraining begonnen. Es war ein dummer Unfall, als Calen das Schwert schwang und Torjn zu nahe an ihm vorbeirannte und am Arm getroffen wurde. Es war eine tiefe Fleischwunde und Kato selbst war besorgt darum, dass Muskeln getroffen waren, die ihn kampfunfähig machten. Torjns Trieb brach aus und die Wunde verschwand, so als hätte sie nie existiert.

Sam erinnerte sich, wie die Verletzung sich von der Seite her schloss. Er hatte danebengestanden und sich gewünscht, einen solchen Trieb zu haben. Die Wunden, die er selbst durch den Schock von Katos Erinnerungen erlitten hatte, waren damals noch immer nicht alle verheilt und der Neid, den er Torjn gegenüber empfand, war fast unerträglich gewesen. Seither hatte er das Bild nicht mehr aus dem Kopf bekommen. Die Art, wie sich die Haut geschlossen hatte, war magisch. Es war der umgekehrte Vorgang dessen, wie er sie sich zugezogen hatte. Und erst der Zugang zu Torjns Schatten machte es ihm möglich, das Geheimnis zu lüften. Die Unzerstörbarkeit der Materie war verbunden mit der Zeit, und dieser Zeit trotzte der Trieb. Er hatte zwar nicht die Fähigkeit, eine Stadt wie Pahann wieder aufzubauen oder einen verlorenen Kampf ungeschehen zu machen, aber ein zerstörtes Dach oder die Mauer eines Hauses konnte er durchaus wiederherstellen. Und wenn es um seinen eigenen Körper ging, konnte er jede Verletzung heilen. Dank seiner eigenen Regenerationsfähigkeiten, die er durch die Rabenkräfte hatte, hatte er schnell verstanden, dass dies nichts mit Heilung zu tun hatte. Torjn tat ihm ein bisschen leid. Der arme Kerl hatte noch immer nicht begriffen, dass er einen der stärksten Triebe besaß, den ein Sume je hervorgebracht hatte.

Glücklicherweise war Sams Rechnung aufgegangen und Vinna hatte sich für einen Zauber entschieden, der unmittelbar zu seinem Ende führen sollte. In Stücke gerissen zu werden, war zwar nicht das, was er sich vorgestellt hatte, doch es erfüllte den Zweck. Umso größer war seine Überraschung, als Torjns Trieb wirkte und er eine Rückwärtsbewegung der Zeit durchlebte, in der sich sein Körper auf wunderliche Weise wieder zusammensetzte.

Seine Haare waren noch immer feucht vom Kampf gegen Vinna, und obwohl er wusste, dass es kein Blut war, fühlte er sich am ganzen Körper klebrig und hatte das Gefühl zu schwitzen. Wenn das die Nachwirkungen von Katos Trieb waren, dann hasste er ihn noch mehr dafür. Er war abscheulich und eklig. Sein Magen rebellierte noch immer, also flog er hinaus zu den Schutzwällen, um eine Möwe zu jagen.

Selbst als er sich in einen Raben verwandelte, hatte er Sorge, dass Vinnas Blutmasse sich seinem Körper nicht anpassen würde. Glücklicherweise war dies nicht der Fall. Doch als er über den Hafen flog, fühlte er sich schwerer als sonst. Und als er einer Möwe nachjagte, zog ihn Vinnas Blut nach unten. Er verkürzte seine Jagd und schnappte sich den erstbesten Vogel, den er kriegen konnte. Das Möwenherz sorgte zwar dafür, dass sich sein Magen beruhigte und der klebrig metallische Nachgeschmack aus seinem Mund verschwand, doch noch immer fühlte sich sein Körper komisch an. Noch immer verteilte sich Vinnas Blut und er spürte die feurige Hitze durch seine Adern fließen.

Sam kauerte am Ufer und tauchte die Hände ins kühle Wasser. Vielleicht war dies das Feuer, das Vinna in sich getragen hatte. Schließlich war sie die Magierin des Feuerstamms. Er wusch sich das Gesicht und atmete tief durch. Dann schwenkte er den Kopf zur Seite. Beim Anblick von Vinnas totem Körper fing das Blut in seinem Magen an zu brodeln und der Puls trommelte laut in seinen Ohren.

Zögerlich ging er zu ihr und betrachtete ihre leere Hülle. Kato hatte durch seinen Trieb die Eigenheiten der Lebewesen in sich aufgenommen. Nur so war es ihm möglich gewesen, in seinem hohen Alter im Körper eines Vierzigjährigen zu leben. Sam drehte die Handfläche nach unten und versuchte die Energie zu bündeln und wie Vinna einen Blitz zu generieren. Es gelang ihm nicht – was ihn nicht wirklich überraschte. Dennoch spürte er, wie sich ein Teil von Vinna in ihm festsetzte. Irgendwann würde er schon erfahren, wie er sie einsetzen konnte. Doch erst musste er sich um ihren toten Körper kümmern. Solange er vollständig war, bestand die Chance einer Auferstehung, wenn er es nicht schaffen würde, ihr Blut bei sich zu behalten. Und dieses Risiko war ihm in Anbetracht der bevorstehenden Schlacht zu groß.

Er tauchte erneut ab in die Schwarze See und holte sich Aruas Fähigkeit herauf. Sie mochte ein Monster sondergleichen gewesen sein und ihren Sumentrieb für Abscheuliches missbraucht haben, doch sie hatte die Fähigkeit gehabt, Tiere aus allen Himmelsrichtungen herzurufen. Und so rief er die Geier aus Aryons Norden herbei, die sich Vinnas Leiche annahmen. Erst als er sah, wie die letzten Reste ihres Körpers verschwunden waren, machte er sich beruhigt auf die Weiterreise.

Teil 5

Die Schlacht

95

Von den einst fruchtbaren Feldern, die Sam vor sechs Monaten das erste Mal überflogen hatte, war nur noch verbrannte Erde übrig geblieben, die im Regen zu einer schlammigen Masse verkommen war. Die Abendsonne drückte sich unter einer schwarzen Wolkendecke hervor und in der Ferne leuchteten Trossts Ruinen. Aus der Asche der ehemaligen Dörfer ragten die Überreste verkohlter Häuser hervor. Die Wälder waren leer. Die Menschen verschwunden. Der Norden Aryons tot. Erst als die Dunkelheit das Land bedeckte, löste sich die Anspannung in Sams Brust.

Es war eine dunkle Nacht und mit gleichmäßigen Flügelschlägen flog er Richtung Übergang. Als er jedoch in der Ferne Lichter sah, stockte ihm der Atem. Die Paha hatten ihr Lager direkt vor der Passage am Fuße des Resto Gebirges errichtet. Wie ein Geschwür breitete sich der riesige Teppich aus Fackeln und Lagerfeuern über die Ebene aus. Der Anblick übte eine hypnotisierende Wirkung auf Sam aus und tief in seinem Innern regte sich ein Gefühl von Heimweh.

Darf ich mich denn überhaupt noch Paha nennen?, fragte er sich, als er die ersten Lagerfeuer überflog. Aber was bin ich denn noch, wenn ich mich nicht einmal mehr als Mensch bezeichnen kann?

So chaotisch die Lagerstätte auch anmutete, Sam entdeckte Bereiche, wo die Pferde versorgt wurden, verschiedene Ruheplätze und zahlreiche große Feuer, auf denen gekocht wurde. Neben den Nordmännern saßen die Urwaldsumen, die an den großflächigen Gesichtstätowierungen zu erkennen waren, in dicke Pelzmäntel gehüllt da und wärmten die Hände über den Feuern.

Wenn die denken, das ist kalt, dann werden sie auf dem Weg zum Pass noch was erleben. Immerhin waren sie schlau genug und haben sich warme Kleidung besorgt.

Sam hatte gar nicht bemerkt, wie er die Flughöhe verringerte, so sehr war er vom Anblick des Lagers in Bann gezogen worden. Als er wieder in die Höhe steigen wollte, durchfuhr ihn plötzlich ein stechender Schmerz im rechten Flügel.

Ein Pfeil!

Sam stieß ein schmerzverzerrtes Krähen aus und flatterte nervös mit den Flügeln, als wollte er sich vor dem Ertrinken retten. Doch sein schwerer Körper zog ihn in die Tiefe, als hätte er eiserne Ketten an den Füßen. Er geriet ins Trudeln und stürzte mit voller Wucht auf den harten Boden. Der Aufprall brach ihm sämtliche Knochen und er verlor für einen Moment das Bewusstsein.

Als er wieder zu sich kam, waren seine Knochenbrüche verheilt und sein Körper hatte sich wieder erholt. Die kalte Erde unter seiner Wange fühlte sich feucht an. Er rappelte sich auf, zog den Pfeil aus dem Arm und schaute sich um. Sein Geschrei hatte die Aufmerksamkeit mehrerer Paha auf sich gezogen, die sich wie hungrige Wölfe um ihn scharten.

Flieg einfach weiter, sagte eine innere Stimme, dennoch zog Sam an den Laschen und löste beide Bandagen von den Händen.

Drei Paha machten gleichzeitig einen Satz und stürzten sich auf ihn. Sam wurde zu Boden gerissen, bekam einen Tritt in die Magengrube und spürte kalte Hände an seiner Kehle.

Verflucht! Was soll das? Ohne zu zögern presste er seine Hand auf die Stirn eines Paha und sog ihm all seine Erinnerungen aus. Dasselbe tat er mit den beiden anderen. Er ließ ihnen gerade noch genug Energie, dass sie nicht tot über ihm zusammenbrachen, und stieß sie von sich. Bevor sich die nächste Gruppe auf ihn stürzte, hörte er eine Stimme.

»Macht gefälligst, dass ihr wegkommt!«

Die Stimme ließ ihm das Blut in den Adern gefrieren. *Calen.* Erinnerungen an die Zeit in Pahann stiegen in ihm hoch und spülten jegliches Gefühl von Heimweh fort. Wie konnte es sein, dass der Khame noch immer so viel Macht über ihn hatte? Sam war wie gelähmt.

Calen stieß einen Paha schroff beiseite, packte Sam am Kragen und zerrte ihn auf die Beine. »Wusste ich doch, dass du es bist.«

Nimm seine Erinnerungen!, schrie eine Stimme, doch Sam starrte Calen bloß an. Seine langen Haare glänzten golden. Noch immer hatte er sie auf einer Seite nach hinten geflochten. Ein paar Strähnen fielen ihm über die Stirn, den Rest hatte er zusammengebunden. Sein Gesicht war leicht rußverschmiert, was seine Narbe hervorhob.

Zeig ihm, was du kannst!, schrie die Stimme und die Erinnerungen der Paha sprudelten durch seine Adern.

Ich bin nicht mehr der schwache Paha mit den dreckigen Bandagen, rief sich Sam in Erinnerung und löste sich allmählich aus der Starre. Er stieß Calen von sich und machte sich auf einen Angriff gefasst.

Tatsächlich ließ Calen ein Messer aufschnappen. Sam ging leicht in die Knie, spreizte die Hände und machte sich bereit, Calen die Hand auf die Stirn zu klatschen, um ihm alle Erinnerungen auszusaugen. Calen bewegte sich bereits auf ihn zu und stieß die Klinge nach ihm, als er plötzlich zur Seite gezerrt wurde. Er stolperte, konnte sich aber rechtzeitig wieder auffangen.

»Gehts noch?«, fuhr Torjn ihn an. »Wenn er schon hier ist, will Kato ihn bestimmt sehen. Lebendig!«

Kato? Ein kalter Schauer durchfuhr Sam. Das letzte Mal hatte er ihn auf dem Wasserfall gesehen. Marascos Ziel war es gewesen, ihm die Angst vor dem Sumen zu nehmen. *Wie soll das geklappt haben? Schon sein Name lässt mir die Haare zu Berge stehen.*

Sam schob die Gedanken beiseite und wickelte die Bandagen zurück um seine Hände. »Ich hätte ihn fertiggemacht«, sagte er mit großer Gleichgültigkeit.

Torjn zuckte mit den Brauen, schaute ihn überrascht an und musterte ihn von Kopf bis Fuß. Sein Blick blieb auf den beiden Schwertern an seinem Gürtel hängen. »Was trägst du denn da für Waffen mit dir herum? Du weißt doch gar nicht, wie man damit umgeht.«

»Probieren wir es doch aus«, schlug Calen vor, ging in Angriffsstellung und zog sein Schwert einen Fingerbreit aus der Scheide.

Sam war klar, dass Calen versuchte, ihn einzuschüchtern, um ihn auf diese Weise aus der Reserve zu locken. Da er tatsächlich kein Meister im Schwertkampf war, blieb ihm nichts anderes übrig, als auf Marascos Schatten zu vertrauen, doch selbst den ließ Calens Drohgebärde kalt.

»Lebend!«, mahnte Torjn nochmal.

Knurrend ließ Calen das Schwert stecken und gab Sam mit einem Wink zu verstehen, ihm zu folgen. Als Sam an Torjn vorbeiging, konnte er sich ein Grinsen nicht verkneifen.

»Was?«, fragte Torjn.

»Du tust mir leid«, antwortete Sam. »Wenn du nur wüsstest, wozu du tatsächlich fähig bist. Aber es reicht wohl, wenn dein Schatten es weiß.«

Torjn runzelte die Stirn. »Was bei allen Geistern redest du da?«

»So oft habt ihr mich verprügelt. Wenn du nur wüsstest, was für ein Geschenk du mir mit deinen Schlägen gemacht hast. Dein Schatten ist bei mir bestens aufgehoben.«

Irritiert schaute Torjn zu Calen, der bloß mit den Schultern zuckte.

»Komm schon!«, sagte Calen genervt.

Sam folgte ihm an den Feuern vorbei zur Zugangsstraße des Passes, wo ein großer, rechteckiger Zeltpavillon mit aufgenähten hellblauen Habichten aus Aryon stand.

96

Mit verschränkten Armen stand Kato vor dem massiven Holztisch und blickte griesgrämig auf die Karte Aryons. Zu seiner Linken standen Lanten und Hekto, während sich Borgos zu seiner Rechten mit einer Hand auf dem Tisch abstützte und mit der anderen auf einzelne Punkte auf der Karte tippte.

»Hier, hier und hier«, sagte er, ohne hochzublicken. »Es sind immer zwei. Ein Späher und ein Bogenschütze. Lange bevor wir die Passage erreicht haben, wird Leor wissen, dass wir kommen.«

Kato kräuselte nachdenklich die Lippen. »Gibt es eine Möglichkeit, sie zu umgehen?«

»Wir können sie beseitigen«, antwortete Hekto. »Doch weiter oben sitzt schon die nächste Gruppe. Sie kommunizieren durch Pfeifen. Und wenn sich die erste Gruppe nicht meldet, weiß die zweite, dass etwas nicht in Ordnung ist.«

»Sie haben uns im Auge«, fuhr Borgos fort und stellte sich wieder aufrecht hin. »Egal, was wir tun, sie wissen es.«

»Erinnert sich einer von euch daran, wie ich vorgeschlagen habe, über Hanta in den Süden vorzudringen?«, fragte Hekto mit hochgestreckter Hand.

Katos Blick verdüsterte sich und er schaute den Urwaldsumen strafend an. »Erwähn das noch einmal und ich werf dich den Paha zum Fraß vor.«

»Ich sag ja nur. Wenn wir hier noch länger warten, werden am Ende wir diejenigen sein, die angegriffen werden.«

Kato fauchte Hekto wütend an. »Wenn deine Leute fähig wären, Befehle zu befolgen, wären wir bereits abreisebereit! Wo bleiben sie denn?«

»Sie werden schon kommen«, antwortete Hekto gelassen.

»Der Unmut in den Truppen wächst«, sagte Borgos. »Noch immer haben sich nicht alle Paha von den Vergiftungen erholt. Es wird Zeit, dass wir Entscheidungen treffen.«

»Lanten!«, fuhr Kato auf.

Lanten zuckte erschrocken zusammen. »Was?«

»Ich will hören, was du denkst.« Kato konnte selbst kaum glauben, dass er das sagte, und rollte genervt mit den Augen, doch Lanten war derjenige, der in den letzten Monaten durchgehend einen kühlen Kopf bewahrt hatte.

»Nun«, räusperte sich der Khame und flüchtete vor den Blicken der Sumen, indem er seinen auf die Karte richtete. Er zog die Brauen zusammen und stützte wie ein Gelehrter das Kinn auf der Hand ab. »Ich weiß nicht, was es da zu überlegen gibt. Lass die Schwachen zurück. So hast du das doch in Kolani auch gemacht.«

Das war wohl der Grund, weshalb ich ihn bis jetzt nicht getötet habe, dachte Kato. *Einen kühlen Geist zwischen all den Rohlingen zu haben, ist gut. Doch dass er tatsächlich den Mumm hat, das Unvermeidliche auszusprechen, hätte ich ihm nicht zugetraut. Schließlich geht es darum, siebenhundert Krieger zurückzulassen.* Kato nahm den Weinbecher, der vor ihm auf dem Tisch stand, und trank einen Schluck. Nachdenklich kniff er die Augen zusammen und stellte den Becher wieder hin. Calens Räuspern unterbrach seine Gedanken und er drehte sich genervt um. Bevor er Calen anschnauzen konnte, erkannte er schräg hinter ihm Sam.

»Sohn!«, rief er überrascht und wunderte sich selbst über die Freude, Sam zu sehen. Doch dann befiel ihn das Misstrauen. Sam wirkte viel zu selbstsicher. »Was hast du ausgefressen, Junge?« Als Sam an Calen vorbeiging und neben Borgos an den Tisch trat und die Karte betrachtete, wusste er: Sam führt was im Schilde.

»Wie ich sehe, seid ihr bestens vorbereitet.«

»Also, das ist Sam?«, fragte Hekto und kratzte sich am Kopf. »Ich hab dich mir kleiner vorgestellt.«

Sam lächelte und ließ den Blick über die Runde schweifen. Lanten nickte er höflich zu.

Das ist nicht mehr der Sam, den ich kenne, dachte Kato und seine Miene verfinsterte sich. Vor noch nicht allzu langer Zeit hätte Sam in geduckter Haltung und mit verschränkten Armen an diesem Tisch gestanden; und das auch nur, weil er dazu geprügelt worden wäre. Doch nun stand er aufrecht da, die Schultern zurückgezogen und die Arme ruhig. Er trug zwar noch immer Bandagen an den Händen, doch nicht einmal der Dreck an seinem Mantel konnte sein fast schon majestätisches Auftreten mindern. *Und was zum Henker ist mit seinen Augen passiert? Die waren doch mal strahlend blau.*

»Raus hier«, knurrte Kato, ohne Sam aus den Augen zu lassen.

Ohne Widerrede verließen Borgos, Hekto und Lanten das Zelt und Calen zog die Frontdecke hinter sich zu.

»Wie kommts, dass ihr noch hier seid?«, fragte Sam. »Hat euch Trosst etwa mehr Arbeit beschert als erwartet?«

Weiß er etwa von dem Desaster? Kato setzte eine gleichgültige Miene auf. »Ich habe nicht vor, das Ende in die Länge zu ziehen. Doch der Norden war dichter besiedelt als erwartet und die Männer waren hungrig.«

»Das gab Leor Zeit, um aufzurüsten.«

»Ich hoffe, dass er das getan hat. Schließlich liegt es nicht in meinem Interesse, jemanden anzugreifen, der nicht in der Lage ist, sich zu verteidigen. Es ist uns nicht entgangen, dass er den Norden Aryons sich selbst überlassen hat. Was für ein Feigling. Wenn er uns entgegentritt, soll er das gefälligst mit einer richtigen Armee tun – einer, die uns gewachsen ist. Der Sieg wäre sonst bedeutungslos.«

»Hm …«, machte Sam bloß und betrachtete weiter die Karte auf dem Tisch.

Misstrauisch ging Kato um den Tisch herum. Sam machte keine Anstalten, ihm auszuweichen, also packte er ihn am Kragen und zog ihn näher. Der Junge war genauso groß wie er, doch es war das erste Mal, dass er das Gefühl hatte, ihm auf Augenhöhe zu begegnen. »Was führst du verdammt nochmal im Schilde? Du weißt doch etwas. Und was ist mit deinen Augen passiert?«

Sam funkelte ihn an und ein Lächeln huschte über seine Lippen. Er hielt seinem Blick stand und kniff auch noch kühn die Augen zusammen.

»Ich habe keine Angst mehr vor dir«, sagte Sam.

»Es war nie meine Absicht, dir Angst einzujagen, Samiel«, sagte Kato und ließ ihn wieder los. »Du bist mein Fleisch und Blut. Ich wollte nur, dass du glücklich bist.«

»Nein, angefleht hab ich dich! Du hättest die Macht gehabt, jemand anderen an Arua zu binden.«

»Darum geht es also. Und eine hundertjährige Tradition mit Füßen treten? Es gibt Regeln, an die man sich nun mal halten muss.«

»Du hättest mir nur zuhören müssen. Aber was sage ich ... selbst wenn du meine wahren Gründe gekannt hättest, hätte das wahrscheinlich nichts geändert. Du bist genauso ein Monster wie Arua.«

»Ich bin kein Monster. Ich wollte immer nur dein Bestes.«

»Ihr habt den ganzen Norden Aryons ausbluten lassen. Tu nicht so, als wärst du großherzig.«

Kato lachte amüsiert. *War das Stolz? Nein, der Junge tut nur so, als ob er stark wäre.*

»Ihr solltet eure Kräfte schonen«, sagte Sam und betrachtete wieder die Karte auf dem Tisch. »Leor wird davon ausgehen, dass das Resto Gebirge euch die Energie raubt. Seid also auf der Hut.«

»Wie nachsichtig von dir, dich um uns zu sorgen.«

»Ich sorge mich nicht um euch. Von mir aus könnt ihr hier alle auf der Stelle tot umfallen.«

Kato nahm seinen Weinbecher und blickte hinein. Ein bisschen war noch übrig. »Wo ist der Rabe?«, wollte er wissen und trank einen Schluck. »Bist du nicht mit ihm unterwegs?«

Auch wenn Sam es gut verheimlichte, so konnte Kato sehen, wie er für einen kurzen Moment seine Maske fallen ließ und Unsicherheit in seinen Augen aufblitzte. Doch er hatte sich sogleich wieder unter Kontrolle und nahm eine noch steifere Haltung an als zuvor. Kato tat so, als hätte er nichts bemerkt und trank den Becher leer. Dann lächelte er.

»Du hast mich das letzte Mal einfach stehen lassen. Marasco«, und dabei ließ er den Namen auf der Zunge zergehen, »schien dir wichtiger zu sein als ich.«

»Was willst du von ihm?«

»Er ist mein Held«, antwortete Kato voller Begeisterung. »Seit ich ein kleiner Junge war. Die Geschichten, die uns am Lagerfeuer erzählt wurden, aus dem hohen Norden, von einem Krieger, der sein ganzes Dorf getötet hatte; ich wünschte mir so sehr, dass er uns in jener Nacht zu Hilfe eilte, als Waaru unser Dorf anzündete, weil wir uns weigerten, ihn als König anzuerkennen. Doch Marasco tauchte nicht auf. Die Leute erzählten Geschichten, er hätte den Verstand verloren, sei ein grausames Monster gewesen, das wahllos Menschen tötete. Ich verstand nicht, warum sie ihn nicht als Held feierten, wo doch er allein es war, der den hohen Norden von den Sen befreit hatte. Er ist der wahre König des Nordens. Die Menschen sind so dumm!« Kato hielt einen Moment inne und zuckte mit den Brauen. »Ich will sein Herz. Und ich will sein Blut.«

Sam schluckte. »Er ist nicht hier. Ich bin gerade auf dem Weg zu ihm.«

»Soso«, brummte Kato und stellte den Becher zurück neben die Karte. »Du gehst zu Leor. Hab ich recht? Hat er sich etwa dort eingeschlichen und ihm geholfen, eine Armee aufzubauen? Dieser Verräter!«

Sam schaute ihn bloß an und machte sich nicht die Mühe, diese Frage zu beantworten.

Der Junge ist gut geworden. Vielleicht sollte ich ihn hier auf der Stelle töten, ihm das Blut aussaugen, nur um zu erfahren, was sein Geheimnis ist. Und was sollen diese Schwerter an seinem Gürtel?

»Was willst du damit?«, fragte er herablassend mit Blick auf die Waffen. »Du weißt doch gar nicht, wie man damit kämpft.«

»Lass das meine Sorge sein«, erwiderte Sam und wandte sich von ihm ab.

Na dann wollen wir doch mal sehen.

Kato zog sein Schwert und griff an. Innert einer Sekunde änderte sich an Sam alles. Er zog ein Schwert, wehrte den Angriff ab und bewegte sich dabei mit einer Geschmeidigkeit, die Kato von seinem Sohn gar nicht kannte. Bevor Kato ein weiteres

Mal ausholte, bemerkte er Sams Augen. Sie waren zuvor schon dunkel gewesen, doch nun glänzten sie tiefschwarz, und das Weiß war von einem schwarzen Rauch getrübt, als wäre er von einem Geist besessen. Als Kato erneut zuschlug, wirbelte Sam mit Leichtigkeit um ihn herum und trat ihm in die Seite, sodass Kato das Gleichgewicht verlor und gegen den Tisch strauchelte. Er stützte sich an der Tischkante ab und drehte sich zu Sam um. Der hielt ihm die Schwertspitze vor die Nase.

Kato steckte seine Waffe weg. »Na gut. Du hast mich überzeugt.« *Wohl eher überrascht. Kann es sein, dass ...* »Sag mir die Wahrheit! Was ist mit dir passiert?«

Sam schob das Schwert zurück und seine Augen klärten sich wieder. Mit grimmiger Miene schaute er ihn an und sagte mit tiefer Stimme: »Ich habe es verdammt nochmal knacken gehört.«

»Du bist Sume!«, rief Kato, als wollte er gerade der ganzen Welt verkünden, dass er Vater geworden war. »Was ist deine Fähigkeit? Was sammelst du?«

»Ich sammle Erinnerungen«, sagte Sam, als würde er ihm die Information voller Verachtung vor die Füße spucken. »Das ist meine verfluchte Fähigkeit!«

Katos Gefühle überschlugen sich und er konnte sich nicht erinnern, jemals von so viel Stolz erfüllt gewesen zu sein. »Das ist mein Junge! Ein waschechter Sume!«

»Freu dich nicht zu früh«, drohte Sam und machte sich bereit, zu gehen. »Irgendwann werde ich auch deine Erinnerungen aussaugen. Und du wirst nicht einmal mehr wissen, was ein Sume ist.«

»Du hast mich stolz gemacht, Samiel. Egal, was passiert, du bist jetzt einer von uns.«

Sam ignorierte seine Worte. »Wann brecht ihr auf?«

»Wenn alles gut geht, morgen.«

Sam schaute ihn einen Moment an, dann nickte er ihm ein letztes Mal zu und verließ das Zelt. Kato nahm den Becher und schenkte sich noch mehr Wein ein. *Wer hätte gedacht, dass doch noch etwas aus dem Jungen werden würde? Ich werde ihm das Herz rausreißen!*

97

Um die Späher unbemerkt zu passieren, stieg Sam schon von Anfang an in eine Höhe, in der die Luft dünn wurde, und flog abseits der Passstraße hinauf zum Resto Gebirge. In der Ferne sah er die einzelnen Posten von Leors Männern, die um kleine Feuer saßen. Der Himmel war klar und mit seinen geschärften Augen war es ihm sogar möglich zu sehen, wie sie in dicke Pelzmäntel gekleidet waren und heißen Tee tranken.
Die armen Kerle.
Noch vor Morgengrauen erreichte er den Pass und erblickte vor sich das große Holztor, an dessen Pfosten die Fahnen Aryons wehten. Im Licht des Mondes leuchteten die Tücher in einem kühlen Blau und der aufgestickte blaue Habicht glänzte silbern.
   Das Wetter hatte seit seinem letzten Aufenthalt im Gebirge leicht frühlingshafte Züge angenommen, so waren nur noch die obersten Gipfel mit Schnee bedeckt. Der Weg schlängelte sich durch eine kahle, teilweise mit Gras bewachsene Ebene hindurch und verschwand zwischen zwei Felsen Richtung Süden. Er war nicht überrascht, eine menschenleere Ebene vorzufinden. So dumm war Leor dann wohl doch nicht. Aber gewiss hatte er Männer hinter den naheliegenden Felsen postiert, die das Tor im Auge behielten.
   Als er das Holztor überflog, versuchte er, stur geradeaus zu schauen, doch er konnte sich einen kurzen Blick zum Felsen nicht verkneifen, an den sie ihn kopfüber aufgehängt hatten.
   Immer wieder hatte er sich gefragt, ob er Marasco hätte retten können, wenn er nicht im Resto Gebirge bei Leor geblieben wäre. Schließlich war es eine egoistische Entscheidung gewesen, da er wissen wollte, wo Vinna war. Doch letztendlich hatte ihn das nur wertvolle Zeit gekostet. *Wie naiv ich damals doch noch war*, dachte er und schüttelte den Kopf, als er am Felsen vorbeiflog.

Er folgte dem Weg und bemerkte plötzlich, wie die Passage Richtung Süden von großen Steinen blockiert war. Überrascht schwenkte er zur Seite und flog über die Felsen, die zur Talebene führten, in der Leor das letzte Mal die Zelte aufgeschlagen hatte. Die Zeltstadt hatte sich um mindestens das Vierfache vergrößert und deckte nun die ganze Fläche ab. Dann flog er zurück zur Passstraße und suchte nach dem zukünftigen Schlachtfeld, denn es war unwahrscheinlich, dass die Schlacht direkt auf dem Pass stattfinden würde. Als Sam über die blockierte Passstraße Richtung Westen flog, breitete sich vor ihm eine Ebene aus, die zwischen Leors Lager und dem Pass lag. Durch die Blockade wurden die Paha direkt auf das für die Schlacht vorgesehene Feld geleitet. Und wollten sie nach Süden vorstoßen, mussten sie erst an Leors Truppen vorbei. Es war eine riesige, grasbewachsene Fläche, die entweder von hohen Felsen umgeben war oder steil in den Abgrund führte.

Sam flog eine Schleife und tauchte ein in die warmen Südwinde, die von der Ebene heraufzogen und sein Tempo ausbremsten. Bei Sonnenaufgang überflog er Saaga. Außerhalb der Stadtmauern hatten sich riesige Zeltstädte gebildet, die sich rund um die Mauer und vor allem um die Hauptzugänge herum ballten. Während die Stadt innerhalb der Mauer gerade erwachte und mit ihren über die Dächer hinausragenden Palmen einen friedvollen Eindruck machte – selbst von dem Chaos, das er vor sechs Monaten angerichtet hatte, war nichts mehr zu sehen –, herrschte in den Zeltstädten bereits reger Betrieb. Feuer brannten, Fleisch wurde gebraten, der Geruch von Suppe stieg in den Himmel, Händler riefen ihre Waren aus und Kinder rannten durch die Straßen.

Das war bestimmt nicht Leors Absicht gewesen, dachte er. *Hier ist wohl etwas außer Kontrolle geraten.*

Gegen Mittag erreichte er die Königstadt Kravon. Sie lag direkt an der Südküste und war über die Jahre weit bis über die alte Stadtmauer hinausgewachsen. Diese zog sich in einem halbrunden Bogen von den westlichen bis zu den östlichen Klippen. In gleichmäßigen Abständen standen fünf Türme. Der Zugang in die Stadt führte jeweils durch ein riesiges Holztor. Das mittlere war das Haupttor, von wo aus eine große Allee geradeaus Richtung Süden in die Altstadt zum Marktplatz führte.

Es wimmelte von Leuten, also setzte er sich als Rabe auf ein Dach und beobachtete das Geschehen. Immer wieder hielten Wachen aus dem Palast mit Pferdewagen an und verteilten Essen an die Menschen, die verzweifelt um jeden Laib Brot kämpften. Offenbar waren viele aus Angst vor den Paha bereits nach Kravon geflohen. Alte Leute, Frauen und Kinder verbrachten den Nachmittag auf dem Platz in der brütenden Hitze. Er verstand nicht, wie diese Leute ihr Zuhause verlassen konnten, um in Kravon Bettler zu sein. Hatte Leor seinem Volk tatsächlich so große Angst gemacht, dass es bei ihm Zuflucht suchte? Dabei dachte Sam zurück an die Menschen in Kolani, die für ihr Hab und Gut kämpften und fragte sich, ob Flucht oder Kampf die einzigen Optionen waren, die diese Menschen hatten. Immer wieder wandten sich Leute Richtung Palast, hielten die Gaben hoch und verbeugten sich dankbar. Da entdeckte er einen alten Mann mit einem Stock. Er stand auf einer Treppe vor einem Haus. Um ihn herum hatte sich eine Menschenmenge geschart.

»Eine Macht wird sich erheben! Das Böse kommt! Kravon wird untergehen!«

Sieh an, dachte er. *Der Verrückte hat recht.*

Je länger er diese Menschen beobachtete, umso klarer wurde ihm, dass es keine Rolle spielte, ob er noch ein Mensch war oder nicht. Tatsache war, dass er nicht mehr zu diesen Menschen gehörte. Er war nicht mehr Teil ihrer Welt. Dies bekräftigte ihn in seinem Vorhaben, alles zu tun, um Marasco zurückzuholen.

Vom Marktplatz aus flog er über ein verriegeltes Tor, durch das man in den Vorhof des Palastes gelangte. Der Platz war von einem Sockelbau umgeben, dessen massive Wände drei Geschosse hoch waren. Auf ihnen standen unterschiedliche Gebäude mit weißen Stützen und ziegelbedeckten Dächern. Die große Terrasse über dem Zugangstor musste der Ort sein, an dem König Waaru damals seine Rede gehalten hatte. Und das Gebäude auf dem rechten Seitensockel sah aus wie die Stallung, von der Yarik erzählt hatte. Alles war viel mächtiger und imposanter, als Sam es sich vorgestellt hatte.

Er flog über die Dächer hinweg in den Palast. Auf Terrassenhöhe lag eine Anlage von mindestens hundert in unterschiedlichen Blautönen gestrichenen Gebäuden, die mit dunkelgelben Rundziegeln eingedeckt waren. Etwas zurückgesetzt und somit von der Stadt aus nicht sichtbar, standen mindestens dreißig Bliden, mit denen man einen vermeintlichen Angriff auf den Palast abwehren konnte. Vom Tor aus führte eine durch das Gelände freigelegte Schneise steil hoch zum Empfangshaus. Dort teilte sich die Straße. Ein Weg führte auf eine Anhöhe zu einem großen Kuppelbau mit angrenzendem Turm und Nebengebäuden und ein anderer Weg führte zum Eingang des Palastes. Es gab verwinkelte Gassen, versteckte Gartenanlagen sowie kleine Innenhöfe mit Brunnen und Pflanzen. Vom Hauptgebäude aus hatte man direkte Sicht auf das Meer und die Klippen, die steil in die Tiefe führten. Aus einem Innenhof drang ein Kichern an seine Ohren, sodass er eine Schleife flog und auf der Traufe eines eingeschossigen Gebäudes landete.

98

Nao saß im Schatten eines Baumes auf einer Bank, blickte über ein paar Sträucher, die den Garten von den Klippen abgrenzten, hinaus aufs Meer und genoss die Ruhe. Die Sonne schien im stahlblauen Himmel und das Wasser leuchtete türkis. Möwen flogen schreiend über den Klippen. Sie fühlte sich matt und ihre Muskeln schmerzten. Erst dachte sie, wenn sie Leor so oft wie möglich befriedigte, würde er irgendwann genug von ihr haben, doch der Mann war unersättlich geworden. Er war wie ein Tier, das niemals genug bekam.

Eine leichte Brise zog die Klippen hoch und über den Garten hinweg. Das cremefarbene Tuch mit den Blumen darauf wehte von ihrer Schulter. Selbst diese wieder zu bedecken, verlangte ihr mehr Energie ab als sonst. Von der Seite hörte sie ein vergnügtes Kichern.

Es waren drei Mädchen, die ebenfalls zu Leors Harem gehörten, alle in blumige Gewänder aus den leichten Stoffen Aryons gekleidet. Ein Diener brachte ein Tablett voll mit Getränken und Nüssen, das er auf den kniehohen Holztisch stellte.

»Es wäre schön, wenn der Paha ebenfalls mitkommen würde«, sagte Leia, die zierliche Brünette mit den Sommersprossen, die auf einem großen Stein saß und eine Tasse Tee entgegennahm.

Parlin unter dem Schirm lachte. »Das kannst du vergessen! Der wird das Tageslicht nie wiedersehen.«

»Er macht mir ein bisschen Angst«, sagte Willa, die junge Blonde, die ebenfalls eine Tasse entgegennahm. Sie legte ein Bein über das andere und lehnte sich in ihrem Holzstuhl zurück.

»Hast du ihn schon mal gesehen?«

»Ich war dabei, als er im Resto Gebirge ins Zelt eingedrungen ist. Er wirkte so entschlossen.«

»Wir können ihm dankbar sein«, sagte Leia. »Seit Leor ihn als Spielzeug hat, sind seine Perversionen uns gegenüber nur noch halb so schlimm. Mir wäre es recht, wenn er mich nicht auswählt, mitzugehen.«

»Ich weiß, wen er bestimmt dabeihaben will«, sagte das Parlin und warf verstohlen einen Blick zu Nao.

Nao gab ein verhaltenes Lächeln zum Besten und zog ihr cremefarbenes Tuch über die Schulter.

»Wann sollen wir denn bereit sein?«, fragte Willa.

»Mitternacht«, antwortete Leia. »Zuvor wird er wohl noch bei seinem Spielzeug Dampf ablassen.«

Die Mädchen kicherten wieder und Nao senkte unauffällig den Kopf. Da ertönte plötzlich das Krähen eines Raben. Erschrocken schaute sie hoch. Auch die anderen Mädchen waren überrascht. Der Rabe saß auf der Traufe des Daches, schüttelte sein Gefieder und krähte nochmal.

»Der Paha hatte auch einen Raben dabei«, sagte Willa. »Ob das etwas zu bedeuten hat?«

Das kann nur Sam sein, dachte Nao. Ihre Gefühle gerieten ganz durcheinander, und sie musste aufpassen, dass sie sich nicht zu auffällig verhielt. Ohnehin machte es ihr Körper ihr nicht leicht, wie ein junges Reh von der Bank aufzuspringen und aus dem Garten zu hüpfen. Langsam erhob sie sich und richtete sich auf.

»Entschuldigt mich«, sagte sie zu den anderen Mädchen. »Ich lege mich vor der Reise noch etwas hin.«

»Natürlich«, antwortete Leia. »Ruh dich aus. Wir sehen uns später.«

Nao verließ den Garten und ging an den Wachen vorbei auf eine Veranda. Durch zwei Innenhöfe gelangte sie in einen kleinen Hof, in dem ein Teich angelegt war und ein Brunnen plätscherte. Sie hatte bemerkt, dass Sam ihr folgte. Als sie zu ihrem Gemach kam, öffnete sie die Papierschiebetür und trat kurz zur Seite. Der Rabe flog über die Veranda an ihr vorbei direkt ins Zimmer hinein. Nao folgte ihm und schob die Tür wieder zu. Sam landete als Mensch auf den Reismatten, ließ den Blick durchs Zimmer schweifen und drehte sich zu ihr um.

»Wo warst du so lange?«, zischte sie und holte zu einer Ohrfeige aus.

Sam fing ihr Handgelenk und schaute sie ernst an.

»Wo bist du gewesen?«, fragte sie nochmal. »Nach der Sache in Saaga bist du einfach verschwunden! Wie vom Erdboden verschluckt! Ich habe aufgehört, die Wochen zu zählen, weil ich keine Hoffnung mehr hatte, dass du jemals zurückkehren würdest! Lass mich los!« Dabei zog sie die Hand zurück und schubste Sam von sich.

»Immer noch dieselbe Nervensäge.«

»Hör auf! Ich hab dir nie etwas getan!«

Irritiert schaute er sie an. »Und was habe ich dir getan? Nichts! Also spiel dich nicht auf! Weißt du, wo Marasco ist?«

Nao zuckte kurz mit den Augenbrauen, dann schlug sie Sam ohne zu zögern eine runter. »Ich war hier! An Leors Seite! Und du fragst nicht einmal, wie es mir geht!« Beleidigt verschränkte sie die Arme und wandte sich von Sam ab.

»Was ist das?«, fragte er und trat einen Schritt näher.

Als er seine Hand ausstreckte, wich sie unweigerlich zurück und zog ihr Tuch über die Schultern, obwohl sie wusste, dass sie damit die Würgemale am Hals nicht bedecken konnte. Sie überspielte ihre Scham mit einem leichten Lächeln und legte den Kopf etwas zur Seite. »Ich bin Leors Nummer eins. Keine dieser Frauen versteht es, ihn so zu befriedigen wie ich. Dafür nehme ich blaue Flecken in Kauf. Ohne sie wüsste ich nicht, wo er meinen Meister versteckt hält.«

»Und wo ist er?«

Naos Blick verdüsterte sich und sie schaute ihn böse an. *Wenn der wüsste, was sich hier im Palast in den letzten Monaten abgespielt hat, wäre er vielleicht feinfühliger mit solchen Fragen*, dachte sie. Und was sie am meisten ärgerte, war, dass er ihre Wut überhaupt nicht verstehen konnte.

»Wo warst du die letzten Monate? Etwa im Märchenland?«

»Ich brauche mich vor dir nicht zu rechtfertigen«, sagte er, trat neben das Fenster und blickte durch den kleinen Spalt hinaus in den Hof.

»Er ist im Kerker, Sam! In einem dunklen Verlies«, sagte sie stockend. Es war das erste Mal, dass sie es aussprechen konnte, ohne die blutgeile Hure spielen zu müssen. Ihre Stimme zitterte, als sie weitersprach. »Leor ist böse. Dort unten zeigt er sein wahres Gesicht. Er hat ihn zu seinem persönlichen Folterspielzeug gemacht. Er ist ein Sadist, der sich auch noch daran aufgeilt. Marasco wird schlimmer gehalten als ein Tier. Er muss für jede erdenkliche Laune Leors herhalten. Das hat er nicht verdient. Du musst es beenden, Sam, bitte. Wo warst du so lange? Warum hat es so lange gedauert?«

Sie hatte die Fassung verloren. Niemals hatte sie die Absicht, Sam mit Tränen in den Augen anzuflehen. Vergeblich wartete sie auf eine Antwort. Nur in Sams Blick erkannte sie, dass es ihn nicht ganz kaltließ. Also atmete sie tief durch und strich sich die Tränen aus den Augen.

»Du hast es ja gehört«, sagte sie leise und bedeckte sich wieder die Schulter. »Die Paha haben sich auf den Weg gemacht. Wir fahren um Mitternacht los an die Front. Du hast wirklich Glück, Sam. Die Zeit wurde allmählich knapp.«

»Wo finde ich ihn?« Seine Stimme klang überraschend weich.

»Wir warten, bis die Sonne untergegangen ist. Wahrscheinlich ist er jetzt gerade bei ihm und … na ja … tut, was er tut.«

»Dann gehen wir jetzt.«

»Nein. Zu viele Wachen. Nach Sonnenuntergang ist nur noch der Schinder dort.«

»Woher weißt du das?«

»Wie gesagt, man wird nicht einfach so zu Leors Nummer eins. Komm nach Einbruch der Dunkelheit zum Tempel.«

»Wo ist der?«

»Der Tempel, Sam. Das große Gebäude mit der Kuppel. Gleich neben dem Turm.«

»Ach das. Daran bin ich vorbeigeflogen.«

»Wo hast du gelebt? Hinter dem Mond?« Sie schüttelte verständnislos den Kopf. »Das ist die Grabstätte der Könige. An jedem Vollmond ist sie zugänglich für die Menschen. Sie kommen her in den Palast und legen Blumen nieder. Seit Leor Marascos Anschlag und deinen in Saaga überlebt hat, ist er für sie wie ein Gott.«

»Leor ist kein Gott«, berichtigte Sam trocken.
»Ach nein? Leor ist unverwundbar. Wer, wenn nicht er, darf sich dann Gott nennen?«
»Hältst du ihn etwa auch für einen Gott?«
»Ich halte ihn für einen Dämon. Doch das macht wohl keinen Unterschied«, erklärte sie und versuchte dabei, möglichst sachlich zu klingen. »Und jetzt geh! Wir sehen uns nach Sonnenuntergang.«

Vorsichtig öffnete sie die Schiebetür und ließ Sam hinaus. Sobald er durch den Hof über die Dächer verschwunden war, schob sie die Tür wieder zu und drehte sich um. Die Erschöpfung der letzten Monate, die Misshandlungen, der Sex und die nie endende Hoffnung, dass Sam sie nicht vergessen hatte, schwappten wie eine riesige Welle über sie hinweg. Ihr Kiefer zitterte und ihre Lungen zogen sich zusammen. So sehr sie sich auch dagegen wehrte, sie spürte, wie es ihre Kehle hochkam. Der Druck in ihrem Kopf wurde immer größer, bis sie schließlich in bittere Tränen ausbrach.

99

Als es dunkel wurde, flog Sam zum Tempel. Auf dem Platz davor standen zwei Wachen, die sich leise unterhielten. Im Schutz der Dunkelheit flog Sam an ihnen vorbei und landete hinter den riesigen Säulen. Nao trat aus dem Schatten hervor und nickte ihm zu. Ohne ein Wort zu sagen, folgte er ihr ins Innere des riesigen Gebäudes. Sie gelangten in einen runden Raum mit einer imposanten Kuppel. An den Wänden hingen Gobelins und dazwischen brannten Fackeln. In der Mitte standen drei reich verzierte Sarkophage, an deren Kopfenden die Namen der Verstorbenen eingemeißelt waren. Als Sam Waarus Namen las, lief ihm ein kalter Schauer über den Rücken. Obwohl Waaru seit drei Generationen tot war, hatte er das Gefühl, ihn zu kennen. Die Erinnerungen, die er seit sechs Monaten von Marasco herumtrug, hatten einen zu großen Eindruck hinterlassen, als dass er ohne Gefühlsregung einfach hätte daran vorbeigehen können.

»Was ist?«, fragte Nao. Sie nahm eine Fackel von der Wand und trat neben ihn.

»Die Könige«, flüsterte er und legte die Hände auf Waarus Sarkophag.

Er bündelte seine Energie und versetzte dem Deckel einen Stoß, sodass er zu Boden fiel und zerbrach.

»Du bist wirklich stark, Sam«, hustete Nao und wedelte den Staub vor dem Gesicht weg. »Das hätte ich nicht gedacht.«

Vor ihm lag die mumifizierte Leiche Waarus. Noch immer trug er die schwarze, mit einem hellblauen Edelstein geschmückte Augenklappe.

»Der Stein gehörte Waarus erster Tochter«, erzählte Nao. »Er hat ihn Sagan geschenkt. Kurz vor ihrem fünfundzwanzigsten Geburtstag wurde sie von ihrem Zwillingsbruder getötet. Waaru nahm den Stein wieder an sich und trug ihn bis zu seinem Tod.«

»Was ist aus dem Zwillingsbruder geworden?«

»Die Geschichte besagt, dass Waaru ihn getötet und seinen Namen nie wieder ausgesprochen hat. So löschte er den Sohn aus den Erinnerungen. Waaru war ein Märtyrer, als er in den Süden kam. Aber im Grunde spielt das gar keine Rolle. Es ist bloß eine Geschichte.«

»Und was ist die Moral davon?«

»Ihr Bruder war ein Verrückter und das Gute und Unschuldige muss beschützt werden«, antwortete sie unbekümmert. »Das ist es, was sie uns lehrt. Sam! Jedes Kind kennt diese Geschichte. Sag mir nicht, du hast noch nie davon gehört.«

Irritiert schaute er Nao an. »Und das glaubst du alles?«

»Es spielt keine Rolle, was ich glaube. Ich frage mich mehr, warum du diese Geschichte nicht kennst. Das gehört zur Allgemeinbildung.« Verständnislos schüttelte sie den Kopf.

Dass Marasco als Gesicht für die Paha hinhalten musste, ergab Sinn. Doch nun war Sam auch klar, weshalb Leor in Saaga seinen Namen nie ausgesprochen hatte. Für die Menschen in Aryon hatte er keinerlei Bedeutung.

Langsam streckte Sam die Hand aus und berührte den Stein. Marascos Schatten schlug eine Welle durch seinen Körper. Zweifellos war es der Stein, den er damals Sagan geschenkt hatte. In derselben Nacht hatte er ihr gestanden, Vögel zu jagen. Sam riss den Stein von der Augenklappe und warf das Stoffstück zurück in den Sarg.

»Was tust du da? Das ist Grabraub.«

»Und deine Geschichte eine Lüge«, gab er zurück und steckte den Stein in seine Hosentasche.

»Woher willst du das wissen?«

Verständnislos schaute er sie an. »Bring mich zu ihm.«

Durch eine Tür im Seitengang stiegen sie zwei Stockwerke hinunter in die Dunkelheit.

»Es gibt noch einen anderen Zugang«, sagte Nao, »aber der geht durch die Nebengebäude und ist entweder verriegelt oder bewacht. Nur der König und der Schinder haben dort Zutritt.«

Sie gelangten in einen Raum, in dem Totenstille herrschte. Mit hochgehaltener Fackel ging Nao voraus. Sam folgte ihr durch einen Zellengang. Auf beiden Seiten saßen Gefangene, die eng zusammengepfercht mit den Füßen fixiert waren. Die abgestandene Luft stank nach Fäkalien und Urin. Am Ende des Ganges blieb Nao vor einer Tür stehen, drückte ihm die Fackel in die Hand und suchte in ihrem Umhang nach einem Schlüssel. Sam drehte sich um und hielt die Fackel hoch, um die Gefangenen besser zu sehen. Ihre Lippen waren zusammengenäht und ihre Hände auf den Rücken gefesselt. Die Körper waren ausgezehrt und dürr.

»Licht«, flüsterte Nao.

Sam drehte sich wieder zu ihr. »Das hier ist nicht der Kerker. Hab ich recht?«

Nao blickte zu den Zellen. »Es ist der Kerker. Diese Menschen sitzen hier stumm ihre Strafen ab. Sie haben Hoffnung auf eine Zukunft. Wer nach Ablauf seiner Frist noch nicht verhungert ist, kommt raus. Hinter dieser Tür aber liegt das Ende. Wer hier drin ist, sieht das Tageslicht nie wieder.«

»Der Kerker direkt unterhalb des Tempels und der Verehrungsstätte«, sagte Sam. »Ein Grab für diejenigen, die es nicht schaffen, und Märtyrertum für die Zähen, die durchhalten. Ich bin beeindruckt.«

»Hast du dabei, was er braucht?«, fragte sie, ohne auf seine Bemerkung einzugehen.

Sam nickte.

»Gut«, sagte sie und öffnete die Tür. »Ihr fliegt den Turm hoch. Das ist euer Weg hinaus. Er dient sozusagen als Frischluftkanal. Ab hier musst du allein weiter. Ich gehe da nicht mehr rein.«

»Wo ist er?«

»Wenn du unten angekommen bist, siehst du einen Gang. Am Ende liegt seine Zelle.« Dann nahm sie ihm die Fackel ab. »Die brauchst du nicht mehr. Viel Glück.«

Hinter ihm schlug die Tür zu und er stand allein in der Dunkelheit. Am Ende des Ganges entdeckte er ein Licht. Nur langsam gewöhnten sich seine Augen an die Finsternis. Wasser tropfte von der Decke und er zog die Kapuze hoch. Als er losschritt, streiften ihn Spinnweben und es fühlte sich an, als krabbelten

Mäuse über seine Stiefel. Das Geräusch seiner Sohlen hallte von den Wänden zurück. Es war eine an der Wand befestigte Fackel, die ihn aus dem Tunnel hinausführte.

Er gelangte zu einem großen Loch, dessen Grund in tiefer Dunkelheit lag. An der Wand entlang führte eine Treppe spiralförmig in die Tiefe, vorbei an hölzernen Türen mit eisernen Riegeln und kleinen, mit Gitterstäben versehenen Gucklöchern. Neben jeder Zelle hing eine Fackel. Unter seinen Füßen lösten sich ein paar Kiesel und fielen ins tiefe Loch. Sam schwindelte, also hielt er sich an einer Kette fest, die von der Decke hing. Da bemerkte er, dass in der Mitte jede Menge Ketten hingen, die oben und unten in der Dunkelheit verschwanden. Immer wieder drangen Schreie hinter den Türen hervor. Manchmal hysterisches Lachen oder Kettenrasseln. Als er an einer Zelle vorbeiging, hörte er ein lautes Stöhnen. Es klang wie das Wimmern eines verletzten Hundes. Er blieb stehen und horchte. Ein beißender Geruch von Urin und Fäkalien drang aus dem Guckloch. Dann das Geräusch einer Eisenkette, die über den steinernen Boden gezogen wurde. Hinter den Gitterstäben erschienen zwei Augen – matt und ausdruckslos.

»Meister. Bitte. Lasst mich raus.«

Sam schützte die Augen vor dem blendenden Schein der Fackel und versuchte, mehr zu erkennen. Da schlug der Mann plötzlich gegen die Gitterstäbe.

»Meister. Bitte. Lasst mich raus!«, schrie er. Dabei versuchte er vergebens, die Hände durch das Guckloch zu strecken.

Sam staunte über die Wut, die sich der Mann bewahrt hatte. Seine knochigen Hände und sein eingefallenes Gesicht ließen vermuten, dass er bereits Monate im Loch verbrachte. Und doch war er noch nicht gebrochen. Langsam streckte Sam die Hand nach dem Mann aus. *Ich kann dich erlösen. Gib mir all deine Erinnerungen und du wirst frei sein.* Der Mann klammerte sich an die Eisenstäbe und schaute ihn mit irrem Blick an. *Freiheit. Was für ein wunderbarer Vorwand, jemanden zu ködern. Was für eine schöne Lüge.* Sie würde seinen Durst stillen. Doch es war nicht die Zelle, die nach Fäkalien stank. Es war der Mann selbst. Angeekelt zog Sam die Hand zurück und ging weiter.

Je näher er dem Grund kam, umso dichter wurden die Eisenketten. Unten angekommen waren sie zu einem Vorhang geworden, der den Raum in der Mitte trennte. An der Wand neben einer Fackel lag der Schinder schnarchend mit dem Kopf auf einem Tisch. Hinter ihm hingen unzählige Waffen und an einem Haken ein Mantel und ein Schal. Um sicherzugehen, dass der Schinder nicht aufwachte, schlug Sam ihm einen Knüppel auf den Kopf, fesselte ihn an den Stuhl und stopfte ihm das Maul. Den schwarzen Mantel nahm er mit.

Zögerlich trat er in den dunklen Gang, an dessen Ende eine einzelne Fackel brannte und ihm den Weg wies. Wie Nao vorausgesagt hatte, gelangte er zu einer massiven Holztür. Er stemmte sich dagegen und schob den Riegel aus der Halterung. Die Tür öffnete sich mit einem lauten Knarzen. Ein beißender Geruch entwich dem Raum. Der Mief des Kerkers. Der Gestank nach Tod. Angeekelt hielt er sich den Arm vors Gesicht. Die Fackel vom Gang warf das Licht an ihm vorbei in die dunkle Zelle. Der Boden war voller Blut. Wasser tropfte von der Decke. Weiter hinten, wo das Licht der Fackel nur noch spärlich hinreichte, entdeckte er eine Gestalt am Boden. Es war Marasco, der mit dem Rücken zum Eingang lag – so wie sie ihn wahrscheinlich in die Zelle geworfen hatten, war er liegen geblieben. Der Körper voller Dreck und Blut, sein Rücken mit Striemen übersät, die Kleider bereits vor Monaten mit Peitschenhieben vom Leib geschlagen.

Sam kniete sich neben ihn. Marascos Haare waren durch das getrocknete Blut teilweise verfilzt und verdeckten das Gesicht. Er sah grauenhaft aus. Seit Sam nach dem Gespräch mit Nao Vögel gejagt hatte, hingen die Bandagen lose an seinen Handgelenken. Als er Marascos Arm berührte, um ihn auf den Rücken zu drehen, wurde er in etwas hineingezogen, das er nicht erwartet hatte.

*

Eine Hitzewelle schoss durch Marascos Körper und er schreckte hoch. Das Kerzenlicht brannte ihm in den Augen und sein Kopf dröhnte von den vielen Schlägen. Es war das erste Mal, dass sie ihn aus der Zelle geholt hatten und er keine Augenbinde mehr trug. Er wusste nicht, woher er gekommen war oder was ihn überhaupt ins Loch gebracht hatte. Er war einfach ... da.

Ängstlich und verwirrt blickte er um sich. Überall wo er hinschaute, waren Ketten zu sehen. Es gab Fleischerhaken, die in manchen Kettengliedern steckten, an denen tote Körperteile hingen. Bretter waren an den Seiten befestigt, an denen Wuchtwaffen in allen Größen und Formen aufgehängt waren. Auf einem hölzernen Tisch lagen blutverklebte Messer, Macheten, Beile und Schwerter griffbereit. Zu seiner Linken kochte über einem Feuer ein Topf heißes Wasser und darüber hing ein Flaschenzug. Peitschen, Garotten, Würgeeisen, Pflöcke, Nägel, Zangen, wo er hinblickte. Alles hatte seinen Platz. Hinter ein paar Ketten versteckt leuchtete ein rotes Licht und der Geruch von geschmolzenem Eisen lag in der Luft. Der Boden war gepflastert mit Schädeln und Knochen toter Menschen. Es stank nach verwestem Fleisch, Fäkalien, Erbrochenem und Schweiß. Hinter dem Kettenvorhang vernahm er vereinzelt Schreie und Stöhnen.

Marascos Puls schnellte in die Höhe und sein Atem stockte. Erst als er versuchte aufzustehen, bemerkte er die Fesseln an seinen Handgelenken und Knöcheln. Er trug eine schwarze Hose und ein schwarzes Hemd. Keine Schuhe. Zwar spürte er, wie die Kopfschmerzen nachließen, doch er geriet immer mehr in Panik und wand sich in den Fesseln. Durch den Kettenvorhang hörte er das Scharren von schmerzverzerrtes Stiefeln.

»Es ist alles vorbereitet, Eure Majestät«, sagte ein Mann. »So wie Ihr gewünscht habt.«

Marasco riss so fest an den Ketten, dass die Handgelenke bluteten. Dann versuchte er, sich aus den Fußfesseln zu befreien. Als er sich nach vorn beugte, bemerkte er das viele Blut auf dem Stein. Sofort packte er die Kette, die zur rechten Fußfessel führte, mit beiden Händen und zog mit aller Kraft daran, dass es ihm den Schweiß aus den Poren drückte.

Da erklang das Klimpern der Ketten. Der Vorhang wurde zur Seite geschoben und ein Mann mit lieblichem Gesicht und blonden, zusammengeknoteten Haaren trat ein. Er hatte ein selbstverliebtes Lächeln aufgesetzt und hielt ein sauber poliertes Messer in der Hand. Majestätisch trat er an den Tisch. Hinter ihm trat ein dicker Mann in den Raum, dessen Ausdünstungen nach Kohl stanken. Er hatte fast eine Glatze und neben seiner Knollennase einen großen, schwarzen Leberfleck. Seiner schwarzen Kleidung nach war dies der Schinder. Marasco saß reglos auf dem Stein und schaute die beiden an.

»Eure Majestät, König Leor von Aryon«, sagte der Schinder und neigte den Kopf.

Marasco versuchte, sich an einen Leor zu erinnern. Einen König, der Leor hieß. Da bemerkte er plötzlich, dass er seinen eigenen Namen nicht kannte. Er erinnerte sich auch nicht daran, wie der Mann mit den fast schwarzen Augen und den weizenfarbenen Locken ihn genannt hatte.

Der Schinder ging um den Tisch herum, und als Leor mit der Hand winkte, legte er einen Hebel um. Urplötzlich zogen die Ketten nach unten, seine Arme und Beine wurden auseinandergezogen und er lag fixiert mit ausgestreckten Gliedern auf dem Tisch. Langsam näherte sich Leor von der Seite und flüsterte ihm ins Ohr.

»Du gehörst mir. Mir allein.«

Ein kalter Schauer durchfuhr ihn von Kopf bis Fuß und er schaute Leor mit aufgerissenen Augen an.

»Du weißt vermutlich nicht, weshalb du hier bist«, fuhr Leor fort und hielt das Messer hoch. Dann drehte er es in der Hand und rammte es mit voller Kraft in Marascos Unterarm.

Er schrie.

»Ich werde gleich zur Sache kommen.« Leor grinste und öffnete langsam die Knöpfe an Marascos Hemd. »Denn was soll ein Messer bei dir schon ausrichten. Es wird nicht leicht sein, dich zu töten. Mach dich also auf etwas gefasst.«

Marasco biss vor Schmerzen die Zähne zusammen und atmete schwer. Leor trat derweil an die Bretterwand mit den Wuchtwaffen und nahm einen Morgenstern vom Hacken. Während er die Waffe mit beiden Händen hochhielt, wippte er leicht mit den

Armen, um ein Gefühl für das Gewicht zu bekommen. Marasco zog erneut an den Ketten, doch sie lagen zu straff. Leor stand mit erhobenem Morgenstern neben ihm und starrte ihn mit seinen kühlen, blassen Augen an. Dann holte er aus und schlug mit voller Wucht auf Marascos bloße Brust. Die Spitzen rissen das Fleisch auseinander und brachen mehrere Rippen. Marasco riss den Mund auf und schrie. Der Schlag nahm ihm die Luft zum Atmen und die Schmerzen lähmten ihn. Leor packte ihn am Hals und würgte ihn.

»Du hast nicht das Recht zu schreien. Du hast Angst und Schrecken über das Land gebracht. Du bist nicht nur den Göttern, sondern uns allen einen Tod schuldig. Ich werde mein Bestes geben, um dich von deinem Leben zu erlösen. So etwas wie du darf nicht existieren. Also hör auf zu heulen! Nimm die Strafe zu deiner Erlösung stumm und dankbar hin.«

Marasco keuchte. Da folgte schon der nächste Schlag direkt in den Bauch. Halb ohnmächtig lag er da, schaute mit verschwommenem Blick hoch in die Dunkelheit, in der die Ketten verschwanden, und versuchte sich daran zu erinnern, welches Verbrechen er begangen hatte. Da zog Leor das Messer aus seinem Unterarm und beugte sich wieder über ihn. Er zog Marasco am Kinn in seine Blickrichtung und schaute ihn gierig an.

»Du hast keine Ahnung, was dich erwartet. So was wie dich habe ich mir schon immer gewünscht.«

Dann holte Leor aus und stieß ihm das Messer in den Hals.

*

Sam geriet in einen finsteren Strudel aus Erinnerungen und wurde immer tiefer in dieses Loch hineingerissen. Das Geräusch von Ketten, Messern und dumpfen Schlägen vermischte sich zu einem Ganzen. Der Gestank von Blut, verbrannter Haut, versengten Haaren und der feuchte Mief des Kerkers vernebelten seine Sinne.

Es war Marascos Schatten, der ihm die nötige Kraft gab, sich von diesen Erinnerungen loszureißen. Keuchend fiel er zurück, stürzte in die hinterste Ecke der Zelle und würgte unter Tränen Galle. Er zitterte unter den Eindrücken und Schmerzen.

Offenbar hatte er keine Vorstellung davon gehabt, was Grausamkeit tatsächlich bedeutete. Es war nicht die Grausamkeit, die sich bei Foltermethoden oder Bestrafungen zeigte. Hier lebte ein Verrückter seine Perversionen aus. Das war Leors wahres Gesicht. Ein Gesicht, das er hinter seinem freundlichen Lächeln, dem engelsgleichen Haar und seinem kindlichen Äußern versteckte.

Zudem waren es keine Erinnerungen, die er hätte stehlen können – nicht, dass er sie gewollt hätte. Aber sie waren viel zu wirr und ungeordnet, als dass er sie Marasco hätte wegnehmen oder ihn davon erlösen können. Das hing wahrscheinlich damit zusammen, dass Marasco selbst nicht wusste, wer er in Wirklichkeit war.

Anfangs dachte Sam, es wäre egal, was mit Marasco geschah, da er ohnehin vergessen hatte, wer er war. Je mehr er in den letzten Monaten über seine eigenen Kräfte gelernt hatte, umso klarer wurde ihm, dass Marasco bei ihm war, tief in ihm geborgen und in Sicherheit. Doch nun lag er direkt vor ihm. Leor hatte ihn glauben gemacht, dass er das, was er ihm antat, verdiente. Und während Marasco aufgehört hatte zu kämpfen, hatten sich immer mehr neue Erinnerungen in ihm angesammelt. Die Wunden heilten kaum noch und er wartete auf einen Tod, der niemals kommen würde. Sam wusste nicht, ob er schreien oder weinen sollte.

Um weitere Erinnerungswellen zu vermeiden, drehte er Marasco vorsichtig auf den Rücken. Sein ganzer Körper blutete ob der vielen Wunden. Die Hälfte seines Bauchs war aufgeschlitzt und sein Hals voller Würgemale. Sanft legte er den Mantel über Marascos geschundenen Körper und drehte vorsichtig sein blutig geschlagenes Gesicht in seine Richtung. Es sah aus, als wäre sein Bart mit Feuer angesengt worden.

»Marasco«, sagte er leise und strich mit den Fingern sanft über seine Stirn. »Hörst du mich?«

Langsam öffnete Marasco die Augen, doch sein Blick verlor sich irgendwo im Nichts. Es schien, als brauchte er all seine

Energie, um die Schmerzen zu ertragen. Sam packte die Rabenherzen aus und legte sie auf Marascos Brust.

»Das wird deine Wunden heilen«, sagte er und nahm ein Herz in die Hand. »Mach den Mund auf.«

Mit bleiernem Blick schaute ihn Marasco an. Er versuchte den Mund zu öffnen, doch ein fingerbreiter Spalt war alles, was er schaffte. Leor hatte ihm offenbar den Kiefer gebrochen.

»Kannst du schlucken?«

Marasco führte es ihm mühevoll vor.

Mit einem Messer zerkleinerte er die Vogelherzen und schob ihm die Stücke in den Mund. Es dauerte lange, bis Marasco alle fünf Vogelherzen hinuntergeschluckt hatte.

Da es nicht voraussehbar war, wie er reagieren würde, wartete Sam beim Eingang. Mit verschränkten Armen lehnte er im Türrahmen und ließ Marasco nicht aus den Augen. Leider verlieh ihm Torjns Sumentrieb nicht die Fähigkeit, Marasco zu heilen, aber letztendlich brauchte Marasco die Kraft von Vogelherzen, die ihm wieder auf die Beine half.

Während Marasco zuvor völlig reglos und so gut wie tot dagelegen hatte, füllte sich sein Körper allmählich wieder mit Leben. Seine Brust hob und senkte sich, leichte Krämpfe zuckten durch seinen Körper und er kippte mit dem Kopf schwerfällig von der einen auf die andere Seite. Erst senkte sich sein Brustkorb nur leicht, doch wie eine immer stärker werdende Pumpe füllten sich die Lungen mit jedem Atemzug mehr, bis Marasco fast außer Atem geriet. Er drehte sich zur Seite und krümmte sich unter dem schwarzen Mantel.

Nach einer Weile legte sich eine Ruhe über ihn und er setzte sich langsam auf. Noch bevor er sich umsah, trat Sam einen Schritt vor. Mehr Licht von der Fackel im Korridor fiel in die Zelle, woraufhin Marasco erschrocken zusammenzuckte. Als Sam einen weiteren Schritt auf ihn zu machte, kroch er zur Seite und drängte sich an die Wand, wo das Licht noch dumpfer war, und kauerte sich zusammen wie ein Kind, das einer Tracht Prügel entgehen wollte.

»Ich tu dir nichts«, sagte Sam.

Wem mach ich was vor?

Nachdem Marasco in Numes die Erinnerungen zurückbekommen hatte, kehrten diese tröpfchenweise in seinen Geist zurück. Doch selbst das war für ihn schwer zu ertragen gewesen, wie sich in Limm gezeigt hatte. Sam war also im Begriff, ihm etwas Schreckliches anzutun.

»Bleib mir vom Leib«, sagte Marasco mit zitternder Stimme. Dabei drängte er sich noch mehr an die Wand und der Mantel rutschte ihm von der Schulter.

»Ich kann dir helfen«, sagte Sam und kniete sich vor ihn.

Marasco schüttelte ängstlich den Kopf.

Was für ein schrecklicher Fluch. Marasco hatte tatsächlich alles vergessen. Er erinnerte sich nicht einmal daran, dass er ein Rabe war. Dort, wo der Mantel noch seine Schulter bedeckte, legte Sam seine Hand hin und hielt ihn fest. »Hör auf! Du hast überhaupt keine Ahnung, wer du bist! Lass mich helfen.«

»Ich muss nicht gerettet werden.«

»Wenn nicht du, wer dann?«

Er konnte nicht nachfühlen, wie groß seine Angst war. Ein Fremder kam, fütterte ihn mit Rabenherzen und bot ihm die Wahrheit an. Wer dabei keine Angst hatte, hatte die Wahrheit wahrscheinlich nicht verdient. Die Hilfe anzunehmen war eins, mit dem Resultat zu leben etwas anderes.

»Das bist nicht du!«, sagte er mit ruhiger Stimme. »Ich werde dir deine Erinnerungen zurückgeben.«

Mit großen Augen schaute Marasco ihn an. Als Sam mit beiden Händen nach dem Mantel griff, zuckte er erneut ängstlich zusammen.

»Ganz ruhig«, sagte er und legte Marasco den Mantel über die Schultern. »Zieh ihn an.«

Schnell schlüpfte Marasco hinein und klammerte sich daran fest. Sam half ihm auf die Füße und knöpfte den Mantel zu. Er reichte ihm bis zu den Knien. Sam tat das Herz weh, als er ihn anschaute. Es gelang ihm nicht einmal zu lächeln. Marascos Anblick wühlte ihn zu sehr auf. Also legte er eine Hand auf Marascos Stirn und die andere auf seine Brust. Seine Haut war eiskalt.

»Versuch, dich zu entspannen.«

Dann tauchte er ein in die See der Schwarzen Schatten. Marascos langes Leben war leicht zu finden. Sein Schatten war größer als alle anderen. Obwohl er sich wegen Vinnas Fluch nicht erinnern konnte, hatten sich die Erinnerungen hundertfünfundzwanzig Jahre lang in ihm angesammelt. Das Schwierige war, sie in einem Stück zu ihm zurückzuschieben, ohne sie mit fremden Erinnerungen zu vermischen. Sachte schob er Marascos Kopf an die Wand und drückte alles, was er von ihm hatte, zurück in seinen Geist. Dabei streiften ihn Erinnerungen, die er kannte und solche, die ihm neu waren. Die Bilder von Marascos Leben zogen jedoch so schnell an ihm vorbei, dass er sie nicht sehen konnte. Ein ohrenbetäubender Lärm durchdrang ihn und er erstarrte ob des Gefühlschaos, das ihn streifte. Und während all diese Momente durch seine Adern strömten, in seine Hände, seine Finger und hinüber in Marascos Geist, unterdrückte er all seine Zweifel und Ängste.

Sobald er spürte, dass Marascos Erinnerungen nicht mehr länger Teil von ihm waren, ließ er ihn los und trat einen Schritt zurück. Es war ein Gefühl der Leere, das ihn plötzlich befiel, gefolgt von großer Hoffnung. Schon bald sollte die geistige Verbindung, die er zu Marasco hatte, wiederhergestellt sein und er würde sich nicht mehr länger wie ein Vogel mit herausgerissenen Flügeln fühlen. Erleichtert, dass er es geschafft hatte, atmete er auf und schaute hoch. Da kippte Marascos Kopf nach vorne, seine Knie knickten ein und er sackte bewusstlos zu Boden.

»Nein!«, rief er entsetzt. »Wach auf!«

Als er die Hand auf Marascos Hals legte, bekam er einen Schlag und wurde an die gegenüberliegende Wand geschleudert. Marasco glühte. Mühevoll raffte Sam sich auf und knüpfte mit zitternden Händen seine Bandagen um die Hände. Erst da bemerkte er, dass er vor Kälte schlotterte. Marasco die Erinnerungen zurückzugeben, hatte ihn ausgezehrt. Niemals hätte er erwartet, dass ihn das alles so erschöpfen könnte. Er hätte die Nacht nutzen sollen, um sich irgendwo zu stärken, doch Marasco nach all den Monaten endlich wieder vor sich zu haben, machte es ihm unmöglich, von seiner Seite zu weichen. Und so saß er da, starrte ihn an und wartete darauf, dass er jeden Moment die Augen öffnete.

Doch die Stunden vergingen und er kämpfte gegen den Gedanken an, Marasco verloren zu haben. Nur zögerlich wagte er, ihn nochmal zu berühren. Die Hitze war aus Marasco gewichen, seine Haut wirkte blutleer und sein Atem stand still.

Wach auf! Bei den Geistern! Bitte!

Starr saß Sam neben ihm und warf sich vor, zu selbstsicher an die Sache herangegangen zu sein. Er erinnerte sich an das Gespräch mit Yarik und die Frage, ob Marasco den Austausch verkraften würde. Dabei versuchte er, nicht die Fassung zu verlieren. Er legte den Kopf zurück an die Wand und atmete tief durch. In weiter Ferne hörte er das Meer rauschen.

Als sich durch ein paar Löcher in der Wand die Morgendämmerung ankündigte, sprang Sam nervös auf. Die Zeit lief ihm davon. Die Paha mussten den Pass mittlerweile erreicht haben und er durfte die Schlacht auf keinen Fall verpassen. Doch Marasco lag noch immer reglos da. Verzweifelt presste Sam die Lippen zusammen, ging in der Zelle auf und ab und versuchte, Ruhe zu bewahren. Dann kniete er wieder neben Marasco nieder und strich ihm zärtlich die Haare aus dem Gesicht. Die Verbindung, die er einst zu ihm hatte, war tot. Fassungslos rieb sich Sam über das Gesicht.

»Wach auf«, flehte er und schüttelte Marasco am Arm. »Komm schon! Wie soll ich ohne dich weitermachen? Soll das etwa alles umsonst gewesen sein?«

Marasco regte sich nicht.

Ist er tot? Er atmet nicht. Aber er ist doch noch immer ein Rabe. Was ist mit seinen Regenerationskräften? Komm schon! Ich hab dir Vogelherzen gegeben! Was soll ich tun?

Sam betrachtete seine rechte Hand und löste erneut die Bandage. Er ballte die Faust und löste sie wieder. Dann holte er Energie aus der tiefen See der Schwarzen Schatten, bündelte sie, bis sein ganzer Arm kribbelte, und legte die Hand Marasco auf die Brust. Mit einem Schlag stieß er die Energie in ihn hinein, sodass sein ganzer Körper darunter zuckte. Dann wiederholte er den Vorgang. Doch es half nichts.

Sam strich sich über die Augen und biss die Zähne zusammen. Als würde er die Wände nach Antworten absuchen, ließ er seinen Blick durch den Raum schweifen.

Ich muss gehen. Zu Ende bringen, was wir begonnen haben. Das ist das Mindeste, was ich tun kann.

Schweren Herzens rappelte er sich auf die Beine und schaute ein letztes Mal auf Marasco. Seine Beine fühlten sich schwer an, sein Körper zitterte und in seinen Augen sammelten sich Tränen.

»Ich komm zurück«, sagte er leise. »Ich komm dich holen.« Dann ging er los.

Noch bevor er die Zelle verlassen hatte, spürte er plötzlich einen heftigen Schlag in seiner Brust. Einen Puls, viel intensiver und kraftvoller als sein normaler Herzschlag. Dann einen zweiten Schlag, der das Blut wie eine heiße Welle durch seine Adern jagte. Sofort drehte er sich um.

Schwer atmend richtete sich Marasco auf und öffnete die Augen. Er strich sich die Haare aus dem Gesicht und schaute sich verwirrt um. Mit einem Ruck stand er auf. Dann hielt er inne, betrachtete seine Hände, die Arme und Beine, berührte sein Gesicht, als wollte er sichergehen, dass alles noch an seinem Platz war. Er strich sich über die Stirn, legte die Hand an die Brust und atmete tief ein.

Als Sam einen Schritt auf ihn zu machte und sein Schatten in die Zelle fiel, schaute Marasco mit funkelnden Augen hoch. Plötzlich ging alles ganz schnell. Er schrie, packte ihn am Hals und schlug ihn gegen die Wand.

»Hör auf!«, rief Sam und versuchte vergebens, Marasco von sich zu stoßen.

»Was hast du getan?«, rief Marasco. »Ich sagte doch, du sollst mich sterben lassen!«

»Das war nicht der Tod!«, keuchte er. Offenbar hatten Marascos alte Erinnerungen die neuen, die er im Loch gesammelt hatte, verdrängt. Als hätte er keine Ahnung mehr, was in den letzten

Monaten mit ihm geschehen war. »Erinnere dich! Es ist nicht das, was du wolltest! Denk nach!«

Hasserfüllt schaute Marasco ihn an und drückte ihn noch fester gegen die Wand, doch seine Augen sprangen immer wieder von einem Punkt zum anderen. »In Saaga …«, stammelte er und presste die Augen zusammen.

»Mar…«, keuchte er.

Marasco schlug seinen Kopf erneut gegen die Wand und würgte ihn. »Ich war endlich da … wo ich hingehörte!«

Mit letzten Kräften klammerte er sich an Marascos Arm fest. Kurz bevor er ohnmächtig wurde, zuckte Marasco zusammen und lockerte seinen Griff. Die vielen Erinnerungen verwirrten ihn und es fiel ihm sichtlich schwer, zu glauben, was er sah. Immer wieder presste er die Augen zusammen und drehte den Kopf weg, als wollte er die Bilder abschütteln, die sich allmählich zu einem Ganzen vereinten.

»Bitte! Lass mich los«, keuchte Sam. »Wenn du sie nicht willst, erlöse ich dich von deinen Erinnerungen.«

Wie wild sprangen Marascos Augen von einem Punkt zum andern und sein Körper war wie erstarrt. Sein Kopf sank immer tiefer und sein Atem stockte. Er sah aus, als würde er jeden Moment zusammenbrechen. Besorgt trat Sam einen Schritt näher. Da kippte Marasco nach vorn und lehnte mit der Stirn an seiner Brust. Seine Rüstung hatte Beulen bekommen und die hohen Mauern um ihn herum schienen allmählich einzustürzen.

»Es tut mir leid«, sagte Sam leise und legte zögerlich die Hand auf Marascos Schulter. »Es tut mir leid.«

Marascos Muskeln waren angespannt, und er bebte unter den vielen Eindrücken, die sich in seinem Kopf ordneten. Dabei spürte Sam, wie sich die Verbindung, die er zu ihm hatte, wieder aufbaute. Es überraschte ihn, dass Marasco nicht zusammenbrach. Und so hielt er seine Schulter und wartete, bis er sich beruhigt hatte.

»Wie lange?«, fragte Marasco schließlich und schaute mit glänzenden Augen zu ihm hoch.

»Zu lange«, antwortete er beschämt. »Es tut mir leid.«

Marasco trat einen Schritt zurück, rieb sich das Gesicht und atmete tief durch.

»Vinna ist tot«, sagte Sam und hielt ihm die Schwerter hin. »Es ist Zeit, Leors Leben zu beenden. Er weiß noch gar nicht, dass sein Schutzzauber gebrochen ist.«

Marasco nahm die Schwerter an sich. »Ich werde sie alle töten!«, schrie er und verließ die Zelle.

Das Band zu Marasco war wiederhergestellt und wurde mit jedem Moment stärker. Erleichtert atmete Sam auf und ein kurzes Lächeln huschte über sein Gesicht. Beinahe hatte er vergessen, wen er zurückgeholt hatte. Doch der Teufel war zurückgekehrt und er gab ihm das Gefühl, selbst wieder komplett zu sein.

Als er in den Hauptraum zurückkehrte, entdeckte er die enthauptete Leiche des Schinders am Boden. Marasco trug bereits dessen Hose und schnürte sich gerade die Stiefel zu. Dann richtete er sich auf, band sich den schwarzen Schal um den Hals und schaute ihn mit düsterem Blick an.

»Wo ist er?«, fragte er, als er den Mantel zuknöpfte.

Sam trat näher und schaute in sein von Blut und Dreck beschmutztes Gesicht. »Du solltest vielleicht zuerst ein Bad ...«

Doch Marasco unterbrach ihn und schrie ihn an. »Wo ist er?«

Sam konnte ihm seinen Zorn nicht verübeln. Nun wollte er kurzen Prozess, das war klar.

»Er ist nach Norden aufgebrochen. Die Paha überqueren gerade das Resto Gebirge. Leors Truppen erwarten sie bereits, in der Hoffnung, dass die Paha erschöpft sind. Er hat nur halb so viele Männer wie Kato. Viele Menschen sind bereits hierher nach Kravon geflohen. Sie verehren den König, als wäre er ein Gott. Was tun wir?«

»Ich werde ihm alles nehmen«, sagte Marasco und befestigte die Schwerter am Gürtel. Entschlossen schaute er ihn mit glühenden Augen an. »Alles!«

100

Sam ignorierte die Mattheit und dass sich seine Muskeln verkrampften. Er verwandelte sich und folgte Marasco den Kettenvorhang hinauf zum Turm. Dort gelangten sie durch Eisengitter hinaus ins Freie. Anstatt direkt nach Norden aus der Stadt hinaus Richtung Saaga zu fliegen, drehte Marasco in die entgegengesetzte Richtung ab, flog das Kliff hinunter Richtung Meer und landete im von der Ebbe freigelegten Felswatt. Im stillen Wasser zwischen den Schorren schimmerte die Morgensonne und eine frische Brise wehte herein. Marasco stand ruhig da, als er hinter ihm landete. Seine Hände waren in den Ärmeln des Mantels verschwunden.

»Ich habe es geahnt«, sagte er leise. »Als hätte mein Innerstes gewusst, dass ich etwas vergessen habe. Es ist so lange her, dass ich diese Luft geatmet und das Rauschen gehört habe. Es brachte mich fast mehr durcheinander als die Folter selbst.«

»Marasco«, sagte Sam leise und trat näher.

Erst jetzt im Tageslicht sah er, wie blass Marasco war. Die Vogelherzen hatten ihm zwar Energie gegeben, doch seine Haut war fast weiß von der monatelangen Dunkelheit. Seine Augen waren glasig, da sie sich erst noch ans Licht gewöhnen mussten, und die Augenlider leicht geschwollen.

Sofort rieb sich Marasco das Gesicht und strich die Haare zurück. »Dieser metallische Geruch von Blut, dieses klebrige Gefühl«, sagte er mit bebender Stimme. »Aber ich konnte sie riechen … diese verdammte frische Luft … ich konnte sie riechen.« Er presste die Faust auf die Stirn und biss die Zähne zusammen. Sam trat einen Schritt näher, doch er wandte sich von ihm ab. »Tu es nicht«, sagte Marasco leise. »Ich brauche keine aufmunternden Worte.«

»Das weiß ich«, antwortete Sam. »Es ist Rache, die du brauchst.«

Marasco lachte verbittert. »Du erstaunst mich, Sam. Wäre es nicht deine Aufgabe, eine Ansprache zu halten, dass Rache nichts nützt? Dass sie das Loch in mir drin nicht zu füllen vermag?«

»Wir wissen beide, dass das in unserem Fall Schwachsinn ist.«

»Du hast recht«, antwortete er, richtete sich auf und atmete durch. »Es ist Zeit.«

Sie flogen den Gefängnisfels hoch und über die Stadt Richtung Norden. Bevor sie das Nordtor erreicht hatten, drehte Marasco erneut eine Schleife und flog über den morgendlichen Markt zurück Richtung Palast.

Wo will er jetzt wieder hin?

Durch ein offenes Fenster drangen sie in die Waffenkammer ein.

»Was hast du vor?«, fragte er, als er neben Marasco landete.

Sofort waren sie von Wachen umzingelt, die ihre Speere auf sie richteten.

»Schließt alle Tore und macht die Bliden bereit!«, befahl Marasco unbeirrt. »Richtet alle auf die Stadt! Und versorgt jeden Turm mit Feuerbällen!«

Ohne zu zögern, gehorchten die Männer seinen Befehlen, sandten die Nachricht an die umliegenden Türme und holten Munition aus dem Lager.

»Du willst alles niederbrennen?«

»Nein«, antwortete er und trat hinaus auf die Terrasse zu den Bliden. »Ich werde ein Feuer legen, das den Himmel so sehr verdunkelt, dass ganz Aryon sieht, wie Kravon gefallen ist. Leor soll wissen, dass wir kommen.«

Neben dem Palast, auf dessen Terrasse dreißig Katapulte standen, waren die fünf umliegenden Türme ebenfalls mit je drei Wurfmaschinen ausgerüstet. Als alles vorbereitet war, befahl Marasco, zwei Bliden Richtung Palast zu drehen.

Sam dachte an die Männer, Frauen und Kinder auf dem Marktplatz, die nichts ahnend dem König huldigten und sich in Kravons Sicherheit wähnten. Er beobachtete Marasco, der trotz größter Konzentration und Entschlossenheit manchmal seine

Augen zusammenpresste und mit großer Mühe versuchte, sich nicht von den Bildern der Folter ablenken zu lassen. Und er sah sich selbst, wie er auf der Terrasse stand, mit freier Sicht über die Hausdächer, einem bleiernen Gefühl in den Gliedern und nichts dagegen unternahm. Als der erste Feuerball auf die Stadt niederfiel, schoss ihm das Adrenalin durch die Adern und sein Herz begann zu rasen. Die Erschöpfung war auf einen Schlag verschwunden. Die Feuerbälle rissen Löcher in die Dächer und ganze Häuser barsten unter der Wucht des Einschlags. Mehrere Viertel fingen Feuer und schwarzer Rauch stieg in den Himmel.

In der Stadt brach das Chaos aus. Hilfeschreie drangen aus den Gassen empor und die Menschen versuchten, sich irgendwo in Sicherheit zu bringen. In kürzester Zeit war der Himmel über Kravon schwarz. Asche wehte durch die Luft, stechender Rauch breitete sich aus und die Feuerbälle fielen wie Sterne auf die Stadt nieder.

Für einen Moment hatte sich Sam im Anblick dieser Katastrophe verloren, doch plötzlich zuckte er zusammen. *Ich muss was tun. Ich kann die Menschen nicht einfach sterben lassen!*

Als Sam sich umdrehte, griff ihn plötzlich eine Wache von der Seite an und stieß ihm ein Schwert in die Schulter. Sam fasste nach der Klinge, verlor aber den Halt und fiel auf die Knie. Plötzlich schlug jemand dem Mann den Kopf ab.

Der Palast brannte lichterloh, und das Feuer im Hintergrund blendete ihn, sodass er nur einen Schatten erkennen konnte, der sich ihm näherte. Es war ein Mann mit aufgesetzter Kapuze und einem Schal, der das halbe Gesicht verdeckte. Er packte das Schwert und zog es ihm mit einem Ruck aus der Schulter.

»Steh auf!«, rief er und zog ihn unter der Schulter zurück auf die Beine. »Wir müssen los! Kannst du fliegen?«

Verwirrt schaute Sam sich um. Der Lärm aus der Stadt, das Geschrei der Menschen und das knirschende Geräusch der Wurfmaschinen waren zu einem ohrenbetäubenden Lärm geworden.

»Sam!«, fuhr Marasco ihn an und zog den Schal von seinem Gesicht, um sicherzugehen, dass er ihn erkannt hatte.

»Du hast gerade eine ganze Stadt zerstört«, sagte Sam verdattert. »Danke, dass du dich um mich sorgst.«

Wütend schlug Marasco seine Hand weg, kniff die Augen zu und schaute ihn verständnislos an. Dann zog er den Schal wieder hoch und wandte sich ab. Sam war sich nicht sicher, ob Marasco verstand, dass er sich bei ihm bedankt hatte. Als er sah, wie er über eine tote Wache hinwegstieg, als wäre sie bloß ein im Weg liegender Stein, wurde ihm plötzlich etwas bewusst. Obwohl er in Marascos Erinnerungen so viel Blut und Leichen gesehen hatte, war dies das erste Mal, dass er in seiner Anwesenheit tötete. Überall auf der Terrasse lagen die Leichen verteilt. Offenbar hatte er seine überschäumende Wut abgebaut. Vielleicht hätte es ihn beunruhigen sollen, dass er all dem ziemlich gelassen gegenüberstand. Ihn irritierte mehr, dass es nicht die Paha waren, die Marascos Klinge als Erstes zu spüren bekommen hatten.

Da drehte sich Marasco wieder zu ihm um. »Bist du so weit?«

»Die Menschen!«, sagte Sam und schaute hinunter auf die brennende Stadt.

Marasco trat neben ihn und schaute irritiert. »Sie sterben.«

»Nein! Sie haben eine Chance verdient.«

Er flog zum Hauptturm, der von den Wachen bereits verlassen war. Am verschlossenen Haupteingang schlugen die Leute verzweifelt gegen das Tor und schrien um Hilfe. Sam drehte das Gewinde und löste den Riegel. Während die Leute aus der Stadt hinaus in Sicherheit rannten, schlug er die Glocke. Da kam Marasco angeflogen und kauerte sich auf die Brüstung.

»Deine Hoffnung ist wirklich nicht totzukriegen«, bemerkte er mit einem verschmitzten Lächeln im Gesicht.

»Mach dich nur lustig!«, gab er zurück und schlug weiterhin die Glocke. »Dein fehlender Sinn für Gerechtigkeit macht sie notwendig!«

Als er sah, wie immer mehr Menschen zum Tor rannten, legte er den Klöppel weg und atmete erleichtert auf.

»Fühlst du dich jetzt besser?«, fragte Marasco.

Sam schaute zu ihm hoch und nickte. Marasco lächelte, und mit einer charmanten Handbewegung gewährte er ihm den Vortritt.

101

Sobald sie in die steinige Wüstenlandschaft nördlich von Saaga kamen, legten sie dank der warmen Winde an Tempo zu. Sam war erleichtert und das Gefühl, nach so langer Zeit wieder mit Marasco zu fliegen, fühlte sich gut an. Doch irgendwie war er besorgt um ihn, denn seit sie Kravon verlassen hatten, flog er direkt neben ihm. Er hatte erwartet, dass Marasco wie der Wind davonbrausen würde. Die Verbindung, die er wieder zu ihm hatte, war noch nicht so stark wie zuvor, baute sich aber langsam wieder auf. Zurzeit war es ihm nicht möglich herauszuspüren, wie Marasco sich fühlte – vielleicht auch, weil der es selbst nicht wusste.

Graue Wolken sammelten sich am Nachmittag entlang der Gipfel des Resto Gebirges, und ein kühler Wind stob vom Pass herunter, als sie über die Klippen hinweg auf die Hochebene gelangten. Tatsächlich standen sich die beiden Armeen in etwa hundert Schritt Abstand gegenüber.

Auf der Nordseite entlang der Felsen, die von der Ebene aus steil zu den Gipfeln hinaufführte, warteten die Nordmänner. Sie hatten sich auf der ganzen Länge ausgebreitet, und während viele von ihnen bereits ungeduldig ihre Messer schliffen, zogen noch immer Krieger über den Pass nach. Kato saß auf seinem Rappen und überblickte seine Feinde. Neben ihm waren Borgos und Hekto und hinter ihm Calen und Torjn. Kato wies mit den Armen jeweils nach links und rechts, woraufhin Hekto und Borgos davonritten, um ihre Truppen anzuführen.

Auf der südlichen Seite mit dem Abgrund und der Passage Richtung Süden im Rücken hatte sich Leors Armee aufgestellt. Im Gegensatz zu dem wilden Haufen, der ihnen gegenüberstand, waren die Aryten in mehrere Bataillone aufgeteilt, die in drei Reihen versetzt zueinander standen. Vorn die Kavallerie, hinten die Infanteristen. An der Front auf einem Schimmel ritt Leor und überblickte seine Truppen. Neben ihm ritt ein General in schwarzer Uniform. Sobald Leor in der Mitte angekommen war, zog er sein Pferd herum und blickte über das Feld geradeaus zu Kato.

Kato zog seine Machete und streckte sie hoch. Die Nordmänner taten es ihm gleich und schrien. Unter den Kriegsrufen der Sumen dröhnte das Wolfsgeheul der Paha, und die Urwaldsumen schlugen ihre Messer gegeneinander, dass die Hochebene unter dem metallischen Scheppern bebte.

Leors Armee stand noch immer stramm. Der General streckte die Hand hoch, woraufhin über die ganze Länge zehn Standarten mit roten Bannern in die Höhe gehalten wurden. Sobald der General das Zeichen gab und die Standarten wieder abtauchten, setzte sich die Armee in Bewegung. Auch die Nordmänner ritten los.

In dem Moment hängte ihn Marasco ab und flog hinunter aufs Schlachtfeld. Es überraschte Sam nicht. Schließlich gehörte Leor ihm und niemandem sonst – völlig ausgeschlossen, dass Kato auch nur in seine Nähe kam. Leor und Kato waren noch sieben Schritte voneinander entfernt, als Marasco sich verwandelte, sich aus dem Flug auf Leor stürzte und ihn vom Ross riss. Als sie auf dem Boden aufschlugen, glaubte Sam, eine gewaltige Druckwelle von Energie zu sehen, die sich wie ein Tropfen im stillen Wasser in alle Richtungen über die Hochebene ausbreitete. Und plötzlich stand alles still. Jeder Paha, jeder Sume, jeder Krieger aus Aryon, sogar die Pferde, alles erstarrte. Der Lärm verstummte und Stille legte sich über das Feld. Kato, der gerade seine Machete schwang, saß reglos auf seinem Rappen, das Gesicht verzogen zu einem stummen Schrei. Sam glaubte, das Heulen des Windes zu hören, als er über den Männern kreiste.

»Geh gefälligst runter von mir!«, rief Leor und drückte Marasco von sich.

Marasco stand auf, trat einen Schritt zurück und senkte den Kopf.

»Wer hätte das gedacht.« Leor grinste böse und richtete sich ebenfalls auf. »Marasco ist auferstanden. Du kannst mich nicht töten. Hast du das etwa vergessen?« Da stockte Leor plötzlich und schaute Marasco erschrocken an. »Was geht hier vor?«, fragte er und fiel auf die Knie, als hätte ihm jemand den Boden unter den Füßen weggerissen. Obwohl Leor versuchte, sich dagegen zu wehren, legte er die Hände vor Marascos Füße und beugte sich nieder. »Was tust du da? Hör auf damit!«

Marasco stand aufrecht und schaute Leor ausdruckslos an. Als er den Kopf leicht zur Seite neigte, löste Leor den Dolch aus seinem Gürtel und hielt ihn demütig mit beiden Händen hoch. Marasco nahm das Messer und schaute sich die handlange Klinge an. Dann packte er Leors Handgelenk und schnitt ihm langsam in den Unterarm. Leor schrie und versuchte, sich aus Marascos Griff zu befreien. Sam fragte sich, was wohl überwog. Der Schrecken, dass sein Schutzzauber nicht mehr wirkte, oder dass er das erste Mal wahre Schmerzen zu spüren bekam.

»Ich kann dich nicht töten?«, fragte Marasco und schaute ihn starr an. »Wie ist das? Ich nehme dich Stück für Stück auseinander.«

Mit zitternder Hand versuchte Leor, die Wunde abzudrücken.

»Hör auf zu heulen!«, rief Marasco und gab ihm einen Tritt ins Gesicht, sodass Leor auf den Rücken fiel. »Ich habe gerade erst angefangen!«

Sam flog hinunter und landete neben Marasco.

»Du! Was hast du getan?«, schrie Leor.

»Vinna ist tot«, sagte er und kauerte neben Leor. Mit zwei Fingern berührte er das Blut unter seiner Nase. Ein Knistern durchfuhr ihn und Leors Erinnerungen strömten in ihn hinein. Bevor der Sumentrieb überhandnahm, zog Sam die Hand zurück und hielt die blutigen Finger hoch. »Wie gern ich doch all deine Erinnerungen hätte. Doch leider gehörst du nicht mir.« Auch wenn er sich Leos Erinnerungen nicht zu eigen machen konnte, so spürte er das Abbild von Leors Schatten tief in seinem Inneren.

Dann überließ er den Platz Marasco. Als der sein Schwert zog, rückte Leor ängstlich zurück. Mit voller Kraft stieß Marasco die Klinge in Leors Oberschenkel. Er rammte sie so tief, dass sie im Boden stecken blieb. Leor fiel zurück und schrie. Als er merkte, dass er sich nicht zur Seite drehen konnte, beugte er sich nach vorn und wollte nach dem Schwert greifen. Da zog Marasco sein zweites und hielt die Spitze an Leors Lippen. Der erstarrte und öffnete langsam den Mund. Drei Fingerbreit schob Marasco die Klinge hinein.

»Hör auf zu heulen, hab ich gesagt.«

Leor zitterte und starrte Marasco mit verweinten Augen an. Der drehte langsam die Klinge und schnitt Leor in die Zunge. Sein Schrei ertrank im Blut, das sich in seinem Mund sammelte.

»Wo willst du es als Nächstes haben? Hier?« Dabei wanderte die Schwertspitze zu Leors Schulter. »Oder hier?« Weiter zur Brust. »Oder vielleicht hier?« Marasco schnitt die Schnallen von Leors grauem Harnisch auf und schob die Klinge unter den Seidenschutz.

Ein Schnitt und Leor lag mit entblößter Brust da, auf den Ellbogen abgestützt und mit aufgerissenen Augen. Es dauerte nur einen kurzen Moment, in dem Marasco das Schwert schwang und Leors Oberkörper voller Schnittwunden war. Leor war starr vor Schreck. Aus seinem Mund floss das Blut den Hals hinunter und mit zitternder Hand suchte er nach den Überbleibseln des Seidenschutzes. Doch da war nicht mehr viel, womit er sich die Wunden abbinden konnte.

»Deine Hände«, sagte Marasco. »Was du mit deinen Händen alles getan hast.«

Leor gurgelte und noch mehr Blut quoll aus seinem Mund. Während er langsam die Hände hochhielt, schüttelte er panisch den Kopf. In seinem Blick lag das blanke Entsetzen. Da schwang Marasco das Schwert und hackte ihm beide Hände ab. Leor verzog vor Schmerz das Gesicht. Der Schrei blieb ihm im Hals stecken.

Sein Anblick stimmte Sam ein bisschen traurig. An Leors Körper gab es nicht genügend Platz, um all die Schandtaten zu rächen, die er und seine Vorfahren Kolani und insbesondere Marasco angetan hatten. Was er bekam, war nichts im Vergleich zu dem, was er verdient hatte. Sein Körper würde ihn vorher mit dem Tod erlösen. Selbst sein erbärmliches Wimmern wurde vom

Wind davongetragen, als hätte es nie existiert. Die Stille auf der Hochebene war so gespenstisch, dass Sam es nicht einmal wagte, sich umzusehen. Schließlich war es Marasco selbst, der all diese Männer, diese Tausenden von Kriegern, mit seiner bloßen Willenskraft hatte erstarren lassen.

Als er plötzlich ein Grummeln hinter sich vernahm, lief ihm ein kalter Schauer über den Rücken. Es war tatsächlich Kato, der mit allen Kräften versuchte, sich aus der Starre zu befreien. Er war zumindest so weit, dass er seine Stimme schon fast zurückhatte. Beunruhigt schaute Sam zu Marasco.

Auf den ersten Blick trug er wie immer den teilnahmslosen Gesichtsausdruck, doch er konnte es in seinen Augen sehen. Marasco tobte. Seine Augen brannten vor Wut. Und als er zwischen Leors Beine trat und den Schwertgriff in seiner Hand drehte, wirkte er aufgewühlter denn je. Auf seinem Gesicht zeigte sich Abscheu und Verachtung.

Plötzlich rammte er das Schwert in Leors Unterleib. Leor zuckte zusammen und wurde ohnmächtig. Ein dumpfer Schmerz durchfuhr auch Sam und ihm stockte für einen Moment der Atem. Ihm war klar, dass die Erinnerung, die er im Loch von Marasco gesehen hatte, nur der Auftakt dessen waren, was sich in den letzten sechs Monaten in diesem Folterraum abgespielt hatte. Er wusste, ihm würde sogar die Fantasie dazu fehlen, sich selbst vorzustellen, was sich dort unten zugetragen hatte. Das Abbild, das er jedoch von dieser Zeit in sich gespeichert hatte, hatte einen so erschreckenden Eindruck hinterlassen wie keine andere Erinnerung zuvor.

Mit gesenktem Kopf stand Marasco da und stützte sich auf dem Schwert ab, das noch immer in Leor steckte. Bevor die Blutlache Marascos Stiefel erreichte, zog er das Schwert heraus und trat einen Schritt zurück. Still stand er da, doch sein Herz schlug wie wild. Und plötzlich ging er auf Leor los, stieß ihm das Schwert in die Brust, immer wieder, sieben, acht, neun Mal. Marasco war außer sich und verlor die Fassung.

Um sich herum hörte Sam plötzlich Stimmen. Es waren die Paha, die Sumen und die Krieger von Aryon, die zwar noch immer bewegungsunfähig waren, sich aber bereits lautstark beschwerten. Aus dem Geschrei drang eine Stimme ganz klar an sein Ohr. Es war Kato, und der kochte vor Wut.

»Du Hund! Ich werde dich töten! Wie konntest du es wagen!«

Sam konnte nicht zulassen, dass Marasco die Nerven verlor, und packte ihn von hinten. »Hör auf! Hör auf!«, rief er und hielt ihn fest umklammert.

Marasco wand sich in seinem Griff. »Lass mich!«

»Er ist tot! Hör auf!« Dabei fiel er zurück und riss Marasco mit zu Boden.

Marasco hörte nicht, wie die Männer um sie herum lauter wurden und bereits ihre Waffen gegeneinanderschlugen. Sam drückte die Hand an Marascos Stirn und versuchte, ihn zu beruhigen. Marasco schrie und schlug wild um sich; wohl aus Angst, er würde etwas mit ihm anstellen. Doch dann fiel er mit dem Kopf zurück an seine Schulter und atmete stockend ein und aus.

»Verlier jetzt nicht die Nerven«, sagte Sam und drückte die Hand weiter an Marascos Stirn. »Konzentrier dich! Es ist noch nicht zu Ende.«

Marasco beruhigte sich allmählich und sein Körper hörte auf zu zittern. Einen Moment ließ er es zu, dass er ihn festhielt. Als er sich der Situation wieder bewusst wurde, drehte er sich auf die Knie und griff nach dem Schwert, das neben ihm am Boden lag.

»Du hast recht«, sagte er und zog das andere aus Leors Oberschenkel. »Ich werde meine Klingen an deren Hälsen wetzen!«

Dann sprang er mit einem Satz hoch und ging auf die Krieger los, die er aus ihrer Starre ließ. Diejenigen, die es als Erste traf, wussten gar nicht, wie ihnen geschah. Einen nach dem Anderen metzelte Marasco nieder. Auch wenn Sam nur einen kurzen Moment Zeit hatte, um ihm dabei zuzusehen, wusste er, dass dies wahrlich eine seiner dunkelsten Stunden war.

102

Die beiden Armeen stürzten sich brüllend aufeinander. Sam war plötzlich umzingelt von Paha, Sumen und Kriegern aus Aryon. Selbst Kato war abgedrängt worden und irgendwo in der Menge verschwunden. Sofort löste er die Bandagen, streckte die Arme aus und schlug die Angreifer mit einem Energiestoß zurück. Mit einer kurzen Handbewegung entriss er ihnen die Schwerter und bildete mit ihnen um sich herum ein Rad. Sam atmete tief durch und ging in Angriffsstellung. Am Blick des Paha vor sich erkannte er, dass er von hinten angegriffen wurde. Sofort schlug er die Arme herum und schoss ein Schwert direkt in den Hals des Angreifers und eins in den Mann vor sich. Als von beiden Seiten Krieger auf ihn losgingen, drehte er sich mit ausgestreckten Armen und brachte so die Schwerter um sich herum ins Rotieren. Zwei Sumen schafften es rechtzeitig, die ihnen entgegenfliegenden Klingen abzuwehren, während zwei andere mit aufgeschlitzten Kehlen zu Boden gingen. Sam duckte sich im letzten Moment unter dem Schwert weg, das der Paha schwang. Als der Angreifer nahe genug war, sprang er wieder hoch, krallte sich mit beiden Händen an seinem Hals fest und sog blitzartig bis auf den letzten Tropfen dessen Erinnerungen und Energie aus.

Während er sich gestärkt dem anderen Angreifer zuwandte, ließ er den Mann nachlässig zu Boden gleiten. Der Angreifer stutzte einen Moment und kniff die Augen zu, dann griff er ihn mit einem lauten Schrei an. Sam ging sofort zurück in Angriffsstellung. Im Augenwinkel sah er etwas Metallisches aufblitzen. Es war eines der Schwerter, das nach der Rotation auf den Boden gefallen war. Sam streckte den Arm aus und schleuderte die Waffe mit einer Wischbewegung durch die Luft. Der Paha vor ihm holte gerade zum Schlag aus, als das Schwert wie ein Pfeil in seinem Kopf einschlug. Noch bevor der Mann zu Boden ging, drehte sich Sam um und suchte sich einen neuen Gegner.

Seine ganze Konzentration richtete sich auf das Töten. Der ohrenbetäubende Lärm trat allmählich in den Hintergrund, und er fiel in einen Rausch, wie er ihn noch nie zuvor gespürt hatte. Mit seinen Bewegungen steigerte er sich beinahe in einen tranceähnlichen Zustand, und immer mehr Gegner tötete er, indem er ihnen die Erinnerungen und Energie aussaugte. Gierig stürzte er sich auf sie und empfand es als Verschwendung, sie mit dem Schwert zu töten. Und je mehr Erinnerungen er in sich aufnahm, je mehr Energie er aus den Männern schöpfte, umso stärker fühlte er sich und umso klarer wurden seine Sinne. Als hätte sich die Zeit für ihn verlangsamt, bewegte er sich über das Schlachtfeld und schien jeden Angriff vorauszusehen. Gleichzeitig wirbelte er in unmenschlicher Geschwindigkeit herum und ließ seinen Angreifern keine Verschnaufpausen.

Und plötzlich kam er zum Stillstand. Aufrecht stand er zwischen mehreren toten Kriegern, bemerkte erst da, dass er ein bisschen außer Atem war. Etwa fünf Schritte vor ihm stand Calen. Mit blutverschmiertem Gesicht zog er gerade das Schwert aus der Brust eines Mannes. Als hätte sich Dunkelheit über das Land gelegt, schienen sie die Einzigen zu sein, die noch im Licht standen. Calen stieg über einen toten Krieger hinweg und trat näher.

»Sieh an, sieh an«, sagte der Paha und verzog den Mund zu einem einseitigen Grinsen. »Der kleine, schwache Sam steht noch immer aufrecht.«

Sam beobachtete Calen mit wachsamen Augen und ballte die Hände zu Fäusten. Er spürte die losen Bandagen im Wind wehen.

»Ist dir eigentlich schon einmal aufgefallen, dass du kleiner bist als ich?«, fragte er ruhig. »Die ganze Zeit habe ich zu dir aufgeblickt, weil du derjenige warst, der über mir gestanden und mich verprügelt hat. Und dabei hast du diese abscheuliche Narbe in deinem Gesicht getragen, als wäre es eine Sumentätowierung. Doch du bist kein Sume. Du bist nur ein kleiner Khame.«

»Große Worte, die du da von dir gibst, Samiel! Aber sind wir doch ehrlich. Auch wenn ich kein Sume bin, so bin ich immer noch besser als du. Du hast dich gegen dein eigenes Volk gewandt! Du verleugnest deine Herkunft und weigerst dich, Verantwortung zu übernehmen. Du hast den Sumentrieb überhaupt nicht verdient!«

Sam huschte ein Lächeln über das Gesicht. »Du denkst, ich wäre froh um dieses Geschenk?«

Calen schnaubte und spuckte auf den Boden.

So energiegeladen sich Sam auch fühlte, die Erinnerungen an die Zeit in Pahann ließen sein Blut gefrieren. Die Tage, an denen er kaum aus dem Bett gekommen war, weil ihm die Kraft fehlte, um aufzustehen, die vielen Wunden, die er durch die Erinnerungen der Paha davongetragen hatte, und die niemals endenden Beleidigungen drehten sich wie ein Wirbelsturm in seinem Kopf, dass ihm schwindlig wurde. Sein Atem stockte und sein Blick verfinsterte sich. Eine Wut stieg in ihm hoch, die er sein ganzes Leben lang unterdrückt hatte. Natürlich war er froh um den Trieb, der ihm endlich gezeigt hatte, wie er zu Kräften kommen konnte. Doch das Leben, das er in Pahann führen musste, weil Schwäche nicht akzeptiert worden war, hatte seines zur reinsten Qual gemacht.

»Ich werde dich töten«, sagte er mit bebender Stimme, gerade laut genug, dass Calen ihn hören konnte. »Ich werde dir deine Erinnerungen aussaugen. Und kurz bevor du alles vergessen hast, werde ich aufhören. Denn du sollst wissen, wer dich getötet hat.«

»Glaub nicht, dass ich mich zurückhalte«, sagte Calen und hob sein Schwert. »Ob du bewaffnet bist oder nicht, ist mir egal. Ich töte dich.«

»Du kannst mich nicht töten«, sagte er, wobei er sich dadurch eher selbst Mut zusprach, als dass die Information für Calen gedacht war. Seine bisherigen Feinde, egal ob Paha, Sume oder Krieger aus Aryon, waren gesichtslose Hüllen gewesen, die ihn mit Erinnerungen und Energie versorgt hatten. Nun stand sein erster Kampf gegen einen Gegner an, zu dem er eine emotionale Beziehung hatte. Und in der Geschichte, die sie beide teilten, war er stets als Opfer hervorgegangen. Er tauchte tief in die See der Schwarzen Schatten, um sich mit dem Mut vieler vergangener Opfer zu stärken. »Sag«, fuhr er fort, als sich sein Blickfeld durch den schwarzen Rauch dämpfte und dabei sein Sehsinn noch stärker wurde. »Weißt du eigentlich, wozu ich fähig bin?« Dabei breitete er die Arme aus und zog sieben Schwerter vom Boden hoch, die er um sich herum schweben ließ.

Calens Augenbrauen zuckten kurz zusammen, doch er war gut darin, seine Irritation zu verbergen. Das Grinsen verschwand aus seinem Gesicht und sein Blick sprang konzentriert hin und her, um jedes der sieben Schwerter genau im Blick zu behalten. »Na dann los!«, schrie er plötzlich und griff an.

Sam blieb reglos an seinem Platz stehen, während er mit leichten Handbewegungen die Schwerter nacheinander auf Calen schoss. Calen wehrte die meisten ab. Dennoch wurde er an den Oberschenkeln und Armen verletzt. Doch das hielt ihn nicht davon ab, sich auf Sam zu stürzen. Sam trat ihm einen Schritt entgegen, ging in die Knie und wich aus, als Calen das Schwert nach ihm stieß. Von der Seite schlug Sam ihm in den Nacken und entriss ihm mit einem Wink das Schwert. Calen stolperte, konnte sich jedoch wieder fangen und ging zurück in Angriffsstellung. Auch Sam gewann wieder festen Stand und hob die Hände.

»Da hast du ja ein paar tolle Tricks auf Lager«, sagte Calen und ging wieder auf ihn los.

Sam wehrte den ersten Schlag ab, da schlug ihm Calen die Faust ins Gesicht. Sams Kopf wurde zurückgeworfen, er verlor das Gleichgewicht und fiel zu Boden. Calen folgte ihm, kniete sich auf seine Brust und schlug ihm mehrere Male ins Gesicht. Sam steckte die Schläge ein und spürte gleichzeitig, wie sein Körper wieder heilte. Er fand plötzlich Gefallen an diesem Spiel und lachte. Das entging auch Calen nicht, der immer wütender und mit jedem Schlag stärker wurde.

»Bitte!«, rief Sam und Calen hielt einen Moment inne. »Töte mich!«

Calen zog sein Messer aus dem Beinholster und hielt es über Sams Brust. »Du willst, dass ich dich töte? Das kannst du haben.« Mit voller Wucht rammte er den Dolch in sein Herz.

Sams Herzschlag wurde unregelmäßig, sein Körper verkrampfte sich und sein Atem setzte aus.

Calen zog das Messer wieder heraus und schaute Sam hasserfüllt an. »Du hast nie zu schätzen gewusst, was ganz Pahann für dich getan hat«, flüsterte er. »Wir wollten dich stärker machen. Aber du bist einfach nicht stärker geworden. Das hat mich so wütend gemacht!«

Sam spürte, wie die Wunde in seiner Brust heilte und sein Körper sich wieder entspannte. Da packte er Calens Arme, überwältigte ihn und setzte sich auf seinen Bauch. Calen war so überrascht, dass er sich gar nicht wehren konnte. Dann schlug Sam mehrere Male auf ihn ein.

»Du wolltest mich stark machen? Red dir das nur weiter ein!«, fuhr Sam ihn an. »Du besitzt keinen Funken Mitgefühl! Du weißt überhaupt nicht, was das ist!«

All die Wut, die sich über die Jahre in Pahann angestaut hatte, brach aus ihm heraus. Calen lag bereits halb ohnmächtig unter ihm, als er es schaffte, sich zu zügeln. Außer Atem saß er auf ihm und betrachtete seine blutig geschlagenen Hände, die langsam wieder heilten. Neben der Wut spürte er aber auch eine unglaubliche Trauer und kämpfte gleichzeitig mit den Tränen. Calen drehte den Kopf etwas zur Seite und wollte etwas sagen, da presste Sam sofort die Hand auf seine Stirn und entzog ihm die Energie und die Erinnerungen. Mit aufgerissenen Augen starrte der Khame ihn an.

Kurz vor dem letzten Tropfen ließ Sam von Calen ab. In seinem Gesicht las er blankes Entsetzen. Sam streckte die Hand aus und zog den Dolch an sich, der außerhalb seiner Reichweite lag. Dann drehte er das Messer in der Hand und beugte sich zu Calen hinunter.

»Ich sagte doch, ich werde dich töten«, flüsterte er und setzte den Dolch an Calens Kehle.

Calen versuchte, sich zu wehren, doch er hatte so viel Energie verloren, dass er nicht mal die Kraft hatte, einen Finger zu bewegen. Sam kniff die Augen zusammen, verzog den Mund zu einem grimmigen Lächeln und schlitzte Calen die Kehle auf.

Calen zuckte unkontrolliert, gab würgende Töne von sich und das Blut floss aus seinem Hals. Mit regloser Miene stand Sam auf und blickte auf Calen hinunter.

Marascos Temperament hat abgefärbt. Aber das ist keine Überraschung; so lange wie ich seinen Schwarzen Schatten mit mir herumgetragen habe.

103

Der Kampf hatte mit der Dämmerung begonnen. Nun legte sich die Dunkelheit über die Hochebene. Die Wolken verdeckten den Vollmond und der Wind aus Norden wurde stärker. Überall setzten die Paha Leichen in Brand, um das Schlachtfeld zu beleuchten. Die Kämpfer schlugen um sich. Mancher Todesschrei stieß aus der wütenden Masse hervor. Blut spritzte auf alle Seiten. Den Männern quollen die Eingeweide heraus und viele verbluteten.

Die Schlacht wütete die ganze Nacht hindurch. Der Kampf wurde immer bösartiger, konfuser, monströser und unnachgiebiger. Um Sam herum türmten sich die Leichen, und es fiel ihm immer schwerer, die Konzentration aufrechtzuhalten und das Entsetzen zu ignorieren.

Am Morgen brach ein Gewitter aus. Es blitzte und donnerte. Heftiger Regen fiel über die Hochebene und wusch den Ruß und die Asche aus dem Himmel. Sam erwachte wie aus einem Albtraum. Er hielt einen Moment inne und schaute hoch zu den dunklen Wolken. Ein mattes Gefühl befiel ihn. Als er einen Schritt zurückmachte, stolperte er über einen Paha und fiel zwischen leblose Körper. Erschrocken machte er einen Satz zur Seite. Als er merkte, dass er sich am Kopf eines toten Mannes abstützte, zog er die Hand zurück, als hätte er sich daran verbrannt. Mit stockendem Atem und schweren, vom Regen und Blut durchtränkten Kleidern saß er da und konnte sich nicht bewegen. Er hatte nicht gezählt, wie viele Menschen er in dieser Nacht getötet hatte, doch seinem Herzschlag nach waren es eine Menge. Er betrachtete seine blutverschmierten, zitternden Hände und sah zu, wie der Regen sie reinwusch.

»Ich bin kein Krieger«, wiederholte er immer wieder und weigerte sich standhaft, in Tränen auszubrechen. »Ich bin kein Krieger.«

Schließlich nahm er all seinen Mut zusammen und schaute über das Schlachtfeld. Etwa tausend Nordmänner hatten die Nacht überstanden und kämpften mit vereinten Kräften gegen die verbleibenden Krieger aus Aryon. Marasco war nirgendwo zu sehen. Schlotternd vor Kälte kroch Sam von den Leichen herunter auf den matschigen Boden und grub die Hände in den Schlamm. Er konnte an nichts anderes mehr denken, als all dem so schnell wie möglich ein Ende zu setzen.

Er breitete sich mit seinen Kräften auf dem Schlachtfeld aus und zog den Kriegern langsam die Energie aus den Körpern. Er konnte nicht unterscheiden, ob es sich dabei um Paha, Sumen oder Kämpfer aus Aryon handelte, dafür waren es zu viele Menschen. Doch über die Schwarzen Schatten konnte er spüren, wenn er einen Sumentrieb in sich aufnahm. All die Erinnerungen, die in ihn hineinsprudelten, waren berauschend. Aber es waren die Sumentriebe, die ihn erregten. Das erste Mal, seit sein Trieb ausgebrochen war, konnte er verstehen, weshalb ihn die Sumen auch Sammeltrieb nannten. Er lechzte geradezu nach all den Fähigkeiten, die in ihn flossen.

Tatsächlich waren es die Krieger aus Aryon, die zuerst bemerkten, dass sich etwas Übernatürliches auf dem Schlachtfeld abspielte, als plötzlich Männer um sie herum tot zusammenbrachen. Sie ergriffen die Flucht und ein paar von ihnen gelang es, sich rechtzeitig durch die Passage Richtung Süden in Sicherheit zu bringen.

Langsam breitete Sam den Radius um sich herum aus und ein Krieger nach dem anderen brach zusammen. Plötzlich hatte er Sicht auf Kato. Sofort zog er die Hände aus dem Schlamm und wischte sich den Dreck an der Hose ab. Kato stand mit dem Rücken zu ihm. Er hatte den Arm ausgestreckt und seine Hand war zu einer Kralle geformt. Sam folgte Katos ausgestreckter Hand und sah, wie etwa zehn Schritte von ihm entfernt drei Fuß über dem Boden Marasco in der Luft hing und versuchte, sich aus Katos unsichtbarem Griff zu befreien.

»Kato!«, schrie Sam.

Doch Kato reagierte nicht. Stattdessen spürte er, wie Katos Schatten tief in ihm immer stärker pulsierte. Sam sprang über die Leichen hinweg und flog über das Feld. Noch im Flug verwandelte er sich und stürzte sich schreiend auf ihn. Kato schreckte herum und schleuderte ihn mit einem Schlag zur Seite. Sam schlitterte durch den Schlamm und blieb etwa fünf Schritte von Kato entfernt liegen. Sofort rappelte er sich auf die Knie und schaute seinen Vater hasserfüllt an. Es überraschte ihn selbst, dass er ihn ohne zu zögern angegriffen hatte.

»Marasco, König des Nordens«, sagte Kato voller Ehrfurcht und einem Grinsen im Gesicht. »Du hast gut gekämpft.«

»Was willst du von mir?«, ächzte Marasco. »Diese Leben bedeuten mir nichts!« Dann stöhnte er auf und griff sich an den Hals.

»Dir war gar nicht klar, wie vielen Menschen du damals das Leben gerettet hast«, zischte Kato und drehte langsam seine Hand. »Ich wusste, deine Tat war nicht selbstlos. Aber dass du unverrichteter Dinge untergetaucht bist, das werde ich dir nie verzeihen!«

»Wovon sprichst du?«, keuchte Marasco.

»Ich werde dich töten!«

Als hätte Marasco Gefallen an dem Gedanken gefunden, huschte tatsächlich ein Lächeln über sein Gesicht. Sofort sprang Sam auf und schrie ihn an.

»Wage es nicht einmal, daran zu denken!«

Da fing Marasco plötzlich an zu zittern und um ihn herum bildete sich eine rote Wolke.

»Nein!«, schrie Sam und versetzte Kato einen so kräftigen Stoß, dass er zur Seite fiel.

Die Wolke um Marasco verschwand und er sackte nach Luft ringend zu Boden.

»Was soll das, Samiel?«, schrie Kato wütend und stand wieder auf. »Du bist ein Sume! Verhalte dich gefälligst auch wie einer!«

Aufgewühlt schüttelte Sam den Kopf. »Ich bin keiner von euch!« Dann streckte er die Hand nach ihm aus, tauchte ein in die See der Schwarzen Schatten und holte Katos Trieb herauf. Er packte Kato an den Blutsträngen und zwang ihn zurück auf die Knie.

»Du Verräter greifst mich an?«

»Weißt du«, sagte Sam mit zitternder Stimme, »der Mann, der deine Mutter getötet hat, war Marascos Vater. Glaubst du wirklich, dass ich dir diesen Sieg überlasse?« Langsam trat er Schritt für Schritt näher. »Sind wir doch ehrlich, du hättest mich danach sowieso getötet!«

Kato hob den Arm und versuchte, Sam seine Macht entgegenzusetzen. Als Sam die Kraft spürte, stärkte er mit der freien Hand das Handgelenk und formte die Hand zu einer Kralle. Indem er noch mehr an Katos Blutsträngen zog, ließ dieser kraftlos den Arm sinken und schaute ihn erschrocken an.

»Los, Samiel! Bring es zu Ende!«, knurrte Kato. »Dazu bist du doch überhaupt nicht fähig! Du bist und bleibst ein Schwächling!«

Sam biss die Zähne zusammen und fixierte Kato mit all seinen Kräften am Boden. Als er schließlich neben ihm stand, huschte Kato ein Lächeln über das Gesicht.

»Du hast wirklich einen außergewöhnlichen Trieb. Du bist wie ein Parasit. Aber das warst du ja bereits dein ganzes Leben lang. Und nun tötest du mich nicht einmal mit deinen eigenen Kräften. Wirklich eine Schande.«

Sams Arm zitterte, sein Atem stockte und der feine Regen vermischte sich mit dem Blut und dem Schweiß auf seiner Haut.

»Keine Angst«, sagte er mit bebender Stimme. »Ich töte dich mit meinen eigenen Kräften. Das hab ich dir doch versprochen.«

Katos Augenbrauen zuckten, und er schaute ihn irritiert an. Während er Kato weiterhin mit einer Hand an den Blutsträngen fixierte, drückte er ihm die andere auf die Stirn. Mit großen Augen starrte Kato ihn an und war unfähig, sich aus seinem Griff zu befreien. Sam schloss die Augen und sog alles aus ihm heraus, was er kriegen konnte. Gemeinsam mit Katos Energie und seinen Erinnerungen tauchte er ein in die tiefe See der Schwarzen Schatten, um sicherzugehen, dass Kato unterging und sich mit den anderen vermischte. Nach dem letzten Tropfen löste sich Katos Stirn von seiner Hand, doch Sam war so tief eingedrungen und Katos Energie so berauschend, dass er reglos stehen blieb und einen Moment in der Tiefe verweilte.

104

Als Sam die Augen öffnete, fühlte sich sein Körper ganz warm an und kribbelte ob all der Energie. Das erste Mal, seit der Sumentrieb in ihm ausgebrochen war, hatte er das Gefühl, satt zu sein. Er fühlte sich geheilt, so als ob er so viele Erinnerungen in sich aufgenommen hätte, dass sie für den Rest der Ewigkeit reichen würden. Er atmete tief durch und schaute hoch zu den Wolken. Es hatte aufgehört zu regnen und die Luft schmeckte süßlicher und reiner denn je. Die vom Süden heraufziehenden Winde gewannen an Stärke und verdrängten die eisige Kälte auf der Ebene. Er ließ den Blick über das Feld schweifen und betrachtete all die toten Krieger. Es war ein grauenvoller Anblick. Bevor er von Schuldgefühlen übermannt wurde, schaute er zu Marasco. Der stieß gerade sein Schwert in den Boden und beugte sich vor. Es sah aus, als würde er erbrechen. Dann knickte er ein, fiel auf die Knie und hielt sich den Kopf. Sofort rannte Sam zu ihm hinüber. Noch bevor er ihn erreichte, stützte sich Marasco mit den Händen am Boden ab und erbrach erneut.

»Was ist los?«

Marasco presste die Augen zusammen und krallte sich in den blutdurchtränkten Boden. Plötzlich packte er seine Hand und drückte sie an seine Stirn. »Nimm sie!«, sagte er mit zitternder Stimme. »Nimm sie mir weg!« Seine Haut war blass und die Augen noch immer geschwollen. Und obwohl es ihm für die Schlacht nicht an Kraft gefehlt hatte, hatte er während der sechs Monate im Loch eindeutig Muskelmasse verloren.

»Was meinst du?«

»Die Zeit im Loch. Bitte, Sam.«

Erschrocken schaute er ihn an. Seine ganze Energie hatte er darauf verwendet, Marasco zurückzuholen, dass er dabei nicht gesehen hatte, was um ihn herum geschehen war. Er hatte sich mit der Tatsache beruhigt, dass Marasco sein Gedächtnis verloren hatte, und so der Faktor Zeit in den Hintergrund gerückt war. Sobald er ihm die Erinnerungen zurückgegeben hatte, würden sie ihren Kampf wieder aufnehmen. Doch wie überheblich er doch gewesen war. Während er in der Orose meditiert hatte, war Marasco monatelang in dieser Zelle gefoltert worden. Und wie dumm, dass er sich nie Gedanken darüber gemacht hatte, was geschehen würde, wenn der alte Marasco auf den neuen traf.

»Tut mir leid«, sagte er und zog die Hand zurück. »Das kann ich nicht.«

»Du hast gesagt, du kannst es rückgängig machen.«

»Aber diese Erinnerungen kann ich nicht von dir nehmen. Ich hätte dir die alten genommen und dich im Kerker zurückgelassen. Du hättest weiterhin nicht gewusst, wer du bist und warum du dort eingeschlossen warst.«

Da packte Marasco ihn plötzlich am Hals und schlug ihn zu Boden. Eine Weile schaute er ihn wütend an, doch dann ließ er wieder von ihm ab, fiel zurück und drückte sich die Hand an die Stirn. Egal wo er hinschaute, egal in welche Richtung er den Kopf drehte, ob mit offenen oder geschlossenen Augen, die Bilder waren überall.

»Dann nimm alles«, sagte er verzweifelt.

»Nein. Meinetwegen nenn mich egoistisch, aber ich werde nicht allein auf dieser Welt bleiben. Ich habe versprochen, dich zurückzuholen! Ich lass nicht zu, dass du erneut verloren gehst. Dir bleibt keine andere Wahl, als diese Erinnerungen anzunehmen. Erzähl mir nicht, du hast deine ganze Wut aufgebraucht. Und wenn ich der Letzte bin, gegen den du sie richtest. Bitte, dann hass mich dafür. Doch dir bleibt nichts anderes übrig, als damit zu leben.«

Marasco kniete im schlammigen Boden und schaute ihn mit glänzenden Augen an. Seine Lippen zitterten und er war kurz davor, zusammenzubrechen. Es tat Sam weh, ihn so zu sehen. Also kniete er neben ihn und legte die Hand auf seine Schulter.

»Versteh doch! Du bist schon lange tot! Seitdem die Zeit für dich stillsteht, bist du nicht mehr unter den Lebenden dieser Welt. Ich weiß nicht, wie du dir den Tod vorstellst. Das Nichts?

Endlose Dunkelheit? Frei von Gedanken, Gefühlen und Erinnerungen? Was aber, wenn dort die Sonne scheint? Wenn der Ort nicht woanders ist, sondern genau hier. Und was, wenn du ihn bis in alle Ewigkeit mit mir teilen musst, weil wir hier die Einzigen sind. Also mach das Beste daraus! Tu was Gutes!«

»Und was soll das sein?«, fragte Marasco leise.

»Tu einfach das Gegenteil von dem, was du bisher getan hast.«

Marasco blickte über das Feld. Dann ließ er den Kopf wieder hängen, krallte die Hände in den Schlamm und atmete stockend ein und aus.

Da spürte Sam plötzlich, wie die Erde unter ihm vibrierte. Sofort stand er auf und trat einen Schritt zurück. Der Schlamm um sie herum bewegte sich wie die Oberfläche des Meeres und verschluckte langsam die Toten. Jeder Paha, jeder Sume und jeder Krieger Aryons versank im Schlachtfeld. Als nur noch Marasco und er übrig waren, wich auch das Wasser. Der Schlamm verhärtete sich und wurde zu einem lehmigen Boden. Dünne Grashalme sprossen hervor und ein immer dichter werdender, grüner Teppich breitete sich auf der Ebene aus. Gelbe, weiße, lila und blaue Blumen sprossen und blühten in aller Pracht. Sam staunte ob dieser natürlichen Schönheit und über Marascos einzigartige Kraft.

»Ich hasse dich«, sagte Marasco mit bebender Stimme und schaute ihn mit glänzenden Augen an.

»Das ist gut«, antwortete Sam und half ihm hoch. »Weißt du, du kannst mit mir darüber reden. Darüber, was passiert ist.«

»Nein, kann ich nicht«, antwortete Marasco niedergeschlagen und zog das Schwert aus dem Boden.

Er tat so, als wäre nichts gewesen, doch sein Gesicht war angespannt und sein Blick sprang noch immer von einem Punkt zum nächsten. Da bemerkte er, wie Sam ihn beobachtete.

»Was ist?«, fragte er grimmig und steckte die Waffe ein.

»Ich hab etwas für dich«, sagte er und fasste in seine Hosentasche. »Ich weiß, damit sind gute Erinnerungen verbunden.«

Dann öffnete er die Hand und hielt ihm Sagans hellblauen Stein hin. Marasco erstarrte, und es dauerte einen Moment, bis er sich wieder fing, blinzelte, aufatmete und den Kopf abwandte.

»Nimm ihn«, sagte Sam mit weicher Stimme.

Doch Marasco rührte sich nicht, traute sich nicht einmal, nochmal hinzusehen. Also steckte Sam den Stein in die Brusttasche von Marascos Mantel und klopfte ihm wohlwollend auf die Schulter.

Das wird schon, wollte er zu ihm sagen, doch irgendetwas hielt ihn davon ab. War er sich da etwa doch nicht so sicher? Auf jeden Fall war er guter Hoffnung.

Epilog

Sam saß auf einem Fels, von dem er einerseits die Hochebene überblicken konnte, auf der die Schlacht stattgefunden hatte, und andererseits Sicht auf Leors Zeltlager hatte. Er verstand, dass es eine Menge gab, das Marasco verdauen musste. Schließlich waren seine Erinnerungen ein ordentlicher Haufen, den es zu verarbeiten galt. Der Wind zog über die Blumenwiese, die wie die Oberfläche eines Sees kräuselnd Richtung Osten wehte. Marasco hockte mit dem Rücken zu ihm am Boden und hatte das Gesicht in den Händen vergraben.

Habe ich ihn vielleicht dieses Mal gebrochen?, fragte er sich, als er ihn aus sicherer Entfernung im Auge behielt. *Was, wenn ich das zerstört habe, das ihn stark gemacht hat?*

Die Verbindung zu Marasco war zwar wiederhergestellt, doch sie war so schwach wie damals, als er sie auf der Schlucht über Nomm das erste Mal wahrgenommen hatte. Vielleicht war sie aber auch nur gedämpft wegen der vielen Erinnerungen und Sumentriebe, die er in sich aufgenommen hatte. So schwach sie aber auch war, er spürte, wie Marascos Innerstes von den Erinnerungen ganz durcheinandergeraten war.

Bleibt nur zu hoffen, dass sich der Sturm bald legt.

Doch beim Anblick der Blumenwiese, die bewies, welch außergewöhnliche Fähigkeiten in ihm steckten, wurde er zuversichtlich. Aus einer schlammigen, blutdurchtränkten und leichenübersäten Hochebene eine endlose, saftige und lieblich duftende Blumenwiese zu machen, war in seinen Augen ziemlich bemerkenswert.

Da kann man glatt neidisch werden, dachte er und blickte hoch in den Himmel. *Dieser Hund. Was er mir wohl sonst noch alles verheimlicht hat?*, dachte er mit einem zufriedenen Lächeln im Gesicht. Der Wind schob die dunklen Wolken nach Osten und die Sonne breitete sich über der Hochebene aus. Er genoss die wärmenden Sonnenstrahlen auf seinem Gesicht, machte die Augen zu und atmete den süßen Duft des Friedens ein.

In der Zwischenzeit hatten die letzten Überlebenden der Schlacht das Zeltlager erreicht. Kurz darauf kehrte eine Gruppe von Reitern auf die Hochebene zurück, um mit eigenen Augen zu sehen, was die ihrer Meinung nach verwirrten Soldaten von sich gegeben hatten. Mit seinen geschärften Ohren hörte Marasco das Geräusch der Pferdehufe früh genug. Doch entgegen Sams Erwartungen, sogleich davonzufliegen, erhob sich Marasco langsam und drehte sich um.

»Dort!«, rief einer der Männer und wies den Rest der Gruppe an, ihm zu folgen. »Ihr! Wer seid Ihr?«, rief der Mann noch weit von Marasco entfernt.

Unruhig stand Sam auf. Erst, als er mit seinem geschärften Blick Marasco genauer betrachtete, bemerkte er, dass dieser nicht wegen der Pferde und Männer aufgestanden war. Obwohl er ganz ruhig dastand, konnte Sam sehen, wie sich sein Körper verkrampfte. Dabei blickte er sich um, als wäre er von einem Rudel Wölfe umzingelt. Und trotz der schwachen Verbindung, die er zu ihm hatte, spürte er, wie sein Puls raste, als hätte er eine Panikattacke.

Die Männer auf den Pferden näherten sich, doch das kümmerte Marasco nicht. Sam trat einen Schritt näher an die Klippe, auf der er stand, da blickte Marasco plötzlich zu ihm hoch. Blut und Dreck tropften noch immer von seiner Kleidung und seine nassen Haare glänzten in der Sonne. Seine Haut schien blutleer und mit einem düsteren Blick, der allen Hass und seine tiefste Verachtung ausdrückte, schaute er zu ihm hoch.

Was zum Henker tust du da?

Die Reiter waren nur noch wenige Schritte von ihm entfernt. Der Anführer zügelte sein Pferd und streckte Marasco einen Speer entgegen.

»Wer seid Ihr?«, wollte er wissen. »Wo sind all die Männer hin?«

Marasco würdigte den Mann keines Blickes.

»Vielleicht hat er einen Schock?«, fragte ein anderer.

»Wo sind alle hin?«, wollte der Mann mit dem Speer wissen.

Marasco senkte den Kopf und atmete stoßweise ein und aus. Dann drehte er sich um, rannte los und flog davon.

Erleichtert ließ sich Sam wieder auf dem Felsvorsprung nieder und blickte Marasco hinterher, wie er Richtung Westen flog.

Das ist vielleicht besser so, dachte er. *Ich lass ihm etwas Zeit.*

Derweil gerieten die Soldaten auf ihren Pferden ganz außer sich. Wie blinde Kühe irrten sie auf der Hochebene umher, in der Hoffnung, irgendwo einen Hinweis auf den Verbleib der abertausenden Männer zu finden.

»Irgendetwas geht hier nicht mit rechten Dingen zu«, befand der Anführer schließlich. »Brecht die Zelte ab! Wie kehren zurück nach Saaga.«

»Aber, Herr! Der König!«

»Der König ist tot!«

Belustigt lehnte Sam an einem Felsen und beobachtete die Aufregung. Da nur noch ein Bruchteil von Leors Armee übrig geblieben war, ließen sie den größten Teil der Zeltstadt stehen. Ein Tross von lediglich ein paar Hundert Männern kehrte auf Pferden, Fuhrwagen und in Kutschen zurück Richtung Saaga. Hauptsächlich waren es Bedienstete wie Köche oder Hufschmiede – und natürlich Leors Harem. Sam beobachtete die drei weißen Kutschen, die hintereinander in der Karawane fuhren. In einer von ihnen saß Nao.

*

Wie vom Feuer gejagt flog Marasco in unglaublicher Geschwindigkeit die schneebedeckten Felsgipfel entlang. Der eisige Wind brannte in seinen Augen und mit jedem Flügelschlag erklang ein weiches, vertrautes Geräusch.

Keinen einzigen klaren Gedanken konnte er fassen. Die Erinnerungen in seinem Kopf überschlugen sich wie Wellen in einem Sturm. Von allen Seiten brachen sie über ihm zusammen, schleuderten ihn herum, zogen ihn in die Tiefe, bis der Druck um ihn herum kaum mehr zu ertragen war. Auf wundersame Weise tauchte er wieder auf, schlug mit den Armen um sich und suchte nach Land. Da türmte sich auch schon die nächste Welle über ihm auf. Wie ein mehrstöckiges Gebäude ragte sie majestätisch in den endlosen Himmel. Dann bröckelte sie langsam auseinander und schlug mit voller Wucht auf ihn nieder. Die enorme Kraft schien ihn in Stücke zu reißen. Er verlor die Orientierung und schwebte in einem schwerelosen Raum. Hier wollte er bleiben. Doch wo war er? Langsam öffnete er die Augen.

Die Landschaft unter ihm war grün. Das Klima mild. Die Gebirgszüge liefen allmählich aus und vor ihm erblickte er den Ozean. Er überflog kleine Dörfer und große, gelbe Felder. Er hörte das Rauschen des Meeres, das Kreischen von Möwen und … das Rasseln von Ketten.

*

Sam flog neben den Kutschen her und suchte diejenige, in der Nao saß. Die Gefährte holperten über die unebenen Straßen, dass ihm nur schon vom Zusehen übel wurde.

Vielleicht sollte ich warten, bis die Straße ebener wird.

Er fand Nao in der ersten Kutsche. Das Fenster auf der Bergseite stand zur Hälfte offen und Nao blickte hinunter ins Tal. Er wusste nicht genau, weshalb er sie nochmal aufsuchte, schließlich war es Marasco, der ihr diesen – was auch immer es war – aufgebunden hatte. Doch irgendwer musste Nao nun mal die gute Nachricht überbringen, dass der König tot und ihr Meister in Sicherheit war.

Er flog durch das offene Fenster und verwandelte sich. Unbeholfen fiel er auf die Sitzbank direkt hinter dem Kutschbock und schlug sich den Kopf. Nao schrie entsetzt auf und machte einen Satz in die andere Ecke.

»Au«, sagte er und rieb sich den Hinterkopf. »Das hat weh getan.« Nun, wo er auf der samtroten Kissenbank saß, hatte er das Gefühl, noch viel dreckiger zu sein, als er zuvor angenommen hatte. Seine Haare waren zwar wieder getrocknet, doch seine Kleidung war noch immer feucht und voller Blut und Dreck. »Tut mir leid«, sagte er und hielt sich an einem Haltegriff fest, als die

Kutsche über mehrere Steine und Schlaglöcher rumpelte. »Ich wollte dich nicht erschrecken.«

Nao saß noch immer in der anderen Ecke und starrte ihn mit aufgerissenen Augen an. Sam zog die Brauen zusammen und musterte sie. Irgendwie verhielt sie sich gar nicht so, wie er erwartet hatte – und dieses Gerumpel schlug ihm auf den Magen.

»Ich … ich kenne Euch«, sagte sie mit bebender Stimme.

Er runzelte die Stirn und lachte. »Natürlich tust du das«, sagte er und versuchte, es sich auf der Bank irgendwie gemütlich zu machen, was nicht besonders leicht war. »Ich habe gute Neuigkeiten für dich. Der König ist tot. Marasco ist frei. Tut mir leid, dass er nicht persönlich …«

»Ich kenn dich«, sagte sie nochmal.

Sam schaute sie irritiert an.

»Du … du bist doch der junge Mann aus der Goldenen Rose in Trosst. Ich hab dich nur ganz kurz gesehen, aber ich vergesse nie ein Gesicht.«

»Na gut«, meinte er und wollte fortfahren, doch Nao war erstarrt. Sie schaute ihn mit immer größer werdenden Augen an, so als ob sich sein Gesicht langsam in das eines Monsters verwandeln würde.

»Die … die Goldene Rose«, brachte Nao nur mit Mühe über die Lippen. »Und … Ma… Marasco … ich … ich erinnere mich …« Sie zitterte, als wäre draußen der tiefste Winter. »Beim Herrscher von Aryon … ich … der König … der König hat …«

»Mädchen, du solltest dich beruhigen.«

Sam beugte sich zu ihr hinüber und wollte ihre Hand nehmen, da fing sie an zu schreien. Sie wurde panisch und konnte sich gar nicht mehr halten. Sie schrie, weinte, raufte sich die Haare und schlug um sich, sobald er sie beruhigen wollte.

Marasco, dachte er. *Was hast du nur getan?*

*

Ein ohrenbetäubender Lärm hatte sich um Marasco herum erhoben. Es war ein lautes Dröhnen, das sich aus dem Wehleiden und dem irren Gelächter der verlorenen Seelen zusammensetzte, dem Scheppern der Ketten, dem Schleifen von Messern. Ein nie endendes Donnern. Unheilverkündende Nebelhörner.

Mit gefesselten Handgelenken hing er an einem Haken. An einer Kette wurde er in die Höhe gezogen und mit einer Stange über den Topf mit dem flüssigen Eisen geschoben. Die Hitze drückte ihm den Schweiß aus den Poren, doch die Angst lief ihm kalt über den Rücken. Er wollte schreien, doch der Knebel in seinem Mund machte es ihm unmöglich. Da setzte sich die Kette wieder in Bewegung und ließ ihn langsam hinunter. Mit aller Kraft wand er sich, versuchte sich hochzuziehen, doch es war zwecklos. Mit den Knochenbrüchen in den Armen und den gebrochenen Rippen fügte er sich selbst nur noch mehr Schmerzen zu. Die leuchtend rote Flüssigkeit näherte sich seinen Füßen.

Marasco riss die Augen auf und raste auf eine senkrechte Felswand zu. Mit voller Geschwindigkeit flog er dagegen und verwandelte sich im letzten Augenblick. Sein Schädel zerschmetterte, die Knochen brachen und er verlor das Bewusstsein.

Als er langsam wieder zu sich kam, lag er auf einem trockenen Felswatt. Der Boden um ihn herum war voller Blut. Er blickte die mächtige Felswand hoch, die sich über ihm erhob. Er war allein. Auf dem Meer waren nicht einmal Fischerboote zu sehen. Das Wasser war still. Das Rauschen beruhigend. Von weit her hörte er Geschrei. Dann das Geräusch eines Nebelhorns und wieder das Rasseln der Ketten.

Sofort flog er weiter, doch er wusste, er konnte Leor nicht entkommen.

*

O Nahn, was ist hier nur los?, dachte Sam und wickelte die dreckige Bandage zurück um seine Hand.

Er stand auf einem Felsvorsprung und schaute auf die zum Stillstand gekommene Karawane. Naos hysterisches Geschrei drang aus der Kutsche heraus und zwei andere Mädchen von Leors Harem eilten zu ihr. Er hatte versucht, sie zu beruhigen und ihr die Hand aufgelegt, doch was auch immer Marasco mit dem Mädchen gemacht hatte, es war ihm nicht möglich gewesen, Nao von ihren Erinnerungen zu befreien. Ihr blieb keine andere Wahl, als mit den Erinnerungen, die sie an Leors Seite gesammelt hatte, zu leben. Das Mädchen war verloren.

Da merkte er plötzlich, dass die Verbindung, die er zu Marasco gehabt hatte, wieder weg war. Er drehte sich um und blickte hoch zu den Gipfeln des Resto Gebirges. Sechs Monate hatte er ohne die Verbindung zu Marasco verbracht, dass er gar nicht bemerkt hatte, wie sie ihm langsam wieder entglitten war.

Marasco, wo bist du? Er zog die Brauen zusammen und versuchte, in den grauen Felswänden etwas zu erkennen. *Hat er sich etwa aus dem Staub gemacht? Unmöglich. Oder?*

Ein sanfter Wind blies über das Resto Gebirge und wirbelte seine Locken auf. *Der Wind*, dachte er und wandte sich Richtung Westen. *Wo ist er? Wo ist der Magier? Wo ist Yarik? Wäre es nicht seine Aufgabe, uns ... nein, ich muss mich um etwas anderes kümmern, hat er gesagt. Aber ...*

Sam drehte sich wieder Richtung Süden. In der trockenen Ebene unten lag Saaga. Die Palmen ragten über die Dächer der rosaroten Lehmstadt hinaus und außerhalb der Stadtmauer waren die Lager der Flüchtlinge. Er drehte sich wieder um und schaute hoch zu den Gipfeln.

Marasco. Wo muss ich suchen? Norden? Dann drehte er den Kopf. *Oder Westen?*

O Nahn, hilf mir. Soll das die Freiheit sein, die ich mir so sehnlichst gewünscht habe?

M.C. Larrohs Raben Trilogie geht weiter

Teil 2
Die Wächter der Wüste

www.rabentrilogie.com

Im fernen Nampurien wird der Glaube an die Göttin Yatagaras auf die Probe gestellt. Der Frieden des Landes und die Sicherheit der Menschen wird durch schwarze, schattenhafte Kreaturen gestört, die die Menschen in ihresgleichen verwandeln.

Nachdem Sam jahrelang erfolglos nach Marasco gesucht hat, schließt er sich einer Gruppe an, die sich gegen die Gefahr zur Wehr setzt. Gemeinsam versuchen sie zu verhindern, dass das ganze Land zerstört wird. Doch Yatagaras' Kreaturen werden immer stärker, und Sam – entwurzelt und von seiner Vergangenheit geplagt – erkennt, dass seine Kräfte nicht ausreichen, um gegen die Ausgeburt der Göttin anzukämpfen. Beim Versuch, sich Yatagaras zu stellen, nimmt der Kampf eine verheerende Wendung; doch Hilfe naht von unerwarteter Seite.

Leseprobe

Mit geneigten Köpfen und geschlossenen Augen saßen die Menschen unter der Kuppel im Kreis auf Kissen und hörten dem Sano zu, der in der Mitte mit anmutigen Bewegungen die verschiedenen Mondphasen vollführte.

Was für eine Verschwendung, sich dies nicht anzusehen, dachte Sessaj und spähte heimlich hoch. *Und dann behauptet er noch immer, er sei kein Sano.*

»Kopf runter«, mahnte Arakata neben ihm und zupfte an seinem Ärmel.

Jaja, dachte Sessaj und neigte den Kopf. Sobald er im Augenwinkel sah, dass Arakata die Augen zumachte, schaute er wieder hoch.

Die breiten Ärmel des Kesas reichten Nasica fast bis zu den Knien. Seine honigblonden Haare hatte er zuvor versucht zu bändigen, doch sie standen ihm noch immer in alle Richtungen, was dem mystischen Erscheinungsbild des Sanos in weißem Brokat leicht Abbruch tat. Wieder zupfte ihn Arakata am Ärmel. Bevor er etwas sagen konnte, schnitt Sessaj ihm das Wort ab.

»Er macht es so gut«, flüsterte er seinem älteren Bruder zu.

Arakatas Miene wurde versöhnlich und er warf Nasica einen liebevollen Blick zu.

Sie beide wussten, welche Überzeugungskraft es gekostet hatte, Nasica dazu zu bringen, die Zeremonie durchzuführen. Selbst als der Große Rat entschieden hatte, dass er sie leiten sollte, war es Nasica noch immer nicht leid gewesen zu betonen, dass er kein Sano sei. Das sei egal, hatte der Rat seinen Entscheid begründet, schließlich sei er nun mal der Letzte, der überhaupt annähernd dazu in der Lage war, Yatagaras die Ehre zu erweisen. Da sei die Frage, ob er die Ordination erhalten hatte, nicht von Belang.

Ein kühler Wind zog durch die offenen Tore herein und ließ die unzähligen Kerzen nervös aufflackern. Sessaj zog den Mantel enger. Dieses Jahr ließen die warmen Temperaturen des Frühlings auf sich warten. Dennoch blühten die Blumen in Luscants farbigen Vierteln bereits, und weiße Kirschblüten schneiten herein.

Sessaj schaute über die geneigten Köpfe der Besucher hinweg nach draußen, wo sich die Leute, die kein Kissen mehr hatten ergattern können, in den fünf offenen Toren versammelt hatten und kniend der Zeremonie beiwohnten. Hinter ihnen rauschten die Kirschbäume sanft im Wind und glänzten im Schein zahlreicher Laternen, die an Seilen über den Tempelplatz gespannt worden waren.

Plötzlich huschte ein schwarzer Schatten vorüber. Sessaj zuckte zusammen.

»Was ist?«, fragte Arakata leise.

Sessaj strengte seinen Blick an und starrte hinaus.

»Hast du was gesehen?«

Da! Ein schwarzer Schatten. Automatisch wanderte seine Hand an den Schwertgriff.

»Sess?«

»Da draußen ist etwas«, flüsterte er.

»Kommen sie etwa heute?«, fragte Arakata und blickte angestrengt nach draußen.

»Das wäre genau ein Jahr, nachdem …«

Dass sie beide über die Köpfe hinweg aus dem Haupttor starrten, entging auch dem Sano nicht. Er folgte ihren Blicken, schloss das Gebet ab und beendete den Bewegungsablauf. Verunsichert schaute er zu Sessaj.

Plötzlich war von draußen ein Schrei zu hören.

»Sie sind hier!«, rief Sessaj und sprang hoch. »Schließt die Tore! Das ist die zweite Garde!«

Arakata rannte zu einem Seitentor und rief den Leuten zu, hereinzukommen. Auf der anderen Seite waren Corsin und Ageho dabei, die Tore zu schließen.

»Bleib hier drin«, sagte Sessaj zu Nasica. »Wenn es das ist, was wir befürchten, dann …«

Erneut waren Schreie zu hören und immer mehr Menschen strömten durch das Haupttor herein. Arakata war dabei, das zweite Seitentor zu schließen, als Corsin und Ageho die Kämpfer aus dem Doujo um sich sammelten. Während die Hälfte der Gruppe im Tempel blieb und versuchte, Ordnung ins Chaos zu bringen, zwängten sie sich zu sechst gegen den Strom hinaus auf den Platz.

Viele Leute waren bereits auf die Straße, den Tempelplatz und in die Gassen geflohen, als sie sahen, wie die Tore geschlossen worden waren. Von allen Seiten waren Schreie zu hören.

»Verteilt euch!«, befahl Corsin und verschwand zwischen zwei Häusern Richtung Ginster, wo sich das Doujo befand.

Sessaj rannte an den Kirschbäumen vorbei über den Platz, bis er zur Straße kam, die ins Grüne Viertel führte, und die Sicht auf die Staumauer frei war. Auf der Dammkrone oben war es dunkel.

Wo ist die Mauerwache?

Aus einer Gasse hörte er die Schreie einer Frau. Sofort änderte er die Richtung und erreichte den Brunnenplatz des Schwarzen Viertels. Die Leute rannten panisch durch die Straßen, um in ihren Häusern Schutz zu suchen. Vor einem Hauseingang war es zu einem Handgemenge gekommen. Eine Frau schrie.

Gerade als Sessaj sein Schwert ziehen wollte, bekam er von der Seite einen Stoß. Er stolperte und stützte sich an der Hauswand ab, bevor er zu Boden stürzte. Da packte ihn etwas am Hals und zog ihn hoch. Es fühlte sich an wie eine behandschuhte Hand, doch sie war so groß wie eine Bärenpranke. Mit übermenschlicher Kraft krallte sie sich an ihm fest, zog ihn herum und schlug ihn mit dem Rücken an die Wand, sodass er mit dem Hinterkopf gegen den rauen Verputz stieß. Ein dumpfer Schmerz schoss ihm über den Nacken. Als er die Augen wieder öffnete, schaute er in ein maskiertes Gesicht. Eine schwarze Maske, die einen Vogelschnabel darstellte, glänzte im dumpfen Licht der Straßenlaternen. Sie fing auf der Nase an und verdeckte Mund und Kinn. Die obere Hälfte des Gesichts war nicht maskiert, doch die Augen waren komplett schwarz und starrten wie Glaskugeln aus ihren

Höhlen. Anstelle von Pupillen leuchteten stecknadelgroße, rote Punkte, die wie kleine Kometen einsam in der endlosen Weite des Weltalls glommen. Schwarzer Rauch stieg wie Dunst aus den Poren dieser Kreatur hoch und sammelten sich in Rauchschwaden um sie herum. Als würde der Rauch kontrolliert, bewegte er sich entlang der Arme immer näher auf Sessaj zu.

Der metallische Geruch kitzelte ihn bereits in der Nase, als ihm klar wurde, dass der Rauch dabei war, in ihn einzudringen. Sofort schob er die Hand unter den Armen der Kreatur durch, drehte seinen Körper so weit es ging und wand sich mit einer Drehbewegung aus dem harten Griff. Dann holte er mit der anderen Hand aus und schlug dem Maskierten die Faust ins Gesicht. Unter seinen Fingerknöcheln glaubte er zu spüren, wie die Maske knackte, als wäre sie aus Holz, doch sie blieb unversehrt.

Der Angreifer versuchte erneut, ihn zu packen, fasste jedoch ins Leere, als Sessaj rechtzeitig zurückwich. Er zog sein Schwert und stieß es der Kreatur in die Flanke. Leider hatte sich dieses Ding rechtzeitig zur Seite bewegt, doch es hatte gereicht, um zu sehen, dass Blut in ihm floss.

»Du bist also nicht unverwundbar«, sagte er und brachte sich wieder in Stellung.

Da stieß der Maskierte plötzlich einen gellenden Schrei aus und stürzte sich auf ihn. Sessaj rammte ihm die Klinge in den Bauch, doch der Angreifer packte ihn und stieß ihn zu Boden. Sessaj riss an der Vogelmaske, doch sie saß fest, als wäre sie mit dem Gesicht verbunden. Derweil verdichtete sich der schwarze Rauch und die Kreatur schrie wie ein tollwütiger Hund. Da erst begriff Sessaj, dass dieses Ding nach seinen Gefährten rief, denn im Augenwinkel sah er, wie zwei weitere auf ihn zukamen.

Mit beiden Händen packte er die Maske und schleuderte seinen Gegner mit voller Wucht zur Seite. Dann schnappte er sein Schwert und zog es aus dem Angreifer heraus. Schwungvoll drehte er sich um, schwang die Klinge herum und schnitt damit einem der Maskierten durch die Maske hindurch. Dann duckte er sich, um dem Schlag des anderen zu entkommen, und wich zur Seite. Sessaj zog sein zweites Schwert und ging in Stellung. Er atmete einmal tief durch und nahm beide Kreaturen ins Visier.

Moment, diese Kleidung ... Die gehörten zur Mauerwache.

Doch das waren nicht mehr die Jungs von der Mauerwache. Ihre Gesichter waren hinter schwarzen Masken verborgen und ihre Augen, selbst die Kleidung, waren schwarz. Sessaj fasste sich ein Herz und griff an. Mit schwungvollen Bewegungen hackte er dem einen den Arm ab, zog mit einer halben Umdrehung seitlich am anderen vorbei, drehte sich und stieß beiden gleichzeitig je eine Klinge in den Rücken, die sich bis zum Herz durch den Körper bohrte. Dann drehte er sich um und schaute zu, wie sie zu Boden gingen.

Der schwarze Rauch löste sich in Luft auf, was wohl ein Zeichen dafür war, dass diese Männer tatsächlich tot waren. Gern hätte er sie genauer untersucht, um zu sehen, was unter der Maske verborgen lag, doch die Schreie auf der anderen Seite des Brunnenplatzes waren noch nicht verstummt. Sie waren noch verzweifelter als zuvor.

Mit beiden Schwertern eilte er zur Hilfe, doch als er dort ankam, lagen drei Männer krampfend am Boden und krümmten sich vor Schmerzen, während zwei Kreaturen dabei waren, den schwarzen Rauch jeweils einem Mann und einer Frau einzuflößen.

»Nein!«, schrie er und rannte dazwischen.

Er hieb der einen Kreatur den Kopf ab und gab der anderen, die sich noch immer über die Frau beugte, einen kräftigen Tritt in den Bauch. Noch bevor sie sich wieder erhob, stieß er ihr beide Schwerter in die Brust. Als er sich umdrehte, um der Frau zu helfen, erhoben sich vor ihm die drei Männer, die kurz zuvor noch krampfend am Boden gelegen hatten. Ihr Kleidung verfärbte sich schwarz, ihre Augen schienen sich in die Höhlen zurückzuziehen und blitzten rot auf. Schwarzer Rauch stieg aus ihren Poren auf und vor ihren Gesichtern manifestierte sich eine schwarze, glänzende Vogelmaske.

Lesen Sie weiter in: Die Wächter der Wüste (Raben Trilogie 2)

Danksagung

Alles fing mit einer Vorlesung an. Ich hatte die Möglichkeit, im Rahmen des Nordklang Festivals in St. Gallen eine Kurzgeschichte vorzulesen. Einzige Vorgaben waren, dass die Geschichte etwas mit nordischen Götterwelten oder Sagen zu tun haben musste. Nicht ahnend, wo mich das hinführen sollte, sagte ich zu.

Ich erinnere mich genau. Die Vorlesung fand am 14. Februar 2014 statt. Ich und drei andere Autor*innen durften jeweils zehn Minuten zwischen Musik und Tanz lesen. Ich las die Geschichte von Pahann und wie Sam sich in einen Raben verwandelte – zusammengestaucht auf sieben Seiten!

Was das liebe Publikum damals noch nicht wusste, war, dass ich die Geschichte um Sam und Marasco bereits um 70 Seiten weitergesponnen hatte. Sie war zu einem Krebsgeschwür geworden, das einfach immer weiterwuchs.

In dem Sinne danke ich Nathalie, dass sie mich damals Ende 2013 angerufen und gefragt hat, ob ich am Nordklang Festival mitmachen wolle. Ganz klar wäre die Raben Trilogie ohne sie nicht entstanden.

Seit 2014 sind viele Jahre vergangen und auf meinem Weg zur Vollendung der Trilogie ist eine ganze Menge passiert. Es ist mir unmöglich, alle Namen aufzulisten, die mich in irgendeiner Weise inspiriert oder unterstützt haben. In dem Sinne bedanke ich mich mal ganz allgemein bei all den Menschen, die mir in den letzten Jahren immer wieder den Rücken gestärkt haben.

Mein Dank geht an die Testleser*innen Nadine, Sonja und Oliver. Sie haben sich dem ersten Teil der Raben Trilogie angenommen und unverblümt und konstruktiv Kritik geübt. Dafür bin ich sehr dankbar.

über die Autorin

Manel Cassandra Larroh ist Fantasyautorin. Sie schrieb die Raben Trilogie und veröffentlichte das White Book – ein Inspirations- und Notizbuch für Autor*innen.
Larroh wurde in Zürich geboren und schreibt seit Kindheit an.
Neben der Schriftstellerei arbeitet sie als Künstlerin, Designerin, Architektin und Korrektorin.
Durch zahlreiche Fotoreisen hat sie in Tokyo ein zweites Zuhause gefunden. Kunst, Kultur, der kalte Norden und der ferne Osten sind ihre Inspiration und Leidenschaft.
Sie hat Germanistik in Fribourg (CH) sowie Visuelle Kommunikation und Literarisches Schreiben in Zürich studiert.

Für weitere Informationen zu Neuerscheinungen, abonnieren Sie den Newsletter.

www.mclarroh.com

Hat Ihnen *Die Jäger des Nordens* gefallen?
Die Autorin freut sich über eine Rezension.

Ebenfalls von M.C. Larroh erschienen:

WHITE BOOK
Inspiration
& Notizen
für Autor*innen
#fantasy

M.C. Larroh

Das White Book ist ein persönliches Notizbuch für Autor*innen, eine Quelle der Inspiration und eine Erinnerungsstütze, die während des Schreibprozesses als Nachschlagewerk dient.
Unterteilt in die Kapitel Plot, Figuren, Weltenbau, Praxishilfe und Motivation deckt das White Book die Hauptschwerpunkte jedes Schreibprozesses ab. Durch die eigenen Ergänzungen der zahlreichen Listen, wird das White Book zu einem persönlichen Begleiter; denn was für den einen Autoren wichtig ist, ist für den anderen irrelevant.
Durch den Hashtag #fantasy liegt v.a. im Kapitel Weltenbau das Schwergewicht auf dem Fantasy Genre. Doch das White Book eignet sich genauso für andere Genres.

Paperback, 188 Seiten
ISBN: 978-3-753404-63- 9
Books on Demand, 08.03.2021

weitere Empfehlung: Sandra Schaller – Im weissen Raum

Jonas verlässt sein religiös geprägtes Elternhaus und zieht für sein Studium in die Stadt. In der Wohngemeinschaft seines Cousins trifft er, naiv, unerfahren und tief durchdrungen vom Glauben an Gott, auf den Mitbewohner Lucien, der sich in keiner Weise so verhält, wie Jonas es von gottesfürchtigen Menschen kennt und erwartet. Im Strudel des Stadtlebens fällt es Jonas immer schwerer, seinen eigenen Vorstellungen gerecht zu werden.

Ein Roman über einen jungen Menschen im Spannungsfeld anerzogener Religiosität und der Entdeckung der eigenen Sexualität, der versucht, seinen Glauben zu leben, den Lebenshunger zu stillen und dabei durch Gewissensbisse in arge Bedrängnis gerät.

Paperback, 140 Seiten
ISBN: 978-3-906037-20- 2
boox-verlag